중학생 독후감 따라잡기 120

중학생이 보는
사기 열전 2

서울대 · 연세대 · 고려대 추천도서

사마천 지음 | **김영수·최인욱** 역해
성낙수(한국교원대 교수) · **오은주**(서울여고 교사) · **김선화**(홍천여고 교사) 엮음

좋은 책 좋은 독자를 만드는 —
(주)신원문화사

책 머리에

더 이상 언급할 필요도 없지만 요즘은 독서의 중요성이 더욱 강조되는 시대입니다. 첨단과학으로 이루어진 대중매체 덕분에 눈으로 읽는 것보다는 말초신경을 자극하는 동영상 쪽으로 관심이 모아지는 데 대한 우려 때문일 것입니다. 꿈과 희망을 가지고 자라나는 학생들에게는 올바른 사고력과 분별력을 키워 주어야 합니다. 그런 점에서 다른 사람들의 생각과 철학, 인생관과 세계관이 들어 있는 명작들을 많이 읽는 것이야말로 바람직한 학습 효과를 거둘 수 있는 지름길이라 생각합니다.

명작은 오랜 세월에 걸쳐 많은 사람들이 읽고 크게 감동을 받은 인정된 작품들로서, 청소년들의 삶에 지침이 되어 주고 인생관에 변화를 주게 될 것입니다.

이번에 중학생들에게 꼭 읽히고 싶은 명작들을 선정하여, 작품을 바르게 감상하고 독후감을 쓰는 데 도움을 주고자 이 시리즈를 기획하게 되었습니다. 작품들은 동서고금에 걸쳐 객관적으로 인정받은, 훌륭한 대상만을 선정하였습니다. 그리고 책의 구성을 다음과 같이 하여, 읽고 쓰는 데 도움이 되도록 하였습니다.

하나, 삶에 대한 지혜와 용기를 주고 중학생이라면 꼭 읽어야 할 명작만을 골랐습니다.

둘, 명작을 읽고 난 후의 솔직한 느낌을 논리적 · 체계적으로 쓸 수 있도록 중학생들의 독후감 작성에 따르는 부담을 덜어 주도록 구성하였습니다.

셋, 작품 알고 들어가기, 내용 훑어보기, 작품 분석하기, 등장인물 알기를 통해 작품을 분석하는 힘을 기를 수 있도록 하였습니다.

넷, 작가 들여다보기, 시대와 연관 짓기, 작품 토론하기 등을 통해 작가의 일생을 알고 시대의 흐름을 파악하여 상상력과 창의력을 키워 주도록 하였습니다.

다섯, 독후감 예시하기와 독후감 제대로 쓰기에서는 책을 읽는 방법과 독후감 모범답안 실례를 제시함으로써 문장력을 길러 주는 한편 독후감 쓰기의 충실한 길라잡이가 되도록 했습니다.

아무쪼록 이 책들이 중학생들의 학습 능력 향상에 큰 도움이 되길 빌어 마지 않습니다.

엮은이 성 낙 수

차 례

작품 알고 들어가기

여러분, 혹시 의를 위해 고사리만 뜯어 먹다 굶어 죽은 백이와 숙제 이야기를 들어보셨나요? 아니면 '관포지교(管鮑之交)'라는 사자성어나 '배수진(背水陣)' 혹은 '손자병법(孫子兵法)'은요? 이것들은 모두 《사기 열전》에서 최초로 등장한 사자성어랍니다.

《사기 열전》은 2000년도 전에 중국에서 일어났던 흥미진진한 이야기들, 귀감이 될 만한 이야기들을 모아 놓은 인물들의 이야기입니다. 2000년 전 중국 사람들의 이야기인데 우리와 무슨 상관이냐고요? 딱딱한 역사책일 것 같다고요? 여러분, 혹시 《탈무드》나 《이솝우화》를 읽어보셨나요? 그것과 같이 《사기 열전》은 많은 에피소드를 통해 '오늘날 우리가 어떻게 살아가야 하는가?'에 대해서 교훈을 제시합니다. 너무 어렵게 생각할 필요는 없어요. '옛날이나 지금이나 사람 사는 건 다 똑같다'라는 어른들의 말을 들어본 적 있죠? 이것은 옛날과 지금의 생활방식이나 사고와 완전히 일치하진 않아도 유사한 점이 많다는 걸 뜻해요.

그리고 '역사는 돌고 돈다'는 말은 당연히 알고 계시겠죠? 과거 다른 인물들의 경험은 우리가 삶의 문제에 대한 보석 같은 해결책을 찾을 수 있도록 도와줄 거예요! 여기 나온 사람들의 대립과 갈등, 충성과 배신, 이득과 손실, 도덕과 파행, 탐욕과 선의 등을 보면 아마 앞의 말들에 공감하게 될 거랍니다.

또한, 《사기 열전》은 다른 역사책과는 달리 특별한 배경을 가지고 있는데요. 슬슬 이 책을 누가 왜 어떻게 짓게 되었는지 궁금해지지 않나요? 같이 알아봅시다!

사기 열전 2

♠일러두기

1. 본서는 《사기 열전》 전 70편을 완역한 것으로 그중 25편은 1권에, 25편은 2권에, 20편은 3권에 나누어 수록했다.
2. 각 편은 저본(底本)의 배열을 따랐고, 표제 다음에 《태사공자서》의 논찬을 실어 대의를 밝혔으며, 표제명 역시 저본을 따랐다.
3. 역문은 평이한 현대문 서술을 원칙으로 삼았고, 인지명·관작명·국명 등의 고유 명칭 및 난해한 용어는 저본의 표기를 따르되 괄호 속에 음훈을 달았다.
4. 저본으로는 중국 상해 상무인서관간(商務印書館刊)의 《사기》를 썼고, 《사기회주고증(史記會注考證)》 및 《교보(校補)》를 참조했다.

자객 열전(刺客列傳)

노나라는 조말(曹沫)의 비수로써 잃은 땅을 되찾았고, 제나라는 그 믿음을 분명히 했다. 예양의 의(義)는 두 마음을 품지 않았다. 그래서 〈자객 열전 제26〉을 지었다.

조말은 노나라 사람으로 용기와 담력이 뛰어나 용력(勇力)을 좋아하는 노(魯)나라 장공(莊公)에게 등용되었다. 조말은 노나라의 장군이 되어 제나라와 싸웠는데, 세 번이나 패배했다. 장공은 제나라를 두려워하여 수읍(遂邑) 땅을 제나라에 바치고 화친을 맺으려고 했다. 하지만 그런 뒤에도 조말에게는 계속 장군의 직책을 맡게 했다.

제(齊)나라 환공(桓公)이 노나라 장공과 가(柯) 땅에서 회견하고 화친을 맺으려고 단상에서 서약하고 있을 때였다. 갑자기 조말이 단상 위로 뛰어올라 비수를 가지고 환공을 위협했다. 환공의 주위에 있던 사람들은 이 모습을 보고도 어떤 행동도 취할 수 없었다.

그때 환공이 조말에게 물었다.

"그대는 대관절 무슨 짓을 하는 것이오?"

조말이 대답했다.

"대국인 제나라가 약국인 노나라를 침범하는 것은 도가 아니라고 생각합니다. 제나라의 국경은 노나라로 깊이 파고들어 와서 국도(國都)까지 육박하고 있습니다. 노나라의 땅을 모두 돌려주십시오."

환공은 노나라로부터 빼앗은 땅을 모두 돌려주겠다고 약속했다. 그 말을 듣자, 조말은 비수를 던지고 단에서 내려와 북쪽에 위치한 신하들의 자리에 앉았는데 안색은 조금도 변함이 없고 말소리도 여전했다. 위기를 모면한 환공이 약속을 깨려고 하자 관중(管仲)이 말했다.

"그것은 안 됩니다. 작은 이익을 탐하여 거기에 만족하신다면 제후들의 신뢰를 잃고 천하의 인심을 잃게 됩니다. 땅을 되돌려 주시는 편이 좋습니다."

환공은 마침내 노나라에서 뺏은 땅을 돌려주었다. 이렇게 노나라는 조말이 세 번 싸워서 잃은 땅을 모두 찾았다.

그로부터 167년이 지났을 때, 오나라에 전제(專諸)의 사건이 일어났다.

전제는 오나라 당읍(堂邑) 사람이다. 오자서(伍子胥)는 초나라에서 오나라로 도망갔을 때 전제의 재능을 한눈에 알아보았다. 오자서가 오나라 왕 요(僚)를 뵙고 초나라를 공략하는 비법을 말하니 공자 광

(光)이 왕에게 말했다.

"오운(伍員, 자서)의 아버지와 형은 초나라 왕에게 죽임을 당했습니다. 오운이 초나라를 치려고 하는 것은 자기의 복수를 하기 위함이지, 오나라를 위해 하는 일이 아닙니다."

오나라 왕은 이 말을 듣고 초나라를 치려던 생각을 단념했다. 오자서는 광이 오나라 왕 요를 죽이고 그 자신이 왕이 되려는 속셈을 알았다.

'광은 국내에서 난을 일으키려는 야심을 가지고 있으니 초나라를 치자는 이야기를 해서는 안 되겠다.'

오자서는 이렇게 생각하고 전제를 광에게 추천하여 후일을 대비했다.

공자 광의 아버지는 오나라 왕 제번(諸樊)이다. 제번에게는 세 사람의 아우가 있었다. 바로 밑의 아우는 여제(餘祭)이고, 그 다음은 이말(夷昧), 막내는 계자찰(季子札)이다. 제번은 막내아우 계자찰이 현명하다는 것을 알아보고는 자기 아들을 태자로 세우지 않고 세 아우에게 차례로 제왕의 자리를 물려받게 하여 결국에는 계자찰에게 나라를 맡기려고 했다. 제번이 죽은 뒤 여제가 왕위에 오르고 여제가 죽은 뒤 이말이 다음을 잇고, 이말이 죽었으므로 계자찰이 왕위를 이어야 할 차례였다. 하지만 계자찰은 왕이 되는 것이 싫어서 도망쳤다.

그리하여 이말의 아들 요(僚)를 왕으로 세우게 되었다. 이를 지켜본 광은 불만이 많았다.

'형제의 순서로 왕이 된다면 계자찰이 되어야 하며, 아들을 세워야

한다면 나야말로 진정한 후계자이므로 당연히 내가 왕위를 이어야 한다.'

평소 그런 생각을 가지고 있던 광은 은밀히 심복을 길러 왕위를 빼앗으려고 했던 것이다. 그러므로 전제를 얻게 되자 빈객으로 후히 대접했다.

9년 뒤에 초나라 평왕이 죽자, 오나라 왕 요는 초나라가 국상임을 틈타 초나라를 치기로 하고 아우인 개여(蓋餘)와 촉용(屬庸)을 장군으로 내세워 초나라의 첨(灊) 등을 포위하도록 했다. 그리고 연릉(延陵)의 계자찰을 진(晉)나라로 보내 제후들의 움직임을 살피도록 했다. 초나라 군대가 출병하여 개여와 촉용의 퇴로를 끊으니 오나라 군대는 돌아갈 수가 없게 되었다. 그리하여 광이 전제에게 말했다.

"이때를 놓쳐서는 안 되겠다. 구하지 않고서야 무엇을 얻을 수 있겠는가. 게다가 나야말로 진정 왕의 뒤를 이을 사람이므로 마땅히 제왕의 자리에 올라야 한다. 혹 계자찰이 돌아오더라도 나를 폐하지는 못할 것이다."

그 말에 전제도 다음과 같이 찬성했다.

"요를 죽일 때가 왔습니다. 그 어머니는 연로하고, 그 아들은 아직 나이 어리며, 두 아우는 군대를 이끌고 초나라로 갔지만, 초나라 군사에게 퇴로를 차단당했습니다. 이제 오나라는 나라 밖으로는 초나라에게 괴롭힘을 당하고, 나라 안으로는 전력이 바닥난 상태이며, 나라를 위해 용감하게 나서서 말할 수 있는 신하가 없는 상태입니다. 이런 상황에서는 우리를 어떻게 할 수 없을 것입니다."

공자 광은 고개를 끄덕이며 말했다.

"나의 몸이 곧 그대의 몸이다."

오나라 왕 요 12년 4월 병자일에 광은 무장한 병사를 지하실에 숨겨두고 술자리를 마련하여 왕을 초대했다. 왕은 연도에 경호병을 세워놓고 궁전을 나와 광의 저택으로 갔다.

문과 계단의 좌우에 서 있는 사람들도 모두 왕의 친척, 심복들로서 모두 자루가 긴 칼을 손에 쥐고 있었다.

주연이 무르익을 무렵, 광은 거짓으로 발이 아픈 시늉을 하며 지하실로 들어가서 전제에게 생선의 뱃속에 비수를 감추도록 했다. 왕 앞에 나아간 전제는 생선의 배를 찢고 비수로 왕을 찔렀다. 왕은 그 자리에서 즉사했다. 그러자 왕의 양쪽 옆에 있던 사람들은 전제를 붙잡아 죽였다. 왕의 수행자들이 당황하여 어쩔 줄 몰라 하는 사이 광은 숨겨 놓았던 군사들을 불러내어 그들을 멸하고 마침내 스스로 왕이 되었다. 이 사람이 합려(闔閭)다. 합려는 전제의 아들을 봉하여 상경(上卿)으로 삼았다. 그 뒤 70여 년이 지나 진나라에 예양(豫讓)의 사건이 있었다.

예양은 진나라 사람으로 일찍이 범씨(范氏)와 중행씨(中行氏)를 섬겼지만 이름을 얻지 못하자 지백(智伯)을 섬기게 되었다. 지백은 그를 매우 존경하고 아꼈다. 지백이 조양자(趙襄子)를 치려하자 조양자는 한씨(韓氏), 위씨(魏氏)와 공모하여 지백을 멸망시키고 그의 자손을 죽여 땅을 삼분했다. 그리고 조양자는 지백의 두개골에 옻칠을 하

여서 요강으로 사용했다. 예양은 산속으로 달아나며 혼자 다짐했다.

"아아, 사나이는 자기를 알아주는 이를 위해서 죽고, 여자는 자기를 기쁘게 하는 자를 위해서 꾸민다고 하지 않던가. 지백은 진실로 나를 알아준 지기(知己)였다. 어떻게 해서라도 지백을 위해 원수를 갚는다면 죽어서 나의 혼백도 부끄러울 것이 없으리라."

그리하여 이름을 바꾸고 죄인들의 무리 속에 끼어서 궁중에 들어가 화장실의 벽을 바르는 일을 하면서 조양자를 죽일 기회를 엿보았다.

조양자는 어쩐 일인지 변소에만 가면 가슴이 몹시 두근거렸으므로 이를 이상히 여겨 벽을 바르는 죄수들을 심문하니 과연 예양이 있었다. 그의 품속에 비수가 숨겨져 있었다. 예양은 자신의 신분이 탄로나자 다음과 같이 말했다.

"지백을 위해 원수를 갚으려고 했소."

그 이야기를 들은 사람들이 그의 목을 베려고 했다. 이때 조양자가 이렇게 말했다.

"그는 의인(義人)이다. 나만 조심해서 피하면 그만이다. 게다가 지백은 망하고 자손도 없는데 옛날 신하가 복수를 하려는 것은 천하의 현인이다."

이리하여 예양은 석방되었다. 얼마 뒤에 예양은 또다시 복수를 위해 몸에 옻칠을 하여 문둥병을 가장하고 숯가루를 먹어 목소리를 바꾸어서 자신의 모습을 아무도 알아볼 수 없게 하고 시장을 돌아다니며 구걸했다. 아내조차 그를 알아보지 못했는데, 친구만은 그를 알아보며 이렇게 말했다.

"자네는 예양이 아닌가?"

"그렇네."

예양이 대답하니, 친구는 울면서 말했다.

"너의 재능으로 예물을 바치고 조양자의 신하가 되면 조양자는 반드시 너를 가까이 하고 총애할 것일세. 그런 뒤에 네가 하고 싶은 일을 하면 오히려 손쉽지 않겠는가. 몸을 축내고 고생하며 원수를 갚으려고 하니 어찌 어렵지 않겠는가!"

그러자 예양이 말했다.

"예물을 바치고 남의 신하가 되어 섬기면서 그 사람을 죽이려고 하는 것은 두 마음을 품고 자기 주인을 섬기는 것일세. 지금 내가 하고 있는 일은 매우 견디기 어려운 고통이나, 내가 이렇게 하는 것은 천하 후세에 남의 신하가 되어 두 마음을 품고 주인을 섬기는 자를 경계하려고 하는 것이네."

그 뒤 얼마 지나지 않아 조양자가 외출할 때 예양은 연도의 다리 아래 숨어 있었다. 조양자가 다리에 이르자 말이 놀라서 껑충 뛰었다.

"이건 틀림없이 예양 때문이다."

다리 밑을 수색하자 과연 예양이 있었다. 조양자는 예양을 꾸짖어 말했다.

"그대는 일찍이 범씨와 중행씨를 섬긴 적이 있지 않은가. 지백이 그들을 모두 멸망시켰지만, 그대는 그들을 위해서 원수를 갚기는커녕 도리어 지백에게 예물을 바쳐 신하가 되었다. 이제 지백도 죽었는데, 그대는 유독 무슨 이유로 지백을 위해서 이토록 끈질기게 복수를 하려는 건가?"

"나는 범씨와 중행씨를 섬긴 일이 있으나 그 두 사람은 다 나를 범상한 사람으로 대했소. 그러므로 나도 범상한 사람으로 그들을 대했을 뿐이오. 그러나 지백은 나를 국사로 대했소. 그러므로 나는 국사로서 보답하려는 것이오."

조양자는 눈물을 흘리며 말했다.

"아아, 예양이여. 그대가 지백을 위해서 충성과 절개를 다했다는 이름은 벌써 이루어졌고, 과인이 그대를 용서해 주는 것도 이제는 충분히 할 만큼 했다. 그대는 죽음을 각오하는 것이 좋으리라. 나도 더 이상 그대를 용서하지 않으련다."

군사에게 명령하여 그를 포위토록 하니 예양이 말했다.

"명군은 사람의 아름다운 점을 덮어 숨기지 않고, 충신은 이름을 위해 죽은 의로움이 있다고 들었소. 전날에 왕께서 나를 관대히 용서한 일로 천하에서 당신의 어짊을 칭찬하지 않은 자가 없소. 오늘 나는 두말없이 죽음 앞에 머리를 바치겠소. 그러나 다만 바라는 것은 왕의 의복을 얻어서 그것만이라도 베어 복수의 마음을 청산하고 싶소. 그렇게 해 주신다면 죽어도 원한이 없겠소. 이것은 제가 감히 바랄 수 없는 일이겠지만, 제 마음속의 말을 털어놓은 것뿐입니다."

조양자는 이 말에 크게 감탄하여 하인에게 의복을 가져오도록 하여 예양에게 주었다. 예양은 칼을 뽑아 세 번을 뛰어올라 그 옷을 내리치면서 말했다.

"나는 이로써 지하의 지백에게 보답할 수 있으리라."

그런 다음 스스로 목숨을 끊었다. 예양이 자결하던 날, 조나라의 지사들은 모두 눈물을 지으며 울었다. 그 뒤 40여 년이 지나 지(軹)에 섭정(聶政)의 사건이 있었다.

섭정은 한(韓)나라의 지읍 심정리(深井里) 사람이다. 그는 사람을 죽인 일이 있었기 때문에 화를 피해 어머니, 누이와 더불어 제나라로 달아나서 가축 잡는 일을 하며 살았다.

그 뒤 복양의 엄중자(嚴仲子)가 한나라 애후(哀侯)에게 발탁됐으나, 재상 협루(俠累)와는 사이가 좋지 못했다. 엄중자는 죽임을 당할 것이 두려워 여러 곳으로 도망 다니면서 협루에게 원수를 갚아 줄 사람을 찾아 제나라로 왔다. 제나라의 어떤 사람이 엄중자에게 말했다.

"섭정이란 용감한 사나이가 있는데 원수를 피해 백정들 사이에 숨어 살고 있습니다."

엄중자는 그 집을 찾아가 교제를 청하고 자주 왕래한 뒤에 술자리를 마련하여 술자리가 한창 무르익을 무렵, 직접 섭정의 어머니를 향해 건강을 축수하고 공손히 황금 2천 냥을 바쳤다. 섭정은 너무도 엄청난 대금이라 놀라는 한편 괴이쩍은 생각이 들어 굳이 사양했으나, 엄중자는 그것을 애써 바치려고 했다. 하지만 섭정은 끝내 사양하며 말했다.

"나에게는 다행히 늙은 어머니가 계시고, 집은 비록 가난하여 객지에 나와서 도살하는 일로 구차한 생계를 이어가고 있으나, 아침저녁 밥상에는 맛있고 부드러운 음식을 올려 어머니를 봉양할 수 있으니 당신이 주시는 것은 받을 수 없습니다."

이 말을 들은 후 엄중자는 사람들을 물리치고 섭정에게 말했다.

"나에게는 원수가 있는데 그 원수를 갚아 줄 사람을 찾아 제후들의 나라를 두루 돌아다녔습니다. 그러던 중 우연히 제나라에 와서 당신의 의협심이 높다는 말을 들었습니다. 당신에게 황금을 드리는 것은 어머니를 봉양할 비용으로 쓰시라는 것뿐이오. 서로 친교를 더하자는 것뿐 다른 뜻은 없습니다."

그러자 섭정은 이렇게 말했다.

"내가 뜻을 굽히고 몸을 욕되게 하여 시장바닥에서 백정 노릇을 하는 까닭은 늙으신 어머니를 봉양하기 위한 것이니, 노모가 세상에 계신 동안에는 몸을 남에게 바칠 수가 없습니다."

말을 마친 그는 아무리 엄중자가 황금을 권해도 끝내 받지 않았다. 그러나 엄중자는 최후까지 주객의 예를 다하고 떠났다.

그 후 섭정은 어머니가 돌아가시어 장사를 마치고 상복을 입는 기간도 다 끝나자 생각했다.

'아! 나는 시정에서 도살을 하는 천한 몸, 이에 비해 엄중자는 나라의 대신이요, 재상이다. 그런 분이 천 리를 멀다 않고 나를 찾아와 교제했는데 나는 너무 냉담했다. 또한 아무런 도움도 주지 않았는데 황금을 바쳐 어머니의 건강을 축복했다. 돈은 굳이 받지는 않았지만 나를 알아준 것만은 틀림없다. 그처럼 어진 사람이 격분하여 원수를 쏘아보면서 나 같은 시골뜨기를 가까이하고 믿어 주었으니, 내 어찌 가만히 있을 수 있는가. 전에 엄중자가 나를 필요로 했을 때 나는 다만

어머니를 위해 응하지 않았던 것이다. 이제 어머니가 돌아가신 이상 나를 알아주는 자를 위해 일하리라.'

그리하여 마침내 서쪽 위나라의 도읍 복양으로 가서 엄중자를 만나 말했다.

"전날 당신에게 몸을 바치지 않은 까닭은 어머니가 살아 계셨기 때문입니다. 이제 불행히도 어머니께서는 천수를 다 누리시고 돌아가셨습니다. 당신이 원수를 갚으려는 자가 누구입니까? 저에게 그 일을 맡겨 주십시오."

그 말을 들은 엄중자는 그 자리에서 사정을 자세하게 설명했다.

"나의 원수는 한나라 재상 협루요. 협루는 또 한나라 군주의 숙부이기도 하고 일족이 번성하여 그 수가 많으며, 머무는 곳의 경비가 상당히 삼엄하오. 나는 사람을 시켜 그를 죽이려고 했지만, 끝내 성공하지 못했소. 지금 당신이 다행히 이 일을 마다하지 않으니, 당신에게 도움이 될 만한 물건 한 수레와 말 그리고 장수들을 더 붙여 주겠소."

섭정은 말했다.

"한나라와 위나라는 그다지 먼 거리가 아닙니다. 이제 타국의 재상을 죽이려고 하는데, 그 재상이 또 국왕의 친척이라고 한다면 한꺼번에 많은 사람을 써서는 안 됩니다. 사람이 많으면 그중에 두 마음을 품는 사람이 있으며, 배반하는 자가 나오면 그 입에서 말이 샙니다. 일이 탄로 나게 되면 한나라 전체가 당신을 적으로 삼을 것이니, 어찌 위험하지 않겠습니까."

그리하여 수레와 말, 장수들의 동행을 사양했다. 섭정은 작별 인사

를 하고, 단신으로 출발하여 칼을 지팡이 삼아 한나라에 도착했다.

재상 협루는 관청에 있었고, 무기를 가진 호위 무사들이 주위에 매우 많았는데, 섭정은 들어서자마자 곧 계단으로 뛰어올라 협루를 찔러 죽였다. 좌우에 있던 자들이 크게 당황하여 우왕좌왕하자 섭정은 고함을 지르면서 수십 명을 쳐 죽이고 스스로 자기 얼굴 가죽을 벗기고, 눈알을 도려내고, 배를 그어 창자를 긁어 낸 후 마침내 죽었다. 한나라에서는 섭정의 시체를 시장바닥에 드러내 놓고 상금을 걸어 신분을 파악하고자 했으나 끝내 알아낼 수가 없었다. 재상 협루를 죽인 자의 이름을 알리는 자에게는 천금을 주겠다고 현상금을 내걸었으나 오랫동안 판명되지 않았다.

섭정의 누이 섭영(聶榮)은 한나라의 재상을 죽인 자가 있으나 범인의 이름을 몰라 시체를 시장바닥에 드러내어 천금의 상을 걸었다는 소문을 듣자 소리 내어 울면서 말했다.

"그것은 내 동생일 것이다. 아! 엄중자는 내 동생의 지기였다."

그녀는 급히 집을 떠나 한나라의 수도로 갔다. 시장에 가서 보니 과연 섭정이었으므로 시체에 엎드려 통곡했다.

"이 사람은 심정리에 살던 섭정이다."

이 말을 들은 사람들은 모두 다음과 같이 말했다.

"이 자는 우리나라 재상을 죽였다. 임금께서 천금을 걸어 그 이름을 알려고 하는 것을 아낙네는 듣지 못했는가? 어찌하여 일부러 와서 이 자를 안다고 하시오?"

그러자 섭영은 이렇게 대답했다.

"그것은 나도 들었소. 그러나 지금까지 섭정이 오욕을 뒤집어쓰고 백정 일에 몸을 던졌던 것은 늙은 어머니가 살아 계시고, 내가 시집을 가지 않았기 때문이었소. 그러나 지금은 어머니도 세상을 떠나고 저도 시집을 갔습니다. 엄중자는 내 동생의 인물됨을 알고서 곤궁하고 천한 지위에 있는 그와 사귀었으니 그 은혜는 매우 두터운 것입니다. 그것을 보답하기 위해서는 어찌할 수 없었던 것이지요. 사나이는 자기를 알아주는 자를 위해 죽는다고 합니다. 내가 아직 살아 있기 때문에 자기의 얼굴 가죽을 벗기고 내가 모르도록 종적을 감추려고 한 것입니다. 내가 어찌 내 몸에 닥칠 벌을 겁내어 어진 동생의 이름을 버릴 수가 있겠습니까?"

한나라 사람들은 섭영의 말에 매우 놀랐다. 그녀는 이윽고 하늘을 우러러 큰 소리로 세 번 외치더니 몹시 슬퍼하다가 마침내 섭정 곁에서 숨을 거두었다. 진·초·제·위나라의 사람들은 모두 이 소문을 듣고 이렇게 말했다.

"섭정만이 훌륭한 일을 한 것이 아니다. 그 누이 또한 장한 여인이다."

섭정은 아마 누이가 이렇게 할 줄 몰랐을 것이다. 만일 해골을 드러내는 것을 대단한 일로 생각지 않고, 험난한 천 리 길을 생각하여 동생과 이름을 나란히 하여 누이 또한 한나라의 시장바닥에서 욕됨을 당할 줄 알았더라면 섭정도 반드시 자기의 일신을 엄중자를 위해 허락하지 않았을지도 모를 일이다. 엄중자 또한 인물을 잘 알아보고 유능한 사람을 얻었다고 말함이 옳을 것이다. 그 뒤 220여 년이 지나 진

(秦)나라에 형가(荊軻)의 사건이 있었다.

형가는 위나라 사람이다. 선조는 제나라 사람이었는데, 뒤에 형가가 위나라로 옮겨 가자 위나라 사람들은 그를 경경(慶卿)이라고 불렀다. 얼마 후에는 다시 연나라로 옮겨 갔는데, 연나라 사람들은 그를 형경(荊卿)이라고 불렀다. 형가는 독서·검술을 좋아했다. 그는 자신의 재능을 믿고 위나라 원군(元君)에게 청을 넣었으나 위나라 원군은 그를 쓰지 않았다. 그 뒤 진나라는 위나라를 쳐서 동군(東郡)을 설치하고, 원군의 일족을 야왕(野王, 지명)으로 옮겼다.

형가는 일찍이 방랑할 때 유차(諭次)를 지나다가 개섭(蓋聶)과 서로 검술에 대한 이야기를 하게 되었는데, 이야기 도중에 개섭이 노하여 눈을 부릅뜨는 것을 보고 형가는 곧 떠나버렸다. 어떤 사람이 다시 한 번 형가를 불러서 이야기해 보는 것이 좋겠다고 권하자 개섭이 말했다.

"전날 함께 검술 이야기를 하다가 의견이 맞지 않아서 노려본 적이 있소. 속는 셈치고 한번 가 보시면, 그는 반드시 떠났을 거요. 감히 머물러 있지 못할 것이오."

그리하여 사자를 숙소 주인에게로 보냈더니, 과연 형가는 수레를 타고 유차를 떠난 뒤였다. 사자가 돌아오자 개섭은 이렇게 말했다.

"당연히 떠났을 것이다. 내가 전날 노려보아 위협을 했으니까."

형가가 한단(조나라의 도읍)에 가서 머물고 있을 때 노구천(魯句踐)이란 자와 장기의 승부수를 놓고 다투게 되었다. 노구천이 노하여 큰 소리로 꾸짖으니, 형가는 아무 말 없이 달아나 두 번 다시 나타나지 않았다.

형가는 연나라로 옮긴 뒤로부터 연나라의 개를 잡는 백정과 축(筑, 거문고와 비슷한 악기)의 명수인 고점리(高漸離)라는 자와 가까이 지냈다. 형가는 술을 즐겨 날마다 백정과 고점리를 데리고 연나라의 시장에 나가서 마셨다. 술이 취하면 고점리가 축을 울리고 형가가 거기 맞추어 노래를 불러 여러 사람들과 함께 즐기는가 하면, 나중에는 함께 우는 등 그 행동거지가 방약무인했다. 형가는 비록 술꾼들과 어울려 놀기는 좋아했지만 그 사람됨은 침착하여 독서를 즐겼다.

그는 여러 제후 나라들을 방문했는데 어느 곳에서나 현인·호걸·장자들과 사귀었다. 연나라에 가서는 처사 전광(田光) 선생과 가까이 지냈다. 전광은 형가가 보통 사람이 아닌 것을 알고 있었기 때문에 후하게 대접했다.

얼마쯤 지나, 진나라에 볼모로 가 있던 연나라 태자 단(丹)이 연나라로 도망해 온 사건이 있었다. 태자 단은 일찍이 조나라에 볼모로 가 있었는데, 조나라에서 태어난 진나라 왕 정(政)은 어렸을 때 태자 단과 사이가 좋았다. 정이 즉위하여 진나라 왕이 되자 단은 진나라에 볼모로 가게 되었다. 그러나 진나라 왕의 대우가 좋지 않았으므로 그것을 원망해서 도망 온 것이었다. 돌아와서 진나라 왕에게 보복할 적당한 인물을 찾았으나 나라가 작아서 힘이 미치지 않았다.

그 후 진나라는 날마다 산동 지역에 병사를 보내어 제·초·삼진을 치고 점차 제후의 땅을 잠식하여, 바야흐로 연나라까지 육박해 왔다.

연나라 신하들은 모두 화가 자신들에게 미칠 것을 겁냈다. 태자 단이 걱정하며 태부(太傅) 국무(鞠武)에게 물으니, 국무가 대답했다.

"진나라의 영토는 천하에 가득 차고, 그 위력은 한·위·조를 위협합니다. 북쪽에 감천(甘泉)·곡구(谷口)의 요새가 있고, 남쪽에 경수(涇水)·위하(渭河)의 비옥한 토지가 있어 파(巴)·한(漢)의 풍요한 지대를 독점하고, 오른편에 농(隴)·촉(蜀)의 산지, 왼쪽에 관(關)·효(殽)의 험한 요새가 있습니다. 백성은 많고 군사들은 용감하고, 병기·군복도 여유가 있습니다. 그러므로 진나라가 치려고만 생각하면 장성(長城) 이남, 역수(易水) 이북의 땅(연나라)은 앞으로 어떻게 될지 전혀 예측할 수가 없습니다. 어찌 박대했다는 원한만으로 진나라의 역린(逆鱗)[1]을 건드리려고 하는 것입니까?"

태자가 물었다.

"그러면 어떻게 하는 것이 좋겠는가?"

"곰곰이 생각해 본 연후에 말씀을 드리겠습니다."

그 뒤 얼마 지나지 않아서, 진나라의 장군 번오기(樊於期)가 진나라 왕에게 죄를 짓고 연나라로 도망해 오니, 태자는 이를 받아들여 관사를 내주었다. 그러자 국무가 간했다.

"그것은 좋지 않습니다. 포악한 진나라 왕이 연나라에 원한을 가지고 있다는 사실만으로도 가슴이 서늘한 지경인데, 거기에 더해 번장군이 연나라에 있다는 소문을 듣게 되는 날이면 어떤 일이 일어날지

1 용의 턱에 비늘이 붙어 있는데, 그 비늘을 건드리면 용이 성을 내 그 사람을 죽인다는 말로, 여기에서는 임금의 분노를 뜻한다.

모릅니다. 이것은 마치 굶주린 호랑이가 다니는 길목에 고기를 던져 놓는 것과 같은 일이니, 화를 면할 수 없을 것입니다. 비록 관중(管仲)이나 안영(晏嬰) 같은 지혜 있는 이가 살아 있다고 해도 그 대책을 세울 수 없을 것입니다. 아무쪼록 태자는 번장군을 하루빨리 흉노 땅으로 되돌려 보내 진나라의 침략 구실을 없애고, 서쪽으로 삼진과 약정하고, 남으로 제·초와 연합하며, 북으로 선우(單于, 흉노 왕)와 화평을 강구하도록 하십시오. 그런 뒤라야 비로소 진나라에 대한 대책을 세울 수 있을 것입니다."

"태부의 계책은 시간이 너무 오래 걸립니다. 지금은 내 마음이 어지러워 잠시도 유예할 수 없으니 어찌하면 좋습니까? 뿐만 아니라 번장군은 천하에 몸 둘 곳이 없어 나에게 그 몸을 의탁한 것인데, 설령 아무리 강한 진나라가 위협을 할지라도 애련한 정을 버리고 그를 흉노에 내줄 수는 없는 일이오. 그러한 일은 나의 운명이 다했을 때나 일어날 것입니다. 어떻게든 태부는 다른 계책을 생각해 보는 것이 좋겠습니다."

"대체로 위태로운 일을 하면서 안전을 구하고, 재앙의 씨를 심고서 복을 구하고자 하는 것은 옅은 계략이어서 깊은 원한을 남기게 됩니다. 새로 사귄 친구 한 명과의 사귐을 계속 이어가기 위해서 나라의 커다란 피해를 돌아보지 않는다면, 이것은 원한을 쌓고 재앙을 조장하는 격이라 할 수 있습니다. 진나라가 연나라를 치는 것은 새의 깃털을 화로에 태우는 것과 같은 일로서 조금도 어려운 일이 아닙니다. 게다가 독수리나 매처럼 탐욕스럽고 사나운 진나라가 원한을 품고

포악한 노여움을 터뜨리면, 그 맹렬함은 이루 말할 수가 없을 것입니다. 연나라에 전광 선생이라고 있는데, 지혜가 깊고 용기가 있으니, 함께 계략을 의논하기에 족한 사람인 줄로 압니다."

"태부의 소개로 그 전광 선생을 만나고 싶은데 어떻겠습니까?"

"삼가 그 일을 맡겠습니다."

국무는 물러나와 전광을 만났다.

"태자는 나랏일을 선생과 의논코자 합니다."

"삼가 그 말씀대로 따르겠소."

전광은 곧 태자궁으로 찾아갔다. 태자는 앞으로 나아가 전광을 맞이하고, 뒤로 물러서면서 길을 안내하고 무릎을 꿇어 전광이 앉을 자리의 먼지를 털었다. 전광이 자리에 앉으니, 주위에는 아무도 없었다. 태자는 앉았던 자리에서 내려와 의견을 말해 줄 것을 부탁하며 이렇게 말했다.

"연나라와 진나라 두 나라는 아무래도 양립할 수 없습니다. 원컨대 선생의 고언을 부탁드립니다."

그러자 전광이 말했다.

"날랜 말도 기운이 왕성할 때는 하루에 천 리를 달리나, 노쇠하면 둔한 말조차도 앞서지 못한다는 말이 있는데, 태자는 제가 젊고 기운이 왕성할 때의 일만 들었을 뿐, 정력이 소모한 지금의 처지는 모르십니다. 그렇다고 저는 그것을 이유로 나랏일을 돌보지 않으려는 것은 아닙니다. 신의 친구 중에 형경이라는 자가 있는데, 쓸 만한 사람입니다."

"원컨대 선생의 소개로 형경을 만나고 싶은데 어떻소?"

전광이 승낙하고 물러나오니, 태자는 문까지 전송하면서 이렇게 다짐했다.

"제가 말한 것이나 선생이 말한 것이나 나라의 존폐와 관련된 일이니, 새어 나가지 않도록 해 주십시오."

전광은 고개를 숙이고 웃으며 말했다.

"네, 알겠습니다."

그리고 늙은 몸을 이끌고 형경을 찾아가 말했다.

"나와 그대와의 친교는 연나라에서 모르는 사람이 없소. 지금 태자께서는 내가 혈기왕성하던 때의 일만을 들었을 뿐 지금의 쇠약한 것을 모르고, 황송하게도 나에게 연나라와 진나라 양국이 양립할 수 없는 점을 말하며, 나의 고언을 바란다고 말씀하셨소. 나는 그대를 생각해 내고 태자에게 추천했으니, 모쪼록 태자의 궁으로 찾아가 보기 바라오."

형경은 대답했다.

"삼가 그 말씀을 따르겠습니다."

전광이 말했다.

"덕 있는 사람은 행동하는 데 있어 남을 의심하지 않는다는 말이 있는데, 태자는 나에게 우리가 나누었던 말을 누설해서는 안 된다고 하셨소. 이것은 태자가 이미 나를 의심한 것이오. 일을 꾀할 때 남을 의심하는 것은 절조와 의협이라고 할 수가 없소."

그리하여 전광은 스스로 목숨을 끊으며 형경에게 이렇게 말했다.

"원컨대 그대는 급히 태자에게로 가서 전광은 이미 죽었다고 말하고, 나라의 중대한 일이 누설될 염려가 없다는 것을 밝혀 주오."

형경은 태자를 뵙고 전광이 이미 죽은 것과 그가 한 말을 전하니, 태자는 두 번 절하고 무릎을 꿇어 눈물을 흘리며 말했다.

"내가 전광 선생에게 다른 말이 없기를 당부한 것은 큰일을 성공시키기 위함이었지 다른 뜻은 없었소. 선생이 죽어서까지 누설될 의심이 없는 것을 밝힌 것이 어찌 나의 본의겠소?"

형경이 자리에 앉으니, 태자는 자기 자리에서 내려와 머리를 굽히고 나서 말했다.

"전광 선생은 내가 불초한 줄을 알지 못하고, 그대 앞에서 말할 수 있는 기회를 열어 주었소. 이것이야말로 하늘이 연나라를 불쌍히 여겨 나를 버리지 않은 증거요. 지금 진나라는 탐욕으로 가득 차 있으며 그 욕망은 끝이 없습니다. 따라서 천하의 땅을 다 빼앗고 천하의 모든 임금을 신하로 삼지 않고서는 만족하지 않을 것입니다. 또한 군사를 일으켜 남쪽으로는 초나라를 치고, 북쪽으로는 조나라까지 쳐들어가려 하고 있습니다. 진나라의 왕전(王翦)은 몇 십만의 대군을 이끌고 장(漳)·업(鄴)을 쳤고, 이신(李信)은 태원(太原)과 운중(雲中)으로 출격했소.

조나라가 진나라의 침입을 이겨내지 못하면 반드시 진나라의 신하가 되고 말 것이오. 그렇게 되면 연나라에까지 화가 미치게 될 것이오. 연나라는 약소국으로서 잦은 전쟁에 시달렸기 때문에 이젠 힘을 모아 싸우려 해도 진나라에 당할 수가 없고, 제후들도 진나라에 굴복하여 감히 합종할 자가 없소. 내 어리석은 생각으로는, 천하의 용사를 구하여 진나라에 사신으로 보내 큰 이익을 미끼로 진나라 왕의 탐심을 자극한다면, 우리가 원하는 바를 이룰 수 있을 것 같소. 그런 다음 조말이 제나라 환공에게 했던 것처럼 진나라 왕을 협박하여 그가 빼앗은 제후국의 땅을 모두 돌려주게 한다면 가장 좋을 것이오. 그러나 만약 그럴 수 없다면 기회를 봐서 진나라 왕을 찔러 죽여야 할 것이오. 진나라 장수들이 군사를 거느리고 밖에 나가 있는 이때, 안에서 변란이 일어난다면 군신들은 서로 의심하게 될 것이오. 그 틈을 타 제후국들이 서로 연합한다면 진나라를 틀림없이 깨뜨릴 수 있을 것이오. 이것이 나의 다시없는 소원인데, 이 사명을 맡길 수 있는 인물을 알지 못하고 있었소. 형경께서는 부디 이 일을 생각해 주시오."

형가는 잠시 생각한 후 말했다.

"이것은 나라의 중대사입니다. 신은 어리석고 부족하여 황송하오나 사명을 달성하지는 못할 줄로 압니다."

태자가 앞으로 나아가 머리를 조아리며 사양하지 말 것을 간절히 청하자 형가는 마침내 수락했다. 그리하여 태자는 그를 높여 상경(上卿)으로 삼고, 상사(上舍, 상등 객사)에 머물게 했다. 태자는 날마다 그 문에 나아가 태뢰(太牢, 소·양·돼지를 재료로 한 음식)를 대접하고, 진품을 갖춰 보내고, 때로는 수레와 말, 그리고 미녀를 바쳐 형가의 비위를 맞추려고 애썼다.

그러나 꽤 오랜 시일이 지났는데도 형가는 떠날 생각을 하지 않았다. 한편, 진나라는 왕전을 장수로 하여 조나라 왕을 사로잡아 조나라의 땅을 모조리 차지했고, 군사를 몰아 북쪽을 공략한 후 연나라의 남쪽 국경까지 이르렀다. 태자 단은 겁을 먹고 형가에게 말했다.

"진나라 군대가 머지않아 역수를 건너면, 그대가 꾀하고자 하는 일을 기다리려고 해도 어찌 기다릴 수 있겠소?"

"태자의 말씀이 없더라도 신이 찾아뵙고 말씀을 올리려 했습니다. 신이 지금 진나라에 가더라도 신임을 얻을 만한 증거가 없다면 진나라 왕에게 접근할 수가 없습니다. 그런데 번장군의 목에는 금 천 근과 1만 호의 식읍이 상으로 걸려 있습니다. 만약 번장군의 목과 연나라 독항(督亢)의 지도를 가지고 가서 진나라 왕에게 바치면 그는 반드시 기뻐하며 신을 만나 볼 것입니다. 그리된다면 신은 태자께 보답할 수가 있겠습니다."

"번장군은 곤궁한 끝에 내게로 와서 몸을 의탁했소. 그러니 어찌 나의 사사로운 사정으로 그의 뜻을 해칠 수 있겠소. 다른 계책을 생각해 보시오."

형가는 태자가 차마 번장군을 죽이지 못하리란 것을 알고 직접 번오기를 만나 이렇게 말했다.

"진나라는 장군을 대단히 혹독하게 대했다고 들었습니다. 그들은 장군의 부모를 비롯하여 일족을 모두 죽이고, 이제 장군의 목에 금 천 근과 1만 호의 식읍을 걸었다고 하오. 장차 이 일을 어떻게 하실 생각이십니까?"

번오기가 하늘을 우러러 탄식하고 눈물을 흘리면서 말했다.

"나는 그 일을 생각할 때마다 고통이 골수에 스미는 듯하오. 그러나 아무리 생각해도 어찌할 바를 모르겠소."

그 말에 형가가 말했다.

"이제 연나라의 근심을 덜고 장군의 원수를 갚을 수 있는 계책이 있다면 장군은 어떻게 하실 겁니까?"

형가가 하는 말에 번오기는 앞으로 나앉으며 물었다.

"그것이 무엇이오?"

형가가 말했다.

"장군의 목이 필요합니다. 이것을 진나라 왕에게 바치면 진나라 왕은 반드시 기뻐하며 신을 만날 것입니다. 그때 신은 왼손으로 진나라 왕의 소매를 붙들고 오른손으로 그 가슴을 찌르는 것입니다. 그렇게 하면 장군의 원수도 갚고 연나라가 입은 수치도 씻을 수 있게 됩니다. 장군의 생각은 어떻습니까?"

번오기는 한쪽 팔을 드러내고, 주먹을 쥐며 이렇게 말했다.

"이것이야말로 내가 밤낮으로 이를 악물고 가슴을 치며 고대하던 것인데, 이제 그대의 가르침을 듣고 내 뜻을 얻었소."

그리고는 마침내 스스로 목을 찔러 죽었다. 태자는 이 말을 듣고 달려가 시신 옆에 엎드려 애통하게 울었지만 이미 어쩔 수 없는 일이었다. 형가는 번오기의 목을 함에다 넣은 다음 봉했다. 이때부터 태자는 천하에서 가장 날카로운 비수를 얻고자 노력한 끝에 조나라 사람 서부인(徐夫人)의 비수를 백 금을 주고 손에 넣었다. 장인을 시켜 칼날에 독약을 묻혀 사람을 찔러 보았는데, 한 방울의 피를 흘릴 정도의 작은 상처에도 즉사하지 않은 자가 없었다. 태자는 행장을 꾸린 다음

형가를 진나라로 보내게 되었다.

연나라에 진무양(秦舞陽)이란 용사가 있었다. 열세 살에 사람을 죽인 일이 있을 정도여서 누구도 그를 거역하려는 자가 없었다. 태자는 진무양을 형가의 부관으로 정했다.

형가에게는 달리 기대했던 사람이 있어 그를 데리고 갈 생각이었으나, 먼 곳에 사는 자라 시간이 되어도 당도하지 않았다. 형가는 그를 계속 기다렸고, 그 사이에 행장은 다 꾸려졌다. 형가의 출발이 늦어지자 태자는 조바심을 냈다. 그는 그 사이 형가의 마음이 변한 것은 아닌지 의심하여 찾아가 물었다.

"시일이 촉박한데 그대는 무엇인가 달리 생각하는 일이라도 있는 것이오? 진무양이라도 먼저 보낼까 하오만……."

그 말에 형가는 몹시 노하여 태자를 꾸짖듯이 말했다.

"진무양을 먼저 보낸다는 것은 무슨 말씀이오니까? 한 번 가면 그뿐 진무양은 돌아오지 못합니다. 비수 한 자루를 가지고 위험한 진나라 속으로 들어가는 일이니, 제가 시일을 늦추는 것은 함께 갈 친구를 기다려 이와 동행하려는 것이었는데 태자께서 그것을 늦다고 하면 작별을 고하고 이대로 떠나리다."

마침내 형가는 길을 떠났다. 태자와 형가의 사정을 아는 사람들은 모두 흰 상복을 입고 전송했다. 역수 근방에 와서 도조신(道組神, 도로의 신)에게 제사를 지내고 나그네의 길에 오르는데, 이때 고점리는 축을 울리고 형가는 여기에 맞추어 노래를 불렀다. 변치(變徵, 가락의 이름)의 비애를 띤 소리가 울려 퍼지자, 전송을 나온 사람들은 머리카락을 드리우고 훌쩍거리며 울었다. 형가는 자진하여 노래를 불렀다.

바람 소리 쓸쓸하다
역수는 차가워라
장사(壯士) 한 번 가면
다시 오지 못하리니.

형가가 다시 높고 격정적인 소리로 노래하자 전송 나온 사람들이 모두 감동하여 눈을 부릅뜨고 머리카락이 관을 찌를 듯 노기를 띠었다. 형가는 수레를 타고 떠나가며 끝내 뒤를 돌아보지 않았다.

진나라에 도착하자 형가는 진나라 왕의 총신 중서자(中庶子, 관명) 몽가(蒙嘉)에게 천금의 예물을 바쳤다. 몽가는 형가를 위해 진나라 왕에게 아뢰었다.

"연나라 왕은 진실로 대왕의 위력에 겁을 내어 굳이 모든 군사를 동원하여 대왕의 군사에 대항하지 않고, 나라를 들어 대왕의 신하가 되며, 제후를 본떠 공물 바치기를 마치 진나라의 군현과 같이 하고, 선왕의 종묘를 지키기 바랍니다. 너무도 황공하여 자기 몸소 와서 진정하기를 삼가, 번오기의 머리와 연나라 독항의 지도를 함 속에 넣어 봉해 왔습니다. 이를 위해 연나라 궁정에서 예를 갖추고 절을 했다고 합니다."

진나라 왕은 이 말을 듣고 크게 기뻐하여 예장을 하고 구빈(九賓)의 예(빈객을 대우하는 최고의 의례)를 베풀어 연나라 사자를 함양궁에서 만났다. 형가는 번오기의 머리가 든 함을 받들고 진무양은 지도가 든 함을 받들어 차례로 나아가 뜰에 이르니, 진무양은 안색이 변하여 몸을 떨었다. 여러 신하들이 이것을 괴이쩍게 여기므로 형가는 진무양을 돌아다보고 웃은 뒤에 다시 앞으로 나아가며 이렇게 사과했다.

"북방 오랑캐의 미천한 자가 아직 천자께 배알한 일이 없으므로 겁이 나서 몸을 떠는 것입니다. 원컨대 대왕은 이 무례함을 용서해 주시고, 사자의 예를 대왕의 앞에서 끝마치도록 허락해 주십시오."

그러자 진나라 왕이 말했다.

"진무양이 가지고 있는 지도를 꺼내 보아라."

형가가 지도를 꺼내어 진나라 왕에게 바쳤다. 진나라 왕이 지도를 다 펼칠 즈음에 형가는 속에 들어 있던 비수를 꺼냈다. 그리고 곧 왼손으로 진나라 왕의 소매를 잡고, 오른손으로 비수를 잡아 가슴을 찔렀다. 칼날이 몸에 닿는 순간, 놀란 진나라 왕이 몸을 빼어 일어나려다가 소매가 찢어졌다. 진나라 왕은 자기의 칼을 빼려고 하였으나 칼이 길어서 칼집만 잡았을 뿐이다. 그리고 워낙 놀랐기 때문에 칼이 잘 빠지질 않았다. 형가가 진나라 왕을 쫓으니 왕은 기둥을 돌아서 달아났다. 여러 신하들은 갑작스런 사태에 어찌할 줄을 몰랐다. 그러나 진나라 법률에는 신하가 궁전에 오를 때는 몸에 어떠한 무기도 지닐 수 없었으므로 호위 낭중들은 모두 뜰아래에서 칼을 잡고 늘어서 있으면서도 왕의 명령이 없으니 전상으로 오를 수가 없었다. 너무나 당황한 나머지 진나라 왕은 호위병을 부를 경황도 없었다. 형가가 진나라 왕을 쫓아다닐 수 있었던 것도 이 때문이다. 신하들 또한 당황

한데다가 무기가 없어 다만 주먹으로 대들 뿐이었다. 이때 시의(侍醫) 하무저(夏無且)가 손에 들고 있던 약주머니를 형가에게 내던졌다. 진나라 왕은 기둥을 돌아 달아나며 공포에 어찌할 바를 모르는데, 좌우에 있던 자가 소리쳤다.

"폐하, 칼을 등에 지고 뽑으십시오."

진나라 왕은 칼을 등에 지고 마침내 칼을 뽑아 형가를 쳐서 왼쪽 다리를 베었다. 형가는 엉덩방아를 찧고 넘어지면서 비수를 던졌는데 왕의 몸에는 맞지 않고 구리 기둥에 맞았다. 진나라 왕은 또 형가를 베어 여덟 군데나 상처를 입혔다. 이제는 일이 틀린 것을 알게 된 형가는 기둥을 잡고 웃으며, 두 다리를 앞으로 뻗고 앉아 꾸짖는 소리로 말했다.

"일이 성취되지 않은 것은 왕을 살려 놓고 위협하여 빼앗은 연나라 땅을 돌려주겠다는 약속을 받아 연나라 태자에게 보답하려고 했기 때문이다."

좌우에 있던 자들이 앞으로 달려 나와 형가를 죽였으나 진나라 왕의 얼굴에서는 오랫동안 불쾌한 표정이 가시지 않았다. 얼마 뒤에 논공을 하여 신하들에게 상과 응분의 벌을 내렸다. 하무저에게는 황금 2백 일을 주고 다음과 같이 칭찬했다.

"하무저는 나를 사랑하여 약주머니를 형가에게 던졌다."

이 사건을 계기로 격노한 진나라 왕은 더 많은 병력을 조나라에 있는 왕전에게 보내 연나라를 치게 했다. 열 달 만에 연나라 도성이 함락되자, 연나라 왕 희(喜)와 태자 단은 병사들을 이끌고 동쪽으로 달

아나 요동을 지켰다. 진나라 장수 이신이 연나라 왕을 맹렬히 추격하자 조나라의 마지막 왕인 가(嘉)가 연나라 왕 희에게 편지를 보냈다.

진나라가 맹렬히 연나라 왕을 추격하는 것은 태자 단 때문이오. 지금 왕께서 단을 죽여서 진나라 왕에게 바친다면 반드시 진나라 왕의 노여움은 풀릴 것입니다. 또한 연나라의 사직도 다행히 보존될 것입니다.

그 후 이신이 단을 추격하자 단은 연수(衍水)에 몸을 숨겼다. 연나라 왕은 사자를 보내 태자 단을 죽여 진나라에 바치려 했으나, 진나라는 계속해서 연나라를 공격했다. 5년 후 진나라는 마침내 연나라를 멸망시키고 연나라 왕 희도 사로잡았다. 그 이듬해, 진나라는 천하를 병합하고 진나라 왕은 황제에 올랐다. 진나라가 태자 단과 형가의 빈객들을 잡으려고 하자 모두 달아났다. 고점리는 이름을 바꾸고 남의 집 고용살이를 하며 송자(宋子)라는 마을에서 머슴살이를 했는데 그 노고는 차마 말로 다할 수 없을 정도였다. 어느 날, 주인집에 온 손님이 축을 타는 소리를 듣게 된 고점리는 가만히 중얼거렸다.

"저 사람은 잘 탈 때도 있지만, 이 대목에서는 못 탈 때도 있군."

그 말을 들은 종이 주인에게 일러바쳤다.

"저 놈이 음악을 아는 모양으로 잘하고 못하는 것을 가만히 평을 하고 있습니다."

주인이 불러서 축을 타게 하니 자리에 있던 사람들은 모두 놀라서 술을 권했다. 이후 고점리는 오랫동안 세상에 숨어서 곤궁하게 살아

봐야 끝이 없을 거라 생각했다. 이에 마음을 바꿔 짐짝 속에 있던 축과 나들이옷을 꺼내어 용모를 고치고 여러 사람 앞에 나왔다. 손님들은 모두 놀라서 자리를 물러앉으며 대등한 예로 그를 맞아 축을 타고 노래를 부르게 하였는데, 눈물을 흘리지 않는 자가 없었다. 송자 사람들은 돌아가며 그를 자기 집으로 청하여 손님으로 모셨다. 이 말이 진시황제의 귀에 들어가자 진시황제가 고점리를 불러들였다.

그런데 그를 알아보는 사람이 있었다.

"저 사람은 형가의 친구 고점리입니다."

그러나 진시황제는 그의 축 타는 솜씨를 아까워하여 목숨은 살려주는 대신 눈을 멀게 했다. 그 후 진시황제는 고점리가 축을 타면 칭찬하지 않은 적이 없었고, 점점 그를 가까이하기에 이르렀다. 고점리는 납덩어리를 축 안에 넣고 기회가 오기만을 기다렸다. 마침내 진시황제 곁에 가까이 가게 된 고점리는 축을 들어 진시황제를 내리쳤지만 빗나갔다. 진시황제는 결국 고점리를 죽이고, 그 후 죽을 때까지 제후국 출신은 가까이하지 않았다.

노구천은 형가가 진시황제를 찌르려 했다는 말을 듣고 이렇게 말했다.

"아아, 그가 사람을 찌르는 검술을 배우지 않은 것은 애석한 일이었다. 그리고 나는 사람을 알아보는 밝음이 없었다. 전에 나에게 꾸지람을 듣고 조용히 도망간 것은 지금 생각하면 나를 사람으로 여기지 않았기 때문이리라."

태사공은 말한다.

형가에 관하여 세상에서 전해지는 이야기 중에 하늘이 태자 단의 명운(命運)을 칭찬하여 곡식을 내리고 말에 뿔이 났다고 전하나, 이것은 심히 그릇된 말이다. 또 형가는 진나라 왕에게 상처를 냈다고 말하나 이것도 사실이 아니다. 일찍이 공손계공(公孫季功)과 동중서(董仲舒) 두 사람은 하무저와 교유관계가 있어 자세히 그 사정을 알고 있었는데 나에게도 이야기를 하였으며, 그 진상은 내가 기록한 대로다. 조말에서 형가에 이르는 다섯 사람은 그 의거가 혹은 성공하고 혹은 실패했다. 그러나 그 심경은 명백하여 본바탕을 속이지 않았다. 그들의 이름이 후세에 전해지는 것을 어찌 허망한 일이라 하겠는가.

이사 열전(李斯列傳)

이 편은 이사 개인의 열전이라기보다는 진시황제가 천하를 통일해 가는 과정과 이후 진나라가 멸망하기까지의 과정을 보여 주고 있다. 어쨌든 진나라가 천하를 통일할 수 있었던 것은 모두 이사의 힘이었다. 그래서 〈이사 열전 제27〉을 지었다.

이사는 초나라 상채(上蔡) 사람으로, 젊어서는 고을의 하급관리로 일했다. 어느 날, 그는 관청 변소의 쥐들이 더러운 것을 먹다가도 사람이나 개가 가까이 가면 달아나는 것을 여러 차례 보았다. 반면 광속의 쥐들은 쌓아 놓은 쌀을 먹으면서도 사람이나 개가 가도 그리 놀라는 빛이 없고, 또한 넓은 지붕 밑에 사는 것을 보았다.

그에 대해 이사는 이렇게 한탄했다.

"사람이 어질다, 어리석다 하는 것은 비유하면 쥐와 같아서 스스로 있는 곳에 따라 다르구나."

그리하여 순경(荀卿, 荀子)을 스승으로 삼아 제왕의 도리를 배웠다. 학업을 끝마치자 초나라 왕은 섬기기에 부족하고, 다른 6국은 모두 약소하여 스스로 공을 세울 여지가 적다고 생각되어 서쪽 진나라로 들어가려고 순경에게 하직 인사를 하며 이렇게 말했다.

"저는 때를 얻으면 게을리하지 말라는 말을 들었습니다. 이제 여러 나라는 서로 세력을 다투고, 유세하는 선비는 나라 일을 좌우하고, 더욱이 진나라 왕이 여러 나라를 병합하여 황제라 일컬으며 천하를 통일하려고 합니다. 정녕 포의(布衣)의 선비가 분주해 할 때이며, 유세하는 선비에게는 중요한 때이기도 합니다. 비천한 지위에 있는 자가 거기에 대해 아무런 계획도 하지 않는 것은 마치 짐승이 고기를 앞에 두고서도 사람이 보고 있으므로 참고 그냥 지나치는 것과 같습니다. 그러므로 비천한 것처럼 부끄러운 것은 없으며, 곤궁한 것처럼 슬픈 것은 없습니다. 오래도록 비천하고 곤궁한 처지에 있으면서 세상의 부귀를 비방하고 남의 이득을 미워하며, 몸을 무위자연의 심경에 맡겨 스스로 고상하다고 하는 것은 선비 된 자의 진정이 아닙니다. 그러므로 저는 이제부터 서쪽으로 나아가 진나라 왕에게 유세하려는 것입니다."

이렇게 하여 이사는 진나라로 가 재상 문신후(文信侯) 여불위(呂不韋)의 사인이 되었다. 이사가 진나라에 도착할 무렵 때마침 장양왕이 죽었다. 얼마 후 이사의 현명함을 깨닫게 된 여불위는 그를 왕의 시종관으로 천거했다. 그리하여 진나라 왕에게 유세할 기회를 얻은 이사는 왕에게 말했다.

"남의 허점을 파고들지 않고 그저 막연히 기다리기만 하면 좋은 기회를 놓칩니다. 큰 공을 성취하기 위해서는 상대의 허점을 잘 파악해서 과감하게 일을 추진해야 합니다. 옛날 진나라 목공께서 패업을 이루고도 끝내 동쪽의 여섯 나라를 병합하지 못한 것은 무엇 때문이겠습니까? 그것은 제후들이 아직 많고 주나라 왕실의 덕망이 사라지지 않았으며, 오패가 곧장 뒤를 이어 일어나서 서로 주나라 왕실을 존중했기 때문입니다. 그런데 효공 이래로는 주나라 왕실이 쇠약하여 제후는 서로 병탄하여 관동에는 6개 국만이 남았습니다. 진나라는 승리의 기세를 타서 제후들 부리기를 6대까지 하였고, 이제는 제후가 진나라에 복종하기를 마치 진나라의 군현과 같이 합니다. 이러한 진나라의 강대한 힘과 대왕의 현명함을 가지고 일을 한다면, 모든 나라를 멸하여 제왕의 업을 이루고 천하를 통일하는 것은 아낙네가 아궁이의 먼지를 쓰는 것같이 매우 쉬운 일일 것입니다. 이것은 만세에 한 번 있을까 말까 한 기회라고 하겠습니다. 이제 주저하여 급히 서두르지 않으면, 제후가 또 강성해져서 합종이라도 맺게 되면 설령 황제가 나타나도 6국을 병합할 수는 없을 것입니다."

진나라 왕은 이사를 관리 중의 우두머리인 장사(長史)에 임명하고, 그 계략을 받아들여 모사들에게 황금 주옥을 안겨 가만히 여러 나라로 보내 제후국에 가 유세하도록 했다. 또 제후국의 명사로서 재보의 힘으로 자기편을 만들 수 있는 사람에게는 후한 뇌물을 주어 결탁하고, 움직이지 않는 자는 자객을 시켜 죽여 임금과 신하 사이를 이간질

시킨 다음 똑똑한 장수를 보내어 토벌케 했다. 진나라 왕은 이사를 객경(客卿, 타국인 대신)으로 삼았다.

이 무렵, 한나라 사람 정국(鄭國)이 진나라에 와서 대규모 관개용 운하를 만들고 있었는데, 이것은 진나라의 국력을 소모시키려는 한나라의 모략이었다. 이것이 발각되자, 진나라의 종실 및 대신들은 모두 왕에게 말했다.

"제후국 사람으로서 진나라를 섬기는 자는 대개 그전 임금들을 위해 유세하고, 진나라의 군신 사이를 이간하려고 할 뿐입니다. 모쪼록 외객들을 일체 추방해 주십시오."

이사도 논의의 대상이 되어 추방을 당하게 되었으므로 글을 올렸다.

신이 듣기로, 관리들의 건의로 외객의 추방을 결의했다고 하는데, 이는 잘못된 처사입니다. 옛날 무공은 어진 선비를 구하여 유여(由余)를 서쪽의 융(戎)에서 불러왔고, 백리해(百里奚)를 동쪽의 원(宛)에서 얻었으며, 건숙(蹇叔)을 송나라에서 맞이했고, 비표(丕豹)와 공손지(公孫支)를 진나라에서 찾았습니다. 이 다섯 사람의 모국은 진나라가 아니었지만 무공은 그들을 등용하여 20개 국을 병합하고 마침내 서융의 패자가 되었습니다. 또 효공이 상앙의 법을 채용하여 풍속을 개혁함으로써 백성은 번영하고 나라는 부강하게 되고, 백관은 즐거이 봉사하고 제후는 기꺼이 복종하고, 초나라와 위나라의 군사를 무찔러 넓힌 토지가 천 리에 미치고 있습니다. 이 때문에 지금도 나라가 잘 다스려지고 군사가 강한 것입니다.

혜왕은 장의의 계획을 써서 삼천의 땅을 빼앗고, 서쪽으로 파·촉의 땅을 합하고, 북쪽으로 상군(上郡)을 치고, 남쪽으로 한중을 취하여 구이(九夷)를 아우르고, 초나라의 언·영을 제압하고, 동쪽으로 성고(成皐)의 험난한 곳을 의지하여 기름진 토지를 빼앗고, 마침내 6국의 합종을 해체하여 진나라에 복종케 했습니다. 그 공은 오늘날까지 전해지고 있습니다.

소왕은 범수(范)를 얻어 그 계략에 의하여 양후를 폐하고 화양군을 추방함으로써 왕실을 튼튼히 하고 열후의 세력을 막았으며, 제후들의 땅을 잠식하여 진나라가 제업을 이루도록 했습니다. 이 네 군주는 모두 외객을 등용하여 성공했습니다. 그러고 보면 외객이 진나라를 배반한다는 것은 무엇으로 말할 수 있습니까. 만약 이 네 군주가 일찍이 외객을 물리쳐 어진 선비를 소홀히 하여 등용하지 않았더라면, 나라에는 부유함과 이로움이 따르지 못했을 것이며, 강대하다는 명성도 얻지 못했을 것입니다. 이제 폐하는 곤륜의 유명한 옥을 손에 넣어 수후주(隨侯珠)와 화씨벽(和氏璧)을 차지하고, 명월주(明月珠)를 몸에 장식하고, 태아(太阿)의 명검을 차고 섬리마(纖離馬)를 타고, 취봉기(翠鳳旗)를 세우고, 영타(靈鼉)의 북을 설치해 놓았습니다. 이들 여러 가지 보배는 어느 것 하나도 진나라에서 난 물건이 아닌데 폐하께서 이런 물건을 귀중히 생각하는 것은 무슨 까닭에서입니까? 만약 진나라에서 나는 물건만을 쓰신다고 하면, 야광의 벽옥을 조정에 장식할 수 없고, 우각·상아로 만든 물건은 감상할 수 없으며, 정나라와 위나라의 미녀는 후궁으로 올 수 없고, 준마들도 마구간에 넘칠 수 없으

며, 강남의 금과 주석도 쓰임새에 충당할 수가 없고, 서촉의 단청도 채색으로 쓸 수가 없습니다. 후궁을 장식하고, 궁내의 쓰임새를 충당하고, 심정을 즐겁게 하고, 눈과 귀를 기쁘게 하는 것들을 진나라 산물이 아니면 쓸 수가 없다고 한다면, 원나라의 주옥으로 만든 비녀, 부기(傅璣)의 귀걸이, 아호(阿縞)의 비단 옷, 금수의 장식은 대왕 앞에 올릴 수가 없으며, 아름답게 꾸민 조나라 미인 역시 지금처럼 폐하를 모실 수 없을 것입니다. 항아리를 치고, 질장구를 두드리고, 쟁을 퉁기고, 무릎을 치며, 노래 불러 귀를 즐겁게 하는 것이 참으로 진나라의 음악이며, 정(鄭)·위(衛)·상한(桑閒)—정·위는 난세의 음악, 상한은 망국의 음악으로 모두 음탕한 음악임—소(昭)·우(虞)·무(武)·상(象)—소·우는 순왕의 음악, 무·상은 무왕의 음악, 모두 올바른 음악임—은 이국의 음악입니다. 그런데도 지금 진나라에서는 항아리를 치고 질장구를 두드리는 것은 그치고, 정·위도 쟁을 퉁기는 것도 그치고 소·우를 취하고 있는데 그것은 무슨 까닭입니까? 그것이 곧 마음을 즐겁게 하고 눈을 즐겁게 하기 때문입니다.

그런데 인물을 취하는 것은 이와 다르게 논설의 가부와 행위의 곡직을 말하지 않고 진나라 사람이 아니면 추방하려고 합니다. 그러고 보면 진나라가 존중하는 것은 여색과 음악뿐이며 인물은 경멸하는 것이 됩니다. 이렇게 해서는 천하의 제후를 제압할 수가 없습니다.

신은 '땅이 넓으면 곡식이 많고, 나라가 크면 사람이 많고, 군대가 굳세면 병졸이 용감하다'고 들었습니다. 그와 같이 태산은 한 덩이의 흙도 양보하지 않기 때문에 크며, 바다는 한 줄기의 가는 물도 거절하지 않기 때문에 깊으며, 임금은 한 명의 인물도 물리치지 않기 때문에 덕이 밝다는 것입니다. 따라서 제왕의 땅에는 사방의 구별이 없고 제왕의 백성에게는 이국의 차별이 없고, 네 계절이 조화하여 그 아름다움이 충만하고 귀신도 성인의 시대를 칭송하여 복을 내리는 것입니다. 이러한 것들이 오제 삼왕(五帝三王)으로 하여금 적이 없게 했던 까닭이라고 하겠습니다. 그런데 지금은 백성을 버리고 적국을 이롭게 하며, 인재를 물리치고 제후를 도와 천하의 선비들을 감히 서쪽으로 향하지 못하게 하고 있습니다. 이는 이른바 원수에게 군사를 빌려주고 도둑에게 양식을 공급하는 일이 됩니다. 진나라에서 나는 물건이 아니고도 보배로 삼을 것이 많으며, 진나라에서 난 선비가 아니고도 충성을 하는 자가 많습니다. 이제 외객을 추방하여 적의 나라를 이롭게 하고, 백성을 줄여서 원수에게 이롭게 하고, 국내에서는 스스로 모자라는 것을 견디고, 국외에서는 제후국의 원한을 사면, 어떻게 나라의 편안을 바라며, 어떻게 소원을 이룰 수가 있겠습니까.

이 상서를 읽고 진나라 왕은 축객령을 해제하고 이사를 복직시켜 그의 계책을 썼으며, 그를 정위(廷尉)로 삼았다.

그 후 20여 년이 지나 마침내 천하를 통일하고 왕을 높여 황제라 하고 이사를 승상으로 삼았다. 이사는 군현에 있는 성벽을 무너뜨리고 무기를 녹여 다시는 사용하지 않을 뜻을 천하에 천명했다. 진나라가 일척의 토지에도 제후들을 봉하지 않고 후손이나 공신들 또한 제후로 삼지 않았으니, 이는 후세에 내란의 우환을 없애기 위한 것이었다.

진시황제 34년에 함양궁에서 주연이 있어 박사복야(博士僕射) 주청신(周靑臣) 등이 시황제의 위덕을 칭송했다. 그때 제나라 사람 순우월(淳于越)이 앞으로 나와 간했다.

"신이 듣건대, 은나라와 주나라가 천여 년 동안 왕실을 존속할 수 있었던 것은 자제 공신들을 봉하여 왕실을 받들도록 했기 때문입니다. 그런데 이제 폐하께서는 천하를 보유하고 계신데, 자제분들은 일개 필부의 신분입니다. 이러다가 만일 제나라 전상(田常)이나 진나라의 육경(六卿)과 같은 역신이 갑자기 나타났을 때 왕실을 보필하는 신하가 없다면 어떻게 서로 도움을 얻을 수 있겠습니까. 어떤 일이나 옛것을 거울로 삼지 않고 오래 지속되었다는 말은 들어 보지 못했습니다. 이제 주청신 등이 아첨을 일삼아서 폐하로 하여금 과오를 저지르게 하니 충신이라고 할 수 없습니다."

시황제는 이 건의를 승상에게 분부하여 조사하도록 했다. 승상은 그 건의를 타당치 못하다 물리치고 이렇게 글을 올렸다.

옛날에는 천하가 어지러워도 누구 하나 통일할 자가 없었고, 그 때문에 제후가 어깨를 나란히 하고 일어났던 것입니다. 순우월이 말하는 것은 모두 옛일을 거론하며 지금을 해롭게 하고, 허황된 말로써 현실을 어지럽히는 것입니다. 사람들은 모두 자기가 배운 학문을 좋은 것이라 여기고 나라에서 세운 제도는 비난합니다. 이제 폐하는 천하를 병합하여 사물의 흑백을 구별하고 천하에 한 분의 황제만 세웠습니다. 그런데 학문을 한 사람은 법률과 문교의 제도를 비난하고, 집에서는 마음으로 비난하고, 밖에 나와서는 여러 사람들과 의논하고, 제왕을 비난하여 자신을 자랑하고, 이단을 제창하여 스스로 높다 하고, 무리들을 이끌어 비방하는 것으로 일삼고 있습니다. 이러한 일을 금하지 않고는 위로는 대왕의 권위가 떨어지고, 아래로는 당파가 형성될 것이니 금하는 것이 상책입니다. 원컨대 모든 학문, 시경과 서경, 제자백가의 저술을 폐기하고 명령을 받은 지 만 30일이 되어도 아직 버리지 않는 자는 먹실을 넣는 형을 가하여 성단(城旦)[2]에 처하십시오. 버리지 않아도 될 것은 의약, 복서, 원예의 서적에만 한하고, 만약 배우려고 하는 자는 관리를 스승으로 삼도록 하는 것이 좋겠습니다.

시황제는 이 건의를 재가하고 시서·백가의 저술을 몰수하여 우민 정책을 취하고, 천하 만민이 옛날을 끌어내어 현대를 비방하는 일이 없도록 했다. 법도를 분명히 하고, 율령을 정한 것도 다 시황제에게서 비롯한 것이다. 문자를 통일하고 이궁과 별관을 짓고, 제왕이 영토 안을 순행하는 것을 분명히 하고 대외적으로는 사방의 오랑캐를 쫓아냈다. 이것은 모두 이사의 힘을 입은 바가 많았다.

이사의 장남 유(由)는 삼천(三川) 태수가 되고, 다른 아들들도 모두 진나라 공주의 배필이 되었으며, 딸들은 모두 진나라의 여러 공자들에게 시집을 갔다. 삼천 태수 이유가 휴가를 얻어 함양에 돌아왔을 때 이사가 집에서 주연을 베푸니, 백관의 우두머리가 모두 와서 이사

2 성을 쌓는 죄수를 일컬음.

를 위해 건강을 축복했다. 문전의 뜰에 수레와 말이 몇 천이나 늘어서 있는 것을 보고 이사는 탄식하며 말했다.

"아아, 내가 순경에게서 듣건대, 사물이 지나치게 성대해지는 것을 경계하지 않으면 안 된다고 하였다. 나는 상채에 살던 일개 백성에 불과했는데, 왕께서는 내가 재주 없음에도 불구하고 발탁하여 마침내 오늘에 이르렀다. 이제는 왕의 신하로서 내 위에 서는 자가 없으니 부귀를 다했다 하리라. 모든 사물은 극한에 달하면 쇠약해지는 것이니 수레를 끌던 노역에서 풀려나온 늙은 말과 같이 이 몸의 마지막이 어떻게 되려는지 나도 알 수가 없다."

시황제 37년 10월에 황제는 회계를 순행하고 해안 기슭 북쪽의 낭야로 갔다. 승상 이사와 중거부령(中車府令) 조고(趙高)가 부새령(符璽令)을 겸직하여 그를 수행했다.

시황제에겐 20여 명의 아들이 있었다. 큰아들 부소(扶蘇)는 황제에게 직간하는 일이 잦아 시황제는 그를 멀리했다. 결국 시황제는 부소를 상군(上郡)의 군대 감독관으로 보내기에 이르렀고, 그 휘하에는 몽염(蒙恬)을 장수로 두었다. 오직 시황제의 총애가 두터운 막내아들 호해(胡亥)만이 시황제를 수행할 수 있었을 뿐 다른 공자는 아무도 수행할 수 없었다.

그해 7월, 사구(沙丘)에 이르자 시황제의 병이 위중해졌다. 시황제는 맏아들 부소를 생각하고 조고에게 명하여 공자 부소에게 편지를 보내도록 했다.

군사를 몽염에게 맡기고 함양에서 나의 관을 맞아 장사토록 하라.

그러나 편지를 사신의 손에 전해 주기도 전에 시황제가 승하했다. 편지와 옥새는 모두 조고가 가지고 있었다. 시황제의 죽음을 알고 있는 것은 다만 호해와 승상 이사와 조고 및 환관 5, 6명뿐으로, 다른 신하들은 누구도 알지 못했다. 이사는 왕이 순행 도중에 죽은 것과 태자를 세우지 않은 것을 고려하여 상(喪)을 숨기고, 시황의 유해를 온량거(轀輬車)[3]에 안치했다. 백관이 말씀을 아뢰는 것이나 수라상을 올리는 일을 평상시와 같이 하고, 환관이 수레 안에서 일을 재가했다. 조고는 부소에게 내린 글월을 손에 쥐고 공자 호해에게 말했다.

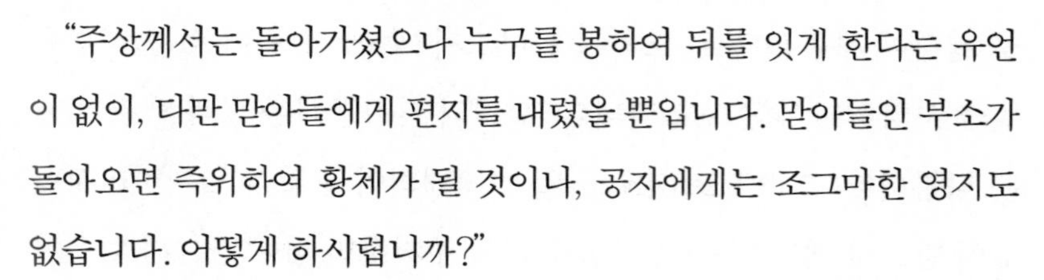

"주상께서는 돌아가셨으나 누구를 봉하여 뒤를 잇게 한다는 유언이 없이, 다만 맏아들에게 편지를 내렸을 뿐입니다. 맏아들인 부소가 돌아오면 즉위하여 황제가 될 것이나, 공자에게는 조그마한 영지도 없습니다. 어떻게 하시렵니까?"

"그것은 당연한 일이오. 명군은 신하를 알아보고, 어진 아버지는 아들을 안다지 않았소. 아버님의 승하에 이르러 다른 모든 아들을 왕으로 봉하지 않았습니다. 아들로서 무슨 딴 말이 있을 수 있겠소?"

"그렇지 않습니다. 이제 천하의 권력을 얻는 것도 잃는 것도 공자와 나와 승상의 생각에 달렸습니다. 이것을 잘 생각해 보시기 바랍니다. 남을 신하로 삼는 것과 남의 신하가 되는 것, 또 남을 지배하는 것

3 창문을 열고 닫음이 자유로워 서늘함과 따뜻함을 마음대로 조절할 수 있는 수레. 깃털로 화려하게 장식했다.

과 남의 지배를 받는 것은 결코 같지 않습니다."

"형을 폐하고 아우를 세우는 것은 의롭지 못한 일이오. 아버님의 말씀을 받들지 않고 음모를 꾸미는 것은 불효한 일이며, 내 재능이 천박한데 억지로 남의 공에 얹히려는 것은 무능한 일이오. 이 세 가지는 덕을 거슬리는 일이니 천하가 복종하지 않을 것이고, 내 몸은 위태로워질 것이며, 사직은 끊어지고 말 것이오."

"신은 이렇게 들었습니다. 탕왕과 무왕은 군주를 죽였지만 천하 사람들은 이것을 의롭다 할 뿐 불충하다고 하지 않았습니다. 위나라 왕은 아버지를 죽였지만 위나라 백성들은 그 덕을 받들었고, 공자도 이를 《춘추》에다 기록하면서 불효라는 말은 하지 않았습니다. 또 큰일을 행하는 사람은 작은 도의를 돌아보지 않고, 큰 덕이 있는 사람은 일을 사양하지 않는다고 합니다. 향리의 자질구레한 일과 백관의 일은 다릅니다. 그러므로 사소한 일에 구애되어 큰일을 잊어버리시면 뒤에 반드시 해가 있으며, 의심을 하여 주저하면 뒤에 반드시 뉘우침이 있습니다. 결단성 있게 행하면 귀신도 피하고 후일에 반드시 성공할 것입니다. 공자께서도 모쪼록 단행함이 있으시기를 바랍니다."

호해는 탄식하면서 말했다.

"아직 주상께서 승하하신 사실도 발표하지 않고 상례도 끝나지 않았는데, 이 일에 대해서 어떻게 승상의 동의를 구할 수 있단 말이오?"

"지금이야말로 좋은 기회입니다. 이 기회를 놓쳐서는 후일에 아무리 꾀를 써도 미치지 못할 것입니다. 양식을 짊어진 채 말을 달려도 때를 놓치면 일은 실패하고 말 것입니다."

호해는 이미 조고의 말을 그럴 듯하다고 여기고 있었다. 조고가 덧붙였다.

"승상과 의논하지 않으면 성공을 장담할 수 없을 것입니다. 공자를 위해 제가 승상과 의논을 하겠습니다."

조고는 승상 이사를 찾아가 말했다.

"주상께서 승하하실 적에 장자에게 준 편지에 의하면 함양에서 관을 맞아 장사지내고 황제의 위를 상속하라고 하셨는데, 편지는 아직 발송하지 않았습니다. 지금 주상이 돌아가신 일은 누구도 알지 못하며, 장자에게 준 편지와 옥새는 호해에게 있습니다. 태자를 정하는 것은 당신과 나, 두 사람에게 달렸습니다. 어떻게 하면 좋겠습니까?"

"어디서 이런 나라 망칠 말을 하시오? 신하로서 할 말이 못되오."

"당신은 자신의 재능이 몽염보다 뛰어나다고 생각하십니까? 공로는 누가 더 크다고 보십니까? 심원한 계책을 세우면서 실수가 없는 점에서는 누가 더 낫습니까? 천하의 사람들에게서 원한을 사지 않는 점에서는 누가 더 낫습니까? 전부터 장자 부소에게 신임을 받기로는 몽염과 어느 편이 더 깊다고 생각하십니까?"

"그 다섯 가지가 다 몽염에게는 미치지 못하오. 그렇다고 해서 그대가 그것을 심각하게 책하는 것은 무슨 까닭이오?"

"나는 본디 환관의 심부름꾼이었는데 다행히 도필(刀筆)의 재주로 진궁(秦宮)에 들어가게 되었고 사무를 맡아 본 지 20여 년이 되었는데, 진나라에서 파면된 승상 또는 공신으로 작위를 봉함이 2대에 계속한 것을 보지 못했습니다. 결국은 다 주살당하고 말았습니다. 승상께서는 황제의 아들 20여 명에 대해 잘 알고 계실 것입니다. 부소는 강직하고 용맹하며, 사람을 믿고 격려해 줍니다. 따라서 그가 만일 즉위한다면 분명 몽염을 승상으로 삼을 것입니다. 당신도 최후에는 통후(通侯)의 인(印)을 내놓은 채 고향으로 돌아가야 할 것입니다. 나는 어명을 받고 호해에게 법을 가르친 지 몇 년이 되었습니다만 아직까지 그가 과실을 범한 것을 보지 못했습니다. 게다가 그는 인자하고 후덕하며, 재물보다 인재를 중히 여기며, 마음이 착실하여 말씨도 겸손하고, 예를 다하여 선비를 공경하기로는 진나라의 여러 공자들 중에서 따를 자가 없습니다. 주상의 뒤를 이을 만한 인물이라고 생각되니 당신은 잘 생각해서 결정하십시오."

"그대는 자기 지위에 돌아가서 직무를 지키고 있으면 될 것이오. 나로서는 다만 주상의 명령을 받들어 천명에 맡기면 그뿐, 나 스스로 무슨 계교를 결정할 수가 있겠소?"

"태평한 것도 굴려서 위험하게 할 수 있고 위험한 것도 굴려서 태평하게 할 수 있습니다. 계교에 의해서 안위를 결정하지 않는다면 성인의 지혜도 귀할 것이 못 됩니다."

"나는 상채(上蔡) 마을의 일개 평민이었소. 다행히 임금께 발탁되어 승상이 되고 통후로 봉함을 입어 자손도 모두 높은 지위와 중한 녹의 자리에 나아갈 수 있었소. 이는 나라의 존망과 황실의 안위를 나에게 맡기려 했기 때문이오. 어찌 이 부탁을 배반할 수 있겠소. 무릇 충신은 죽음을 피하기 위해 만약의 요행을 바라지 않고, 효자는 부지런히 부모를 봉양하는 데 힘써 위험한 일을 하지 않으며, 남의 신하가 된 자는 직무를 지킬 따름이니, 그대는 두 번 다시 이런 말을 입에 올리지 마시오. 그대의 말을 좇는다면 나는 죄를 범하는 것이 되오."

"그러나 성인은 사물에 구애받지 않고, 변전함에 일정한 법도가 없으며, 변화에 응하고 시기를 따라 끝을 보아서 근본을 알며, 뜻을 보아서 귀착하는 것을 안다는 말이 있습니다. 모든 사물은 원래 이러한 것입니다. 어찌하여 변하지 않는 일정한 법이 있겠습니까? 이제 천하의 권세는 호해에게 있으며, 살리거나 죽이거나 모두가 호해의 마음대로입니다. 다행히 나는 그의 마음에 들 수가 있었습니다. 밖에서 안을 절제하는 것을 혹(惑)이라고 말하며, 아래에서 위를 절제하는 것을 적(賊)이라고 말하나, 같은 도리로 가을이 깊어 서리가 내리면 초목은 시들고, 봄에 얼음이 풀려 물이 흔들리면 만물이 발동하는 것은 자연의 작용입니다. 당신은 어찌하여 이 도리를 모르십니까?"

"진나라는 태자 신생(申生)을 폐했기 때문에 3대에 걸쳐서 나라가 편안하지 못했고, 제나라 환공의 형제는 서로 임금의 자리를 다투었기 때문에 몸을 망쳤고, 은나라 주왕은 간하는 말을 하는 친족을 죽이고 그들의 의견을 받아들이지 않았기 때문에 국토를 황폐케 하고 사직을 위험에 빠뜨렸소. 이 세 사람은 하늘을 거스른 결과, 종묘의 제사까지 끊어지게 한 것이오. 인간인 내가 어찌하여 하늘을 거슬러 모반을 하겠소."

"위와 아래가 마음을 합하면 일은 길이 계속되고, 중심과 밖이 한 몸뚱이가 되면 일의 표리가 없는 것입니다. 승상께서 나의 계책을 받아들이면 길이 봉후(封侯)의 지위를 보존하여 자자손손이 높다고 일컬을 것이며, 반드시 교(喬, 왕자의 이름)·송(松, 선인적송자)의 장수와 공(孔, 공자)·묵(墨, 묵자)의 지혜를 누릴 수 있게 될 것입니다. 하지만 이제 이 모책을 버리고 따르지 않는다면, 화는 자손에까지 미치고, 장래에 가슴이 서늘해질 만한 일이 있을 것입니다. 하지만 선처하신다면 화를 굴려 복으로 돌릴 수가 있습니다. 승상께서는 화와 복, 어느 편에 몸을 두려고 하십니까?"

이사는 하늘을 우러러 탄식하고, 눈물을 흘리며 한숨을 쉬었다.

"아아, 홀로 난세를 만나 죽을 수도 없으니 어디다 내 목숨을 의탁하랴."

이렇게 하여 이사는 조고의 모략에 손을 빌려 주게 되었다. 조고는 호해에게 보고했다.

"신은 태자의 밝은 뜻을 받들어 승상에게 알렸습니다. 승상 이사도 저와 의견을 같이하기로 하였습니다."

세 사람이 공모하여 승상이 시황제의 분부를 받았다고 속여서 호해를 태자로 세우고, 장자 부소에게 내린 글은 다음과 같이 거짓으로 만들었다.

짐이 천하를 순행하여 명산의 모든 신에게 기도하여 수행을 연장했다. 이제 부소는 장군 몽염과 군사 수십만을 이끌고 변경에 주둔하기를 벌써 10여 년, 아직 전진이 없을 뿐만 아니라 사졸들을 소모함이 많고, 한 치의 공로도 없다. 그런데도 너는 오히려 여러 차례 상서를 올려 짐의 소행을 비방했다. 또한 자신의 직분을 포기한 채 도성에 돌아와서 밤낮으로 태자가 되지 못함을 원망하였다니 너는 아들로서 불효했으므로 검을 내리니 자결하라! 장수 몽염은 부소와 함께 밖에 있으면서 그의 뜻을 알고 있었음에도 잘못을 고쳐 주지 못했다. 신하 된 자로서 불충했으므로 죽음을 내리니 군사는 부장(副將) 왕리(王離)에게 맡기도록 하라.

그리고는 칙서에 황제의 옥새를 눌러서 봉한 후 호해와 가까운 신하를 시켜 상군에 있는 부소에게 전하도록 했다. 사자가 도착하여 서한을 열자, 부소는 울면서 안으로 들어가 자결하려고 했다. 그때 몽염이 부소를 말렸다.

"폐하께서는 지금 순행 중이시오며 아직 태자를 세우지 않았습니다. 또 신에게 명하여 30만 대군을 이끌고 변경을 지키게 하였으며, 공자를 감독으로 임명하셨습니다. 이것은 천하의 중대한 일입니다. 이제 한 사자가 왔다고 해서 자결하면, 만일에 그것이 거짓 사자일 때는 어떻게 하시렵니까? 모쪼록 폐하께 다시 한 번 은혜로운 용서를 구해 보시고 그런 다음에 자살하셔도 늦지는 않습니다."

사자는 거듭 자살하기를 재촉했다. 부소는 천성이 어질고 유하므로 몽염에게 말했다.

"아버님께서 죽음을 내렸는데, 아들로서 어떻게 은혜로운 용서를 청하겠소."

그리고 곧 스스로 목숨을 끊었다. 몽염은 명을 받들지 않아 사자에 의해 양주(陽周)의 옥에 갇혔다. 호해와 이사, 조고 세 사람은 크게 기뻐하며 함양으로 돌아와 시황제의 죽음을 발표했다. 태자 호해는 2세 황제가 되고, 조고는 낭중령으로 임명되어 항상 황제 곁에서 마음대로 권력을 휘둘렀다. 2세 황제가 한가한 틈에 조고를 불러서 이야기했다.

"대체로 사람이 나서 이 세상에 살고 있는 것은 마치 말 여섯 필이 끄는 수레가 지나가는 것을 문틈으로 보는 것과 같이 아, 하고 말할 사이도 없이 지나가 버리오. 짐은 이제 천하에 군림해 있으므로 이목(耳目)에 좋은 것을 다하고, 마음에 즐거움을 다하며, 종묘를 편안히 하여 만민을 즐겁게 하고 길이 천하를 보유하여 천수를 다하고자 하는데, 어떻게 하면 그러한 생활을 누릴 수 있겠소?"

"그것은 현군만이 할 수 있는 일이며, 어리석은 군주는 할 수 없는 일입니다. 그것에 대해서 신이 한 말씀을 올리게 해 주십시오. 그 때문에 처형당하더라도 신은 주저하지 않겠습니다. 다만 폐하께서 조금이라도 귀담아 들어 주신다면 그것으로 족합니다. 사구(沙丘)에서 도모한 일은 여러 공자들과 대신들이 모두 의심하고 있습니다. 더욱이 공자들은 모두가 선제께서 임명한 자들입니다. 이제 폐하께서 즉위함에 있어서 신은 그 사람들이 모두 마음에 미심쩍어하며 속으로 복종하지 않고 언제든 반란을 일으키지 않을까 걱정이 됩니다. 뿐만 아니라 몽염은 아직 죽지 않았고, 몽의(蒙毅)는 군사를 이끌고 밖에 나가 있으므로 신은 다만 전전긍긍, 도저히 무사히 넘어가지는 않으리라고 생각됩니다. 이러고서야 폐하께서 어찌 편안함을 얻을 수가 있겠습니까?"

"그러면 어떻게 해야 좋겠소?"

"법률을 엄하게 하고, 형벌을 무겁게 하고, 죄가 있는 자는 연좌로 일족을 멸하고, 대신을 없애고, 육친을 멀리하고, 가난한 자를 부하게 하고, 천한 자를 귀하게 하고, 선제께서 쓰던 신하들은 다 추방해 버리고, 새로이 폐하께서 믿을 수 있는 자를 가까이 하는 것이 좋다고 생각합니다. 이렇게 하면 음덕은 폐하께로 돌아오고, 화는 제거되고, 간사한 꾀는 막히고, 뭇 신하들은 폐하의 은택을 입고 후한 덕을 입지 않은 자가 없게 되어, 폐하는 베개를 높이 하고 뜻을 마음대로 하여 영화와 안락을 얻을 것입니다. 계략으로서 이보다 좋은 것은 없을 줄로 압니다."

2세 황제는 조고의 말을 받아들여 새로 법률을 정했다. 그리하여 신하들과 공자들은 죄가 있으면 용서 없이 조고에게 인도하여 조사케 하니 그로 인해서 대신 몽의 등이 주살당하고, 공자 12명은 함양의 광장에서 처형당했으며, 공주 10명은 두현(杜縣, 장안의 교외)에서 책형(기둥에 묶어 두고 창으로 찔러 죽이는 형벌)을 당했다. 또 그 재산은 국고에 몰수되고, 여기에 연루된 사람은 그 수를 셀 수 없을 만큼 많았다.

공자 고(高)도 달아나려고 했으나 일족이 처형당할까 봐 두려워 글을 올렸다.

선제 살아 계실 적에 신이 궁중에 들어가면 음식을 내려 주셨고, 퇴출할 때는 수레를 하사해 주셨습니다. 또한 의복을 주시고, 말도 주셨습니다. 그러므로 신은 당연히 선제를 따라 죽어야 했지만 그러지 못했습니다. 아들로서는 불효했고, 신하로서는 불충했으니 이 세상에 살아갈 명목이 없습니다. 그런 까닭에 이제 신은 선제를 위해 죽고자 하오니, 원컨대 신을 역산(酈山)의 기슭에 장사지내 주십시오. 다만 주상께서는 저를 불쌍히 여겨 주십시오.

이 편지를 읽고 호해는 크게 기뻐하며 조고를 불러 편지를 보이며 말했다.

"이래도 사태가 급박하다고 말할 수 있겠소?"

이에 조고는 다음과 같이 말했다.

"신하가 자기의 죽음을 근심하여 다른 것을 돌아볼 겨를이 없는 때에, 무슨 사단을 꾀할 수가 있겠습니까?"

호해는 공자 고가 상서한 취지를 재가하고 10만 전을 주어 장례를 치르도록 했다.

법령과 형벌은 날이 갈수록 심해져서 신하들은 모두 위험이 몸에 닥칠 것을 생각하고 모반을 하려는 자가 많았다. 2세 황제는 또 아방궁을 건축하고 직도(直道)와 치도(馳道)를 만들고, 그 때문에 세납을 무겁게 하고 부역의 징발을 그치는 때가 없었다. 그리하여 초나라의 수비병 진승(陳勝)과 오광(吳廣) 등이 반란을 일으켜 산동에 군사를 출동하고 호걸들은 누구나 다 일어서서 스스로 후(侯)나 왕(王)이라 일컫고 진나라를 배반하여, 한때는 홍문(鴻門)에까지 진격했다가 격퇴되기도 했다. 이사는 자주 틈을 보아 간하려고 했으나 2세 황제는 허락지 않고 도리어 그를 책망했다.

"짐에게도 나름의 생각이 있소. 그것은 한비(韓非)에게서 들은 것인데, 그는 이렇게 말했소.

'요임금이 천하를 보유하고 있을 때, 당(堂)의 높이는 석 자, 서까래는 원목인 채 다듬지 않고, 지붕은 띠를 덮었으나 끝을 가지런히 끊지 않아 나그네 숙사도 이처럼 검소할 수가 없었다. 겨울에는 사슴의 가죽을 입고 여름에는 칡으로 만든 베를 두르고, 잡곡밥에 명아주, 아욱국을 질그릇에 담아 먹으니, 문지기의 생활도 이보다 더 검소할 수는 없었다. 우임금은 용문산(龍門山)을 뚫고 대하(大河)를 지나 구하(九河)를 열어 통하게 하고, 또 구곡에 둑을 둘러 물을 흘려 바다로 들어가게 하고, 이런 일을 하느라고 분주하여 종아리의 털은 닳고, 손발에는 못이 박이고, 얼굴은 햇볕에 그을려 까맸으며 결국 객사하여 회계산에 묻혔다. 노예의 고통도 이토록 심하지는 않았을 것이다. 그러고 보면 천하를 다스리는 일이 귀중하다는 것을 어찌 몸을 괴롭히고, 정신을 수고롭게 하고, 몸을 나그네의 숙소 같은 데에 눕히고, 입은 문지기의 밥을 달라 하고, 손은 노예의 노동에 종사하는 것과 같이 하는 것이라고 하겠는가. 이것은 어리석은 자가 할 일이지 현자가 할 바가 아니다. 현자가 천하를 다스릴 때는 오로지 천하를 자신의 뜻에 따르게 할 뿐이다. 천하를 가진다는 것이 중한 까닭은 바로 이 때문이다. 이른바 어질다는 사람은 반드시 천하를 편안히 하고 만민을 다스린다. 그러나 이제 짐은 스스로의 몸도 이롭게 하지 못하면서 어떻게 천하를 다스릴 수가 있겠는가.'

그러므로 짐도 짐 뜻대로 욕심을 채우고 천하를 오래 다스리고도

화가 없기를 바라고 있는데, 그렇게 하려면 어떻게 하면 되겠소?"

이사의 아들 유는 삼천 태수였는데, 도적 오광 등이 삼천의 서부를 약탈한 것을 막을 수가 없었던 것을 장한(章邯, 진나라의 장군)이 무찔러 오광의 군사를 몰아내었다. 그 때문에 삼천 사건을 조사하는 사자가 자주 왕래하여 서로 짜고서 이사를 책망했다.

"그대는 삼공의 자리에 있으면서도 도적을 그처럼 창궐하게 내버려 두다니 어찌된 일이오?"

이사는 자기의 작록을 몰수당할까 겁내어 어찌할 바를 몰랐다. 그리하여 2세 황제에게 아첨하여 용서를 빌려고 편지로써 답을 올렸다.

대체로 명군이라면 천하를 다스릴 수단을 장악하고 감독하며, 상벌을 내리는 권한을 행사할 수 있어야 합니다. 그렇게 하면 신하들은 능력을 다해 군주를 따르지 않을 수 없습니다. 그리하여 군주의 직분이 정해지고 상하의 의리가 분명하게 되면, 천하의 신하는 어질고 어질지 않은 구별 없이 모두 능력을 다하여 책임을 달성하고 군주를 좇지 않는 사람이 없게 됩니다. 그런 까닭으로 해서 군주는 천하를 홀로 지배하고, 남의 간섭을 받지 않으며, 최대의 즐거움을 누리게 되는 것입니다. 현명한 군주라면 이 점을 잘 살펴야 합니다.

신자(申子)는 '천하를 다스리면서도 마음대로 하지 못하는 것은 천하를 자신의 질곡으로 삼기 때문이다'라고 말했는데, 이런 군주는 천하를 감독하고 징벌하지 못하고, 백성들을 위해 자기 몸을 괴롭히기를 요임금과 우임금처럼 한다고 했습니다. 대체로 신자나 한비자의 술책을 배워 감독과 상벌의 수단을 이용해 천하 사람들을 자신의 의사에 복종시키지 않고, 오히려 몸을 괴롭히고 마음을 번거롭게 하며 자기 몸을 바치는 것은 백성들이나 할 일이지 천하를 양육하는 군주가 할 일이 아닙니다. 그렇게 해서 어찌 백성들의 존경을 받을 수 있겠습니까?

무릇 남을 위해 자기를 희생하는 자는 비천하고, 자기를 위해 남을 희생시키자는 자는 존귀한 법이니, 예로부터 지금까지 이와 같지 않은 것이 없습니다. 무릇 옛 사람이 어진 분을 존중한 것은 그것이 귀하기 때문이며, 불충한 사람을 미워한 것은 그것이 천하기 때문입니다. 그런데 요임금과 우임금은 몸소 천한 백성에 봉사한 자이니, 그것을 높다고 하면 곧 또 어진 이를 존중하는 마음을 잃게 됩니다. 그러니 큰 잘못이라고 말하지 않을 수 없습니다. 이런 것을 질곡이라고 하는 것은 당연한 것이 아니겠습니까? 이는 감독, 상벌을 행사하지 않았기 때문에 생긴 과실입니다.

그런 까닭에 한비자는 '어진 어머니에게 방탕한 아들은 있으나 엄한 집에 주인을 거역하는 종은 없다'고 말했습니다. 이것은 어쩐 까닭입니까? 어진 어머니는 아들을 너무 사랑하기 때문이요, 엄한 집은 반드시 벌을 가하기 때문입니다. 옛 상군의 법에는 재를 도로에 버리는 것도 처벌했습니다. 재를 버리는 것은 조그마한 일이지만 무거운 형벌을 가했습니다. 가벼운 죄도 크게 다스리는 것은 명군만이 할 수 있는 일입니다. 가벼운 죄도 깊이 다스리니 무거운 죄는 더 말할 것도 없는 일입니다. 그러므로 백성이 결코 죄를 범하지 않습니다. 한비자는 '하찮은 베 조각은 사람들이 그냥 내버려 두지 않지만, 아름다운 금 백 일이 있으면 도척도 이것을 훔치지 않는다'라고 했습니다. 사람들이 작은 이익도 귀중하게 생각하는데 도척만은 물욕에 초연하기 때문에 그런 것이 아니며, 또 도척의 행동이 백 일의 많은 재물을 가볍게 보고 업신여겨서가 아닙니다. 그것은 금 백 일을 훔치면 반드시 엄중한 벌이 있음을 알기 때문에 도척도 훔치지 않는 것입니다. 그리고 처벌을 받지 않는다면, 일반 사람들도 하찮은 것이라도 훔치게 됩니다. 그래서 성벽의 높이가 다섯 길밖에 안 되더라도 누계(樓季, 위나라 문후의 아우)같이 걸음이 빠른 사람도 함부로 범하지 못하고, 태산의 높이는 백 길이나 되지만 절름발이 양치기도 그 정상에서 양을 칩니다. 누계도 다섯 길 높이를 어렵게 여기는데, 어떻게 절름발이 양치기가 백 길 높이를 쉽다고 할까요? 그것은 곧게 높은 것과 완만하게 높은 것과는 그 형세가 다르기 때문입니다.

명주 성왕이 오래 그 자리를 유지하고 권세를 가져, 천하의 이익을 마음대로 하게 되는 것은 별다른 수완이 있어서가 아닙니다. 독자적인 결단을 내리고 죄상을 세밀히 살펴서 반드시 엄한 형벌을 가했기 때문입니다. 이렇게 함으로써 천하의 누구도 죄를 범하지 못했던 것입니다. 그런데 이제 백성이 죄를 짓지 못하도록 근본 원인에 힘쓰지 않고, 어진 어머니가 아들을 망치고 마는 것은 성인의 참뜻을 살피지 못하기 때문입니다. 성인의 감독, 책벌의 방법을 행하지 못하면 그것은 자기를 버려서 천하 사람들에게 사역을 당하는 것인데, 이렇게 되면 군주로서 무슨 일을 할 수가 있겠습니까? 이것이 어찌 슬픈 일이 아니겠습니까?

다시 또 검소하고 어진 인물이 조정에 있어서 나라 일을 본다면 방탕한 쾌락은 그쳐지고, 간하는 말과 도리를 말하는 신하가 곁에 있어 입을 열면 쓸데없는 의견이 없어지고, 충성에 죽는 열사의 행동이 세상에 드러나면 음탕하고 안일한 즐거움이 그림자를 감추게 됩니다. 그러므로 명군은 이 세 가지를 멀리하여, 군주로서 신하들을 다스리는 방법을 써서 따르는 신하들을 제어하고 법률을 철저히 제정해야 합니다. 이렇게 하면 자신이 존중되고 권세는 무거워집니다.

무릇 어진 군주는 반드시 세속을 거스르고 풍속을 고쳐서 싫어하는 것을 없애고 하고자 하는 바를 바로 세웁니다. 따라서 세상에 있는 동안에는 존경을 받고 권력이 무거워지며, 사후에는 현명함을 찬송하는 시호를 받게 됩니다.

명군은 스스로 전단(專斷)하여 신하에게는 권력이 없고, 인의의 도를 끊어서 이론을 따지는 입을 막고, 열사의 행동을 억제하고, 귀를 막고 눈을 가려 마음으로 혼자 보고 혼자 듣습니다. 그리하여 밖에서는 인의 열사의 행동도 군주의 마음을 움직이지 못하고, 안으로는 바른 말, 간하는 말도 군주의 뜻을 빼앗을 수 없어, 초연히 혼자서 자기 하고 싶은 대로 하며 누구도 감히 거역하는 자가 없습니다. 이렇게 하고서야 신자와 한비자의 방법을 밝히고 상군의 법을 다했다고 말할 수 있습니다. 이런 방법을 밝히고 이런 법령을 다해서 천하가 어지러워진 일은 일찍이 들은 바가 없습니다.

옛날에 '왕도는 간단하여 조종하기 쉬운 것이다. 다만 명군만이 이

것을 잘 행할 수 있다'고 한 것도 이 때문입니다. 이러한 일들은 감독, 책벌이 성실하게 잘 이행된 것이라 할 수 있으며, 그러한 성실이 있으면 신하들에게는 요사한 마음이 없어지고, 요사한 마음이 없어지면 천하는 편안하고, 천하가 편안하면 군주는 존엄하고, 군주가 존엄하면 감독, 책벌은 반드시 실시되고, 그것이 실시되면 구하는 것이 얻어지고, 구하는 것이 얻어지면 국가가 부유해지고, 국가가 부유해지면 군주는 안락하고 풍요로워집니다. 그러므로 감독, 책벌의 방법을 실시하면 군주는 어떠한 욕망이라도 얻어지지 않을 것이 없고, 신하들과 서민은 과실을 면하기 위해 겨를이 없고, 어떠한 모반도 감히 꾀할 수가 없습니다. 이렇게 하여 제왕의 길이 완전히 갖춰지게 되며, 이것은 또 임금과 신하의 도리를 밝힌 것이라고 말할 수 있으니, 신자와 한비자도 또 이 세상에 난다고 하더라도 이 이상 더 될 것이 없습니다.

이 서한이 올라가자 2세 황제는 기뻐했다. 그리하여 감독, 책벌을 엄하게 하고 백성에게서 세납을 잘 받는 사람을 명관이라고 했다. 2세 황제는 말했다.

"이와 같이 하는 것이 처벌을 잘하는 것이라고 할 수 있다."

이후로 형벌을 받은 자가 길을 걷는 사람의 수에 못지않고, 그 시체는 날마다 시장바닥에 쌓였다. 또한 사람을 많이 죽인 자를 충신이라 하며, 그것이야말로 감독, 책벌이라고 주장했다.

조고는 낭중령의 직권을 남용해서 많은 사람을 죽이고, 또 자기 개인의 원한을 풀었다. 그리고 대신들이 조정에 들어가서 임금께 아뢸 때 자기를 나쁘게 말할 것이 두려워 2세 황제에게 말씀을 올렸다.

"천자를 귀하다고 하는 것은 다만 신하들은 소리만 듣고 얼굴을 볼 수가 없기 때문입니다. 그러므로 천자는 스스로를 일컬어 짐(朕)이라고 합니다. 폐하는 춘추가 연소하여 아직 모든 사정에 능통하지 못하십니다. 이제 만일 조정에 납시어 신하의 견책과 등용에 부당한 처사가 있으면 자신의 단점을 대신에게 드러내 보이는 것이 됩니다. 이것은 폐하의 신성 영명한 것을 천하에 보이는 것이라고 할 수 없습니다. 폐하께서는 당분간 팔짱을 끼시고 궁중 깊숙이 계시어, 신과 법률에 밝은 시중에게 일을 맡겨 일이 생기면 의논하신 후에 적당히 처리하시기를 바랍니다. 이렇게 하면 대신도 감히 의심쩍은 일은 아뢰지를 못할 것이며, 천하는 임금을 성주라고 우러러 받들 것입니다."

2세 황제는 조고의 건의를 받아들여 대신을 인견하기 위해 조정에 나오는 일을 하지 않고 궁전에 깊이 들어앉았고, 조고는 언제나 궁중에서 정무를 집행하여 만사가 그의 손에 의하여 결정되었다. 조고는 이사가 글을 올렸다는 말을 듣자 그를 만나서 말했다.

"관동에는 도둑이 성하여 일이 많다고 하는데, 폐하께서는 급히 부역을 징발하여 아방궁을 수축하고 필요하지도 않은 개와 말을 모아들이고 있습니다. 신은 간하고 싶으나 지위가 낮아서 말씀을 올리기가 난처합니다. 이런 일은 승상의 임무인데, 어째서 간하지 않습니까?"

이사가 말했다.

"본디 나는 나의 의무로 간하고 싶은 생각이 있으나 근자에 임금께서 조정에 나오시지를 않고 항상 궁중에 깊이 들어앉아 계십니다. 말

씀을 올리고 싶으나 절차를 밟을 길이 없고, 뵙고 싶어도 그럴 기회가 없습니다."

조고는 말했다.

"만약 승상께서 진실로 간하고 싶은 뜻이 있다면 폐하께서 틈이 나시는 때를 보아 승상께 알려드리겠습니다."

그리고 2세 황제가 마침 주연을 즐기고 미인을 앞에 두어 흥에 겨워 있을 때를 보아서 이사에게 사자를 보내 말했다.

"폐하께서는 지금 한가하십니다. 말씀을 올리기에 좋은 기회일 것입니다."

승상은 궁문에 이르러 뵙기를 청했으나 만날 수 없었다. 이런 일이 세 번이나 연달아 일어나자 2세 황제가 노하여 말했다.

"나는 평소에 틈이 있는 날이 많은데 승상은 왜 하필 주연을 즐길 때만 와서 만나기를 청하오? 승상은 내가 연소하다고 경멸하는 것이요, 아니면 나를 고루하다고 깔보는 것이요?"

조고가 말했다.

"이렇게 말씀하시면 위태로워집니다. 저 사구에서의 음모에는 승상도 관여했습니다. 폐하께서는 제왕이 되셨지만, 승상은 더 존귀해지지 않았습니다. 생각건대 승상은 폐하로부터 토지를 얻어 왕이 되려는 속셈이 있는 모양입니다. 폐하께서 물으시지 않으니 신도 감히 말씀을 아뢰지 못했으나 승상의 장남 이유는 삼천 태수이며, 초나라의 도적 진승 등은 모두 승상과 가까운 마을 사람들입니다. 그러므로 초나라의 도적이 공공연히 횡행하고 삼천을 통과하여도 이유는 성만 지킬 뿐 나가 치려고 들지 않았습니다. 신은 그들이 편지로 왕래하고 있다고 들었는데, 아직 확증을 얻지 못하여 말씀을 아뢰지 않은 것입니다. 승상의 권력은 궁전 밖에서는 폐하보다도 무서운 모양입니다."

2세 황제는 이 말을 믿어 승상의 죄를 조사할 생각으로 확증을 얻고자 사자를 보내어 삼천 태수가 도둑과 내통한 상황을 조사케 했다. 이사는 이 말을 들었으나, 그때 황제가 감천궁에서 씨름과 연극을 구경하고 있어서 뵈올 수가 없었으므로 글월로 조고의 부당한 처사를 아뢰었다.

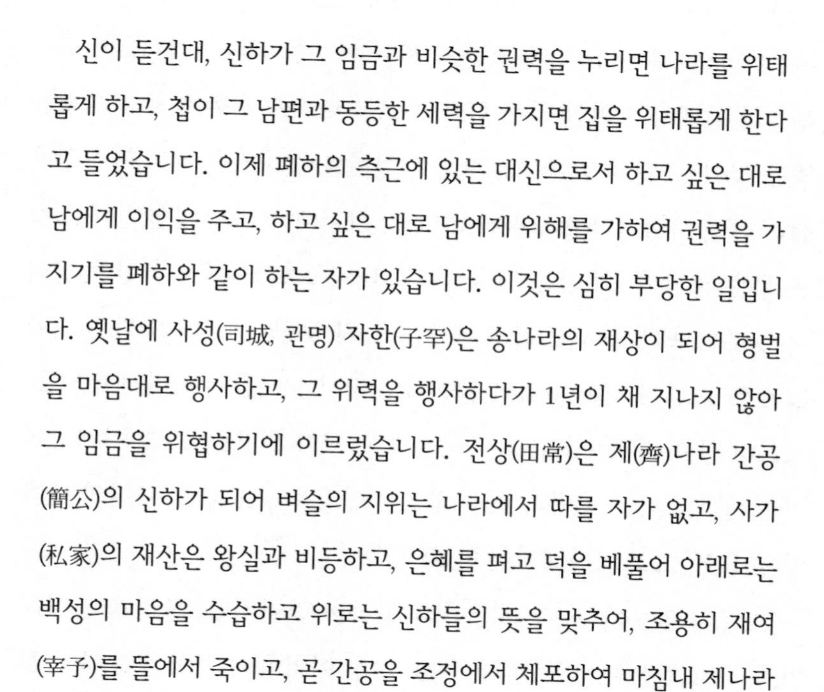

신이 듣건대, 신하가 그 임금과 비슷한 권력을 누리면 나라를 위태롭게 하고, 첩이 그 남편과 동등한 세력을 가지면 집을 위태롭게 한다고 들었습니다. 이제 폐하의 측근에 있는 대신으로서 하고 싶은 대로 남에게 이익을 주고, 하고 싶은 대로 남에게 위해를 가하여 권력을 가지기를 폐하와 같이 하는 자가 있습니다. 이것은 심히 부당한 일입니다. 옛날에 사성(司城, 관명) 자한(子罕)은 송나라의 재상이 되어 형벌을 마음대로 행사하고, 그 위력을 행사하다가 1년이 채 지나지 않아 그 임금을 위협하기에 이르렀습니다. 전상(田常)은 제(齊)나라 간공(簡公)의 신하가 되어 벼슬의 지위는 나라에서 따를 자가 없고, 사가(私家)의 재산은 왕실과 비등하고, 은혜를 펴고 덕을 베풀어 아래로는 백성의 마음을 수습하고 위로는 신하들의 뜻을 맞추어, 조용히 재여(宰予)를 뜰에서 죽이고, 곧 간공을 조정에서 체포하여 마침내 제나라를 빼앗았습니다. 이것은 천하가 다 아는 일입니다.

지금 조고가 사악한 뜻을 품고 위험한 반역을 행한 것은 자한이 송나라 재상으로 있을 때와 같고, 사재를 불리기는 제나라의 전상과 같습니다. 전상과 자한의 반역된 행동을 아울러 가져서 폐하의 위신을 위협하는 것은 그 뜻이 한기(韓玘)가 한왕(韓王) 안(安)의 재상이었을 때와 비슷합니다. 폐하께서 지금 그에 대한 대책을 세우지 않는다면 그가 모반을 일으키지 않을까 두렵습니다.

2세 황제는 답했다.

"무슨 소리요? 조고는 본디 환관 출신으로, 안전하다고 해서 뜻을 마음대로 펴지 않고, 위험하다고 해서 마음을 바꾸지 않으며, 평소 행실이 결백하고 착한 일에 힘쓰며, 스스로 노력하여 현재의 지위를 얻은 것이요. 충성으로써 승진하고 신의로써 지위를 지키므로 짐은 심히 어진 사람이라고 생각하고 있소. 그런데 그대가 의심을 하는 것은 무슨 까닭이요? 짐은 연소하여 아버지를 잃고 사물을 잘 분별하지 못하고, 백성을 다스리는 데 익숙하지 못한데, 그대 또한 노경에 들었소. 그래서 짐은 천하와 인연이 끊어지는 것을 두려워하고 있소. 그러니 짐으로서는 조고를 믿지 않고 누구를 믿겠소. 조고는 사람됨이 청렴하고 항상 노력하며, 아래로는 민정을 알고 위로는 나의 뜻을 알고 있소. 그를 의심해서는 안 되오."

"그렇지 않습니다. 조고는 본디 천한 사람입니다. 도리를 분별하지 못하고 탐욕이 이루 말할 수 없으며, 이익을 추구하여 그치지 않고, 위세를 떨치기를 임금과 같이 하고, 욕망을 채우기가 다함이 없습니다. 그러므로 신은 위험하다고 아뢰는 것입니다."

2세 황제는 전부터 조고를 믿고 있었기 때문에 이사가 조고를 죽일 것을 걱정하여 조고에게 그 사실을 알렸다. 그리하여 조고가 말했다.

"승상의 방해물은 조고 한 사람뿐입니다. 제가 죽으면 승상은 곧 전상과 같은 행동을 취할 것입니다."

이에 2세 황제는 명령을 내렸다.

"이사를 낭중령에게 맡겨 조사하도록 하라."

조고가 이사를 심문하게 되었다. 이사는 묶여서 감옥에 갇혀 하늘을 우러러 탄식했다.

"아아, 슬프구나. 무도한 임금과 어떻게 천하를 의논할 수 있겠는가. 옛날 걸왕은 관용봉(關龍逢)을 죽이고, 주왕은 왕자 비간(比干)을 죽이고, 오왕 부차(夫差)는 오자서(伍子胥)를 죽였다. 이 세 사람이 어찌 불충한 신하였던가? 그런데도 그들은 죽음을 면치 못했다. 죽임을 당한 것은 충의를 다한 상대편 임금이 무도했기 때문이다. 이제 나의 지혜는 이 세상에 미치지 못하고 황제의 무도함은 걸왕·주왕·부차를 능가하니, 내가 충성을 다하고도 죽는 것은 당연한 것이 아니겠는가? 장차 황제의 치세가 어찌 세상을 문란케 하지 않을 수 있겠는가?

지난날 그는 형제를 죽이고 스스로 황제가 되었고, 충신들을 죽이고 천한 조고를 중용했으며, 아방궁을 수축하여 천하에 무거운 세금을 거두었다. 내가 간하지 않은 것이 아니라 내가 하는 말을 받아들이지 않았다. 무릇 옛날의 성왕은 음식에 절도가 있었고, 거마 기구에도 정해진 수가 있었고, 궁실에도 규정이 있었다. 명령을 내려 사업을 일

으킴에 있어서도 경비가 많이 들어 백성에게 이익이 없는 일을 금지했기 때문에 오래 태평할 수 있었다. 그러나 지금 황제는 형제들에게 하늘의 도리에 어긋나는 짓을 하고서도 그 죄를 돌이켜 보지 않고, 신들을 함부로 죽이고도 그 화를 생각하지 않으며, 궁실을 크게 짓느라 백성들에게 과도한 세금을 거두고도 아끼지 않았다. 벌써 이 세 가지 일만으로도 천하의 인심은 이반되고 이제 반역의 무리는 천하의 반을 차지하게 되었다. 그런데도 2세 황제는 오히려 눈을 뜨지 않고 그대로 조고의 보좌를 받고 있다. 생각하건대 이제 도적이 함양에 밀려오고, 사슴 떼가 조정의 폐허에서 노니는 모습을 보게 될 것이다."

2세 황제는 조고에게 명해 승상의 죄를 조사하게 했다. 조고는 이사가 아들 유의 모반을 꾀한 죄상을 문책하고, 그 일족과 그 빈객들을 모두 포박했다. 조고는 이사를 심문함에 있어서 고문하기를 천여 번, 이사는 그 아픔을 견디지 못하여 마침내 사실이 아닌 죄를 자복하게 되었다. 이사가 자결하지 않은 것은 스스로 말할 수 있는 변설로 진나라에 대한 공로가 있고, 또 사실 모반할 마음이 없었던 것을 자부하여 다행히 글을 올려 진정하면 2세 황제도 그름을 깨닫고 용서하리라 생각했기 때문이다. 이사는 옥중에서 글을 올렸다.

신은 승상이 되어 백성을 다스린 지 30여 년, 진나라의 영토가 좁았을 때부터의 일입니다. 선왕 시대 진나라의 토지는 겨우 사방 천 리, 군사는 수십만에 불과했습니다. 신은 구차한 재능을 다하여 삼가 법령을 받들고, 지모가 있는 신하를 가려 가만히 금과 옥을 주어서 제후에게 유세케 하고, 또 가만히 병기를 만들어 정치와 교화를 정돈하고, 투사(鬪士)를 관직에 앉히고 공신을 존중하여 녹을 높였습니다.

그 결과, 한나라를 위협하고 위나라를 약하게 하였으며, 연나라와 조나라를 평정하여 마침내 6국을 병합하고 그 임금을 사로잡아 진나라 왕을 천자로 세웠습니다. 이것이 신의 첫 번째 죄입니다.

그 후에 영토는 좁지 않았으나 다시 북쪽의 호맥(胡貊)을 몰아내고 남쪽 백월(百越)을 평정하여 진나라의 강성을 과시했습니다. 이것이 신의 두 번째 죄입니다.

대신을 존중하고 벼슬을 높여 임금과 신하를 친밀하게 했습니다. 이것이 신의 세 번째 죄입니다.

사직을 든든히 하고 종묘를 운영하고, 그로 해서 임금의 어진 덕을 분명히 했습니다. 이것이 신의 네 번째 죄입니다.

자와 저울을 고쳐서 셈을 통일하고 문물제도를 천하에 보급하여 진나라의 명성을 높였습니다. 이것이 신의 다섯 번째 죄입니다.

임금께서 순행하는 길을 만들고 구경하는 장소를 만들어 임금의 득의를 나타냈습니다. 이것이 신의 여섯째 죄입니다.

형벌을 너그럽게 하고 조세를 가벼이 하여 임금께 인심을 모으고 만민이 임금을 받들어 죽음도 불사케 했습니다. 이것이 신의 일곱 번째 죄입니다.

신이 죽을죄에 당한 것은 이미 오래전이나, 다행히도 임금의 은덕을 입어 능력을 다하고도 살아서 오늘에 이르게 되었습니다. 원컨대 폐하께서는 이 충정을 살펴 주옵소서.

이 글이 올라가자 조고는 관리를 시켜 찢어 버리게 하고 말했다.

"죄수 따위가 글을 올리다니 될 법한 일인가."

조고는 자기의 빈객 10여 명의 신분을 어사(御史)·알자(謁者)·시중(侍中)으로 꾸며 번갈아 가면서 이사를 반복 심문케 했다. 이사는 임금께서 보낸 사자인 줄만 알고 사실대로 고했는데, 조고는 그때마다 사람을 보내어 또 다시 매질을 했다. 그 후에 2세 황제는 진짜 사자를 보내어 이사를 심문했는데, 이사는 또 전과 같은 줄로 알고 아예 호소하려고도 않고 죄를 자백했다. 이에 2세 황제는 기뻐하며 말했다.

"만일에 조군(趙君)이 없었더라면 위험하게도 승상에게 모반을 당할 뻔했소."

2세 황제의 명령을 받고 삼천 태수를 심문하러 갔던 사자가 삼천에 도착한 때는 이미 이유가 항량(項梁)에게 맞아 죽은 뒤였으며, 사자가 돌아왔을 때는 마침 승상이 옥리에게 넘어간 직후였다. 조고는 이사와 이유의 모반에 관한 진술서를 마음대로 꾸몄던 것이다.

2세 황제 2년 7월, 이사를 함양의 시장바닥에서 5형(五刑)을 갖춘 요참형(腰斬刑)[4]에 처한다는 판결이 내려졌다. 이사는 옥에서 나와 함께 잡힌 둘째아들을 돌아보며 말했다.

"나는 너와 함께 누런 개를 데리고 고향 상채의 동문 밖에서 토끼 사냥을 하고 싶었는데, 그것도 이제는 도리가 없게 되었구나."

아버지와 아들은 소리 내어 울고 마침내 삼족이 모두 죽음을 당했

---

4 먹물을 들이고, 코를 베고, 다리를 자르고, 귀를 베고, 혀를 자르는 형벌.

다. 이사가 죽은 후 2세 황제는 조고를 종묘에 배려케 하고 중승상(中丞相)에 임명해 모든 일을 다 그로 하여금 결정하도록 했다. 조고는 자기의 권세를 믿고 시험 삼아 사슴을 바치면서 그것을 말이라고 했다. 2세 황제는 좌우에 있는 자들에게 물었다.

"이것은 사슴일 터인데."

이에 모두가 대답했다.

"말입니다."

2세 황제는 놀라서 자기 스스로 머리가 돌았는가 하고 태복(太卜, 점치는 관리)에게 점을 치게 했다. 태복은 말했다.

"폐하께서는 춘추(春秋)로 교사(郊祀)를 지낼 때와, 종묘의 귀신을 섬길 적에 재계(齋戒)가 깨끗하지 못했으므로 일이 이런 지경에 이르렀습니다. 그러하오니 덕을 닦으시고 재계를 정히 하심이 좋을 것입니다."

그리하여 상림원(上林苑)에 틀어박혀 재계를 하는 척하고 매일 짐승을 사냥하면서 놀았다. 그러던 중 원중(苑中)을 통행하는 자가 있어 2세 황제는 손수 이를 쏘아 죽였다. 조고는 함양령(咸陽令)으로 있는 사위 염락(閻樂)을 시켜 이렇게 탄핵하도록 했다.

"누군지는 분명치 않으나 사람을 죽여 시체를 상림원에 옮겨 놓은 자가 있다."

그리하여 조고는 2세 황제에게 간언하는 척하고 이렇게 권했다.

"태자가 까닭 없이 죄 없는 자를 죽이는 것은 천제가 금단한 바로서 신령도 폐하의 제사를 받지 않을 것이며, 하늘은 이제 곧 화를 내

릴 것입니다. 궁전을 멀리하고 기도하여 화를 면하도록 하는 것이 좋을 줄로 아뢰옵니다."

그리하여 2세 황제는 망이궁(望夷宮)으로 옮겨, 사흘 동안 그곳에 머물렀다. 조고는 임금의 분부라고 속여서 경호하는 무사들에게 흰 옷을 입혀 무기를 가지고 궁 안으로 향하도록 명령하고, 자기는 먼저 들어가서 2세 황제에게 아뢰었다.

"산동의 도둑들이 떼를 지어 크게 쳐들어왔습니다."

2세 황제는 망루에 올라가서 이것을 보고 겁을 내어 떨었다. 그러자 조고는 2세 황제를 위협하여 자살하도록 권하고, 어새(御璽)를 꺼내어 제 몸에다 붙이고 스스로 천자가 되려고 했다.

그러나 좌우 백관 중 누구도 복종하는 자가 없어 스스로 궁전에 올라가니 궁전이 깨어지는 듯 세 번 진동했다. 조고는 하늘이 자기에게 임금을 허락지 않고 신하들도 자기가 천자가 되는 것을 허락하지 않는 것을 알고, 2세 황제의 형(다른 책에는 아우로 되어 있음)의 아들 자영(子嬰)을 불러 어새를 주었다. 자영은 즉위하였으나, 조고의 반심을 두려워하여 병을 구실로 정무를 보지 않고 환관 한담(韓談)과 그 아들과 꾀하여 조고를 죽이려고 했다. 조고가 자영의 병을 위문하기 위해 왔으므로 불러들여 한담에게 명하여 찔러 죽이게 하고, 또 그 삼족을 멸망시켰다.

자영이 즉위한 지 석 달 만에 패공(한고조)의 군대가 무관(武關)으로 들어와 함양에 이르렀다. 군신 백관들은 모두 자영을 배반하고 패공에게 달려가는 자가 많으니, 자영은 처자와 함께 목에 줄을 걸고 지도

(輒道) 부근에서 투항했다. 패공은 그 몸을 관리에게 맡겼는데, 초(楚)나라 항왕(項王, 항우)이 왔을 때 자영을 베었다. 이렇게 하여 진나라는 마침내 천하를 잃게 되었다.

태사공은 말한다.

이사는 여염집의 미천한 몸으로서 제후를 유세하고 진나라에 들어가 왕의 신하가 되었다. 열국 사이에 틈이 생긴 기회를 틈타 공작을 하고, 진시황을 보좌하여 마침내 제왕의 업을 성취케 하고 자신은 삼공이 되었다. 이사는 삼공의 지위에 올랐으므로 높은 자리에 등용되었다고 할 수 있다. 그러나 이사는 육경의 근본 뜻을 잘 알면서도 공명정대하게 정치를 하여 군주의 결점을 메워 주기에 힘쓰지 않았고, 높은 벼슬과 봉록을 누리는 지위에 있었으면서도 군주에게 아첨하며 구차하게 비위를 맞추기만 했다. 또한 조칙을 엄하게 하고, 형벌을 혹독하게 하고, 조고의 요사한 말을 들어 적자를 폐하고 서자를 세웠다. 제후들이 이반하게 되자, 비로소 임금께 간하려고 하였으나 이미 늦고 말았다. 세상 사람들은 모두 이사는 충성을 다하면서 오형을 받아 죽었다고 말하나, 그 근본을 살펴볼 때 세속의 말과는 다른 것이 있다. 그렇지만 않았던들 이사의 공적은 정녕 주공·소공과 어깨를 겨룰 만했을 것이다.

몽염 열전(蒙炎列傳)

몽염은 진나라를 위해 땅을 개척하고 인구를 늘려 북쪽으로 흉노를 무찌른 다음 황하를 요새로 삼고, 산을 의지해 방비를 튼튼히 함으로써 유중(楡中)의 땅을 세웠다. 그래서 〈몽염 열전 제28〉을 지었다.

몽염은 선조가 제나라 사람이다. 몽염의 조부 몽오(蒙驁) 때에 제나라에서 옮겨와 진나라 소왕에게 쓰이고, 벼슬은 상경에 이르렀다. 진나라 장양왕 원년에 몽오는 진나라 장수가 되어 한나라를 쳐서 성고와 형양을 취하고, 삼천군을 설치했다. 2년에 조나라를 쳐서 37개 성을 빼앗고, 진시황 3년에는 한나라를 쳐서 성을 빼앗았다. 진시황 5년에는 위나라를 쳐서 20개 성을 취하고, 이곳에 동군(東郡)을 설치했다. 몽오는 진시황 7년에 죽었다.

몽오의 아들은 무(武)라 하며 무의 아들은 몽염이다. 몽염은 처음에 소송과 재판의 문서를 맡는 관리였다. 진시황 23년에 몽무가 진나라 부장(副將)이 되어 왕전 장군과 함께 초나라를 쳐서 크게 무찌르고 항연(項燕)을 죽였다. 24년에 몽무가 또 초나라를 쳐서 초나라 왕을 포로로 잡았다.

몽염의 아우는 의(毅)이다. 진시황 26년, 몽염은 집안 내림에 의하여 진나라 장군이 되어 제나라를 쳐서 크게 무찌르고 내사(內史)에 임명되었다. 진나라가 천하를 통일한 뒤에 몽염은 명령을 받들어 30만 대군을 이끌고, 북쪽 오랑캐를 쫓아서 하남을 손안에 넣고 장성을 쌓아 지형을 이용해서 험준한 성채를 만들었다. 임조(臨洮)를 기점으로 하여 요동까지 길이가 1만여 리나 되고, 황하를 넘어 양산에 웅거하고, 우회하여 북쪽으로 진주해 있었다. 공사를 위해서 10년 동안 군대를 국경 밖에 내놓았고, 그는 상군(上郡)을 근거지로 주둔하고 있었다. 이때 몽염은 위세를 흉노 땅까지 떨쳤다.

시황제는 몽씨 일가를 매우 존중하고 남다르게 아꼈으며 신임했다. 그리고 몽염의 아우 몽의도 가까이 두어 그 지위가 상경에 이르게 했고, 밖으로 나갈 때는 수레를 함께 타고, 궁궐로 들어와서는 항상 곁에 있게 했다. 몽염에게는 궁궐 밖의 일을 맡기고 몽의는 언제나 궁궐 안에서 정책 수립에 참여하도록 했다. 이런 까닭에 그들은 모두 충직한 신하로 일컬어져 다른 장수나 대신들도 감히 이 두 사람과는 다툴 생각을 하지 않았다.

조고는 조나라 왕실의 먼 일족이었다. 형제가 모두 환관이며, 그 어머니도 형벌로 죽은 사람이라 대대로 비천하게 자랐다. 진나라 왕은 조고가 부지런하고 옥법(獄法)에 밝다는 것을 듣고, 등용하여 중거부령(中車府令)으로 삼았다. 조고는 은근히 공자 호해를 섬겨 형옥(刑獄), 단죄(斷罪)에 관한 일을 가르쳤다. 한때 조고에게 대죄가 있어, 진나라 왕은 법에 비추어 다스리라고 몽의에게 명령했다. 몽의는 법대로 조고의 죄가 사형에 해당하는 것이라 하여 관적(官籍)에서 제거했는데, 시황제는 조고가 일에 부지런하다고 여겨 은혜를 베풀어 복직시켰다.

시황제는 천하를 순행할 때 구원에서 감천으로 직행하기 위해, 몽염으로 하여금 구원·감천 사이에 도로를 만들게 했다. 1천8백 리에 걸쳐 산을 깎고, 골짜기를 메웠지만 길이 완성되지 않았다. 그리하여 진시황 37년에 시황제는 회계로 순행하여 해안을 따라 북쪽 낭야로 향하던 도중 병에 걸렸다. 몽의를 시켜 산천의 신에게 기도케 했으나, 몽의가 돌아오기 전에 사구에 이르러 승하했다. 이 일은 비밀에 부쳐져 신하들도 거의 아는 자가 없었다. 당시에 승상 이사와 공자 호해, 중거부령 조고, 이 세 사람이 항상 황제를 모시고 있었는데, 조고는 본디부터 호해에게 사랑을 받고 있었으므로, 호해를 황제의 자리에 올릴 생각을 했다. 또 일찍이 몽의가 조고를 재판했을 때 비호해 주지 않은 것에 원한을 품고, 몽의를 죽일 마음을 가지고 있었다. 그리하여 은밀히 승상 이사, 호해와 계책을 꾸며 호해를 태자로 세웠다. 태자가 정해지자 시황제의 명의로 사자를 보내어, 없는 죄를 만들어서 공자 부소와 몽염 장군에게 자살을 명령했다. 부소는 자결했으나 몽염은 명령을 의심하여 다시금 어명을 청했으므로 사자는 몽염을 관리에게 인도하고, 동행한 이사의 부하를 호군(護軍)으로 임명하여 몽염과 교대케 하고, 돌아와서 그 전말을 보고했다. 호해는 부소가 죽었다는 말을 듣고 몽염을 석방하려고 했으나, 조고는 몽씨가 다시 귀하게 되어 정사에 관여해 자기에게 원망을 가지고 보복하지나 않을까 두려워했다.

몽의가 돌아왔으므로 조고는 몽씨를 없애려고 호해에게 말했다.

"신은 선제가 앞서부터 공자를 들어 태자를 삼으려고 했다는 말씀을 들었습니다. 그런데 몽의가 불가하다고 간했다 합니다. 만약 공자를 현인으로 알면서 오랫동안 태자로 세우지 않았다면 참으로 불충한 일이며, 황제를 현혹케 한 일이 됩니다. 어리석은 소견을 말씀드리면 죽여 없애는 것이 좋지 않을까 생각됩니다."

호해는 이 말을 받아들여 몽의를 대(代)의 옥에 가두었다. 이보다 앞서, 몽염은 이미 양주의 옥에 갇혀 있었다.

시황제의 영구가 함양에 도착하여 장례를 끝내자, 태자가 뒤를 이어 2세 황제가 되었다. 조고는 2세 황제와 가까워진 것을 계기로 밤낮없이 몽씨를 비방할 꼬투리를 찾아 탄핵했다. 그때 자영(子嬰, 2세 황세의 형 아들)이 자진하여 간했다.

"신이 듣건대, 조나라 왕 천(遷)은 어진 신하 이목(李牧)을 죽이고 안추(顔聚)를 쓰고, 연나라 왕 희(喜)는 형가의 모책을 써서 진나라와의 맹약을 배반하고, 제나라 왕 건(建)은 여러 대의 충신을 죽여서 후승(后勝)의 건의를 받아들였습니다. 이 세 임금은 각각 옛 신하를 버렸기 때문에 나라를 잃고, 그 몸에는 재앙이 미친 것이라고 합니다.

몽씨는 진나라의 대신이며 모사입니다. 그런데 임금께서는 하루아침에 몽씨를 버리려고 하시니 신의 마음으로는 불가한 일이라고 생각됩니다. '사려가 가벼우면 나를 다스리지 못하고, 혼자의 지혜로는 왕위를 보존하지 못한다'는 말이 있습니다. 충신을 죽여서 절조 없는 사람으로 만드는 것은 안으로 신하들을 서로 불신케 하고, 밖으로 싸우는 군사들의 의지를 이반케 하는 것입니다. 불가한 일로 생각됩니다."

하지만 2세 황제는 이것을 받아들이지 않고, 어사 곡궁(曲宮)으로 하여금 역마를 타고 산동성으로 가 몽의에게 자신의 뜻을 전하게 했다.

"전에 선제께서 나를 태자로 세우려고 할 적에 경은 비난하였소. 이제 승상은 경의 행동을 불충하다 하여 그 죄를 규탄하고, 일족을 연좌키로 하였소. 다만 짐은 마음에 참기 어려운 바가 있으므로 경에게만 죽음을 내리기로 하오. 경도 또 이를 심히 다행으로 여겨 자결하도록 하오."

이에 몽의가 대답했다.

"폐하께서는 신이 선제의 뜻을 잘못 알았다고 하시나, 신은 연소한 시절부터 선제 밑에 불리어 승하하실 때까지 뜻을 받들고 은총을 입은 자로서, 선제의 뜻을 몰랐다고 할 수 없습니다. 또 신이 폐하의 재능을 잘못 알았다고 하나, 폐하께서는 여러 형제분 중에 다만 홀로 선제의 순행을 모셔 천하를 두루 다니셨습니다. 이것은 폐하의 재능이 다른 공자보다 훨씬 위에 있기 때문이며, 신도 결코 그것을 의심하지 않습니다. 선제께서 폐하를 태자로 세우려고 하신 것은 다년간의 숙망이시니 신이 무엇을 간하고 무슨 책모를 생각했겠습니까? 이렇게 말씀을 올리는 것도 억지로 말을 꾸며서 죽음을 면하려는 것이 아니고, 선제의 이름을 더럽히는 것을 부끄럽게 생각하기 때문입니다.

원컨대 대부(곡궁)께서는 이런 일을 잘 헤아리시어 진실한 죄로 신을 죽게 하여 주십시오. 임금에게 쓰여 공을 이루고 몸을 온전히 하는 것은 사람의 도리로서 귀중한 것이며, 형벌을 받아 죽음을 당하는 것은 사람의 도리로서는 마지막이라고 하겠습니다. 옛날 진나라 목공은 세 사람의 어진 신하와 백리해를 죽였으나, 실상은 죄가 없는 것이어서 공에게 목(繆, 몹쓸 시호의 뜻)이라는 시호를 드렸습니다. 또 소양왕은 무안군 백기를 죽이고, 초나라 평왕은 오자서를 죽였습니다. 이 세 임금은 모두 큰 과실을 범한 것으로서 천하 사람들은 그것을 비난하고, 명군이 못 된다 하고, 제후는 그 악함을 역사에 기록했습니다. 그런 까닭에 '도리에 의해 다스리는 자는 죄 없는 자를 죽이지 않고, 무고한 백성에게 벌을 가하지 않는다'고 하는 것입니다. 대부께서는 다만 이런 일에 대해 마음을 써 주십시오."

사자는 2세 황제의 의향을 알고 있으므로 몽의의 말을 받아들이지 않고 죽였다. 2세 황제는 사자를 양주로 보내 몽염에게도 명령을 내렸다.

"경은 과실이 많으며, 경의 아우 몽의가 대죄를 범했으므로, 법에 의하여 내사도 연좌케 되는 것이오."

이러한 명령을 받은 몽염은 말했다.

"선조로부터 진나라에 봉사하고 공을 쌓고 신임을 쌓기를 3대에 이르러, 이제 신은 군사 30여 만을 거느린 장수의 신분이 되었습니다. 갇혀 있는 몸이지만, 세력으로 말한다면 반역을 못할 것도 없습니다. 그럼에도 불구하고 죽음을 당하는 것을 알면서 스스로 대의를 지키는 것은 선조의 가르침을 욕되게 하지 않고, 나가서는 선제의 은혜를 잊지 않기 위해서입니다. 옛날에 주나라 성왕이 처음으로 즉위했을 때, 아직 어려 강보를 떠나지 못하고, 주공 단(旦)에게 업혀서 조정에 섰지만 마침내 천하를 평정했습니다. 성왕이 병이 들어 위독했을 때, 주공 단은 스스로 손톱을 끊어서, 그것을 하수에 담가 '임금은 아직 어려서 아무 일도 모르며, 오로지 집행하고 있는 것은 단이다. 죄가 있다면 단이 화를 받겠다'고 했습니다. 그리하여 이 사실을 문서로 만들어 기록고(記錄庫)에 넣었는데, 이것을 가리켜 두터운 신의라고 하지 않을 수 없습니다. 뒤에 임금이 성년이 되어 나라를 통치하게 되자 한 적신이 '주공 단은 오래전부터 반란을 계획하고 있습니다. 임금께서 만일에 대비하지 않으면 반드시 큰일이 닥칠 것입니다' 하고 무고했으므로 임금은 격노하게 되었고, 결국 주공 단은 초나라로 달아났습니다. 그 뒤, 성왕은 기록을 보다가 손톱을 하수에 담근 단의 문서를 읽고서 눈물을 흘리며, '주공 단이 반란을 획책했다고 말한 자는 대체 누구인가?' 하고, 그 적신을 죽인 후에 단을 불러들였습니다. 《주서(周書)》에 '반드시 사물은 여러 가지를 참고하고, 그것을 서로 반복해서 확인한다'고 한 까닭이 바로 이것입니다. 이제까지 몽염의 일족에는 두 마음을 품은 자가 없었는데, 갑자기 이런 일이 일어난 것은 반드시 조정 내부에 임금을 능가하는 간신이 있어서 반역하는 것이 틀림없습니다. 옛날 성왕은 과실을 범했으나, 또 스스로 과실을 고쳐 마침내 번영할 수 있었습니다. 걸왕은 관용봉을 죽이고, 주왕은 왕자 비간을 죽였는데, 이들은 다 후회하지 않았으므로 결국 죽음에 이르고 나라는 멸망했습니다. 그러므로 신은 '과실이 있으면 고칠 일이요, 간하는 말을 들으면 깨달을 것이다' 하는 말과 '일을 당해서는 반드시 여러 가지로 참고하여 이것을 서로 반복한다'고 한 그것대로, 일을 잘 고찰하는 것은 성군의 떳떳한 일임을 아룁니다. 그러나 신의 말씀은 이런 것을 아뢰어 죄를 면하려는 것이 아니고, 간언한 끝에 죽으려는 것입니다. 원컨대 폐하께서는 만민을 위해 떳떳한 길을 좇으시도록 생각을 돌리소서."

사자가 말했다.

"나로서는 폐하의 명령을 받들어 장군에게 법을 집행할 따름이요. 장군의 말을 폐하께 올릴 수는 없습니다."

몽염은 한숨을 쉬었다.

"나는 하늘에 무슨 죄를 얻어서 과실도 없는데 죽지 않으면 안 된단 말인가."

얼마 동안 탄식하다가 몽염은 천천히 말했다.

"내 죄가 죽음에 해당하는 것도 무리는 아니다. 임조에서 요동에 연하여 장성을 쌓기는 만여 리, 그 중간에 지맥을 끊는 일이 없다고 할 수 없으리라. 이것은 정녕코 나의 죄다."

마침내 그는 독약을 마시고 자결했다.

태사공은 말한다.

나는 북방 변경에 가서 직도(直道, 구원에서 감천까지의 길)를 거쳐 돌아오는 길에 몽염이 진나라를 위해 쌓은 장성의 요새를 보았는데, 산을 파고 골짜기를 메워 직도를 냈으니, 참으로 백성의 노고를 돌아보지 않은 것이었다. 진나라가 제후를 멸한 처음에는 천하의 인심은 아직 안정되지 않았고, 전쟁의 상처를 입은 자도 아직 낫지 않았다. 명장 몽염으로서는 이런 때일수록 백성의 위난을 구하고, 노인 공양에 힘쓰고, 고아를 불쌍히 여기고, 서민의 융화를 도모하도록 강력히 간하지 않으면 안 되었을 것인데, 시황제의 뜻만 중히 여기고 자신의 공로에만 힘썼다. 그런 까닭에 형제가 다함께 죽음을 당한 것도 당연한 일이 아니겠는가? 어찌하여 죄를 지맥 같은 데로 돌릴 수가 있겠는가?

장이·진여 열전(張耳陳餘列傳)

조나라를 진정(鎭定)하고 상산에 들어앉아 하내를 넓히고 초나라의 권세를 약화시켜 한나라 왕의 신의를 천하에 분명히 했다. 그래서 〈장이·진여 열전 제29〉를 지었다.

장이는 위나라 대량(大梁) 사람으로, 젊었을 때 위나라 공자 무기(毋忌)의 빈객이 된 일이 있었다. 그는 일찍이 죄를 짓고 본국에서 망명하여 외황(外黃)이라는 곳에서 떠돌이 생활을 했다.

외황의 한 부잣집에 무척 예쁜 딸이 있었는데, 그녀는 보잘것없는 사람에게 시집을 갔다가 도망쳐 나와 아버지의 빈객에게 몸을 의탁하고 있었다. 이 빈객은 전부터 장이를 알고 있었으므로 그 여인에게 말했다.

"현명한 남편을 구하고 싶거든 장이라는 남자를 따르는 것이 좋으리라."

그 여인이 이 말을 듣고 남편과 이혼하고 장이에게 시집갔다. 장이가 외황에 도망쳐 왔을 때의 일이다. 여인의 집에서 후한 예물을 갖추어 보냈으므로 장이는 멀리 천 리를 떨어진 지방에서도 빈객을 초청할 수가 있었다. 그리하여 위나라에서 벼슬을 얻어 외황 현령이 되고, 그 후로는 더욱 어진 사람이라고 명성이 높아졌다.

진여도 또한 대량 사람이었다. 그는 유교를 좋아하고, 자주 조나라 고형(苦陘) 땅을 유람했다. 고형의 부호 공승씨(公乘氏)가 딸을 진여에게 주었는데, 이것도 진여가 예사 사람이 아닌 줄 알고 있었기 때문이다.

진여는 어렸을 때부터 장이를 아버지와 같이 섬겨 두 사람 사이는 문경지교(刎頸之交)라고 할 수 있었다. 진(秦)나라가 대량을 함락시켰을 때 장이는 외황에 살았다. 한고조(漢高祖)가 아직 서민이었을 때, 자주 장이에게 놀러 와서 몇 달 동안 빈객이 된 일도 있었다.

진나라가 위나라를 멸망시킨 수년 후에 장이와 진여 두 사람이 위나라의 명사였다는 것을 듣고서, 장이에게는 천 금, 진여에게는 5백 금의 현상금을 걸고 그들을 잡으려고 했다.

장이와 진여는 이름을 바꾸고 함께 진(陳)나라에 가서 시골 마을의 문지기가 되어 살았다. 어느 때 두 사람이 마주 앉아 있는데, 마을 관리가 무슨 혐의를 발견하고 진여를 매질했다.

진여가 이에 반항하려 들자, 장이는 그의 발을 밟아 관리에게 대항하지 말라고 눈짓을 하여 그냥 매를 맞게 했다. 관리가 떠난 다음에 장이는 진여를 뽕나무 밭 속으로 데리고 가서 꾸짖었다.

"처음에 나와 그대가 맹세했을 때 뭐라고 말했는가? 그런데도 불구하고 이제 하찮은 모욕을 받았다고 해서, 한 하급 관리의 손에 개죽음을 당하려는가?"

진여는 과연 그렇다는 생각이 들었다.

진나라는 계속해서 조서를 내려 현상금을 걸고 두 사람을 수색했다. 두 사람은 이 사실을 모른 척하고 문지기로서 이 조서를 마을에 포고했다.

진섭(陳涉)이 기 땅에서 군사를 일으켜 진(陳)나라에 이르렀을 때, 병력은 수만 명에 달했다. 장이와 진여는 진섭에게 면회를 청했다.

진섭이나 좌우 사람들은 전부터 장이와 진여의 명성만 들었을 뿐 아직 만난 일은 없었는데, 만나게 되자 크게 기뻐했다.

그때 진(陳)나라의 호걸들이 진섭에게 청했다.

"장군은 스스로 갑주를 차리고 무기를 들어, 군사들을 이끌고 포악한 진(秦)나라를 쳐서 초나라의 사직을 부흥케 하였으며, 망한 것을 다시 일으켜 세우고 끊어진 것을 이었습니다. 그 공덕으로 임금이 되는 것이 당연합니다. 천하의 모든 장수 앞에 서려면 임금이 되어야 할 것입니다. 아무쪼록 일어서서 초나라의 임금이 되어 주십시오."

진섭이 가부를 두 사람에게 물으니, 두 사람이 대답했다.

"무릇 진(秦)나라는 참으로 무도하여 남의 나라를 멸망시키고, 남의 사직을 없애고, 남의 자손을 끊어놓고, 백성의 힘을 피폐케 하고, 백성의 재산을 강탈해갔습니다. 따라서 장군은 눈을 부릅뜨고 담력을 크게 하여 만 번 죽음에 한 번 삶을 돌아보지 않는 큰 계책을 내고, 천하를 위해 잔학한 도둑을 쳐 없애려고 하는 것입니다. 그런데 이제 진(陳)나라에 입성한 것을 계기로 임금이 되려 한다면 천하에 사욕을 보이는 것이 됩니다. 원컨대 장군은 임금이 되지 말고 서둘러 군사를 동원하여 서쪽으로 나아가서 진나라에 멸망한 6국의 후계자를 세우도록 사자를 파견하십시오. 이것은 장군을 위해서는 동지를 만드는 일이 되며, 진나라에는 많은 적을 만들어 주는 것이 됩니다."

두 사람은 계속해서 헌책했다.

"진나라에 적이 많아지면 그들의 힘을 분산시킬 수 있고, 우리 편에 동지가 많아지면 장군의 군사는 강력해집니다. 형세가 이렇게 되면 들에서는 싸우는 적의 군사를 보지 않게 되고, 현에서는 성을 지켜 저항하는 자가 없게 되고, 포학한 진나라 왕을 죽여 그 나라의 도성 함양을 근거로 하여 제후를 호령할 수가 있을 것입니다. 제후들도 멸망하는 지경에 이르러 새로 부흥할 수만 있다면 그 은혜를 생각하여 당신에게 복종할 것입니다. 이렇게 하면 제업을 달성할 수 있습니다. 장군께서 이제 다만 진(陳)나라의 왕이 될 뿐이라면, 아마 천하는 갈라져서 통일이 되지 않을지도 모르겠습니다."

그러나 진섭은 이 말을 듣지 않고 마침내 진(陳)나라 왕이 되었다.

진여는 계속 진(陳)나라 왕에게 간언했다.

"대왕은 위·초의 병력을 들어 서쪽으로 진군하려고 합니다. 그 사명은 함곡관에 들어가서 진나라를 치는 데에 있는 것이지만 아직 하북은 손에 들어오지 않았습니다. 신은 일찍이 조나라를 유력한 적이 있어서 그곳의 호족들과 지형에 대해 잘 알고 있습니다. 원컨대 정병을 몰아 북쪽 조나라 땅을 치기를 바랍니다."

진(陳)나라 왕은 이를 허락하여 본디 친교가 있었던 진(陳)나라 사람 무신(武臣)을 장군으로, 소소(邵騷)를 호군(護軍)으로, 장이와 진여를 좌우 교위(左右校尉, 교위는 장군의 보좌관)로 하여 사병 3천 명을 주어 북쪽 조나라 땅을 공격하게 했다.

무신은 백마진(白馬津)에서 황하를 건너 하북 지방의 호족들을 설득했다.

"진(秦)나라는 문란한 정치를 행하고 포악한 형벌을 베풀어 천하를 박해하기를 수십 년, 북에는 장성(長城)의 부역이 있었고, 남에는 5령(五嶺)[5]의 수비가 있었습니다. 조정에서는 안팎이 모두 소란하여 백성의 삶이 피폐해졌는데도 엄중한 인두세를 계속 거둬들여 군비에 충당하고 있습니다. 재물은 궁핍하고 힘은 다하여 백성의 삶은 편할 수 없고, 게다가 법은 가혹하고 형벌은 혹독하며, 세상 부자(父子) 사이도 불안한 지경에 이르렀습니다. 그러므로 진(陳)나라 왕은 천하의 민생을 위해 팔을 걷고 용기를 내어 항전을 제창하여, 처음으로 초나라 땅에 임금이 되었을 때는 사방 2천 리 사이에 방울 소리를 따르듯 누구 한 사람 응하지 않는 자가 없었습니다. 집집이 분노하는 마음을 일으키고, 사람마다 스스로 싸우며 저마다 원한을 갚아 원수를 치고, 현에서는 령(令)·승(丞)을 죽이고, 군에서는 수(守)·위

5 호남·광동성 일대의 오산(五山). 즉 대유(大庾), 시안(始安), 임가(臨賀), 계양(桂陽), 양양(揚陽)을 말한다.

(尉)를 죽였습니다. 이제 초나라를 일으켜 진(陳)나라 왕이 되고, 오광(吳廣)·주문(周文)으로 하여금 군사 백만의 장수로 하여 진(秦)나라를 치게 했습니다. 이러한 때에 일국(一國) 일성(一城)의 주인된 공업을 세우지 않는 자는 호걸이라 할 수 없습니다. 제군들, 잘 생각해 보십시오. 천하가 같은 마음에 있으면서 진(秦)나라에 괴로움을 받은 지는 오래였습니다. 천하의 힘을 한데 모아 무도한 임금을 치고 부형의 원한을 갚고, 봉후의 업을 행하는 것은 남자로 태어나서 공을 이루는 절호의 기회가 아니겠습니까?"

호족들은 모두 이 말에 수긍하고 가담했다.

이렇게 하여 군사가 수만 명에 이르게 되었고, 무신 장군은 군사들의 존경을 받아 무신군(武臣君)이라 불리게 되었다.

이윽고 그들은 조나라의 10개 성을 함락시켰는데, 그 나머지는 성을 지키며 항복하려 들지 않았다. 이에 군사를 이끌고 동북의 범양을 쳤다. 이때 범양 사람 괴통이 범양령에게 말했다.

"가만히 듣건대, 그대의 목숨은 위험에 처한 듯합니다. 이를 애석해할 뿐입니다. 그러나 그대가 나를 손에 넣는다면 살아날 수 있을 것이므로 축하의 말씀을 올립니다."

"애석하다는 것은 무슨 까닭인가?"

"진(秦)나라의 법률은 매우 엄합니다. 당신은 범양의 현령을 지낸 지 10년이 되는데, 그동안에 남의 아버지를 죽이고, 남의 아들을 고아로 만들고, 사람의 다리를 베고, 사람의 머리에 먹실 넣기를 이루 셀 수 없이 많이 하셨습니다. 그렇지만 자애로운 아버지와 효성스러운 아들이 감히 당신의 배에 비수를 꽂지 못한 것은 진나라의 법이 두려웠기 때문일 뿐입니다. 이제 천하는 크게 어지러워지고 진나라의 법률은 실행되지 않고 있습니다. 그러고 보면 자애로운 아버지와 효성스러운 아들은 당신의 배에 비수를 꽂아 이름을 얻으려고 할 것입니다. 이것이 내가 애석하다고 말한 까닭입니다. 이제 제후들은 진나라를 배반하고, 무신군의 군사는 바야흐로 이곳을 공격해 들어오고 있습니다. 그대는 아직도 범양을 굳이 지키려고 하나, 젊은 사람들은 서로 다투어 그대를 죽이고 무신군에게 가담하려 합니다. 만약 그대가 신속히 나로 하여금 무신군을 만나게 하면 화를 복으로 돌릴 수 있겠는데, 그 시기는 이때를 놓치고는 다시없을 것입니다."

범양령이 괴통을 무신군에게 보내 만나게 했다. 괴통은 무신군에게 이렇게 말했다.

"그대는 반드시 전쟁을 하여 땅을 빼앗고, 공격하여 성을 항복 받았는데, 내가 곰곰이 생각한 바로는 그것은 틀린 방법입니다. 만약 그대가 신의 계책을 들으신다면 싸우지 않고 항복 받아 성과 땅을 빼앗고, 격문을 전하는 것으로써 천 리 지방이 평정되겠는데, 어떻습니까?"

"어떻게 한다는 말이오?"

"이제 범양령은 군사를 정돈하여 수비를 튼튼히 해야 할 터인데, 비겁하게도 죽음을 겁내고 탐욕스럽게도 부귀를 중히 여겨, 천하에 앞서 항복하려고 듭니다. 다만, 그가 겁내는 것은 그대가 자기를 진(秦)나라에서 임명한 관리라고 하여 지난번 10개 성을 함락할 때와

같이 죽이지 않을까 하는 것입니다. 범양의 젊은이들은 현령을 죽이고, 저희들끼리 농성을 하여 그대에게 저항을 하려고 합니다. 따라서 그대가 내게 제후의 인(印)을 주어, 다시 그를 범양의 현령으로 임명한다면, 범양령은 성을 들어 그대에게 항복할 것이며, 젊은이들도 감히 현령을 죽이려고는 않을 것입니다. 그러한 뒤에 범양령을 붉은 수레, 화려한 장식의 수레에 태워서 연나라·조나라의 교외를 달리게 하면, 보는 자들은 모두 '저 사람은 맨 처음으로 항복한 범양령이다' 하고 떠들게 되어 관리들도 안심하고 기뻐하게 될 것입니다. 이렇게 하여 연나라·조나라의 성은 공격할 것도 없이 항복을 받게 될 것이니, 이른바 격문을 전하는 것만으로 천 리의 땅을 평정할 수 있다는 것은 바로 이것을 두고 하는 말일 것입니다."

무신군은 이 계책을 좇아 제후의 인을 괴통에게 주어서 범양령에게 내렸다. 조나라 땅에서는 이 소문을 전해 듣고, 싸우지 않고 성을 들어 항복한 것이 30여 성에 달하므로, 무신군은 어렵지 않게 조나라의 옛 수도 한단에 입성할 수 있었다.

이때, 장이와 진여는 주장(周章)의 군사가 함곡관을 들어와 희(戲) 땅까지 가서 퇴각한 일과 진(陳)나라 왕을 위해 각지를 공격한 대부분의 장수가 무고에 의해 죽임을 당한 것을 듣고, 전날 진(陳)나라 왕이 자기들의 헌책을 듣지 않고서, 또 자기들을 장군으로 삼지 않고 교위로 삼은 것을 원망하며, 무신에게 다음과 같이 말했다.

"진(陳)나라 왕은 기 땅에서 군사를 일으켜 진(陳)나라로 가자 곧 왕이 되었습니다. 이것도 반드시 6국의 후계자를 세우려고 하는 것은 아닙니다. 장군은 이제 3천 명을 이끌고 조나라 수십 성을 항복시키고, 홀로 떨어져 하북에 주둔해 있는데, 임금이 되지 않고서는 하북을 평정할 수 없을 것입니다. 게다가 진나라 왕은 무고에 쉽게 현혹되는 사람이니, 하북에서 돌아가 복명하더라도 화를 면하기 어려울 것입니다. 장군께서는 이 시기를 놓치지 마십시오. 시기는 잠깐 동안의 여유도 없습니다."

무신은 이 말을 받아들이고 마침내 조나라 왕이 되었다. 진여를 대장군, 장이를 우승상, 소소를 좌승상으로 하고 사자를 진(陳)나라 왕에게로 보내 이 사실을 알렸다.

진(陳)나라 왕은 크게 노하여 무신의 일족을 모두 죽이고, 군사를 동원하여 진나라를 치려고 하였으나 진(陳)나라 왕의 상국 방군(房君)이 왕에게 간했다.

"진(秦)나라가 아직 멸망하지 않았는데 무신 일족을 죽이는 것은 또 하나의 횡포한 진나라가 생기는 것과 같은 일입니다. 이런 때는 도리어 무신이 왕이 된 것을 축하해 주고 하루빨리 군사를 이끌고 진나라를 치도록 하는 것이 좋습니다."

진(陳)나라 왕은 이 말을 그럴 듯하게 여겨 무신 일족을 궁중에 구류하고, 장이의 아들 오(敖)를 성도군(成都君)에 봉했다. 그런 한편 사자를 보내 조나라 왕을 경하하고 출병을 재촉하여 함곡관으로 들어가도록 요청했다.

장이와 진여는 무신에게 말했다.

"임금께서 조나라 왕이 된 것은 초나라(진섭)의 뜻이 아니며 다만 방편에 따라서 왕을 축하하는 것일 뿐입니다. 초나라가 진(秦)나라를 제거하면 반드시 조나라를 치려고 할 것입니다. 원컨대 임금께서는 군사를 서쪽으로 움직이지 마시고, 북쪽의 연(燕)과 대(代)를 빼앗아 얻고, 남쪽으로는 하내를 손안에 넣어 스스로 영토를 넓히도록 하십시오. 조나라가 남쪽 대하(大河)에 웅거하여 국경을 지키고 북쪽 연·대를 아울러 가지면, 설령 초나라가 진(秦)나라에 이기더라도 조나라를 제압하지는 못할 것입니다."

조나라 왕은 이 헌책을 그럴 듯하게 여겨 군사를 서쪽으로 돌리지 않고 한광(韓廣)에게 연 땅을, 이량(李良)에게 상산(常山) 지방을, 장염(張黶)에게 상당(上黨)을 공략케 했다.

그런데 한광이 연나라에 이르자, 연나라 사람들은 한광을 세워 연나라 왕으로 삼았다. 그러자 조나라 왕은 장이·진여와 함께 연나라 국경을 공격했다.

어느 날 조나라 왕은 남몰래 밖에 나갔다가 연나라 군대에 붙잡혔다. 연나라의 장수는 조나라 왕을 가두어 놓고, 조나라가 땅의 절반을 나누어 준다면 왕을 돌려보내겠다고 했다. 조나라의 사자가 잇달아 연나라로 갔는데 연나라에서는 그때마다 사자를 죽이고 땅을 요구했다.

장이와 진여가 사태를 걱정하고 있을 때 한 병사가 같은 막사의 동료들에게 이별을 고하며 말했다.

"나는 장이와 진여 두 분을 위해 연나라를 설득하고 조나라 왕과 함께 수레로 돌아오겠다."

막사에 있는 사람들은 이 말을 듣자 웃으며 말했다.

"지금까지 10여 명의 사자가 갔는데 모두 죽임을 당했다. 어떻게 너 따위가 임금을 모시고 돌아올 수 있겠는가?"

그러나 그는 연나라의 성을 향해 떠났다. 그런 다음 그는 연나라의 장수를 만나서 물었다.

"내가 무엇을 원하는지 아십니까?"

연나라의 장수가 대답했다.

"너는 조나라 왕을 원하고 있을 테지?"

그러자 조나라의 병사는 웃으며 대답했다.

"당신은 이 두 사람이 바라는 것이 무엇인지 아직 모르고 있습니다. 저 무신과 장이와 진여는 채찍을 흔드는 것만으로 조나라의 수십 성을 항복시켰습니다. 그런 그들은 저마다 임금이 될 뜻을 가지고 있습니다. 그들이 어찌 대신·재상으로 몸을 마치는 데 만족하겠습니까? 또 신하의 지위와 왕의 지위를 어찌 같다고 말할 수 있겠습니까? 돌이켜 생각해 보면, 처음 조나라 세력이 정해질 무렵엔 감히 삼등분하여 저마다 왕이 되려고 하지 않고, 그 대신 연장자인 무신을 임금으로 세워 조나라의 민심을 얻으려고 한 것입니다. 그러나 지금 조나라의 땅은 완전히 귀속되어 있으므로, 저 두 사람 또한 조나라를 갈라 각기 임금이 될 것을 원하고 있습니다. 다만 시기를 보고 있을 뿐입니다. 이제 당신은 조나라 왕을 가두어 놓고 있으니 이 두 사람은 명분상으로는 조나라 왕을 구하고 있지만, 마음속으로는 연나라에서 그를 죽여 주기를 바라고 있습니다. 그렇게 되면 두 사

람이 조나라를 갈라서 왕이 될 것입니다. 조나라 하나만으로도 연나라를 업신여기는데 더욱이 현군 두 사람이 좌우로 손잡아 조나라 왕을 죽인 연나라의 죄를 문책한다면 연나라를 멸망시키는 것은 쉬울 것입니다."

연나라 장수는 과연 그럴 듯하다 여겨 조나라 왕을 석방하였고, 그 병사는 마차를 몰아 왕을 태우고 돌아왔다.

이량(李良)이 이미 상산 지방을 평정하고 돌아와서 보고하니, 조나라 왕은 다시 이량에게 태원을 공격하라 했다. 이량이 석읍에 이르렀을 때, 진나라 군대가 정형의 험지를 막고 있으므로 전진할 수가 없었다.

진나라 장수가 2세 황제의 사자라고 속여 이량에게 편지를 보냈는데 그 편지는 봉하지도 않은 채 이렇게 적혀 있었다.

> 일찍이 이량은 내 밑에서 벼슬하여 현직(顯職)과 총우(寵遇)를 받았다. 만약 이량이 진심으로 조나라를 배반하고 진나라를 위한다면, 이량의 죄를 용서하여 벼슬의 지위를 높여 주리라.

이량은 이 편지를 의심하여 믿지 않고 한단으로 돌아와 군사를 더 청하려고 했다. 그러나 그들은 한단에 도착하기 전에 길에서 연회를 마치고 돌아오는 조나라 왕의 누이 행렬과 마주치게 되었는데, 행차는 백여 기를 거느리고 있었다. 이량은 이 행차를 임금의 거동인 줄로 생각하여 길바닥에 엎드려 절했다.

왕의 누이는 취하여 장군을 알아보지도 못하고 수레 안에서 기병을 시켜 이량에게 예를 표하도록 했다. 이량도 귀인의 신분이므로 예하고 일어설 때 자기의 부하들을 돌아보며 부끄러워했다. 그때 종자 중 한 사람이 말했다.

"이제 천하는 진나라를 배반하여 능력 있는 자가 먼저 왕이 될 때입니다. 게다가 조나라 왕은 본디 장군의 밑에 있던 사람입니다. 그런데 지금 그의 누이조차 수레에서 내리지도 않습니다. 제가 뒤쫓아가서 죽이도록 허락해 주십시오."

이량은 진나라의 편지를 받은 후 조나라를 배반할까 생각하기도 했지만, 아직 뜻을 정하지 못하고 있었다. 그런데 더 이상 노여움을 참지 못하고 사람을 보내 왕의 누이를 도중에서 죽이고, 마침내 군사를 거느리고 한단을 습격했다. 한단에서는 이 일을 예상하지 못했기 때문에 무신과 소소는 마침내 죽임을 당했다.

조나라 사람들 중에는 장이와 진여의 눈과 귀가 되어 소식을 전해주는 사람이 많았기 때문에 그들 두 사람은 탈출할 수 있었다. 그들이 흩어졌던 조나라 병사를 거두어들이니, 수만 명이나 되었다. 빈객 중에 장이를 설득하여 이렇게 말하는 사람이 있었다.

"두 분은 타국을 떠도는 나그네 같은 몸이기 때문에 조나라에서 독립하려고 해도 그것은 곤란합니다. 대신 옛날 조나라 왕의 자손을 세워, 일을 돕는 것을 명분으로 삼으면 성공할 수 있을 것입니다."

그리하여 그들은 조나라 왕의 자손인 조헐(趙歇)이란 자를 찾아내어 조나라 왕으로 세우고 신도(信都)에 터를 정했다. 이량은 군사를 동원하여 진여를 쳤으나, 도리어 싸움에서 져 패주하다가 진나라의 장수 장한(章邯)에게 투항했다. 장한은 군사를 이끌고 한단으로 나아가서 백성들을 모두 하내로 옮기고 성곽을 파괴했다.

장이는 조나라 왕 헐과 함께 거록성으로 들어갔지만 진나라 장수 왕리(王離)에게 포위당했다.

진여는 북쪽 상산 지방의 군사를 모아 몇 만 명을 만들고, 거록성의 북쪽에 있는 진을 쳤다.

장한은 거록의 남쪽 극원(棘原)에 용도(甬道, 담을 쌓은 도로)를 만들어 하수 연안까지 연결하여 왕리에게 군량을 공급했다.

왕리의 군사는 식량이 충분해졌으므로 분발하여 급히 거록성을 쳤다. 거록성 안에는 군량미가 거의 바닥나고 병력도 적었다. 그래서 장이는 여러 차례 사람을 보내 진여에게 앞으로 나올 것을 요구했으나, 진여는 병력이 적어서 진나라 군대에 맞설 수 없다고 판단하고 앞으로 나가지 못했다. 장이는 크게 노하여 진여를 원망하게 되었고, 장염과 진택을 보내 진여를 꾸짖었다.

"과거에 나는 그대와 문경지교로 사귀었소. 지금 나는 왕리와의 싸움에서 조석을 기약치 못할 죽음에 직면해 있는데 그대는 몇 만의 병정을 끼고 있으면서도 구원을 거부하니 서로를 위해 목숨을 버리자던 의리는 어떻게 되었는가? 얼마쯤이라도 그대에게 신의가 있다고 하면 어찌하여 진나라 군대와 겨루어 함께 죽지 않는가? 그렇다면 열에 한둘은 함께 살 수 있소."

"만약 내가 앞으로 나아가 싸운다고 하더라도 끝내는 조나라를 구원하지 못하고 헛되이 군대만 모두 잃게 될 것이오. 내가 당신과 같이 죽으려고 하지 않는 것은 왕과 장군을 위해 진나라에 보복하려고 하기 때문이오. 이제 우리가 한꺼번에 죽는다면 주린 범에게 고기를 던지는 것과 같은 것이니 무슨 이익이 있겠소?"

"사태가 급박하니 다만 함께 죽어 신의를 세워 주기 바랄 뿐이지 다음 일은 생각할 필요가 없소."

"내가 죽는다고 해서 무슨 소용이 있겠는가? 어찌 되든 그대 말에 따라 5천 명을 파견키로 하겠소."

그리하여 우선 장염과 진택에게 명하여 5천 명을 인솔하고, 시험 삼아 진나라 군대에 맞서게 했더니 싸움터에 이르러 모두 전사했다.

이때 조나라의 위급한 사정을 듣고 연·제·초나라 각지에서 구원군이 왔다. 장이의 아들 장오도 또한 북쪽 땅에서 군사를 모아 1만여 명을 거느리고 구원을 왔다. 그러나 어느 군사나 다 진여의 진지 옆에 방벽을 쌓았지만, 감히 진나라를 치지는 못했다.

때마침 항우(項羽)의 군사가 여러 번 장한의 용도를 차단했으므로, 왕리의 군사는 식량 조달이 어려워졌다. 뒤이어 항우는 전군을 이끌고 하수를 건너 마침내 장한의 군사를 깨뜨렸다.

그러자 장한은 군사를 뒤로 물려 포위를 풀고자 했다. 제후들의 연합군은 그제야 거록성을 포위하여 진나라 군대를 공격하니, 마침내 왕리는 잡히고 진나라 장수 섭간(涉間)은 스스로 목숨을 끊었다. 결국 거록성을 구한 것은 초나라의 힘이 있었기 때문에 가능했다.

조나라 왕 헐과 장이는 그제야 거록성에서 나와 제후들에게 감사

의 예를 표했다. 장이는 진여를 만나 조나라 왕의 구출을 거부한 일을 책망하고 장염과 진택의 소재를 물었다. 그러자 진여가 화를 내며 말했다.

"장염과 진택은 나에게 죽음의 불구덩이 속으로 뛰어들라고 협박했소. 그리하여 그들 두 사람에게 5천 명을 인솔케 하여 우선 진나라 군대와 싸우게 했더니 모두 전사하여, 누구 한 사람도 살아서 돌아온 자가 없었소."

장이는 이 말을 믿지 않고 진여가 죽인 것이라고 생각하여 더욱 끈질기게 물으니, 진여는 성을 내며 말했다.

"그대가 나를 이토록 심하게 꾸짖을 줄은 몰랐소. 내가 장군의 자리에서 물러나는 게 원통해서 이러는 줄 아시오?"

그리고는 장군의 인수를 풀어서 장이에게 내밀었다. 그러자 장이도 놀라서 받으려고 하지 않았는데, 진여가 일어나 변소에 가자 빈객이 장이에게 말했다.

"하늘이 주는 것을 취하지 않으면 도리어 그 화를 입는다는 말이 있습니다. 진장군이 인수를 양보하려고 하는데 공이 받지 않으니, 하늘의 뜻을 거역하는 것은 상서롭지 못한 일입니다. 서둘러 받으시는 것이 좋겠습니다."

장이는 그 인수를 차고 진여의 부하를 수중에 거두기로 했다. 변소에서 돌아온 진여는 장이가 인수를 돌려주지 않는 것을 원망하여 급히 그곳을 나왔고, 장이는 결국 진여의 군대를 거두었다.

진여는 부하 중에서 친한 사람 수백 명과 함께 하변(河邊)의 강가에 가서 낚시와 사냥을 하며 지냈다. 이런 일로 해서 진여와 장이의 사이에는 결국 틈이 벌어지고 말았다.

조왕 헐은 다시 신도(信都)에 머물렀고, 장이는 항우와 제후를 좇아 함곡관으로 들어갔다.

한(漢)나라 원년 2월에 항우는 제후들을 왕으로 봉했다. 장이는 평소 여러 곳을 유람하여 각국의 많은 인사들에게 칭송을 받았고, 항우도 또한 평소 장이가 현명한 인물이라고 들었으므로 조나라를 둘로 나누어서 장이를 상산왕(常山王)으로 세워 신도를 다스리도록 했다. 그리고 신도의 이름을 양(襄)이라고 명칭을 고쳤다.

진여의 빈객들 중 대부분이 항우에게 말했다.

"진여와 장이는 한 몸과 같은 사이로서 조나라에 공로가 있습니다."

그러나 항우는 진여가 자기를 따라 입관(入關)하지 않았으므로 그가 남피(南皮)에 있다는 것을 듣자, 곧 남피 부근의 3현을 봉읍으로 주었다. 그리고 조나라 왕 헐에게 대 땅을 주어 왕으로 세웠다.

장이가 자기의 봉국으로 가자, 진여는 더욱 화를 내며 이렇게 말했다.

"장이와 나는 공로가 같은데 장이는 왕이 되고, 나만 홀로 후(候)로 있는 것은 항우의 불공평한 처사다."

제나라 왕 전영(田榮)이 초나라에 갔을 때 진여는 하열(夏說)을 시켜 전영에게 아뢰었다.

"항우는 천하를 다스리면서 공평하게 일을 처리하지 못하고 있습니다. 모든 장수를 다 좋은 토지의 왕으로 삼으면서도 본디 왕가인 헐에게는 나쁜 땅의 왕으로 삼으셨습니다. 조나라 왕은 대 땅에 있습니다. 만약 신에게 군사를 빌려 주신다면 남피 땅을 대왕의 나라를 지키는 울타리로 만들겠습니다."

전영은 조나라와 친의를 맺어 초나라를 배반할 생각이었으므로, 군사를 보내어 진여의 지위 아래 들게 했다.

진여는 자기의 영지인 3현의 군사를 전부 동원하여 상산왕 장이를 습격하여 패주케 했다.

장이는 제후 중에 믿을 만한 자가 없다고 여겨 말했다.

"한나라 왕과 나는 옛날부터 친분이 있기는 하지만 항우는 강성한 데다가 나를 왕으로 세워주었으니, 나는 초나라로 가야겠다."

이에 천문가(天文家) 감공(甘公)이 말했다.

"한나라 왕이 함곡관으로 들어왔을 때, 5개의 별이 동정(東井)에 모였습니다. 동정은 천문으로 진나라에 해당하므로 먼저 진나라에 들어온 자가 반드시 승자가 될 것입니다. 초나라는 강성하지만 진나라에 들어오기는 한나라보다 뒤졌습니다. 초나라는 후일에 반드시 한나라에 종속될 것입니다."

그래서 장이는 한나라로 달아났다. 그 즈음 한나라 왕도 삼진(三秦, 항우가 삼분한 관중 땅)을 평정하기 위해 되돌아와 장한을 폐구(廢丘)에서 포위하고 있었다. 장이가 한나라 왕을 만나니 그는 장이를 후대했다.

진여는 장이를 깨뜨리고 조나라를 구원하자 전왕(前王)을 대에서 맞아 다시 조나라 왕으로 받들었다. 조나라 왕은 진여를 세워 대왕을 삼았는데, 진여는 조나라 왕이 미력하고 나라가 겨우 안정되었을 뿐이므로 자기 나라인 대(代)로 가지 않고 머물러 있으며 조나라 왕의 사부가 되었다. 대신 하열을 대의 재상으로 삼아 나라를 지키게 했다.

한나라 2년, 한나라는 동쪽의 초나라를 치기 위해 사자를 조나라로 보내 함께 칠 것을 제의했다. 진여는 대답했다.

"한나라 왕이 장이를 죽이면 제의에 응하리다."

한나라 왕은 장이와 용모가 같은 자를 찾아내어, 그 목을 진여에게 보냈다.

진여는 군사를 보내 한나라를 도왔는데, 한나라의 군사가 팽성 서쪽에서 패하고, 또 장이가 죽지 않은 것을 알자 한나라를 배반했다.

한나라 3년에 한신(韓信)이 위나라 땅을 평정하자, 한나라 왕은 장이와 한신을 보내 조나라의 정형을 격파하고 진여를 저수 부근에서 베고 조나라 왕 헐을 쫓아 양 땅에서 죽였다.

한나라는 장이를 조나라 왕으로 세웠다.

한나라 5년에 장이가 죽자 시호를 경왕(景王)이라 하고, 아들 오가 대를 이어 조나라 왕이 되었는데, 고조(高祖)의 왕녀 노원 공주(魯元公主)가 조나라 왕 오의 왕후가 되었다.

한나라 7년, 고조가 평성에서 조나라를 통과했을 때 조나라 왕은 아침저녁으로 팔을 걷어붙이고 앞치마를 걸쳐 몸을 낮추고는 몸소 음식을 올려 사위로서의 예를 다했다.

그런데도 고조는 두 다리를 내뻗고 큰소리로 꾸짖으며 매우 불손하게 모욕하는 태도를 취했다.

조나라의 재상 관고(貫高)·조오(趙午) 등은 나이 60여 세로 본디 장이의 빈객이었는데, 평소부터 의지가 굳고 남에게 굴하지 않는 성질이었다. 그리하여 고조의 불손한 태도를 보자, 노하여 말했다.

"우리 왕은 너무 나약하다."

그리고 왕에게 이렇게 말했다.

"이제 천하는 호걸이 연달아 일어나서 능력 있는 자가 먼저 왕이 되는 때입니다. 왕은 황제를 섬기기에 공손을 다하는데도 황제께서는 조금도 예의가 없습니다. 왕을 위해 황제를 죽이겠습니다."

이 말을 듣고 장오는 자기의 손가락을 깨물어 피를 내어서 두 마음이 없음을 맹세했다.

"그대들은 무슨 말을 그렇게 함부로 하는가? 선왕(장이)은 한 번 나라를 잃어버렸을 때, 고조의 힘에 의지하여 나라를 회복할 수가 있었으며, 그 은택은 우리 자손에게까지 미치게 되었소. 우리들이 가지고 있는 털끝만한 물건이라도 다 고조의 힘에 의한 것이오. 아무쪼록 그대들은 두 번 다시 그런 말을 입에 올리지 마시오."

관고와 조오 등 10여 명은 모두 입을 모아 다음과 같이 말했다.

"이것은 우리들이 생각을 잘못한 것이다. 우리 왕은 온후한 사람으로서 덕의에 배반할 사람이 아니다. 그러나 우리의 의로써 보자면 왕이 모욕당하는 것을 가만히 보고 있을 수는 없다. 고조가 우리 임금을 모욕하는 것을 원망하여 고조를 죽이려는 것이 어찌하여 왕의 덕을 더럽히는 것이 되겠는가? 일이 성공하면 공을 왕에게 돌리고, 실패하면 우리들 스스로 죄를 받도록 하자."

한나라 8년에 고조는 동원(東垣)에서 돌아오는 도중에 조나라를 지나게 되었다. 그때 관고와 조오 등은 백인현(柏人縣)의 숙사 이중벽 안에 사람을 숨겨 놓았다가 고조를 죽이려고 했다.

고조는 이곳을 지날 때 숙박할 생각이 있어 물었다.

"현의 이름을 뭐라고 하는가?"

"백인현이라고 하옵니다."

"백인은 사람을 협박한다는 의미가 있다."

이 대답을 들은 고조는 불길하다며 더 이상 그곳에 머무르지 않고 떠났다.

한나라 9년에 관고와 원한이 있는 사람이 그때의 음모를 알고 몰래 글을 올려 밀고했다.

고조는 조나라 왕을 비롯하여 관고 등의 일당을 일제히 체포했다. 수십 명의 사람들은 앞을 다투어 자결했는데 관고만은 홀로 화를 내며 이렇게 꾸짖어 말했다.

"그대들에게 이러한 음모를 시킨 것은 누군가? 우리들 자신이 아닌가? 왕은 조금도 음모에 가담하지 않았는데 이제 함께 잡혔다. 그대들이 다 죽어 버리면 대체 누가 왕의 허물없음을 증명하겠는가?"

관고와 조나라 왕은 수인거(囚人車)에 밀폐된 채 장안(長安)으로 압송되어 심문을 받게 되었다.

"조나라의 군신·빈객 중에서 만일 왕을 쫓아오는 자가 있으면 족주(族誅, 일족을 다 죽이는 것)하겠다."

고조가 영을 내렸는데도 불구하고 빈객 맹서(孟舒) 등 10여 명은

스스로 머리를 깎아 칼을 쓰고 왕가의 종이 되어 따라갔다.

관고는 장안에 도착하자 문초하는 옥관에게 진술했다.

"다만 우리 동지만이 모략했던 것으로 왕께서는 알지 못하는 일이다."

관리는 자백을 시키기 위해 매를 치기를 수천 번, 쇠바늘로 찔러서 전신에 모두 상처를 내고 다시 더 매를 칠 만한 성한 살이 없게 되었으나 끝내 아무런 말도 들을 수가 없었다.

여후는 딸 노원 공주가 조나라의 왕후인 까닭으로 그러한 음모에 가담할 리가 없다고 거듭 말했지만, 고조는 노하여 듣지 않았다.

"만약 장오가 천하를 차지한다면, 어찌 당신 딸과 같은 여자가 한 둘이겠소?"

옥관이 관고를 문초한 전말을 아뢰니, 고조는 말했다.

"대단한 장사다. 누가 그를 아는 사람이 없는가? 사사로운 정으로 물어보도록 하라."

중대부 설공(泄公)이 말했다.

"그는 신과 한 고장 사람으로 전부터 아는 사입니다. 근본 이름을 세워 의를 지키고 남에게 능욕당하지 않고 사내다움을 중히 여기는 인물입니다."

고조는 설공에게 명하여 절(節, 군령을 받드는 표지)을 가지고 관고를 방문케 했다. 대로 만든 가마를 타고 관고 앞으로 가자 그가 쳐다보며 말했다.

"설공인가?"

설공은 그의 고통을 위로하며, 평생의 친분으로 말하되 조나라 왕에게 과연 음모가 있었는지를 물었다. 관고는 말했다.

"누가 자기 부모나 처자를 사랑하지 않는 자가 있으랴. 이제 우리 삼족은 다 사형을 구형받고 있는데, 아무리 왕을 위해서라지만 어찌 나의 육친을 돌아보지 않으랴. 왕께서는 전혀 모반할 마음이 없었고, 다만 우리들만으로 계획을 짰던 것이다."

그리하여 일이 일어나게 된 원인과 왕이 관여하지 않았던 사정을 자세히 이야기했다.

설공은 궁중으로 들어가서 상세히 보고했다. 고조는 조나라 왕을 사면하고, 또 관고의 사람됨이 사내다움을 중히 여겨 설공을 보내어 전말을 알려 주었다.

"조나라 왕은 벌써 석방하였다. 따라서 관고도 용서한다."

관고는 기뻐하여 물었다.

"우리 왕께서 석방된 것이 분명한가?"

설공은 대답했다.

"확실하다."

그러고 나서 다시 덧붙였다.

"한나라 왕께서는 그대의 행동을 훌륭하다 하고, 그 때문에 그대를 용서하는 것이다."

그러자 관고는 말했다.

"내가 전신에 성한 곳이 없으면서도 죽으려 하지 않았던 것은 왕에게 죄가 없음을 분명히 하려는 일념에서였다. 이제 왕이 석방된 이상,

나의 책임은 이미 끝났으며 죽어도 여한이 없다. 신하로서 왕을 시해하려 했다는 오명을 입었는데 무슨 면목이 있어 다시 왕을 섬길 수 있겠는가? 설령 왕이 나를 용서한다 하더라도 부끄러워하지 않고 견딜 수 있겠는가?"

그리고는 동맥을 끊어 자살했다. 이 일로 하여 그의 이름은 천하에 널리 전해졌다.

장오는 사면된 후로 노원 공주의 배우자라는 점에서 다시 선평후(宣平侯)에 봉해졌다. 고조는 또 조나라 왕의 모든 빈객이 칼을 목에 걸고 종이 되어서까지 조나라 왕을 좇아 함곡관으로 들어온 것을 훌륭하다 하여 모두 제후의 재상·군수로 등용했다. 혜제(惠帝)·고후(高后, 여후)·문제(文帝)·경제(景帝)의 때에 이르러 장왕(張王) 빈객의 자손은 모두 다 봉록 2천 석의 고관을 지냈다.

장오는 고후(高后) 6년에 죽고, 그의 아들 언(偃)은 노원왕(魯元王)이 되었다. 그의 어머니가 여후의 딸이었으므로 여후는 그를 노원왕에 봉했던 것이다.

노원왕은 허약한데다가 형제가 적었으므로 장오의 서자인 두 아들이 봉함을 입어 수(壽)는 낙창후(樂昌侯)가 되고, 치(侈)는 신도후(信都侯)가 되었다. 고후가 별세한 뒤에 여씨 일족은 무도했던 까닭에 대신이 그들을 죽이고, 노나라의 원왕과 낙창후, 신도후도 폐위시켰다.

효문제가 즉위하자 다시 노나라 원왕 언을 남궁후(南宮侯)로 봉하여 장씨(張氏)의 뒤를 잇게 했다.

태사공은 말한다.

장이·진여는 현자로 세상에 전해지고 있다. 그의 빈객·종들까지도 천하의 준수 호걸이 아닌 자가 없고, 각기 거주한 나라에서 대신·재상의 지위를 획득하지 않은 자가 없었다. 장이와 진여는 빈천했을 때, 서로 믿고 서로 친하여 죽음조차 싫어하지 않고, 둘의 사이에는 아무런 거리낌도 없었다.

그런데 각기 나라를 세워 권력을 다투자 마침내 서로가 멸망했다. 앞서는 서로 경모하고 신용하는 사이였는데, 뒤에 가서는 서로 배반하고 불신하는 사이가 된 것은 무엇 때문인가? 그것은 사리사욕 때문이 아니던가? 명예가 아무리 높고 빈객이 아무리 많다 하여도 이 두 사람이 걸었던 길은 오태백(吳太伯), 연릉(延陵)의 계자(季子)가 나라를 서로 양보했던 도리와는 너무도 다르다고 하겠다.

위표·팽월 열전(魏豹彭越列傳)

위표는 서하와 상당의 군사를 거두어 한나라 왕을 따라 팽성에 이르고, 팽월은 대량을 침략해 함께 항우를 괴롭혔다. 그래서 〈위표·팽월 열전 제30〉을 지었다.

위표는 본디 위나라 공자 중 한 사람이었다. 그의 종형 위구(魏咎)는 옛날 위나라 시대에 봉함을 입어 영릉군(寧陵君)이 되었는데 진나라가 위나라를 멸했을 때, 서민으로 격하됐다. 진승(陳勝)이 궐기하여 왕이 되자, 위구는 그를 찾아가 섬겼다.

진(陳)나라 왕은 위나라 사람 주시(周市)에게 위나라 땅을 순행케 하고, 영을 펴서 백성들을 좇게 했다. 위나라가 평정되자 백성들은 의논하여 주시를 위나라 왕으로 세우려고 했다. 그때 주시가 말했다.

"천하가 어지러우면 충신이 나타난다고 했는데, 이제 천하는 통틀어 진나라를 배반하고 있다. 의리로써 위나라 왕의 후예를 세우는 것이 좋을 것이다."

제나라와 조나라도 각기 수레 50채를 보내 주시를 위나라 왕으로 세우고자 했는데, 주시는 거듭 사양하여 받지 않았다. 그리하여 위구를 맞이하려고 진나라 땅과 위구 사이에 사자가 다섯 번이나 왕복했다. 진나라 왕도 하는 수 없이 위구를 위나라 왕으로 세웠다.

장한(章邯)은 진나라 왕을 친 후에 군사를 몰아 위나라 왕을 도성인 임제(臨濟)에서 공격했다. 이에 위나라 왕은 주시를 제나라와 초나라에 보내서 구원을 청했다.

제나라와 초나라는 항타(項它)·전파(田巴) 등의 군사를 주시에게 따르도록 하여 위나라를 구하려고 했는데, 장한이 마침내 주시 등을 격파하여 임제를 포위했다.

위구는 백성을 위해 항복을 약정하고, 약정이 성립되자 위구는 스스로 불에 타 죽었다.

종제 위표는 초나라로 달아났는데, 초나라 회왕(懷王)은 위표에게 몇 천의 군사를 주어서 위나라 땅을 순행, 호령케 했다. 그때 항우는 이미 진나라를 깨뜨리고, 장한에게 항복을 받았다. 위표는 위나라 20여 성을 공략한 다음 위나라 왕이 되어 정병을 이끌고 항우를 좇아 함곡관으로 들어갔다.

한나라 원년, 항우가 제후를 봉할 때, 자신은 양(梁)나라 땅을 가지고자 위나라 왕 표를 하동(河東)으로 옮겨 평양(平陽)에 도읍케 하고, 서위왕(西魏王)이라고 했다. 한나라 왕이 삼진을 평정하고, 임진에서

황하를 건너자, 위나라 왕 표는 나라를 들어 한왕에게 귀순하고, 마침내 한나라 왕을 좇아 초나라의 도성 팽성을 쳤다. 한나라 군대가 패하여 형양까지 물러갔을 때, 위표는 어머니의 병을 간호한다는 구실로 귀국을 청하여 본국에 돌아와 곧 하수의 나루를 차단하고 한나라를 배반했다.

한나라 왕은 위표의 반란 소식을 들었으나 동쪽에 초나라란 대적을 두고 있었으므로, 그쪽이 근심되어 위표를 칠 만한 여유가 없었다. 그래서 역생이라는 변사에게 말했다.

"그대가 가서 위표를 설득시키고, 귀순시킨다면 1만 호의 봉읍을 주리라."

역생이 가서 위표를 설득하려 했으나 위표가 거절하며 말했다.

"인간의 일생은 백마가 달리는 것을 문틈 사이로 보는 것같이 잠깐 동안에 지나지 않는다. 한나라 왕은 오만하여 사람을 업신여기고, 제후와 신하를 꾸짖기를 노예와 같이 하며, 조금도 상하의 예절을 분별하지 않는다. 나는 한나라 왕과는 만나지 않겠다."

한나라 왕은 한신을 보내 위표를 치게 했다. 한신은 위표를 하동에서 사로잡아 역마로 형양에 보냄과 동시에 위표의 나라를 한나라 군(郡)으로 만들었다.

위표는 한나라 왕의 명령으로 형양을 지켰는데, 초나라에 포위되어 위급함을 당하자, 마침내 한나라 어사대부 주가(周苛)에게 죽임을 당했다.

팽월은 창읍 사람으로 자는 중(仲)이라고 했다. 일찍이 거야(鉅野)의 택지에서 어업에 종사하고, 또 때로는 부하를 모아 도둑질을 일삼았다.

진승·항량이 군사를 일으키자 지방의 청년들이 팽월에게 말했다.

"모든 호걸은 다 일어나서 진나라를 배반한다. 당신도 일어서라."

그러자 팽월이 말했다.

"진(秦)나라와 진(陳)나라, 두 용이 지금 싸우고 있다. 조금 더 기다려라."

1년 남짓 지나서 택지 근방의 청년들 백여 명이 몰려와 팽월을 방문하고 팽월에게 자기들의 우두머리가 되어 달라고 청했다.

"나는 그대들과 함께 할 수 없다."

팽월은 사양했는데, 청년들의 간청에 하는 수 없이 승낙했다. 그리하여 이튿날 아침 해돋이 무렵을 기하여 회합하기로 하고, 그 시간에 늦은 자는 목을 베기로 약속했다.

이튿날, 시각이 되었을 때에 10여 명이 늦었는데, 그중에는 거의 점심때가 되어서야 온 자도 있었다. 팽월은 모두에게 말했다.

"나는 늙었지만 여러분이 간청해서 우두머리가 된 것이다. 그런데 약속해 놓고서 늦게 온 자가 많다. 늦은 자를 다 죽일 수도 없으므로 제일 늦은 놈 하나를 죽이겠다."

그리고 무리의 우두머리에게 베라고 명령했다. 모두 웃으며 말했다.

"그렇게까지 않더라도 이제는 결코 늦지 않겠습니다."

그러나 팽월은 용서 없이 한 사람을 끌어내어 베고, 제단을 만들어

제사를 지냈다.

그런 후에 일동에게 명령을 내리자, 모두 크게 놀라서 팽월을 무서워하고, 얼굴을 쳐다보려고 하는 자도 없었다. 그리하여 가는 곳마다 토지를 공략하고, 여러 군데 흩어져 있는 병정을 거두어 1천여 명을 얻었다.

패공(沛公, 고조)이 탕에서 북진하여 창읍을 쳤을 때, 팽월은 패공을 도왔다. 창읍을 함락시키기에 앞서 패공은 군사를 이끌고 서쪽으로 진출했으므로, 팽월도 부하를 인솔하고 거야의 택지에 이르면서 위나라의 흩어진 군사를 손안에 거두었다.

항적(項籍, 항우)은 함곡관으로 들어가서 제후를 왕으로 봉했고, 모든 왕들은 자신의 나라로 돌아갔다. 그러나 팽월은 거느리고 있는 사람이 1만여 명이나 되었지만 돌아갈 곳이 없었다.

한나라 원년 가을, 제나라 왕 전영이 초나라 항왕을 배반했다. 한나라는 사자를 보내어 팽월에게 장군의 인수를 주고 제음에서 남쪽으로 내려와 초나라를 치도록 명령했는데, 초나라는 소공각(蕭公角)에게 군사를 이끌고 이것을 맞아 치게 했다. 그러나 팽월이 초나라 군대를 대파했다.

한나라 2년 봄, 한나라 왕은 위나라 왕 표 및 제후와 함께 동쪽 초나라를 치고, 팽월은 군사 3만여 명을 이끌고 외항에서 한나라에 귀순했다. 이때 한나라 왕이 말했다.

"팽장군은 위나라 땅을 손에 넣어 10여 성을 얻자 서둘러 위나라 왕의 자손을 왕으로 세우려고 한다. 그런데 지금 서위의 왕 표도 위나라 왕 위구의 아들이니, 틀림없는 위나라 자손이다."

그리하여 팽월을 위나라 재상으로 하고 군사를 이끌어 양(梁)나라를 공략하여 평정하도록 했다. 그러나 한나라 왕이 팽성에서 패하고, 군사를 해산하여 서쪽으로 물러나게 되자, 팽월은 함락시켰던 성도 다 잃어버리고 자기 군대만을 거느린 채 북쪽으로 가서 하수 위쪽에 머물렀다.

한나라 3년, 팽월은 끊임없이 각처에 출몰하여 한나라의 유격병으로서 초나라 군대를 치고, 양나라에서 초나라 군대의 후방 보급로를 끊었다.

한나라 4년 겨울, 항왕은 한나라 왕과 형양 땅에서 대치했는데, 팽월은 형양·외황 등 17개 성을 공략했다. 항왕은 이 소문을 듣자, 조구에게 명하여 성고를 지키게 하고, 자신은 동쪽으로 가서 팽월이 공략한 성읍을 항복시키고 그것을 다시 초나라 소유로 만들었다.

팽월은 군사들과 함께 남쪽 곡성(穀城)으로 도망했다. 같은 해 가을 항왕이 남쪽의 양하(陽夏)로 달아나자, 팽월은 또 창읍 일대의 20여 성을 항복시키고 곡식 10여 만 곡을 얻어, 이것을 한나라 왕에게 군량미로 주었다.

한나라 왕은 자주 사자를 보내 팽월을 부르고, 협력하여 초나라를 치려고 했으나, 팽월이 응하지 않았다.

"위나라는 겨우 평정되었을 뿐으로, 그곳 백성들은 지금도 초나라를 두려워하고 있습니다. 아직 이곳을 떠날 수는 없습니다."

한나라 왕은 초나라 군을 추격했으나 도리어 고릉(固陵)에서 패했다. 그리하여 한나라 왕은 유후(留侯, 장량)에게 물었다.

"제후들의 군사가 나의 명령을 좇으려고 하지 않는다. 어찌하면 좋겠는가?"

"제나라 왕 한신이 왕이 된 것은 대왕의 의향에 의한 것이 아닙니다. 그러므로 그의 마음도 견고하지는 못합니다. 또 팽월은 양나라 땅을 평정하여 공로가 많았는데, 당시의 왕께서는 위표의 일로 팽월을 위나라의 재상으로 삼았습니다. 이제 위표가 죽고 후계자가 없으므로 팽월도 왕이 되는 것을 바라고 있는데 대왕은 전혀 세우려고 하지 않으셨습니다. 지금 제나라와 위나라 양국을 주어서 저들과 맹약한다면 대번에 초나라를 이길 수 있을 것입니다. 수양 북쪽에서 곡성까지의 땅을 모두 상국 팽월에게 주어 왕으로 삼으십시오. 한신의 옛집은 초나라에 있으므로 그에게는 또 향읍을 얻으려는 생각이 있을 것입니다. 한나라 왕께서 만약 땅을 주신다면 지금이라도 곧 두 사람을 부를 수가 있겠으나, 만약 주지 않는다면 일이 되어가는 형편은 예측하기 어려울 것입니다."

한나라 왕은 유후의 방책을 들어 사자를 팽월에게 보냈다. 사자가 도착하자, 팽월은 자신의 군사를 모조리 이끌고 해하(안휘성)에서 회전(會戰)하여 마침내 초나라를 깨뜨렸다.

한나라 왕 5년, 항우가 패하여 죽고, 그 봄에 팽월을 세워 양나라 왕으로 삼고 정도(定陶)에 도읍케 했다. 한나라 6년, 양나라 왕은 진 땅에서 한나라 왕에게 신하로서 진배(進拜)하고, 9년과 10년에는 장안(長安)에 와서 만났다.

한나라 10년 가을에 진희(震豨)가 대(代)에서 반역했다. 고조는 친히 정벌하여 한단으로 가서 군사를 양나라 왕에게서 징발하였던 바, 양나라 왕은 병을 핑계로 부하 장군에게 군사를 주어 한단으로 나아가게 했다.

고조는 노하여 사람을 보내 양나라 왕을 문책했다. 양나라 왕이 두려워하여 몸소 사과를 하기 위해 나가려고 하니 장군 호첩(扈輒)이 말했다.

"왕은 처음부터 가지 않고 문책을 받은 다음에야 가시려고 하나 지금 가시면 포로가 될 것입니다. 길은 군사를 움직여 반역하는 수밖에 없습니다."

양나라 왕은 이 말에 귀를 기울이지 않고 여전히 병을 핑계로 댔다. 때마침 양나라 왕은 그의 태복(太僕)에게 화가 나서 그의 목을 베려고 했다. 그러자 태복은 한나라로 도망하여 밀고했다.

"양나라 왕과 호첩은 모반을 꾀하고 있습니다."

이에 한나라 왕은 사자를 보내 양나라 왕을 불시에 쳤다.

예측하지 못했던 양나라 왕은 잡혀서 낙양에 감금됐다. 관리가 문초한 결과 모반한 증거가 분명했으므로 법에 따라 벌하려고 했지만, 한나라 왕은 양나라 왕을 용서하여 서민으로 만들고 역마에 태워 촉나라 청의(青衣)로 보내어 그곳에서 살도록 했다.

양나라 왕이 서쪽 정(鄭)에까지 갔을 때 장안에서 낙양으로 가려고 하는 여후(呂后, 고조의 황후)를 만나 도로에서 인견하게 되었다. 양나라 왕은 울면서 죄가 없음을 호소하고 고향 창읍에서 살고 싶다고 청했다. 여후는 이 말을 받아들여 그를 데리고 동쪽 낙양으로 가서 황

제에게 말했다.

"팽월은 장사(壯士)인데 이제 촉으로 옮겨 보내는 것은 스스로 근심거리를 남겨두는 것입니다. 그를 죽이는 것이 더 낫습니다. 그래서 소첩이 삼가 그를 데리고 왔습니다."

그리고 여후는 곧 팽월의 사인을 시켜 팽월이 다시 모반을 꾀하고 있다고 말하도록 했다.

정위(廷尉) 왕염개(王恬開)가 그의 일족을 모두 죽일 것을 청하자 한나라 왕은 이를 재가했다. 마침내 팽월의 일족은 멸문되고, 그의 나라도 없어졌다.

태사공은 말한다.

위표와 팽월은 본디 비천한 몸이었지만 천 리의 땅을 차지하고 남면하여 고(孤, 제후의 자칭)라 하고, 승리를 틈타서 날로 명성이 높아졌다.

그러나 그들은 반역할 마음을 품었다가 실패하자, 스스로 목숨을 끊지 못하고 붙들려서 형벌을 받았으니, 그것은 무슨 까닭인가? 보통 웬만한 승리자도 이러한 비겁함을 부끄럼으로 알거늘, 하물며 왕이었던 자의 행동으로서 그럴 수는 없는 것이다.

그것은 달리 까닭이 있는 것이 아니라, 지략이 우수한 자가 자기 몸만을 온전히 못할까 걱정한 데 그치고, 촌척의 권세라도 쥐면 무리지어 붙기를 구름이 일 듯하고, 몸이 흥하기를 용으로 화하는 것같이 하여 시기의 운을 타려고 한 것에 불과하다. 그러고 보면 깊숙이 갇히어도 한탄할 것이 없다고 하리라.

경포 열전(黥布列傳)

경포는 회남 땅을 가지고 초나라를 배반하여 한나라에 귀속했다. 그로 인해 한나라는 대사마 은(殷)을 맞아들여 마침내 항우를 해하에서 무찔렀다. 그래서 〈경포 열전 제31〉을 지었다.

경포는 육(六) 사람으로 성은 영씨(英氏)이고, 진나라 때는 서민이었다. 젊었을 때 어떤 길손이 그의 상을 보고 말했다.

"그대는 형벌을 당한 후 왕이 될 상이다."

장년이 되었을 때, 남의 죄에 연좌되어 먹실을 넣는 형벌을 받게 되었는데 영포는 흔연히 웃으면서 말했다.

"어떤 분이 내 상을 보고 형벌을 당한 후에 왕이 되겠다고 하였는데, 바로 이것이구나."

사람들도 이 말을 듣고 함께 웃었다.

판결을 받아 여산(麗山)으로 호송되었는데 그곳에는 수십만의 죄수가 있었다. 영포는 죄수들의 우두머리나 호걸들과 사귀었다.

그런 중에 친한 사람들을 이끌고 도망하여 강수(江水) 근방으로 가서 도둑질을 일삼았다.

진승이 군사를 일으키자 영포는 파군(番君)을 뵙고 그 무리들과 함께 진나라를 배반하고 군사 수천 명을 모았다. 파군은 자기의 딸을 영포의 아내로 허락했다.

장한이 진승을 멸망시키고 여신(呂臣)의 군사를 깨뜨리니, 영포는 군사를 이끌고 북쪽으로 올라가 진나라의 좌교위, 우교위를 청파(淸波)에서 깨뜨리고, 다시 군사를 이끌어 동쪽으로 나아갔다. 초나라의 항량이 강동·회계를 평정하고, 강수를 건너 서쪽으로 진출 중이라는 소문을 들은 진영은 항씨가 대대로 초나라 장군이었다는 점에서 군사를 이끌고 항량에게 귀순하여 회남(淮南)으로 건너가니, 영포(英布)와 포(蒲)장군 등도 군사를 이끌고 항량에게 귀순했다.

항량이 회수를 건너 서쪽으로 나아가서 경구(景駒)·진가(秦嘉) 등을 칠 때, 영포는 언제나 여러 군대 중에서 가장 앞에 있었다. 항량은 설(薛)로 가서 진나라 왕이 죽었다는 말을 듣자 초나라 회왕을 옹립했다. 이후 왕은 항량을 봉하여 무신군(武信君)이라 하고, 영포를 당양군(當陽君)이라 했다.

항량이 정도에서 패하여 죽으니, 회왕은 도읍을 팽성(彭城)으로 옮기고, 여러 장군과 영포도 모두 팽성으로 모여 수비를 굳건히 했다. 이때 진나라가 별안간 조나라를 포위했으므로 조나라는 여러 차례 사자를 보내 구원을 청했다. 그리하여 회왕은 송의(宋義)를 상장(上將), 범증(范增)을 말장(末將), 항적(항우)을 차장(次將), 영포와 포장군도 각기 장군으로 하여 송의의 통솔 아래 북쪽 조나라를 구하게 했다. 그 뒤 항적이 하수 위쪽에서 송의를 죽였으므로 회왕은 항적을 상장으로 삼아 모든 장수를 항적의 지휘 아래 들게 했다.

항적은 먼저 영포에게 명해 황하를 건너 진나라를 치게 했는데 여러 번 승리를 거두었으므로, 전군을 이끌고 황하를 건너 영포의 뒤를 이어 마침내 진나라 군대를 깨뜨리고 진나라 장수 장한 등을 항복시켰다.

초나라 군대는 싸우면 번번이 이겨 진나라를 깨뜨린 전공은 제후 중에서 제일이었다. 그리하여 제후의 군사는 모두 초나라에 귀순했는데, 그것은 영포가 적은 군사로 자주 대군을 깨뜨렸기 때문이다.

항적은 군사를 이끌고 신안(新安)에 도착하자 또 영포에게 명해 장한을 야습케 하여 진나라 군사 20여 만 명을 구덩이에 묻어 죽였다. 항적은 함곡관에 이르렀으나 들어갈 수 없게 되자, 또 영포를 시켜서 먼저 샛길로 가서 함곡관 부근에 있는 적군을 치게 했다. 이로 해서 마침내 함곡관으로 들어가 함양에 도달할 수 있었는데, 영포는 언제나 선봉의 역할을 맡았다. 항왕은 장수들을 봉할 때, 영포를 구강왕(九江王)으로 삼고 육에 도읍을 정하도록 했다.

한나라 원년 4월, 제후들은 항왕의 휘하를 떠나 자기 봉국에 취임했다. 항왕은 회왕을 세워 의제(義帝)로 받들고 장사로 도읍을 옮기도록 하면서 남몰래 구강왕 영포에게 의제를 치게 했다.

8월, 영포는 부장(部將)을 보내 의제를 치고, 침현(郴縣)까지 쫓아가 죽였다.

이때 제나라 왕 전영이 초나라를 배반했으므로 항왕은 제나라로 출격하고 구강(九江)에서 군사를 징발했는데, 구강왕 영포는 병을 핑계 삼아 나가지 않았으며, 다만 부장에게 수천 명을 인솔해 보냈다. 한나라가 초나라를 팽성에게 깨뜨렸을 때에도 영포는 역시 병중이라며 초나라를 돕지 않았다. 항왕은 이 때문에 영포를 원망하고 자주 사자를 보내 문책하거나 불렀다. 그렇지만 영포는 더욱 두려워 감히 가려고 하지 않았다.

당시에 항왕은 북쪽으로는 제나라와 조나라 때문에 근심하고, 서쪽으로는 한나라라는 근심거리가 있었기 때문에 오직 의지할 수 있는 자는 구강왕뿐이었다. 게다가 영포의 재능을 중히 여기고 앞으로 중요하게 쓰일 일을 생각하여 영포를 치지는 않았다.

한나라 2년, 한나라 왕은 초나라를 치기 위해 팽성에서 크게 싸움을 벌였는데 별 소득이 없어, 양나라 땅을 나와 우(虞)로 후퇴하면서 좌우에 있는 자들을 꾸짖었다.

"너희들하고는 천하의 일을 함께 의논할 수 없다."

이에 알자 수하(隨何)가 앞으로 나와 말했다.

"대왕께서 말씀하시는 뜻을 잘 모르겠습니다."

한나라 왕은 말했다.

"누가 나를 위해 회남(淮南)으로 가서 영포에게 출병케 하여 초나라를 반역토록 할 사람은 없는가? 항왕을 몇 달간만이라도 제나라에 붙들어 놓을 수 있다면 내가 천하를 얻기는 백의 하나도 어긋남이 없으리라."

그 수하가 청했다.

"신을 사자로 보내 주십시오."

한나라 왕은 20인의 종자를 주어 그를 회남으로 가게 했다.

구강에 도착한 수하는 태재(太宰, 음식을 맡은 관리)에게 부탁하여 왕의 손이 되었다. 사흘이 지나도 왕을 뵐 수가 없었으므로 수하가 태재에게 말했다.

"왕께서 저를 인견하지 않는 것은 초나라가 강하고 한나라가 약하다고 생각하기 때문인 줄 압니다. 그렇기 때문에 신이 사자로 왔습니다. 어떻게든지 왕을 뵐 수 있도록 주선해 주십시오. 신이 아뢰는 말씀이 정당하다고 생각되시면 그것은 대왕께서 듣고자 하던 바가 될 것이며, 만약 그렇지 못하다고 생각되시면 우리들 20인을 회남의 광장에서 부질(斧質)의 형(刑)에 처하시어 한나라를 등지고 초나라의 편에 서는 것을 분명히 하심이 좋겠습니다."

태재가 이 말을 왕에게 올렸으므로 왕이 수하를 인견하여 그의 말을 들었다.

"한나라 왕은 신에게 명하여 삼가 서한을 대왕의 측근에 올리게 하셨습니다. 제가 마음속으로 이상하게 생각하는 것은 왕께서 초나라 왕과 어떠한 친분이 있는가 하는 점입니다."

"과인은 북면하여 초나라 왕을 섬기는 신하요."

"대왕과 항왕은 같은 제후의 지위에 있습니다. 그런데도 불구하고

북면하여 항왕에게 신하의 예로써 대하심은 초나라가 강하여 나라의 안전을 믿을 수 있기 때문이겠지요? 항왕이 제나라의 전영(田榮)을 쳤을 때, 항왕은 스스로 판축(板築, 전쟁 시에 장벽을 쌓는 널빤지와 기둥)을 등에 메고 사졸들의 선두에 섰습니다. 따라서 대왕께서도 회남의 군사를 동원하여 솔선해서 초군의 선봉을 서야 할 것인데도 불구하고 다만 4천 명의 군사를 내어 초나라를 도운 데 불과합니다. 북면하여 신하의 예로써 섬기는 도리가 실로 이것으로 족할 수 있겠습니까? 또 한나라 왕이 팽성에서 초나라 군대와 싸웠을 때, 항왕이 아직 제나라에 나오기 전에 회남의 병사를 다 동원하여 회수를 건너 밤낮으로 달려가 팽성 밑에서 싸워야만 했습니다. 그런데 대왕께서는 수만 명의 대군을 가지고 있으면서도 누구 한 사람 회유를 건너게 한 자가 없이 팔짱을 낀 채 형세만 관망하고 있었습니다. 나라의 안전을 남에게 기대려고 하면서 이래도 좋은 것입니까? 이와 같이, 대왕께서 초나라에 거는 명분은 공허한 것이면서 스스로 기대하는 바는 크십니다. 이것은 신이 생각할 때 대왕의 취할 바 도리가 아니라고 말씀드리고 싶습니다.

대왕께서 초나라를 반역하지 못하는 것은 한나라가 약하다고 생각하시기 때문입니다. 초나라의 군사가 강하다고 하나 천하는 이를 불의라는 오명으로 대하고 있습니다. 맹약을 배신하고 의제를 죽였기 때문입니다. 그런데도 초나라 왕은 전승을 믿어 스스로 강하다고 자처하고 있습니다. 그 반대로 한나라 왕은 제후를 통솔하여 도리어 성고·형양을 지키고, 파촉·한중의 양곡을 실어 내어 도랑을 깊이 하고 성채를 튼튼히 하여 군사들을 배치하여 변경·성채를 수비하고 있습니다. 초나라는 군사를 돌리려고 하여도 중간에 양나라 땅을 거쳐 적지에 깊이 들어가기를 8, 9백 리, 싸우려고 하여도 싸우기 어렵고, 성을 공격하려 하여도 힘이 부족하며, 노약자들은 양곡을 천 리 먼 곳으로 운반하고 있습니다. 초나라의 군사가 형양·성고를 공격하여도 한나라가 단단히 지키고 움직이지 않으면 초나라는 진격이나 후퇴가 어려운 형편입니다. 그러므로 초나라의 군사는 믿을 것이 없다고 말씀드릴 수 있습니다. 초나라가 한나라보다 우세하게 되면 제후는 위험을 느끼고 한나라를 돕게 될 것입니다. 초나라가 강하다는 것은 도리어 천하의 군사를 결속시켜 초나라를 공격케 하는 결과가 될 뿐입니다. 그러므로 초나라가 한나라에 미치지 못하다는 것은 쉽게 알 수 있는 당연한 도리입니다. 이제 대왕께서는 만전을 갖춘 한나라와 손잡지 않고, 스스로 위험을 자초한 초나라와 결탁하심은 대왕의 계책으로써 판단하기 어려운 바 있습니다. 신은 회남의 병력으로 초나라를 멸망시킬 수 있다고 생각하는 것은 아닙니다. 대왕께서 군사를 동원하여 초나라에 반기를 든다면 항왕은 반드시 제나라에 머물게 될 것입니다. 몇 달만 머무르게 한다면 한나라가 천하를 취하는 것은 틀림이 없는 일입니다. 청컨대 신이 왕을 모시고 칼을 차고 한나라로 돌아가게 해 주십시오. 그렇게 하면 한나라 왕은 반드시 땅을 갈라 왕을 봉할 것이니 회남은 말할 것도 없이 대왕의 소유가 될 것입니다. 그런 뜻에서 한나라 왕은 삼가 신을 보내어 대왕께 계책을 말씀드리게 한 것입니다. 원컨대 대왕께서는 선처가 계시기를 바랍니다."

회남왕이 말했다.

"그 계책에 좇으리다."

회남왕은 은밀히 초나라를 배반하여 한나라의 편이 되기를 허락했는데 외부에는 아직 드러내려고 하지 않았다.

초나라의 사자가 회남왕의 측근에 체류해 있으면서 영포에게 출병을 재촉하자, 수하는 직접 그 판국에 뛰어들어 초나라 사자의 상석에 앉아서 말했다.

"구강왕은 벌써 한나라 편이 되었습니다. 초나라는 군사를 징발할 수 없습니다."

영포는 깜짝 놀랐다. 초나라 사자는 자리에서 일어섰다. 수하는 영포를 설득했다.

"일은 이제 결판이 났습니다. 어찌 되었건 초나라의 사자를 죽여 돌려보내지 말고, 서둘러 한나라에 협력하시기를……."

영포가 말했다.

"사자의 지시대로 출병하여 초나라를 칠 수밖에 없다."

이렇게 하여 초나라의 사자를 죽이고, 군사를 동원하여 초나라를 공격했다.

초나라는 항성(項聲)·용저(龍且)를 보내 회남을 공격하고 영포의 군사를 깨뜨렸다.

영포는 군사를 이끌고 한나라로 가려고 했는데, 초나라 왕의 공격이 두려워 수하와 함께 샛길로 한나라에 이르렀다.

한나라 3년, 회남왕이 도착했을 때 마침 한나라 왕은 의자에 걸터

앉아 발을 씻고 있었는데, 그 상태로 영포를 불러들여 만났다. 영포는 그 무례함을 매우 노엽게 생각하여 한나라에 온 것을 뉘우치고 자결코자 했다. 그러나 물러나와 숙사에 들어가 보니 장막과 의복과 마차가 화려한 것이라든지, 음식 종자들의 후하기가 꼭 한나라 왕의 거실과 다를 바 없었다. 영포는 이 특별한 대우에 매우 기뻐했다. 그리하여 사자를 시켜 구강에 숨어 들어가게 했다.

초나라는 이때 벌써 항백(項伯)에게 명하여 구강의 군사를 손안에 장악하고 영포의 처자를 죄다 살해한 뒤였다. 사자는 영포의 옛 친구와 총애를 받던 신하들을 규합하여 수천 명을 이끌고 한나라에 귀순했다. 한나라는 영포에게 더 많은 병력을 주어 함께 북쪽으로 올라가 병사를 모으면서 성고에 이르렀다.

한나라 4년 7월, 영포를 세워 회남왕으로 삼고 함께 항적을 쳤다. 영포는 사자를 구강으로 보내 부근의 몇몇 현을 수중에 넣었다.

영포는 유가(劉賈)와 함께 구강으로 들어가서 대사마 주은(周殷)을 설득했다. 주은은 마침내 초나라를 배반하고 구강에서 군사를 일으켜 한나라와 함께 초나라를 쳐서 해하에서 깨뜨렸다.

항적은 패하여 죽고 천하는 평정되었다. 축하의 연회가 베풀어지자, 황상이 수하의 공을 깎아서 이렇게 말했다.

"수하는 쓸모없는 선비에 불과하다. 천하를 다스리는데 어찌 쓸모없는 선비를 등용할 것인가?"

수하는 무릎을 꿇고 말했다.

"그러면 폐하께서는 군사를 이끌고 팽성을 쳐서 초나라 왕이 아직 초나라를 떠나지 않았을 때, 보졸 5만 명, 기병 5만 명으로 회남을 칠 수 있었습니까?"

"가능하지 않았다."

"폐하께서는 20명의 종자와 함께 저를 회남으로 보내셨고, 저는 폐하의 뜻을 받들었습니다. 이런 점으로 보더라도 저의 공로는 보졸 5만 명, 기병 5만 명보다는 능가한 바 있습니다. 그럼에도 불구하고 폐하께서 '수하는 쓸모없는 선비에 불과하다. 천하를 다스리는데 어찌 쓸모없는 선비를 등용할 것인가'라고 하심은 어찌된 말씀이오니까?"

"나는 그대의 공로를 고려하리라."

이렇게 하여 수하를 호군중위(護軍中尉)로 임명했다.

영포는 부절을 나눠 받고 회남왕이 되어 육에 도읍을 정했다. 구강(九江)·여강(廬江)·형산(衡山)·예장(豫章)의 모든 군은 다 영포의 영지가 되었다.

한나라 왕 7년에 회남왕은 진에서 한나라 왕을 알현하고, 8년에는 낙양에서, 9년에는 장안에서 삼조(參朝)의 예를 행했다.

11년에 고후가 회음후 한신을 죽였으므로 영포는 두려워졌다. 그 해 여름에 한나라는 양나라 왕 팽월을 죽여 그 시체를 소금에 절여 젓을 담아 두루 제후에게 보내고, 회남에도 보내왔다. 회남왕은 사냥을 하고 있었는데, 소금에 담은 인육의 젓을 보고 크게 두려움을 느껴 조용히 군사들의 대오를 편성하면서 이웃 고을에 위급함을 경고했다.

그 무렵, 영포에게는 총애하는 미희(美姬)가 있었는데 병이 나서 의

사에게 진찰을 청했다. 의사의 집은 중대부(中大夫) 분혁(賁赫)의 집 맞은편에 있어 미희는 자주 의사의 집에 드나들었다.

분혁은 본디 영포의 시중이었던 관계로 그 여인에게 정중히 선물을 하고 의사의 집에서 함께 술을 마셨다.

미희는 영포에게 허물없이 이야기하던 도중에 분혁의 사람됨을 칭찬하니, 영포는 노하여 물었다.

"그대는 어디서 그의 말을 들었는가?"

미희가 자세히 설명하자 영포는 그가 미희와 밀통하고 있지 않은가 의심했다.

그런데 분혁이 겁을 내어 병이 들었다고 하자 영포는 더욱 노하여 분혁을 체포하려고 했다. 분혁은 한나라 왕에게 변고를 밀고하기 위해 역마를 타고 장안으로 달렸다.

영포는 사람을 시켜 쫓게 했으나 잡지 못했고, 분혁은 장안에 이르자 왕께 글을 올렸다.

> 영포가 모반을 꾀하고 있는 것은 이미 단서가 있는 일로서, 일을 내기 전에 미리 죽이심이 옳은 줄로 아옵니다.

황상이 이 글을 읽고, 상국(相國) 소하에게 의논하니 소상국이 말했다.

"영포는 반란을 일으킬 사람이 아닙니다. 아마도 원한 관계의 무고가 아닌가 합니다. 분혁을 구금해 두시고 사자를 보내 조용히 회남왕을 조사해 보십시오."

회남왕 여오는 분혁이 죄를 짓고 도망하여 변을 고한 것인 줄 알고 필시 나라의 비밀을 폭로했을 것이라 의심했다.

한나라 왕이 보낸 사자가 와서 상세히 조사를 시작하자 마침내 분혁의 일족을 멸족하고, 군사를 들어 모반했다. 영포가 반란을 일으켰다는 편지가 오자 황상은 모든 장수를 불러서 물었다.

"영포가 모반하였다. 어찌하면 좋은가?"

여러 사람은 입을 모아 아뢰었다.

"출병하여 그를 잡아서 구덩이에 매장하는 것뿐, 그 밖에 무슨 일을 하오리까?"

여음후(汝陰侯) 등공(騰公)이 전에 초나라 영윤(令尹)이던 자를 불러서 물으니 그가 대답했다.

"모반이란 있을 수 있는 일입니다."

등공이 말했다.

"황상께서 땅을 나누어 주어 영포를 왕으로 삼고 작위를 나누어 주어 존귀한 신분이 되게 해 주었소. 남면하여 만승의 군주가 되었는데 반란을 일으키는 것은 무슨 까닭이오?"

이에 영윤이 대답했다.

"한나라는 팽월을 죽이고 또 한신을 죽였습니다. 팽월, 한신, 영포 세 사람은 같은 공을 세워 한 몸과 같은 사람들입니다. 그러므로 화가 장차 자신에게 미쳐 오리란 것을 의심하여 모반한 것입니다."

등공은 이 말을 주상께 아뢰었다.

"신의 손 중에 본디 초나라의 영윤이던 설공(薛公)이란 자가 있는데 지혜가 뛰어납니다. 자문해 보면 어떠하리까?"

황상이 설공을 인견하고 물었다.

"영포가 모반한 것은 의심할 바 없습니다. 영포로 하여금 첫째가는 계책, 즉 상책으로 나오게 한다면 산동(山東)은 한(漢)나라의 영지가 되지 못할 것입니다. 만약 중책으로 나온다면 승패는 미지수일 것이며, 하책으로 나온다면 폐하는 베개를 높이하고 편안히 주무실 것입니다."

"어떤 것을 상책이라고 하는가?"

"영포가 동쪽으로 오나라를 취하고, 서쪽으로 초나라를 취하고, 제나라를 아우르고, 노나라를 빼앗아 격문을 돌려 그곳을 굳게 지킨다면 산동은 한나라의 영지가 될 수 없을 것입니다."

"어떤 것을 중책이라고 하는가?"

"동쪽으로 오나라를 취하고, 서쪽으로 초나라를 취하고, 한(韓)나라를 아우르고, 위나라를 취하여 오창(敖倉)의 양곡을 확보하여 성고 어귀를 막는다면 승패는 미지수라고 하겠습니다."

"어떤 것을 하책이라고 하는가?"

"동쪽으로 오나라를 취하고, 서쪽으로 하채(下蔡)를 취하고, 방어의 중점을 월나라로 돌려 스스로 장사(長沙)로 돌아간다면, 폐하는 베개를 높이하고 편안히 주무시게 되며 한나라는 무사태평할 것입니다."

"그는 어떤 방책으로 나오겠는가?"

"하책으로 나올 것입니다."

"어떻게 상책·중책을 버리고 하책으로 나올 것이라 판단하는가?"

"영포는 본디 여산의 도적이었습니다. 자기 힘으로 만승의 군주 자리에 올랐으나, 모든 것은 자기 일신을 위해 한 일이며, 뒷날의 백성 만대를 위해서 한 일이 아닙니다. 그러므로 하책을 가지고 나올 줄로 압니다."

"알았노라."

황상은 설공에게 천 호의 영지를 주었다. 또 황자(皇子) 장(長)을 세워 회남왕으로 삼았다. 황상은 마침내 출병하여 몸소 군사를 이끌고 동쪽에서 영포를 공격했다.

영포는 처음 반란을 일으키면서 부하 장수들에게 다음과 같이 말했다.

"황상은 늙어서 싸움을 싫어할 것이며, 반드시 친정하지 않고 장수들을 파견해서 싸울 것이다. 장수들 중에 회음(한신)과 팽월 두 사람만을 두려워했는데, 두 사람은 이미 다 죽었다. 그 나머지는 두려울 것이 없다."

영포는 그런 생각에서 모반을 한 것인데, 설공이 예측한 바와 같이 과연 동쪽 형(荊)을 쳐서, 형나라 왕 유가(劉賈)는 부릉(富陵)으로 달아나 싸움에 패해 죽었다.

영포는 형나라 군사를 무너뜨린 다음 회수를 건너서 초나라를 쳤다. 초나라에서도 출병하여 서(徐)·동(僮) 2현의 사이에서 싸웠다. 초나라는 군사를 셋으로 나누어 서로 도와주는 기책(奇策)을 쓰려고 했다. 어떤 사람이 초나라 장수에게 말했다.

"영포는 용병에 능하며 백성들은 전부터 그를 두려워하고 있소. 또 손자의 병법에 '제후는 자기의 영토 안에서 싸우는 것을 산지(散地, 군졸의 진퇴에 도망하기 쉬운 땅)라고 하여 꺼린다'고 하였소. 군사를 셋으로 나누었는데, 만약 그가 한 군사를 깨뜨리면 나머지는 다 패해 달아날 것이요. 그렇게 되면 어떻게 서로 도울 수가 있겠소?"

초나라 장군은 이 말을 듣지 않았다. 과연 영포가 한 군사를 깨뜨리자, 나머지 두 군사는 갈팡질팡하며 도망쳤다.

마침내 영포는 서쪽으로 가서 황상의 군대와 기의 서쪽 회추에서 대전했다. 영포의 군사는 정예부대였다. 황상은 용성에 방벽을 쌓고 그 위에서 영포의 군사를 바라보니 그 포진법이 항적의 군진을 방불케 했다.

황상은 영포를 미워하여 그를 마주하고 바라보다가 멀리서 영포에게 말했다.

"무엇이 괴로워 모반했는가?"

영포가 대답했다.

"황제가 되려는 것뿐이다."

황상은 노여워하며 그를 몹시 꾸짖었다. 이어 마침내 격전이 벌어졌다. 영포의 군사는 달아나 회수를 건너고 여러 번 멈추어 싸웠으나 소득이 없었다. 결국 영포는 부하 백여 명과 함께 강남(江南)으로 달아났다.

영포는 본디 파군(番君)의 딸을 아내로 삼았는데, 장사의 성왕(成王, 파군의 아들)이 사자를 보내 영포를 속여 함께 월나라로 도망가자

고 꾀었다. 영포는 이 말을 믿고서 파양으로 갔다. 파양 사람이 자향(玆鄕)의 농가에서 영포를 죽였다. 이렇게 하여 한나라는 마침내 영포를 죽이고, 분혁을 기사후(期思侯)로 봉했다. 많은 장수들은 공적에 따라 봉해지고 영지를 나누어 받았다.

태사공은 말한다.

《춘추》에 '초(楚), 영육(英六)을 멸하다'라고 했는데, 영포의 선조가 바로 그 영육으로서 고요(皐陶)의 자손이 아닐는지. 몸은 형벌을 당했지만 그 출세함이 얼마나 빨랐는가? 항씨가 구덩이에 묻어 죽인 사람은 그 수가 천 만이나 되는데 영포는 항상 그처럼 잔악한 일을 하는 우두머리가 되어, 그 공적이 제후 중에서 제일이었다. 그런 일로 해서 왕이 될 수 있었으며, 나중에는 자신 역시 세상의 큰 치욕을 피하지는 못했다. 그 재앙은 사랑하는 여자에게서 싹텄고, 질투가 환란을 낳아 마침내 나라를 멸망하게까지 만들었다.

회음후 열전(淮陰侯列傳)

초나라 군대가 경(京)·삭(索) 사이에서 한나라 군대를 위협하고 있을 때, 회음후 한신은 위나라와 조나라를 정복하고 연나라와 제나라를 평정해 천하를 삼분하고, 그 둘을 한나라가 차지하게끔 함으로써 항우를 멸망시켰다. 그래서 〈회음후 열전 제32〉를 지었다.

회음후 한신(韓信)은 회음 출신이다. 처음 무명의 서민이었을 때는 돈도 없었을 뿐 아니라 달리 뛰어난 점도 없었기 때문에 추천을 받거나 선발되어 관리가 될 수도 없었고, 또 장사를 해서 생계를 꾸려 나갈 재간도 없었으므로 항상 남의 집에 얹혀살았다. 따라서 그를 아는 사람은 누구나 싫어했다.

일찍이 하향(下鄕, 회음의 속현) 땅 남창(南昌)에 있는 한 정장(亭長, 역원의 우두머리)의 집에 자주 기식했는데, 그렇게 몇 달을 지내게 되자 정장의 아내는 한신을 귀찮게 여긴 나머지 아침 일찍 밥을 지어 침대 위에서 식사를 마치고, 밥때가 되어 한신이 찾아가면 모른 척했다. 그들의 속을 짐작한 한신은 마침내 화를 내면서 정장네에 발길을 끊어 버렸다.

그 후 한신은 회음에 나와 노닥거렸다. 어느 때 회수에서 낚시질을 하는데, 그곳에서 무명 빨래를 하던 부인〔漂母〕 중에 한 사람이 한신의 굶주린 꼴을 보다 못해 밥을 나누어 주었다. 무명 빨래는 표백 작업이 끝나기까지 수십 일이 걸렸다. 그리고 그동안 그 부인은 하루도 빼지 않고 밥을 주었으므로 한신은 감격한 나머지 그 부인에게 반드시 언젠가는 보답하겠다고 인사를 차렸다. 그러자 부인은 벌컥 성을 냈다.

"대장부로 태어나서 자기 힘으로 먹지도 못하는 주제에 무슨 그런 소리를 합니까. 나는 당신이 하도 가엾어서 먹여 준 것뿐이오. 보답을 바랄 생각은 조금도 없소."

어느 때, 회음의 푸줏간 패들 가운데 한 젊은이가 한신을 같잖게 보고 놀려댔다.

"네놈이 덩치는 큼직하게 생겨 가지고 밤낮 칼을 차고 다니지만 실속은 겁쟁이일 게다."

구경꾼들이 모여들자 그는 더욱 신이 났다.

"너, 만약 죽일 용기가 있으면 그 칼로 나를 찔러 보아라. 만일 죽기가 싫다면 내 바짓가랑이 밑으로 기어 나가거라."

그러자 한신은 그 젊은이를 물끄러미 바라보더니 이윽고 머리를 숙여 그의 바짓가랑이 밑으로 기어서 빠져나갔다. 이 일로 하여 온 장바닥 사람들은 모두 한신을 겁쟁이라면서 비웃었다.

항우의 삼촌 항량이 회수를 건너게 되었을 때 한신은 칼을 짚고 그를 따라 그의 휘하에 있게 되었으나 두각을 나타내지는 못했다. 항량이 전사한 뒤로는 항우 밑으로 가 낭중(郎中)이 되었다. 한신은 가끔 항우에게 계책을 올려 보았지만 항우는 그의 말을 받아들이지 않았다.

그래서 한신은 촉으로 들어가는 한나라 왕을 따라 초나라에서 도망쳐 한나라에 귀순했다. 하지만 여기서도 인정을 받지 못한 채 연오(連敖)라는 보잘것없는 벼슬 하나를 얻었다. 뿐만 아니라 법에 저촉되어 사형을 받게끔 되었다. 같이 처형을 당하게 된 13명의 처형이 끝나고 드디어 한신의 차례가 돌아왔다. 한신은 하늘을 우러러보다 우연히 등공과 눈이 마주치게 되었다. 한신은 그를 보고 외쳤다.

"상(上, 임금)께서는 천하를 차지할 생각이 없으십니까? 어떻게 장사를 죽인단 말입니까?"

이에 등공이 보니 그의 말투나 얼굴이 비범하다고 생각되었으므로 그를 풀어 주었다. 그리고 한신과 말을 주고받은 끝에 크게 기뻐하며, 그에 대한 이야기를 한나라 왕에게 했다. 한나라 왕은 한신을 치속도위(治粟都尉, 재정관)에 임명했으나 그를 비범한 인물로는 생각하지 않았다.

한신은 가끔 소하(蕭何)와 이야기를 나눴는데, 소하는 한신이 비범한 인물인 것을 알았다.

한나라 왕은 한중 땅을 영토로 받아 서울인 남정으로 옮겨 가게 되었는데, 가는 도중에 도망쳐 버린 장수가 수십 명이나 되었다. 한신 역시 소하 같은 사람이 여러 번 이야기를 했는데도 자기를 등용시키지 않는 한나라 왕에게 실망하여 달아났다. 소하는 한신이 도망쳤다는 말을 듣자, 한나라 왕에게 말할 경황마저 없이 직접 그의 뒤를 쫓았다. 누군가가 한나라 왕에게 말했다.

"승상인 소하가 도망쳤습니다."

한나라 왕은 크게 노여워하며 마치 두 팔을 잃은 것처럼 낙심했다. 며칠이 지나 소하가 나타나 문안을 드리자, 한나라 왕은 한편 노엽고 한편 기뻐서 소하를 꾸짖었다.

"네가 도망을 쳤다니 어찌 된 일이냐?"

"신이 어찌 감히 도망쳤겠습니까. 다만 도망간 사람을 뒤쫓았을 뿐입니다."

"네가 뒤쫓은 사람이 누구란 말이냐?"

"한신입니다."

한나라 왕은 또다시 야단쳤다.

"장군들 가운데 도망친 사람이 열이나 되는데, 너는 누구 하나 뒤쫓아 간 일이 없지 않으냐? 한신을 뒤쫓았단 말은 거짓말이다."

"그따위 장군들은 얼마든지 얻을 수 있습니다. 한신 같은 인물은 일국에 둘도 없는 인물입니다. 왕께서 앞으로 계속 한중의 왕으로 만족하실 생각이시라면 한신을 문제 삼을 필요는 없습니다. 그러나 기어코 천하를 놓고 다툴 생각이시라면 한신이 아니고서는 함께 일을 꾀할 사람이 없습니다. 왕의 계획이 어떻게 결정되느냐에 달려 있는 문제입니다."

"짐도 동쪽으로 진군하여 천하를 다투고 싶은 생각뿐이다. 어떻게 갑갑해서 오래도록 이곳에 머물러 있겠는가?"

"왕께서 군이 동쪽으로 나가실 생각이시면 한신을 등용하십시오. 그러면 한신은 머물러 있을 것입니다. 그렇지 않으면 한신은 끝끝내 달아나고 말 것입니다."

"경의 생각이 그렇다면 경을 위해서라도 그를 장군으로 삼겠소."

"장군이 되는 것만으로는 한신이 반드시 머물 거라고 볼 수는 없습니다."

"그렇다면 대장군으로 하지."

"참으로 다행한 일이옵니다."

이리하여 왕은 한신을 불러 대장군에 임명하려 했다. 그러자 소하가 말했다.

"왕께선 평소에 거만하여 예를 차리지 않습니다. 지금 대장군을 임명하는 데도 마치 어린아이를 부르는 정도로 밖에 생각지 않고 계십니다. 이것이 바로 한신이 도망치는 까닭이 되옵니다. 왕께서 한신을 기어코 대장군으로 임명하실 생각이시라면 좋은 날을 가려 재계를 하시고, 단양(壇場)을 베풀어 예식을 갖추는 것이 옳을 줄로 아옵니다."

왕은 이를 승낙했다. 장군들은 모두 기뻐하며 제각기 속으로는 자기가 대장군이 될 것으로 알고 있었다. 그러나 한신을 대장군으로 임

명하자 온 군대가 놀랐다. 한신이 임명의 예식을 마치고 자리에 오르자, 왕은 말했다.

"승상이 자주 장군의 이야기를 했는데 장군은 어떤 계책을 과인에게 가르쳐 주겠소?"

한신은 감격의 인사를 먼저 올리고 나서 왕에게 물었다.

"이제 동쪽으로 향해 천하의 권세를 다투시게 된다면 그 상대가 항왕이 되지 않겠습니까?"

"그렇소."

"대왕께서 스스로 생각하실 때 용맹과 어질고 굳센 점에서, 항왕과 비교해 누가 더 낫다고 생각하십니까?"

한나라 왕은 말없이 한참 있다가 입을 열었다.

"내가 항왕만 못하지."

한신은 두 번 절하고 축복을 드리며 말했다.

"신도 대왕께서 항왕만 못하다고 생각합니다. 그러나 신은 일찍이 항왕을 섬긴 일이 있으므로 항왕의 사람됨을 말씀드리려 합니다. 항왕이 노기를 띠고 한 번 호령하면 천 명이나 되는 사람이 정신을 잃을 정도이지만, 어진 장수를 믿고 일을 맡기지를 못합니다. 이것은 한 필부의 용기에 지나지 않습니다. 항왕이 사람을 대하는 태도는 공손하고 인정이 많으며 말하는 것도 부드럽습니다. 사람이 병에 걸렸을 때면 흐느껴 울면서 자기가 먹을 음식을 나눠 줍니다. 그런데 사람을 써서 그 사람이 공이 있어 마땅히 벼슬을 봉해 주어야 할 경우가 되면 봉해 줄 벼슬의 직인을 새겨 주려 하다가도, 그것을 주기가 차마 아까워 그 직인이 모서리가 닳아 없어질 때까지 손에 쥐고 주지를 않습니다. 이것은 이른바 '부인(婦人)의 인'이란 것입니다. 항왕은 천하에 패(覇)를 외치며 제후들을 신하로 삼았으나, 관중에 머무르지 않고 팽성을 도읍으로 정했습니다. 또 의제와의 맹약을 어기고 자기와 가까운 제후들을 왕으로 봉했는데, 그것은 공평치 못한 일입니다. 제후들은 항왕이 의제를 옮겨 강남으로 쫓아 버리는 것을 보고, 모두 자기 나라로 돌아가 그들의 임금을 내쫓고 좋은 땅을 골라 스스로 왕이 되었습니다. 또 항왕의 군사가 지나간 곳 치고 학살과 약탈을 당하지 않은 곳이 없습니다.

천하의 많은 사람은 황왕을 원망하고 있으며, 백성은 그를 마음속부터 따르는 것이 아니라 다만 그의 위력에 눌려 있을 뿐입니다. 그러므로 항왕은 이름만은 패라 부르고 있으나 실상은 천하의 인심을 잃고 있습니다. 그러므로 그의 위세는 약해지기 쉬운 것이라 할 수 있습니다. 이제 대왕께서 참으로 항왕이 하는 것과는 달리, 천하의 무용을 가진 사람을 믿고 쓰신다면 천하에 당할 사람이 누가 있겠습니까? 천하의 성과 고을들을 공신의 봉지로 주시게 되면 심복하지 않을 사람이 어디 있겠습니까? 정의의 싸움을 내걸고, 동쪽으로 돌아가고 싶어 하는 장자를 거느리시게 되면 패해 달아나지 않을 적이 어디 있겠습니까? 또 삼진(三秦)의 왕인 장한(章邯)·사마흔(司馬欣)·동예(董翳)가 진나라 장군으로서 진나라 자제를 거느리기를 여러 해 하는 동안, 싸워서 죽고 도망친 사람의 수는 이루 헤아릴 수 없습니다. 그뿐 아니라, 그의 많은 군사를 속여 제후에게 항복했었는

데, 신안에 이르자 항왕이 진나라의 항복한 군사 20여 만 명을 속여 구덩이에 묻었고, 다만 장한·사마흔·동예만이 죽지 않고 살 수 있었던 것입니다. 진나라 부형들은 이들 세 사람을 원망하고 있으며, 그 원한은 뼈에 사무쳐 있습니다. 지금 항왕은 그의 위세를 빌어 이들 세 사람을 왕으로 받들어 두기는 했으나, 진나라 백성 중에 세 사람에게 호감을 느낀 사람은 없었습니다. 그런데 대왕께선 무관을 통해 관중으로 들어가셔서, 조그마한 위협이나 해독도 더한 일이 없이 진나라의 까다로운 법률을 다 없애 버리고, 진나라 백성과 다만 삼장(三章)의 법을 약속하셨습니다. 진나라 백성 중에 대왕께서 진나라 왕이 되어 주었으면 하고 바라지 않은 사람은 없었습니다. 제후들과의 약속에 따르면 대왕께서 당연히 관중의 왕이 되셔야 했습니다. 관중 백성은 모두 이것을 알고 있습니다. 그러기에 대왕께서 항왕에게 정당한 처우를 받지 못하고 한중으로 들어오시게 되자 진나라 백성은 원통해하고 있었습니다. 이러한 실정이므로 이제 대왕께서 전력을 다해 동으로 나가시게 되면, 삼진 땅은 격문을 돌리는 것만으로도 평정할 수 있을 것입니다."

그제야 한나라 왕은 크게 기뻐하며, 한신을 늦게 만난 것을 아쉬워하기까지 했다. 이리하여 마침내 한신의 계획에 따라 장군들의 부서를 결정하게 되었다.

한나라 원년 8월, 한나라 왕은 군사를 일으켜 동쪽으로 진창(震倉)을 향해 출격하여 삼진을 평정했다. 한나라 2년, 함곡관을 나가 위나라(하수) 남쪽 땅을 차지했다. 한왕(韓王)·은왕(殷王) 등은 모두 항복했다. 제나라·조나라 군사를 합쳐 함께 초나라를 쳤다. 4월에 팽성에 이르렀으나 한나라 군사는 패해 뿔뿔이 흩어져 돌아오고 말았다.

한신은 다시 군사를 정돈하여 한나라 왕과 형양에서 만나 또다시 출격하여 초나라 군사를 경·삭 사이에게 무너뜨렸다. 이로 인해 초나라 군사는 끝내 서쪽으로 더 나아갈 수 없었다. 한나라 군사가 팽성에서 패해 물러나게 되자, 색왕(塞王) 사마흔과 적왕(翟王) 동예는 한나라에서 도망쳐 나와 초나라에 항복하고, 제나라와 조나라도 또 한나라를 배반하고 초나라와 화친했다.

6월, 위(魏)나라 왕 표가 어머니의 병을 돌본다는 핑계로 휴가를 얻어 돌아오자, 곧장 하관 길목을 끊어 한나라를 배반하고 초나라와 화친했다.

한나라 왕은 역생을 보내 위나라 왕 표를 설득했으나 항복하지 않았으므로 그해 8월, 한신을 좌승상에 임명하여 위나라를 치게 했다. 위나라 왕 표는 포판(蒲坂)의 군비를 튼튼히 하고, 강 맞은편 임진으로 통하는 물길을 막고 있었다. 그래서 한신은 대군이 있는 것처럼 보이게 하고, 배를 줄지어 임진으로부터 건너가는 시늉을 하며, 실은 군사를 나무로 만든 항아리를 연결시킨 뗏목에 숨겨 강을 건너게 하여 안읍을 기습했다. 위나라 왕 표는 놀라 군사를 이끌고 한신을 맞아 싸웠으나, 한신은 마침내 위나라 왕 표를 사로잡아 위나라를 평정한 다음, 하동군(河東郡)으로 만들었다.

한나라 왕은 장이(張耳)를 보내 한신과 함께 군사를 이끌고 동북으로 나아가서 조나라와 대(代)를 치게 했다.

9월에 대 군사를 깨뜨리고 재상인 하열을 알여(閼與)에서 사로잡았다.

한신이 위나라를 평정하고 대를 깨뜨리자, 한나라 왕은 사람을 보내 그의 정병을 인수하고, 형양으로 가서 초나라를 막도록 시켰다.

한편, 한신과 장이는 군사 수만 명을 거느리고 동쪽으로 정형(井陘)을 평정시킨 다음, 조나라를 치려고 했다. 조나라 왕과 성안군(成安君) 진여는 한나라가 곧 쳐들어온다는 말을 듣자, 군사를 정형구(井陘口)에 집결시켜 놓고, 병력 20만을 청했다. 그러나 광무군(廣武君) 이좌거(李左車)가 성안군을 달랬다.

"들리는 바에 의하면, 한나라 장군 한신은 서하를 건너 위나라 왕을 사로잡았고 하열을 포로로 하여 알여를 피바다로 만들었다 합니다. 그리고 지금 장이를 도와 서로 의논하여 조나라를 평정하려는 것입니다. 그야말로 승세를 몰고 나라를 떠나 먼 곳에서 싸우는 것이라, 그 예봉을 당해내지 못할 것입니다. 내가 듣건대 '천 리 먼 곳에서 군사의 양식을 실어 보내게 되면, 수송이 곤란한 탓으로 싸우는 군사의 얼굴에 굶주린 빛이 나타나게 되고, 섶을 줍고 풀을 베어 밥을 짓게 되어서는 군중에선 배불리 식사를 할 수 없다'고 합니다. 지금 정형으로 통하는 길은 폭이 좁아 수레 두 대가 나란히 지나갈 수가 없고, 말탄 군사도 열을 지어 지나갈 수는 없습니다. 그러한 길이 수백 리나 계속되므로, 자연히 물자 보급은 훨씬 뒤쪽으로 처지게 될 것이 틀림없습니다. 바라건대 3만의 군사를 기습부대로 하여 내게 떼어 주십시오. 나는 사잇길로 해서 그들의 물자 보급을 끊어 버릴 터이니,

당신은 도랑을 깊이 파고 벽을 높이 쌓아 굳게 지키되 적과 대전하지 말아 주십시오. 그러면 적은 나아가도 싸울 수가 없고 물러가려 해도 돌아가지 못하게 됩니다. 우리 기습부대가 그들의 배후를 차단하고, 적에게 약탈할 장소를 주지 않게 되면 열흘이 채 못 되어 한신과 장이 두 장군의 머리를 초나라 왕의 휘하에 보내드리겠습니다. 부디 제가 말한 꾀에 유의해 주십시오. 그렇지 못하면 반드시 두 장군에게 포로가 되고 말 것입니다."

성안군은 원래가 선비였다. 그래서 항상 정의의 군대를 표방하여 남을 속이는 꾀라든가 기발한 계책 같은 것을 쓰지 않았으므로 이렇게 말했다.

"병법에 '병력이 열 배가 되면 적을 포위하고 두 배가 되면 나가 싸운다'고 했소. 지금 한신의 군사는 말로는 수만이 된다지만 실은 수천에 지나지 않소. 그것도 천 리나 되는 먼 곳에서 우리나라를 쳐들어오고 있으므로 지칠 대로 지쳐 있을 거요. 지금 이만한 적을 피하고 맞아 싸우지 않는다면, 앞으로 큰 적을 만나게 되었을 때는 어떻게 상대하겠소! 제후들은 우리나라를 겁쟁이로 보고 쉽사리 우리를 치려 할 거요."

그러면서 광무군의 계책을 받아들이지 않았다. 한신은 첩자를 보내 조나라의 동향을 염탐시키고 있었는데, 그 첩자가 광무군의 꾀가 채택되지 않았음을 알고 돌아와 보고를 하자, 크게 기뻐하며 과감히 군대를 이끌고 정형의 좁은 길로 내려갔다. 그리고 정형구에서 30리 떨어진 지점에 머물러 막사를 쳤다.

그날 밤 자정에 군중에 영을 내려 출발하게 되었는데, 가볍게 무장한 기병 2천을 뽑아 그 한 사람 한 사람에게 각각 붉은 기를 주어, 사잇길로 나아가 산속에 숨어 조나라 군사를 바라보도록 명하고, 다음과 같은 지시를 내렸다.

"조나라는 우리 군사가 패주하는 것을 보면 반드시 진지를 비워 두고 뒤쫓게 될 것이다. 그렇게 하거든 너희들은 재빨리 조나라 진지로 뛰어들어 조나라 기를 뽑아 버리고 한나라의 붉은 기를 세워라."

또 그의 비장(裨將)들에게 간단한 식사를 전군에게 나눠 주도록 하고 이렇게 덧붙였다.

"오늘 조나라를 쳐서 이긴 다음, 모두 모여 실컷 먹도록 하자."

비장들은 한 사람도 그 말을 믿지 않았으나 믿는 것처럼 대답했다.

"네, 알았습니다."

한신은 다시 군사에게 일렀다.

"조나라는 우리 대장의 기와 북을 보기 전에는 우리 선봉부대를 치지 않을 것이다. 우리 주력부대가 도중에서 혹시 험한 곳에 부딪혀 되돌아가지나 않을까 염려하기 때문이다."

이리하여 한신은 1만 명을 먼저 출발시켜, 정형구를 나와 강물을 뒤로 등지고 진(배수진)을 치게 했다. 조나라 군사는 이것을 바라보고 크게 웃었다.

날이 밝을 무렵, 한신은 대장의 기를 세우고 북을 울리면서 정형구를 나섰다. 조나라는 진문을 열어젖히고 이를 공격했다. 잠시 격전을 벌인 다음, 한신과 장이는 거짓으로 북과 기를 버리고 강기슭의 진지로 도망쳐 들어갔다. 강기슭에 있는 군사는 진문을 열고 이들을 맞아 들인 다음, 다시 격전을 벌였다. 조나라는 과연 진지를 싹 비워 두고, 한나라의 기와 북을 차지하려고 앞을 다투어 한신과 장이를 뒤쫓아 왔다.

그러나 한나라 군사가 죽을 결심으로 맞아 싸웠기 때문에 이길 수 가 없었다.

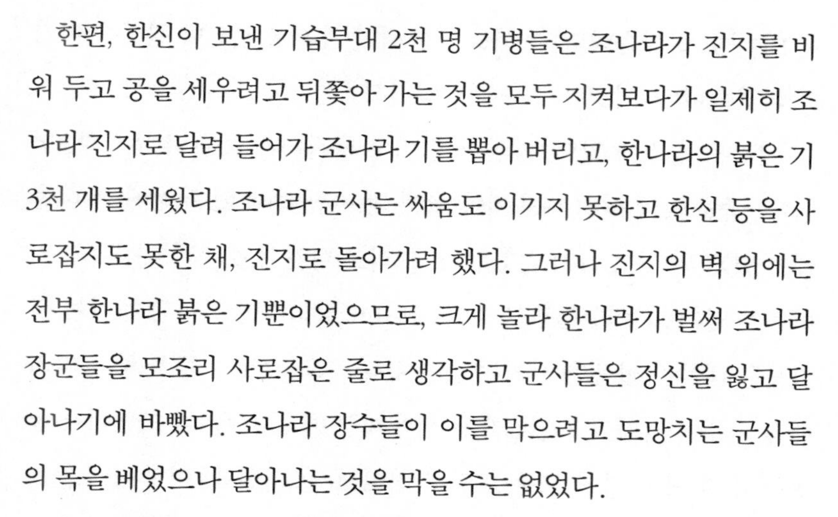

한편, 한신이 보낸 기습부대 2천 명 기병들은 조나라가 진지를 비워 두고 공을 세우려고 뒤쫓아 가는 것을 모두 지켜보다가 일제히 조나라 진지로 달려 들어가 조나라 기를 뽑아 버리고, 한나라의 붉은 기 3천 개를 세웠다. 조나라 군사는 싸움도 이기지 못하고 한신 등을 사로잡지도 못한 채, 진지로 돌아가려 했다. 그러나 진지의 벽 위에는 전부 한나라 붉은 기뿐이었으므로, 크게 놀라 한나라가 벌써 조나라 장군들을 모조리 사로잡은 줄로 생각하고 군사들은 정신을 잃고 달아나기에 바빴다. 조나라 장수들이 이를 막으려고 도망치는 군사들의 목을 베었으나 달아나는 것을 막을 수는 없었다.

이리하여 한나라 군사는 양쪽에서 공격을 가해 대파하고 군사들을 포로로 잡는 한편, 저수 근처에서 성안군의 목을 베고 조나라 왕 알을 사로잡았다. 이때 한신은 군중에 영을 내렸다.

"광무군을 죽여서는 안 된다. 그를 산 채로 잡는 사람이 있으면 천금의 상을 주겠다."

그러자 광무군을 묶어 휘하에 바치는 사람이 있었다. 한신은 묶인 줄을 풀고 동향해 앉게 한 다음, 자신은 서향해 마주 보며 그를 스승으로 모셨다.

모든 장수는 적의 수급과 포로를 바치고 함께 승리를 축하하며 한신에게 물었다.

"병법에는 '산과 언덕을 오른쪽으로 등지고 물과 못을 앞으로 하여 왼쪽에 두라'고 했습니다. 그런데 이번에 장군께선 반대로 우리들에게 물을 등지고 진을 치게 하고, '조나라를 깨뜨리고 난 다음 모여서 먹자'고 하셨습니다. 우리들은 이해가 가지 않았으나 결국은 이기게 되었습니다. 이것은 무슨 전법입니까?"

"이것도 병법에 있다. 제군들이 미처 생각하지 못한 것뿐이다. 병법에 '죽을 곳에 빠진 다음에야 살게 되고, 망하게 된 처지에 선 다음에야 있게 된다'고 하지 않았던가. 그리고 나는 평소부터 사대부들의 마음을 얻어 그들과 친해진 것이 아니다. 말하자면 장바닥에 있는 사람들을 내몰아 싸움을 시키는 것과 같다. 그러므로 그들을 죽을 자리에 놓아두어 각자가 자발적으로 싸우게끔 해 두지 않고, 그들에게 살 곳을 주게 되면 자연 모두 도망쳐 버리고 말 터인데, 어떻게 그들을 쓸 수 있겠는가?"

모든 장수는 감복하여 말했다.

"알겠습니다. 저희들이 도저히 따를 수 없는 일입니다."

이리하여 한신은 광무군에게 물었다.

"나는 북쪽으로 연나라를 치고 동쪽으로 제나라를 치려 하는데, 어떻게 하면 성공할 수 있겠습니까?"

광무군은 사양하며 말했다.

"나는 '패전한 장수는 용병에 대해 말할 수 없고, 망국의 대신은 나라의 존립을 꾀할 수 없다'고 들었습니다. 지금 나는 싸움에 패하고 나라를 망친 볼모이온데, 어떻게 큰일을 다룰 수 있겠습니까?"

그러자 한신은 이렇게 말했다.

"제가 들은 바에 의하면, 백리해가 우나라에 있을 때는 우나라가 망했고, 진나라에 있을 때는 진나라가 패자가 되었다고 합니다. 백리해가 우나라에 있을 때에는 어리석은 사람이었다가, 진나라에 들어가서 지혜로운 사람이 된 것은 아닙니다. 그를 신임해 쓰고 안 쓴 것과, 그의 말을 듣고 안 들은 것의 차이였습니다. 만일 성안군이 당신의 계교를 들었다면 나 같은 사람도 포로가 되고 말았을 것입니다. 성안군이 당신을 쓰지 않았기 때문에 내가 당신을 모시게 된 것입니다."

그러고는 다시 재촉해 말했다.

"모든 것을 믿고 가르침에 따르겠으니 사양하지 말아 주십시오."

그러자 광무군은 말했다.

"나는 '지혜로운 사람도 천 번 생각에 반드시 한 번 실수는 있는 법이요, 어리석은 사람도 천 번 생각하면 반드시 한 번쯤은 맞는 법이다'라고 들었습니다. 그러므로 '미친 사람의 말이라도 성인은 이를 골라 갖는다'는 것입니다. 내가 생각하는 것이 반드시 쓸 만한 것이 될지는 알 수 없으나, 바라건대 있는 성의를 다할까 합니다. 성안군에게도 백 번 싸워 백 번 이기는 계책이 있기는 했으나 하루아침에 실수를 함으로써 군사는 호성(鄗城) 밑에서 패하고 몸은 저수가에서 죽고 말았습니다. 지금 장군은 서하를 건너 위나라 왕을 포로로 하고,

하열을 궐여에서 사로잡았으며, 단숨에 정형을 평정하고 아침이 다 지나기도 전에 조나라 20만 대병을 깨뜨리고 성안군을 무찔렀습니다. 이로 인해 장군의 이름은 나라 안에 알려지고, 위엄은 천하를 뒤흔들어 모든 제후국의 농부들은 '이왕 나라가 망할 바에야' 하는 생각에서, 밭갈이를 집어치우고 연장을 내던진 채 잘 입고 잘 먹으며 한때의 안일을 즐기며 다만 귀를 기울여 장군의 명령이 떨어지기만을 기다리지 않는 사람이 없습니다. 이러한 것들은 장군에게 있어 유리한 점입니다. 그러나 장군의 사졸들은 지칠 대로 지쳐 있어서 실은 쓰기 어려운 상태에 있습니다. 그런데 지금 장군은 지치고 시달린 군사를 이끌고 이들을 다시 연나라의 견고한 성 밑에서 시달리게 하려고 합니다. 싸우려 하더라도 짐작컨대 오래 끌게 되어, 힘은 적의 성을 함락시킬 수 없고, 지쳐 있는 실정이 밖으로 드러나 형세는 날로 불리해지며, 헛되이 나날을 보내는 사이에 양식마저 떨어지게 될 것입니다. 약한 연나라마저 굴복하지 않게 되면 제나라는 반드시 국경에 방비를 갖추고 버티어 나갈 방법을 강구하게 될 것입니다. 연나라와 제나라가 서로 버티며 항복하지 않게 되면, 유(劉)·항(項)의 세력 중 어느 쪽이 이기게 될지 결정짓기 어려운 일입니다. 이러한 점이 장군에게 있어서 불리한 점입니다. 이러한 유리한 점과 불리한 점을 생각해 볼 때, 장군이 지금 연나라와 제나라를 치는 것은 나로서는 적이 잘못된 일인 줄로 생각됩니다. 군사를 잘 쓰는 사람은 이쪽의 불리한 것으로써 상대방의 유리한 것을 치지 않으며, 이쪽의 유리한 것으로써 상대방의 불리한 것을 치는 것입니다."

"그렇다면 어떤 방법을 쓰는 게 좋겠습니까?"

"지금 이 마당에 장군을 위해 생각한다면 싸움을 중지하고, 군사들을 쉬게 하며, 조나라를 어루만져 그곳의 전사자 유족들을 위로하고, 백 리 안에서는 매일같이 소와 술이 배달되도록 하여 사대부를 잘 대접하고 군사들을 마음껏 먹고 마시게 한 다음, 북쪽 연나라로 향하는 것 만한 방법이 없습니다. 그렇게 해놓은 뒤 변사를 시켜 짤막한 편지를 전하게 하고, 이쪽의 유리한 점을 연나라에 확실히 알리면 연나라는 반드시 복종할 것입니다. 연나라가 복종하면 다시 변사를 동쪽 제나라에 보내 그런 내용을 알리십시오. 그러면 제나라도 반드시 대세에 이끌려 복종할 것입니다. 지혜로운 사람이 있더라도 제나라를 위해 좋은 꾀를 낼 수 없게 될 것입니다. 이렇게 되면 천하의 큰일은 모두 뜻대로 될 것입니다. '군사란 원래 허세를 먼저 보이고 싸움을 뒤로 한다'고 한 말은 바로 이런 것을 말합니다."

한신은 말했다.

"좋습니다."

한신은 광무군의 계책대로 사자를 연나라로 보냈다. 연나라는 위협에 눌리어 굴복하게 되었다. 그래서 사람을 보내 한나라에 보고를 올리고 장이를 조나라 왕으로 세워 그 나라를 진무하고 싶다고 청했다. 한나라 왕은 이를 받아들여 장이를 조나라 왕으로 세웠다.

초나라는 자주 기병을 보내 하수를 건너가 조나라를 치게 했다. 조나라 왕 장이와 한신은 여기저기 쫓아다니며 조나라를 구원하고, 그 기회에 가는 곳마다 조나라 성과 고을들을 평정하고 군대를 징발하

여 한나라로 보냈다.

그 무렵, 초나라가 한나라 왕을 급습하여 형양을 포위했다. 한나라 왕은 남쪽으로 나와 원과 섭 사이로 가서 경포(黥布)를 자기편으로 끌어들인 다음, 다시 달아나 성고로 들어갔다.

초나라는 또다시 급습을 가해 성고를 포위했다. 6월에 한나라 왕은 성고를 나와 동쪽으로 황하를 건너 승공만을 데리고 수무로 들어가 장이의 군대에 몸을 의지하려 했다.

수무에 도착한 한나라 왕은 객사에 들어 자고, 이튿날 이른 아침, 한나라 사신을 자칭하며 말을 달려 한나라 성안으로 들어갔다. 장이와 한신은 아직 일어나지 않았었다. 곧바로 그들의 침실로 들어간 한나라 왕은 그들의 직인과 병부를 앗고, 모든 장수들을 불러 모은 다음 다시 부서를 고쳐 정했다. 한신과 장이는 잠을 깨고 일어나서야 한나라 왕이 들어온 것을 비로소 알게 되어 크게 놀랐다.

한나라 왕은 두 사람의 군사를 앗은 다음, 그 자리에서 장이에게 조나라를 지키도록 명하고, 한신은 상국에 임명하여 아직 징발되지 않은 조나라 군사들을 거두어 제나라를 치게 했다.

한신은 군사를 이끌고 돌진했으나, 평원진(平原津)에서 강을 건너기 전에 한나라 왕이 보낸 역이기가 말로써 제나라를 항복시켰단 말을 듣고 중지할 생각이었다. 그러자 범양의 변사인 괴통이 한신에게 이렇게 권했다.

"장군은 한나라 왕으로부터 제나라에서 치라는 명령을 받으셨습니다. 한나라 왕이 혼자 밀사를 보내 항복을 받기는 했지만 장군에게 제나라를 치지 말라고 명령 내린 것은 아닙니다. 그런데 왜 진격을 중지한단 말입니까. 그리고 역생은 겨우 혼자서 수레 횡목에 기대어 세 치 혀를 놀림으로써 제나라 70여 개가 넘는 성을 항복시킨 것입니다. 그런데 장군은 수만의 군사를 거느리고 1년이나 걸려 조나라 50여 개 성을 함락시켰을 뿐입니다. 장군이 된 지 몇 해가 지났는데도 도리어 한 시골 선비의 공로만도 못하지 않습니까?"

한신도 그런 것만 같아 그의 꾀에 따라 황하를 건너게 되었다.

제나라에서는 역이기가 한 말을 받아들이고, 그를 머물게 한 다음 큰 잔치를 벌이는 한편, 조나라에 대한 방비를 풀고 있었다. 한신은 그 틈을 타서 제나라 역하(歷下)에 주둔해 있는 군사를 습격하고 드디어는 제나라 서울인 임치에 이르렀다. 제나라 왕 전광(田廣)은 역이기가 자기를 속인 것으로 생각하고 그를 삶아 죽인 다음, 고밀(高密)로 달아났다.

그리고 거기서 초나라에 사신을 보내 구원군을 청했다. 한신은 임치를 평정한 다음, 다시 동쪽으로 진격해서 전광을 뒤쫓아 고밀 서쪽에 도달했다. 초나라는 용저(龍且)를 대장으로 하여 20만으로 불리는 큰 군사를 보내 제나라를 구원했다.

제나라 왕 전광과 용저의 연합군은 한신과 맞서 싸우게 되었다. 싸움이 붙기 전, 누군가가 용저를 달래어 말했다.

"한나라 군사는 멀리서 싸우러 왔기 때문에 죽기를 결심하고 싸울 것이므로 정면으로 상대해서는 안 됩니다. 제나라와 초나라 연합군은 자기 고장에서 싸우기 때문에 집을 생각하며 뿔뿔이 흩어져 패하기가 쉽습니다. 가장 좋은 계책은 성벽을 굳게 쌓고 안을 지키며, 한편으로 제나라 왕에게는 그가 신임하는 신하들을 사신으로 보내 잃어버린 성들을 내 편으로 돌아오게 하는 것입니다. 이미 함락된 성들은 그의 임금이 살아 있고, 또 초나라 구원병이 와 있다는 것을 알면 반드시 한나라에 대항할 것입니다. 한나라 군사는 멀리 천 리나 되는 남의 나라로 와 있기 때문에 제나라 성들이 모두 반항하게 되면 식량을 손에 넣지 못하게 될 것이 뻔합니다. 그렇게 되면 싸우지 않고서도 항복을 받을 수 있습니다."

용저도 말했다.

"나는 전부터 한신이 어떤 사람인가를 잘 알고 있다. 간단히 해치울 수 있는 인간이다(용저와 한신은 초나라 사람). 그리고 명색이 제나라를 구원하러 왔는데, 싸움도 않고 항복을 시켰다고 한다면 내게 무슨 공이 있겠는가? 지금 싸워서 승리를 얻게 되면 제나라 반은 내 것이 된다. 어떻게 전진하지 않을 수 있겠는가?"

이리하여 드디어 싸우게 되었는데 유수(濰水)를 끼고 한신과 대진하게 되었다.

한신은 곧 밤에 사람을 시켜 1만여 개의 자루를 만들고 모래를 가득 채워 강 위쪽을 막은 다음, 군대를 이끌고 반쯤 건너가서 용저를 공격했다. 그리고는 쫓기는 시늉을 하며 도망쳐 왔다. 그 모습을 본 용저는 기뻐하며 한신이 겁쟁이인 줄은 진작부터 알았다면서 한신을 뒤쫓아 강을 건넜다. 이때 한신은 사람을 시켜 막아 두었던 모래주머니를 터놓았다. 물이 한꺼번에 크게 밀어닥쳤으므로 용저 군사의 태반은 건너올 수가 없었다. 그런 참에 급습하여 용저를 죽이고 말았다. 강 동쪽에 남아 있던 용저의 군사는 뿔뿔이 흩어져 달아나고, 제나라 왕 전광도 도망쳤다.

한신은 곧 달아나는 적을 추격하여 성양(城陽)에 도달했으며, 초나라 군사를 모조리 사로잡았다.

한나라 4년에 마침내 전광이 항복함으로써 제나라는 평정되었다. 한신은 사람을 보내 한나라 왕에게 이렇게 말하게 했다.

"제나라는 거짓과 속임수가 많고 변절과 반복이 잦은 나라입니다. 게다가 남쪽은 초나라와 국경을 맞대고 있습니다. 가왕(假王)을 두어 진무하지 않으면 형세가 안정될 수 없습니다. 신을 가왕으로 임명해 주시면 모든 일이 편리하겠습니다."

당시 한나라 왕은 형양에서 초나라의 포위를 받고 형세가 한창 급한 참이었다. 한신의 사자가 가지고 온 편지를 열어 보는 순간, 한나라 왕은 크게 성을 내며 호통을 쳤다.

"나는 여기서 고통을 당하고 있다. 밤낮으로 네가 와서 나를 도와주기를 기다리는 중인데, 너는 네 스스로 왕이 되려는 거냐?"

이때 장량과 진평이 한나라 왕의 발을 밟으며 한나라 왕의 귀에다 대고 속삭였다.

"우리는 지금 불리한 형편에 놓여 있습니다. 한신이 왕이 되는 것을 어떻게 막을 수 있겠습니까? 이 기회에 그를 왕으로서 후대하여 스스로 굳게 지키도록 하는 도리밖에 없습니다. 그렇지 못하면 변이 생길 것입니다."

한나라 왕은 즉시 사태를 깨닫고 또 호통을 쳤다.

"대장부가 제후를 평정했으면 즉시 왕이 될 일이지 어째서 가짜 왕이 되겠다는 거냐."

그래서 장량을 시켜 제나라로 가서 한신을 제나라 왕으로 봉하는 한편, 그의 군사를 징발해 초나라를 공격하게 했다.

초나라가 용저를 잃게 되자 두려운 생각이 든 항우는 우이 출신인 무섭(武涉)을 시켜 제나라 왕 한신을 설득하게 했다.

"천하 사람들은 모두가 진나라에 오랫동안 시달렸기 때문에 함께 힘을 모아 진나라를 쳤습니다. 진나라가 패한 다음, 각각 그 공적에 따라 땅을 분배받고, 그 분배받은 땅의 왕이 되어 군사를 쉬도록 했던 것입니다. 그런데 한나라 왕은 다시 군대를 일으켜 동쪽으로 나와 남의 영토를 침범하고 남의 땅을 앗아 삼진을 깨뜨린 다음, 군대를 이끌고 함곡관을 나와 제후들의 군사를 거둬들여 초나라를 공격해 온 것입니다. 그의 뜻인즉 천하를 다 삼키지 않으면 가만있지 않으려는 것입니다. 만족할 줄 모르는 그의 탐욕은 이토록 심한 것입니다. 그리고 한나라 왕은 믿을 수 없는 사람입니다. 그가 항왕의 손아귀에 든 일은 몇 번이나 있었지만, 항왕은 그를 딱하게 생각하고 살려 주었습니다. 그런데 무사히 도망하고 나면 언제나 약속을 위반하고 또 항왕을 공격합니다. 그의 인정도 신의도 없는 것이 이런 정도입니다. 지금 족하께선 한나라 왕과 깊은 교제가 있다고 해서 그를 위해 힘을 다하여 작전을 하고 있지만, 마지막에 가서는 결국 그자의 포로가 되고 말 것입니다. 족하가 무사한 것은 항왕이 아직도 살아 있기 때문입니다. 지금 항왕과 한나라 왕 두 사람의 세력은 족하가 저울질하기에 달려 있습니다. 족하께서 오른쪽에 가담하면 한나라 왕이 이기고, 왼쪽에 가담하면 항왕이 이깁니다. 항왕이 만일 오늘 망하게 되면 내일은 족하가 당하게 됩니다. 족하는 항왕의 옛 친구입니다. 한나라와 맞서서 항왕과 손을 잡고, 천하를 셋으로 나누어 왕국을 만드는 것을 왜 하지 않습니까? 지금 이런 기회를 놓치고 자진해서 한나라를 믿고 초나라를 공격하는 것이 어찌 지혜로운 사람의 취할 바라 할 수 있겠습니까?"

그러나 한신은 이를 거절했다.

"내가 항왕을 섬기고 있을 때, 벼슬은 낭중에 불과했고, 지위는 창잡이에 지나지 않았으며, 의견을 말해도 들어주지 않았고, 계획을 세워야 써 준 일이 없었습니다. 그래서 초나라를 배반하고 한나라로 간 것입니다. 한나라 왕은 내게 상장군의 인을 주고, 내게 수만의 군사를 맡겼습니다. 자기 옷을 벗어 내게 입혀 주었고, 계획을 세우면 써 주었습니다. 그러기에 나는 여기까지 이른 것입니다. 대체로 남이 내게 깊은 신뢰를 가지고 있는데 내가 그를 배반하는 것은 상서롭지 못한 일이요, 비록 죽는 한이 있더라도 그를 배반할 수는 없습니다. 바라건대 나를 위해 항왕에게 말을 잘 전해 주십시오."

무섭이 떠나간 다음, 제나라 태생인 괴통이 천하를 저울질할 수 있는 힘이 한신에게 있는 것을 보고, 기계(奇計)로 한신의 마음을 움직이려 했다. 그는 관상술로 한신을 설득하기 시작했다.

"나는 일찍이 관상 보는 법을 배운 일이 있습니다."

"선생께서 배우신 관상법이란 어떤 것입니까?"

"출세를 하고 못하는 것은 골격이 어떻게 생겼느냐 하는 골법(骨法)에 있고, 기쁜 일이 있고 없는 것은 얼굴 모양과 그 빛깔에 있으며, 성공과 실패는 결단하는 힘에 있습니다. 이것을 참고로 판단하면 절대로 틀림이 없습니다."

"그렇겠군요. 그럼 선생께선 과인의 상을 어떻다고 보십니까?"

"잠시 사람들을 물리친 다음에 말씀드리겠습니다."

"이제 측근의 사람들은 가고 없습니다."

이윽고 괴통은 이렇게 말했다.

"임금의 얼굴을 앞에서 바라보면 귀(貴)는 제후로 봉해지는 데 불과하고, 게다가 또 위태롭고 불안한 점이 있습니다. 그러나 임금의 등을 보면 그 귀(貴)를 이루 말할 수 없습니다."

"그건 무얼 두고 하는 말씀입니까?"

괴통은 말했다.

"천하가 처음 난을 일으켰을 때는 영웅호걸들이 연이어 크게 한소리로 외치자, 천하의 뜻있는 사람들이 구름처럼 합치고 안개처럼 모여들었습니다. 이때는 다만 어떻게 하면 진나라를 망하게 할 수 있느냐 하는 것만이 그들의 공통된 걱정이었습니다. 그러나 지금은 초·한이 둘로 나뉘어져 서로 다투며, 천하의 죄 없는 사람들로 하여금 간과 쓸개로 땅바닥을 바르게 하고, 아내와 자식들의 해골을 벌판에 드러내게 한 것이 얼마나 되는지 헤아릴 수 없을 정도입니다. 초나라 사람은 팽성에서 일어나 계속 싸워 북쪽으로 진격하여 형양에 이르기까지 승세를 타고 자리를 말아 들어가듯 그 위엄이 온통 천하를 떨게 만들었습니다. 그러나 군대는 경·삭 사이에서 난관에 부닥쳐, 서산에 막혀 나아가지 못한 지가 벌써 3년에 이르고 있습니다. 한나라 왕은 수십만의 무리를 거느리고 공(鞏)·낙(洛)에 이르러 산과 강의 지세를 이용하여 하루에도 몇 번을 싸웠으나 한 자 한 치의 공도 세우지 못하고 꺾이고 패한 끝에 다시 회복하지 못한 채, 형양에서 패하고 성고에서 가슴에 상처를 입은 다음 드디어는 원(宛)·섭(葉) 사이로 달아나고 말았으니, 이것이 이른바 지혜와 용기가 함께 막히고 만 것입니다.

무릇 날카로운 기세가 가로막힌 장애물에 의해 꺾이게 되고, 창고의 양식은 바닥 나 있어 백성들은 지칠 대로 지친 나머지 원망의 마음만이 가득 차 있을 뿐, 아무 데도 의지할 곳을 찾지 못하고 있습니다. 제가 생각해 보건대, 지금의 형편은 천하의 위대한 인물이 아니고서는 도저히 이 천하의 환란을 그치게 할 도리가 없다고 봅니다. 현재 한나라 왕과 항왕 두 임금의 목숨은 당신에게 달려 있습니다. 임금께서 한나라를 위하면 한나라가 이기고, 초나라에 가담하면 초나라가 이기게 되어 있습니다. 저는 제 속마음을 털어놓고 충성을 다해 어리석은 꾀를 있는 대로 다 내고 싶으나, 임금께서 능히 쓰지 못할까 두렵습니다. 참으로 제 꾀를 들어주신다면 양쪽을 다 이롭게 해 주고 함께 있게 하는 겁니다. 천하를 셋으로 나누어 솥발처럼 서 있게 되면, 어느 누구도 감히 먼저 움직일 수 없게 됩니다. 무릇 임금의 위대하심으로 많은 군사를 거느리고 강한 제나라를 차지하여 연나라, 조나라를 거느리고 빈 땅으로 나가 그 뒤를 내리 누른 다음, 백성들의 소망을 따라 서쪽으로 진출하여 백성들을 위해 초나라와 한나라에 대해 싸움을 그치도록 요구하게 되면 온 천하가 바람에 휩쓸리듯, 소리에 메아리 치듯 쏠리게 될 터이니 누가 감히 듣지 않을 수 있겠습니까. 그리하여 큰 것을 떼어 내고 강한 것을 약하게 하여 제후들을 세우게 되며, 제후들이 이미 서게 되면 천하가 다 임금의 말에 복종하며 제나라를 고맙게 생각할 것입니다. 제나라의 역사를 살펴볼 때 교사(膠泗)의 땅을 차지하고, 제후들을 감싸 주는 마음을 간직하여 정중한 태도로 임하게 되면, 천하의 모든 군왕들이 서로 이끌어 제나라로 조회를 들게 될 것입니다. 흔히 '하늘이 주는데도 이를 취하지 아니하면 도리어 그 허물을 받게 되며, 때가 이르렀는데도 행하지 아니하면 도리어 그 재앙을 받는다' 라고 말하건대, 임금께선 깊이 잘 생각해 보십시오."

한신이 말했다.

"한나라 왕이 나를 대접하기를 심히 후하게 하여 자기 수레에 나를 태워 주고, 자기 옷을 나에게 입혀 주고, 자기가 먹을 것으로 나를 먹여 주었습니다. 나는 듣건대, 남의 수레를 탄 사람은 그 사람의 환란을 함께 싣게 되고, 남의 옷을 입는 사람은 남의 근심을 안게 되며, 남의 것을 먹는 사람은 남의 일에 죽는다 했습니다. 그런데 내가 어떻게 이익만을 찾아 의리를 배반할 수 있겠습니까?"

괴통은 다시 이렇게 말했다.

"지금 임금께선 속으로 한나라 왕을 착한 사람으로 알고 만세에 끼칠 사업을 이룩해 보실 생각이지만, 제가 생각하기에는 잘못하시는 일 같습니다. 처음 상산왕(常山王, 장이)과 성안군(成安君, 진여)은 평민으로 있을 때 서로 함께 생사를 같이하는 교분을 가지게 되었지만, 뒤에 장염·진택의 일로 다투게 되자 두 사람은 서로 원한을 품게 되었습니다. 그리하여 상산왕은 항왕을 배반하고, 항영(項嬰)의 머리를 베어 들고 한왕에게로 도망쳐 돌아간 다음, 한나라 왕의 군사를 빌려 동으로 내려와 성안군을 저수 남쪽에서 죽이므로 머리와 다리가 곳을 달리하게 되었고, 마침내는 천하의 웃음거리가 되고 말았습니다. 이들 두 사람이 서로 사귄 것은 천하에 둘도 없을 만큼 다정한 것이었으나, 결국 서로가 죽이게 된 것은 무엇 때문이겠습니까. 환란은 욕심이 많은 데서 생겨났고, 그리고 사람의 마음이란 알기 어려운 것이기 때문입니다. 지금 임금께선 충성과 믿음으로써 한나라 왕을 사귀려 하고 계시지만, 도저히 상산왕과 성안군만큼 믿는 사이는 될 수 없을 것이며, 그리고 모든 일은 대부분이 장염·진택의 일보다 중대한 것들입니다. 그러므로 저는 임금께서 한나라 왕이 임금을 해하려 하지 않을 것으로 믿는 그 자체가 틀린 일이라고 생각합니다.

대부 종과 범여는 망한 초나라를 다시 있게 하고 구천을 패자로 만듦으로써 공도 세우고 이름도 이룩했지만, 몸은 죽거나 도망쳐야만 했습니다. 들짐승이 다 죽으면 사냥개는 솥에 삶고 마는 법입니다. 무릇 교분으로 말하면 장이와 진여의 사이만 못하며, 충성과 믿음으로 말하면 대부 종과 범여가 구천에 한 것을 따르지 못할 것이니 이 두 사람을 두고도 충분히 알 수 있는 일입니다. 바라건대 임금께서는 깊이 생각하십시오. 또 신이 듣건대 '용맹과 지략이 임금을 겁나게 하는 사람은 몸이 위태롭고, 공이 천하를 덮는 사람은 상을 받지 못한다'고 했습니다. 청컨대, 신은 대왕의 공과 지략을 말씀드리겠습니다. 임금께선 서하를 건너 위나라 왕을 포로로 하고 하열을 사로잡았으며, 군사를 이끌고 정형으로 내려와 성안군을 무찔러 조나라를 공략하고 연나라를 위협한 다음 제나라를 평정했으며, 남쪽으로 초나라 20만 군사를 꺾고 동쪽으로 용저를 죽이고 서쪽으로 보고를 하니, 이것이 이른바 공은 천하에 둘이 없고 지력은 세상에 다시없다는 것입니다. 지금 만일 임금을 놀라게 하는 위엄과 상을 받을 수 없는 공을 지닌 대왕께서 초나라로 돌아간다 해도 초나라 사람이 믿지 않을 것이며, 한나라로 돌아가게 되면 한나라 사람이 놀라 떨게 될 터이니, 임금께선 이를 갖고 어디로 돌아가시려는 것입니까? 무릇 행세가 남의 신하 된 위치에 있으면서 임금을 놀라게 하는 위엄을 지니고 그 이름이 천하에 높이 알려져 있다는 그 자체가 임금을 위해 위태로운 일입니다."

그러나 한신은 이렇게 말하며 승낙하지 않았다.

"선생께선 잠시 머물러 계십시오. 내 생각해 보리다."

그 뒤 며칠이 지나자, 괴통은 다시 한신을 달랬다.

"무릇 말을 받아들이는 것은 일의 징후가 되고, 계획하는 것은 일의 계기가 됩니다. 말을 잘못 받아들이고 계획을 잃게 되면 오래 편안하게 지낼 수가 없습니다. 말을 듣는 데 한두 가지 실수도 없는 사람에겐 말로써 그의 마음을 어지럽게 할 수 없고, 계획이 처음과 끝을 잃지 않게 되면 말로써 그 일을 헝클어 버릴 수 없습니다. 무릇 남의 심부름만 하는 사람은 만승의 권세를 잃게 되고, 조그만 녹을 지키고 있는 사람은 경상(卿相)의 지위를 얻을 수 없습니다. 그러므로 안다는 것은 결정을 내리는 것이며, 의심이란 일의 방해가 되는 것입니다. 털끝 같은 작은 계산만을 따지고 천하의 큰 수를 빠뜨리는 것과, 지혜는 참으로 알고 있으면서도 결정만 하고 감히 행하지 못하는 것은 모든 일의 화근이 됩니다. 그러기에 맹호(猛虎)의 망설임이 벌의 쏘는 것만 못하고, 기이(騏驥)의 깡충거림이 짐말의 편한 걸음만 못하며, 맹분(孟賁, 상고의 용사)의 주저함이 범인들이 반드시 이르게 되는 것만 못하고, 비록 순임금·우임금의 지혜가 있어도 우물거리고 말을 하지 않으면 벙어리나 귀머거리가 손가락으로 가리키는 것만 못하다고 했는데, 이것은 귀중한 것은 능히 행하는 것임을 말한 것입니다. 대개 공이란 이루기는 어렵고 패하기는 쉬운 것이며, 때란 얻기는 어려워도 잃기는 쉬운 것입니다. 아, 때란 두 번 다시 오는 것이 아니니 바라건대 자세히 살펴보십시오."

그러나 한신은 어쩔까 주저하며 차마 한나라를 배반하지 못했고, 또 스스로 세운 공이 많으므로 한나라가 끝내 우리 제나라를 앗지는 못하리라 생각하고 마침내 괴통을 거절하고 말았다. 괴통은 한신이 자기가 한 말을 들어주지 않자, 거짓으로 미치광이 행세를 하며 무당이 되었다.

한나라 왕은 고릉에서 고통을 겪고 있을 때, 장량의 꾀를 써서 제나라 왕 한신에게 구원을 청했다. 이리하여 한신은 군사를 거느리고 해하로 가서 합쳤다. 항우가 패하자, 고조 유방은 제나라 왕의 군사를 기습해서 이를 앗아 가졌다.

한나라 5년 정월, 제나라 왕 한신은 제나라에서 옮겨 초나라 왕이 되어, 하비(下邳)를 도읍으로 정했다. 한신은 초나라에 이르자 앞서 밥을 먹여 주던 표모(漂母)를 불러내어 천 금을 하사하고, 하향의 남창 정장에게는 백 전을 주며 말했다.

"그대는 소인이다. 남에게 은혜를 베풀어 주면서도 끝까지 하지 못했다."

그리고 바짓가랑이 밑으로 기어 나가게 하여 한신에게 모욕을 주었던 사나이를 불러내어 초나라 중위(中尉, 치안장관)로 임명한 다음, 모든 장수와 대신들에게 말했다.

"이 사람은 장사다. 이 사람이 나를 모욕했을 당시, 나는 이 사람을 죽일 수가 없어 죽이지 못한 것이 아니다. 죽여 보아야 무슨 명분이 서는 일이 아니었기 때문에 꾹 참고 오늘에 이르게 된 것이다."

항왕의 밑에 있다가 도망친 장군 종리말(鍾離昧)의 집은 이려(伊廬)에 있었다. 그는 전부터 한신과 가까운 사이였으므로 항우가 죽은 뒤 한신에게로 와 있었다. 종리말에게 원한을 품고 있던 한나라 왕은 그가 초나라에 있다는 말을 듣자, 초나라에 칙명을 내려 그를 잡아 보내도록 요구했다.

또한 한신이 초나라에 처음 들어왔을 당시, 각 고을을 순행하면서 많은 군사를 거느리고 시위행진을 한 적이 있었다.

한나라 6년, 그 일로 초나라 왕 한신이 반란을 꾀하고 있다는 글을 올린 사람이 있었다. 고조는 진평의 꾀에 따라, 천자가 각 지방을 순시한다고 하면서 제후들을 불러 모으기로 했다. 남쪽에 운몽(雲夢)이란 곳이 있다. 고조는 사신을 보내 제후들에게 '내 장차 운몽으로 가겠으니 모두들 진(陳)으로 모이라' 하고 일렀다. 실상인즉 한신을 기습할 작정이었다. 그러나 한신은 그것을 짐작 못하고 있었다. 고조가 초나라로 들어오려 하고 있을 무렵, 한신은 군사를 동원시켜 반란을 일으키려 했으나 스스로 생각해 볼 때 아무런 죄도 없었다. 그래서 고조를 만나 뵙고는 싶었으나 사로잡히지나 않을까 하는 염려가 앞섰다.

그때 누군가가 한신을 이렇게 설득했다.

"종리말의 머리를 베어 그것을 들고 천자를 뵈오면, 천자는 틀림없이 기뻐하실 겁니다. 걱정할 필요는 없습니다."

그래서 한신이 종리말을 만나 상의하자, 그는 이렇게 대답했다.

"한나라가 초나라를 쳐서 이를 앗지 않는 것은 이 종리말이 당신에게 있기 때문이오. 만일 나를 잡아 자진해서 한나라에 잘 보이려고 한다면, 내가 오늘이라도 죽게 되는 날, 당신도 곧 뒤따라 망하게 될 거요."

그리고 이어 한신에게 호통을 쳤다.

"당신은 훌륭한 인물이 못 된다."

그러고는 마침내 스스로 목을 쳐 죽었다.

한신은 그의 머리를 가지고 진으로 가서 고조를 뵈었다. 그러자 고조는 무사들을 시켜 한신을 묶은 다음, 뒤의 수레에 태웠다. 한신은 말했다.

"역시 세상 사람들이 말하는 그대로구나. '날랜 토끼가 죽으면 좋은 개는 삶게 되고, 높이 나는 새가 없어지면 좋은 활은 필요 없어지며, 적국이 망하게 되면 모신이 죽게 된다'고 했으니, 천하가 평정된 만큼 내가 삶기게 되는 것도 당연한 일이다."

고조는 이렇게 말했다.

"그대가 모반했다고 알려온 사람이 있다."

그리고는 마침내 한신의 손발에 차꼬를 채웠다.

한신이 낙양에 도착하자, 그의 죄는 용서되고 초나라 왕에서 회음후로 격이 떨어졌다. 한신은 한나라 왕이 자기의 재주를 겁내고 싫어하는 줄을 알고, 항상 병을 핑계로 조회에 나오지 않았다.

그는 이로 인해 매일같이 원망에 찬 마음으로 주발(周勃)·관영(灌嬰) 등과 같은 반열에 서게 된 것을 부끄럽게 생각했다.

한신은 언젠가 번쾌(樊噲) 장군을 찾은 일이 있었다. 번쾌는 무릎을 꿇고 절을 하며, 공손히 그를 맞아 스스로 신이라 부르며 말했다.

"대왕께옵서 신을 이렇게 찾아 주시니……."

그래도 한신은 문 밖을 나서며 쓴웃음을 짓고 말했다.

"살아서 번쾌 따위와 반열을 같이 할 줄이야."

언젠가 고조는 조용히 한신과 더불어 여러 장수들의 능력에 대한 차이점을 이야기한 일이 있었다.

고조가 물었다.

"그렇다면 나는 몇 명이나 군사를 거느릴 수 있겠는가?"

"폐하께선 10만 명의 군사를 거느릴 수 있을 뿐입니다."

"경은 어떠한가?"

"신은 많을수록 좋습니다."

고조는 웃으며 말했다.

"많을수록 좋다면서 어떻게 내게 묶이게 되었단 말인가?"

"폐하께선 군사를 거느리는 데는 능하지 못하시지만 장수를 거느리는 데 능하십니다. 이것이 바로 신이 폐하에게 묶인 까닭입니다. 그리고 폐하는 이른바 하늘이 주신 것으로, 사람의 힘에 의한 것은 아닙니다."

진희가 거록군 태수로 임명되어 회음후 한신에게 작별 인사를 왔었다. 회음후는 그의 손을 잡고 측근들을 물리친 다음, 단둘이서 뜰을 거닐면서 하늘을 우러러보고 탄식하며 말했다.

"그대와는 무슨 말을 해도 상관이 없을는지……. 그대와 상의하고 싶은 일이 있는데……."

"장군의 명령이라면 무엇이고 좇겠습니다."

"그대가 지금 가는 곳은 천하의 정예부대가 있는 곳이요. 그리고 그대는 폐하의 신임과 사랑이 두터운 신하요. 그대가 모반했다고 주장하는 사람이 있어도 폐하는 절대 믿지 않을 거요. 보고가 두 번쯤 오게 되면 폐하는 그제야 의심을 품게 될 것이며, 세 번째 오게 되면 화를 내며 몸소 치러 나가게 될 것이 틀림없소. 내가 그대를 편들어 내부에서 들고 일어나게 되면 천하를 차지하게 될 거요."

한신의 능력을 전부터 잘 알고 있는 진희는 그를 믿고 말했다.

"삼가 명령에 따르겠습니다."

한나라 10년, 진희는 약속한 대로 반란을 일으켰다. 고조는 몸소 진희를 치러 나갔다. 한신은 병으로 고조를 따라가지 않았다. 한신은 가만히 사람을 진희에게로 보내 이렇게 전했다.

"반란군을 일으키는 즉시 나는 여기서 그대를 돕겠소."

그리하여 한신은 가신들과 짜고 밤에 거짓 칙령이라 핑계하고 각 관청에 있는 죄수와 노예들을 풀어 준 다음, 그들을 이끌고 나가 여후(呂后)와 태자를 습격할 계획이었다. 각 부서를 결정짓고 나서 진희로부터 소식 오기만을 기다리고 있었다. 그런데 한신의 사인으로 한신에게 죄를 짓고 체포되어 곧 죽게 된 사람이 있었다. 그 사인의 아우 되는 사람이 고변(告變)을 하며 한신이 반란을 일으키려 하는 상황을 여후에게 일렀다.

여후는 한신을 불러들이고 싶었으나 그들 일당이 응하지 않을 수도 있었으므로 상국인 소하와 의논한 끝에 거짓 사인을 시켜 폐하가 계신 곳에서 왔다면서 진희는 이미 죽었노라고 퍼뜨리게 했다. 열후와 군신들은 모두 축하의 인사를 드리기 위해 조회에 들게 되었다. 상국 소하는 한신을 속여서 이렇게 말했다.

"병중이기는 하지만 축하를 위해 조회에 들도록 하시오."

한신은 조회에 들어갔다. 여후는 무사를 시켜 한신을 체포하게 한 다음, 장락궁 종(鍾)이 있는 방에서 목을 베게 했다. 한신은 처형을 당할 때 말했다.

"나는 괴통의 꾀를 듣지 않은 것이 안타깝기만 하다. 결국 아녀자의 속임수에 넘어가게 되었으니 어찌 천명이 아니겠는가?"

이리하여 한신 일족은 몰살당하게 되었다.

고조는 진희를 토벌하고 돌아왔다. 돌아와서 한신이 죽은 것을 알자, 기뻐하는 한편 또 가엾게 여기며 물었다.

"한신이 죽을 때 무슨 말을 하지 않았소?"

여후가 대답했다.

"한신은 괴통의 꾀를 쓰지 않은 것이 안타깝다고 말했습니다."

"괴통은 제나라 변사다."

그래서 제나라에 칙령을 내려 괴통을 체포해 들이라 했다. 괴통이 이르자, 고조는 말했다.

"네가 회음후에게 반란을 일으키라고 부추겼지?"

"그렇습니다. 실상 신이 그렇게 시켰습니다. 그러나 바보가 내 꾀를 받아들이지 않았기 때문에 이런 자멸을 가져오게 된 것입니다. 만일 그 바보가 신의 꾀를 썼으면 폐하는 그를 죽일 수 없었을 것입니다."

고조는 노하여 말했다.

"저놈을 삶아 죽여라."

"아아, 억울합니다. 저를 삶아 죽인다는 것은."

"네놈은 한신에게 역적질을 부추긴 놈이다. 뭐가 억울하단 말이냐?"

"진나라의 통치가 흔들리게 되자, 화산 동쪽의 중원 땅이 크게 시끄러워지며, 각 성이 함께 일어나고 영걸들이 까마귀처럼 모여들었습니다. 진나라가 사슴(중원)을 잃게 되자, 온 천하는 함께 그것을 좇게 되었던 것입니다. 이리하여 발이 빠르고 남보다 능력이 있는 사람이 먼저 이것을 얻게 된 것입니다. 도둑인 도척의 집 개가 요임금을 보고 짖었다고 해서, 그 요임금이 어질지 않은 것은 아닙니다. 개가 제 집 주인이 아닌 사람을 보고 짖는 것은 당연한 일입니다. 그 당시 신이 알고 있는 것은 다만 한신 한 사람뿐으로 폐하를 알 까닭이 없었습니다. 그리고 또 천하에는 무기를 날카롭게 해 폐하가 하신 일과 같은 일을 하려는 사람이 수없이 많았습니다. 다만 그들은 능력이 부족했을 뿐입니다. 그런데 그들을 다 삶아 죽일 수 있겠습니까?"

"그만두어라."

고조는 이렇게 말하고, 곧 괴통을 풀어 주었다.

태사공은 말한다.

내가 회음에 갔을 때 그곳 사람들은 내게 이렇게 말했다.

"한신은 한낱 평민에 불과했을 때도 기개가 보통 사람들과는 달랐다. 그의 어머니가 죽었을 때는 가난해서 장사도 치를 수 없는 형편이었지만, 그래도 그는 높고 넓은 곳에다 무덤을 만들고, 그 주위로는 몇 만 호의 집이 들어설 수 있도록 했던 것이다."

그래서 나는 그 어머니의 무덤을 보러 갔었는데, 과연 그들 말과 같았다.

만일 한신이 도를 배워 겸양을 지키며, 자기의 공적을 자랑하거나 재능을 내세우는 일이 없었던들, 한나라 왕조에 대한 그의 공훈은 저 주공과 소공, 태공 망에 비교될 수 있는 것이어서, 국가의 원훈으로서 뒷세상에 길이 사당의 제사를 받을 수 있었을 것이다.

그렇게 되기를 꾀하지는 않고, 천하가 이미 통일되고 난 뒤에 여전히 반역을 꾀하고 있었으니, 온 집안이 전멸을 당하게 된 것도 당연한 일이 아니겠는가.

한신·노관 열전(韓信盧綰列傳)

초나라와 한나라가 공·낙 사이에서 공방전을 벌이고 있을 때, 한신은 한나라를 위해 영천(頜川)을 진정하고, 노관은 항우의 보급로를 끊었다. 그래서 〈한신·노관 열전 제33〉을 지었다.

한신은 옛 한(韓)나라 양왕(襄王)의 서손(庶孫)으로, 키가 8척 5촌이나 되었다. 항량이 초나라의 후손인 양왕을 받들어 왕으로 세우게 되었을 때, 연·제·조·위나라는 모두 이전의 왕이 다시 왕이 되었다. 그중에서 한나라만이 아들이 없어 한나라의 여러 공자 중 하나인 횡양군(橫陽君) 성(成)을 세워 한나라 왕으로 삼아 한나라 옛 땅을 평정하려 했다. 그런데 항량이 정도(定陶) 싸움에서 패해 죽고 성은 회왕에게로 달아나게 되자, 패공(沛公)이 군사를 이끌고 와 양성을 공격하고 장량을 한나라의 사도(司徒)로 삼아 한나라의 옛 땅을 되찾도록 했다. 이때 장량은 한신을 얻어 한나라 장군으로 삼았다. 한신은 한나라 군사를 거느리고 패공을 따라 무관에 들어갔다. 패공이 한나라 왕이 되자 한신은 한나라 왕을 따라 한중으로 함께 들어가게 되었는데, 그는 한나라 왕을 이렇게 설득했다.

"항왕이 모든 장수들을 가까운 곳에다 왕으로 봉했는데, 왕께서만 홀로 멀리 이곳에 와 있게 되었으니 이것은 분명 좌천입니다. 사졸들은 모두 산동 사람들이라 너나없이 발돋움을 하며 돌아갈 것을 바라고 있습니다. 그러므로 그들의 칼날이 한 번 동쪽으로 향하게 되는 날이면 넉넉히 천하를 놓고 다툴 수 있습니다."

그 말을 들은 한나라 왕은 군사를 돌려 삼진(三秦)을 평정하고, 한신에게 한(韓)나라 왕이 되도록 허락했다. 이보다 앞서 한신을 한(韓)나라의 태위로 삼아 군대를 이끌고 한(韓)나라 땅을 쳐서 차지하도록 했다.

항적이 여러 왕들을 봉하여 주었으므로 그들은 모두 자기 나라로 갔지만, 한(韓)나라 왕 성(成)은 항적을 따라가지 않아 공을 세우지 못했기 때문에 봉국을 받지 못하고 다시 열후가 되었다. 그 뒤 한나라가 한신을 보내 한(韓)나라의 옛 땅을 공략한다는 말을 들은 항적은, 자신이 오나라에 있을 때 그곳의 현령이었던 정창(鄭昌)을 한(韓)나라 왕으로 삼아 한나라의 공격에 맞서 싸우도록 했다.

한나라 2년, 한신은 한(韓)나라 10여 성을 평정했다. 한나라 왕이 하남에까지 이르게 되자 한신은 급히 한(韓)나라 왕 창을 공격하여 항복을 받았다. 그러자 한나라 왕은 곧 한신을 세워 한(韓)나라 왕으로 봉했다. 한신은 항상 한(韓)나라 군대를 이끌고 한나라 왕을 좇았다.

한나라 3년에 한나라 왕이 형양을 나가게 되자, 한(韓)나라 왕 한신이 주가 등과 함께 대신 형양을 지켰다. 그 뒤 초나라가 형양에 쳐들어왔을 때 초나라와 싸워 패하게 된 한신은 초나라에 항복했었다. 그러나 그 뒤 도망쳐 나와 한나라로 돌아오게 되자, 한나라에서는 다시 그를 한(韓)나라 왕으로 세웠다. 그는 마침내 한나라 왕을 따라서 항적을 무찌르고 천하를 평정했다.

천하가 평정되자, 한고조는 한나라 5년 봄에 드디어 부(符)를 쪼개어 그를 한(韓)나라 왕으로 봉하고 영천에 도읍하게 했다.

이듬해 봄, 고조는 한신처럼 군사적 재능이 있고 용맹스러운 왕이 북쪽으로는 공·낙에 가깝고, 남쪽으로는 원·섭과 이웃하고 있으며, 동쪽으로는 회양(淮陽)이 있어서 모두 천하에서 사나운 군대만 득실거리는 곳에 있다고 생각하여 조서를 내려 한신을 옮겨 태원(太原)의 왕으로 삼아 북쪽 오랑캐를 막도록 하고, 진양에 도읍을 정하게 했다. 그러자 한신은 글을 올려 이렇게 말했다.

"나라가 변방에 치우쳐 있어 자주 흉노가 쳐들어오는데, 진양은 북쪽 경계선에서 너무 떨어져 있어 불편하므로 바라옵건대 마읍(馬邑)을 다스리게 하여 주옵소서."

고조는 이를 허락했다. 그래서 한신은 곧 마읍으로 옮겨 갔다.

그해 가을, 흉노 묵돈(冒頓)이 한신을 대규모로 포위하자, 한신은 여러 차례 사신을 보내 흉노에게 화친을 청했다. 한나라는 군사를 보내 그를 도왔으나, 한신이 사사로이 흉노에게 여러 차례 사자를 보냈으므로 그가 딴 마음을 품지 않았나 의심하여 사람을 보내 한신을 꾸짖었다. 한신은 목이 베일까 두려워한 나머지, 흉노와 함께 한나라를 치기로 약속하고, 모반해 흉노에게 마읍을 내주어 태원을 공격했다.

한나라 7년 겨울, 고조는 직접 나가 한신의 군사를 동제(銅鞮)에서 깨뜨리고 그의 장수 왕희(王喜)를 베었다. 한신은 흉노로 도망쳐 그의 부하 장수로 있던 백토(白土) 사람 만구신(曼丘臣)·왕황(王黃) 등과 더불어, 조나라 후손인 조리(趙利)를 왕으로 삼고, 다시 패잔병을 불러 모아 묵돈과 더불어 한나라를 칠 것을 꾀했다. 흉노는 좌우현왕(左右賢王)으로 하여금 만여 기를 거느리고, 왕황 등과 더불어 광무 남쪽에 주둔하여 진양에 이르러 한나라 군사와 싸우게 했다. 한나라 군사는 그들을 크게 무찌르고, 이석(離石)까지 뒤쫓아 다시 그들을 쳐서 이겼다. 흉노가 다시 누번 서북쪽에 모이자 한나라에서는 전차와 기병으로 흉노를 격파하게 했다. 흉노가 거듭 싸움에서 지고 달아나자, 한나라 군대는 승세를 타고 북쪽으로 달아나는 적군을 계속 뒤쫓아 갔다. 이때 묵돈이 대의 상곡에 머물러 있다는 말이 들려오자, 진양에 있던 고조는 사람을 시켜 묵돈을 살피도록 하니 그 첩자가 돌아와 쳐도 되겠다고 보고했다. 고조는 마침내 평성에 이르러 백등대(白登臺)로 나갔다. 그러자 흉노의 기병들이 고조를 포위했다. 고조는 사람을 시켜 묵돈의 연지(閼氏, 선우의 아내)에게 후한 뇌물을 보내 구원을 청했다.

연지는 곧 묵돈을 달래어 말했다.

"지금 한나라 땅을 얻어 보아야 아직 그곳에 머물러 살 수는 없는 일이 아닙니까? 그리고 또 두 임금은 서로를 욕보이지 않는다 하지 않았습니까?"

이리하여 포위된 지 이레 만에 흉노의 기병들은 차츰 포위를 풀기 시작했다. 그때 사방이 안개로 뒤덮여 지척을 분간할 수 없을 지경이었다. 한나라에서는 사람을 시켜 오고 가게 해 보았지만 흉노는 이를 알지 못했다. 그러자 호군중위 진평이 고조에게 말했다.

"흉노는 활만으로 무장되어 있습니다. 그러니 강노(强弩)의 화살을 밖으로 향하게 하고, 서서히 포위를 벗어나도록 하십시오."

고조가 평성으로 돌아왔을 때 한나라 구원병도 이르렀고, 흉노 기병도 마침내 포위를 풀고 물러갔다. 한나라 역시 싸움을 멈추고 돌아갔다.

한신은 흉노를 위해 군사를 거느리고 변방을 이리저리 공격했다. 한나라 10년에 한신이 왕황 등에게 진희를 설득하여 그 자신을 그르치게 만들었다. 11년 봄, 한(韓)나라 왕 한신은 다시 흉노의 기병들과 함께 삼합(參合)으로 들어와 있으면서 한나라와 맞섰다. 한나라는 시(柴)장군에게 명하여 공격하게 했다. 그는 한신에게 다음과 같은 글을 보냈다.

폐하께서는 너그럽고 인자하시오. 제후들이 배반하고 도망갔다가도 다시 돌아오기만 하면, 즉시 이전의 지위와 이름을 주고 죄를 묻지 않는 것은 왕도 아시는 바가 아니요? 지금 왕은 싸움에서 져 오랑캐에게로 달아난 것뿐, 큰 죄가 있는 것도 아니니 급히 스스로 돌아오도록 하시오.

한신은 다음과 같은 회답을 보내왔다.

폐하는 나를 평민들 중에서 발탁해 왕이 되게끔 해 주셨으니 이는 나에게는 다행한 일이었소. 형양에서 초나라에 패했을 때, 나는 죽지 못하고 항적의 포로가 되었으니, 이것이 첫 번째 지은 죄였소. 그 뒤 도적이 마읍에 쳐들어왔을 때 나는 이를 굳게 지키지 못하고 성을 들어 항복을 했으니, 이것이 두 번째 지은 죄였소. 지금은 도리어 도둑이 되어 군사를 거느리고 장군과 더불어 일시의 목숨을 유지하려 싸우고 있으니, 이것이 세 번째 지은 죄요. 대체로 월나라 대부 종과 범여는 한 가지 죄도 없었으나 한 사람은 죽고 한 사람은 도망쳤소. 지금 나는 폐하에게 세 가지 죄를 짓고 있으면서도 살아남기를 구한다면, 이것은 오자서가 오나라에서 죽은 것과 다를 바 없습니다. 지금 나는 산골짜기로 도망쳐 와 숨어 살면서, 아침저녁으로 오랑캐의 신세를 지고 있는 형편이요. 내가 돌아가기를 바라는 마음은 마치 앉은뱅이가 일어나는 것을 잊지 못하고, 맹인이 보는 것을 잊지 못하는 것과 같지만 형세가 그럴 수 없는 것뿐이요.

이리하여 드디어 싸우게 되었는데, 시 장군은 삼합을 무찌르고 한(韓)나라 왕 한신의 목을 베었다.

일찍이 한신은 흉노로 들어갈 때 태자와 함께였다. 그들이 퇴당성(頹當城)에 이르렀을 때 한신은 아들을 낳게 되었으므로 이름을 퇴당(頹當)이라 했다. 태자(太子) 또한 아들을 낳았는데 이름을 영(嬰)이라 불렀다. 효문제 14년에 이르러 퇴당과 영이 그 무리들을 거느리고 한나라로 항복해 오자, 한나라에선 퇴당을 궁고후(弓高侯)에 봉하고 영을 양성후(襄城侯)에 봉했다. 오·초 7국의 난이 있었을 때, 궁고후의 공이 여러 장수들 중에서 가장 으뜸이었다. 궁고후는 그 지위를 아들에게 전해 손자에까지 이르렀지만, 그 손자에게 아들이 없었으므로 대가 끊기게 되었다.

영의 손자는 불경죄로 후(侯)의 지위를 잃었다. 퇴당의 서손인 한언(韓嫣)은 황제의 남다른 사랑을 받아 이름과 부귀가 당대에 널리 알려져 있었고, 그의 아우인 열(說)이 다시 봉해져 자주 장군으로 불리다가 마침내는 안도후(案道侯)가 되었다. 그 아들이 뒤를 이었으나 1년 남짓해서 법을 어겨 죽고, 다시 1년 남짓해서 열의 손자 증(曾)이 용액후(龍額侯)가 되어 열의 뒤를 이었다.

노관은 풍(豊) 사람으로 고조와 동향이었다. 노관의 아버지와 태상황(太上皇, 고조의 아버지)과는 친했었는데, 고조와 노관을 같은 날에 낳게 되었다. 마을 사람들은 양과 술을 가지고 양쪽 집을 축하했다. 고조와 노관이 자라나 함께 글을 배우고 서로 친하게 지냈다. 마을 사람들은 두 집이 서로 정답게 지내고 아들도 같은 날 낳았으며, 커서도 또 서로 친하게 지내는 것을 가상하게 여겨 또 다시 양과 술로 두 집을 축하해 주었다.

고조가 평민이었을 때, 죄를 짓고 피해 숨어 지낸 적이 있었는데, 노관이 언제나 그를 따라다니며 행동을 같이 했다. 고조가 처음 패에서

일어나게 되자, 노관은 손의 자격으로 고조를 따랐고, 한중으로 들어와서는 장군이 되어 항상 궁중에서 모시고 있었다. 뒤이어 동쪽으로 항적을 쳤을 때는 태위로서 늘 따라다니며 침실에 드나들었고, 옷과 음식 등 상으로 내리는 것은 다른 여러 신하들이 감히 바라지 못할 정도였다. 심지어 소하·조삼 같은 공신들도 일이 있어야만 예절에 따라 고조를 만나 뵈올 뿐이니 가깝고 다정한 면에서는 노관에 미칠 수 없었다. 노관은 장안후(長安侯)로 봉해졌는데, 장안은 옛날의 함양(咸陽)이다.

한나라 5년 겨울, 고조가 항적을 무찌르게 되자 노관은 별장군으로 유가와 더불어 임강왕(臨江王) 공위(共尉)를 쳐서 이를 깨뜨리고, 7월에 다시 고조를 좇아 연나라 왕 장도(臧荼)를 쳐서 항복받았다. 고조가 이미 천하를 평정했을 때, 제후 중에 유씨가 아니면서 왕이 된 사람은 일곱 사람이었는데, 고조는 이때 노관을 왕으로 삼고 싶었지만, 신하들이 불만을 가질 것이 염려되어 그만두었다. 그러다가 노관이 연나라 왕 장도를 사로잡게 되자, 고조는 곧 영을 내려 모든 장상 열후들로 하여금 신하들 가운데 공이 있는 사람을 골라 연나라 왕으로 삼을 것이라고 했다. 신하들은 고조가 노관을 왕으로 삼으려 한다는 것을 알고 이렇게 말했다.

"태위 장안후 노관이 항상 폐하를 따르며 천하를 평정하여 공이 가장 많으니 그를 연나라 왕으로 함이 옳을 줄로 아옵니다."

고조는 이를 허락하고, 한나라 5년 8월에 노관을 연나라 왕으로 세웠다. 여러 제후나 왕들 중 사랑을 받는 것이 연나라 왕만한 사람이 없었다.

한나라 11년 가을, 진희가 대에서 반란을 일으켰다. 고조는 한단으로 가서 진희의 군사를 쳤는데 연나라 왕 노관 또한 그 동북쪽을 쳤다. 이때 진희는 왕황을 시켜 흉노에게 구원을 청했고, 연나라 왕 노관은 또 그의 신하 장승을 흉노로 보내 진희의 군사가 이미 패했음을 알리도록 했다. 장승이 흉노 땅에 이르자, 전날 연나라 왕 장도의 아들 장연(張衍)이 그곳에 도망쳐 와 있다가 장승에게 말했다.

"공이 연나라에서 중용된 까닭은 흉노의 사정을 잘 알고 있기 때문입니다. 또 연나라가 오래 존속되고 있는 까닭은 제후들이 자주 반란을 일으키며 서로 군대를 합쳐 승패가 가려지지 않기 때문입니다. 지금 공이 연나라를 위해 급히 진희 등을 쳐서 없애려 하는데, 그들이 다 망하고 나면 그 다음은 연나라에 화가 미치게 될 것입니다. 그러니 공께서 진희를 놓아주고, 흉노와 더불어 화친하여 일을 너그럽게 처리하면, 오래도록 연나라에서 왕 노릇을 할 수 있을 것입니다. 즉 한나라에 위급한 일이 있음으로써 연나라는 편안해질 것입니다."

장승은 그의 말이 옳다고 여겼으므로 아무도 몰래 흉노에게 진희를 도와서 연나라를 치게 했다. 연나라 왕 노관은 장승이 흉노와 더불어 반란을 일으킨 줄 알고, 글을 올려 장승을 멸족시키자고 청했으나 장승이 돌아와 구체적으로 내막을 아뢰자 다시 깨닫고, 거짓으로 다른 사람의 일인 양 꾸며 장승의 가속들을 무사히 벗어나게 하여 그들로 하여금 흉노의 첩자가 되게 했다. 그리고는 몰래 범제(范齊)를 진희에게로 보내 될 수 있는 한 오래 끌어 승패를 짓지 못하도록 했다.

한나라 12년, 고조는 동쪽으로 경포를 치게 되었는데 진희는 군사를 거느리고 계속 대에 머물러 있었다. 한나라는 번쾌를 시켜 진희를 베게 했다. 이때 진희의 비장이 항복하여 연나라 왕 노관이 범제를 시켜 진희와 내통하고 있었다는 것을 말했다. 고조는 사신을 보내 노관을 불렀다. 노관은 병을 핑계로 응하지 않았다. 고조는 다시 벽양후(辟陽侯) 심이기(審食其)와 어사대부 조요(趙堯)로 하여금 가서 연나라 왕을 맞아 오게 하고, 그 기회에 좌우 사람들에게 사실 여부를 알아오도록 했다.

노관은 더욱 겁이 나서 문을 닫고 숨어 있으면서, 그의 총신을 보내 말했다. "유씨가 아니고서 왕이 된 사람은 다만 나와 장사왕뿐이다. 지난 해 봄에 한나라는 회음후를 멸족하고 여름에는 팽월을 죽였는데, 모두가 여후의 계책에 의한 것이다. 지금 천자는 병으로 누워 있어, 모든 것을 여후에게 맡겨 두고 있다. 여후는 여자인지라 오로지 이성(異姓)의 왕과 큰 공신들을 죽이는 것을 일삼고 있다."

이리하여 끝내 병을 핑계로 가지 않자, 그의 곁에 있던 신하들도 모두 달아나 숨어 버렸다. 벽양후가 이것을 고조에게 자세히 보고하자 고조는 더욱 노했다. 때마침 흉노에서 항복해 온 사람이 있었는데, 그 사람이 이런 말을 했다.

"장승이 도망쳐 흉노에 와 있으면서 연나라 사신이 되었습니다."

이 말을 들은 고조는 이렇게 말했다.

"노관이 과연 모반했구나."

고조는 번쾌로 하여금 연나라를 치게 했다. 연나라 왕 노관은 그의 궁인과 가속들 수천 명을 모조리 거느리고 장성 밑으로 와 머물면서 상황을 살폈다. 다행히 고조의 병이 나으면 스스로 들어가 사과를 할 생각이었다. 그런데 4월에 고조는 병으로 죽고 말았다. 그래서 노관은 드디어 그의 무리들을 거느리고 흉노로 도망쳤다. 흉노는 그를 동호(東胡) 노왕(盧王)으로 불렀다. 그러나 노관은 다른 오랑캐들로부터 침략과 약탈을 당하게 되자, 항상 다시 한나라로 돌아가고 싶어 했다. 이렇게 1년 남짓 살다가 오랑캐 땅에서 죽고 말았다.

고후(高后) 때, 노관의 처자들이 도망쳐 한나라에 항복했다. 마침 고후가 병중이었으므로 만날 수 없었다. 대신 연나라 왕의 집에 머물면서 언제든 술자리를 마련하여 고후를 만나려고 했으나 고후가 죽었으므로 만날 수가 없었다. 노관의 아내 역시 병으로 죽었다.

효경제 6년에 노관의 손자 타지(他之)가 동호왕으로서 항복해 오자 그를 아곡후(亞谷侯)에 봉했다.

진희는 원구(宛朐) 사람이다. 처음 어떻게 해서 고조를 만나 따르게 되었는지는 알지 못한다. 고조 7년 겨울에 한신이 반란을 일으키고 흉노로 들어갔다. 고조는 평성까지 갔다가 되돌아와서는 진희를 봉하여 열후로 삼았다. 진희는 대의 상국으로 있으면서 조와 대의 변병(邊兵)을 감독했으므로 변병은 모두 그에게 소속되어 있었다.

진희는 언젠가 조정에 들어왔다가 임지로 돌아갈 때 조나라를 거쳐서 가게 되었다. 이때 조나라 재상 주창(周昌)은 진희를 따르는 손이 천여 승이나 되어 한단의 관사가 꽉 차는 것을 보았다. 진희가 손님 대접하는 것이 마치 평민으로서의 사귐과 같아 누구에게나 자기 몸을 낮추었기 때문이었다. 진희가 대로 돌아가자 주창은 곧 조정으로 들어가 왕 뵙기를 청하고, 왕을 뵙자 진희에 대한 자세한 이야기를 올렸다.

"진희는 따라다니는 손들이 대단히 많으니, 여러 해 동안 군사를 밖에서 마음대로 부리게 해 두면 혹 무슨 변이 생길지 두렵습니다."

그래서 천자는 사람을 시켜 진희의 손들로서 대에 사는 사람 가운데, 그들이 가진 재물이나 그 밖의 모든 비행 사실을 조사해 들이게 했다. 그 결과, 진희와 관련된 잘못이 많은 것으로 드러났다. 겁이 난 진희는 몰래 손들을 시켜 왕황·만구신과 내통해 두었다.

고조 10년 7월에 태상황(太上皇)이 죽자, 사람을 보내 진희를 불렀으나 진희는 병이 중하다는 핑계로 이에 응하지 않았다. 9월에는 드디어 왕황 등과 더불어 모반하여 스스로 대왕(大王)이 되어, 조와 대를 위협하여 빼앗았다.

고조는 소식을 듣자 곧 조와 대의 관민들 중 진희의 위협과 공략에 못 이겨 끌려온 사람들의 죄를 다 용서하고, 몸소 진희를 치러 나갔다. 고조는 한단에 이르자 그 형세를 살펴보고는 기뻐하며 말했다.

"진희가 남으로 장수(漳水)를 끼지 않고 북으로 한단을 지키니, 그의 무능함을 알 수 있다."

이때 조나라 재상이 상산(常山) 수위(守尉)의 목을 베어야 마땅하다는 보고서를 올렸다.

"상산은 25개 성인데, 진희가 모반하게 되자 그중에서 20개 성을 잃었습니다."

고조가 물었다.

"수위가 모반했는가?"

"모반하지는 않았습니다."

그러자 고조는 말했다.

"그렇다면 힘이 부족하기 때문이다."

그리고는 그들을 모두 용서하고 다시 상산의 군위로 삼았다. 고조는 주창에게 물었다.

"조나라 장사 중에 장수를 시킬 만한 사람이 있느냐?"

"네 사람이 있습니다."

그 네 사람이 들어와 고조를 뵙자, 고조는 그들을 업신여겨 꾸짖었다.

"너희들이 어찌 장수가 될 수 있겠느냐?"

네 사람은 부끄러워 어쩔 줄 몰라 하며 엎드려 있었다. 고조가 그들을 각각 천호(千戶)에 봉하고 장수로 삼으려고 하니, 곁에 있던 신하가 이를 말리며 말했다.

"황상을 따라 촉한으로 들어가서 초나라를 쳤을 때도 공이 골고루 돌아가지 못했는데, 지금 이들은 무슨 공로가 있어서 봉하는 것입니까?"

이에 대해 고조는 이렇게 말했다.

"너희들이 알 바가 아니다. 진희가 모반하자 한단 이북 땅이 모두 진희의 소유가 되었다. 내가 우격(羽檄, 징병령)으로 천하의 군사를 징발했지만 아직 이르지 못하고, 지금은 다만 한단에 있는 군사뿐이다. 그러니 내가 무엇을 아까워하겠느냐. 네 사람을 천호(千戶)로 봉해 조나라 자제들을 위로할 수 있다면 얼마나 다행한 일이겠느냐?"

그제야 모두들 탄복하여 말했다.

"과연 그렇겠습니다."

고조는 또 물었다.

"진희는 누구를 장수로 삼고 있느냐?"

"왕황과 만구신인데 모두가 본래는 장사꾼이었습니다."

고조가 말했다.

"나도 그들을 안다."

고조는 왕황과 만구신의 목에 각각 천금의 현상금을 걸어 잡아오게 했다. 11년 겨울, 한나라 군사는 진희의 장수 후창(侯敞)과 왕황을 곡역성(曲逆城)에서 무찌르고, 진희의 장수 장춘(張春)을 요성(聊城)에서 무찔러 목을 벤 것만 만여 명에 이르렀다. 태위 주발이 거들어 태원(太原) 대지(代地)를 평정했다. 12월에 고조가 직접 동원을 공격했는데, 동원이 함락되기 전에 군사들이 천자를 보고 욕을 했다. 동원이 항복을 하게 되자 군자로서 천자를 욕한 사람은 목을 베고, 욕하지 않은 사람은 이마에 먹을 넣었다. 그리고 동원의 이름을 고쳐 진정(眞定)이라 했다. 왕황과 만구신의 부하들이 상금을 얻기 위해 그들을 산 채로 잡아 바쳤다. 이리하여 진희의 군사는 드디어 싸움에서 패했다.

고조는 낙양으로 돌아와 이렇게 말했다.

"대는 상산 북쪽에 있는데 조나라가 산 남쪽에서 이를 다스리기에는 너무 멀다."

그리고는 아들 항(恒)을 세워 대왕으로 삼고, 중도에다 도읍을 정한 다음, 대와 안문 등의 땅이 모두 대나라에 속하게 했다. 고조 12년 겨울, 번쾌의 군사가 진희를 추격해서 영구(靈丘)에서 베어 죽였다.

태사공은 말한다.

한신과 노관은 원래가 덕과 선을 쌓은 집안이 아니고, 한때의 권모술수로써 벼슬을 얻었고 간사함으로써 공을 이룬 사람들이다. 한나라가 천하를 막 평정했을 때 만났기 때문에 땅을 갈라 받고 임금 소리를 듣게 된 것이다. 나라 안으로는 지나치게 강대해진 것으로 의심을 받고, 나라 밖으로는 오랑캐를 의지하여 구원을 얻으려 하고 있었다. 이 때문에 날로 조정과 거리가 멀어지고 스스로 위태롭게 되었으며, 일이 궁지에 몰리고 지혜 또한 막히게 되자, 마침내는 흉노로 달아나고 말았으니 어찌 슬픈 일이 아니겠는가.

진희는 양(梁)나라 사람으로 그가 젊었을 때는 자주 위나라 공자를 일컬으며 흠모하기도 했었다. 그리하여 장군이 되어 변경을 지키며, 객들을 불러 모아 스스로 선비에게 몸을 낮춤으로써 그의 명성이 실상보다 지나치게 되었다. 주창이 이를 의심함으로써 그의 흠이 드러나게 되었는데, 화가 몸에 미칠 것을 두려워한 나머지 간악한 사람의 꾐에 빠져 드디어는 무도한 길로 빠지고 말았으니 참으로 슬픈 일이다. 무릇 계책의 옳고 그름은 사람에게 주는 성공과 실패에 깊이 관계있는 것이다.

전담 열전(田儋列傳)

제후들이 항왕을 피했을 때, 오직 제나라 전횡(田橫)만이 군사를 거느리고 계속 항우와 성양에서 싸웠다. 그 틈을 타서 한나라 군대는 마침내 팽성으로 들어갈 수 있었다. 그래서 〈전담 열전 제34〉를 지었다.

전담은 적(狄) 땅 사람으로 옛날 제나라 왕인 전씨(田氏)의 후예이다. 전담의 종제(從弟)는 전영(田榮)이고, 전영의 아우는 전횡(田橫)인데 모두가 호걸들이었다. 집안이 강성했기 때문에 사람들의 지지를 얻었다. 진섭(陳涉)이 처음 일어나 초나라 왕이 되자, 주시(周市)를 보내 위나라 땅을 공략하고 북쪽으로 적 땅에 이르렀으나, 적성은 문을 닫고 굳게 지키고 있었다.

이때 성 안에 있던 전담은 거짓으로 자신의 종을 묶은 다음 소년들을 거느리고 고을로 가서 현령의 승낙을 얻어 그의 종을 죽이겠다고 했다. 현령은 관례에 따라 공청에서 그를 접견했는데 전담은 현령을 보는 즉시 그를 쳐서 죽이고, 세력 있는 관리들의 자제들을 불러놓고는 이렇게 말했다.

"제후는 모두 진나라를 배반하고 자립했다. 제나라는 옛날에 세워진 나라로서, 나는 제나라 왕족인 전씨니 내가 마땅히 왕이 되어야 할 것이다."

그리고는 마침내 스스로 제나라 왕이 되었다. 왕이 된 그는 군사를 동원하여 주시를 쳤다. 주시의 군사가 돌아가자, 전담은 군사를 거느리고 동쪽으로 제나라 땅을 공략하여 이를 평정했다.

이 무렵, 위나라 왕 구(咎)는 임제에서 진나라 장수 장한에게 포위되어 사태가 급하게 되자, 제나라에 구원을 청했다. 제나라 왕 전담은 군사를 거느리고 위나라를 도우러 갔다. 그러나 장함의 군대는 나뭇가지를 입에 물고 한밤중에 재빨리 공격하여 제나라와 위나라 군사를 크게 무찌르고 전담을 임제 아래에서 죽였다. 전담의 아우 전영은 전담의 남은 군사들을 거두어 동아(東阿)로 달아났다. 제나라 사람들은 전담이 죽었다는 말을 듣자, 죽은 제나라 왕 건(建)의 아우 전가(田假)를 왕으로 세우고, 전각(田角)을 재상으로, 전간(田間)을 장군으로 세워 제후들의 침입에 대항했다.

전영이 동아로 달아나자 장한은 이를 뒤쫓아 포위했다. 항량은 전영의 급한 소식을 듣고 군사를 이끌고 가서 장한의 군사를 동아성 밑에서 쳐서 깨뜨렸고, 장한이 달아나 서쪽으로 향하자 다시 그의 뒤를 쫓았다.

전영은 제나라가 전가를 세운 것을 분하게 여기고, 군사를 이끌고 제나라로 돌아가, 제나라 왕 전가를 쳐서 몰아냈다. 전가는 초나라로 달아나고 전각은 조나라로 달아났으며, 전각의 아우 전간은 앞서 조나라에 구원병을 청하러 갔다가 그대로 머문 채 감히 돌아가지 못했다. 전영은 곧 전담의 아들 시(市)를 제나라 왕으로 세운 다음, 전영 자신이 재상이 되고, 전횡이 대장이 되어 제나라 땅을 평정했다.

항량이 이미 장한을 쫓아버렸으나 장한은 더욱 많은 군사를 거느리고 쳐들어왔다. 그래서 항량은 사신을 보내 조나라와 제나라에 이런 사실을 알리고, 군사를 동원하여 함께 진나라를 칠 것을 청했다. 이에 대해 전영은 이렇게 대답했다.

"초나라가 전가를 죽이고, 조나라가 전각과 전간을 죽인다면, 그때 군사를 동원시키겠소."

그러자 초나라 회왕은 이렇게 말했다.

"전가는 우리와 뜻을 같이하는 나라의 임금으로, 갈 곳이 없어 내게로 와 있으니 이를 죽이는 것은 의로운 일이 아니다."

조나라 역시 전각과 전간을 죽이지 못하겠다고 제나라에 알려왔다. 그러자 제나라 사신이 이렇게 말했다.

"독사에게 손을 물리면 손을 베고, 발을 물리면 발을 베는 것은 무엇 때문인가? 이는 몸을 해치기 때문이다. 지금 전가·전각·전간이 초나라와 조나라에 있다는 것은 손이나 발의 근심에 비할 것이 못된다. 그러니 어떻게 죽이지 않을 수 있겠는가. 그리고 진나라가 다시 천하를 마음대로 하게 된다면 앞장선 사람들의 무덤까지 파헤치게 될 것이다."

그래도 초나라와 조나라는 제나라의 청을 들어주지 않았다. 제나라 역시 노여워하며 끝내 군사를 보내 주지 않았다. 장한은 결국 항량을 쳐서 그를 죽이고 초나라 군사를 깨뜨리고 말았다. 초나라 군사가 동쪽으로 달아나자, 장한은 황하를 건너 조나라를 거록성에서 포위했다. 항우가 가서 조나라를 구했는데, 이 일로 인해 항우는 전영을 원망하게 되었다.

항우는 조나라를 구해내고, 장한의 항복을 받아 서쪽으로 진격해서 함양을 무찌르고 진나라를 멸망시킨 다음, 제후들을 왕으로 세웠다. 그리하여 제나라 왕 전시를 보내 교동왕으로 삼고 즉묵을 다스리게 했고, 제나라 장수 전도(田都)는 항우를 따라 함께 조나라를 구원하고 그 길로 함양까지 들어갔으므로, 그를 제나라 왕으로 세워 임치를 다스리게 했다.

옛날 제나라 왕 건의 손자 전안(田安)은 항우가 황하를 건너 조나라를 구해 줄 때, 하제 북쪽의 성 여러 개를 함락시킨 뒤 군사를 이끌고 항우에게 투항했었다. 그래서 항우는 전안을 제북왕(濟北王)으로 세우고, 박양(博陽)을 다스리게 했다.

그렇지만 전영은 항량의 뜻을 저버리고 군대를 출동시켜 초나라와 조나라를 도와 진나라를 치려고 하지 않았기 때문에 왕이 되지 못했다. 조나라 장수 진여 역시 벼슬을 잃고 왕이 되지 못했다. 이리하여 두 사람은 함께 항왕을 원망했다.

항왕이 초나라로 돌아가자, 제후들도 각기 자기 나라로 돌아갔다.

그러자 전영은 사람을 시켜 군사를 거느리고 진여를 도와 그로 하여금 조나라 땅에서 반란을 일으키게 하고, 자신도 군사를 동원시켜 전도를 공격했다. 전도는 도망쳐 초나라로 달아났다. 전영은 제나라 왕 시를 붙잡고 교동으로 가지 못하게 했다. 그러자 시의 곁에 있던 신하들이 이렇게 말했다.

"항왕은 포악한 사람입니다. 왕께선 마땅히 교동으로 가셔야만 합니다. 만일 가시지 않는다면 반드시 위태롭게 될 것입니다."

시는 겁이 났다. 그리하여 몰래 도망쳐 교동으로 갔다. 전영은 노하여 제나라 왕 시를 뒤쫓아 즉묵에서 쳐 죽이고, 되돌아와 제북왕 안을 공격하여 죽였다. 그런 뒤에 전영은 곧 자기 스스로 제나라 왕이 되어, 삼제의 땅을 전부 병합해 버렸다.

항왕은 이 소식을 듣자 크게 노하여 곧 북쪽으로 와서 제나라를 쳤다. 제나라 왕 전영은 싸움에 패해 평원으로 달아났으나, 평원 사람들의 손에 죽임을 당했다. 항왕은 마침내 제나라 성곽을 불태워버리고 지나는 곳마다 닥치는 대로 사람들을 죽였다. 이에 격분한 사람들은 서로 힘을 합쳐 항우에 대항했다.

전영의 아우 전횡은 제나라의 흩어진 군사를 다시 불러 모아 수만 명을 얻은 다음, 성양에서 항우를 맞아 싸웠다. 이때 한나라 왕이 제후들을 거느리고 초나라를 무찌른 뒤 팽성까지 들어오게 되었으므로, 그 소식을 들은 항우는 곧 제나라와의 싸움을 멈추고 돌아가 한나라를 팽성에서 공격했다. 이로 인하여 한나라 군대와 잇달아 싸우면서 형양에서 대치했다. 그 때문에 전횡은 다시 제나라 성읍들을 차지할 수 있었다. 그는 전영의 아들 광(廣)을 제나라 왕으로 세우고 자신이 재상이 되어 나라의 정치를 도맡았다. 나라의 크고 작은 일은 모두 재상인 전횡에 의해 결정되었다.

전횡이 제나라를 평정한 지 3년에, 한나라 왕은 역생으로 하여금 제나라로 가서 제나라 왕 전광 및 재상인 전횡을 설득하도록 했다. 전횡은 역생의 말이 그럴 듯하여 역하에 있는 제나라 군대를 해산시켰다. 그런데 한나라 장수 한신은 이미 조나라와 연나라를 평정하고, 괴통의 계책을 써서 평원을 건너 제나라 역하의 군대를 깨뜨린 다음, 그 길로 임치로 들어갔다.

제나라 왕 전광과 재상 전횡은 노하여, 역생이 자기들을 속였다면서 그를 기름 가마에 삶아 죽였다. 그리고 제나라 왕 전광은 고밀로 달아나고, 재상 전횡은 박양으로 달아났으며, 수상(守相)인 전광(田光)은 성양으로 달아나고, 장군 전기(田旣)는 교동에 진을 치고 있었다.

초나라가 용저를 보내 제나라를 돕도록 하자, 제나라 왕은 그와 군사를 고밀에서 합치게 되었다. 한나라 장수 한신은 조삼과 함께 용저를 죽이고 제나라 왕 전광을 사로잡았다.

또 한나라 장수 관영은 제나라 수상 전광을 뒤쫓아 사로잡고 박양으로 진격했다. 전횡은 제나라 왕이 죽었다는 말을 듣고, 스스로 제나라 왕이 되어 관영을 반격했다. 관영이 전횡의 군사를 영성(嬴城) 아래에서 깨뜨리자 전횡은 양(梁)으로 달아나 팽월에게로 귀순했다.

팽월은 이때, 양 땅에서 중립을 지키며 한나라를 돕기도 하고 초나라를 돕기도 했다.

한신은 용저를 죽인 뒤, 그 길로 조삼으로 하여금 군대를 이끌고 앞으로 나아가 교동에서 전기를 무찔러 죽이도록 하고, 관영으로 하여금 제나라 장수 전흡(田吸)을 천승(千乘)에서 무찔러 죽이게 했다.

한신은 드디어 제나라를 평정한 다음, 스스로 제나라 임시 왕이 되고 싶다고 요청했다. 이에 한나라는 그를 임시 왕이 아닌 진짜 왕으로 임명했다.

그로부터 1년 남짓해서 한나라는 항적을 무찌르고 한나라 왕은 황제가 되었으며, 팽월을 양나라 왕에 봉했다. 전횡은 죽음을 당할까 겁이 나서 그의 무리 5백여 명과 함께 바다로 들어가 섬에서 살았다.

고제는 이 소식을 듣자 이렇게 생각했다.

'전횡의 형제가 원래 제나라를 평정했었고, 제나라의 어진 사람들이 그를 따르고 있으니, 지금 바다 가운데 있는 것을 그대로 내버려 둔다면 뒤에 반란을 일으키게 될지도 모를 일이다.'

이리하여 사신을 보내 전횡의 죄를 용서하고 그를 불러오게 했다. 하지만 전횡은 이를 사절하며 다음과 같이 말했다.

"신은 폐하의 사신인 역생을 삶아 죽였습니다. 지금 듣건대, 그의 아우 역상(酈商)이 한나라 장군이 되어 있고, 또 어질다 하니 신은 그가 두려워 감히 어명을 받을 수 없습니다. 바라옵건대 서인이 되어 바다 섬 속에 살게 해 주십시오."

사신이 돌아와 그대로 보고하자 고황제는 곧 위위(衛尉) 역상에게 영을 내려 이렇게 일렀다.

"제나라 왕 전횡이 곧 이르게 될 텐데, 사람이든 말이든 그의 종자를 감히 동요시키는 자가 있으면 멸족의 죄로 다스리겠다."

그리고 다시 사신에게 부절을 들고 가서 역상에게 조서를 내린 상황을 자세히 설명한 뒤 이렇게 말하도록 했다.

"전횡이 오게 되면, 크게는 왕이 되고 작게는 후가 될 것이다. 만일 오지 않을 경우에는 곧 군사를 보내 죽일 것이다."

이리하여 전횡은 그의 빈객 두 사람과 함께 역전거(驛傳車)를 타고 낙양으로 오게 되었다. 그러나 낙양에서 30리 떨어진 시향역(尸鄕驛)에 이르자 전횡은 사신에게 말했다.

"신하로서 천자를 뵙게 되니 마땅히 몸을 씻고 머리를 감아야 할 것입니다."

그래서 그곳에 머무르게 되었다. 그런 다음 그의 손들에게는 이렇게 말했다.

"나는 처음엔 한나라 왕과 함께 왕 노릇을 하고 있었다. 그런데 지금 한나라 왕은 천자가 되어 있고, 나는 도망친 포로의 몸으로 북쪽을 향해 그를 섬겨야만 하게 되었으니, 그 부끄러움은 참으로 심한 것이 아닐 수 없다. 그리고 내가 남의 형 되는 사람을 삶아 죽이고 그 아우와 함께 어깨를 나란히 하여 왕을 섬기게 되었으니, 비록 그가 천자의 조칙이 두려워 감히 나를 어쩔 수 없다 하더라도 어찌 내 스스로 부끄러운 생각이 없을 수 있겠는가? 또 폐하가 나를 보고 싶어 하는 것은 다만 내 얼굴을 한 번 보고 싶은 것뿐이다. 지금 폐하가 낙양에 있으니, 지금 내 머리를 베어 30리를 달려가게 되면 얼굴이 썩지 않아 본래의 모습을 볼 수 있을 것이다."

그리고는 드디어 스스로 목을 치며 손들로 하여금 그의 머리를 받들어 사신을 따라 달려가 고제에게 보고하도록 했다. 고제는 이렇게 말했다.

"슬프다. 역시 까닭이 있었구나. 한낱 포의의 몸으로 일어나 형제 세 사람이 번갈아 왕이 될 수 있었던 것은 역시 어질기 때문이 아니겠느냐."

그리고는 그를 위해 눈물까지 흘렸다. 그런 다음 그들 빈객 두 사람을 도위에 임명하고, 군사 2천 명을 동원해 왕자의 예로써 전횡을 장사지내 주었다. 그런데 장사를 마치고 나자, 두 빈객은 전횡의 무덤 옆에 구멍을 뚫고, 스스로 목을 쳐서 구멍으로 빠져들어 전횡의 뒤를 따랐다.

고제는 이 소식을 듣자 크게 놀랐다. 그는 전횡의 빈객들은 모두가 어진 사람이라고 생각했다. 또 들리는 바로는 그의 부하로서 아직 남아 있는 사람이 5백 명이나 바다 섬 속에 있다고 하므로 사신을 보내 그들을 모두 불러들였다. 사자가 그곳에 이르러 전횡의 죽음을 알리자, 그들 역시 모두가 자결하고 말았다. 이것으로 전횡 형제들이 선비들의 마음을 얻고 있었음을 알 수 있었다.

태사공은 말한다.

참으로 지나치다. 괴통의 계책이란 것이 제나라를 어지럽히고, 회음후 한신을 교만하게 만들어 결국은 한신과 전횡 두 사람을 망친 것이다. 괴통은 자유자재한 변설의 재주를 가지고 있어 전국의 권모와 변사를 논하여 81편의 글을 지었다. 그는 제나라 사람 안기생(安期生)과 친했다. 안기생은 일찍이 항우에게 벼슬을 구했으나 항우는 그의 계책을 써 주지 않았다. 뒤에 항우는 이 두 사람을 봉하려 했으나 두 사람은 끝내 받으려 하지 않고 달아나버렸다.

전횡은 참으로 지조가 높은 사람으로, 빈객들은 그의 의기를 사모한 나머지 그를 따라 죽은 것이다. 어찌 현명하다 하지 않겠는가. 그래서 나는 그의 사적을 열전 속에 넣은 것이다. 제나라에는 어진 사람도 많고 계책에 능한 사람이 없는 것도 아니었는데, 나라를 존속시킬 수 없었으니 이는 어찌된 일일까?

번·역·등·관 열전(樊酈縢灌列傳)

공성야전(攻城野戰)에서 공을 세우고 돌아와 그를 보고한 것으로는 번쾌·역상이 가장 뛰어났다. 단지 채찍을 휘두르며 실전한 것만이 아니라, 한나라 왕과 더불어 난을 벗어난 적도 있었다. 그래서 〈번·역·등·관 열전 제35〉를 지었다.

무양후(舞陽侯) 번쾌는 패(沛) 사람이다. 한때 개를 잡는 백정으로 있으면서 고조와 함께 숨어 살기도 했다.

처음 고조를 따라 풍(豊)에서 군사를 일으켰고, 고조가 패를 쳐서 차지한 뒤에 패공이 되자 그의 사인(舍人)이 되었다. 그 뒤 패공을 따라 호릉(胡陵)과 방여(方與)를 치고 되돌아와 풍을 지키며, 사수(泗水) 군감(郡監)을 맞아 싸워 깨뜨렸다. 그리고 다시 동쪽으로 패를 평정하고, 설(薛) 동쪽으로 진나라 장군 사마이(司馬尼)와 싸워 적을 물리치고 적군 15명의 머리를 베었으며, 그 공로로 국대부(國大夫, 제6급작)의 작위를 받았다.

그는 항상 패공을 모시며 따라다녔는데, 진나라 장군 장한의 군사를 복양에서 공격할 때는 누구보다도 먼저 성에 뛰어올라 적군 23명의 목을 베어 열대부(列大夫, 제7급작)의 작위를 받았다. 성양을 칠 때에도 남보다 먼저 성에 올랐고, 호유(戶牖)를 평정할 때에는 이유(李由, 이사의 아들)의 군사를 깨뜨리고 적군 16명의 목을 베어 상간작(上間爵)을 받았다. 다시 동군의 군수와 군위를 성무에서 포위 공격해 적을 물리치고, 적군 14명의 머리를 베고, 11명을 포로로 잡아 오대부(五大夫, 제9급작)의 작위를 받았다.

또 패공을 따라 진나라 군사를 치기 위해 남쪽으로 나가, 강리(扛里)에 진치고 있던 하간 군수를 격파하고, 개봉(開封) 북쪽에서 조분(趙賁)의 군사를 패주시키고 그를 뒤쫓아 선봉으로 성에 오르면서 척후 1명을 베었다. 이 싸움에서 적군 68명의 목을 베고 27명을 포로로 잡아 경의 작위를 받았다.

또 패공을 따라 양웅(楊熊)의 군사를 곡우에서 격파했으며, 원릉을 공격할 때는 먼저 성에 올라가 적군 8명의 목을 베고 44명을 포로로 잡아 현성군(賢成君)이라는 봉호를 받았다.

패공을 따라가 장사(長社)와 환원(轘轅)을 쳤고, 하진(河津)을 건너 동진할 때는 진나라 군사를 시(尸) 남쪽에서 공격했으며, 또 주로 쳐들어가 남양 군수 의를 양성 동쪽에서 깨뜨렸다. 원성 공격 때에는 먼저 성에 올랐으나, 서진해서 역에 이르러 적을 물리칠 때에는 적군

24명의 목을 베고 40명을 포로로 잡았으며 봉록을 올려 받게 되었다. 무관 땅을 치고, 패상(霸上)에 이르러 도위 1명을 베고, 적군 10명의 목을 베었으며 46명을 포로로 사로잡고 병졸 2천 9백 명을 항복시켰다.

항우가 희 부근에 진을 치고 패공을 공격할 때의 일이었다. 패공은 백여 명의 기병을 거느린 채 항백(項伯)의 주선으로 항우를 만나서 자신이 그의 입관을 막은 것이 아니라고 변명했다(이른바 홍문의 회합).

항우는 병사들에게 연회를 열어 주었다. 술자리가 한창 무르익자 아보(亞父)는 패공을 죽이려고 항장(項莊)으로 하여금 칼을 뽑아 연회석에서 칼춤을 추게 한 다음 그 기회에 패공을 찌르게 했으나, 항백(項伯)이 항상 어깨로 패공을 보호해 주었다.

이때, 패공과 장량만이 군영으로 들어가 연회에 참석했고, 번쾌는 군영 밖에 있었는데, 사태가 위급하다는 말을 듣자 철방패를 들고 군영으로 뛰어들어갔다. 보초병이 제지했으나 번쾌는 그를 옆으로 밀어붙이고 들어가 장막 아래에 섰다. 항우는 그를 보고 물었다.

"이 자는 누군가?"

장량이 대답했다.

"패공의 참승(參乘) 번쾌올시다."

항우는 말했다.

"장사로군."

그리고는 큰 잔에 술을 따라주고 돼지 다리 하나를 안주로 주었다. 번쾌는 술을 마신 다음, 칼을 뽑아 고기를 썰어 다 먹어 치웠다. 항우가 물었다.

"더 먹겠는가?"

번쾌가 대답했다.

"신은 죽음도 사양치 않습니다. 그까짓 술 한 잔쯤을 사양하겠습니까? 그런데 패공은 앞서 관중으로 들어와 함양을 평정하고, 군사를 노숙시키며 대왕을 기다리고 있었습니다. 대왕은 오늘에야 도착해서 소인들의 말을 곧이듣고 패공과 틈이 생기게 되었다고 하는 바, 이렇게 되면 천하의 인심이 대왕을 떠나게 되고, 대왕에 대해 의심을 품지 않을까 염려되옵니다."

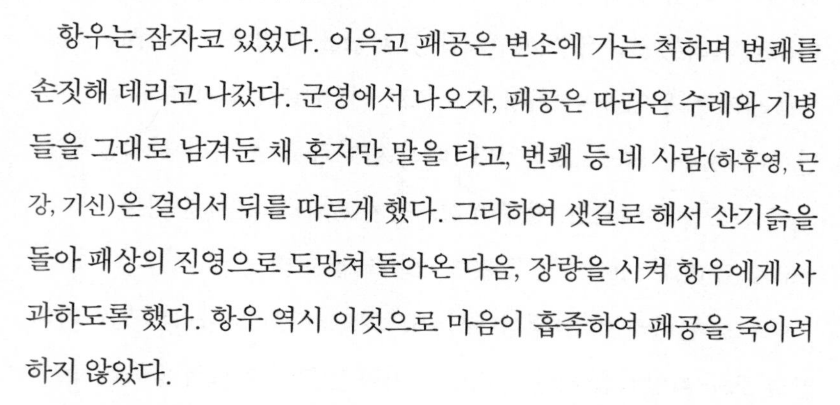

항우는 잠자코 있었다. 이윽고 패공은 변소에 가는 척하며 번쾌를 손짓해 데리고 나갔다. 군영에서 나오자, 패공은 따라온 수레와 기병들을 그대로 남겨둔 채 혼자만 말을 타고, 번쾌 등 네 사람(하후영, 근강, 기신)은 걸어서 뒤를 따르게 했다. 그리하여 샛길로 해서 산기슭을 돌아 패상의 진영으로 도망쳐 돌아온 다음, 장량을 시켜 항우에게 사과하도록 했다. 항우 역시 이것으로 마음이 흡족하여 패공을 죽이려 하지 않았다.

이날, 만일 번쾌가 군영으로 달려들어 가 항우를 꾸짖지 않았던들 패공의 목숨은 위태로울 뻔했다.

이튿날, 항우는 함양에 입성하여 성내 사람들을 도륙하고 패공을 한(漢)나라 왕으로 세웠다.

한나라 왕이 된 패공은 번쾌에게 작위를 주어 열후로 올리고 임무후(臨武侯)에 봉했다.

그 뒤 번쾌는 낭중이 되어 한나라 왕을 따라 한중으로 들어갔다가 되돌아 나와 삼진을 평정하고, 한나라 왕과 헤어진 다음에는 백수(白水) 북쪽에서 서현 현승을 공격했고, 옹(雍) 남쪽에서 옹왕(雍王)의 경거기(輕車騎)를 격파했다. 또 한나라 왕을 따라 옹의 태성을 공격할 때 선봉에 섰고, 장평(章平, 장한의 아들)의 군사를 호치에서 공격할 때 역시 선봉에 서서 성에 뛰어올라 적진을 깨뜨렸으며, 현령과 현승을 베고, 적군 11명의 목을 베었고 20명을 포로로 잡았다. 그 공으로 낭중기장(郎中騎將)이 되었다. 또 한나라 왕을 따라 진나라 기병부대를 양(壤) 동쪽에서 격퇴시켰으며, 장군에 오른 뒤로 조분을 공격하여, 미(郿)·괴리(槐里)·유중(柳中)·함양(咸陽)을 평정하고, 폐구(廢丘)를 수몰시키는 등 군공이 가장 컸으므로 역양(櫟陽)에 이르러 두(杜)의 번향(樊鄕)을 식읍으로 받았다. 다시 한나라 왕을 따라 항적을 공격하여 기조를 무찌르고, 왕무(王武)·정치(程處)의 군사를 외황에서 깨뜨리고 추(鄒)·노(魯)·하구(瑕丘)·설(薛)을 쳤다.

항우가 한나라 왕을 팽성에서 깨뜨리고, 다시 노나라와 양나라의 땅을 모두 빼앗았을 때에 번쾌는 돌아와 형양에 이르러 평음(平陰)의 2천 호를 더 받게 되었고, 장군으로서 광무를 지켰다.

그로부터 1년이 지나 항우가 군사를 이끌고 동진해 오자, 번쾌는 고조를 따라 그를 공격해 양하를 평정하고, 초나라 주장군의 병졸 4천 명을 포로로 사로잡았으며, 계속해서 항적을 진(陳)에서 포위하여 이를 대파하고 호릉을 무찔렀다. 항적이 죽은 뒤 한나라 왕이 황제에 오르자, 번쾌는 성을 든든하게 지키고 싸울 때마다 공을 세웠기 때문에 식읍 8백 호를 더 받았다.

번쾌는 고조를 따라가 반란을 일으킨 연나라 왕 장도를 쳐서 사로잡고 연나라 땅을 평정했다. 초나라 왕 한신이 반란을 일으키려고 했을 때도 번쾌는 고조를 따라가 진현에 이르러 한신을 사로잡고 초나라를 평정했다. 그래서 다시 열후의 작위를 받고 무양을 식읍으로 얻어 무양후라 칭하게 되었으며, 그때까지 가지고 있던 식읍은 반환했다.

다시 번쾌는 장군으로서 고조를 따라 반역을 꾀한 한신을 대에서 공격하여, 곽인에서 운중에 이르기까지를 강후(絳侯) 등과 함께 평정하고, 식읍 1천5백 호를 더 받았다. 뒤이어 진희를 치고, 만구신의 군사와 양국(襄國)에서 싸워 백인(柏人)을 깨뜨리고 맨 먼저 성에 올랐으며, 청하(淸河)·상산(常山) 등 나머지 27개 현을 모두 항복받아 평정시키고 동원을 무찔렀다.

벼슬이 좌승상으로 승진하여 기모공(綦毋邛)·윤반(尹潘)의 군사를 무종(無終)·광창(廣昌)에서 깨뜨리고, 진희의 별장인 호인(胡人) 왕황의 군사를 대 남쪽에서 깨뜨렸다. 이어 한신의 군사를 삼합에서 칠 때에는 부하 장수 중 하나(시무)가 한신을 베었다. 다시 진희가 이끄는 흉노의 기병부대를 횡곡(橫谷)에서 깨뜨리고, 장군 조기(趙旣)를 벤 다음, 대의 승상인 풍량(馮梁), 태수 손분(孫奮), 대장 왕황(王黃), 장군 태복(太卜), 태복(太僕), 해복(解福) 등 10명을 포로로 잡아 여러 장수들과 함께 대의 73개 향읍을 평정했다.

그 뒤 연나라 왕 노관(盧綰)이 모반하자, 번쾌는 상국으로서 노관을 쳐서 그의 승상인 지(抵)를 계(薊) 남쪽에서 깨뜨리고, 연나라 땅 18현과 51개 향읍을 평정했다. 이 공으로 식읍 1천3백 호를 더 받았으므로 무양후의 식읍은 모두 5천4백 호가 되었다.

번쾌는 고조를 따라 적을 공격하여 적군 176명의 목을 베고, 288명을 사로잡았다. 이 외에 따로 적군을 파하기를 7회, 5개 성을 항복받고, 6개 군과 52개 현을 평정했다. 또한 승상 1명, 장군 12명, 2천 석 이하 3백 석까지의 고관 11명을 사로잡았다.

번쾌의 아내는 여후의 여동생인 여수(呂須)로서 그 사이에 아들 항(伉)을 보았으므로 다른 장수에 비해 고조와 가장 가까웠다.

경포가 난을 일으켰을 때였다. 고조는 병이 깊어 사람을 만나기 싫어하여 궁중에 누워 있으면서 문지기에게 영을 내려 신하들이 궁중으로 들어오는 것을 금하고 있었으므로, 강후 주발과 관영 등 뭇 신하들은 10여 일이나 궁중에 들어가지 못했다. 이때 번쾌가 궁중의 영을 어기고 곧장 밀고 들어갔으므로 그제야 대신들은 그의 뒤를 따라 궁중에 들어갈 수 있었다. 번쾌 등은 그 앞으로 나아가 눈물을 흘리며 간언했다.

"옛날 폐하께서는 신들과 더불어 풍·패에서 군사를 일으켜 천하를 평정하실 때만 해도 정정하기 이를 데 없었습니다. 그런데 이미 천하를 평정하고 난 이제, 폐하의 모습은 너무도 피로해 보이기만 합니다. 더군다나 폐하의 병환이 이렇듯 무거우니 대신들의 두려움은 말할 수조차 없습니다. 그러하온데도 폐하께선 신들을 불러 일을 계획해 보려고도 하시지 않을 뿐 아니라, 일개 환관 따위만 상대로 세상일을 멀리하려 하십니다. 폐하께선 저 조고의 일을 잊으셨습니까?"

고제는 웃으며 자리에서 일어나 앉았다.

그 뒤 노관이 모반하자, 고제는 번쾌를 연나라 상국에 임명해 일을 수습하게 했다. 이때 고제의 병환은 거의 중태였다. 이 틈을 타서 어떤 자가 번쾌를 참소했다.

"번쾌는 여씨와 한통입니다. 만일 상께서 세상을 뜨시는 날이면, 번쾌는 군사를 이끌고 척(戚) 부인과 조나라 왕 여의(如意)의 일족을 모조리 죽여 없앨 것입니다."

고제는 이 말을 듣고 몹시 화가 나서 곧바로 진평을 시켜 강후 주발에게 수레를 타고 가서 번쾌를 대신하여 군대를 지휘하도록 하고, 군대 안에서 번쾌의 목을 베라고 명령했다. 그러나 진평은 여후를 겁내어 번쾌를 묶어서 장안으로 돌아왔는데, 그 사이 고조는 이미 죽었다. 여후는 번쾌를 풀어주고, 그의 벼슬과 봉읍을 본래대로 돌려주었다.

효혜제(孝惠帝) 6년, 번쾌는 죽었고, 시호로 무후(武侯)가 내려졌다. 그의 아들 번항이 대신 후가 되고, 번항의 어머니 여수 또한 임광후(臨光侯)가 되었다. 번항은 고후 시대에 정치에 관여하며 멋대로 세도를 부렸기 때문에 대신들이 모두 그를 두려워했다.

번항이 번쾌를 대신해서 후가 된 지 9년에 고후가 죽었다. 이때를 타서 대신들이 여씨 일족과 여수의 권속들을 모조리 죽일 때, 번항 또한 붙들려 죽임을 당했다. 이리하여 무양후는 뒤가 끊어지게 되었는데, 몇 달 뒤 효문제가 들어선 다음, 번쾌의 다른 서자인 시인(市人)을

다시 무양후로 봉하고 본래의 작위와 식읍을 돌려주었다.

시인은 후가 된 지 29년 만에 죽었는데, 시호를 황후(荒侯)라 했다. 그의 아들 타광(他廣)이 대신해서 후가 되었다. 그로부터 6년이 지나서 타광의 집 사인이 타광에게 죄를 지어 벌을 받자 원한을 품고 다음과 같은 내용의 글을 나라에 올렸다.

황후 시인은 병이 있어 부부 생활을 할 수가 없었습니다. 그래서 그의 부인으로 하여금 동생과 간통을 하게 하여 타광을 낳게 된 것이옵니다. 타광은 실상 황후의 아들이 아니옵니다. 황후를 대신해서 그의 뒤를 이은 것은 부당한 일이옵니다.

그래서 황제는 조서를 내려 이 사건을 관리에게 조사하도록 했다. 그 결과, 효경제 중원 6년에 타광은 후의 지위를 박탈당하고 평민이 되어 영지 역시 없어지고 말았다.

곡주후(曲周侯) 역상은 고양(高陽) 사람이다. 진승이 군사를 일으켰을 때, 역상은 소년들을 모아 사방으로 쫓아다니며 수천 명을 부하로 만들었다.

그로부터 6개월이 지나, 패공이 각지를 경략하며 진류(陳留)에 이르게 되었을 때, 기에 있던 역상은 장병 4천 명을 거느리고 패공에게로 귀속했다. 그리고 패공을 따라 장사를 공격할 때 맨 먼저 성에 오른 공으로 신성군(信成君)에 봉해졌다. 또 패공을 따라 구지를 공격할 때는 하수의 나루터를 끊었고, 진나라 군사를 낙양 동쪽에서 격파했으며, 또 원(宛)·양(穰)을 공격해서 항복받을 때에 17개 현을 평정했다. 따로 장군으로 나가서는 순관(旬關)을 치고, 한중 땅을 평정했다.

항우가 진나라를 멸망시킨 뒤 패공을 세워 한나라 왕으로 삼았다. 한나라 왕이 역상에게 신성후의 작위를 내리자 역상은 장군의 자격으로 농서도위를 겸하게 되었다. 또한 장군으로서 북지(北地)·상군(上郡)을 평정하고, 옹왕의 장군을 쳐부수고, 순읍 군사를 언지(焉氏)에서, 주류(周類)의 군사를 순읍(栒邑)에서, 소장의 군사를 이양(泥陽)에서 각각 격파한 공로로 무성(武城)의 1천 호를 식읍으로 받게 되었다. 또 농서도위로서 한나라 왕을 따라 항우의 군사를 쳤으며, 5월에는 거야(鉅野)로 출격해서 종리매와 격렬한 싸움을 벌인 공으로 한나라 왕으로부터 양나라 상국의 인을 받고, 식읍 4천 호를 더 받았다. 양나라 상국이 된 후에도 그는 장군으로서 한나라 왕을 따라 2년 동안이나 항우를 공격했고, 3월에는 호릉을 쳤다.

항우가 죽은 뒤 한나라 왕이 황제가 되던 그해 가을에 연나라 왕 장도가 모반했다. 이때도 역상은 장군으로서 고제를 따라 장도를 쳤다. 용탈(龍脫)에서 싸울 때에 선봉으로서 적진을 함락시켰고, 역성(易城)에서의 싸움에서는 장도의 군사를 격퇴시켰다.

우승상으로 승진하면서 열후의 작위를 받고, 다른 제후들과 부절을 나누어 갖고 대대로 계승했으며, 탁현의 5천 호를 식읍으로 받아 탁후로 불렀다. 역시 우승상으로서 따로 상곡(上谷)을 평정하고, 이어 대를 공격하여 조나라 상국의 인을 받았다. 우승상 겸 조나라 상

국으로서, 또 따로 강후 등과 함께 대의 안문을 평정하고, 대의 승상 정종(程縱)·수상(守相) 곽동(郭同) 및 장군 이하 6백 석에 이르기까지 19명을 사로잡았다. 돌아온 뒤 장군으로서 태상황(太上皇)의 궁중 호위를 1년 동안 맡았고, 7월에는 우승상으로서 진희를 공격하여 동원을 무찔렀다. 또 우승상으로서 고제를 따라 경포를 쳤을 때는 전위부대를 공격하여 2개 진지를 함락시켰다. 그로 인해 고제는 경포의 군대를 깨뜨릴 수가 있었다. 이리하여 다시 곡주의 5천1백 호를 식읍으로 받고, 앞서 식읍으로 받았던 곳은 반환했다. 따로 적군을 깨뜨린 것이 모두 3회, 항복받고 평정한 곳은 6개 군 73개 현이나 되었다. 승상·수상·대장 각각 1명, 소장 2명, 2천 석 이하 6백 석에 이르는 관원 19명을 사로잡았다.

역상은 효혜제도 섬겼으나 고후 시대에는 병으로 그의 소임을 다할 수 없었다. 그의 아들 기(寄)는 자를 황(況)이라 했고, 여록(呂祿)과 친했다. 고후가 죽은 뒤 대신들은 여씨 일족을 쳐서 없애려 했지만, 여록이 장군으로서 북군을 손아귀에 넣고 있었기 때문에 태위인 주발마저 북군으로 들어갈 수가 없었다. 그래서 주발은 사람을 보내 역상을 협박하고, 그의 아들 황에게 여록을 속이게끔 했다. 여록은 황을 믿고 북군에서 나와 그와 함께 어울렸다. 이리하여 태위 주발은 북군으로 들어가 이를 점거할 수 있었고, 마침내는 여씨 일족을 죽여 없애게 되었다. 그해, 역상은 죽고 시호로 경후(景侯)가 내려졌다. 그의 아들 기(寄)가 대신 후가 되었는데, 세상 사람들은 황이 친구를 팔았다고 혹평했다.

효경제 전원(前元) 3년에, 오·초·제·조 등 4국이 반란을 일으켰다. 황제는 기를 장군에 임명하여 조나라 성을 포위하게 했으나, 기는 열 달이 되도록 성을 항복시키지 못했다. 그러다가 유후(兪侯) 난포(欒布)가 제나라를 평정하고 돌아와서 도와주었기 때문에 겨우 조나라 성을 함락시키고 조나라를 멸망시킬 수 있었다. 조나라 왕은 자살을 하고 나라는 없어졌다.

효경제 중원 2년, 기는 평원군(平原君)을 부인으로 맞이하려 하다가 효경제의 노여움을 사서 형리에게 넘겨졌다. 심문 결과, 기의 죄상이 뚜렷했으므로 후의 지위를 박탈한 다음, 역상의 다른 아들인 견(堅)을 목후(繆侯)로 봉하여 역씨의 뒤를 잇게 했다.

목정후(繆靖侯) 견이 죽은 다음 그의 아들 강후(康侯) 수성(遂成)이 대를 잇고, 수성이 죽자 그의 아들 회후(懷侯) 세종(世宗)이 그 뒤를 이었다. 세종이 죽고 그의 아들 종근(終根)이 후가 되어 태상(太常) 벼슬에 있었으나, 죄를 지어 영지가 없어지고 말았다.

여음후(汝陰侯) 하후영은 패 사람이다. 패의 마구간 마부로 있었는데, 사신과 손님들을 태워 보내고 돌아오는 길이면 언제나 패의 사상 역정(泗上驛亭)에 들러 온종일 고조와 이야기를 나누곤 했다.

그 뒤 하후영은 시험에 합격해서 현의 관리로 채용되었으나, 여전히 고조와는 사이가 좋았다.

어느 때, 고조가 장난을 치다가 하후영에게 상처를 입히게 되자 누군가가 고조를 관에 고발했다. 당시 고조는 범인을 체포하는 소임을 맡은 정장(亭長)으로 있어서 사람에게 상처를 입히거나 하면 보통 사람보다 중벌을 받아야 할 형편이었기 때문에 절대로 그런 일이 없다고 주장했다. 그리고 그것을 하후영이 증언함으로써 사건은 겨우 끝이 났었는데, 뒤에 다시 판결이 번복되어 하후영은 위증 혐의로 고조와 연좌되어 1년 남짓 감옥에 갇히게 되었다. 그리고 몇 번에 걸쳐 수백 대의 매를 맞았으나, 끝내 자기주장을 굽히지 않고 고조를 도와주었다.

고조가 처음 그의 부하들을 거느리고 패를 치려했을 때, 하후영은 고을의 영사(令史)였었는데 고조를 위해 기꺼이 심부름꾼이 되었다. 고조가 단 하루 만에 패를 항복시키고 패공이 되자, 하후영에게 칠대부(七大夫)의 작위를 내리고 태복(太僕, 수레와 말을 맡은 벼슬 이름)에 임명했다. 그로부터 하후영은 패공을 따라 호릉을 쳐서, 소하와 함께 사수 군감인 평(平)을 항복시켰는데, 이때 평은 호릉을 들어 항복했기 때문에 패공은 하후영에게 오대부의 작위를 내렸다.

또 패공을 따라 진나라 군사를 탕 동쪽에서 쳤고, 제양(濟陽)을 공격해 호유를 함락시키고, 이유의 군사를 옹구(雍丘) 성 밑에서 깨뜨렸으며, 병거를 이용해 맹공을 퍼부었다. 그 공로로 집백(執帛)의 작위를 받고, 항상 태복으로서 패공의 수레를 몰았다.

패공을 따라 장한의 군사를 동하(東何)와 복양성 밑에서 공격하며 병거로써 기습을 가해 이를 깨뜨린 다음, 집규(執珪)의 작위를 받게 되었는데 이때도 변함없이 패공의 수레를 몰았다. 또 패공을 따라 조분의 군사를 개봉에서, 양웅의 군사를 곡우에서 쳐서 68명을 포로로 잡고, 병졸 850명의 투항을 받아 인(印) 한 상자를 얻었는데 여전히 패공의 수레를 몰았다.

패공을 따라 진나라 군사를 낙양 동쪽에서 칠 때 병거로써 공격을 가하여 작위와 봉읍을 받고 등공이 되었지만, 패공의 수레를 몰면서 그를 따라 남양을 공격하고, 남전(藍田)·지양(芷陽)에서 싸우며, 병거로써 공격하여 패상에 이르게 되었다.

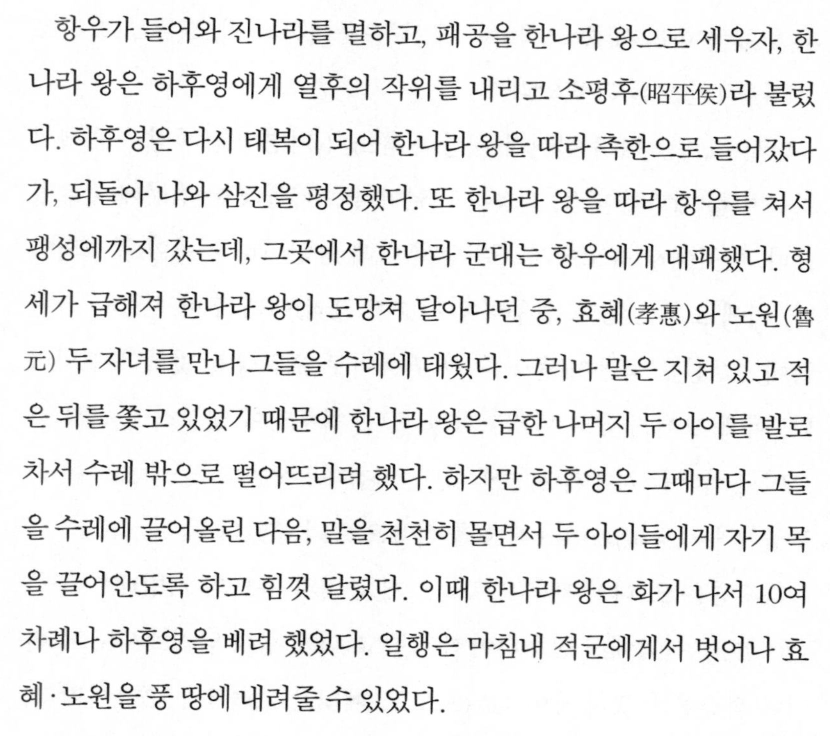

항우가 들어와 진나라를 멸하고, 패공을 한나라 왕으로 세우자, 한나라 왕은 하후영에게 열후의 작위를 내리고 소평후(昭平侯)라 불렀다. 하후영은 다시 태복이 되어 한나라 왕을 따라 촉한으로 들어갔다가, 되돌아 나와 삼진을 평정했다. 또 한나라 왕을 따라 항우를 쳐서 팽성에까지 갔는데, 그곳에서 한나라 군대는 항우에게 대패했다. 형세가 급해져 한나라 왕이 도망쳐 달아나던 중, 효혜(孝惠)와 노원(魯元) 두 자녀를 만나 그들을 수레에 태웠다. 그러나 말은 지쳐 있고 적은 뒤를 쫓고 있었기 때문에 한나라 왕은 급한 나머지 두 아이를 발로 차서 수레 밖으로 떨어뜨리려 했다. 하지만 하후영은 그때마다 그들을 수레에 끌어올린 다음, 말을 천천히 몰면서 두 아이들에게 자기 목을 끌어안도록 하고 힘껏 달렸다. 이때 한나라 왕은 화가 나서 10여 차례나 하후영을 베려 했었다. 일행은 마침내 적군에게서 벗어나 효혜·노원을 풍 땅에 내려줄 수 있었다.

한나라 왕은 형양에 이르자 흩어진 군사를 모아 다시 세력을 되찾게 되었고, 하후영에게는 식읍으로 기양(祈陽)을 주었다.

하후영은 계속해서 한나라 왕을 위해 수레를 몰며, 그를 따라 항우를 쳐서 뒤쫓아 진나라에 이르렀고, 마침내는 초나라를 평정하여 노나라에 이르렀다. 그리고 식읍으로 자지(茲氏)를 더 받았다.

한나라 왕이 황제가 된 그해 가을, 연나라 왕 장도가 반역을 했다. 하후영은 태복으로서 고제를 따라 장도를 쳤다. 이듬해, 고제를 따라 진으로 가서 초나라 왕 한신을 체포했다. 이에 식읍으로 여음을 하사받고, 부절을 나눠 받아 대대로 세습하도록 했다. 하후영은 태복으로서 고제를 따라 대를 공격하여 무천·운중에까지 이르렀고, 그 공로로 식읍 1천 호를 더 받았다.

다시 고제를 따라 한신과 내통한 흉노의 기병대를 진양 부근에서 쳐서 이를 대파한 다음, 계속해서 달아나는 적을 쫓아 평성에 이르렀으나, 이곳에서 흉노에게 포위당해 이레 동안이나 연락이 두절되었다. 이에 고제는 흉노 선우의 연지(閼氏, 왕비)에게 후한 선물을 전한 끝에, 그 선우 묵돈이 풀어준 한 귀퉁이로 포위망을 벗어나게 되었다. 이때 고제는 급히 달리고자 했으나, 하후영이 일부러 천천히 걸으면서 쇠뇌를 적에게 겨누게 했다. 마침내 탈출에 성공한 고제는 하후영에게 세양(細陽)의 1천 호를 식읍으로 더 주었다.

하후영은 또 다시 태복으로서 고제를 따라 흉노의 기병대를 구주산(句注山) 북쪽에서 공격하여 대파했고, 다시 평성 남쪽에서도 세 번이나 적진을 무찔러 공이 많았으므로, 빼앗은 고을 5백 호를 받았다. 역시 태복으로서 진희와 경포의 군사를 쳐서 적진을 부수고 패주시켰으므로 1천 호의 식읍을 더 받았다. 그리고 새로 여음의 6천8백 호를 식읍으로 받고, 앞서 받은 식읍은 반환했다.

하후영은 고조가 처음 패에서 군사를 일으켰을 때부터 시작해 고조가 죽을 때까지 태복이었으며, 효혜제 때도 태복으로서 황제를 모셨다. 효혜제와 고후는 하후영이 효혜·노원 두 사람을 하읍 부근에서 구해 준 것을 고마워하여, 그에게 북쪽 궁궐에서 제일 좋은 집을 내려주고 각별히 그를 존경했다. 고후가 죽고 대왕이 수도로 들어오게 되자, 하후영은 태복으로서 동모후(東牟侯)와 함께 궁중으로 들어가 소제(少帝)를 폐위시키고, 천자의 어가를 준비하여 대왕을 관저로 맞아들여 대신들과 함께 받들어 효문 황제로 모셨다. 하후영은 다시 태복이 되었다가 8년 만에 죽었다. 시호로 문후(文侯)가 내려졌다.

그의 아들인 이후(夷侯) 조가 뒤를 이어 7년 만에 죽고, 이후의 아들 공후(共侯) 사(賜)가 뒤를 이어 31년 만에 죽었다. 공후의 뒤를 이은 아들 파(頗)는 평양 공주(平陽公主)와 결혼을 했었는데, 후가 된 지 19년인 원정(元鼎) 2년에 아버지의 시첩(侍妾)과 간통한 죄 때문에 자살함으로써 대가 끊기고 영지도 없어졌다.

영음후(潁陰侯) 관영은 수양(睢陽)의 비단 장사꾼이었다. 고조가 패공이 되어 각지를 공략하면서 옹구성 밑에 이르렀을 때, 장한이 항량을 격파해 죽인 일이 일어났다. 그래서 패공은 되돌아와 탕에다 진을 치게 되었다.

관영은 처음 중연(中涓)으로서 패공을 따르며 동군의 군위를 성무에서 격파하고, 진나라 군사와 강리에서 격전을 벌임으로써 칠대부의 작위를 받았다. 패공을 따라 진나라 군사를 박의 남쪽, 개봉·곡우

에서 공격하여 힘껏 싸웠으므로, 집백의 작위를 받고 선릉군(宣陵君)에 봉해졌다.

또 패공을 따라 양무에서 서진하여 낙양에 이르는 지역을 공격하여 진나라 군사를 시(尸) 북쪽에서 깨뜨린 다음, 북쪽으로 하진을 끊고 남쪽으로 남양 군수 의(齮)를 양성 동쪽에서 깨뜨려 마침내 남양군을 평정했다. 그리고 서진하여 무관으로 쳐들어가 남전에서 싸워 용전 분투 끝에 패상에 이르렀고, 이로써 집규의 작위를 받고 창문군(昌文君)에 봉해졌다.

패공은 한나라 왕에 오르자 관영을 낭중에 임명했다. 관영은 한나라 왕을 따라 한중으로 들어간 뒤 10월에 중알자에 임명되었다. 한나라 왕을 따라 되돌아 나와 삼진을 평정하고 낙양을 함락시킨 다음, 색왕(塞王)에게 항복받고, 되돌아 장한을 폐구에서 포위했으나 함락시키지는 못했다.

다시 한나라 왕을 따라 동진하여 임진관(臨晉關)으로 나와 은나라 왕을 공격해 항복받고 그 땅을 평정했다. 항우의 장군인 용저와 위나라 재상인 항타의 군사를 정도 남쪽에서 공격하여 격전 끝에 깨뜨렸으므로 한나라 왕은 관영을 열후에 올려 창문후에 봉하고 두의 평향을 식읍으로 내렸다.

관영은 다시 중알자로서 한나라 왕을 따라 탕에서 팽성까지의 땅을 항복시켰다.

항우의 공격을 받고 한나라 왕이 대패해 서쪽으로 도망칠 때, 관영도 한나라 왕을 따라 돌아와 옹구에 진을 쳤다.

이 무렵, 왕무(王武)·위공(魏公)·신도(申徒)가 한나라를 배반하여 반란을 일으켰으므로 관영은 한나라 왕을 따라 이를 격파하고, 외항을 쳐서 항복받은 다음, 서쪽으로 군사를 수습하여 형양에 진을 쳤다. 때마침 초나라 기병대가 크게 공격해 왔으므로, 한나라 왕이 자기 군중에서 기병대 장수가 될 만한 사람을 물색하게 되었다. 그러자 모두들 다음과 같이 추천하는 말을 했다.

"본래 진나라 기사로서, 중천(重泉) 출신인 이필(李必)과 낙갑(駱甲)이 기병에 능숙합니다. 지금은 교위(校尉)로 있지만 기병 장수로 삼을 만합니다."

이에 한나라 왕이 그들을 임명하려 하자 이필과 낙갑이 말했다.

"저희들은 원래가 진나라 백성입니다. 아마 우리 군사들은 저희를 신임하지 않을 것입니다. 차라리 대왕의 측근 중에서 기마에 능한 분을 추대하고 그의 보좌역으로 일하는 것이 나을 듯싶습니다."

그래서 나이는 젊지만, 자주 용전분투한 공로가 있었던 관영이 선정되어 중대부가 되었고, 이필과 낙갑은 그의 좌우 교위가 되었다. 관영은 낭중의 기병을 이끌고 초나라 기병대를 형양에서 대파했다. 또 명령을 받아 따로 초나라 군사의 배후를 공격해 그들의 보급로를 끊고, 양무에서 양읍까지 나아갔다. 또 항우의 장군인 항관(項冠)을 어성(魯城) 밑에서 격파했을 때에는 부하 병졸들이 적의 우사마와 기장 각각 1명을 베었다. 자공·왕무의 군사를 남연(南燕) 서쪽에서 격파할 때에는 부하 병졸들이 누번장(樓煩將) 5명과 연윤(連尹) 1명을 베었다. 또 왕무의 별장(別將)인 환영을 백마성(白馬城) 밑에서 격파할 때에도 부하 병졸들이 적의 도위 1명을 베었다.

관영은 기병을 이끌고 황하를 건너 남진하여 한나라 왕을 낙양에 모셨고, 북진하여 상국 한신의 군사를 한단으로 맞아들이고, 오창으로 돌아와 어사대부로 승진했다.

관영이 어사대부가 된 지 3년 후, 열후로서 두의 평향을 식읍으로 받았다. 어사대부로서 명령을 받아 낭중의 기병을 이끌고 동쪽으로 상국 한신의 밑에 소속되어 제나라 군사를 역성 밑에서 격파할 때에는, 부하 병졸들이 적의 거기장군 화무상(華毋傷)과 장리(將吏) 46명을 사로잡았다. 임치를 함락시켜 제나라 수상 전광을 잡고, 제나라 재상 전횡을 추격하여 영·박에 이르러 그의 기병대를 깨뜨렸을 때에는 부하 병졸들이 적의 기장 1명을 베고, 4명을 생포했다. 관영은 영과 박을 쳐서 천승현에서 제나라 장군 전흡을 격파했고 부하 병졸들이 전흡을 베었다. 한신을 따라 동진하여, 용저와 유공(留公) 오(於)를 고밀에서 공격할 때 부하 병졸들이 용저를 베었고 우사마와 연윤 및 누번의 장수 10명을 생포했고, 관영 자신은 부대장 주란(周蘭)을 생포했다.

제나라 땅이 평정되자 한신은 스스로 제나라 왕이 되었다. 그리고 관영을 별동대장에 임명하여 초나라 장군 공고를 노나라 북쪽에서 치게 했다. 관영은 이를 깨뜨리고 남쪽으로 방향을 바꾸어 설(薛)을 깨뜨려 직접 적의 기장 1명을 사로잡았다. 부양을 공격하고 다시 나아가 하상(下相)과 그 동남쪽의 동(僮)·취려(取慮)·서(徐)에 이르러 회수를 건넌 다음, 그 지방 일대를 공략해 광릉에 이르렀다.

이 무렵, 항우가 항성(項聲)·설공(薛公)·담공을 시켜 다시 회북 땅을 평정케 했으므로, 관영은 회수를 건너 북진하여 항성과 담공을 하비에서, 초나라 기병을 평양에서 각각 격파했다. 하비 싸움에서는 설공을 베었다.

마침내 팽성을 함락시켜 주국(柱國) 항타를 사로잡고, 유(留)·설(薛)·패(沛)·찬(酇)·소(蕭)·상(相)을 항복받았으며, 고(苦)·초(譙)를 공격하여 적의 부대장 주란(周蘭)을 다시 생포했다. 한나라 왕과 이향(頤鄕)에서 합류한 뒤로는 그를 따라 항우의 군사를 진성 밑에서 격파했는데, 이 싸움에서 부하 군사들이 누번의 장수 2명을 베고, 기병대장 8명을 사로잡았다. 이런 공로로 인해 2천5백 호의 식읍을 더 받았다.

항우가 해하에서 패주하자, 관영은 어사대부로서 명을 받아 따로 기마병을 이끌고 항우를 추격하여 동성(東城)에 이르러 격파했다. 이 싸움에서 부하 5명이 힘을 합쳐 항우를 베어 죽이자 모두에게 열후의 작위가 내려졌다. 또한 관영은 적의 좌우 사마 각각 1명과 병졸 1만 2천 명의 항복을 받았고, 적군의 장리들을 모조리 생포했으며, 동성·역양을 함락시켰다. 이리하여 마침내 오군·예장군·회계군을 평정하고, 되돌아와 회북 땅 52개 현을 평정했다.

한나라 왕이 황제가 되자 관영은 3천 호의 식읍을 더 받았다. 그해 가을, 관영은 거기장군으로 고제를 따라 진에 이르러 초나라 왕 한신을 체포했다. 한나라로 돌아오자 부절을 나누어 받아 대대로 세습시켰으며, 영음 땅 2천5백 호를 식읍으로 받고 영음후(潁陰侯)에 봉해졌다.

관영은 거기장군으로서 고제를 따라가 반역한 한신을 대에서 공격하고, 마읍에 이르러 조서를 받고 따로 누번 북쪽에 위치한 6개 현의 항복을 받았으며 대나라 좌상의 목을 베었고, 흉노의 기병대를 무천 북쪽에서 깨뜨렸다. 또 고제를 따라 한신과 내통한 흉노의 기병대를 진양성 밑에서 공격할 때에는 부하 군사가 백제(白題) 장수 1명을 베었다.

다시 명을 받아 연·조·제·양·초나라의 기병대를 사석(硰石)에서 격파했으나 평성에 이르러 흉노에게 포위되었으며, 고제를 따라 되돌아 나와서는 동원에 진을 쳤다.

고제를 따라 진희를 쳤는데, 명을 받아 따로 진희의 승상인 후창(侯敞)의 군사를 곡역성 밑에서 격파했을 때에는 부하 사졸이 후창과 특장(特將) 5명을 베었다. 곡역(曲逆)·노노(盧奴)·상곡양(上曲陽)·안국(安國)·안평(安平)을 항복시키고 동원을 공격하여 함락시켰다.

경포가 반란을 일으키자, 관영은 거기장군으로서 먼저 출격하여 경포의 별동대장을 상(相)에서 공격하여 깨뜨리고 부대장과 누번의 장군 3명을 베었다. 또 나아가 경포의 상주국(上柱國) 군사와 대사마의 군사를 격파하고, 다시 나아가 경포의 별동대장인 비주(肥誅)를 깨뜨렸다. 이 싸움에서 관영은 적의 좌사마 1명을 생포했고, 부하 사졸들은 적의 소대장 10명을 베었다. 계속해서 도망치는 적을 추격하여 회수 기슭에 이르러 2천5백 호의 식읍을 더 받았다.

경포를 토벌한 뒤에 고제는 관영에게 새로 영음 땅 5천 호를 식읍으로 주고, 앞서 주었던 식읍은 반환시켰다.

이제껏 관영은 고제를 따라가 2천 석 관원을 2명 생포하고, 따로 군사를 깨뜨린 것이 16회, 성읍을 항복시킨 것이 46개, 각각 1개의 군국과 52개 현을 평정했으며, 장군 2명, 주국(柱國)·상국(相國)이 각각 1명, 2천 석 관원 10명의 항복을 받았다.

관영이 경포를 쳐서 이기고 돌아온 뒤 고제는 죽었다. 관영은 열후로서 효혜제와 여태후를 섬겼다. 태후가 죽자, 여록 등은 조나라 왕으로서 스스로 장군이 되어 장안에 진을 치고 난을 일으키려 했다. 제나라 애왕(哀王)은 이 말을 듣자 군사를 일으켜 서쪽으로 와서 장차 왕이 될 수 없는 사람(여씨 일족)을 무찌르려 했다.

상장군 여록은 이 소식을 듣자 관영을 대장으로 삼아 나가서 이를 치게 했지만, 관영은 형양까지 나갔으나 강후 등과 상의한 끝에 군사를 형양에 주둔시키고, 제나라 왕에게 여씨를 죽이려고 한다는 소문을 퍼뜨리니, 제나라 군대도 더 이상 나오지 않았다. 강후 등이 여씨 일족을 죽이자 제나라 왕은 군사를 거두어 본국으로 돌아갔다. 관영도 철군하여 형양에서 돌아와 강후·진평과 함께 대왕을 효문 황제로 세웠다. 이리하여 효문 황제는 관영에게 3천 호의 식읍을 더 내려주고, 황금 1천 근을 내린 다음 태위로 임명했다.

3년 뒤에 강후 주발은 승상을 그만두고 봉국으로 돌아가고, 관영이 승상에 올랐다. 이때 태위 벼슬에서 물러났다.

그해, 흉노가 대대적으로 북지와 상군에 침입해 왔으므로 효문 황제는 승상 관영에게 명하여 8만 5천의 기병을 이끌고 나가 흉노를 치게 했다. 그러나 이때 흉노는 되돌아가고 제북왕(濟北王)이 반란을 일

으켰으므로 관영의 원정은 중지되고 말았다.

1년 뒤, 관영은 승상 벼슬에 있다가 죽었다. 시호로 의후(懿侯)가 내려졌다. 그의 아들 평후(平侯) 아(阿)가 대신 후가 되어 28년 만에 죽고, 평후의 아들 강(彊)이 뒤를 이어 후가 되었으나, 12년 되던 해 죄를 지어 후 자리가 2년간 끊겼다.

원광(元光, 한무제의 연호) 3년, 천자는 관영의 손자 현(賢)을 임여후(臨汝侯)로 봉하고 관씨의 뒤를 잇게 했다. 그로부터 8년 뒤에 현은 뇌물을 준 죄로 영지가 없어지고 말았다.

태사공은 말한다.

나는 풍·패로 가서, 살아남은 노인들을 찾아가 이미 죽은 소하·조삼·번쾌·등공의 무덤을 구경하고, 그들의 평소 행장을 들었는데, 그것은 세상에 전해지고 있는 것과 전혀 달랐다. 그들이 처음 칼을 두들기며 개를 잡거나 비단을 팔았을 당시, 어떻게 자기들이 기미(驥尾, 천리마 꼬리)에 붙어 이름을 한나라 조정에 드리우고, 덕이 자손에게까지 내려갈 것을 알 수 있었겠는가. 나는 타광(他廣, 번쾌의 손자)과 서로 알고 지냈는데, 그가 고조의 공신들과 처음 일어날 당시의 상황을 내가 위에 말한 것과 같이 들려주었다.

장승상 열전(張丞相列傳)

한나라 왕실은 비로소 안정을 얻었으나 그 문치(文治)는 아직 뚜렷하지 못했다. 장창(張蒼)은 주계관(主計官)이 되어 도량을 정제하고 율력(律曆)의 순서를 세웠다. 그래서 〈장승상 열전 제36〉을 지었다.

승상 장창은 양무 사람으로서 도서·음률·역법을 좋아했다. 진나라 때 어사가 되어 주하방서(柱下方書)[6]를 맡고 있었는데, 죄를 지은 후 고향으로 도망쳐 왔다.

패공이 각지를 공략하며 진군하다가 양무를 지날 때, 장창은 손의 자격으로 패공을 따라 남양을 공격했다.

그 뒤 장창은 죄를 지어 참형(斬刑)을 받게 되었다. 옷을 벗고 처형

---

6 방(方)은 판(版), 주하(株下)는 기둥 밑이라는 뜻. 주나라 때 주하사(株下史)란 벼슬이 있었는데, 천자를 모시고 항상 대궐 기둥 밑에 있으면서 필요한 기록을 판에 적는 것이 임무였다. 방서를 혹은 사방의 문서라고도 한다.

대에 엎드려 있는데, 몸집이 크고 살이 쪄 박속같이 희었다. 왕릉이 우연히 장창의 모습을 보고 그의 아름다운 풍채를 기이하게 여겨, 패공에게 말해서 그의 죄를 용서하고 처형을 중지시켰다.

이리하여 장창은 패공을 따라 서쪽 무관으로 들어가 함양에 이르게 되었다.

패공은 한나라 왕이 되어 한중으로 들어갔다가 되돌아 나와 삼진을 평정했다. 그 무렵, 진여에게 패퇴한 상산왕 장이가 한나라에 귀순해 왔으므로, 한나라에선 장창을 상산 군수로 임명하고 회음후를 따라 조나라를 치게 했다. 이 싸움에서 장창은 진여를 사로잡았다.

조나라 땅이 평정되자, 한나라 왕은 장창을 대의 재상으로 임명하고 흉노가 변경으로 침입하는 것을 막도록 했다.

그 뒤 장창은 조나라 재상으로 자리를 옮겨 조나라 왕 이(耳)를 도왔다. 이가 죽자 조나라 왕 오의 재상으로 있다가 다시 대나라 왕의 재상이 되었다.

연나라 왕 장도가 모반하자 고조가 직접 치러 나갔다. 장창은 대나라의 재상으로 고조를 따라 장도를 무찔러 큰 공을 세웠다.

한나라 6년에 북평후로 봉해져 식읍 1천2백 호를 받았다. 그리고 계상(計相, 회계장관)이 된 지 한 달 만에 다시 열후의 신분이 되어 주계(主計, 계상의 다른 이름) 일을 보았다. 당시 소하가 재상으로 있었는데, 장창이 진나라 때부터 주하사(柱下史)로 있으면서 천하의 도서·재정·호적에 밝았고, 또 산법·음률·역법에도 능했으므로, 장창을 열후의 자격으로 상국부중(相國府中)에 머물게 하면서 군과 각 제후국들의 재정 보고를 관장하게 했다.

경포가 반역을 일으켰다가 멸망하자, 한나라는 황자인 장(長)을 회남왕(淮南王)으로 세우고 장창을 재상으로 삼았다. 그 뒤 4년이 지나 장창은 어사대부가 되었다.

주창(周昌)은 패(沛) 사람이다. 진나라 때 사촌형 주가(周苛)와 함께 그는 사수군(泗水君)의 졸사(卒史)가 되었다. 고조가 패에서 군사를 일으켜 사수 군수와 군감을 격파하자 주창과 주가는 군의 졸사로서 패공을 따랐다. 패공은 주창을 직지(職志, 휘장이나 깃발을 관리하는 자), 주가를 빈객으로 두었다. 두 사람은 패공을 따라 무관으로 들어가서 진나라 군대를 깨뜨렸다.

패공이 한나라 왕이 되자, 주가를 어사대부에, 주창을 중위에 임명했다. 한나라 왕 4년에 초나라가 한나라 왕을 형양에서 포위하자 한나라 왕은 달아나며 주가에게 형양을 맡겼다. 항우는 성을 깨뜨린 다음 주창을 초나라 장수로 만들려 했지만, 주가는 항우를 보고 욕설을 퍼부었다.

"네놈은 하루빨리 한나라 왕에게 항복해야 한다. 그렇지 않으면 곧 포로가 될 것이다."

항우는 노하여 주가를 삶아 죽였다.

그 뒤 한나라 왕은 주창을 어사대부에 임명했다. 주창은 항상 한나라 왕을 따르며 항우를 격파했다. 한나라 고조 6년, 주창은 소하·조참 등과 함께 후로 봉해져서 빈음후(汾陰侯)가 되었다. 주가의 아들

주성(周成)은 아버지가 나라를 위해 일하다 죽었다 하여 고경후(高景侯)에 봉해졌다.

주창은 힘이 세고, 감히 바른말을 잘하는 사람이었으므로, 소하·조참을 비롯해 모든 사람들이 그를 무서워하며 존경했다.

주창은 일찍이 고제가 한가히 쉬고 있는데, 안으로 들어가 일을 아뢰려 한 적이 있었다. 마침 고제가 척희(戚姬)를 포옹하고 있었으므로 주창은 되돌아 나왔는데, 고제가 뒤쫓아 나오더니 주창의 목을 올라타고 앉아 물었다.

"나는 어떤 임금이냐?"

이때 주창은 머리를 들고 이렇게 대답했다.

"폐하는 걸(桀), 주(紂)와 같은 임금입니다."

그러자 고제는 웃음을 터뜨리고 말았다. 그러나 속으로는 누구보다도 주창을 무서워했다. 고제가 태자〔惠帝〕를 폐하고 척희의 아들 여의(如意)를 태자로 세우려 했을 때, 대신들은 완강히 이를 못하게 말렸으나, 어느 누구도 임금의 뜻을 돌리지는 못했다. 결국 고제는 유후(장량)의 꾀로 인해 뜻을 이루지 못하고 말았지만, 이때 주창은 조정에서 이 문제에 관해 강경하게 간언한 적이 있었으므로 황제는 그의 생각을 물었다. 주창은 말더듬이인데다 당시 격앙돼 있었기 때문에 이렇게 말했다.

"신은 입으로는 잘 말씀드릴 수 없사오나, 그러나 기, 기, 기필코 그것이 옳지 않다는 것을 알고 있습니다. 폐하께서 아무리 태자를 폐하시려 하더라도 신은 기, 기, 기어코 폐하의 명령에 따르지 않겠습니다."

이에 고제는 흔연히 웃고 말았다. 조회가 파하자 여후는 정전(正殿) 동쪽 방에서 귀를 기울여 엿듣고 있다가 주창이 나오는 것을 보고, 그 앞에 무릎을 꿇고 감사의 말을 했다.

"군(君)이 아니었더라면, 태자는 하마터면 폐하게 될 뻔했습니다."

그 뒤, 척희의 아들 여의는 조나라 왕이 되었는데, 당시 열 살이었다. 고조는 자기가 죽은 뒤, 여의가 무사하지 못할 것을 걱정했다.

그 무렵 조요(趙堯)란 청년이 어사대부의 속관인 부새어사(符璽御史)로 있었는데, 조나라 사람 방여공(方與公)이 주창에게 이렇게 말했다.

"당신의 속관 조요는 나이는 비록 어리지만 뛰어난 재주를 가진 사람이니, 부디 남다른 대우를 해 주십시오. 장차 당신의 뒤를 이을 사람입니다."

주창은 웃으며 말했다.

"조요는 아직 나이 젊고 문서나 다루는 정도인데, 그가 어떻게 어사대부에까지 오를 수 있겠소."

얼마 안 있어 조요는 고조를 모시게 되었는데, 어느 날 고조는 혼자 울적해하다 슬픈 노래를 불렀다. 이때 다른 신하들은 고조가 그같이 슬퍼하고 있는 이유를 알지 못했다. 그런데 조요가 나아가 말했다.

"폐하께서 걱정하시는 것은 조나라 왕의 나이가 아직 어리고, 척부인과 여후 사이가 좋지 못하므로 폐하께서 아무리 만세 뒤의 일을 대비해 두시더라도 조나라 왕이 무사하기 어려우리라는 염려 때문이 아니옵니까?"

고조는 말했다.

"그렇다. 나는 속으로 그것을 걱정하고 있는 중인데, 방법이 전혀 생각나지 않는구나."

"폐하께옵서는 다만 조나라 왕을 위하여 지위가 높고, 세력이 있고, 여후와 태자와 모든 신하들이 평소부터 존경하고 무서워하는 사람을 조나라 재상으로 앉혀 두시면 그것으로 족하지 않겠습니까?"

"그렇겠지. 그렇게 하는 것이 좋을 것 같다. 그런데 신하들 중에 누가 적임자일는지?"

"어사대부 주창은 지조가 굳고, 인내심이 강하며, 진실하고 정직한 사람입니다. 또 여후와 태자와 모든 신하들이 평소부터 그를 존경하고 무서워하고 있습니다. 주창만한 적임자가 없을 줄로 아옵니다."

"알았다."

이리하여 고조는 주창을 불러들여 말했다.

"나는 꼭 공의 수고를 빌고 싶은데, 공은 나를 위해 싫더라도 조나라 왕의 재상이 되어 주지 않겠는가?"

주창은 울며 말했다.

"신은 처음 군사를 일으켰을 당시부터 폐하를 따랐습니다. 그런데 폐하께선 어찌 도중에 신을 제후의 재상에다 앉히려 하십니까?"

"나도 그것이 좌천인 것을 잘 알고 있소. 하지만 조나라 왕을 걱정하다 보니 공 이외에는 적임자가 생각나지 않아 그러는 것이니, 공이 가 주어야만 하겠소."

이리하여 고조는 어사대부 주창을 조나라 재상으로 삼았다. 조창이 조나라로 부임하여 떠난 지 한참 뒤에, 고조는 어사대부의 인을 손에 쥐고 어루만지며 말했다.

"그런데, 누구를 어사대부로 하면 좋을까?"

그리고는 조요를 물끄러미 바라보며 중얼거렸다.

"조요보다 더 나은 적임자는 없을 거야."

고조는 마침내 조요를 어사대부에 임명했다. 조요는 또 이에 앞서 군공을 세워 식읍을 받고 있었는데, 다시 어사대부로서 고조를 따라 진희를 치는 데 공이 있었으므로 강읍후에 봉해졌다.

고조가 죽자 여태후는 사신을 보내 조나라 왕을 불렀지만, 조나라 왕 재상인 주창은 왕이 병중에 있다는 핑계로 보내 주지 않았다.

사신이 세 차례나 거듭 오고갔지만 주창은 끝내 조나라 왕을 보내지 않았다.

고후는 생각다 못해 사신을 보내 주창을 불렀다. 주창이 들어와 고후를 대하자 고후는 노하여 주창을 꾸짖었다.

"그대는 내가 여씨를 미워하고 있는 것을 모른단 말인가? 그런데도 불구하고 조나라 왕을 보내 주지 않는 것은 무슨 까닭인가?"

주창이 불려온 뒤 고후가 사자를 보내 조나라 왕을 불렀다. 조나라 왕은 결국 오게 되었는데, 장안에 도착한 지 한 달 만에 독약을 마시고 죽었다. 그래서 주창은 병을 핑계로 조정에 나오지 않다가 3년 후에 세상을 떠났다.

주창이 죽은 지 5년 뒤에 고후는 어사대부 강읍후 조요가, 고조가 살아 있을 때 조나라 왕 여의의 안전을 도모하기 위해 계책을 썼다는 것을 알자 죄를 뒤집어씌워 몰아내고, 광아후(廣阿侯) 임오(任敖)를 어사대부에 임명했다.

임오는 원래 패의 옥리(獄吏)였다. 고조가 일찍이 죄를 범하고 관리를 피해 달아났을 때, 그 관리는 고조 대신 그의 아내 여후를 옥에 가두고 그녀를 학대했다. 원래 고조와 사이가 좋았던 임오가 이를 보다 못해 화를 내며 여후를 담당하고 있는 관리를 때려 상처를 입혔다.

고조가 처음 군사를 일으키자, 임오는 빈객의 신분으로 고조를 따랐고, 뒤에는 어사로서 풍을 지켰다. 2년 뒤, 고조는 한나라 왕이 되어 동쪽에서 항우를 쳤다.

뒤에 임오는 벼슬을 옮겨 상당의 군수가 되었다. 진희가 반란을 일으켰을 때, 임오는 상당을 굳게 지킨 공으로 광아후에 봉해져 식읍 1천 8백 호를 받았다. 그는 고후 때 어사대부가 되었다가 3년 만에 물러났다.

임오의 뒤로는 평양후 조줄(曹窋)이 어사대부가 되었는데, 고후가 죽은 뒤 대신들과 함께 여후 등을 치는 일에 동조하지 않았다 하여 파면되었고, 회남의 재상 장창이 다시 어사대부가 되었다.

장창은 강후 등과 함께 대왕을 모셔다가 효문 황제로 세웠다.

문제 4년, 승상 관영이 죽은 뒤 장창은 승상이 되었다.

한나라가 일어난 이래, 효문 황제에 이르는 20년 남짓한 동안에 온 세상이 비로소 안정되기 시작했으며, 당시의 장상이나 공경들은 모두 군사 출신들이었다.

장창은 계상으로 있을 때, 음률·역법을 정리하고 다시 고쳤다. 그것에 따르면, 고조가 처음 패상에 도착한 것이 10월이었으며, 진나라도 원래 10월을 한 해의 시작으로 삼았던 것을 그대로 따르고 고치지 않았다. 오덕(五德)의 운행을 미루어 헤아려 보면, 한나라는 수덕(水德)에 해당하는 것으로 보고, 종래의 오행설에 따라 물에 해당하는 빛으로서 검정색을 숭상했다. 또한 12율의 관악기를 불어 음악을 바로잡고, 궁(宮)·상(商)·각(角)·치(徵)·우(羽)의 오성에 맞게끔 했다. 경중 대소의 비율에 따라 법령을 만들었으며, 또 모든 공장(工匠)들의 편의를 위해 기물의 척촌(尺寸)과 근량(斤量) 등의 기준을 정했다. 이런 것들은 정창이 승상이 된 뒤에 이룩되었다.

그런 까닭에 한대에서 음률과 역법에 대해 논하는 사람은 누구나가 장창의 견해를 근거로 삼았다. 장창은 원래 글읽기를 좋아해서 읽지 않은 책이 없었고, 알지 못하는 것이 없었으나, 그중에서도 음률과 역법에 가장 정통했다.

장창은 왕릉을 은인으로 생각했다. 왕릉은 안국후(安國侯)였지만, 장창은 높은 지위에 오른 뒤에도 언제나 아버지를 섬기듯 왕릉을 섬겼다. 왕릉이 죽은 뒤에 장창은 승상이 되었는데, 휴가 때마다(10일마다 세목을 위한 휴가가 있었음) 먼저 왕릉의 부인을 찾아가 문안을 드리고 음식을 올린 뒤에야 자기 집으로 돌아가곤 했다.

장창이 승상이 되고 나서 10여 년이 지나 노나라 사람 공손신(公孫臣)이 다음과 같은 글을 올렸다.

한나라는 오행에 의하면 토덕(土德)의 시대가 됩니다. 그 증거로 황룡이 나타나 보일 것입니다.

황제는 이에 대한 심의를 장창에게 명했다. 장창은 이를 틀린 것이라 하여 문제를 삼지 않았다.

그러나 뒤에 황룡이 성기(成紀)에서 나타나자, 효문 황제는 공손신을 불러 박사에 임명한 다음, 토덕의 시대에 맞는 역법과 제도를 만들도록 하고 개원해서 이 해를 원년으로 했다. 승상 장창은 이 일로 인해 스스로 비굴한 생각이 들어 병을 핑계로 늙었다 하고 집 밖에 나오지 않았다.

또 장창의 추천으로 중후가 된 사람이 매우 올바르지 못한 이득을 취했으므로, 황제의 책망을 받게 되었다. 장창은 드디어 병으로 벼슬에서 물러났다. 승상 벼슬에 있은 지 15년 만이었다.

효경제 전원(前元) 5년에 장창이 죽자 시호를 문후(文侯)라 했다. 그의 아들 강후(康侯) 봉(奉)이 후의 지위를 이었다가 8년 만에 죽고, 강후의 아들 류(類)가 뒤를 이어 후가 되었는데, 8년째 되던 해에 제후의 장례식에 참석했다가 어전에 나간 것이 불경죄에 해당되어 영지를 빼앗기고 말았다.

본래 장창의 아버지는 키가 5척도 못 되었는데, 그 아들인 장창은 키가 8척이 넘었으며 후와 승상이 되었다. 장창의 아들도 키가 컸다. 다만 손자인 류(類)는 키가 6척 남짓했는데 법을 어겨 후의 지위를 잃었다. 장창은 승상을 그만둔 뒤 늙어서 이가 하나도 없어 젖을 먹고 살았는데, 젊은 여자가 유모로 있었다. 장창은 아내와 첩이 수백 명이나 되었지만, 한 번 아기를 가진 여자는 두 번 다시 사랑하지 않았다. 장창은 백 살이 넘어서 죽었다.

승상 신도가(申屠嘉)는 양나라 사람이다. 재관궐장(材官蹶張)[7]으로 고제를 따라 항우를 치고, 대수(隊率)가 되었다.

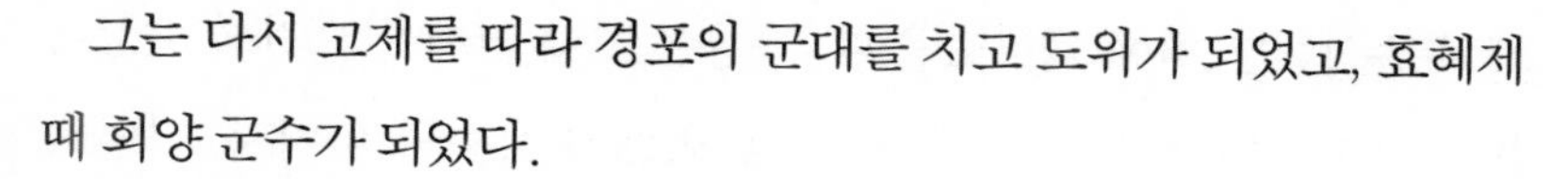

그는 다시 고제를 따라 경포의 군대를 치고 도위가 되었고, 효혜제 때 회양 군수가 되었다.

효문제 원년, 원래 2천 석 녹을 받은 이사(吏士)로서 고제를 따라 싸웠던 자들을 모두 관내후로 하고 24명에게는 식읍을 주었는데, 이때 신도가는 5백 호의 식읍을 받았다.

장창이 승상이 되자, 신도가는 어사대부로 승진했다. 장창이 승상을 그만두게 되자, 효문제는 황후의 친정 동생인 두광국(竇廣國)을 승상에 앉히고 싶어 하면서 이렇게 말했다.

"아마 세상 사람들은 나를 사사로운 정에 의해 두광국을 썼다고 생각하겠지."

효문제는 두광국이 현명하고 덕행이 있다고 생각했기 때문에 승상으로 쓰고 싶었지만 한참 동안 생각해보고 역시 옳지 않다고 판단했다. 게다가 고제 때의 대신들은 대부분이 죽었고, 지금 살아 있는 이로서 적임자가 없었기 때문에 어사대부 신도가를 승상으로 하여 고

7 관명. 재관(材官)은 무관의 총칭, 궐장(蹶張)은 큰 활을 발로 밟고 글을 쓰게 한다는 뜻이다.

읍(故邑)에 봉하고 고안후(故安侯)라 불렀다.

신도가는 사람됨이 청렴 강직해서 사사로운 부탁을 받아주지 않았다.

당시 태중대부(太中大夫) 등통(鄧通)은 효문제의 남색(男色) 상대로 비상한 사랑을 받고 있어서 수만금의 재물을 가지고 있었다. 효문제는 언제나 등통의 집에서 묵고 지낼 정도로 그를 깊이 총애했다. 언젠가 승상이 조회에 들어갔을 때, 등통은 황제 옆에 있으면서 승상에 대한 예를 지키지 않았다. 승상은 일에 대한 보고를 마치자, 이렇게 말했다.

"폐하께서 신하를 사랑하시면 그를 부귀하게 해 주는 것이 당연한 일이오나, 조정에서의 예절만은 엄격하지 않으면 안 됩니다."

황제는 말했다.

"아무 말도 말아 주었으면 좋겠네. 단지 그를 총애할 뿐이니."

신도가는 조정에서 나와 승상부로 돌아와 앉자, 격(檄, 사자에게 들려 보내는 문서)을 만들어 등통을 승상부로 불렀다. 그러나 오지 않는지라 등통을 사형에 처하려 했다. 등통은 겁이 나서 효문제를 찾아가 호소했다. 효문제는 말했다.

"너는 먼저 가거라. 곧 사람을 보내 불러올 테니까."

등통은 승상부로 나가 관을 벗고 맨발이 되어 머리를 조아리며 사과를 했다. 신도가는 자리에 앉은 채, 짐짓 인사를 받지 않으며 꾸짖었다.

"대체로 조정은 고황제의 조정인 것이다. 너는 하찮은 신하로서 전상에서 희롱을 하고 있으니 이는 크게 불경한 일로서 참형에 해당한다. 형리는 즉각 참형을 집행하라."

등통은 연방 머리를 조아려 이마가 온통 피투성이가 되었으나, 승상 신도가는 그를 놓아주지 않았다. 효문제는 승상이 등통을 실컷 욕보였을 때를 기다렸다가, 사자에게 부절을 들려 등통을 부르고, 또 승상에게는 이렇게 말하도록 했다.

"그는 내가 총애하는 신하이니, 그대는 그를 용서해 주도록 하오."

등통은 돌아오자 울며 효문제에게 호소했다.

"승상은 아까 저를 죽일 뻔했습니다."

신도가가 승상이 된 지 5년에 효문제가 죽고, 효경제가 즉위했다.

효경제 2년, 조착이 내사(內史)가 되자 임금의 총애를 받으며 정치에 관여하여 모든 법령이 그의 주청에 의해 변경되는 경우가 많았다. 또 심의를 거쳐 제후들의 잘못을 꼬집어내고, 그들의 영지를 깎곤 했다. 승상 신도가는 조착의 세력에 눌려 자신의 의견이 받아들여지지 않은 것을 굴욕스러워했으므로 조착을 미워하게 되었다.

조착은 내사가 된 후 관부의 문이 동쪽으로 나 있어 불편하다는 이유로 남쪽에 새로운 문을 만들어 오고갈 수 있게 했다. 그 남쪽 문을 만든 곳은 태상황(太上皇, 고조의 아버지) 사당이 있는 바깥담이었다.

신도가는 이것을 알자, 이를 이유로 조착을 형벌에 부치려 했다. 그리하여 '멋대로 종묘의 담에 구멍을 뚫어 문을 만들었다'는 죄목을 들어 조착에게 죄를 주도록 주청했다. 그런데 조착의 빈객 중 한 사람이 이것을 미리 조착에게 알려주었으므로, 조착은 겁이 나서 그 밤

으로 효경제를 찾아뵙고 부복한 채 구원을 청했다. 이튿날 아침, 승상이 내사 조착에게 죄를 주도록 주청하자, 효경제는 말했다.

"조착이 문을 만든 곳은 바로 종묘의 담이 아니라 그것은 바깥담이며, 원래는 항관(亢官)들이 살고 있던 곳이다. 그리고 내가 만들도록 한 것이므로 조착에게는 죄가 없다."

조정에서 물러나오자 신도가는 장사(長史, 승상의 속관)를 보고 이렇게 말했다.

"나는 조착의 목을 먼저 베지 않은 채 주청했다가 그놈에게 당하고 만 것이 후회된다."

그리고 집에 이르자 분이 치밀어 피를 토하고 죽었다. 그가 죽자 시호를 절후(節侯)라 했다. 그의 아들 공후(共侯) 멸(蔑)이 뒤를 이어 3년 만에 죽고, 공후의 아들 거병(去病)이 또 뒤를 이어 후가 되어 31년 만에 죽었다. 거병의 아들 유(臾)가 뒤를 이었는데, 6년이 지나 구강 태수로 있으면서 전임 태수로부터 선물을 받은 것이 법에 저촉되어 영지를 빼기고 말았다.

신도가가 죽은 뒤, 효경제 시대에는 개봉후(開封侯) 도청(陶青)과 도후(桃侯) 유은(劉舍)이 승상이 되었다. 금상(今上, 효무제) 때에 들어와서는 백지후(柏至侯) 허창(許昌), 평극후(平棘侯) 설택(薛澤), 무강후(武彊侯) 장청적(蔣青翟), 고릉후(高陵侯) 조주(趙周) 등이 승상이 되었다. 그들은 열후로서 아버지의 뒤를 이은 사람들로 조심성 깊고 청렴하고 근실한 것이 장점이기는 했지만, 승상으로서 인원수를 채운 데 불과했을 뿐 정치면에서 새로운 발전을 보일 만한 능력도 없었으며,

공명이 당대에 나타날 만한 것도 없었다.

태사공은 말한다.

장창은 문학과 율력에 뛰어났고, 한나라의 훌륭한 재상이었다. 그런 그가 가의와 공손신이 역법과 복색에 대해 의견을 제출했는데도 이를 물리치고, 경전에 분명히 있는데도 이에 따르지 않은 채 오로지 진나라 시대부터 써오던 전욱력(顓頊曆)을 쓴 것은 무엇 때문이었을까? 주창은 목석처럼 질박하고 강직한 사람이었다.

임오는 여후에 대한 은덕으로 등용되었다.

신도가는 강직하여 지조를 굳게 지켰다고 말할 수 있으나, 그에게는 제왕학(帝王學)이 없어 소하·조참·진평과는 거리가 있다.

이하는 한나라 저소손(褚少孫)에 대한 보충 기록

효무제 때에는 승상이 대단히 많았는데 기록되어 있지 않고, 그들 행장의 대강에 대해서도 기록이 없다. 그래서 정화(征和, 무제 때의 연호) 이후에 대해 기록하기로 한다.

먼저 차승상(車丞相)이 있는데, 장릉(長陵) 사람이다. 그가 죽자 위(韋)승상이 승상직을 이어받았다.

위승상 현(賢)은 노나라 사람이다. 글을 많이 읽은 관리로서 벼슬이 대홍려(大鴻臚)에 이르렀다. 승상이 되기 전에 관상가가 그를 보더니 반드시 승상이 되리라고 말한 적이 있었다. 관상가에게 자기 아들 넷을 또 보였더니, 둘째 아들 현성(玄成)의 차례에 이르자 관상가가 말했다.

"이 아들에겐 귀상(貴相)이 있습니다. 반드시 후에 봉해지게 될 것입니다."

그러자 위승상은 이렇게 말하며 믿으려 하지 않았다.

"내가 만일 승상이 된다 하더라도 내게는 큰아들이 있는데, 어떻게 이 아이가 후가 되겠는가?"

훗날 큰아들은 죄를 지었다는 이유로 조정의 의론에 의해 아버지의 뒤를 이을 수 없었다. 그 결과 둘째 아들 현성이 뒤를 잇게 되었다. 처음에 현성은 미치광이 흉내를 내며 뒤를 이으려 하지 않았으나 결국은 작위를 이어받게 되었다. 나라를 양보하려 했다는 이유로 현성은 명성을 얻게 되었다. 그 뒤 현성은 정식 마차에 오르지 않고, 기마한 채 묘(廟)에 간 것이 불경죄로 문제가 되어 작위 1급을 강등당해 관내후가 되었다. 열후의 지위는 잃게 되었으나 식읍만은 본래대로 지니도록 허락되었다. 위승상이 죽은 뒤에는 위(魏)승상이 그 자리를 대신했다.

위(魏)승상 상(相)은 제음 사람이다. 속관 출신으로 승상까지 올랐다. 무(武)를 좋아하여 모든 관리들에게 칼을 차고 다니게 했으므로, 관리들은 앞으로 나아가 보고를 올릴 때마다 칼을 차야 했다. 간혹 칼을 차지 않은 자가 들어가 아뢸 일이 있을 때는 칼을 빌려 차고 들어가게끔 되어 있었다. 그 당시 경조윤(京兆尹, 수도의 장관) 조군(趙君)이 죄를 지었으므로, 승상은 황제에게 그의 죄를 들어 면직시켜야 한다고 보고를 올렸다. 그러자 조군은 사람을 보내 위승상을 붙잡고 죄에서 벗어나게 해 줄 것을 요구했다. 승상이 듣지 않자 다시 또 사람을 보내, 이번엔 부인이 하녀를 쳐서 죽인 사건을 가지고 위승상을 협박했다. 그리고 한편으로 비밀리에 승상 부인의 살인사건을 조사하여 나라에 보고하고, 형리를 승상 관저로 보내 하인들을 매를 쳐서 심문하여 증언을 받으려 했다. 그러나 사실은 칼로 죽인 것이 아니라 죄를 범한 하녀가 목을 매고 자살한 것이었다.

이에 승상의 사직(司直, 승상부의 관원으로 승상이 관리들의 불법을 조사할 때 돕는 벼슬) 파군이 황제에게 말했다.

"경조윤 조군은 승상을 협박하고, 승상 부인이 하녀를 살해했다는 거짓 사건을 만들어 형리를 보내 승상 관저를 포위하고 여러 사람들을 체포했는데, 이것은 무도한 행동이옵니다."

조군이 제멋대로 기사를 파면시킨 사실을 밝혀내었으므로, 경조윤은 허리가 베어지는 형에 처하게 되었다.

또 승상이 속관인 진평 등을 시켜 천자의 근시(近侍)인 중상서(中尙書)를 탄핵한 사건이 있었다. 그런데 이 사건을 승상 마음대로 협박하여 처리했다는 의심을 받게 되었고, 이것이 매우 불경하다 하여 장사 이하 관련자들은 모두 사형에 처해지거나 잠실(蠶室, 관형을 행하는 감옥)에 하옥시켰다. 그러나 위승상만은 끝내 승상으로 있다가 병으로 죽었다.

그의 아들이 뒤를 이었으나, 뒷날 정식 마차에 오르지 않고 기마한 채 묘에 갔기 때문에 불경죄로 작위 1급을 강등당하고 관내후가 되었다. 비록 열후의 지위를 잃기는 했지만 식읍은 본래대로 지니도록 허락되었다. 위승상이 죽자, 어사대부 병길(邴吉)이 그의 후임에 올랐다.

병승상 길은 노나라 사람이다. 두루 글을 읽고 법령을 좋아했으므로 어사대부에까지 올랐다. 그는 효선제가 태어나고 얼마 안 되어 태자와의 일(위태자 사건 때 병길이 선제를 보호한 일)로 열후로 봉해지고, 또 승상이 되었다. 사물에 밝고 지혜가 뛰어나 후세 사람들도 그를 칭찬했다. 그는 승상으로 있으면서 병으로 죽었다. 그의 아들 현(顯)이 뒤를 이었으나, 뒷날 정식 마차를 타지 않고 기마한 채 묘에 간 것이 불경죄로 몰려 작위 1급을 강등당하고 열후의 지위를 잃었다. 그러나 식읍만은 본래대로 지니도록 허락되었다.

병현은 관리가 되어 태복까지 이르렀으나 직권을 남용했다는 이유와, 자신과 아들이 뇌물을 받은 죄 때문에 벼슬에서 쫓겨나 평민이 되었다.

장안 시대에 전문(田文)이라는 유명한 관상가가 있었다. 위(韋)승상·위(魏)승상·병승상이 모두 아직 미천한 몸으로 있을 무렵, 전문은 이 세 사람과 어느 집에서 만난 일이 있었는데, 그때 그는 이렇게 말했다.

"앞으로 여기 이 세 분은 모두 승상이 되실 겁니다."

그 뒤, 세 사람은 과연 번갈아 승상이 되었으니 얼마나 밝게 본 관상인가. 병승상이 죽은 뒤에 황(黃)승상이 들어섰다.

황승상 패(霸)는 회양 사람이다. 글을 많이 읽어 관리가 된 다음, 영천군 태수로 승진했다. 예의(禮義)로써 영천군을 다스리되, 조목을 쓴 글로써 백성들을 교도하고 교화하며, 범법자에게는 스스로 깨달아 그 잘못을 고쳐나가도록 했다. 이리하여 교화가 크게 성과를 거두게 되고, 그의 명성은 널리 알려지게 되었다. 효선제는 조서를 내려 다음과 같이 말했다.

영천 태수 황패는 내 조령(詔令)을 선포하여 백성을 다스려, 길에는 남이 흘린 물건을 줍는 사람이 없고, 남자와 여자는 다니는 길을 달리하며, 감옥 안에는 무거운 죄를 지은 죄수가 없다. 이에 관내후의 작위와 황금 백 근을 준다.

그 후 그를 불러 경조윤으로 삼고, 다시 승상에 임명했다.

황패는 승상이 된 뒤에도 또한 예의로써 정치를 했는데 승상으로 재직 중에 병으로 죽었다. 그의 아들이 뒤를 이어 열후가 되었다.

황승상이 죽자 어사대부 우정국(于定國)을 그의 후임으로 삼았다.

우승상에 관해서는 이미 〈정위전〉에서 기술하고 있으며, 〈장정위전〉 가운데도 기록되어 있다(《사기》에는 〈장정위전〉이 없다. 혹 저소손이 쓴 것인지 알 수 없다). 우승상이 승상에서 물러난 뒤에는 어사대부 위현성(韋玄成)이 그 자리를 대신했다.

위승상 현성은 앞에서 말한 위(韋)승상의 아들이다. 아버지를 대신해서 뒤를 이었다가 뒤에 열후의 지위를 잃었다. 그는 어릴 때부터 책 읽기를 좋아했고, 《시경》과 《논어》에 밝았다. 관리로서 위위(衛尉)에 승진하여 다시 태자태부로 옮겼다. 어사대부 설군(薛君)이 해임되자 그 후임자가 되었고, 우승상이 사직하여 해임되면서 승상이 되었다. 그리고 동시에 본래의 식읍에 봉해져서 부양후(扶陽侯)가 되었는데, 몇 해 지나 병으로 죽었다. 그때 효원제는 몸소 문상하면서 후한 부의를 내렸다. 그의 아들이 뒤를 이었으나, 뒤에 그의 정치는 지나치게 너그럽기만 하여 세속을 따라 마구 흔들리는 형편이었으므로, '아첨이 능숙하다'는 세상 사람들의 악평을 들었다.

일찍이 관상가는 위현성에 대해 다음과 같이 말했다.

"열후가 되어 아버지의 뒤를 잇게 되나, 뒤에 그것을 잃게 될 것이다."

과연 위현성은 열후의 지위를 잃은 뒤, 타향으로 나가 벼슬을 하다가 다시 몸을 일으켜 승상에까지 올랐던 것이다. 아버지와 아들이 다 같이 승상이 되었다고 해서 세상에서는 장한 일로 부러워들 하고 있으나, 이 역시 천명이 아니겠는가. 관상가는 그것을 미리 알고 있었던 것이다. 위승상이 죽자, 어사대부 광형(匡衡)이 그 자리를 대신했다.

승상 광형은 동해군 사람이다. 글 읽기를 좋아하여 박사 밑에서 《시경》을 배웠다. 집이 가난해서 남의 고용살이를 하며 지냈으며, 재주가 둔해서 관리 시험에 여러 차례 응시했으나, 그때마다 불합격했다가 아홉 번째 시험에서 겨우 병과(丙科)에 급제했다. 그러나 경서

(經書)에는 낙제를 했기 때문에 그 뒤에 열심히 공부하여 정통하게 되었다. 평원군의 문학졸사(文學卒史)로 보직을 받았으나, 몇 해 동안 군내에서도 존경을 받지 못했다. 어사가 그를 수도로 불러들여 봉록 백 석의 속관으로 삼고, 낭관(郎官)으로 추천하여 박사라는 보직을 받게 했다.

광형은 그 뒤 태자소부(太子少傅)에 임명되어 훗날 효원제를 섬겼다. 효원제가 《시경》을 좋아했기 때문에 광형은 광록훈(光祿勳, 관명)으로 옮겨져 대궐 안에 머물면서 스승이 되어 황제 주위 사람들을 가르쳤다. 황제는 그 옆에 앉아 강의를 들으며 몹시 만족해했다. 이리하여 광형은 날로 존경을 받게 되었는데, 그 무렵 어사대부 정홍(鄭弘)이 사건에 연루되어 해임되면서 광군(匡君)이 그 자리에 오르게 되었다. 그로부터 승진 1년여 만에 위승상이 죽었으므로 광군은 다시 승상이 되어 낙안후(樂安侯)에 봉해졌다. 그는 10년 동안 단 한 번도 장안성 밖을 나가 지방관이 된 적도 없이 승상의 자리에 올랐던 것이다. 이야말로 때를 만난 것이요, 또한 천명이라 하지 않을 수 없다.

태사공은 말한다.

깊이 생각해 보건대, 타향에 나와 벼슬한 선비로서 열후에 오른 자는 매우 적지만, 어사대부까지 승진하여 벼슬을 그만둔 사람은 많다. 모두 어사대부가 되면 다음은 승상이 될 차례이므로 마음속으로 승상이 죽기만을 바라게 된다. 그러나 어사대부 벼슬에 있는 기간이 길어도 승상이 못된 사람이 많고, 혹은 짧은 기간 동안 있다가도 승상이 되어 후에 봉해지기도 하니, 이는 참으로 천명이라 할 수 있을 것이다. 어사대부 정군(鄭君)은 그 자리를 몇 해 지키고 있었는데도 승상이 되지 못했고, 광군은 1년도 되지 않아 위(韋)승상이 죽음으로써 곧 그를 대신하게 되었다. 어찌 지혜나 수완으로서 얻어지는 것이겠는가. 대체로 성현의 재능을 지녔으나 고생만 하고 승상이 못된 사람이 대단히 많다.

역생·육가 열전(酈生陸賈列傳)

변설로써 사자의 뜻을 통하고, 제후들과 약속함으로써 그들을 회유했다. 제후들은 모두 그와 친해져 한나라로 돌아와서는 그의 번병(藩屛)·보신(輔臣)이 되었다. 그래서 〈역생·육가 열전 제37〉을 지었다.

역생 이기(食其)는 진유현(陳留縣) 고양 사람이다. 글을 많이 읽었으나 뜻을 못 이룬 뒤로는 생계조차 이을 수 없어, 시골 어느 마을의 감문리(監門吏)가 되었다. 그래도 진유현의 유력자들은 어느 누구 하나 그를 거들떠보지 않았다. 그들은 심지어 역생을 미치광이 학자로 부르기도 했다.

진승과 항량 등이 군사를 일으키면서 각지에서 그에 호응한 장수들이 많았는데, 그중 고양을 지나쳐간 장수만 해도 수십 명에 이르렀다. 그때마다 역생은 그 장수들을 찾아보았으나, 모두가 도량이 작아

까다로운 예절이나 지키기를 좋아하고 자기주장만 내세울 뿐이어서 큰 계책을 말해 주어도 받아들이지 못했다. 그런 까닭에 역생은 아예 체념한 채 자기 재주를 깊이 감추고 말았다.

그 뒤, 패공이 군사를 이끌고 진유 일대를 공략한다는 소문이 들려왔다. 그 패공 휘하의 기병 중에 마침 역생과 같은 마을의 젊은이가 있었는데, 패공은 가끔 그에게 고을 안의 인재가 누구냐고 묻곤 했다. 그 기병이 마을에 돌아왔을 때, 역생은 그를 찾아가 이렇게 말했다.

"들리는 바에 의하면, 패공은 거만해서 사람을 무시하기가 일쑤라 하지만, 내가 보기에는 웅대한 꿈을 지니고 있는 것 같더군. 그런 인물이야말로 바로 내가 모시고 싶은 사람이었소만, 나를 그에게 소개해 줄 만한 사람이 없구려. 그러니 패공을 만나거든 '우리 마을에 역생이란 사람이 있는데, 나이는 60여 세로 키는 8척이 되며, 사람들은 모두 그를 미치광이 학자라 부르고 있으나, 그 사람은 자신은 절대로 미치광이가 아니라고 합니다' 하고 말을 좀 해 주게나."

기병은 말했다.

"패공은 선비들을 좋아하지 않습니다. 관을 쓴 선비들이 찾아오면, 그때마다 그 관을 빼앗아 거기다가 오줌을 눌 정도입니다. 사람들과 이야기를 할 때에는 언제나 선비들 욕을 합니다. 패공에게 당신을 천거해 보아야 소용이 없을 겁니다."

"그저 내가 부탁한 말 그대로만 전해 주시오."

기병은 돌아가 기회를 보고 있다가 역생이 말한 그대로를 패공에게 아뢰었다. 얼마 뒤, 고양 객사에 들게 된 패공은 사람을 보내 역생을 불렀다. 역생이 찾아왔을 때는 마침, 패공은 평상에 걸터앉아 두 여자에게 발을 씻기게 하고 있었다. 그리고 역생을 보고서도 그대로 앉아서 대했다. 역생은 그 앞으로 나아가 절을 하는 대신 그저 손을 들어 길게 읍을 한 다음, 대뜸 입을 열었다.

"족하(足下)는 진나라를 도와 제후들을 치려 하고 있습니까, 아니면 제후들을 이끌고 진나라를 쳐부수려 하고 있습니까?"

패공은 욕을 하며 말했다.

"이 철없는 선비 놈아, 천하가 모두 오랫동안 진나라에게 고통을 겪고 있었기에 제후들이 서로 손을 맞잡고 진나라를 치는 것이다. 어째서 진나라를 도와 제후를 친다는 말을 하는 거냐?"

"반드시 대중을 모으고 의병들을 합쳐 무도한 진나라를 쳐서 없앨 생각이라면, 그렇게 걸터앉아서 어른을 대하는 일은 없어야만 할 거요."

그러자 패공은 즉시 자리에서 일어나 의관을 갖춘 다음, 역생을 상좌에 앉히며 사과했다. 그 자리에서 역생은 6국이 합종·연횡할 당시의 형세에 대해 이야기했다. 패공은 기뻐하여 역생에게 음식을 대접하면서 다시 물었다.

"어떤 좋은 계획이 있습니까?"

"족하가 오합지졸을 모으고 흩어진 군사들을 거둬들여도 만 명이 채 못 될 것입니다. 그 정도의 병력으로 강한 진나라로 쳐들어가는 것은 이른바 호랑이 입속으로 뛰어드는 것과 같습니다. 그런데 이곳 진유는 천하의 요충지로서 사통오달할 뿐만 아니라 성안에 저장해

둔 곡식이 많으며, 백성들은 현령의 명령에 순종하고 있습니다. 저 역시 전부터 현령과 가까이 지내고 있으니, 청컨대 저를 사자로 보내 주신다면 족하를 위해 항복을 권하겠습니다. 만일 말을 듣지 않는다면 군사를 거느리고 공격하십시오. 저는 성안에서 대응하겠습니다."

그리하여 먼저 역생이 성안에 들어간 다음, 패공이 군사를 이끌고 뒤를 따랐다. 결국 동유 현령은 투항했고, 그 공로에 의해 역생은 광야군(廣野君)에 봉해졌다.

역생은 다시 자기 동생 역상(酈商)을 패공에게 천거했다. 역상은 장수가 되어 수천 명을 이끌고 패공의 서남 방면 공략에 종군했다. 역생 자신은 언제나 세객의 신분으로 제후를 찾아다니며 고조를 도왔다.

한나라 3년 가을, 항우가 한나라를 쳐서 형양을 함락시켰다. 한나라 군사는 달아나 공·낙을 지킬 뿐이었다. 항우는 또 한신이 조나라를 깨뜨리고, 팽월이 자주 양나라에서 반란을 일으켰다는 소식을 듣고 군사를 나눠 조나라와 양나라를 도왔다. 이때 한신은 동쪽으로 제나라를 치려고 준비 중이었다.

한나라 왕은 형양·성고에서 여러 번 고전하던 끝에, 성고의 동쪽을 버리고 군대를 공·낙에 주둔시키고 초나라를 막을 계획에 부심했다. 그러자 역생이 이렇게 진언했다.

"신은 '하늘이 하늘이 된 까닭을 아는 사람은 왕업을 성취할 수 있고, 하늘이 하늘이 된 까닭을 알지 못하는 사람은 왕업을 성취하지 못한다. 왕자는 백성을 하늘로 알고, 백성은 먹는 것으로 하늘을 삼는

다'고 들었습니다. 또 들리는 바에 의하면, 오창(敖倉, 오산에 있는 창고)에는 오랫동안 온 천하의 곡식을 날라다 두었으므로 그 저장량이 매우 많다고 합니다. 초나라가 형양을 함락시켰다 하나, 그들은 오창을 굳게 지키지 않고 다시 군사를 동진시켰으며, 성고는 다만 죄수 부대가 지킬 뿐이라 합니다. 이야말로 하늘이 한나라를 돕는 것이니 지금은 초나라를 공격하기에 다시없이 좋은 기회입니다. 그런데도 오히려 한나라가 스스로 찾아온 그 좋은 기회를 놓친다는 것은 크게 잘못입니다. 또 두 영웅은 함께 설 수 없습니다. 초나라와 한나라가 오래 맞서서 승패가 결정되지 않으면, 백성들은 안정을 찾지 못하고 천하는 동요할 것이며, 농부는 쟁기를 버리고 길쌈하는 여인들은 베틀에서 내려와 천하의 민심이 불안해질 것입니다. 바라옵건대 족하는 급히 군사를 전진시켜 형양을 탈환함으로써 오창의 곡식을 손에 넣는 한편, 성고의 위험을 막고 태행산으로 통하는 길을 막으며, 비호령의 입구를 가로막고 백마진을 지켜, 제후들에게 한나라가 실리를 차지하고 초나라를 제압할 수 있는 형세에 있다는 것을 보여 주십시오. 그렇게 되면 천하는 스스로 돌아갈 바를 알게 될 것입니다. 현재 연나라, 조나라는 이미 평정되었고, 제나라만 항복하지 않았을 뿐입니다. 지금 전광은 천 리의 광대한 제나라 땅을 차지하고 있고, 전간은 20만 대군을 거느리고 역성에 진을 치고 있습니다. 전씨 일족은 강한 세력을 유지하여 바다를 등지고 하수와 제수를 내세우며, 남쪽은 초나라에 가깝고 사람들은 권모술수에 뛰어납니다. 족하가 수십만의 군사를 보내더라도 짧은 기간에 깨뜨릴 수는 없을 것입니다. 바라옵

건대 신으로 하여금 명령을 받들고 제나라 왕을 달래어, 제나라로 하여금 한나라 동쪽 속국이 되도록 설득하게 해 주십시오."

이 말을 듣고 한나라 왕은 옳다고 했다.

한나라 왕은 역생의 계획에 따라 다시 오창을 지키면서 역생을 제나라 왕에게 보내 그를 설득하게 했다. 역생은 제나라 왕에게 이렇게 말했다.

"왕께선 천하가 어디로 돌아갈 것인가를 알고 계십니까?"

"모르오."

"왕께서 천하가 돌아갈 곳을 알고 계시면, 제나라는 안전하게 유지될 수 있을 것입니다. 만일 천하가 돌아갈 곳을 모르신다면, 제나라는 안전하게 유지될 수 없을 것입니다."

"대관절 천하는 어디로 돌아가겠소?"

"한나라로 돌아가게 될 것입니다."

"선생은 어떤 이유에서 그런 말을 하시오?"

"한나라 왕은 항왕과 힘을 합쳐 서쪽의 진나라를 쳤는데, 그때 먼저 함양에 입성하는 사람이 그곳의 왕이 될 것을 약속했습니다. 그런 뒤에 한나라 왕이 먼저 함양에 입성했는데도 항왕은 약속을 어기어 그 땅을 주지 않고 한나라 왕을 한중 지역의 왕으로 만들었습니다. 또 항왕은 의제를 내쫓아 죽였습니다. 한나라 왕은 이것을 듣자 한나라와 촉나라의 군사를 일으켜 삼진을 치고, 함곡관을 나와 항왕이 의제를 죽인 죄를 문책했습니다. 이리하여 한나라 왕은 천하의 군사를 모으고, 제후들의 후예들을 세우며, 성을 차지하면 군공이 있는 장군을 후로 봉하고, 재물이 들어오면 사람들에게 나눠 주어 천하의 사람들과 이익을 함께 하기 때문에 영웅호걸과 어진 선비들이 모두 한나라 왕을 위해 공 세우기를 즐겨하고, 제후의 군사들은 사방에서 모여들고 있어, 촉나라·한나라의 곡식을 실은 배가 줄을 지어 강을 내려오고 있는 형편입니다.

그런데 항왕에게는 약속을 배반했다는 악명과, 의제를 죽였다는 배덕의 죄목이 있습니다. 그리고 사람들의 공로는 기억하는 일이 없어도 남의 죄만은 잊는 일이 없기 때문에, 그의 장병들은 싸워 이겨도 상을 받지 못하고, 성을 함락해도 봉토를 얻는 일이 없으며, 항씨 일족이 아니면 중요한 자리에 앉을 수도 없습니다. 또 항왕은 인색해서 사람을 봉하기 위해 후의 인을 새겨두고도 아까운 나머지 자기 손에 쥐고 놀되, 그것이 닳아 없어지도록 남을 주는 일이 없고, 성을 얻고 재물을 얻어 아무리 많이 쌓아두어도 그것을 상으로 사람에게 주지를 못합니다. 그래서 천하는 모두 항왕을 배반하고, 어진 인재들은 원한을 품고 있어, 누구도 항왕을 위해 일하려 하는 사람이 없습니다. 그러므로 천하의 인재들이 한나라 왕에게로 돌아갈 것은 앉아서도 예측할 수가 있습니다. 또 한나라 왕은 촉나라와 한나라의 군사를 일으켜 삼진을 평정하고, 서하 밖을 건너 상당군으로 군사를 모은 다음, 정형을 함락시켰습니다. 성안군 진여를 죽이고 북위(北魏)를 깨뜨려 32개 성을 항복시켰는데, 이것은 치우(蚩尤, 황제시대 명장)의 군사나 다름없는 활약으로써 사람의 힘으로 되었다기보다는 하늘이 준 복이라 말할 수 있습니다. 지금 한나라는 이미 오창의 곡식을 손에

넣고, 성고의 위험을 막아 백마진을 지키며 태행산 고갯길을 막고 비호령 어귀를 가로막고 있습니다. 천하의 모든 나라 가운데서 뒤늦게 한나라에 항복하는 자는 먼저 망하게 될 것입니다. 왕께서 재빨리 한나라 왕에게 항복하시면 제나라 사직은 안전하게 유지될 것입니다. 한나라에 항복하지 않으면, 선 채로 멸망을 기다리게 될 것입니다."

전광은 과연 그렇겠다는 생각에서 즉시 역생의 말을 받아들여 역성을 지키고 있던 군사를 철군시킨 다음 역생과 마음껏 술을 마셨다.

회음후 한신은 역생이 수레에 기대앉은 채 혓바닥 하나로 제나라 70여 성을 항복시켰다는 말을 듣자, 즉시 밤을 이용해 군사들에게 평원 나루터를 건너게 하여 제나라를 습격했다. 제나라 왕 전광은 한나라 군사가 쳐들어왔다는 말을 듣자, 역생이 자기를 속였다고 생각하고 이렇게 말했다.

"네가 한나라 군사의 침입을 그만두게 하면 살려두지만, 그렇지 못하면 삶아 죽이겠다."

"큰일을 하는 사람은 사소한 조심 따위는 염두에 두지 않고, 덕이 높은 사람은 겸손 따위에는 관심을 갖지 않는다. 나는 그대를 위해 앞서 한 말을 바꿀 생각은 없다."

제나라 왕은 드디어 역생을 삶아 죽이고 군사를 이끌고 동쪽으로 도망쳤다.

한나라 12년, 곡주후(曲周侯) 역상은 승상으로서 군사를 이끌고 경포를 쳐서 공을 세웠다. 고조는 열후와 공신들의 공을 논할 때 역이기를 떠올렸다. 역이기의 아들 개(疥)는 자주 군사를 이끌고 싸움터에 나갔으나, 그의 공은 아직 후로 봉해질 만한 것이 못 되었다. 그러나 고조는 역이기의 공로를 생각해서 개를 고양후에 봉하고, 뒤에 다시 무수(武遂)를 식읍으로 주었다.

원수(元狩, 무제 때 연호) 원년에 3대를 이어오던 무수후 평(平)은 형산왕에게 어명을 빙자해 금 백 근을 사취하는 죄를 지어 사형 판결을 받았으나 병으로 죽었다. 따라서 그 영지도 없어졌다.

육가는 초나라 사람이다. 빈객으로 고조를 따라 천하를 평정했다. 당시 사람들은 모두 그를 변사라 불렀다. 육가는 고조를 좌우에서 모시며 항상 제후들에게 사자로 나가곤 했다.

고조 때에 들어와 중국이 비로소 안정되었을 무렵, 위타(尉他)가 남월을 평정하여 그곳의 왕이 되었으므로, 고조는 육가를 보내 위타에게 인을 주고 그가 남월왕임을 인정해 주려 했다.

육생(육가)이 그곳에 도착했을 때, 위타는 방망이 모양의 상투를 틀고 거만하게도 두 다리를 쩍 벌리고 앉은 채 육생을 대했다. 이때 육생은 위타에게 이렇게 말했다.

"족하는 중국 사람으로 친척과 형제들의 무덤은 진정에 있소이다. 지금 족하는 천성을 어기고 부모 형제를 배반하고, 중국의 의관과 속대를 버린 채 구구한 월 땅을 가지고 천자와 맞서 대등한 나라가 되려 하고 있는데, 이렇게 되면 당장에 화가 당신 몸에 미치게 될 뿐이오. 대체로 진나라가 정권을 잃고 제후와 호걸들이 한꺼번에 들고 있어났으나, 한나라 왕만이 누구보다 먼저 관중으로 쳐들어가 함양을 점령했소. 그때 항우는 약속을 어기고 스스로 서초의 패왕이 되어 제후를 모두 자기 밑에 두었으니, 지극히 세력이 강했다고 말할 수 있었소이다. 그런데 한나라 왕은 파·촉에서 일어나 천하를 채찍질하여 제후를 정복하고, 마침내는 항우를 무찔러 불과 5년 사이에 천하를 평정했소. 이것은 사람의 힘에 의한 것이 아니라 하늘이 세운 것이오. 천자께선 귀공이 남월왕으로 있으면서도, 온 천하가 포학한 진나라를 무찌를 때 전혀 도운 일이 없었음을 알고 계시오. 또 한나라 장군과 대신들이 군사를 옮겨 귀공을 치려 하는 것을 들으시고도, 백성들이 또다시 고생할 것을 불쌍히 생각하시오. 잠시 군사를 쉬게 하신 연후에, 나로 하여금 귀공에게 왕의 인을 주고, 부절로써 사절을 왕래하려고 하십니다. 귀공은 천자의 사절인 나를 교외로 나와 맞아, 북쪽으로 향해 신이라 자칭해야 했었소. 나라를 세운 지 얼마 되지도 않은 월나라가 여기에 버티고 있다는 것을 한나라에서 듣게 되면, 한나라에서는 귀공 조상의 무덤을 파서 시체를 태우고 귀공의 일족을 몰살시키는 한편, 부장 한 사람에게 10만의 군사를 이끌게 하여 월나라를 치게 할 것이오. 그렇게 되면 월나라 사람이 귀공을 죽이고 한나라에 항복하는 것은 손바닥을 뒤집는 것같이 쉬운 일일 것이오."

위타는 깜짝 놀라 벌떡 자리에서 일어나며 육생에게 사과를 했다.

"오랫동안 오랑캐 속에 살고 있은 탓으로 너무도 실례가 많았습니다."

그러고 나서 육생에게 물었다.

"나와 소하·조참·한신을 비교해 볼 때 누가 더 현명합니까?"

"귀공이 더 현명할 것입니다."

"나와 황제를 비교하면 어느 편이 현명합니까?"

"황제는 풍·패에서 일어나 포학한 진나라를 치고, 강한 초나라를 무찔러 천하를 위해 이(利)를 일으키고 해를 제거하여, 오제 삼왕의 대업을 이어 중국을 통치하신 분입니다. 중국의 인구는 억을 가지고 헤아리며, 땅은 사방이 만 리로서 천하의 기름진 곳에 위치하여 사람도 많고 수레도 많으며, 만물이 다 풍부합니다. 그리고 정치는 황제의 한 집안에 의해 행해지고 있으니, 천지개벽 이래로 일찍이 없었던 번영을 누리고 있습니다. 그런데 지금 왕의 나라는 인구가 수십만에 불과하며, 그나마 모두 야만인들입니다. 땅은 산과 바다 사이에 있어서 험악한 산지만이 계속되고 있을 뿐입니다. 비유하면 한나라의 한 읍과 같은 것입니다. 어떻게 왕을 한나라 황제와 비교할 수 있겠습니까?"

위타는 크게 웃고 말했다.

"나는 중국에서 일어나지 않았기 때문에 이곳 월나라 왕이 된 것입니다. 만일 내가 중국에 있었다면 한나라 황제만 못하지는 않았을 겁니다."

위타는 육생이 아주 마음에 들었다. 붙들어 두고 여러 달 동안 함께 술을 마시며 항상 이렇게 말했다.

"월나라에는 같이 말을 나눌 만한 사람이 없습니다. 선생이 이리로 온 뒤에야 매일 듣지 못했던 것을 듣게 되었습니다."

이리하여 육생에게 자루에 넣은 천 금 값어치의 보물을 주고, 따로

노자라 하여 천 금을 더 주었다. 육생은 마침내 위타를 월나라 왕으로 임명하고 신이라 자칭하며, 한나라와의 맹약을 받들게끔 만들었다. 돌아와 보고를 올리자, 고조는 크게 기뻐하여 육생을 태중대부에 임명했다.

육생은 고조 앞에 나아가 강의할 적마다 《시경》과 《서경》에 관한 것만 이야기했다. 이에 고제는 짜증을 내며 이렇게 책했다.

"나는 마상에서 천하를 얻었다. 《시(詩)》니 《서(書)》니 하는 것이 무슨 소용이 있겠는가?"

이때 육생은 이렇게 대답했다.

"마상에서 천하를 얻었다고 해서 마상에서 천하를 다스릴 수 있겠습니까. 탕왕과 무왕은 신하로서 역취(逆取)를 했는데도 천하를 얻은 뒤에는 순리로 나라를 지켰습니다. 문과 무를 아울러 쓰는 것만이 천하를 길이 보존하는 길입니다. 옛날 오나라 왕 부차와 지백은 무만을 지나치게 앞세운 탓에 망했고, 진나라는 형법만을 계속 믿어온 탓에 필경은 조씨에게 망한 것입니다. 앞서 진나라가 천하를 통일한 다음 인의를 행하여 옛 성인을 본받았던들 폐하께서 어떻게 천하를 차지할 수 있었겠습니까?"

고제는 못마땅한 생각이 들면서도 부끄러운 표정을 짓고 육생에게 다시 물었다.

"나를 위해 진나라는 어떻게 해서 천하를 잃었으며, 내가 어떻게 해서 천하를 얻었는지, 그리고 옛날 성공하고 실패한 나라들에 대해서 글을 지어 주지 않겠는가?"

그리하여 육생은 나라의 흥망에 관한 징후에 대해 대략 설명하여 모두 12편을 지었다. 한 편을 써서 올릴 때마다, 고제는 '좋다'고 칭찬을 안 한 적이 없었고, 좌우에 있는 사람들도 모두 만세를 부르며 축하를 드렸다. 그 책 이름을 《신어(新語)》라 했다.

효혜제 때 여태후는 정권을 쥐고 여씨 일족을 왕으로 봉하고 싶었으나 말 잘하는 대신들이 두려웠다. 육생은 자기 힘으로는 싸워 보아야 소용이 없다는 것을 짐작하고, 병을 핑계로 벼슬을 그만둔 다음 집에 들어앉아 있었다. 그리고 호치에 있는 땅이 비옥했기 때문에 그곳에 정착할 계획을 세웠다.

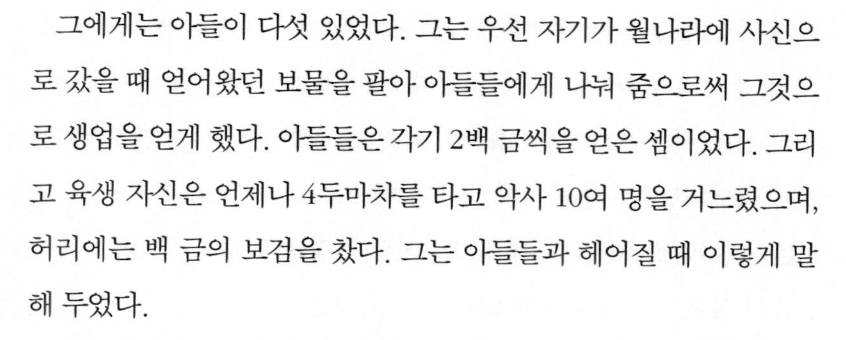

그에게는 아들이 다섯 있었다. 그는 우선 자기가 월나라에 사신으로 갔을 때 얻어왔던 보물을 팔아 아들들에게 나눠 줌으로써 그것으로 생업을 얻게 했다. 아들들은 각기 2백 금씩을 얻은 셈이었다. 그리고 육생 자신은 언제나 4두마차를 타고 악사 10여 명을 거느렸으며, 허리에는 백 금의 보검을 찼다. 그는 아들들과 헤어질 때 이렇게 말해 두었다.

"너희들과 약속을 하겠다. 내가 너희들 집에 들르게 되거든 우리 일행과 말에게 술과 식사를 제공하거라. 실컷 놀며 지내다가 열흘이 되면 다음 아들 집으로 가겠다. 내가 너희들 중 누구의 집에서든 죽게 되면, 그 아들이 보검과 말과 수레와 악사들을 차지해도 좋다. 왔다갔다 하다가 또 다른 곳에 들를 경우도 있을 터이니, 1년 동안 너희들 집에 들르는 것은 고작 두세 차례에 불과할 것이다. 너무 자주 만나는 것도 그리 반가운 일이 아니니 오래 묵으며 너희들을 번거롭게 하지는 않겠다."

이윽고 여태후는 여씨 일족을 왕으로 만든 다음, 권력을 한 손에 쥐더니 드디어는 어린 황제를 협박하여 유씨(劉氏)를 위태롭게 했다. 우승상 진평은 이러한 사태를 걱정하고 있었으나 여씨와 싸울 만한 힘은 없고, 또 화가 자기 몸에 미치게 되는 것이 두려워 가만히 집에 들어앉아 깊은 생각에 잠겨 있었다.

어느 날, 육생이 진평을 찾아 곧장 그가 있는 방으로 들어가 자리에 앉는데도 진승상은 생각에 잠기어 육생이 온 것을 모르고 있었다. 육생이 말했다.

"무얼 그렇게 깊이 생각하고 계십니까?"

"내가 무엇을 생각하고 있을 것 같소?"

"당신은 벼슬이 상상(上相)에 올라 있고, 3만 호의 식읍을 가진 열후가 아닙니까. 부귀가 이미 극에 달했으므로 이 이상 더 바랄 것이 없는 처지라 할 수 있습니다. 그런데도 걱정이 있다고 한다면, 여씨 일족의 횡포와 어린 황제에 대한 것이 아니겠습니까?"

"그렇소. 어떻게 하면 좋겠소?"

"사람들은 천하가 태평할 때 재상에게로 눈을 돌리고, 위급할 때면 장군을 주목하게 됩니다. 장군과 재상이 서로 뜻이 맞으면 모든 벼슬아치들이 따르게 될 것입니다. 모든 벼슬아치들이 따르게 되면 천하에 변이 생기더라도 권력은 흩어지지 않습니다. 국가 대계는 바로 승상과 장군 두 사람의 손아귀에 쥐어져 있습니다. 이 점을 나는 늘 태위인 강후에게 이야기했지만, 강후와 나와는 너무 친해서 농담을 하는 사이인만큼 내가 하는 말을 별로 귀담아 듣지 않을 것입니다. 승상께선 어째서 태위와 깊이 사귀어 손을 잡으려 하지 않습니까?"

이리하여 육생은 진평을 위해 여씨 일족을 제압하는 여러 가지 방책을 일러주었다.

진평은 그 방책에 따라 즉시 백 금을 들여서 성대한 주연을 베풀어 강후를 주빈으로 초빙했다. 그래서 태위 역시 똑같은 답례를 했다.

이들 두 사람이 서로 깊이 사귀게 됨으로써 여씨의 음모는 차차 힘을 잃게 되었다.

이리하여 진평은 노비 백 명과 차마 50승, 그리고 돈 5백만 전을 육생에게 주어 음식 비용으로 쓰도록 했다. 육생은 그것으로 한나라 조정의 공경들과 교유했으므로 그의 이름은 날로 높아졌다. 여씨 일족을 무찌르고 효문제를 모실 때에 육생이 담당한 역할은 이처럼 대단한 것이었다.

효문제는 즉위 후 남월에 사신을 보내려고 했다. 그래서 진승상 등은 육생을 천거하여 태중대부로 임명한 다음, 그를 위타에게 보냈다. 육생은 과연 위타가 거개(車蓋)를 황색으로 칠하거나 명령을 제(制)라고 칭하는 것—모두 천자만이 하는 것—등만 못하게 하고, 다른 것은 중국의 제후들과 똑같이 행동하도록 허용함으로써 모든 일을 한나라 조정의 의도대로 매듭지었다. 그 점에 대해서는 〈남월·위타 열전〉 속에 기록되어 있다. 육생은 마침내 자기 명대로 살다가 죽었다.

평원군 주건(朱建)은 초나라 사람이다. 일찍이 회남왕 경포의 재상

이었으나, 잘못이 있어 그만두었다가 뒤에 다시 경포를 섬겼다. 경포가 한나라에 반기를 들려 했을 때 평원군에게 자문을 구했다. 평원군은 이를 말렸으나 경포는 듣지 않고, 양보후(梁父侯)의 의견을 좇아 드디어 모반하고 말았다.

한나라가 경포를 무찌른 다음, 평원군이 경포를 말리고 반역에 가담하지 않았던 사실이 밝혀지자 그는 죄를 면하게 되었다. 그 점에 대해서는 〈경포 열전〉 속에도 기록되어 있다(현재의 〈경포 열전〉 속에는 평원군에 대한 내용이 없다).

평원군은 구변이 좋았으며 근엄하고 강직했다. 장안에 살고 있었는데, 구차하게 남의 비위를 맞추거나 의리에 벗어난 행동을 해가며 출세하려 들지는 않았다.

당시 여태후의 총애를 받고 있던 벽양후(辟陽侯)가 애써 교제를 희망했지만 만나 주려고도 하지 않을 정도였다. 벽양후의 품행이 좋지 않았기 때문이다.

평원군의 어머니가 죽었을 때였다. 육생은 전부터 평원군과 친분이 있었으므로 조상을 갔다. 그런데 평원군은 워낙 집안이 빈궁해서 미처 장사치를 준비조차 못하고 있었다. 심지어는 빈소마저 만들지 못한 채 다만 어디서 상복을 빌릴지 그것을 걱정하고 있었다. 보다 못한 육생은 평원군에게 돈을 주어 빈소를 차리도록 한 다음, 그 길로 벽양후를 찾아가 이렇게 말했다.

"축하합니다. 평원군의 어머니가 죽었습니다."

"아니 평원군의 어머니가 죽었는데, 왜 나를 축하하는 거요?"

"앞서 당신은 평원군과 교제를 가지려다 거절을 당하지 않았소? 그것은 그의 어머니가 살아 있어서 당신을 위해 몸을 바칠 만한 친교를 맺을 수가 없었기 때문이오. 지금 그의 어머니가 죽었으니 당신이 성의를 다해 후한 조의를 표한다면, 그는 당신을 위해 목숨이라도 바칠 것입니다."

벽양후는 그 길로 조상을 가서 죽은 이의 옷값이라 하여 백 금을 내놓았다. 그러자 열후와 귀인들도 벽양후의 체면을 보아 조의금을 보내 왔다. 모두 합해서 5백 금이나 되었다.

그 뒤 벽양후에 대한 여태후의 사랑을 누군가가 효혜제에게 일러바친 일이 있었다. 여태후도 부끄러운 나머지 감히 변명조차 못하고 있었다. 대신들도 대부분이 벽양후의 행동을 미워하고 있었으므로 벽양후의 처형은 모면할 길이 없어 보였다. 벽양후는 어떻게 할 바를 몰라 평원군에게 사람을 보내 만나 보고자 했다. 그러나 평원군은 거절하며 다음과 같이 말했다.

"옥사(獄事)가 급하게 되었으므로 감히 뵈올 수가 없습니다."

평원군은 그 길로 효혜제가 귀여워하고 있는 소년 굉적유를 찾아가 이렇게 말했다.

"당신이 어떻게 해서 황제의 사랑을 받고 있는가는 천하가 다 알고 있는 사실이 아닙니까(혜제와 굉적유의 남색 관계를 뜻함). 지금 벽양후가 여태후의 사랑을 받고 있다는 이유로 형리의 손에 사건이 넘어가 있는데, 사람들은 모두 이 사건을 당신이 벽양후를 죽이려 하기 때문이라고 말하고 있습니다. 오늘 벽양후가 처형을 당하게 되면 내

일은 여태후가 노해서 당신을 죽이게 될 것입니다. 어찌하여 당신은 황제 앞에서 웃옷을 벗고 몸소 몸을 욕되게 하여 벽양후를 위해 대신 용서를 빌지 않습니까. 황제께서 당신의 말을 받아들여 벽양후를 용서하게 되면 여태후는 기뻐하실 겁니다. 그리하여 황제와 여태후가 다같이 당신을 귀여워하면 당신의 부귀는 두 배, 세 배로 커지게 될 것입니다."

이리하여 굉적유는 크게 겁을 먹고 평원군의 계획에 말려들어 황제에게 용서를 빌었다. 황제는 과연 벽양후를 용서해 주었다. 벽양후는 옥에 갇히게 되었을 때 평원군을 만나려 했으나 거절을 당했기 때문에 자기를 배신한 줄로 알고 크게 노여워했었다. 그러던 것이 평원군의 계획이 성공을 거두어 죄에서 풀려나게 되자 매우 놀랐다.

여태후가 죽자, 대신들은 여씨 일족을 무찔러 없앴다. 그러나 여씨 일족들과 가장 친밀하게 지냈던 벽양후만은 처형당하지 않은 채 무사했다. 그것 역시 모두가 육생과 평원군의 숨은 힘이 작용했기 때문이었다.

그러나 벽양후는 여씨 일족과의 관계가 화근이 되어 마침내 효문제 때 회남의 여왕(厲王)에게 죽임을 당하고 말았다. 효문제는 또한 벽양후의 빈객인 평원군이 일찍이 벽양후를 위해 계획을 꾸몄다는 말을 듣고, 형리를 보내 그를 체포한 다음 죄상을 밝혀내려 했다. 형리가 문간에 와 있다는 말을 듣자 평원군은 자살을 하려 했다. 그때 아들들은 물론 형리까지도 다같이 말했다.

"확실한 결과는 아직 알 수 없는 일입니다. 무엇 때문에 조급하게 목숨을 끊으려 하십니까?"

"내가 죽으면 화가 끊어져 너희들에게까지 미치지는 않을 것이다."

평원군은 마침내 스스로 자기 목을 쳤다. 효문제는 그 말을 듣고, 그를 아까워하며 말했다.

"나는 그를 죽일 생각은 없었는데……."

그러고는 즉시 그의 아들을 불러 중대부에 임명했다. 그 아들은 선우에게 사신으로 갔었는데, 선우가 무례하게 나왔으므로 선우를 꾸짖다가 마침내 선우 땅에서 죽었다.

• 이하 '태사공은 말한다' 이전까지의 것은 뒷사람이 기록한 것으로 생각된다.

처음 패공이 군사를 이끌고 진류를 통과했을 때, 역생은 그의 군문에 이르러 명함을 내밀고 이렇게 말했다.

"고양의 천민 역이기, 패공께서 뜨거운 햇볕과 찬 이슬을 무릅쓰고 군사를 거느리고 초나라를 도와 불의의 진나라를 친다는 말을 듣고, 삼가 따르신 여러분께 위로의 말씀을 드리고, 아울러 패공을 직접 뵈옵고 천하를 차지할 수 있는 좋은 계책을 말씀드리려 합니다."

심부름하는 사람이 안으로 들어가 말을 전하자, 마침 발을 씻고 있던 패공은 그의 용모를 물어보았다.

"어떻게 생긴 사람이더냐?"

"생김생김은 훌륭한 선비처럼 보입니다. 선비의 옷을 입고 측주(側注)를 썼습니다."

"거절해라. 지금 천하를 놓고 일하고 있으므로 선비를 만나 볼 그런 여가는 없다고 말이다."

심부름하는 사람이 나와 거절해 말했다.

"패공께서 삼가 선생께 거절의 말씀을 드리라 하십니다. 지금 천하를 놓고 일하고 있기 때문에 선비를 만나볼 여가가 없다고 하십니다."

역생은 눈을 부릅뜨고 칼자루에 손을 얹으며 심부름하는 사람에게 호령했다.

"빨리 들어가서 패공께 여쭈어라. 나는 고양의 건달이지 선비가 아니라고 말이다."

심부름하는 사람은 겁을 먹고 명함을 땅에 떨어뜨렸으나 무릎을 꿇고 다시 집어 들고서 안으로 들어가 보고를 드렸다.

"손님은 천하의 장사이옵니다. 저에게 막 야단을 쳤습니다. 저는 무서워서 명함을 떨어뜨리기까지 했습니다. 그는 '다시 들어가 패공께 여쭈어라. 나는 고양의 건달이다'라고 말하고 있사옵니다."

패공은 급히 발을 닦고 창을 짚으며 말했다.

"손님을 모셔 들여라."

역생은 들어오더니 패공에게 손만 들어 보이며 말했다.

"족하는 몹시 고생을 하시며 옷을 햇볕에 쪼이고, 관을 비 이슬에 적셔가며 군사를 이끌고 초나라를 도와 불의의 진나라를 치고 계십니다. 그러면서 어찌하여 스스로를 아끼지 않습니까. 제가 지금 천하의 큰일을 가지고 뵈오려 하는데도 '천하를 놓고 일하기 때문에 선비를 만나 볼 겨를이 없다'고 하셨습니다. 족하는 천하의 큰일을 시작하고 천하의 큰 공을 세우려 하면서 사람의 겉모양만을 보고 그 사람을 분간하려 하고 있습니다. 그로써 천하의 유능한 인물들을 다 잃을까 두렵습니다. 아무래도 족하의 지혜는 나를 따르지 못하고, 족하의 용맹도 나를 미치지 못할 것 같습니다. 만일 천하의 큰일을 성취시키려 하면서 저를 만나 보려 하지 않는다면 족하를 위해서도 손해가 아니겠습니까?"

패공은 사과하며 말했다.

"아까는 심부름하는 사람을 통해 선생의 모습을 들었을 뿐이고, 이제 비로소 선생의 뜻을 알게 되었습니다."

그리고 그를 맞아들여 어떻게 하면 천하를 얻을 수 있느냐고 물었다. 역생은 대답했다.

"패공께서 큰 공을 이룩하실 생각이시면 진류에 머물러 있는 것이 가장 좋습니다. 진류는 천하의 요충지이며, 또 제후들의 군사가 모이기도 쉬운 곳입니다. 저장되어 있는 곡식이 수천만 석에 달하고, 성의 수비도 아주 견고합니다. 저는 원래 진류 현령과는 친교가 있습니다. 공을 위해 그를 설득시키겠습니다. 말을 듣지 않으면 공을 위해 그를 죽이고 진류를 항복시키겠습니다. 공은 진류의 군사를 거느리고 진류성을 의지하여 그 저장된 곡식을 군량으로 하며, 천하로부터 공을 따르려는 군사들을 불러 모으십시오. 따르는 군사가 충분히 모이게 되면, 공이 천하를 횡행하더라도 아무도 공을 해칠 사람은 없을 것입니다."

패공은 말했다.

"삼가 가르침에 따르겠습니다."

역생은 그날 밤, 진류 현령을 만나 달랬다.

"어쨌든 진나라가 무모한 정치를 했기 때문에 천하가 모조리 배반하게 된 것이니, 지금 당신이 천하 제후들과 손을 잡게 되면 큰 공을 이룩하게 될 것이오. 그런데 당신은 혼자서 이미 망해가는 진나라를 위해 성을 굳게 지키고 있소. 이것은 당신을 위해 위태로운 일이라 아니 할 수 없소."

진류 현령은 말했다.

"진나라 법은 너무도 무섭소. 함부로 그런 말을 해서는 안 되오. 말을 함부로 하는 사람은 일족이 모조리 죽게 되니, 나로서는 당신을 따를 수가 없소. 지금 당신이 하는 말은 내 뜻에 맞지 않소. 두 번 다시 그런 말은 마시오."

역생은 그곳에 머물러 쉬게 되었는데, 밤중에 현령의 목을 베고, 성을 빠져나와 패공에게 알렸다. 패공은 군사를 거느리고 성을 치며, 현령의 머리를 긴 장대 끝에 매달아 성 위에 있는 사람에게 보여 주고 말했다.

"빨리 항복해라. 너희 현령의 머리를 이미 베었다. 여전히 항복하기를 주저하는 사람은 먼저 목을 벨 것이다."

진류 사람들은 현령이 이미 죽고 없는 것을 알자 마침내 다같이 패공에서 항복했다. 패공은 진류 남성문 위에 막사를 치고, 무기고의 무기를 접수하는 한편, 저장한 곡식을 군량으로 충당하여, 약 석 달 머물러 있는 동안 모여든 군사가 만 명을 헤아리게 되었으므로, 마침내 관중으로 쳐들어가 진나라를 깨뜨리게 되었다.

태사공은 말한다.

세상에는 역생에 대한 전기가 많고, 그 대부분은 한나라 왕이 이미 삼진을 점령하고 동쪽으로 항적을 쳐서 군사를 성·낙 사이로 이끌고 갔을 때, 역생이 선비 차림을 하고 가서 한나라 왕을 달랬다고 나와 있는데, 이것은 잘못된 것이다.

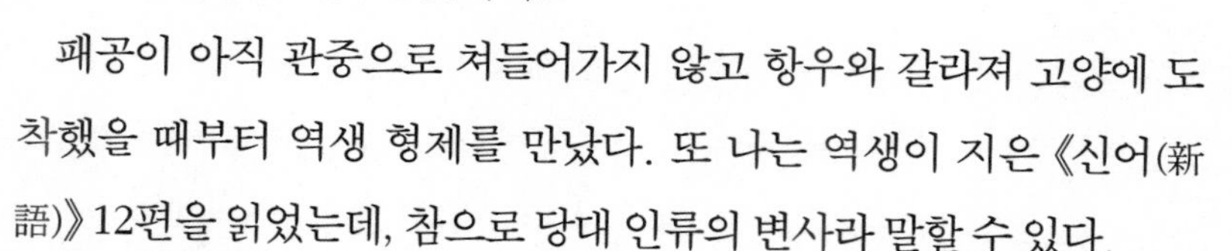

패공이 아직 관중으로 쳐들어가지 않고 항우와 갈라져 고양에 도착했을 때부터 역생 형제를 만났다. 또 나는 역생이 지은 《신어(新語)》 12편을 읽었는데, 참으로 당대 인류의 변사라 말할 수 있다.

평원군에 대해서는 그 아들과 나와 친교가 있는 관계로 자세한 이야기를 할 수 있었다.

부·근·괴성 열전(傅靳蒯成列傳)

진나라와 초나라 사이의 자세한 사정은 항상 고조를 따라다니며 제후를 평정했던 주설만이 그것을 알 수 있었다. 그래서 〈부·근·괴성 열전 제38〉을 지었다.

양릉후 부관(傅寬)은 위나라 오대부 기장으로 패공을 따라 그의 사인이 되었다. 횡양(橫陽)에서 군사를 일으킨 이래 패공을 따라 안양과 강리(扛里)를 치고, 조분의 군사를 개봉에서 공격하고, 또 양웅을 곡우와 양무에서 공격해서 적의 수급 13개를 벤 공에 의해 경의 작위를 받았다. 계속해서 패공을 따라 패상에 이르렀고, 패공이 한나라 왕이 된 뒤에는 봉지를 받고 공덕군(共德君)에 봉해졌다. 한나라 왕을 따라 한중으로 들어가서는 우기장(右騎將)으로 전임되었다.

한나라 왕을 따라 삼진을 평정하고는 식읍으로 조음(雕陰)을 받았다. 한나라 왕을 따라 항적을 치고, 한나라 왕을 회 땅에서 기다린 공으로 통덕후(通德侯)의 작위를 받았으며, 다시 한나라 왕을 따라 항관·주관·용저를 공격할 때 부하 군사가 적의 기장 1명을 오창 아래에서 베었기 때문에 증봉되었다. 회음후에 소속되어서는 제나라 역성의 군사를 격파하고 전해(田解)를 쳤으며, 재상 조참에 소속되어서는 박을 무찌르고 증봉되었다. 이어 제나라 땅을 평정하고는 양릉후에 봉해졌고 하사받은 부절을 세습하게 되었다. 식읍은 2천 6백 호로 전에 받은 식읍은 회수되었다.

그는 제나라 승상이 되어 제나라 땅의 수비를 더 강화했으며(당시 전횡 등은 아직 항복하지 않았다), 5년 뒤에는 제나라 재상이 되었고, 다시 4개월 뒤에는 태위 주발에 예속되어 진희를 쳤다. 그는 한 달 만에 대나라의 재상이 되어 변방에 주둔한 병사를 통솔했고, 그로부터 2년 뒤에는 대나라의 승상이 되어 변방에 주둔한 병사를 통솔했다.

효혜제 5년에 부관이 죽었는데, 시호를 경후(景侯)라 했다. 그의 아들 경후(頃侯) 정(精)이 뒤를 이어 후가 된 지 24년 만에 죽고, 또 그의 아들 공후(共侯) 측(則)이 뒤를 이어 12년 만에 죽었다. 그의 아들 언(偃)이 뒤를 이었으나, 21년 만에 회남왕과 함께 반란 사건에 연루되어 처형당하자 영지는 없어졌다.

신무후 근흡(靳歙)은 중연(中涓)으로 패공을 따라, 원구에서 군사를 일으킨 뒤 제양을 쳐서 이유(李由)의 군사를 깨뜨리고, 다시 진나라 군사를 박 남쪽 개봉 동쪽에서 쳐서 기병 10병, 장수 1명을 베고, 수

급 57개와 포로 73명의 전과를 올렸다. 그 공에 의해 임평군(臨平君)에 봉해졌다.

또 남전 북쪽에서 싸워 차사마 2명, 기장 1명, 수급 28개, 포로 57명의 전과를 올렸다. 패상에 이르러 한나라 왕이 된 패공은 근흡에게 건무후의 작위를 내렸다. 근흡은 기도위로 옮긴 후 한나라 왕을 따라 삼진을 평정하고 따로 서쪽으로 장평의 군사를 농서에서 쳐서 이를 깨뜨리고, 농서 6개 현을 평정했다. 이 싸움에서는 부하 군사가 적의 차사마와 사마후 각각 4명 및 기장 12명을 베었다.

한나라 왕을 따라 동쪽으로 초나라를 쳐서 팽성에 이르렀으나, 한나라 군사가 패했으므로 되돌아와 옹구를 지켰다. 그 후 얼마 지나지 않아 왕무 등이 반역을 꾀했으므로 이를 쳐서 양의 땅을 공략했다. 따로 장수로서 형열(邢說)의 군사를 치성 남쪽에서 쳐 깨뜨릴 때에는 손수 형설의 도위 2명과 사마후 12명을 잡고, 사졸 4,180명의 항복을 받았다. 또 형양 동쪽에서는 초나라 군사를 깨뜨렸다.

한나라 3년, 식읍 4천2백 호를 받았고, 따로 하내로 가서 조나라 장군 비석의 군사를 조가(朝歌)에서 격파했는데, 이 싸움에서 부하 군사들이 적의 기장 2명과 차마 250두를 잡았다. 한나라 왕을 따라 안양에서부터 동쪽으로 극포에 이르는 곳을 공략해서는 7개 현의 항복을 받았으며, 따로 조나라 군사를 격파하고서 그의 장사마 2명과 척후(斥候) 4명을 잡고, 사졸 2천4백 명의 항복을 받았다.

한나라 왕을 따라 한단을 공격해 항복시켰으며, 따로 평양을 항복시키고 손수 적의 수상을 베었는데, 이 싸움에서 부하 군사가 군수 한 사람을 베었다. 그는 업을 항복시켰고, 한나라 왕을 따라 조가와 한단을 쳤으며, 또 따로 조나라 군사를 격파하여 한단의 6개 현을 항복시켰다. 되돌아와 오창에 진을 치고 항우의 군사를 성고 남쪽에서 깨뜨린 다음, 계속 공격해 초나라 보급로를 끊었다. 형양으로부터 출병하여 양읍에 이르러서는 항관의 군사를 노성 밑에서 깨뜨렸다. 그리고 동쪽으로 증(繒)·담·하비를 공략했고, 남쪽으로 기·죽읍(竹邑)에 이르러 항한(項悍)을 치고, 양성 밑에서 공격하고 되돌아 나와 항적을 진성(陳城) 아래에서 격파했으며, 따로 강릉을 평정했다.

또 강릉의 주국·대사마 이하 8명에게 항복을 받고, 손수 강릉왕(江陵王)을 생포하여 진양으로 보내는 등 남군을 평정했으며, 다시 고조를 따라 진에 이르러 초나라 왕 한신을 잡은 공에 의해 신무후에 봉해졌으며, 부절과 식읍 4천6백 호를 세습하도록 허락받았다.

고조를 따라 대를 칠 때에는 기도위였는데, 한신을 평성 밑에서 공격한 다음 되돌아와 동원에 진을 친 공로로 거기장군에 올라 양·조·제·연·초의 거기를 아울러 거느리게 되었다. 따로 진희의 승상 창(敞)을 쳐서 깨뜨리고, 이어 곡역의 항복을 받았으며, 고조를 따라 경포를 칠 때의 공으로 식읍 5천2백 호를 더 받았다.

적의 수급이 모두 90개, 포로 132명, 따로 군사를 깨뜨린 것이 14회, 항복시킨 성이 59개, 1개의 나라와 군(郡) 및 23개 현을 평정하고, 왕과 주국 각각 1명, 2천 석 이하 5백 석까지의 신분을 가진 자 39명을 사로잡았다.

고후 5년에 근흡이 죽자 숙후(肅侯)라는 시호가 내려졌다. 그의 아들 정(亭)이 뒤를 이어 후가 된 지 21년 만인 효문제 복원 3년에 국민들에게 법에 정해져 있는 이상으로 지나치게 부역을 시킨 죄로 후를 박탈당하고 영지도 없어지게 되었다.

괴성후 설(緤)은 패 땅 사람이며, 성은 주씨(周氏)다. 그는 항상 고조의 참승(參乘)을 지냈다. 패공이 패에서 군사를 일으킬 때 사인으로 참가했고, 패상에 이르러 서쪽으로 촉나라와 한나라에 들어갔다가 되돌아 나와 삼진을 평정한 다음에 지양(池陽)을 식읍으로 받았다.

동쪽으로 초나라 식량 보급로를 끊고, 한나라 왕을 따라 평음에서 황하를 건너 회음후 군대와의 싸움이 유리할 때도 있고 불리할 때도 있었지만 그는 끝까지 고조를 떠날 생각을 하지 않았다.

고조는 주설을 신무후에 봉하고, 3천3백 호의 식읍을 주었다. 한나라 12년에 고조는 주설을 다시 괴성후에 봉하고 전의 식읍은 회수했다. 고조가 진희를 친히 치려고 할 때, 괴성후는 울면서 간언했다.

"일찍이 진나라가 천하를 격파했을 때 시황은 한 번도 직접 나간 일이 없었습니다. 그런데 폐하께선 항상 친히 나가시니, 시킬 만한 사람이 없어 그러시는 겁니까?"

고조는 주설이 자기를 아낀다고 생각하고, 그에게 대궐 안에서 빠른 걸음을 걷지 않아도 좋고, 사람을 죽여도 사형에 처하지 않는다는 특전을 내렸다.

효문제 5년에 주설이 천수를 누리고 죽자 시호로 정후(貞侯)가 내려졌다. 그의 아들 창(昌)이 뒤를 이어 후가 되었으나, 죄를 범해 영지를 잃고 말았다.

효경제 중원 2년에 주설의 아들 거(居)는 태상이 되었으나, 죄를 범하여 영지를 잃었다.

태사공은 말한다.

양릉후 부관과 신무후 근흡은 모두 고제를 따라 산동에서 일어나 항적을 치고 명장을 무찌르며 군사를 깨뜨리고 성을 항복받은 것이 수십 건에 달했으나, 한 번도 곤욕을 치른 일이 없었다. 이 또한 하늘이 준 것이리라. 괴성후 주설은 마음을 굳고 바르게 가져 남에게 의심받은 일이 없었다. 고조가 직접 싸움터로 나갈 때마다 눈물을 흘리지 않은 적이 없었는데, 역시 무언가 걱정되는 것이 있었기 때문이리라. 독실하고 마음 착한 군자라 말할 수 있다.

유경·숙손통 열전(劉敬叔孫通列傳)

호족들을 옮겨 관중에 도읍을 정하고 흉노와 화친을 맺었으며, 조정의 예를 분명히 하고 종묘의 의식을 순서 있게 했다. 그래서 〈유경·숙손통 열전 제39〉를 지었다.

유경은 제나라 사람으로, 한나라 5년에 위(衛)나라 수병(戍兵)이 되어 농서로 가던 도중, 고제가 머물고 있던 낙양을 지나게 되었다.

그때 누경(유경)은 양피 옷을 입은 채 짐수레에서 뛰어내려 제나라 출신인 우장군(虞將軍)을 찾아가 청을 넣었다.

"폐하를 뵈옵고 국가 이익에 관한 말씀을 드리고 싶습니다."

우장군이 그에게 좋은 옷을 주려고 하자 누경은 이렇게 말했다.

"저는 비단을 입었으면 비단을 입은 채, 누더기를 입었으면 누더기를 입은 채 뵙겠습니다."

그리고는 끝내 옷을 갈아입으려 하지 않았다.

우장군이 안으로 들어가 황상께 아뢰었다. 황상은 그를 불러 음식을 하사하고 자신을 만나려고 한 이유를 물었다. 이에 누경은 고제에게 다음과 같이 말했다.

"폐하께서 낙양을 도읍으로 정하신 것은 옛날 주나라 왕실과 그 융성을 겨룰 생각에서이옵니까?"

"그렇다."

"폐하께서 천하를 얻게 되신 것은 주나라 왕실과는 다르옵니다. 주나라 선조는 후직(后稷)이었는데, 요임금이 그를 태(邰)에다 봉했습니다. 그로부터 덕을 쌓고 선을 쌓기 10여 대를 지나, 공유(公劉)는 하나라 걸왕의 포학을 피해 빈(豳)에서 살고 있었습니다. 그 뒤 태왕(太王)은 오랑캐의 침략을 피해 빈을 떠나, 말채찍을 잡고 기산으로 옮겨 와 살게 되었는데, 빈 사람들은 앞을 다투어 그를 따랐습니다. 문왕이 서백(西伯)이 되어 우(虞)와 예(芮), 두 나라의 소송을 판가름해 줌으로써 비로소 천명을 받게 되자, 태공 망여상과 백이·숙제가 바닷가로부터 찾아와 살게 되었습니다. 무왕이 은나라 주왕을 치자, 기일을 미리 약속해 둔 것도 아니었는데, 맹진(孟津, 낙양의 동쪽) 부근에 모여든 제후들이 8백에 이르렀고, 그들이 모두 '주(紂)는 마땅히 쳐야 합니다' 하고 말함으로써 마침내 은나라를 멸망시켰던 것입니다.

성왕이 즉위하자 주공의 무리들이 보좌하여 재상으로 있으면서 성주(成周)의 도읍을 낙읍(낙양)에 세웠던 것입니다. 낙양은 천하의 중앙으로서 제후들이 사방으로부터 조공을 드리고 부역을 바치기에

거리가 비슷하다고 생각했기 때문입니다. 낙양은 덕이 있는 사람에게는 왕 노릇하기가 쉽고, 덕이 없는 사람에겐 망하기 쉬운 곳입니다. 이 땅에 도읍을 정한 것은, 주나라가 대를 잇는 왕들로 하여금 덕으로써 사람들을 감화시키려 한 것이며, 험한 지형을 믿고 자손들이 백성을 괴롭히는 일이 없도록 하고자 한 것입니다. 주나라가 흥성했을 때는 천하가 다 화합했고, 사방의 오랑캐들도 그 덕화에 힘입어 의와 덕을 사모하며, 왕실을 의지하여 다같이 천자를 섬겼던 것입니다. 1명의 군사도 주둔시키지 않고, 1명의 군사도 싸움을 해본 일이 없이, 8국의 소수민족과 큰 나라의 백성들까지 모두 기꺼이 찾아와 조공과 부역을 바치지 않는 사람이 없었습니다. 그런데 주나라가 약해지자, 동과 서로 나뉘어 2개의 주나라가 되었고, 천하에는 입조하는 제후도 없었고, 주나라 왕실은 그들을 제어할 수도 없었습니다. 덕이 없기 때문이 아니라 수도의 지형이 약했기 때문이었습니다. 지금 폐하께선 풍과 패에서 일어나 군사 3천 명을 이끌고 돌진하여 촉·한을 석권하고, 삼진(三秦, 항우가 삼분한 진나라)을 평정하여 항우와 형양에서 싸우고, 성고의 요지를 다투어 큰 싸움이 70회, 작은 싸움이 40회에 이르렀습니다. 이로 인해 죽은 천하의 백성들의 간과 골이 땅을 덮고, 아비와 자식의 뼈가 함께 들판에 뒹굴게 한 것이 이루 헤아릴 수 없이 많았습니다. 통곡과 흐느낌 소리가 아직도 끊이지 않고, 부상당한 사람은 지금도 일어나지 못하고 있는 형편입니다. 그런데 주나라의 전성기인 성왕(成王)·강왕(康王)의 시대와 번영을 겨루려고 낙양에 도읍하려 하신다니, 신에게는 그 일이 적이 온

당치 않은 일인 줄로 생각되옵니다. 한편, 진나라 땅은 산에 싸여 있고, 황하 강이 주위를 에워싸고 있어 사방이 더없이 튼튼하게 나라를 지키고 있습니다. 따라서 갑자기 위급한 사태에 직면하더라도 백만 대군을 충분히 배치시킬 수 있습니다. 진나라의 옛 수도를 차지하여 다시없이 기름진 땅을 바탕으로 삼게 되면, 이거야말로 이른바 천연의 곳간이라고 할 수 있습니다. 폐하께서 관중으로 드시어 그곳에 도읍을 정하시면, 산동(효산의 동쪽) 땅이 어지러워지더라도 진나라 옛 땅만은 고스란히 그대로 보존할 수 있습니다. 다른 사람과 싸울 때, 상대방의 목을 조르고 등을 치지 않고서는 완전한 승리를 얻을 수 없습니다. 지금 폐하께서 함곡관으로 들어가 도읍을 정하고 진나라의 옛 땅을 차지하는 것, 이것이 바로 천하의 목을 조르고 그 등을 치는 일입니다."

고제가 이 점에 대해 뭇 신하들의 의견을 묻자, 신하들은 모두 산동 출신이었으므로 다같이 반대 의견을 말했다.

"주나라는 수백 년이나 왕 노릇을 계속했으나 진나라는 겨우 2대 만에 멸망했습니다. 주(周, 낙양)에 도읍하는 것만 못합니다."

고제는 쉽게 결정을 내리지 못했다. 그러나 유후(장량)가 관중으로 들어가는 것이 편리하다는 것을 분명히 말함으로써, 그날로 수레를 서쪽으로 향해 관중에다 도읍을 정했다. 그리고 고제가 말했다.

"진나라 땅에 도읍을 정하라고 처음 말한 것은 누경이다. 누(婁)는 유(劉)와 음이 비슷하다."

그리고는 그에게 유씨 성을 내리고 낭중에 임명하여 봉춘군(奉春

君)이라고 불렀다.

한나라 7년에 한신이 반란을 일으키자 고제는 직접 군대를 이끌고 치러 갔다. 고조는 진양(晉陽)에 이르러 한신이 흉노와 내통하여 함께 한나라를 치려 한다는 말을 듣자 크게 노하여 흉노에게 사신을 보냈다. 흉노는 장사와 살찐 소와 말을 숨기고, 노약자와 여윈 가축만이 눈에 띄게끔 해 두었다. 그로 인해 10명의 사신들은 돌아와 모두가 한결같이 흉노를 칠 만하다고 말했다.

고제는 다시 유경을 사신으로 흉노에 보냈다. 유경은 돌아와 이렇게 보고했다.

"두 나라가 교전하고 있을 경우에는 저마다 자기편의 이로운 점을 자랑하려 드는 것이옵니다. 그런데 지금 신이 그곳에 도착하자, 여위고 지쳐 보이는 노약자들만 볼 수 있었습니다. 이것은 틀림없이 약점을 보여 놓고 기습부대로써 승리를 취하려는 계략입니다. 신의 어리석은 생각으로는 흉노를 치지 않는 것이 좋을 것 같습니다."

이때 한나라 군사는 이미 구주산(句注山)을 넘어 20만이 넘는 군사가 행군 중에 있었다. 고제는 성이 나서 유경을 욕하며 말했다.

"이 제나라 포로 놈아, 입 끝으로 벼슬을 얻더니, 이제 또 함부로 지껄여대며 우리 군사의 행진을 막을 셈이냐?"

그러고는 유경에게 수갑을 채워 광무(廣武)의 옥에다 가둔 다음, 마침내 계속 진군하여 평성에 도착했다. 흉노는 과연 기습부대를 내보내 고제를 백등산에서 포위했고, 이레 만에 겨우 포위를 풀었다. 고제는 광무로 돌아오자 곧 유경을 풀어 주며 말했다.

"나는 그대의 말을 듣지 않았기 때문에 평성에서 치욕을 당했소. 앞서 흉노를 치자고 말한 10명의 사자들은 모조리 베었소."

그러고는 유경을 2천 호에 봉하여 관내후로 하고 건신후라 불렀다.

고제는 평성에서 군대를 거둬 돌아왔고, 한신은 흉노 땅으로 도망쳤다. 당시 흉노는 묵돈이 선우로 있었는데, 군사도 강했고 활을 잘 쏘는 군사 30만을 거느리고 있으면서 자주 한나라 북변을 괴롭히고 있었다. 고제가 이 문제를 유경에게 의논하자 그는 이렇게 말했다.

"천하가 이제 겨우 평정되었고 사졸들은 전쟁에 지쳐 있으므로, 도저히 무력으로 흉노를 정복할 수는 없습니다. 묵돈은 그의 아비를 죽이고 대신 왕이 되어, 아비의 첩들을 데리고 살며 힘을 자랑하고 있는 형편이므로, 도저히 인의로써 그를 설득시킬 수는 없습니다. 다만 묵돈의 자손들로 하여금 한나라 신하가 되도록 하는 계획을 세울 수 있을 뿐입니다. 그러나 폐하께서 그것을 실행하시지는 못할 것이옵니다."

"참으로 좋은 꾀라면야 무엇 때문에 실행할 수 없겠는가. 대관절 어떻게 하면 좋다는 말인가?"

유경은 대답했다.

"폐하께서 만일 여후 소생의 맏공주를 묵돈에게 시집보내시고 후한 선물을 내리시게 되면, 그는 한나라 정실 소생인 공주의 귀하심과 선물을 후한 것을 알고, 비록 오랑캐이지만 한나라를 존경하여 공주를 연지(흉노 왕후의 칭호)로 만들 것입니다. 그리고 공주가 아들을 낳게 되면 반드시 태자로 삼아, 자기를 대신해 선우가 되게끔 만들 것입니다.

왜냐하면 한나라에서 들어오는 후한 폐백을 탐내기 때문입니다. 한나라에는 언제나 남아돌지만 흉노에게는 구하기 힘든 물건들을 보내 주고 소식을 전하며, 그 기회에 말 잘하는 변사를 보내 은근히 예절에 대한 것을 가르쳐 주게 되면, 묵돈이 살아 있는 동안에는 물론 폐하의 사위가 되는 것이며, 그가 죽으면 폐하의 외손이 선우가 되는 것입니다. 외손자로서 외조부와 감히 대등한 예를 주장한 사람을 일찍이 들은 일이 없습니다. 이렇게 되면 싸울 것도 없이 흉노를 점차 신하로 만들게 됩니다. 만일 폐하께서 맏공주를 보내실 수가 없어 종실이나 후궁의 딸을 공주라 속이고 보내게 되면, 묵돈도 눈치를 채고 소중히 알거나 가까이 하려 하지 않을 것이므로 아무 소용이 없게 됩니다."

고제는 이 말을 듣고 좋다고 하고 맏공주를 시집보내려고 했으나 여후가 밤낮으로 울면서 말했다.

"저에게는 오직 태자와 딸 하나가 있을 뿐입니다. 그 딸 하나를 어떻게 흉노에게 버릴 수가 있겠습니까?"

고제는 결국 맏공주를 차마 보낼 수 없어, 양가집 딸을 골라서 공주라 속여 선우에게 시집보내기로 하고, 유경을 흉노에게로 보내 화친을 맺게 했다. 유경은 흉노에게 다녀오자 다음과 같은 의견을 말했다.

"흉노들 중에도 하남(河南)에 있는 백양(白羊)왕과 누항(樓煩)왕의 두 나라는 장안에서 가까운 거리로 7백 리밖에 떨어져 있지 않으며, 경무장한 기병부대라면 하루 밤낮이면 진중(秦中, 관중)에 이를 수 있습니다. 진중은 병화를 입은 지 얼마 안 되었고, 아직 복구가 되지 않아 백성들은 적고 땅이 기름지기 때문에 많은 백성들을 옮겨 살게 할 수 있습니다. 진나라 말기에 제후들이 군사를 일으켰을 즈음에 제나라 전씨 일족과 초나라의 명문 소씨(昭氏)·굴씨(屈氏)·경씨(景氏)가 협력하지 않았다면 누구도 일어날 수가 없었을 것입니다. 지금 폐하께서 관중에 도읍을 정하기는 하였으나 실상 살고 있는 백성들은 얼마 되지 않으며, 게다가 북쪽으로는 흉노의 도둑이 가깝고, 동쪽에는 옛 6국의 왕족으로 강력한 자들이 있어, 하루아침 변이라도 생기게 되면 폐하께서도 베개를 높이 하고 편히 쉴 수는 없을 것입니다. 바라옵건대 폐하께서는 제나라 전씨 일족과 초나라의 소씨·굴씨·경씨, 그리고 연·조·한·위나라의 황족의 후예 및 호걸 명문의 사람들을 옮겨다가 관중에 살게끔 하십시오. 그렇게 되면 천하가 무사할 때에는 흉노에 대비할 수가 있고, 제후들이 변을 일으켰을 때에는 그들을 이끌고 동쪽을 치기에 충분할 것입니다. 이것이야말로 나라의 뿌리를 튼튼히 하고 끝을 약하게 만드는 방법이옵니다."

고제는 허락하고 유경으로 하여금 그가 말한 계획대로 10만여 명의 사람들을 관중으로 옮겨와 살게 했다.

숙손통(叔孫通)은 설 땅 사람이다. 진나라 시대에 학문이 뛰어나다는 이유로 조정으로 불려가서, 장차 박사로 임용한다는 조서를 기다리고 있었다. 그러는 동안 진승이 산동에서 군사를 일으켰다는 보고를 받고 2세 황제는 박사와 유생들을 불러 물었다.

"초나라 수졸(진승)이 기를 공격하여 진에 들어왔다고 하는데, 경들은 이것을 어떻게 생각하는가?"

박사와 유생 30여 명이 나와서 이렇게 말했다.

"신하로서는 반역할 생각마저 가질 수 없는 일이옵니다. 그러한 생각을 가지고 있으면 그것 자체가 이미 반역이옵니다. 사형에 처하고 용서함이 없어야 할 줄로 아옵니다. 바라옵건대 폐하께선 급히 군사를 보내어 이를 치게 하옵소서."

2세 황제는 반역이라는 말을 듣자 노하여 얼굴색이 변했다. 그러자 숙손통이 나아가 말했다.

"유생들의 말은 모두 틀린 말이옵니다. 지금 천하가 합하여 한 집을 이루고, 군과 현의 성을 허물고 병기를 녹여, 그것을 두 번 다시 쓰지 않을 것을 천하에 보였습니다. 그리고 위로는 밝으신 임금이 계시고, 아래로는 법령이 완비되어 있어서 사람들은 저마다 자기 일에 충실하고, 사방의 백성들은 조정에 복종하고 있습니다. 어찌하여 감히 반역을 꾀하는 자가 있겠습니까. 그것은 한낱 도둑떼거나 좀도둑에 불과한 것으로 조금도 말할 거리가 되지 못하옵니다. 군수와 군위가 곧 잡아 그 죄를 묻게 될 것인즉 새삼 걱정하실 필요가 없사옵니다."

2세 황제는 기뻐서 옳다고 말하고, 박사와 유생 한 사람 한 사람에게 각자의 의견을 말하게 했다. 박사와 유생들 중에는 혹은 반역이라고 말하고, 혹은 도적이라고 말했다. 그러고 나서 2세 황제는 어사에게 명하여 반역이라고 말한 사람들을 조사한 다음, 그들을 형리의 손에 넘겼다. '입에 담지 못할 소리를 했다'는 죄목이었다. 단, 도적이라고 말한 사람들은 그대로 용서했다. 특히 숙손통에게는 비단 20필과 옷 한 벌을 준 다음, 박사에 임명했다. 숙손통이 궁궐에서 물러나 숙사로 돌아오자, 박사·유생들이 비꼬았다.

"선생은 어찌 그렇게 지나친 아첨을 하십니까?"

그러자 숙손통이 말했다.

"당신들은 아직 모르오. 나는 하마터면 호랑이의 입을 빠져나오지 못할 뻔했소."

그리고는 그 길로 설로 도망쳤다. 하지만 설은 이미 초나라에 항복한 후였다. 항량이 설에 들어오자, 숙손통은 그를 따랐다. 그리고 항량이 정도(定陶)에서 패하자 회왕을 따랐고, 회왕이 의제가 되어 장사(長沙)로 옮겨 가자, 그대로 머물며 항왕을 섬겼다.

한나라 2년, 한나라 왕이 다섯 제후들을 이끌고 팽성에 들어오자 숙손통은 한나라 왕에게 항복했다. 그러나 한나라 왕이 패해 서쪽으로 물러나자 이번에는 끝까지 한나라를 따랐다.

숙손통은 늘 선비 차림을 하고 있었는데, 한나라 왕이 그것을 싫어한다는 것을 알게 되자, 즉시 옷을 바꾸어 초나라 풍속을 따라 짧은 옷을 입었고, 생각대로 환심을 살 수 있었다.

숙손통은 한나라에 항복했을 때 제자인 유생들을 백여 명이나 데리고 있었는데, 그중 한 사람도 한나라 왕에게 천거하지 않고 오로지 도둑이나 장사꾼들만 천거했다. 그래서 제자들은 숨어서 숙손통을 욕했다.

"우리는 선생을 여러 해 동안 섬겼고, 다행히 선생을 따라 한나라를 따르게 되었는데, 선생은 우리들을 천거할 생각도 않고, 덮어놓고 교활한 녀석들만 천거하고 있다."

숙손통은 그 말을 듣자 제자들에게 일렀다.

"한나라 왕은 지금 시석(矢石)을 무릅쓰고 천하를 다투고 있는 중이다. 너희들에게 싸울 만한 능력이 있느냐? 그래서 우선 적장을 베고 적의 깃발을 빼앗을 수 있는 사람들을 천거하는 것이다. 나를 믿고 잠시 기다려라. 나는 너희들을 잊지 않는다."

한나라 왕은 숙손통을 박사에 임명하고 직사군(稷嗣君)이라 불렀다. 한나라 5년(기원전 202년), 천하를 통일하게 되자 제후들은 정도에서 함께 한나라 왕을 황제로 추대했다. 이때 숙손통이 의식 절차의 칭호를 정하게 되었다.

그 뒤 고제는 진나라 시대의 까다로운 절차들을 모조리 없애 버리고 법을 간편하게 했다. 그런데 뭇 신하들이 술만 마시면 서로 전쟁의 공로를 놓고 다투었으며, 취한 다음에는 큰 소리를 지르며 칼을 뽑아들고 궁전 기둥을 치기도 했다. 고제는 그런 모습을 보고 몹시 걱정이 되었다.

숙손통은 황제가 차츰 신하들의 난폭한 모습을 싫어하게 된 것을 알자, 이렇게 진언했다.

"대체로 선비란 것은 진취하는 일을 함께 꾀하기는 어려워도 수성(守成)하는 일을 함께 하기에는 적당합니다. 바라옵건대 각 나라 학자들을 불러내어 신의 제자들과 함께 조정의 의식을 제정하도록 허락해 주십시오."

"그건 너무 어려운 일이 아닐까?"

"오제는 각각 음악을 달리하고, 삼왕은 각각 예를 같게 하지 않았습니까. 예란 것은 시대와 인정에 맞게끔 간략하게 하기도 하고, 꾸미기도 하는 것입니다. '하·은·주의 예는 각기 그 전대의 의례에 따르면서도 취사선택하였다(《논어》)'라고 합니다. 그것은, 예란 것이 전 시대의 것을 그대로 따르는 것이 아니란 것을 의미합니다. 신은 고대의 예를 바탕으로 하고 거기에 진나라의 의식도 섞어서 새로운 것을 만들어낼 생각이옵니다."

"그렇다면 알기 쉽게, 내가 실행할 수 있는 범위를 생각해서 만들어 보라."

그래서 숙손통은 어명으로 노나라에 가서, 학자 30여 명을 추려 내었으나 그중 두 사람만이 동행하기를 거절하며 이렇게 말했다.

"당신이 섬긴 임금은 10명이나 되지만, 당신은 그 임금들에게 얼굴을 앞에 놓고 아첨함으로써 가까이 하게 되고 존귀하게 되었습니다. 그런데 지금 천하가 겨우 평정되었을 뿐으로, 죽은 사람은 아직 땅에 묻히지 못한 채 있고, 상한 사람은 다시 일어날 수 없는 형편에 놓여 있는데, 예악(禮樂)을 일으키려 하고 계십니다. 예악이 일어나는 것은 그만한 까닭이 있어야 하는 것으로, 천자가 백 년도 더 덕을 쌓아야 비로소 일어나게 되는 것입니다. 우리들은 당신이 하려는 것을 차마 따라할 수가 없습니다. 당신이 하려는 것은 옛날 법에 맞지 않는 것입니다. 우리들은 가지 않겠으니 그대로 돌아가십시오. 더 이상 우리를 욕되게 하지 마십시오."

숙손통은 웃으며 말했다.

"당신들은 정말 고루한 선비들이오. 시세의 변천도 모르다니."

결국 숙손통은 노나라에서 30명을 데리고 돌아왔다. 그 밖에 궁중의 학자들과 자기 제자 백여 명을 합쳐 교외에다 모의 회장을 설치하고서 한 달 남짓 예식 절차를 강습했다. 그런 뒤에 숙손통은 황제에게 다음과 같이 말했다.

"폐하께서 직접 보십시오."

고제는 예식 절차를 구경하며 다음과 같이 말했다.

"이 정도면 나도 할 수 있다."

그리고는 곧 신하들에게 이를 익히게 하여 10월 조하(朝賀) 때 실시하기로 했다.

한나라 7년, 장락궁이 완성되었다. 제후와 모든 신하들이 다 조회에 들어, 10월의 새해 의식에 참석했다. 날이 밝기에 앞서 알자가 식전을 맡아, 참례자들을 순차대로 대궐 문 안으로 들어오게 했다.

뜰 가운데는 거리를 벌여 두고 보졸과 위병들이 줄을 지어 병기를 갖추고 깃발을 세워, '빠른 걸음으로 가' 하는 명령을 내린다.

대궐 밑에는 낭중이 계단을 끼고 양쪽으로 서 있고 계단마다 수백 명이 지키고 있었다. 공신, 열후, 여러 장군 및 군리들은 서열대로 서쪽 편에 열을 지어 동쪽을 바라보고, 문관인 승상 이하는 동쪽 편에 열을 지어 서쪽을 향해 있었다. 대행(大行, 손님 접대하는 장관)은 9명의 빈(賓, 접대계)을 배치시켜 손님 접대를 맡는다.

이때 황제가 봉련(鳳輦, 사람이 끄는 수레)을 타고 나타나면, 백관들은 손에 깃발을 들어 정숙하게 하고, 제후왕(諸侯王)부터 봉록 6백 석까지의 관리들은 앞으로 안내되어 차례로 황제에게 하례를 올린다. 이러한 의식을 진행할 때면 제후왕을 비롯한 모든 관리들이 두려워하고 엄숙한 표정을 짓게 된다.

하례가 끝나면 법주(法酒, 의식을 술자리)를 거행하는데, 궁전 위에서 황제를 모시고 있던 사람들은 모두 엎드려 머리를 숙이고, 지위의 존비에 따라 일어나며, 축수의 술잔을 올렸다. 술잔이 아홉 차례 돌아가면 '술을 그치라'는 신호를 보냈다.

어사는 법에 따라 의식의 법대로 하지 않는 사람을 발견하는 즉시 퇴장시켰다. 의식이 끝나고 주연을 열었는데, 어느 한 사람 시끄럽게 떠드는 사람이 없었다.

그때 고조는 말했다.

"나는 오늘에야 비로소 황제가 귀하다는 것을 알게 되었다."

그리고 곧 숙손통을 태상(太常, 의례를 맡은 장관)에 임명하고 금 5백 근을 하사했다. 숙손통은 이 기회를 틈타 나아가 말했다.

"신의 제자인 유생들은 오랫동안 신을 따르고 있습니다. 또 신과 더불어 의례를 만들었습니다. 바라옵건대 폐하께서는 저들에게도 벼슬을 내리옵소서."

고제는 그들을 모두 낭관(郎官)에 임명했다. 숙손통은 물러나오자 5백 근의 금을 모조리 유생들에게 나눠 주었다. 유생들은 모두 기뻐하며 말했다.

"숙손 선생은 참다운 성인이다. 그는 당대의 중요한 일을 모두 알고 있다."

한나라 9년, 고제는 숙손통을 태자 태부로 삼았다. 그런데 한나라

12년, 고조가 태자를 조나라 왕 여의로 바꾸려 하자, 숙손통은 황제에게 이렇게 간했다.

"옛날 진나라 헌공은 여희(驪姬)를 사랑한 나머지, 태자를 폐하고 해제(奚齊, 여희의 아들)를 태자로 세웠으나, 그로 인해 진나라는 수십 년 동안 혼란 상태에 빠져 천하에 웃음을 샀습니다. 또 진나라는 일찍 부소(扶蘇)를 태자로 정해 두지 않았기 때문에 조고로 하여금 어명이라 속여 호해를 태자로 세울 수 있는 틈을 주어, 스스로 조상의 제사를 끊고 말았습니다. 이것은 폐하께서 친히 보아온 것입니다. 지금 태자께서 마음이 어질고 부모에게 효성스럽다는 것은 온 천하가 다 알고 있는 일이옵니다. 또 여후께선 폐하와 함께 고생을 같이 겪으신 조강지처라 할 수 있습니다. 폐하께서 굳이 적자를 폐하고 어린 여의를 태자로 세울 생각이시라면, 먼저 신을 죽여 제 피로써 이 땅을 적셔 주십시오."

"그만두시오. 난 잠시 농담을 한 것뿐이오."

"태자는 천하의 근본입니다. 근본이 한 번 흔들리게 되면 천하가 따라 움직이게 됩니다. 천하의 일을 놓고 농담을 하시다니 될 법이나 한 일이옵니까?"

"경의 말을 따르겠소."

그 뒤 황제는 연회를 열었을 때, 유후가 초대한 손[8]이 태자를 따라

8 〈유경·숙손통 열전〉 중 태자(효혜제)를 조나라 왕 여의로 바꾸려 할 때 유후 장량이 담당한 역할은 다음과 같다. 즉 고제가 일찍이 빈객으로 맞으려다 실패한 동원공(東園公), 염리 선생(冉里先生), 기리계(綺里季), 하황공(夏黃公) 등 4명의 현인을 태자의 빈객으로 맞아들이게 함으로써 고조에게 태자를 새로이 인식시킨 것이다.

와 알현하는 것을 보고 마침내 태자를 바꿀 생각을 그만두게 되었다.

고제가 죽고 효혜제가 뒤를 이어 즉위하자, 효혜제는 숙손통에게 말했다.

"선제의 원릉(園陵)과 침묘(寢廟)를 모심에 있어 신하들 가운데 예를 알고 있는 사람이 없다."

그리고 숙손통을 태부에서 옮겨 태상으로 삼아 종묘의 의법을 만들게 했다. 이후 한나라의 모든 의법이 정해진 것은 숙손통이 태상이 된 뒤에 만들어진 것이다.

효혜제는 대궐 동쪽, 태후가 있는 장락궁에 문안을 드리고, 또 비공식으로도 가끔 찾아갔기 때문에, 백성들의 통행을 막아 번거롭게 하는 일이 잦았다. 그래서 따로 복도(複道, 길 위로 건너가는 길)를 만들기로 하고, 무기고 남쪽에서부터 공사를 시작했다. 숙손통은 나랏일을 아뢰고 기회를 틈타 이렇게 말했다.

"폐하께선 어찌하여 복도를 만드십니까. 고침(高寢, 궁중 내 고조의 사당)에 간직되어 있는 고제 생전의 의관은 한 달에 한 번 고묘(高廟, 고조의 본묘, 장안 대로 동쪽)로 옮기게 되어 있습니다. 고묘는 한나라 시조를 제사지내는 곳이온데, 어찌하여 후손들로 하여금 종묘로 가는 길 위를 지나가게 할 수 있겠습니까?"

효혜제는 크게 두려워하며 말했다.

"급히 헐어 버리게 하라."

그러자 숙손통은 말했다.

"임금에게는 본래 허물이 있을 수 없는 것입니다. 복도를 만들기

시작한 것은 백성들이 다 알고 있는 일입니다. 지금 그것을 허물게 되면 폐하께 허물이 있음을 보여 주는 것이 되옵니다. 바라옵건대 폐하께서도 또 하나의 사당을 위수 북쪽에 세우시고, 고제의 의관을 달마다 그리로 옮기도록 하십시오. 종묘를 넓히고 많이 짓는 것은 큰 효도의 근본이기도 합니다."

그래서 황제는 곧 소임에게 명령을 내려 또 하나의 사당을 세우게 했다. 새로 사당이 서게 된 것은 복도가 문제가 되었기 때문이었다.

어느 해 봄, 효혜제가 이궁(離宮)으로 놀러 나갔을 때, 숙손통은 말했다.

"옛날 예법에는, 봄이면 종묘에 과일을 바치곤 했습니다. 지금 앵두가 잘 익어 종묘에 바칠 만합니다. 바라옵건대 폐하께서는 이번 놀러 나오신 기회에 앵두를 가져다가 종묘에 바치도록 하십시오."

황제는 이것을 받아들였다.

온갖 과일들을 종묘에 올리는 것은 이 무렵부터 시작되었다.

태사공은 말한다.

옛말에 '천금의 갖옷은 여우 한 마리의 겨드랑이 밑 가죽만으로는 되지 않는다. 높은 집 서까래는 한 그루의 나뭇가지만으로는 되지 않는다. 하·은·주 삼대의 성대함은 한 사람의 지혜만으로는 되지 않는다'고 했는데, 참으로 옳은 말이다.

고조는 미천한 몸으로 일어나서 천하를 평정했으니, 그 계책과 용병술이 아주 뛰어났음을 알 수 있다.

그런데 유경은 수레에서 뛰어내려 한 번 도읍을 옮길 것을 말함으로써 만세의 편안함을 세우게 되었으니, 지혜라고 하는 것이 어찌 한 사람의 전유물이라 할 수 있겠는가.

숙손통은 세상에 쓰이기를 바라며, 그 당시 무엇이 중요한 일인지를 생각하여 의례를 제정하고 진퇴의 절도를 지켜, 시세의 변화에 맞추어 변통하여 마침내 한나라 유학의 대종(大宗)이 되었다.

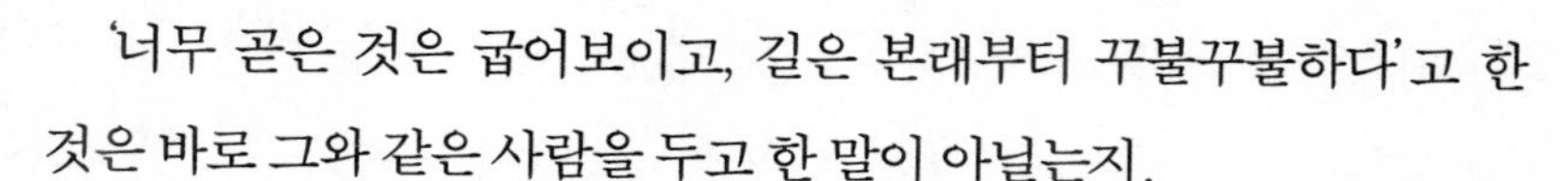

'너무 곧은 것은 굽어보이고, 길은 본래부터 꾸불꾸불하다'고 한 것은 바로 그와 같은 사람을 두고 한 말이 아닐는지.

계포·난포 열전(季布欒布列傳)

부드러움으로 능히 강함을 누르고 한나라 대관이 되었다. 난공(欒公)은 고조의 위세에 꺾이지 않고 목숨을 걸고 팽성을 지켰다. 그래서 〈계포·난포 열전 제40〉을 지었다.

계포는 초나라 사람으로 약한 자를 돕고 의로운 행동을 하는 것으로 유명했다. 항우에게서 군사를 맡아 여러 번 한나라 왕을 곤경에 빠뜨렸다. 항우가 죽고 나자 고조는 천 금의 현상금을 내걸어 계포를 붙잡고자 했으며, 감히 계포를 숨겨주는 자가 있으면 삼족을 멸하겠다고 했다.

계포는 복양 하북성 주씨(周氏) 집에 숨어 있었는데, 그때 주씨가 계포에게 말했다.

"한나라는 장군을 추격하기 위해 혈안이 되어 있으므로, 자취를 더

듬어 필경에는 내 집까지도 올 것입니다. 장군이 내 말을 들으신다면 나는 한 가지 헌책을 말씀드리겠습니다. 만약 들어줄 수 없다면 아무쪼록 붙잡히기 전에 스스로 목숨을 끊으십시오."

계포가 승낙을 하니, 그의 머리를 깎아 칼을 씌우고, 털로 짠 허름한 옷을 입혀 종과 같은 차림으로 광류거(廣柳車, 뚜껑이 있는 수레)에 넣어 하인들 수십 명과 함께 노나라 주가에게 팔았다.

주가는 그가 계포인 줄을 알았지만 모른 척하며 그를 사들여, 전위에 두고 자기 아들에게 경계하여 말했다.

"밭일은 이 노예에게 물어라. 그리고 너는 반드시 그와 식사를 같이 하고 잠시도 떨어져 있지를 말아라."

주가는 가만히 가벼운 수레를 타고 낙양으로 가서 여음후 등공(하후영)을 만났다.

등공은 주가를 자기 집에 붙들어놓고 며칠 동안 함께 술을 마셨다. 그런 중에 주가가 등공에게 물었다.

"계포에게는 어떠한 큰 죄가 있어서 주상이 엄하게 수색을 하는 것입니까?"

"계포는 항우를 위해 여러 번 주상을 괴롭혔소. 주상은 이를 원망하여 반드시 체포하고야 말리라고 벼르고 있는 것이오."

"그대는 계포를 어떠한 인물로 보십니까?"

"어진 자라고 생각하오."

"신하는 저마다 자기의 군주를 위해 일하는 것입니다. 계포가 항적을 위해 일한 것은 자신의 직분에서는 마땅히 할 일을 한 것뿐입니다. 항적의 신하가 직분을 다했다고 해서 그 신하를 다 죽여야 한다는 말입니까? 주상께서는 이제야 비로소 천하를 평정하셨는데, 자신의 사사로운 원한만으로 한 사람의 목숨을 노리고 있으니, 어찌 천하 사람들에게 주상의 도량이 좁다는 것을 보이십니까? 더구나 계포 같은 현인을 한나라가 현상금까지 내걸고 이렇게 급하게 찾는다면, 계포는 북쪽 흉노에게로 가거나 남쪽 월나라로 달아날 것입니다. 이는 장사를 꺼려하여 적국을 이롭게 하는 것과 같은데, 오자서가 초나라 평왕의 묘를 파헤쳐 그 시신에 매질을 한 것과 같습니다. 그대는 어찌하여 주상을 위해 조용히 말씀을 아뢰지 않습니까?

여음후 등공은 주가가 의협심 있는 사람인 것을 알고 있었으므로, 계포가 주가의 집에 숨어 있는 줄로 짐작했다.

"말씀을 아뢰겠소."

등공이 기회를 보아 주가가 한 말을 고조에게 아뢰니, 고조는 계포를 용서했다.

당시의 공경들은 계포가 자신의 강직한 성격을 누르고 유순하게 대처했음을 칭찬했다. 주가 또한 이 일로 해서 당시 이름을 날렸다. 그로부터 얼마 뒤 계포는 황상의 부름을 받아 황상을 뵙고 사과하는 말을 아뢰었고, 황상은 그를 낭중에 임명했다.

계포는 효혜제 때 중랑장이 되었다.

일찍이 선우는 방자한 서한을 올려 여후를 모욕한 적이 있었고 태도 또한 불손했다. 여후는 크게 노하여 장수들을 불러 이 일을 의논했다. 상장군 번쾌가 말했다.

"원컨대 10만 명의 군사를 이끌고 가서 흉노의 한복판을 마음껏 짓밟고 다니게 하여 주십시오."

장수들은 그가 여후의 사위이므로 모두들 여후의 뜻에 아첨하여 이를 찬성했다. 그러나 계포가 말했다.

"번쾌는 조심성이 없는 자이니 목을 베어 죽이는 것이 마땅합니다. 고제는 군사 30만을 인솔하면서도 평성에서 곤란을 받았습니다. 이제 번쾌는 10만 군사로써 어떻게 흉노의 한복판을 마음대로 짓밟고 다닐 수 있겠습니까? 이것은 태후를 면전에서 속이는 것입니다. 뿐만 아니라, 진나라는 흉노 정벌을 일삼았기 때문에 진승 등이 반란을 일으킬 수 있었던 것입니다. 아직 전란의 상처가 다 낫지도 않았는데 번쾌가 또 면전에서 아첨하는 것은 천하를 동요케 하려는 것입니다."

이때에 전상에 있던 사람들은 모두 그 결과를 두려워했는데, 태후는 그대로 조정에서 퇴출하여 마침내 두 번 다시 흉노를 징벌할 의논을 하지 않았다.

계포는 하동 태수가 되었다.

효문제 때에 어떤 사람이 계포가 현명하다고 칭찬했으므로, 문제는 그를 불러서 어사대부로 삼으려고 했는데, 또 다른 사람이 계포는 용감하기는 하지만 술만 들어가면 난폭하여 가까이 할 수 없는 인물이라고 말했다.

계포는 황상에게 불려 와서 장안에 한 달 동안 머물렀지만 다시 임지로 돌아가야 했다. 계포는 임금 앞에 나와 말했다.

"신은 공로가 없이 은총을 입어 황공하게도 하동에 근무하고 있습니다. 이번에 폐하께서는 아무 까닭도 없이 신을 부르셨는데, 이것은 반드시 누가 신을 칭찬하여 폐하를 속인 자가 있는 줄로 압니다. 지금 신이 왔으나 이제 또 아무 말씀도 없이 돌려보내시는 것은 누가 반드시 신을 폐하에게 나쁘게 말한 자가 있는 것으로 압니다. 폐하께서 한 사람이 칭찬한다고 신을 부르고, 한 사람이 비방한다고 신을 버리신다면 천하의 지혜로운 사람들이 이 말을 듣고 폐하의 식견을 들여다보지 않을까 두렵습니다."

주상은 얼마 동안 잠자코 있다가 이렇게 말했다.

"하동은 내게 있어 수족과 같은 마을이다. 그 때문에 특별히 그대를 부른 것이다."

계포는 절하고 임지로 돌아갔다.

초나라 사람 조구생(曹邱生)은 변설이 좋은 사람이었다. 여러 차례 권력에 아부하여 권세를 얻고, 금전을 얻기를 바라서 귀인 조동(趙同)을 섬기고 외척 두장군(竇長君, 효문제의 비 두황후의 형)과 친했다.

계포는 이 말을 듣고 곧 두장군에게 편지를 보냈다.

"조구생은 장자(長者)가 아니라고 들었소. 그와 내왕하지 않도록 하십시오."

조구생은 고향으로 돌아가는 길에 계포를 만나기 위해 두장군에게 소개 편지를 얻으려고 하였다. 이에 두장군은 다음과 같이 말했다.

"계장군은 그대를 좋게 생각하지 않는다. 그대는 가지 않는 것이 좋을 것이다."

그러나 조구생은 굳이 소개장을 청해 가지고 떠났다. 사람을 시켜 먼저 소개장을 계포에게 바치니, 계포는 크게 화를 내며 조구생을 기다렸다.

조구생은 계포에게 다음과 같이 말했다.

"초나라 속담에 '황금 백 근보다 계포의 한 번 승낙이 더 귀하다'고 말하는데, 그대는 어찌하여 이러한 명성을 양나라와 초나라의 사이에서 얻게 되었습니까? 나는 초나라 사람이며, 그대도 또한 초나라 사람입니다. 내가 천하를 유람하면서 그대의 명성을 선전한다면 그대 이름은 천하에서 귀중히 되지 않겠습니까? 어찌하여 그대는 나를 그렇게도 거절하십니까?"

계포는 크게 기뻐하여 그를 안으로 맞아들여 머물게 하면서 몇 달 동안 상객으로 대접하고, 후히 전별하여 보내었다. 계포의 명성이 더욱더 높아진 것도 조구가 그를 칭찬해서 올려 세웠기 때문이다.

계포의 아우 계심(季心)은 의기가 관중을 덮을 만큼 뛰어났다. 그는 사람을 만날 때 공손하고 삼가며 의협심이 있었으므로, 몇천 리 사방의 인사들은 앞을 다투어 그를 위해 죽는 것도 마다하지 않을 정도였다.

그는 일찍이 사람을 죽이고 도망하여 오나라로 가서 원사(袁絲)에게 의탁하여 몸을 숨기고 있었다. 원사를 형님으로 섬기고, 관부(灌夫)·적복(籍福) 등을 아우처럼 돌보았으며, 벼슬에 나아가 중사마(中司馬)가 되었다.

당시 중위 질도(郅都)는 극히 엄격한 사람이었는데, 계심에게는 경

의를 표하지 않을 수 없었다. 또한 젊은 사람들 중에는 은밀히 계심의 이름을 빌려 행동하는 자도 있었다.

당시에 계심은 용맹으로써, 계포는 신의로써 관중에 이름을 떨쳤다.

계포의 외삼촌 정공(丁公)은 초나라 장군이었다. 정공은 항우를 위해 고조를 추격하여 팽성 서쪽에서 궁지로 몰아넣고 단병(短兵)으로 붙어 싸워 고조를 위험하게 만들었다.

위험한 지경에 처한 고조가 정공을 돌아보며 말했다.

"우리는 둘 다 좋은 사람들인데, 어찌 서로 힘겹게 싸울 필요가 있겠는가?"

이 말을 들은 정공은 군사를 거두었고, 한나라 왕은 포위에서 풀려 돌아올 수 있었다.

항왕이 멸망하자 정공은 고조를 찾아가 뵈었다. 고조는 정공을 군대 안에서 박해하고 이렇게 말했다.

"정공은 항왕의 신하이면서 불충했다. 항왕이 천하를 잃도록 한 자는 바로 정공이었다."

그리고 나서 마침내 정공을 베어 죽이고는 이렇게 말했다.

"이는 후세에 남의 신하된 자로 정공을 본뜨지 않기를 경계하기 위해서이다."

난포는 양나라 사람으로 처음에 양나라 왕 팽월이 아직 평민이었을 때 서로 교우가 있었는데, 당시 두 사람은 다 가난하여 제나라 한

술집에서 머슴살이를 했다.

몇 년 후에 팽월은 거야(巨野)에 가서 도적이 되었다. 난포는 어떤 사람에게 붙들려서 노예로 팔려 연나라에 가 있었는데, 그 집 주인을 위해 원수를 갚아 주었으므로 연나라 장군 장도가 그를 도위로 삼았다.

장도는 뒤에 연나라 왕이 되자 난포를 장군으로 삼았다. 장도가 모반하자 한나라 왕은 연나라를 치고 난포를 사로잡았다.

양나라 왕 팽월은 이 말을 듣자, 황제에게 청원하여 금전을 바쳐 난포의 죗값을 돈으로 치르고 양나라의 대부로 삼았다. 난포가 제나라에 사신으로 가서 돌아오기 전에, 한나라 왕은 팽월을 불러 모반죄를 물어 삼족을 멸하고, 팽월의 머리를 낙양에 매달아 놓고 다음과 같이 조서를 내렸다.

"이 머리를 거두는 자가 있으면 체포한다."

난포는 제나라에서 돌아오자 팽월의 머리 아래 복명하고, 그의 머리를 거두어서 제사를 지내며 통곡했다. 그러자 관리가 난포를 체포하여 황제에게 그 사실을 아뢰었다.

황제는 난포를 불러 꾸짖어 말했다.

"너는 팽월과 함께 모반하려고 하였는가? 내가 명령을 내려 머리를 거두는 것을 금했는데, 너 혼자 제사를 지내고 통곡한 것은 월나라와 함께 모반한 것이 분명하다. 빨리 저 놈을 삶아 죽여라."

관리가 난포를 잡아 끓는 물로 데려가려는데, 난포가 돌아보며 말했다.

"한마디만 하고 죽게 해 주십시오."

고조가 말했다.

"무슨 말이냐?"

난포가 말했다.

"주상이 팽성에서 곤경에 처하고 형양·성고의 사이에서 패전했을 때, 항왕이 서쪽으로 진군치 못한 것은 팽왕이 양나라 땅에 있으면서 한나라와 연합하여 초나라를 괴롭혔기 때문입니다. 그때 만약 팽왕이 초나라 편이 되었다면 한나라가 깨졌을 것입니다. 또 해하의 회합에서 만약 팽왕이 참가하지 않았다면, 항우는 망하지 않았을지 모릅니다. 천하가 평정된 뒤 팽왕은 부절을 나눠 받아 영지를 차지하고, 또 이것을 만세에 전하기를 바랐습니다. 그런데 이제 폐하께서는 양나라에서 한 차례 군대를 징발하고 팽왕이 병들어 한 번 나아가지 못하자 모반했다고 의심하고, 그 증거도 드러나지 않았는데 아주 작은 안건을 가지고 가혹하게 그를 죽이고 가족까지 멸하셨습니다. 신은 공신들이 자신의 신상을 걱정하며 위험을 느낄까 봐 염려스럽습니다. 이제 팽왕이 이미 죽었으니 신은 살아 있기보다 차라리 죽는 편이 낫습니다. 아무쪼록 삶아 죽이십시오."

결국 고조는 난포의 죄를 용서하고 그를 도위로 임명했다.

효문제 때 난포는 연나라의 재상이 되고 장군에까지 이르렀다.

나중에 난포는 이렇게 말했다.

"곤궁했을 때 치욕을 참지 못하면 사람 구실을 할 수 없고, 부귀할 때 뜻대로 하지 못하면 현명하다고 할 수 없다."

그리고 일찍이 자기에게 은혜를 베푼 자에게는 후히 갚고, 원한이 있는 자는 반드시 법에 따라 파멸시켰다.

오나라와 초나라가 반란을 일으켰을 때 그는 군공을 세워 유휴(兪侯)로 봉해지고 또 연나라의 재상이 되었다.

연나라와 제나라에서는 모두 난포를 위해 사당을 세우고 난공사(欒公社)라고 일컬었다.

경제 5년에 난포가 세상을 떠나니 그의 아들 분(賁)이 그의 작위를 이어 태상이 되었으나, 제사에 쓰는 짐승을 법령에 맞게 쓰지 않았기 때문에 봉국을 잃고 말았다.

태사공은 말한다.

항우의 기개로도 덮을 수 없을 만큼 계포의 용맹은 뛰어나서 여러 번 몸소 적군을 소멸하고 적의 깃발을 빼앗았다. 그를 칭하여 장사라고 하는 것이 옳을 것이다.

그러면서도 형벌을 받고, 남의 노예가 되어서까지 죽지 못한 것은 얼마나 그 자신을 낮춘 것인가!

생각건대 그는 분명 자신의 재능에 자부심이 있었기 때문에 치욕을 받아도 부끄러워하지 않고 재능을 펼칠 곳이 있기를 바랐던 것이며, 결국 그는 한나라의 명장이 되었던 것이다.

현명한 사람은 진실로 자신의 죽음을 중히 여긴다. 저 비첩(婢妾)이나 천한 사람이 분개하여 스스로 목숨을 끊는 것은 진정한 용기라고 할 수 없고, 다만 계획이 실패하면 두 번 다시 고쳐서 할 만한 용기가 없기 때문이다.

난포가 팽월을 위해 통곡하고, 끓는 물속으로 들어가는 것을 마치 제집으로 돌아가는 것처럼 했으니, 이것은 진실로 그가 삶과 죽음에 대해서 처신할 바를 알고 죽음을 겁내지 않은 것이다. 비록 옛날의 열사라도 이 이상 무엇을 더할 수 있겠는가?

원앙·조착 열전(袁盎鼂錯列傳)

감히 노여움을 무릅쓴 채 직간(直諫)하고 임금이 지킬 바 의리를 관철시키며, 자기 몸을 돌아보지 않고 나라를 위해 영구한 계획을 세웠다. 그래서 〈원앙·조착 열전 제41〉을 지었다.

원앙은 초나라 사람으로 자는 사(絲)라고 했다. 아버지는 원래 도적이었다가 안릉(安陵)[9]으로 옮겨와 살았다.

고후(여태후) 때 원앙은 여록의 사인으로 있다가, 효문제 즉위 후에 번쾌의 추천으로 양중이 되었다.

그 무렵, 승상으로 있던 강후(주발)는 득의에 차 있었으므로 조정에서의 몸가짐에도 자연 그런 것이 나타나 보였다. 하지만 황제는 그런

9 혜제의 릉이다. 한나라는 역대 황제의 릉을 수도 장안 주변에 만들고, 거기에도 도성을 건설하여 각지의 호족과 무법자들을 강제 이주시켰다. 바깥으로는 흉노를 방비하고 안으로는 그들의 작폐를 저지하기 위해서였다.

그를 정중하게 대했고, 심지어는 그가 물러갈 때마다 손수 배웅하곤 했다. 그런 어느 날, 원앙은 어전으로 나아가 이렇게 말했다.

"폐하께선 승상을 어떤 인물로 생각하십니까?"

"국가와 안위를 함께 하는 사직의 신하로 알고 있지."

"강후는 사직의 신하가 아니라 단지 공신(功臣)에 불과합니다. 사직의 신하란 군주와 존망을 같이 하는 것입니다. 그런데 강후는 여씨 일족이 정권을 독점하고 있던 여태후 때만 해도 태위로서 병권을 쥐고 있었습니다만, 여씨들이 마구 왕에 책봉되어 마침내는 유씨의 명맥마저 위태로워졌을 때도 이를 바로잡지 못했습니다. 여태후가 돌아가신 것을 기회로 대신들이 일치단결해 여씨 일족과 맞섰을 때에야, 마침 병권을 쥐고 있었던 관계로 우연히 공을 거두게 되었을 뿐입니다. 그러므로 이른바 공신이기는 하지만 사직의 신하는 아니옵니다. 그런데도 승상은 걸핏하면 폐하를 내려다보는 듯한 태도를 취하고 있으며, 또 폐하께선 겸손하게 그를 대하고 계십니다. 이는 임금과 신하가 다 예를 잃은 것이 되옵니다. 신이 아무리 생각해 보아도 폐하가 취하실 일이 아닌 줄로 아옵니다."

그 뒤부터 황제는 조회 때마다 위엄을 보였고, 승상도 차츰 두려워하게 되었다. 그런 어느 날, 강호는 원앙을 보자 이렇게 꾸짖었다.

"나는 그대의 형과 친한 사이일세. 그런데 그대가 조정에서 나를 헐뜯는단 말인가?"

그래도 원앙은 끝내 사과하지 않았다.

그 뒤 강후가 승상에서 물러나 자기 봉국으로 돌아가자 그 나라의 어떤 자가 황상에게 글을 올려 강후가 반역을 꾀한다고 밀고해 왔다. 이에 강후는 소환되어 옥에 갇혔으나, 종실과 대신들은 누구 한 사람 강후를 위해 변호해 주지 않았다. 이때 오직 원앙만이 그의 무죄를 분명히 주장하고 나섰다.

강후가 무사히 풀려나오게 된 데는 원앙의 노력이 컸다. 그 뒤 강후와 원앙은 깊은 교분을 맺었다.

회남의 여왕(厲王, 효문제의 동생 유장)은 입조해서 벽양후를 죽이는 등 행동이 몹시 교만했다.

이때 원앙은 황제에게 다음과 같이 간언했다.

"제후가 지나치게 교만하면 반드시 화가 생기게 됩니다. 회남왕을 책하시고 그의 봉토를 깎아야 마땅한 줄로 아옵니다."

그러나 황제는 듣지 않았다. 그래서 회남왕은 점점 더 횡포해지기만 했다. 그러는 사이에, 극포후(棘蒲侯) 시무(柴武)의 태자가 반역을 꾀하다가 사건이 발각되어 조사를 받게 되었다. 조사 결과, 회남왕과도 관련이 있는 것이 밝혀졌으므로 황제는 회남왕을 촉나라로 귀양 보내기로 하고 죄인용 마차에 태워 보내도록 했다. 이때 원앙은 중랑장이었는데, 이렇게 간했다.

"폐하께서 평소에 회남왕의 교만한 행동을 용인하시고 조금도 제지하지 않았기 때문에 이런 결과에 이른 것입니다. 그런데 지금 또, 갑자기 이를 꺾으려 하고 계십니다. 회남왕은 억센 사람이므로 어떤 사태가 일어날지 알 수 없습니다. 또 만일 험한 여정에 그가 죽기라도 한다면, 폐하께선 넓은 천하를 차지하고 계시면서 아우 하나를 포용하지 못하셨다 하여 동생을 죽였다는 오명을 듣게 될 것이니, 이를 어찌하시겠습니까?"

그러나 황제는 이 말을 받아들이지 않고, 결국은 회남왕을 촉나라로 떠나보냈다.

회남왕은 옹에서 병을 얻어 죽었다. 황제는 보고를 받자 식음을 전폐하고 통곡했다. 원앙이 황제를 알현하고 머리를 조아리며, 보다 강력하게 간언하지 못한 것을 사죄하니, 황제는 말했다.

"경의 말을 듣지 않았기 때문에 이런 결과가 나타난 거요."

"폐하께서는 너무 상심하지 마옵소서. 이미 지나간 일이옵니다. 후회하신들 무슨 소용이 있겠습니까. 어쨌든 폐하께서는 세상에 뛰어난 세 가지의 훌륭한 행적이 있으므로, 이번 일로 폐하의 이름에 금이 가지는 않을 것입니다."

"내게 세 가지 행적이 있다니 무슨 말인가?"

"폐하께서 아직 대나라에 계실 때, 태후께서는 3년 동안이나 병석에 계셨습니다. 그때 폐하께선 밤에도 편히 주무시지 못하며 옷고름도 풀지 않으시고, 탕약도 친히 맛보신 다음에야 태후께 드렸습니다. 효행으로 유명한 증삼과 같은 서민의 몸으로도 행하기 어려운 것을 폐하께선 왕의 귀하신 몸으로 친히 행하신 것입니다. 다음으로 여씨 일족이 정권을 쥐고 대신들이 제멋대로 일을 결정하고 있을 때, 폐하께선 대나라에서 고작 6대의 수레를 타시고, 어떤 위험이 도사리고 있는지 알 수 없는 심연 같은 도성으로 달려오셨습니다. 맹분과 하육(둘 다 상고의 장수)의 용기도 폐하께 미칠 수는 없을 것입니다. 또 폐하께선 대나라 왕의 저택에서 서쪽으로 천자의 자리를 두 번 사양하셨고, 남쪽으로 천자의 자리를 세 번이나 양보하셨습니다. 저 허유도 한 번밖에 사양하지 않았는데 폐하께선 다섯 번이나 천하를 사양하신 것입니다. 허유보다 네 번이나 더 하신 것입니다. 그리고 폐하께서 회남왕을 귀양 보내신 것은 왕으로 하여금 반성하여 허물을 고치게 하려는 생각에서였습니다. 다만 소임을 맡은 관리들이 그를 잘 살피지 못했기 때문에 병사한 것이옵니다."

이 말을 듣고 난 뒤에야 비로소 황제는 마음이 놓였다. 황제는 원앙에게 물었다.

"앞으로 어떻게 하면 좋겠는가?"

"회남왕에게는 세 아들이 있습니다. 어떻게 하시는가는 폐하의 생각에 달린 일이옵니다."

그래서 효문제는 그 세 아들을 모두 왕으로 봉했다. 원앙의 이름은 이 일로 인해 조정에서 무게를 지니게 되었다. 원앙은 항상 원칙에 근거해 주장을 내세웠고, 세상일에 항상 개탄했다. 그 무렵, 황제의 총애를 받던 환자(宦者) 조동이 늘 원앙을 미워해 중상했으므로 원앙은 그것이 꺼림칙했다. 그러자 원앙의 조카(형의 아들) 종(種)이 상시위(常侍衛)가 되어 천자의 권한을 상징하는 부절을 가지고 황제를 곁에서 모셨는데, 그가 원앙에게 귀띔했다.

"조동과 만나게 되시거든 어전에서 그에게 모욕을 주십시오. 그러면 그 녀석의 중상이 먹혀들지 않을 것입니다."

그래서 원앙은 기회를 기다렸다. 어느 날, 효문제가 외출하는데 조동이 마침 같은 수레에 타고 있는 것을 보았다. 그러자 원앙은 황제가 탄 수레 앞으로 나아가 엎드려 말했다.

"신이 듣건대 '천자의 수레에 타는 사람은 모두 천하의 호걸과 영웅'이라고 하옵니다. 지금 한나라는 인재가 부족하다고는 하지만, 폐하께서는 어찌하여 형벌을 받고 난 죄인(조동은 궁형을 받은 죄인)과 함께 수레를 타십니까?"

그래서 황제는 웃으며 조동을 내리게 했다. 조동은 울면서 수레에서 내릴 수밖에 없었다.

효문제가 패릉 위에서 서쪽으로 가파른 고갯길을 달려서 내려가려 했다. 원앙은 타고 있던 말을 황제의 수레와 나란히 하며, 황제의 수레를 끄는 말고삐를 당겼다. 황제가 말했다.

"장군은 겁이 나는가?"

"신이 듣건대 '천금을 가진 부잣집 아들은 마루 끝에 있지 않고, 백금을 가진 부잣집 아들은 난간을 기대고 서지 않으며, 성주(聖主)는 위험을 무릅써 가며 요행을 바라지 않는다' 하옵니다. 지금 폐하께선 여섯 마리가 끄는 마차를 몰고 험한 산길을 내려가려고 하시는데, 만일 말이 놀라 수레가 부서지기라도 한다면 폐하께서 몸을 가벼이 하신 것은 물론, 고묘와 태후를 어떻게 대하실 생각이시옵니까?"

그래서 황제는 달릴 생각을 그만두었다.

황제가 황후와 신부인(愼夫人)을 동반하고 상림(上林)에 거동했을 때였다.

황후와 신부인은, 궁중에서는 언제나 같은 줄에 자리를 하고 앉아 있었기 때문에 여기서 자리를 펼 때도, 소임이 같은 줄로 자리를 폈다. 그러자 원앙은 신부인의 자리를 뒷줄로 끌어내렸다. 신부인은 화가 나서 자리에 앉기를 거절하고, 황제 역시 기분이 상해 자리에서 일어나 궁중으로 돌아가 버렸다. 그러자 원앙도 즉시 내전으로 들어가 황제에게 설명을 올렸다.

"제가 들은 바에 따르면 '존비의 순서가 확립되어 있으면 상하가 화목하다'고 하옵니다. 지금 폐하께선 이미 황후를 세우셨으므로 신부인은 첩입니다. 어찌 첩과 처가 같은 자리에 앉을 수 있겠습니까. 그렇게 되면 존귀의 질서는 무너지게 되옵니다. 폐하께서 그처럼 신부인을 사랑하시면 후하게 금품을 하사하실 일입니다. 방금 폐하께서 신부인을 위해 하신 일은, 실상 신부인에게는 화가 되는 일이옵니다. 폐하께서 설마 저 인체(人彘)[10]를 모르고 계시는 것은 아니시겠지요?"

이리하여 황제는 기뻐하며 신부인을 불러 그 까닭을 말했다. 이에 신부인은 원앙에게 금 50근을 선사했다.

그러나 원앙은 자주 직간을 했기 때문에 궁궐 안에 오래 머물지 못하고 농서도위로 좌천되었다. 거기서는 사졸들을 사랑으로 대해 주었기 때문에, 사졸들은 모두 그를 위해 앞을 다투어 몸을 내던지려 했다.

나중에 그는 제나라 재상이 되었고, 다시 오나라 재상이 되었다. 오나라로 부임하며 하직 인사를 하고 다닐 때였다. 조카 종이 그에게 말했다.

---

10 고조의 총희 척부인이 여후의 질투를 받아 돼지와 같이 살해된 사건.

"오나라 왕은 이미 오랫동안 교만에 빠져 있을 뿐만 아니라 나라에는 간악한 신하들이 많습니다. 지금 만일 그들을 탄핵하거나 심판하여 이를 바로잡으려 하게 되면, 그들이 거꾸로 폐하에게 글을 올려 숙부를 고발하거나, 아니면 그들의 날카로운 검을 맞으실 게 뻔합니다. 남쪽은 지대가 낮고 습기가 많은 곳이니, 그저 술이나 마시고 날을 보내며, 다른 일에 대해서는 절대 간섭을 마십시오. 그리고 이따금 왕에게 '반역을 꾀하지 마십시오'라고 말하는 정도로 그치십시오. 그러면 요행히 난을 벗어날 수 있을 것입니다."

원앙은 종이 하라는 대로 했으므로 오나라 왕의 후대를 받았다.

원앙이 휴가를 얻어 집에 돌아올 때였다. 도중에 승상 신도가를 만났으므로 원앙은 수레에서 내려와 정중히 인사를 드렸는데, 승상은 수레 위에서 가볍게 답례할 뿐이었다. 원앙은 집으로 돌아왔으나 부하들 보는 데서 승상에게 홀대받은 것이 부끄러웠으므로 참다못해 승상의 관저로 찾아가 명함을 주고 면회를 청했다. 승상은 한참 뒤에야 겨우 만나 주었다. 그러자 원앙은 무릎을 꿇고 말했다.

"바라건대 잠시 시간을 내주십시오."

"당신이 하고 싶은 말이 공적인 것이라면, 청사로 나가 장사와 연(掾) 등 속관들에게 상의해 주시오. 그러면 내가 그것을 황제께 올릴 것이오. 만일 사사로운 일이라면, 나는 그런 건 받아들이지 않겠소."

원앙은 곧 일어나 말했다.

"상공은 스스로 생각하시기에 승상으로서, 진평이나 강후와 비교하면 누가 낫다고 생각하십니까?"

"내가 못하오."

"좋습니다. 상공은 자신이 못하다고 하셨습니다. 저 진평과 강후는 고제를 도와 천하를 평정하고, 대장과 재상이 되어 여씨 일족을 무찔러 유씨를 편안하게 만든 인물입니다. 그런데 상공은 용력과 재능을 인정받아 재관궐장이 되고, 수장으로 발탁되어 공을 쌓음으로써 회양 군수로 승진했을 뿐, 기이한 계책이라든가 성을 치고 들에서 싸운 군공이 있었던 것은 아닙니다. 그리고 폐하께선 대나라에서 대궐로 들어오시게 될 즈음, 조회가 열릴 때마다 용련을 멈추어 낭관이 올리는 상소를 받았습니다. 그리고 그 내용이 쓸모없는 것이면 버려두고, 쓸모 있는 것이면 곧 채택을 하시어 '좋다'고 칭찬하지 않은 일이 없었습니다. 왜냐하면 천하의 현명한 사대부들을 불러 모으시려는 생각이 있으셨기 때문입니다. 폐하께선 또 날마다 아직 듣지 못하신 것을 들으시고, 아직 알지 못하신 것을 분명히 아시어 더욱더 지혜로워지고 계신데, 상공은 지금 스스로 천하 사람들의 입을 막아 날로 더욱 우매해져 가고 있습니다. 만일 현명한 군주께서 어리석은 재상을 책하는 일이 생긴다면, 상공이 화를 받게 되는 것도 그리 오랜 뒷날이 아닐 것입니다."

그제야 승상은 두 번 절한 뒤 말했다.

"나는 미천한 시골 사람이라 아무것도 모릅니다. 장군께서 여러 모로 가르쳐 주시면 다행이겠습니다."

그런 다음 신도가는 원앙을 데리고 안으로 들어가 자리를 함께하면서 상객으로 후히 대접했다.

원앙은 일찍부터 조착을 좋아하지 않았다. 조착이 자리에 앉아 있으면 원앙이 가버리고, 원앙이 앉아 있으면 조착이 역시 가버렸다. 그래서 두 사람은 한 번도 같은 방에서 말을 나눈 적이 없었다.

효문제가 죽고 효경제가 즉위하자, 조착은 어사대부가 되었다. 그는 즉시 원앙이 오나라 왕에게서 수뢰했다 하여 형리에게 조사시킨 다음 죄를 씌웠다. 그러나 황제는 원앙을 평민으로 만드는 정도로 죄를 용서했다. 오나라와 초나라의 반란이 전해지자, 조착은 승(丞)과 사(史, 어사대부의 부관들)에게 일렀다.

"저 원앙은 오나라 왕에게 많은 돈을 받았고, 오나라 왕의 죄를 숨겨 주었으며 반역하지 않았다고만 말하고 있다. 그런데 지금 오나라 왕은 반역을 꾀했다. 원앙을 심문할 것을 황제께 청하려 한다. 그렇게 되면 그놈의 음모를 밝혀낼 수 있을 것이다."

그러나 부관들이 일제히 반대했다.

"일이 일어나기 전에 원앙을 심문했다면 그들의 역모를 방지할 수도 있었을 것입니다. 그러나 지금 반란군은 서쪽으로 나아가고 있는 중입니다. 원앙을 심문한다고 해서 무슨 도움이 있겠습니까. 그리고 원앙에게 그런 음모가 있을 리 없습니다."

조착은 결정을 내리지 못한 채 주저하고 있었다. 그러자 누군가가 원앙에게 그런 내용을 일러 주었다. 원앙은 겁이 나서 밤을 타 두영(竇嬰)을 만난 다음, 오나라가 모반한 진상을 설명하고, 황제에게 이 일을 직접 말하고 싶다고 했다.

두영은 내전으로 들어가 황제께 아뢰었다. 황제는 즉각 원앙을 불러 만나 보았다. 그때 조착은 황제와 마주하고 있었는데 원앙이 잠시 사람을 물려 달라고 청했으므로 부득이 물러났다. 조착은 몹시 분한 모습이었다. 원앙은 오나라가 반란을 일으키게 된 원인, 즉 조착이 멋대로 제후들의 영토를 깎아 내렸기 때문이라는 것을 자세하게 설명했다.

"지금 당장 조착을 사형에 처해 오나라에 사과하는 뜻을 보여 주십시오. 그러면 오나라의 반란은 곧 그치게 될 것입니다."

이에 관한 이야기는 〈오왕비 열전〉에 기록해 두었다.

황제는 원앙을 태상에 임명하고 두영을 대장군에 임명했다. 두 사람은 원래부터 사이가 좋았다. 오나라가 반란을 일으키자, 장안 부근의 벼슬하지 않은 장자들과, 장안 도읍 안에 있는 고관들이 앞을 다투어 두 사람 밑으로 모여들었다. 두 사람의 문 앞에는 매일 수백 대의 수레가 들끓었다.

조착이 처형되고 난 다음, 원앙은 태상으로 오나라에 사신으로 갔다. 오나라 왕은 원앙을 자기 나라의 장군으로 만들려 했으나, 그가 말을 듣지 않자 이번에는 죽이려고 했다. 그래서 도위 한 사람이 5백 명의 부대를 거느리고 원앙을 감시했다.

이에 앞서 원앙이 오나라 재상으로 있을 무렵에 그의 속관인 종사 한 사람이 원앙의 시녀와 밀통한 일이 있었다. 그때 원앙은 사실을 알고 있으면서도 말을 하지 않고 전과 다름없는 대우를 해 주었다. 그러자 누군가가 종사에게 그 사실을 알려주었다.

"자네 상공은 자네가 시녀와 밀통하고 있는 것을 알고 계신다네."

그 종사는 즉시 고향으로 도망쳐 달아났다. 그것을 안 원앙은 직접 말을 달려 뒤쫓아 가더니 그를 데리고 돌아왔다. 그리고 자기 시녀를 그에게 보내 주고 또 전처럼 종사를 지내게 했다.

그런데 이번에는 원앙이 오나라에 사신으로 가서 포위되어 감시를 당하고 있을 때, 공교롭게도 그 종사가 원앙을 감시하는 교위사마가 되어 있었다. 그는 가지고 있던 옷가지와 물건들을 몽땅 팔아 독한 술 두 섬을 샀다. 마침 추운 계절이었고, 사졸들은 굶주리고 목말라 있었다. 그런 판에 교위사마가 술을 내주었으므로 사졸들은 모두 취하도록 마시고 잠들었다. 밤이 깊어지자, 사마는 원앙을 깨워 말을 건넸다.

"어서 달아나십시오. 오나라 왕은 내일을 기해서 상공을 죽이려 하고 있습니다."

원앙은 믿어지지가 않았다.

"당신은 누구요?"

"소인은 그전 종사로 있던 사람으로, 상공의 시녀와 밀통한 놈이옵니다."

원앙은 놀라며 거절했다.

"그대는 다행히도 양친이 살아 계시지 않는가. 나로 인해 그대에게 누를 끼칠 생각은 없네."

"상공은 도망만 가시면 됩니다. 저도 도망쳐 양친을 숨겨 두겠습니다. 아무 걱정 마십시오."

이리하여 사마는 칼로 군막을 찢은 후, 원앙을 인도해서 취해 잠들어 있는 사졸들 틈을 누비며 서남쪽 모퉁이를 빠져나온 다음, 서로 반대 방향으로 나뉘어 달아났다.

원앙이 절모(節毛, 사자의 표시)를 풀어 품속에 넣고, 지팡이를 짚은 채 7, 8리를 걸어가자 날이 밝았다. 그리고 운 좋게 관군인 양나라 기병부대와 마주치게 되었다. 원앙은 곧 말을 빌려 타고 마침내 수도로 돌아와 보고를 올렸다.

오나라와 초나라의 반란군이 격파된 뒤, 효경제는 다시 원왕(元王, 고조의 동생 초나라 왕 유교)의 아들인 평륙후(平陸侯) 예(禮)를 초나라 왕에 봉하고 원앙을 초나라 재상으로 임명했다.

그 뒤 원앙은 황제에게 글을 올려 의견을 말하곤 했으나 채택되지 않았고, 그러는 가운데 병으로 벼슬을 그만두고 집에 들어앉게 되었다. 그리고 마을 사람들과 똑같은 모양으로 살아가며 한데 어울려 닭싸움과 개싸움으로 날을 보냈다.

낙양의 극맹(劇孟)이 원앙의 집에 들른 적이 있었는데, 그때 원앙은 그를 후히 대접했다. 그러자 안릉의 어느 부자가 원앙에게 이렇게 말했다.

"들리는 바에 의하면, 극맹은 한낱 노름꾼에 불과하다고 합니다. 장군은 어째서 그런 사람과 교제를 하십니까?"

"극맹은 노름꾼이기는 하지만, 그의 어머니가 죽었을 때에는 문상 온 손님의 수레가 천 대가 넘었소. 이것은 극맹이 무언가 남보다 뛰어난 데가 있기 때문일 거요. 그리고 위급한 경우는 누구에게나 있기 마련이오. 하루아침에 급한 일을 당해 문을 두들기며 도움을 청해 왔을 때, 늙은 부모가 살아 계시다는 것을 핑계로 거절하거나, 다른 볼 일을 핑계로 집에 없다고 따돌리거나 하지 않고, 누구나 의지할 수 있는 사람은 계심과 극맹뿐이오. 지금 당신은 언제나 몇 명의 말 탄 시종들을 데리고 다니지만, 일단 다급한 일이 생겼을 경우 그들을 믿을 수 있다고 생각하시오?"

원앙은 이같이 그 부자를 꾸짖고는 절교해 버렸다. 뜻있는 사람들은 이 말을 듣자 모두 원앙을 칭찬했다.

원앙의 은퇴 후에도 효경제는 가끔 사자를 보내 정책에 관한 그의 의견을 물었다. 그 무렵, 효경제의 동생인 양나라 효왕이 황제의 뒤를 이으려고 했으나, 원앙이 이를 반대했기 때문에 더 이상 그를 후사로 세운다는 말은 나오지 않게 되었다. 양나라 왕은 이 일로 원앙에 대해 원한을 품고, 사람을 보내 그를 죽이려고 했다. 그러나 자객이 관중으로 찾아와 원앙의 사람됨을 알아본즉, 훌륭한 사람들이 모두 그를 칭찬해 마지않는 형편이었다. 그래서 자객은 원앙을 보고 말했다.

"소인은 양나라 왕에게서 돈을 받고 상공을 죽이러 온 사람인데, 상공은 덕이 있는 분이라서 차마 해칠 수가 없었습니다. 그러나 앞으로는 조심하십시오."

이 말을 듣자 원앙은 불안하기만 했다. 또 집안에서도 이상한 일들이 자주 일어났으므로, 점을 잘 보는 부생(棓生)을 찾아갔다. 그리고 돌아오던 도중, 안릉 성문 밖에서 그의 뒤를 쫓던 양나라 자객에게 살해되고 말았다.

조착은 영천 사람이다. 신불해(申不害)와 상앙(商鞅)의 형명학을 지(軹)에 사는 장회(張恢) 선생 밑에서 배웠는데, 낙양의 송맹(宋孟)과 유례(劉禮)와는 동문 제자 사이였다.

조착은 학식을 인정받아 태상의 장고(掌故)가 되었는데 그의 사람됨은 몰인정할 정도로 강직 준엄했다.

효문제 시대에는 천하에 《상서(尙書)》를 전공한 사람이 없었다. 다만 진나라의 박사였던 복생(伏生)이 제남에 있으며 《상서》에 통해 있다고는 했으나, 이미 나이가 90세가 넘고 노쇠해서 조정으로 불러들일 수가 없었다. 그래서 황제는 태상에게 조서를 내려 복생에게 사람을 보내 그것을 배워오도록 했다. 태상은 조착을 복생의 집으로 보내 《상서》를 배워오도록 했다.

조착은 다 배우고 돌아오자 유익한 정책에 관한 의견서를 나라에 바치고, 《상서》에서 말을 끌어내어 뜻을 풀이했다. 황제는 조착을 태자의 사인으로 임명한 다음, 이어 문대부(門大夫), 가령(家令, 모두 태자의 속관명)으로 삼았다.

조착은 뛰어난 구변으로 태자의 사랑을 받았으며, 태자 궁 안에서 '지혜 주머니'라 불렸다.

조착은 효문제 때 자주 글을 올려, 제후들의 봉읍을 깎아 내릴 것과, 법령을 개정해야 할 점에 대해 논했는데, 그가 올린 상소문은 수십 통에 이르렀다. 효문제는 이를 받아들이지 않았으나 그의 재주를 기이하다 하여 중대부로 승진시켰다. 그 무렵, 태자는 조착의 계책에 찬성의 뜻을 표했으나 원앙 등 대신과 공신 중에는 조착을 좋아하지 않는 사람이 많았다.

효경제가 즉위하자 조착은 내사(內史, 국도의 장관)에 임명되었다. 조착은 자주 사람들을 물리고 정치에 대한 의견을 말했는데, 그때마다 받아들여졌다. 황제의 구경(九卿)[11]에 대한 은총은 그의 한 몸에 모아지고, 법령은 그의 말에 의해 개정되는 것이 많았다. 승상인 신도가는 속으로 못마땅했지만, 조착을 누를 만한 힘이 없었다.

내사의 청사는 태상황의 사당 안담 바깥 빈터에 있었는데, 문이 동쪽에 붙어 있어 불편했다. 그 때문에, 조착은 남쪽으로도 나갈 수 있게끔 문을 또 하나 만들었다. 그런데 새 문을 만들기 위해 구멍을 뚫은 곳이 사당 빈터 바깥담이었다. 승상 신도가는 이것을 알자 크게 성을 내며, 그 허물로써 조착을 처형할 것을 주장했다.

조착은 이 소식을 듣자, 그날 밤으로 사람을 물릴 것을 청하고, 황제에게 상세한 사정을 말했다. 뒤에 승상이 정사에 대한 보고를 하고 나서, 그 기회에 조착이 제멋대로 사당 담에 구멍을 뚫어 문을 만든 사실을 말한 후, 조착을 정위에게 보여 사형에 처하도록 할 것을 청했다. 그러자 황제는 말했다.

"그것은 사당 담이 아니라, 빈터가 있는 바깥담이네. 처벌할 것까지는 없다."

승상은 황제에게 사죄하고 물러날 수밖에 없었다. 조정에서 물러나자 승상은 장사에게 이렇게 말했다.

---

11 한대(漢代)의 구경(九卿)으로 태상(太常), 광록훈(光祿勳), 위위(衛尉), 태복(太僕), 정위(廷尉), 대홍로(大鴻臚), 대사농(大司農), 소부(少府)의 대신(大臣) 9명을 가리킨다. 시대에 따라 다를 수 있다.

"나는 마땅히 먼저 조착을 베고 나서 폐하께 말씀을 드렸어야 했다. 주청부터 먼저 하려고 했기 때문에 어린 녀석에게 모욕을 당했으니 애당초 생각을 잘못했다."

승상은 그것이 계기가 되어 병으로 죽었다. 그리고 조착은 더욱 지위가 높아져 어사대부에까지 올랐다.

그 뒤 조착은 죄과를 범한 제후들로부터 그들의 영지를 삭감하고 변경 지대의 군은 모조리 몰수하자고 주청했다. 그 주청이 올라오자, 황제는 공경·열후·종실들을 불러 모아 의논하게 했으나 누구도 감히 반대하지 못했다. 다만 두영이 이를 반대했으므로 이때부터 조착과 사이가 나빠졌다.

조착이 개정한 법령은 30장에 달했다. 따라서 제후들 사이에서는 조착을 미워하는 소리가 날로 높아갔다. 조착의 아버지는 그런 소식을 듣자 유천에서 수도로 올라와 조착에게 말했다.

"폐하께서 즉위하실 때부터 너는 정사를 자기 멋대로 하며, 제후들의 영토를 깎아 남의 골육 사이를 벌어지게 만들고 있다. 또 세상에서는 툭 하면 너를 욕한다. 대관절 왜 그러는 거냐?"

"당연하신 말씀입니다. 그러나 그렇게 하지 않으면 천자는 존엄해질 수 없고, 종묘는 편안해지지 않습니다."

"유씨는 편안하게 되지만, 조씨는 위험하게 되었다. 차라리 나는 죽어 버리겠다."

이리하여 조착의 아버지는 독약을 마시고 죽었는데 그때 다음과 같은 유언을 남겼다.

"나는 화가 내 몸에 미치는 것을 차마 볼 수 없다."

그가 죽은 지 10여 일 만에 오나라와 초나라 등 7개 국이 반란을 일으키면서 조착을 죽인다는 명분을 내세웠다. 그때 두영과 원앙이 어전에 나아가 설득하자, 황제는 조착에게 조복을 입힌 채 동쪽의 시장 바닥에서 그의 목을 베도록 명령했다.

조착이 죽고 나서, 알자 복야(謁者僕射, 손님 접대를 맡은 장관)인 등공(鄧公)이 교위가 되어, 오나라와 초나라의 반란군을 치고, 장군으로 승진되었다. 군사 보고차 돌아온 그가 군사에 관한 글을 올리고 나서 황제를 알현했을 때, 황제가 이렇게 물었다.

"경은 싸움터에서 돌아오는 길이니 묻겠소. 오나라와 초나라의 반란군은 조착이 죽었다는 말을 듣고 싸움을 그만두지 않던가?"

"오나라 왕이 반란을 꾀한 것은 수십 년에 이르고 있습니다. 영지 삭감에 반감을 일으켜 조착의 주살을 명분으로 삼고는 있으나, 그의 뜻은 조착에 있지 않습니다. 신은 오히려 천하의 인사들이 이 일로 인해 국사에 대해 입을 다물고 감히 의견을 말할 수 없게 되지나 않을까 두렵습니다."

"어째서인가?"

"조착은 제후들이 너무 강해져서 제재할 수 없게 되지 않을까 걱정하고 있었던 것입니다. 그러므로 제후들의 영지를 줄이도록 주청하여 나라의 존엄을 꾀했던 것입니다. 이것은 만세에 걸린 이익이옵니다. 그리고 그 계획이 겨우 실시를 보게 되자, 조착은 갑자기 극형을 받게 된 것입니다. 이것은 안으로는 충신의 입을 막고, 밖으로는 제후들을 위해 원수를 갚아 준 것이 되옵니다. 신은 적이 폐하를 위한 일이 아닌 줄로 생각되옵니다."

효경제는 한동안 말이 없다가 얼마 후에야 입을 열었다.

"경의 의견이 옳다. 나도 후회하고 있다."

그리하여 등공은 성양의 중위에 임명되었다.

등공은 성고(成固) 사람으로 기이한 꾀가 많은 사람이었다. 건원(建元, 효무제 때의 연호) 연간에 효무제가 덕행이 있는 자를 뽑을 때, 공경들은 등공을 천거했다. 그때 등공은 벼슬에서 물러나 있었는데, 다시 몸을 일으켜 구경이 된 것이다.

그는 1년 후 다시 병으로 벼슬을 그만두고 집으로 돌아갔다. 그의 아들 장(章)은 황제(黃帝)와 노자(老子)를 공부하여 여러 사람들 사이에 알려져 있었다.

태사공은 말한다.

원앙은 학문을 좋아하지는 않았으나, 뛰어난 착안에 의해 이것저것을 합쳐 체계 있는 이론을 세웠다. 어진 마음을 바탕으로 하고 정의감에 비추어 세상을 개탄했다. 효문제가 즉위한 초기에 즈음하여, 그의 재능은 때를 만났던 것이다. 그러나 시대는 변하고 바뀌어 오나라와 초나라의 반란이 일어나게 되었고, 효경제를 설득시킴으로써 그의 주장이 실천을 보기는 했으나, 반란을 평정하는 공을 세우지는 못했다. 그는 이름을 좋아하고 재주를 자랑했으나, 결국은 그 이름 때문에 죽고 말았다.

조착은 태자의 가령(家令)이었을 때, 자주 의견을 말했으나 채택되지 않았다. 뒤에 권력을 마음대로 휘두르며, 법령을 많이 뜯어 고쳤다. 제후들이 반란을 일으켰을 때, 당연히 해야 할 국난의 해결에는 힘을 쓰지 않고, 사사로운 원한을 푸는 데만 급급하다가 도리어 자신을 망치고 말았던 것이다.

옛말에 '옛날부터 내려오던 법을 바꾸고, 떳떳한 도리를 어지럽게 하는 자는 죽거나 죽임을 당한다'고 했는데, 그것이 바로 조착의 경우를 가리킨 말이었던가.

장석지·풍당 열전(張釋之馮唐列傳)

법을 지켜 대의를 잃지 않고 옛 현인에 관해 말함으로써 임금의 총명을 더해 주었다. 그래서 〈장석지·풍당 열전 제 42〉를 지었다.

정위(廷尉) 장석지는 도양(堵陽) 사람으로 자는 계(季)다. 그는 형 중(仲)과 같이 살고 있었는데, 돈을 바치고 기랑(騎郎)이 되어 효문제를 섬겼다. 그러나 10년이 지나도 승진이 되지 않고 이름도 알려지지 않았으므로 장석지는 혼잣말을 하곤 했다.

"오랫동안 벼슬을 하기는 했지만 형의 재산을 축냈을 뿐 뜻을 이룰 수가 없구나."

그는 스스로 벼슬을 그만두고 고향으로 돌아가려 했다.

그러자 그가 어질다는 것을 알고 있었던 중랑장 원앙이 그의 낙향을 애석하게 여겨 황제께 주청해서 그를 알자로 전임시켜 주었다.

장석지는 조회를 마치고 나자 어전에 나아가 정치에 관한 의견을 말했으나 효문제는 그 의견에 대해 다음과 같이 말했다.

"비근한 이야기를 하라. 너무 높은 이야기는 해봐야 소용이 없다. 지금 실행할 수 있는 것만 말하라."

그래서 장석지는 진나라와 한나라에 관한 이야기, 즉 진나라가 천하를 잃게 된 까닭과 한나라가 일어나게 된 이유를 장시간에 걸쳐 설명했다.

그러자 효문제는 옳다고 칭찬하며 그를 알자 복야에 임명했다.

장석지가 행차를 따라 호권(虎圈, 범을 기르는 곳)으로 갔을 때다. 황제는 상림원의 속관들에게 그곳 짐승들에 대해 물어보았다. 10여 차례에 걸쳐 물었는데도 속관들은 서로 얼굴만 쳐다볼 뿐 하나도 제대로 대답하지 못했다. 때마침 옆에 있던 호권의 색부(嗇夫) 한 사람이 위들을 대신해서 황제의 질문에 대답했다. 그는 이 기회에 자신이 유능한 것을 보이고 싶은 생각도 있고 해서 매우 자세하게 대답했다. 그의 대답이 마치 메아리치듯 묻는 대로 척척 나왔으므로 효문제는 칭찬해 말했다.

"관리란 이래야만 되지 않겠는가. 위들은 믿을 수가 없다."

그리고 장석지를 시켜 그 색부를 상림원령에 임명하려 하자, 잠시 생각해 보던 장석지는 황제에게 이렇게 말했다.

"폐하께선 강후 주발을 어떤 사람이라고 생각하십니까?"

"덕이 있는 사람이지."

장석지는 연거푸 물었다.

"그러하오면 동양후 장상여는 어떤 사람이라고 생각하십니까?"

"그도 덕이 있는 사람이지."

"강후와 동양후를 덕이 있는 사람이라고 칭찬을 하셨는데, 이 두 사람은 무엇인가 말을 할 때면 구변이 없어서 제대로 표현을 못했습니다. 이 색부처럼 수다스럽고 입이 빨라 척척 대답을 하는 것은 흉내조차 낼 수 없는 사람들입니다. 그리고 진나라는 도필리(刀筆吏, 서기직의 하급관리)에게 정치를 맡긴 바 있었습니다. 그때의 그들은 세밀한 점을 파헤쳐 내는 것으로 자랑을 삼고 있었습니다. 그러나 그것은 공연히 형식적인 규칙만을 갖추었을 뿐, 백성을 아껴 주는 실속은 없었습니다. 따라서 황제는 스스로의 잘못을 지적해 주는 말을 들을 수 없게 되었고, 정치는 차츰 쇠해져서 2세에 이르자 천하는 흙이 무너지듯 허물어지고 만 것입니다. 그런데 지금 폐하께선 이 색부의 영리한 대답을 높이 평가하시고 그를 발탁하여 승진시키려 하고 계십니다. 그 같은 일을 하시면 천하는 바람에 휩쓸리듯 서로 다투어 구변만을 일삼으며 실상이 없게 되지나 않을까 걱정되옵니다. 또 아랫사람이 윗사람을 따르게 되는 것은 그림자가 모양을 따르고 메아리가 소리에 대답하는 것보다 빠르옵니다. 인사 문제는 신중히 다루지 않으면 안 될 줄로 아옵니다."

효문제는 과연 그렇겠다고 하고 색부를 상림원령에 임명하는 것을 그만두었다. 그리고 수레에 올라 장석지를 불러 동승시킨 다음 천천히 수레를 몰면서 그에게 진나라의 실정에 대해 물었다. 장석지는 상세하게 사실을 말해 올렸다. 궁중으로 돌아오자 황제는 장석지를 공

거령(公車令)에 임명했다. 그로부터 얼마 후에 태자가 양나라 왕과 같이 수레를 타고 조회에 들어가면서 사마문에 내리지 않고 그대로 지나갔다. 장석지는 뒤쫓아 가서 태자와 양나라 왕을 멈춰 세운 다음 대궐문으로 들어가지 못하게 하고 다음과 같이 말했다.

"공문에서 내리지 않는 것은 불경한 일이옵니다."

그런 다음 그런 사유를 황제께 아뢰었다. 이 소식이 박태후에게도 알려졌으므로 효문제는 관을 벗고 태후에게 정중히 사과했다.

"자식을 제대로 가르치지 못했습니다."

그러자 박태후는 사람을 보내 황제의 영으로 태자와 양나라 왕을 용서하도록 했다. 두 사람은 그런 다음에야 대궐로 들어갈 수가 있었다. 효문제는 이 일로 장석지를 장하게 생각하고 그를 중대부에 임명했다. 장석지는 얼마 후에 중랑장으로 승진했다.

언젠가 그가 행차를 따라 패릉으로 갔을 때의 일이다. 황제는 북쪽 절벽 위에 올라서서 먼 곳을 바라보았다. 이때 신부인이 옆에서 모시고 있었는데, 황제는 손가락으로 신부인에게 신풍으로 통하는 길을 가리키며 말했다.

"저것이 한단(신부인의 고향)으로 가는 길이오."

그러고는 신부인에게 비파를 타게 하고 황제 스스로 그 비파 곡조에 맞추어 노래를 불렀는데, 그 곡조가 몹시 처량하고 슬프게 들렸다. 이윽고 황제는 신하들을 돌아보며 말했다.

"슬프다. 저 북산의 아름답고 여문 돌로 곽(槨)을 만들고 모시와 솜을 끊어 틈을 막아 그 위를 옻으로 다져 두면, 누구도 그것을 열어 그

속에 든 보물을 훔쳐내지는 못하겠지."

좌우에 있던 사람들이 한결같이 말했다.

"지당하신 말씀이옵니다."

그러나 오직 장석지만은 앞으로 나아가 간언했다.

"그 안에 사람이 갖고 싶어 하는 보물을 넣어둔다면 저 남산(南山) 그대로를 관곽으로 하고 쇠를 녹여 이를 굳혀 두더라도 역시 꺼낼 틈은 있게 될 것입니다. 그러나 그 안에 사람이 욕심내는 것이 없으면 돌로 만든 곽이 없더라도 걱정할 필요가 없습니다."

황제는 과연 옳다고 말하고, 그 뒤 그를 정위에 임명했다. 또 얼마 후, 황제가 밖에 나가 놀며 중위교(中渭橋)에 이르렀을 때다. 한 사람이 다리 밑에서 급히 달려 나왔으므로 황제가 탄 수레의 말이 놀랐다. 그래서 호위 기병을 시켜 그 기병을 붙들어 정위의 손에 넘겼다. 장석지가 심문하자 그는 말했다.

"저는 이곳 장안현에 사옵니다. 걸어가는데 시위 소리가 들리기에 다리 밑에 숨어 있었습니다. 얼마를 지난 뒤 행차가 이미 다 지나갔을 것으로 알고 나왔는데, 아직도 수레와 말들이 보였으므로 놀라 달아났을 뿐이옵니다."

정위는 판결 내용을 아뢰었는데, 그것은 혼자서 행차를 범한 것이므로 벌금형에 해당한다는 것이었다. 효문제는 성이 나서 말했다.

"그는 내 말을 놀라게 한 놈이다. 내 말이 다행히 순했기에 망정이지 만일 다른 말 같았으면 나는 부상을 당했을 것이다. 그런데 정위는 그놈을 겨우 벌금형에 처하겠다는 건가?"

장석지는 대답했다.

"법이란 것은 천자께서 천하의 백성들과 함께 다같이 지켜야 하는 것이옵니다. 지금 법이 이렇게 정해져 있는데 여기에 더해 무서운 벌을 주게 된다면, 법은 백성들의 신임을 잃게 되옵니다. 그때 즉시 폐하께서 그 사람을 죽이셨다면 그것으로 그만이겠지만 지금은 이미 정위의 손에 넘겨주신 뒤의 일이옵니다. 정위는 천하의 공정한 법을 다스리는 관리이옵니다. 한 번 그것이 기울게 되면 천하의 법을 다스리는 사람은 모두가 제멋대로 가볍게 무거운 것을 결정하게 되어 백성들은 편안히 믿고 살 곳을 잃게 될 것이옵니다. 바라옵건대 폐하께선 깊이 살피시옵소서."

황제는 한참 생각하고 나서 말했다.

"정위의 판결이 옳다."

그 뒤 고묘의 좌대 앞에 있는 옥가락지를 훔친 자가 잡혔다. 효문제는 노하여 정위에 넘겨 이를 다스리게 했다. 장석지는 '종묘에 차려 놓은 물건을 훔친 자'에 관한 법률 조문을 적용시켜, 기시(棄市)[12]의 형에 처하겠다고 의견을 올렸다. 황제는 크게 노하여 말했다.

"그놈은 무도하게도 선제의 사당에 있는 물건을 훔친 놈이다. 나는 정위가 그놈의 일족을 멸족시키기를 바랐다. 그런데 정위는 법률대로만 처형하겠다고 하니, 그것은 내가 종묘를 높이 받들려는 생각과는 맞지 않는 것이다."

---

12 사형에 처한 다음 시장바닥에 시체를 버려두는 것을 뜻한다.

장석지는 관을 벗고 머리를 조아리며 사죄를 하고 말했다.

"법률로서는 이 이상 더 할 수가 없습니다. 그리고 같은 죽을죄라도 그 정도에 따라 차이를 두어야 마땅한 줄로 아옵니다. 종묘에 차려둔 물건을 훔쳤다고 해서 범인의 온 집안을 몰살시키게 된다면, 혹시라도 장릉(長陵)의 한 줌 흙을 파는 어리석은 백성이 있을 경우, 폐하께선 어떠한 법을 적용하시겠습니까?"

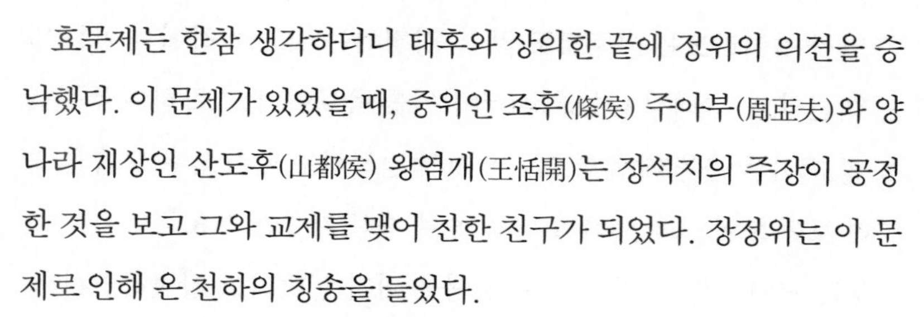

효문제는 한참 생각하더니 태후와 상의한 끝에 정위의 의견을 승낙했다. 이 문제가 있었을 때, 중위인 조후(條侯) 주아부(周亞夫)와 양나라 재상인 산도후(山都侯) 왕염개(王恬開)는 장석지의 주장이 공정한 것을 보고 그와 교제를 맺어 친한 친구가 되었다. 장정위는 이 문제로 인해 온 천하의 칭송을 들었다.

뒤에 효문제가 죽고 효경제가 즉위했다. 장석지는 효경제가 아직 태자로 있을 때 탄핵을 한 일이 있었으므로 죄를 받지나 않을까 겁이 났다. 그래서 병을 핑계삼아 벼슬을 그만두고 싶었으나 죽을까 겁이 났고, 황제를 뵙고 사죄를 할까 생각도 해보았으나 결과가 어떻게 될지 알 수 없었다.

그러나 결국 왕생(王生)의 의견대로 황제를 뵙고 사죄를 했고, 효경제는 조금도 그를 책하지 않았다.

왕생은 황제와 노자의 학문에 능통한 처사였다. 일찍이 나라의 부름을 받아 궁중으로 들어온 적이 있었는데, 그는 노인이라 앉아 있고, 삼공과 구경들은 다 선 채로 모임을 갖게 되었다. 이때 왕생은 "내 버선이 풀어졌군" 하고 중얼거리더니 장정위를 돌아보며 말했다.

"내 버선을 좀 매어 주오."

장석지는 무릎을 꿇고 끈을 매었다. 모임이 끝나고 누군가 왕생을 보고 물었다.

"어째서 조정에서 장정위에게 욕을 보여 무릎을 꿇고 버선 끈을 매도록 했습니까?"

"나는 늙고 또 천한 사람이오. 내가 생각해 볼 때, 내가 장정위를 도울 만한 것이라고는 아무것도 없소. 장정위는 지금 천하에서 이름 있는 대신이오. 그래서 나는 잠시 장정위를 욕보이며 그로 하여금 무릎을 꿇고 버선 끈을 매게 함으로써 그의 겸허하고 덕이 높은 모습을 분명히 보여 주어 그의 이름을 더욱 높여 주려고 했던 거요."

모든 귀인들은 이 말을 듣고 왕생을 어진 선비라고 칭찬하면서 장정위를 존경했다. 장정위는 효경제를 섬긴 지 1년 남짓해서 회남왕의 재상으로 전임되었다. 역시 앞서 있었던 탄핵 때문이었다. 그 뒤 오래 있다가 장석지는 죽었다. 그의 아들은 장지(張摯)였는데, 자를 장공(張公)이라 불렀다. 벼슬은 대부까지 올랐다가 그만두게 되었는데, 자기 지조를 굽혀 가며 세속을 따를 그런 사람이 아니었기 때문에, 그 뒤로는 죽을 때까지 벼슬을 하지 않았다.

풍당의 할아버지는 조나라 사람이었다. 아버지는 대나라로 이주해 살다가 한나라 시대가 되어 안릉으로 옮겼다. 풍당은 효자로 이름이 나 있었고, 중랑서장이 되어 효문제를 섬겼다. 황제가 용련을 타고 마침 낭서에 들었을 때 풍당에게 다음과 같이 물었다.

"노인으로 어떻게 낭관이 되었는가? 집은 어디에 있는가?"

풍당이 자세히 사실대로 대답하자 황제는 말했다.

"내가 대나라에 있었을 때, 내 상식감(尙食監)인 고거(高袪)가 가끔 내게 월나라 장군 이제(李齊)가 얼마나 훌륭하며 거록성 밑에서 어떻게 싸웠는가에 대해 이야기해 주었다. 지금도 밥을 먹을 때면 생각이 거록으로 달려가는 것을 금할 길이 없다. 노인도 이제를 알고 있는가?"

"이제는 염파와 이목만한 명장은 못 되옵니다."

"어째선가?"

"신의 할아비는 조나라에 있을 때 관군의 졸장(卒將)이었는데, 이목과는 사이가 좋았습니다. 또 아비는 원래 대나라의 재상이어서 조나라 장군 이제와 사이가 좋았습니다. 그래서 두 사람의 사람됨을 알고 있사옵니다."

황제는 염파와 이목의 인물 됨됨이를 다 듣고 나자 매우 기뻐하여 다리를 두드리며 말했다.

"안타깝도다. 나는 염파와 이목 같은 인물을 얻을 수 없단 말인가. 지금 그들 같은 명장이 내 장군이 된다면, 내가 무엇 때문에 흉노를 걱정하겠는가?"

풍당은 대답했다.

"말씀드리기 황공하오나 폐하께선 염파·이목을 거느리고 계셔도 그들을 제대로 쓰시지 못할 줄로 아옵니다."

이 말에 황제는 노하여 자리를 차고 일어나 궁중으로 돌아갔고, 얼마 후에는 기어이 풍당을 불러들여 꾸짖었다.

"경은 어째서 많은 사람 앞에서 나를 부끄럽게 만들었는가. 조용한 곳이 없는 것도 아닐 텐데……."

풍당은 사죄하여 말했다.

"시골에서 자라 조심할 바를 모르고 죽을죄를 지었사옵니다."

그 무렵에 흉노가 다시 크게 몰려와 조나(朝那)를 침입했고, 황제는 흉노의 침입이 걱정이 되어 다시 풍당에게 물었다.

"경은 어째서 내가 염파와 이목을 제대로 부릴 수 없다고 생각하는가?"

"듣건대, 옛 임금이 장군을 보낼 때에는 몸소 무릎을 꿇고 수레의 횡목을 밀어주며 '도성 안의 일은 내가 처리할 터이니 도성 밖의 일은 장군이 처리하라'고 말을 건네고, 그 결과 군공과 벼슬을 주는 것과 상을 내리는 것은 모두 도성 밖에서 장군이 결정한 다음, 돌아온 뒤에 그것을 보고했다고 하옵니다. 이것은 빈말이 아닙니다. 신의 할아비도 '이목이 조나라 장군으로 변경을 지키고 있을 때는 군 관할 밑에 있는 시장의 세금을 마음대로 써서 군사들을 대접했고, 상을 주는 것도 밖에서 결정하여 조정에서는 이를 간섭하지 않았다. 즉 조나라 조정에선 일체를 그에게 위임하여 다만 성공만을 요구했던 것이다. 그러므로 이목은 그의 지혜와 재주를 다할 수 있었던 것이다. 그리고 골라 뽑은 전차 1천3백 승, 구기(彀騎, 활을 쏘는 기병) 1만 3천 명, 백금의 상을 내릴 만한 용사 10만 명이란 세력을 길러 내었다. 그러했기 때문에 북쪽으로 선우를 내쫓고 동호(東胡, 흉노의 동방 종족)를 깨뜨리고, 담림(澹林, 동호의 나라 이름)을 없앴으며, 서쪽으로는 강한 진나라를 눌렀고, 남쪽으로는 한나라·위나라와 벗할 수 있었던 것이다. 그 당시는 조나라가 거의 천하의 우두머리 노릇을 할 수 있는 형편이었다. 그 뒤 조나라 왕 천이 즉위하게 되었는데, 그의 어머니는 창녀였다. 조나라 왕 천은 즉위하자 곽개의 참소를 곧이듣고 드디어 이목을 죽이는 한편, 안취(顔聚)를 그의 후임으로 보냈다. 그로 인해 싸움에서는 패하고, 사졸은 도망치고 왕은 진나라에 잡혀 나라가 망하게 된 것이다' 라고 말했었습니다.

지금 신이 듣건대, 위상(魏尙)이 운중군 태수가 된 뒤로 군 관할 아래 있는 시장의 세금은 모두 사졸들의 대접에 쓰이고, 자기의 사양전(私養錢, 대장에게 지급되는 특별 수당)으로 5일에 한 번씩 소를 잡아 손님과 군리, 사인들을 대접하고 있었으므로 흉노는 겁을 먹고 멀리 떨어져 있으면서 운중의 요새를 가까이 하지 않았습니다. 오직 한 번 침입이 있었을 뿐인데, 그때 위상은 거기를 이끌고 이를 쳐서 적을 죽인 것이 여러 차례였습니다. 위상의 군사들은 모두가 평민의 아들들로 논밭 사이로부터 나와 군대에 복무하고 있었던 것입니다. 그들이 어떻게 척적(尺籍)[13]과 오부(伍符)[14]를 알고 있겠습니까? 하루 종일 분전하며 적의 머리를 베기도 하고 사로잡기도 하여 그 공을 군 간부에 보고하게 되는데, 그 보고 가운데 단 한마디라도 맞지 않는 것이 있으면 문관이 법에 따라 제재를 가했습니다. 그리하여 공이 있는 자들이 상

13 참수(斬首)의 공을 기록하는 한 자짜리 판자를 말한다.
14 5인 1조의 병사가 서로 감시하는 연대서약서(連帶誓約書)를 말한다.

을 받을 수 없고, 문관이 받드는 법은 신용을 얻었습니다. 저의 어리석은 생각으로는, 폐하의 법은 너무도 밝고 상은 너무 가벼우며, 벌은 너무 무거운 것으로 아옵니다. 또 운중군 태수 위상이 부하의 공을 보고할 때, 수급과 포로의 수효 중 여섯이 틀렸다는 것만으로 폐하께선 그를 형리에게로 넘기고 그의 작위를 빼앗은 다음 징역에 처하셨습니다. 이런 것으로 미루어 볼 때, 폐하께선 비록 염파와 이목을 두셨더라도 제대로 쓰지 못하실 줄로 아옵니다. 신은 죽어 마땅한 줄로 아옵니다."

문제는 기뻐했다. 그리고 그날로 풍당으로 하여금 절을 가지고 가서 위상을 풀어 주고 다시 운중태수로 재임명하는 한편, 풍당을 또 거기도위에 임명하여 중위 및 군국에 소속된 전차수(戰車隧) 병사들을 지휘하도록 했다.

7년 후, 새로 즉위한 효경제는 풍당을 초나라 재상으로 보냈는데, 얼마 안 가 다시 해임하고 말았다.

그 뒤 효무제가 즉위하여 천하의 현량을 찾았을 때 풍당도 추천을 받았으나 그때 나이 이미 90세가 넘어서, 다시 벼슬에 오를 수 없었기 때문에 풍당의 아들 풍수(馮遂)를 낭관에 임명했다. 풍수의 자는 왕손(王孫)으로서 그 역시 걸출한 인물로 나(사마천)하고는 사이가 좋았다.

태사공은 말한다.

장계(장석지)가 덕이 있는 사람에 관해 논한 일과, 법을 지켜 황제의 뜻에 아부하지 않았던 점, 그리고 풍공(풍당)이 장수에 대해 논한 점 등은 참으로 멋이 있다. 옛말에 '그 사람을 모르거든 그 친구를 보라' 고 했는데, 장계와 풍공 두 사람이 말한 이야기들은 기록해 조정에 남겨둘 만하다. 또 《서경》에는 '불편부당(不偏不黨)하여 왕도(王道)는 탕탕(蕩蕩)하고 부당불편하여 왕도는 편편(便便)하다'고 했는데, 장계와 풍공이 그와 가깝다 할 수 있다.

만석·장숙 열전(萬石張叔列傳)

순후하고 자애롭고 효성스러우며, 내변(訥辯)이기는 해도 행동만은 민첩하여 몸을 굽혀 임금을 받드는 덕 있는 군자가 되기를 힘썼다. 그래서 〈만석·장숙 열전 제43〉을 지었다.

만석군의 이름은 분(奮), 성은 석씨(石氏)로, 아버지 대에는 조나라에 살다가 조나라 멸망 후 온(溫) 땅으로 이사해 살았다.

고조가 항적을 공격하기 위해 동진하면서 하내를 지날 때, 분은 나이 15세로 낮은 벼슬아치가 되어 고조를 모시고 있었다. 고조는 그에게 이야기를 걸어 보고는 그의 예의바른 태도를 어여삐 여겨 물었다.

"너의 집엔 누가 있느냐?"

"홀어머니가 있는데, 불행하게도 앞을 못 보며 집도 가난합니다. 그 밖에 누나가 있는데, 거문고를 잘 탑니다."

"너는 나를 계속해 섬길 수 있겠느냐?"

"있는 힘을 다하고자 하옵니다."

그리하여 고조는 그의 누이를 불러 미인(美人, 여관의 명칭)으로 삼고, 석분에게 중연이란 벼슬을 주어, 문서와 배알의 일을 맡아보게 했다. 그리고 누이가 미인이 되었기 때문에 집도 장안의 척리(戚里)로 옮기도록 했다.

그 뒤 석분은 공로를 쌓아 효문제 때에는 대중대부까지 승진했다. 학문은 없어도 공손하고 근실한 면에서는 그를 당할 사람이 없었다.

문제 때, 태자의 태부로 있던 동양후(東陽侯) 장상여(張相如)가 해임되었다. 그래서 태부가 될 만한 사람을 물색하던 중 모두가 석분을 추천했기 때문에 석분이 태자의 태부가 되었다.

뒤에 태자였던 효경제가 즉위하자, 그를 구경에 올려 주었다. 그러나 경제는 그가 지나치게 예의가 발라 가까이 하기가 거북했으므로 제후의 재상으로 전출시켰다.

석분의 맏아들인 건(建)도, 그 아래인 갑(甲)과 을(乙) 및 경(慶)도, 모두 착실한 선비로서 효행이 놀랍고 행실이 단정했으므로 벼슬이 모두 2천 석에 올랐다. 당시 경제는 말했다.

"석군(石君)과 그의 네 아들은 모두 벼슬이 2천 석에 있고 인신(人臣)으로서 존귀함과 은총이 한 집안에 다 모여 있다."

그런 까닭에 석분을 가리켜 만석군이라 불렀다.

효경제 말년에, 만석군은 벼슬을 그만두고 고향으로 내려가 있었으나 상대부의 신분은 여전했기 때문에 사철 행사 때마다 궁중으로 초대되어 황제를 뵙는 은총을 누렸다. 만석군은 수레가 대궐 문을 지날 때면 반드시 내려서 빠른 걸음으로 나아갔고, 천자의 수레를 끄는 말을 보면 반드시 자기가 타고 있는 수레의 횡목에 손을 짚고 경의를 표했다.

자손들 가운데 벼슬을 한 자가 고향에 돌아와 문안을 드리게 되면, 만석군은 상대가 아무리 지위가 낮을지라도 반드시 예복을 차려 입고 그들을 대하며 이름을 아무렇게나 부르는 일도 없었다.

또 자손들 가운데 잘못을 저지른 사람이 있으면 그를 꾸짖지 않고 스스로를 꾸짖어 방에 들어앉아 있으면서 밥상을 대해도 음식을 들지 않았다. 그렇게 되면 자손들은 서로가 잘못을 밝히며 연장자를 통해 매를 맞을 생각으로 웃옷을 벗고 진심으로 사죄를 했다. 이리하여 잘못을 고치게 되면 그때서야 비로소 용서를 했다. 평상시에라도 성인이 되어 관을 쓴 자손들과 같이 있게 되면 자신도 반드시 관을 써서 단정하고 삼가는 태도를 지녔다. 그리하여 하인들까지도 감화를 받아 항상 즐거운 모습으로 지냈으나 태도만은 삼가 조심했다.

때때로 집에서 황제의 사식(賜食)을 받게 되면 흡사 황제 앞에서와 같이 머리를 숙이고 엎드려서 먹었다.

또한 친척이나 친지들 가운데 누가 불행히도 상사를 맞으면 충심으로 슬픔을 표했다. 그의 자손들도 만석군의 가르침에 따라 모든 일에 그러했으므로 그 일족의 효행과 신중함은 각 군과 국에 자자하게 되었다. 심지어는 제나라와 노나라의 성실하고 신의 있는 행동을 일삼는 유생들까지도 모두 그에게 미치지 못함을 자인할 정도였다.

건원 2년 낭중령 왕장(王臧)이 유가의 학설을 따지다 죄를 입게 되었다. 이에 황태후는 '선비들이란 겉치레뿐으로 실속이 없는데 만석군의 집안만은 말없이 실천하는 것을 가풍으로 삼고 있다'고 생각하고 만석군의 큰 아들 석건을 낭중령에 임명하고 작은 아들 석경을 내사에 임명했다.

아들 석건이 늙어서 머리가 세었지만 만석군은 여전히 정정했다. 석건은 낭중령이 된 뒤로 닷새에 한 번 휴가를 얻을 때마다 아버지께 찾아가 문안을 올렸고, 자기 집으로 돌아가면 하인에게 아버지의 속옷과 아래옷을 가져오게 한 다음, 손수 빨아 다시 건네주며 아버지께는 알리지 못하게 했다. 낭중령으로서 특별히 간언해야 할 일이 있으면 반드시 좌우를 물리치도록 청한 다음, 마음에 품은 말을 거리낌없이 하되 한마디 한마디가 통절하기만 했다. 그러나 조정의 공식 석상에서는 거의 입을 열지 않았으므로 황제는 그를 다정하게 대하면서도 존경하여 예로써 대우했다.

만석군이 장안의 능리(陵里)로 이사한 다음이었다. 어느 날, 내사인 석경이 술에 취해 돌아오다가 마을 외문을 들어올 때도 수레에서 내리지 않았다. 만석군은 그것을 알자 노하여 밥을 먹지 않았다. 석경이 옷을 벗고 황공히 사죄를 했으나 들은 척도 하지 않았다. 그래서 형인 석건을 비롯한 온 집안 모두가 웃옷을 벗고 사죄를 올리고 나서야, 만석군은 비로소 용서하며 꾸짖었다.

"장안의 장관인 내사는 지위가 높은 사람이다. 마을로 들어서게 되면 마을 안에 있는 장로들은 다 피해 숨어 버리고 내사는 수레에 태연히 앉아 있는 것이 지극히 당연한 일이겠지."

그러고는 석경을 물러가게 했다. 그 뒤로는 석경과 모든 자제들은 마을 문만 들어서면 수레에서 내려 잰걸음으로 집에 돌아오게 되었다.

만석군은 원삭 5년에 죽었다. 맏아들 낭중령 석건은 아버지를 생각하여 너무도 슬피 운 나머지 지팡이에 몸을 의지해야만 겨우 걸을 수 있는 형편이었다. 그런 까닭에 1년 남짓해서 그 또한 죽었다.

만석군의 아들과 손자들은 모두가 효자였는데, 그중에서도 석건은 아버지 만석군보다도 더했다. 석건은 낭중령으로서 언젠가 상주문을 올린 적이 있었다. 그런데 그 글이 반환되었으므로 다시 읽어 보게 되었다. 그러고는 다음과 같이 말했다.

"아차, 글자를 잘못 썼구나. 마(馬)란 글자는 아래에 꼬리를 나타낸 획까지 5획이 되어야 하는데, 지금 보니 네 획만 있고 한 획이 모자라네, 황상께서 꾸짖으시면 죽어 마땅하다."

그는 몹시 송구스러워하며 전전긍긍했다. 그의 조심성은 다른 일에 있어서도 모두 이와 같았다.

만석군의 막내아들인 석경은 태복으로 있으면서 황제를 수레로 모시고 궁 밖으로 나온 적이 있었다. 그때 황제가 물었다.

"이 수레의 말은 몇 마리인가?"

경은 채찍으로 말을 하나하나 세고 난 다음, 손을 들어 말했다.

"여섯 마리이옵니다."

석경은 만석군의 아들 중에서 가장 일을 빨리 해치우는 사람이었는데도, 매사가 이런 정도였다. 그가 제나라 재상이 되자, 제나라 사람들은 모두 석경의 집 가풍을 흠모하여 일일이 명령을 전달할 것도 없이 온 나라 안이 잘 다스려졌고, 석경을 위해 석상사(石相祠)란 사당을 세웠다.

원수 원년, 황제는 태자를 세우고 신하들 가운데서 태부를 골랐다. 그 결과, 석경이 패군 태수에서 태자의 태부가 되었다. 그리고 7년 후에 자리를 옮겨서 어사대부가 되었다.

원정 5년 가을에, 승상(丞相)이 죄를 범하여 해임되자, 황제는 어사에게 다음과 같은 조칙을 내렸다.

"만석군은 선제께서 중용하시던 인물이며, 자손들은 모두 효자다. 그러므로 어사대부 석경을 승상으로 임명하고 목구후(牧邱侯)에 봉한다."

당시 한나라는 남쪽으로 양월(兩越)을 무찌르고, 동쪽으로 조선을 공격하며, 북쪽으로는 흉노를 내몰고 서쪽으로는 대원(大宛)을 정벌하고 있었다. 또 천자는 천하를 순행하며 상고의 신사(神祠)를 수리하고 봉선(封禪, 산천에 지내는 천자의 제사)을 행하여 예악을 일으켰으므로 나라의 재정이 어려운 형편이었다. 그래서 상홍양(桑弘羊) 등은 부국책을 쓰고 왕온서(王溫舒) 등은 법을 엄격하게 시행했고, 아관(兒寬) 등은 학문을 떠받들어 각각 구경에 올라 번갈아 정권을 휘두르게 되었기 때문에 나랏일은 승상의 결재를 거치지 않는 형편이었다. 승상은 다만 중후하고 조심성이 많은 것뿐으로, 재직 9년 동안 정치를 할 때 바로잡은 것도 없고 의견을 말한 일도 없었다.

일찍이 황제의 근신인 소충(所忠)과 구경인 감선(減宣)을 탄핵한 적이 있었는데, 그나마 힘이 모자라 그들을 벌주지 못한 것은 물론 도리어 무고죄로 몰려 벌금을 물어야만 했었다.

원봉(元封) 14년에는 관동(關東)에서 유민 2백만 명, 무적자(無籍者) 40만 명이 발생했으므로 공경들은 협의 끝에, 유민을 변경에 강제 이주시키기로 뜻을 모아 주청했다. 황제는 '승상은 늙은데다가 조심성이 많은 사람이므로 의논 상대가 될 수 없다'고 생각하고 승상에게 휴가를 준 다음, 어사대부 이하로서 주청을 올린 자들에게 그 방책을 검토하도록 했다.

승상은 자기 직책을 감당하지 못하는 것을 부끄러워하여 이런 글을 올렸다.

> 신은 폐하의 은총으로 승상의 직책을 맡고 있사오나, 늙고 재주 없어 보필의 책임을 다하지 못한 탓으로 성곽과 창고는 텅텅 비어 있고, 백성들은 많은 사람들이 고향을 등지고 떠돌이 생활을 하게 되었습니다. 그 죄 죽어 마땅한 줄로 아옵니다. 그런데 폐하께선 신을 불쌍히 생각하시어 죄를 주시지 않습니다. 바라옵건대 신은 승상과 후(侯)의 인(印)을 다시 바치고 벼슬을 떠나 고향으로 돌아갈까 하옵니다. 이렇게 함으로써 어진 사람의 승진할 길을 막는 일이 없도록 할까 하오니 허락하여 주십시오.

그러자 천자는 석경을 이렇게 책망했다.

"창고는 이미 비어 있고, 백성은 빈궁해서 떠돌고 있는데 그대는 유민들을 변경으로 옮기자고 청하여 민심을 더 동요시켜 불안하게 만들었다. 그리고 이런 위급한 사태를 빚어놓고도 벼슬에서 물러나려 하고 있다. 장차 누구에게 이 어려움을 책임 지우려 하는 것인가?"

석경은 몹시 부끄러워하며 다시 일을 보게 되었다. 석경은 오로지 법을 충실히 지키며 모든 일에 자제하고 조심이 많았으나 백성들을 위해 내세울 만한 정견이 없었다. 그로부터 3년 남짓 지난 태초 2년에 승상 석경이 죽자 염후(恬侯)란 시호가 내려졌다.

석경은 늘 둘째 아들 덕(德)을 사랑했으므로 황제는 석덕에게 후의 뒤를 잇게 했다. 석덕은 뒤에 태상(太常)이 되었으나 죄를 저질러 사형을 받게 되었으므로 속죄금을 물고 평민이 되었다.

석경이 승상으로 있을 무렵, 자손들 중 관리가 되어 번갈아 2천 석에까지 오른 사람이 13명이나 되었다. 그러나 석경이 죽은 뒤로 차츰 죄를 짓고 벼슬에서 물러나게 되었으며, 효행과 근실한 가풍도 점점 쇠해갔다.

건릉후(建陵侯) 위관(衛綰)은 대나라 대릉(大陵) 사람으로, 수레 위에서 펼치는 곡예가 뛰어나 낭관이 되어 효문제를 섬겼다. 그는 공을 차근차근 쌓아 중랑장으로 승진했다. 그는 충성스럽고 신중하여 다른 생각이 없었다. 예를 들면 효경제가 아직 태자로 있을 때 효문제의 좌우에 있는 사람들을 불러 술자리를 베푼 적이 있었다. 하지만 위관은 효문제에 충성을 다하려는 생각에서 병을 핑계하고 가지 않았다. 효문제는 죽기 전에 경제에게 이런 유언을 남겼다.

"위관은 덕이 있는 사람이다. 그를 후대해라."

그러나 효문제가 죽고 효경제가 즉위했지만 1년 남짓 지나도록 위관에 대해서는 별다른 분부가 없었다. 그래도 위관은 매일 조심하며 자기 직무에만 충실했다.

어느 날 효경제는 상림원(上林苑)으로 행차하면서 중랑장인 위관을 수레에 함께 타도록 했다. 그리고 돌아와서 물었다.

"그대는 참승(驂乘)하게 된 까닭을 아는가?"

위관은 대답했다.

"신은 거사(車士)에서 총애를 받아 공을 쌓아 중랑장이 되었습니다. 그렇기 때문에 오늘 어째서 참승의 영광을 받게 되었는지는 알지 못하옵니다."

황제는 다시 물었다.

"내가 아직 태자였을 때 경을 초대한 일이 있었는데, 경은 오려 하지 않았었다. 그건 무엇 때문이었는가?"

"아뢰옵기 황공하오나 그때는 참으로 병이 났었습니다."

황제가 그에게 칼을 하사하려 하자 위관은 대답했다.

"선왕께서 신에게 칼을 하사하신 것이 여섯이나 되옵니다. 아뢰옵기 황공하오나 이 이상은 감히 받을 수가 없겠습니다."

"칼이란 것은 사람들이 즐겨 선물과 답례품으로 쓰고 있는 것인데, 경은 선황제에게서 받은 칼을 지금까지 가지고 있단 말인가?"

"그대로 간직하고 있습니다."

황제가 그 여섯 자루 칼을 가져오라 해서 보았더니, 칼은 받은 그대로 소중히 보관되어 있어서 한 번도 차고 다닌 흔적이 없었다.

한편, 위관은 부하인 낭관들이 잘못이 있으면 언제나 그들의 잘못을 자기가 책임지고 나섰다. 다른 장수들과 다투는 일도 없었고, 공이 있으면 항상 다른 장수에게 양보를 했다. 황제는 그가 청렴결백하고 충실하여 다른 욕심이 없다는 것을 알아차리고 그를 하간왕(河間王, 효경제의 아들 덕)의 태부로 임명했다.

오나라와 초나라가 반란을 일으켰을 때 황제는 위관을 장군에 임명하고 하간의 군사를 거느려 오나라와 초나라를 치도록 했는데, 공로가 있었으므로 위관을 중위에 임명했다.

그로부터 3년 후, 즉 효경제 전원 6년에 군공에 의해 위관을 건릉후에 봉했다. 그 이듬해, 황제는 율태자(栗太子)를 폐하면서 그의 외가인 율경(栗卿)의 일족을 처벌하도록 했는데, 그때 황제는 위관이 후덕한 사람이라서 율씨 집안을 모조리 죽이지 못할 것으로 짐작하고, 그에게 휴가를 주어 집으로 돌아가 있게 한 다음, 질도(郅都)에게 명하여, 율씨를 심문하고 체포하도록 했다.

그리고 교동왕(膠東王)을 태자로 봉한 다음, 위관을 불러 태자 태부로 임명했다. 위관은 그로부터 오랜 뒤에 어사대부로 옮겨 앉았다가 다시 5년 후에 도후(桃侯)를 대신해서 승상이 되었다. 그는 조정에서 정사에 관해 의견을 말할 때에는 자기 직분에 따라 꼭 해야 할 말만을 했다. 이리하여 벼슬을 처음 했을 당시부터 승상에 있을 때까지 위관에게는 이렇다 할 공적은 없었다.

그러나 천자는 위관을 착실하고 후덕한 사람으로 나이 어린 임금의 재상으로는 가장 적임자라 생각하여, 그를 소중히 대하고 사랑하여 상으로 내린 금품이 매우 많았다.

위관이 승상이 된 지 3년 만에 경제가 죽고 무제가 즉위했다. 그런데 건원 연간에 경제가 병으로 누워 있는 동안 억울하게 죄를 입은 사람이 많았다는 상소가 있어, 승상이 그 직책을 다하지 못했다 하여 위관은 해임당했다. 그 뒤 위관은 죽고 그의 아들 신(信)이 대신 뒤를 이었으나 주금(酎金, 제사 때 제후들이 바치는 헌금)이 적었다는 이유로 법에 저촉되어 후의 지위를 잃게 되었다.

새후(塞侯) 직불의(直不疑)는 남양 사람이다. 낭관에 임명되어 문제를 섬길 때였다. 그와 같은 숙사에 있는 한 사람이 휴가를 얻어 돌아가면서 실수로 같은 방을 쓰던 다른 사람의 돈을 가지고 가버렸다. 이윽고 돈 임자가 돈이 없어진 것을 알고, 직불의가 훔치지 않았나 하고 의심을 했다. 그러자 직불의는 서슴지 않고 자기가 훔쳤다고 사과하고 돈을 마련해 변상을 했다. 뒤에 휴가를 갔던 사람이 돌아와 돈을 되돌려 주었으므로 앞서 돈을 잃은 낭관은 크게 무안을 당했다. 이 일로 직불의는 덕이 있는 장자라는 칭송을 받게 되었으며, 문제 역시 장하다 하여 그를 태중대부에까지 승진시켰다. 그 무렵, 조정의 어느 고관이 그를 헐뜯어 말했다.

"직불의는 풍채가 그럴 듯하지만 형수와 밀통하고 있으니, 어떻게 처리해야 할지 모르겠습니다."

직불의는 그 말을 듣자 이렇게 혼잣말을 했다.

"내게는 형이 없는데……."

그러나 끝까지 자신의 결백을 밝히려 하지 않았다.

오·초 7국의 난 때, 직불의는 2천 석의 신분으로 군사를 거느리고 이를 쳤다. 그래서 경제의 후원(後元) 원년에 그는 어사대부로 승진함과 동시에 오·초의 반란 때의 공으로 새후에 봉해졌다. 그러나 무제 건원 연간에 과거의 실정(失政) 때문에 승상과 함께 해임당했다.

직불의는 노자의 학설을 배우고 있었기 때문에 벼슬에 오르자, 직책상 일은 전임자가 행한 그대로 따르며 가볍게 고치는 일이 없었고, 어디까지나 자신의 관리로서의 능력을 남이 알까 두려워하며, 이름이 높아지는 것을 좋아하지 않았다. 그래서 장자라는 칭호를 듣게 되었다.

직불의가 죽자 그의 아들 상여(相如)가, 그 뒤엔 손자 망(望)이 이었으나 망은 주금(酎金)을 규정에 맞지 않게 했기 때문에 후의 지위를 잃고 말았다.

낭중령 주문(周文)의 이름은 인(仁)인데, 그의 조상은 원래 임성(任城) 사람이었다. 의술이 뛰어났기 때문에 황제를 뵙게 되었고, 아직 태자였던 경제의 사인에 임명되었다. 거기서 공을 쌓아 차츰 승진하여 태중대부가 되었다.

경제가 즉위하자 주인을 낭중령에 임명했다. 주인은 신중하고 입이 무거워, 다른 사람의 말을 옮기는 일이 없었다. 또 언제나 기운 옷과 때에 찌든 속옷을 입고 있었는데, 이는 일부러 추하게 보이려고 한 것이다. 그로 인해 경제의 총애를 받아 침전에까지 출입을 하며, 후궁에서 비희(祕戲, 저속한 연극)가 열릴 때도 항상 황제를 옆에서 모시게 되었다.

경제가 죽은 뒤에도 주인은 여전히 낭중령으로 있었으나 끝내 아무런 비밀도 말한 적이 없었다. 황제는 가끔 신하들의 인물됨에 대해 물었으나 주인은 단지 이렇게 말할 뿐이었다.

"폐하께서 직접 생각해보십시오."

그는 결코 신하들의 운명을 좌우할 말 따위는 하지 않았다. 이런 이유 때문에 경제는 두 번이나 주인의 집에 놀러 갔었다.

주인은 뒤에 집을 양릉으로 옮겼고, 황제가 여러 가지 하사품을 내려보냈으나 그때마다 사양하고 받지 않았다. 또한 제후와 신하들이 보내 주는 선물도 끝내 받지 않았다.

무제가 즉위하자 선황제의 총신이라 하여 소중히 대했으나, 얼마 뒤 그는 병 때문에 벼슬을 그만두고 2천 석 봉록을 그대로 받으며 고향에서 노후를 보냈다. 그의 자손들은 모두 큰 벼슬에 올랐다.

어사대부 장숙(張叔)의 이름은 구(歐)로서 안구후(安丘侯) 열(說)의 서자다. 효문제 때 형명학에 밝다 하여 태자를 섬기게 되었다. 장숙은 비록 형명학을 배우기는 했으나, 그의 됨됨이는 장자였다.

그래서 경제는 그를 소중히 여겨 일찍이 구경에 올렸고, 무제는 원삭 4년에 한안국을 해임하자, 장구를 어사대부에 임명했다. 장구는 관리가 된 뒤로 오로지 참다운 장자로서의 직책을 다했다. 속관들도 그의 덕망을 우러러 감히 속임수를 쓰지 않았다.

형사 사건이 올라오면 신중히 사건을 검토한 끝에, 각하시켜도 좋을 것은 각하시키고, 각하시킬 수 없는 것은 하는 수 없이 눈물을 흘리면서 얼굴을 돌리고 결재할 정도로 어질었다. 노년에 중병이 들어 사임을 청하자 천자는 특별히 책서를 내려 이를 받아들이는 한편, 상대부의 봉록을 지닌 채 은퇴할 수 있도록 했다. 그의 자손은 모두 큰 벼슬에 올랐다.

태사공은 말한다.

공자는 일찍이 말하기를 '군자란 말에는 어눌하고 행동은 민첩하게 한다'는 말이 있는데, 이것은 만석·건릉·장숙과 같은 사람을 가리켜 말한 것일까?

그러므로 그들의 교화는 엄정한 것이 아니면서도 성과를 거둘 수 있었고, 시정은 가혹한 데 빠지는 일이 없이 잘 다스려졌던 것이다.

한편, 군자들은 새후가 미묘한 기교를 부리고 주문이 추종을 일삼고 있었다고 비웃었다. 그것은 그들의 행동이 아첨에 가깝기 때문이었겠지만, 나는 감히 두 사람을 일컬어 독실한 군자라 말하고 싶다.

전숙 열전(田叔列傳)

절조를 지켜 강직하고, 의로운 마음은 청렴결백함을 말하기에 충분했고, 행실은 현실을 격려하기에 부족함이 없었으며 권세 있는 지위에 있으면서도 이치에 어긋나는 짓을 하지 않았다. 그래서 〈전숙 열전 제44〉를 지었다.

전숙은 조나라 형성 사람으로, 그의 조상은 제나라 전씨의 자손이다. 전숙은 검술을 좋아했으며, 악거공(樂巨公) 밑에서 황로술(黃老術, 황제·노자의 학설)을 배웠다.

전숙은 성격이 엄격하고 결백했으며 그것을 당연하게 여겼다. 또한 사람들과 사귀기를 즐겼다.

조나라 사람 중에 누군가 그를 조나라 재상 조오(趙午)에게 추천했고, 조오가 다시 조나라 왕 장오(張敖)에게 추천한 결과 낭중에 임명되었다. 그 후 몇 해가 지나도록 그는 친절·정직·청렴·공정하게 처신했으므로 조나라 왕에게 인정을 받게 되었다. 그러나 승진의 기회는 주어지지 않았다.

진희가 대나라에서 한나라에 반기를 든 사건이 일어났다. 한나라가 선 지 7년째 되던 해로, 고조는 진희를 치기 위해 친정에 나섰다가 조나라에 들렀다. 이때 조나라 왕 장오는 몸소 상을 들고 나와 음식을 올리며 매우 공손하게 예절을 갖추었으나, 고조는 자리에 앉아 두 다리를 쭉 뻗친 채 오만한 자세로 조나라 왕을 꾸짖었다.

이 일로 하여 조나라 재상 조오 등 수십 명은 모두 분개하여 조나라 왕에게 이렇게 말했다.

"왕께선 폐하께 예를 갖추어 섬기셨습니다. 그런데도 폐하께서 왕을 이런 식으로 대하신다면, 신 등은 모반을 일으킬 것을 주청하는 바입니다."

그러자 조나라 왕은 손가락을 깨물어 피를 내더니 이렇게 맹세했다.

"아버지께서 나라를 잃으셨을 때, 만일 폐하가 아니었던들 우리는 죽어서 묻힐 땅도 없어 시체에서 벌레가 기어 나왔을 것이다. 그대들은 어째서 그 같은 말을 하는가. 두 번 다시 그런 말을 입 밖에 내지 말라."

그래서 관고(貫高) 등은 말했다.

"왕은 원래 덕 있는 분이라, 덕에 위배되는 일은 하지 못한다."

그리고 마침내는 몰래 고조를 죽이기로 모의했다.

그러나 공교롭게도 이 일은 발각되었다. 한나라는 조서를 내려 조나라 왕을 비롯해 반란을 꾀한 신하들을 잡아들였다.

이때 조오 등은 모두 자살했는데, 관고만이 붙들렸다. 이때 또 한나라에서 조서를 내려 선포했다.

> 조나라 사람으로 감히 조나라 왕을 따라오는 자가 있다면, 그 죄는 삼족에 미치리라.

그러나 맹서(孟舒)·전숙 등 10여 명만은 붉은 옷을 입은 채 스스로 머리를 깎고 목에 쇠고리를 끼워 노예로 가장한 다음, 왕가의 종이라 하며 따라나섰다.

조나라 왕이 장안에 도착한 뒤에 관고가 사건의 진상을 분명하게 밝혔으므로 조나라 왕은 곧 풀려나게 되었다. 그러나 왕위를 박탈당한 채 선평후(宣平侯)가 되었다. 그런 다음 장오는 황제 앞에 나아가 전숙 등 10여 명의 이야기를 아뢰었다. 황제는 그들을 모두 불러서 만나 보고 함께 이야기를 해 보니 한나라 조정에 있는 신하들도 그들을 앞설 것 같지가 않았다. 황제는 기뻐하여 그들 전부를 제후들의 재상으로 보내거나 군수로 임명했다.

전숙이 한중군 태수가 된 지 10여 년 뒤, 때마침 고후(여후)가 죽고 여씨 일족이 반란을 일으켰으므로 대신들은 이들을 무찌르고 효문제를 세웠다.

효문제는 즉위 후 어느 날 전숙을 불러 이렇게 물었다.

"경은 누가 천하의 장자인지 아는가?"

"신이 어찌 알 수 있겠습니까."

"경이 바로 장자이니 그리 알게."

전숙은 머리를 조아리며 아뢰었다.

"옛날 운중군 태수 맹서가 장자이옵니다."

그 당시 맹서는 흉노가 한나라 변경에 대거 쳐들어와 약탈할 때, 운중군의 피해가 가장 컸기 때문에 그 책임으로 해임된 상태였다. 황제는 이렇게 말했다.

"선황제께서는 맹서를 10여 년 동안이나 운중군 태수로 두었다. 그런데 흉노가 한 번 침입해 오자 맹서는 굳게 지키지를 못하고 이렇다 할 이유도 없이 수백 명의 전사자만 냈다. 장자가 어찌 본래 사람이나 죽이는 자이겠는가. 경은 어떤 점에서 맹서를 장자라고 하는가?"

전숙은 머리를 조아리며 대답했다.

"지금 말씀하신 점이 바로 맹서가 장자라는 증거이옵니다. 저 관고의 무리들이 반역을 꾀했을 당시, 폐하께서는 분명히 조서를 내리시어 '월나라 사람으로 감히 조나라 왕을 따라오는 자가 있으면 그 죄가 삼족에 미칠 것이다'라고 하셨습니다. 그러나 맹서는 스스로 머리를 깎고 목에 쇠고리를 끼워, 조나라 왕 오가 있는 곳을 따르며 조나라 왕을 위해 자기 한 몸을 내던지려 했던 것이니, 그때 어떻게 자신이 운중군 태수가 되리라고 생각인들 했겠습니까? 당시는 한나라와 초나라가 서로 싸움을 거듭한 끝이라 사졸들이 지칠 대로 지쳐 있었습니다. 흉노의 묵돈 선우는 새로 북방의 오랑캐를 정복한 다음, 우리 변경으로 쳐들어와 약탈을 했던 것입니다. 맹서는 사졸들이 지쳐

있는 것을 알고 있어 싸우라는 명령을 차마 내리지 못했습니다. 그런데 사졸들이 다투어 성벽을 지키며 적과 싸워 죽는 모습은, 자식이 아비를 위해 죽고 아우가 형을 위해 죽는 것과 같았습니다. 그로 인해 죽은 사람이 수백 명에 달했던 것이옵니다. 맹서가 어떻게 고의로 부하들을 내몰아 싸우게 했겠습니까? 이거야말로 맹서가 장자인 이유이옵니다."

그래서 황제는 말했다.

"참으로 맹서는 현인이로구나."

그리고 다시 맹서를 불러 운중군 태수로 임명했다. 그로부터 몇 해 후에 전숙은 법에 저촉되어 벼슬을 잃었다.

그 뒤 양나라 효왕이 사람을 보내 전에 오나라 재상을 지냈던 원앙을 살해한 일이 일어났다. 경제는 전숙을 불러 양나라로 가서 그 사건을 조사하도록 했다. 전숙이 상세히 사실을 조사하고 돌아와 보고를 올리자, 경제는 이렇게 물어보았다.

"양나라에 그런 사실이 있던가?"

"아뢰옵기 황공하오나 그런 사실이 있었사옵니다."

"어떤 내용이던가?"

"폐하께서는 양나라 사건을 문제로 삼지 마시고 그대로 넘어가시는 것이 좋겠습니다."

"왜 그런가?"

"만일 양나라 왕이 처형을 당하지 않으면 한나라 법이 서지 않게 됩니다. 만일 법에 따르게 되면 태후께서는 슬픈 나머지 음식을 들어도 맛을 모르시고 누워도 편히 잠이 들지 않을 것이옵니다. 그 결과 폐하께서는 근심을 얻게 되실 것입니다."

경제는 이 일로 하여 전숙을 어질게 생각하여 노나라 재상에 임명했다.

전숙이 재상이 되어 노나라로 처음 부임해 왔을 때, '왕이 자기들의 재산을 빼앗아 갔다'고 호소해 오는 노나라 백성들이 백여 명에 이르렀다. 그러자 전숙은 그중에서 주동자로 보이는 20명을 잡아 매를 50대 치고, 나머지 사람에게는 각각 손으로 스무 대를 때린 다음, 이렇게 꾸짖었다.

"왕은 너희들의 임금이 아니시냐? 어째서 임금을 상대로 그따위 말을 한단 말이냐?"

노나라 왕은 이것을 알자 크게 부끄러워했다. 그래서 중부(中府, 왕의 재물을 넣는 창고)의 돈을 꺼내 이를 변상케 하라고 전숙에게 일렀는데, 전숙은 그것을 거절했다.

"왕께서 직접 취하신 것을 재상을 통해 변상케 하시면 이것은 왕이 악한 일을 행하시고 재상이 착한 일을 행한 것이 되옵니다. 재상으로서는 변상에 관여하지 않는 것이 좋겠습니다."

그래서 왕은 모든 것을 직접 변상했다.

노나라 왕은 사냥을 좋아했으므로 재상은 언제나 왕을 모시고 사냥터로 들어갔다. 왕은 그때마다 재상을 관사에 머물러 쉬도록 했으나, 재상은 언제나 관사 밖에 나와 앉아 왕을 기다렸다. 그래서 왕은 자주 재상에게 사람을 보내 편히 쉬고 있으라고 했지만, 재상은 끝내 관사 안에서 쉬려 하지 않고 이렇게 말했다.

"임금님께서는 사냥터에서 강한 햇볕과 거센 바람을 쐬고 계시는데, 어떻게 신 혼자만 관사에 편히 들어앉아 있을 수 있겠습니까!"

노나라 왕은 이런 까닭에 밖에 나가 노는 일이 드물어지게 되었다.

몇 해 후 재상으로 있던 전숙이 병으로 죽자, 노나라에서는 제사 비용이라 하여 유족에게 백 금을 내렸으나 작은 아들 인(仁)은 그것을 받지 않고 말했다.

"백 금으로 인해 죽은 아비의 이름을 욕되게 하고 싶지는 않습니다."

전인은 건장한 사람이었으므로 위장군(衛將軍)의 사인이 되어 장군을 따라 자주 흉노를 쳤고, 뒤에 위장군의 천거를 받아 낭중에 임명되었다. 다시 몇 해 뒤, 그는 봉록 2천 석을 받는 승상의 장사가 되었다가 벼슬을 잃었다. 그 뒤 황제(무제)는 전인을 삼하(三河)에 보내 그곳 관리들의 잘잘못을 감찰하도록 했다. 황제가 동쪽 방면을 순행하고 있을 때 전인이 보고한 안건이 올라왔는데, 그것이 아주 이치에 맞았으므로, 황제는 기뻐하며 전인을 경보도위(京輔都尉)에 임명했다. 그리고 다시 한 달 남짓해서 사직(司直, 승상 보좌역. 불법을 감찰)으로 전근시켰다.

그로부터 몇 해 후에 전인은 태자의 일에 연루되어 죄를 짓게 되었다. 그 당시 좌승상이 직접 군대를 이끌고 와 사직 전인에게 성문을 닫고 지키라고 명령했는데, 전인이 고의로 태자를 놓아주었던 것이다. 이에 전인은 형리의 손에 넘어가 사형에 처해지고 말았다.

태자가 군사를 일으켰을 때 장릉 현령 차천추(車千秋)가 전인의 일을 보고하여 전인의 일족은 몰살당했다.

태사공은 말한다.

공자는 '어느 나라를 가든 반드시 그 나라 임금으로부터 정치에 대한 의견을 듣는다'라고 했는데, 이 말은 전숙에게도 해당되는 말이 아닐까 싶다. 전숙은 의로운 가운데 어진 사람을 잊지 않았고, 임금의 아름다운 점을 밝혀 주고, 그의 잘못을 건져 주었다.

전인은 나와 친했던 관계로 아울러 이야기하게 되었다.

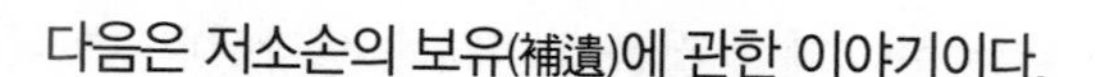
다음은 저소손의 보유(補遺)에 관한 이야기이다.

저선생(褚先生)은 말한다.

내가 낭관으로 있을 무렵 들었는데, 전인은 원래 임안(任安)과 사이가 좋았다고 한다. 임안은 형양 사람으로 어려서 부모를 여의어 가난하게 지냈다. 그러던 중 남을 위해 수레를 끌고 장안으로 가게 되었다가 그대로 장안에 눌러 있으면서 벼슬길을 찾아 말단 관리라도 되려고 했지만 기회가 없었다.

그러다가 자기 멋대로 호적을 만들어 무공(武功) 땅에 집을 정했다. 무공은 부풍(扶風) 서쪽 경계에 있는 작은 고을로, 골짜기 어귀에 놓여 있어 촉나라로 가는 좁은 길과 통해 있었고, 산과 가까웠다. 임안은 '무공은 작은 고을이라 호걸들도 없기 때문에 이름이 높아지기 쉽다'고 생각하고, 그곳에 머물면서 남을 대신해서 구도(求盜, 도적을 체포하던 병사)와, 정보(亭父, 잡역부)로 있다가 뒤에 정장(亭長)이 되었다.

그는 가끔 마을 사람들과 같이 사냥을 나갔는데, 그럴 때면 임안은 언제나 사람들을 위해 고라니·사슴·꿩·토끼 등을 나눠 주고, 노인·아이·장정들을 정당한 부서에 배치시켜 힘에 맞는 일을 맡게 했다. 이에 모든 사람들은 기뻐하며 말했다.

"걱정할 것이 없구나. 임소경은 물건을 나눠 주는 것이 공정하고 또 지략이 있으니까."

이튿날, 다시 모였을 때는 모인 사람이 수백 명에 이르렀는데, 임소경은 이렇게 말했다.

"아무개 아들, 아무개는 어째서 오지 않았을까?"

사람들은 모두 그의 보는 눈이 빠른 것을 신기하게 생각했다. 그 뒤 임안은 삼로(三老, 고을의 장자)가 되었고, 다시 친민(親民, 민정관)으로 승진했으며, 나가서는 3백 석을 받는 현의 우두머리가 되어 백성을 다스렸다. 그러나 황제가 그곳으로 놀러 갔을 때, 공물을 바치고 장막을 치고 하는 접대가 충분치 못했다는 이유로 벼슬에서 물러나게 되었다.

그래서 위장군의 사인이 되었다가 전인과 알게 되었다. 그들은 같은 사인으로 장군의 문하에 있으면서 뜻이 맞아 친하게 지냈다. 두 사람 모두 집이 가난해서 장군의 가감(家監, 가신)에게 선물을 바칠 만한 여유가 없었으므로, 가감은 두 사람에게 사람을 물어뜯을 정도로 사나운 말을 기르게 했다. 두 사람은 같은 침대를 쓰고 있었는데, 이때 전인이 가만히 속삭였다.

"가감은 사람을 보는 눈이 없어."

그러자 임안도 맞장구를 쳤다.

"장군마저 사람을 보는 눈이 없는데, 가감이야 말하나 마나지."

그 뒤 위장군이 이 두 사람을 데리고 평양 공주(平陽公主, 한무제의 누이이면서 평양후 조수의 아내) 집에 들른 일이 있었는데, 그때 공주의 집에서는 두 사람을 말을 기르는 노예들과 한자리에서 밥을 먹게 했다. 그러자 두 사람은 칼을 뽑아 자리를 구분하여 그들과 따로 앉았다. 공주 집 사람들은 그것을 보고 모두 이상하게 생각하며 미워했지만, 아무도 감히 뭐라고는 못했다.

그 뒤 나라의 명령이 있어, 위장군 사인들 중에서 낭관을 발탁하게 되었다. 그래서 장군은 사인들 가운데 부유한 사람들을 골라 안장 딸린 말과 붉은 옷과 칼집에 보석 장식이 있는 칼을 갖추게 한 다음, 황제께 뵈옵고 천거하려 했다. 그런데 마침 대부 중에서도 현명하기로 정평이 나 있는 소부(少府) 조우(趙禹)가 장군을 찾아왔다. 장군은 자기가 천거하려 하고 있는 사인을 불러 조우에게 보였다. 조우는 차례로 질문을 해보았는데, 10여 명 가운데 한 사람도 일을 잘 알거나 지략이 있는 사람이 없었다. 조우는 말했다.

"내가 들은 바로는 장군의 문하에는 반드시 '장군감이 있다' 합니다. 또 전해오는 말로는 '임금이 어떤 인물인가를 모르면, 그가 부리는 사람을 보고, 자식이 어떤 인물인가를 모르거든 그가 벗하고 있는 사람을 보라'고 했습니다. 지금 장군의 사인을 등용하라는 분부가 있은 것은 황제께서 장군이 어떤 사람과 문무의 선비들을 밑에 거느리고 있는가를 보시려는 생각에서입니다. 공연히 부잣집 아들들을 골라 천거해 보았자, 그들은 지략도 없고 마치 나무 인형에다가 비단 옷을 입힌 거나 다름이 없을 테니, 장차 어찌하려 하십니까?"

이리하여 조우는 위장군의 사인 백여 명을 모조리 불러놓고, 차례로 질문을 해본 다음, 전인과 임안을 찾아내고 이렇게 말했다.

"이 두 사람만이 적당합니다. 나머지 중엔 쓸 만한 사람이 없습니다."

위장군은 두 사람이 가난하다는 것을 알고는 속으로 못마땅해했다. 조우가 떠나간 다음, 그는 두 사람에게 일렀다.

"각자 자기 힘으로 안장 딸린 말과 붉은 새 옷을 갖추도록 해라."

두 사람이 대답했다.

"집이 가난해서 갖출 수가 없습니다."

장군은 화를 내며 말했다.

"두 사람의 집이 가난한 것은 너희 탓이 아니더냐. 어찌 그런 말을 내게 할 수 있느냐. 내가 천거해 주겠다는데 못마땅한 듯이 거꾸로 내게다 책임을 지우려 하고 있으니 무슨 까닭에서인가?"

하지만 장군은 하는 수 없이 명부를 만들어 나라에 올렸다. 분부가 내려와 위장군의 사인을 불러보겠다는 조서가 내려왔으므로, 두 사람은 황제 앞으로 나아가게 되었다. 조서로 재능과 지략을 물어보니, 두 사람은 서로 양보하며 상대방을 칭찬했다. 그때 전인이 먼저 이렇게 말씀을 올렸다.

"북채와 북을 들고 군문에 서서, 사대부로 하여금 죽음을 달게 여기며 싸우도록 하는 데는 제가 임안을 따르지 못합니다."

무제는 크게 웃으며 '좋다'고 말하고 임안에게는 북군(北軍, 수도 방위군)을 감찰하게 하고, 전인에게는 변경의 곡식을 황하로 실어내는 것을 감독하게 했다. 이리하여 두 사람은 이름을 천하에 알리게 되었다.

그 뒤 임안을 익주 자사(刺史)에 임명하고, 전인을 승상의 장사에 임명했다.

전인은 다음과 같은 글을 올렸다.

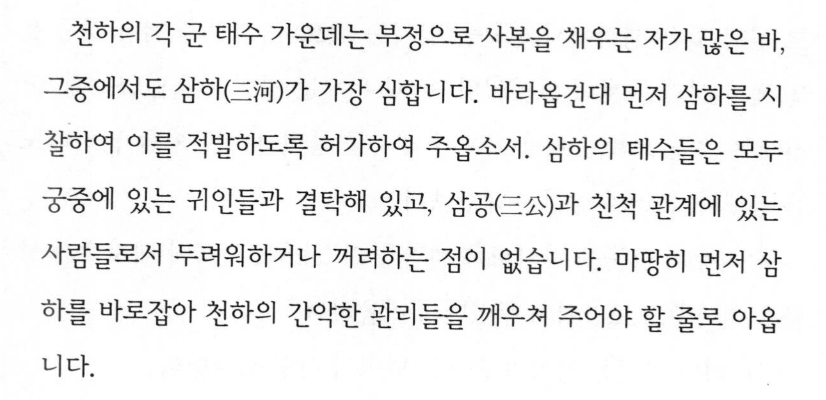

천하의 각 군 태수 가운데는 부정으로 사복을 채우는 자가 많은 바, 그중에서도 삼하(三河)가 가장 심합니다. 바라옵건대 먼저 삼하를 시찰하여 이를 적발하도록 허가하여 주옵소서. 삼하의 태수들은 모두 궁중에 있는 귀인들과 결탁해 있고, 삼공(三公)과 친척 관계에 있는 사람들로서 두려워하거나 꺼려하는 점이 없습니다. 마땅히 먼저 삼하를 바로잡아 천하의 간악한 관리들을 깨우쳐 주어야 할 줄로 아옵니다.

당시, 하남과 하내의 태수들은 모두 어사대부 두주(杜周)와 친족 관계(두 태수는 두주의 아들)에 있었고, 하동 태수는 승상 석경의 자손이었다. 이때 석씨 문벌은 9명이 2천 석을 받을 만큼 가장 세도가 컸다. 전인이 자주 글을 올려 이 점을 지적하자, 두주와 석씨는 전인에게 사람을 보내 이렇게 타일렀다.

"우리가 감히 변명하려는 것은 아니지만, 바라건대 소경은 사실이 아닌 일을 가지고 우리를 비방하는 일이 없도록 하시오."

전인이 삼하를 시찰하여 적발한 결과, 삼하 태수는 모두 사형에 처해졌다. 전인이 돌아와 사실을 보고하자 무제는 기뻐하며, 전인을 세도가 당당한 권력층도 두려워하지 않는 인물로 인정하고 사직(司直)에 임명했다. 전인의 위세는 천하를 진동시켰다.

그 뒤 전인은 태자가 군사를 일으킨 사건에 연루되었다. 그때 승상은 직접 군사를 거느리고 사직에게 도성 성문을 지키도록 명했다. 사직은 태자와 황제는 골육 관계에 있는 만큼 부자 사이에 깊이 끼어들고 싶지 않은 생각에서 성문을 닫기는 했으나, 그곳을 떠나 장릉(長陵)에서 시간을 보내고 있었다. 이때 무제는 감천궁에 있었는데, 어사대부 포군(暴君之)에게 어째서 태자를 놓아 보냈는가를 밝혀내도록 명했다. 그러자 승상은 대답했다.

"사직에게 성문을 지키도록 책임을 지웠는데, 사직이 태자에게 성문을 열어주고 도망치게 두었던 것이옵니다."

이리하여 사직은 형리의 손으로 넘어가 사형을 당했다.

이때, 임안은 북군의 사자로서 군을 감찰하고 있었는데, 태자가 수레를 북군 남문 밖에다 세워두고 임안을 불러내어 부절을 주며 자신을 위해 군사를 내어 달라고 부탁했다.

임안은 부절을 받기는 했으나 군중으로 들어가 버린 채 문을 닫고 나오지 않았다. 무제는 이 말을 듣고, 임안이 거짓 부절을 받은 모양이기는 하나, 태자를 공격하지 않은 것은 무엇 때문일까 하고 이상하게 생각했다.

그런데 임안은 일찍이 북군의 경리를 맡아 보는 낮은 관리를 매질

해서 모욕을 준 일이 있었다. 그 관리가 글을 올려 아뢰었다.

"임안은 태자의 부절을 받아들었을 때, 보다 깨끗하고 좋은 것을 주십시오, 하고 말했습니다."

그 글을 읽은 무제는 이렇게 말했다.

"그 임안이란 놈은 노련한 벼슬아치다. 반란이 일어난 것을 알자 가만히 성패를 지켜보며 어느 쪽이든 이길 희망이 있는 쪽에 붙으려고 했던 것이 틀림없다. 두 마음을 지니고 있었던 것이다. 임안이란 놈은 지금까지 죽을죄를 범한 일이 대단히 많았으나 내가 항상 살려 주었다. 그런데 지금도 불충한 마음을 가지고 있다."

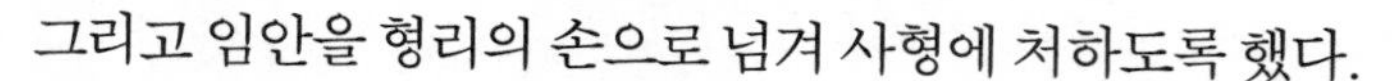

그리고 임안을 형리의 손으로 넘겨 사형에 처하도록 했다.

무릇 달은 차면 기울고, 물건은 성하면 쇠하는 것이 천지의 당연한 도리다. 나아갈 줄만 알고 물러날 줄을 모르며, 오래 부귀를 누리게 되면 화가 쌓이고 해독을 끼치고 만다. 그러기에 범여는 월나라를 떠나 벼슬을 받지 않았던 것이다. 그로 인해 이름이 후세에까지 전해져서 영원히 잊지 않게 되었다. 누가 그를 미칠 수 있겠는가마는 후세 사람들은 이 점을 조심하고 경계하지 않으면 안 될 것이다.

편작·창공 열전(扁鵲倉公列傳)

편작은 의술로써 방술자(方術者)의 종(宗)이 되었고, 수리(數理)를 지킴이 정밀하고 명확했기에 후세에 이르러서도 그의 학문을 뜯어 고칠 수가 없었다. 창공도 그에 가까운 사람이라 말할 수 있다. 그래서 〈편작·창공 열전 제45〉를 지었다.

편작은 발해군(勃海郡)의 정(鄭) 사람이다. 성은 진(秦), 이름은 월인(越人)이라 했다. 그는 젊었을 때 다른 사람이 운영하는 여관의 관리인으로 있었다.

객사에 장상군(長桑君)이라는 자가 와 머물곤 했는데, 편작만은 그를 기인(奇人)이라고 하여 시종 여일하게 공경히 대우했고, 장상군도 또한 편작이 보통 사람이 아닌 줄을 알고 있었다.

그러던 어느 날, 장상군은 가만히 편작을 불러 사람들을 멀리 하고 마주앉아 말했다.

"나는 비밀스럽게 전해오는 의술을 알고 있는데, 나이가 많아서 그대에게 전해 줄 생각이오. 다른 사람에게는 알려지지 않도록 하오."

편작은 말했다.

"삼가 그대로 받들겠습니다."

장상군은 품안에서 약을 꺼내 편작에게 주며 말했다.

"이것을 먹을 때는 우로(雨露)를 사용하오. 마신 지 30일이 지나면 반드시 사물을 꿰뚫어 볼 수 있을 것이오."

그리고는 비밀히 전해 오는 의서를 전부 꺼내어 편작에게 주더니 홀연히 자취를 감추었다. 도무지 사람이라고는 생각되지 않는다.

편작은 그의 말대로 약을 마시고 30일이 지나니 담장 너머 저편에 숨어 있는 사람이 눈에 보였다. 이러한 능력으로 환자를 진찰하니 오장의 기혈이 엉키어 뭉친 것이 죄다 투시되었다. 그러나 겉으로는 맥을 보는 체했다.

의사가 되어서 제나라에 혹은 조나라에 체류했는데, 그때부터 편작이라고 일컬어졌다.

진(晉)나라 정공(定公) 때 진나라의 권력은 대부들의 손에 있어서 공족(公族)의 세력은 약했다. 대부 중에도 조간자(趙簡子)가 나랏일을 전담했는데, 어느 때 그가 병이 나서 5일 동안 혼수상태에 빠졌다.

대부들은 모두 이를 근심하여 편작을 불렀다. 편작이 조간자 집에 가 환자의 병세를 살펴보고 나오자, 동안우(董安于)가 그의 병세가 어떠한지 물었다. 편작은 이렇게 대답했다.

"혈맥은 평정하니 혼수상태라고 해도 괴이할 것은 없습니다. 옛날에 진나라 목공도 이와 같이 7일 동안이나 혼수상태에 있다가 깬 일이 있습니다. 깨어난 이튿날, 공은 대부 공손지(公孫支)와 자여(子輿)에게 이렇게 말했습니다. '나는 천제가 계신 곳에 갔었는데 매우 즐거웠다. 내가 중천에 오랫동안 머물러 있는 것은 천제의 깨우치심을 배우고 명령을 듣고 있었기 때문이다. 천제의 말씀에 의하면 진나라는 얼마 안 있어 크게 어지러워지며, 5대 동안 평안하지 못할 것이나, 그 뒤에는 승리자가 되리라. 그러나 늙기 전에 죽어서 승리자의 아들이 그 나라의 남녀를 음란하게 할 것임에 틀림없다.' 공손지가 그 사실을 기록하여 두었는데, 《진책(秦策)》은 이렇게 해서 세상에 나오게 된 것입니다. 진나라는 헌공(獻公) 때 내란이 있었고, 문공(文公)이 천하의 패자가 되었으며, 양공(襄公)은 효산에서 진나라 군대를 깨뜨리고 돌아와서는 방탕과 음란을 일삼았습니다. 이것은 당신께서도 알고 있는 일일 것입니다. 이제 주군 조간자의 병은 목공과 같은 것으로, 3일 안에 반드시 나을 것이며, 나으면 반드시 무엇인가 말씀이 있을 것입니다."

조간자는 2일 반이 지나서 혼수상태에서 깨어났다. 깨어난 조간자는 대부들에게 말했다.

"나는 천제가 계신 곳에 가서 심히 즐거웠다. 백신(百神)과 중천에서 놀고, 여러 가지 악기를 벌여 놓은 구주(九奏)의 음악을 듣고, 만무(萬舞)의 무용을 보았는데, 삼대(三代)의 음악과도 다르고, 그 가락에는 사람의 마음을 감동케 하는 것이 있었다. 곰이 한 마리 있어서 나를 잡으려고 하므로, 천제의 명령을 받아 내가 이를 쏘니 곰이 맞아 죽었다. 그러자 큰 곰이 다시 나타나서, 또 곰을 쏘아 맞추니 곰이 죽었다. 천제는 매우 기뻐하면서 나에게 2개의 상자를 주셨는데, 모두 쌍으로 되어 있었다. 나는 내 아들이 천제 곁에 있는 것을 보았다. 천제는 오랑캐의 개 한 마리를 나에게 맡기면서 '너의 아들이 성인이 되었을 때 이 개를 주라'고 말씀하셨다. 천제는 또 나에게 이런 말씀도 하셨다. '진나라는 바야흐로 쇠약해지려고 한다. 7대 뒤에는 멸망할 것이다. 영성(嬴姓, 조나라)이 강대해져서 범괴(范魁, 조나라 땅) 서쪽에서 주나라 사람을 크게 깨뜨리게 될 터인데, 그러나 이것 또한 오래 가지는 못하리라'고 하셨다."

동안우는 이 말을 듣고 기록하여 간직해 놓았다. 그러고는 편작이 말한 바를 조간자에게 아뢰었다. 조간자는 편작에게 전답 4만 무를 상으로 주었다. 뒤에 편작은 괵(虢)나라를 방문했다. 괵나라 태자가 병으로 죽은 직후였다. 편작은 괵나라의 궁문 아래 가서, 의술을 좋아하는 중서자(中庶子)에게 물었다.

"태자는 어떤 병이었습니까? 나라에서 병을 쫓는 기도가 대단했던 것으로 아는데……."

중서자는 대답했다.

"태자의 병은 혈기의 운행 불순이 원인입니다. 혈기가 착란하여 발산되지 않고, 이것이 밖으로 폭발하여 내부의 장애를 일으키고 정기가 사기(邪氣)를 누르지 못하고, 사기가 쌓여서 발산되지 못하고, 그로써 양기가 느려지고 음기는 급해졌기 때문에 갑자기 쓰러져 죽게 된 것입니다."

"죽은 것은 몇 시경입니까?"

"닭이 울고 난 뒤 조금 뒤에 죽었습니다."

"납관(納棺)은 하였습니까?"

"아직 납관하지 않았습니다. 아직 반나절도 안 되었으니까요."

"나는 제나라 발해의 진월인이라 합니다. 집은 정읍에 있어 지금껏 태자를 곁에서 모실 기회를 얻지 못했습니다. 불행히 태자는 돌아가신 모양이나, 나는 태자를 도로 살릴 수가 있습니다."

"농담 마십시오. 어떻게 벌써 죽은 태자를 살리겠소. 아주 옛날에 유부(兪跗, 황제 때의 명의)라는 의사가 있어서 병을 고치는데 탕약(湯藥), 예주(醴酒), 석침(石鍼, 침술), 교인(撟引, 안마술), 안올(案扤), 독위(毒慰)를 쓰지 않고 의복을 열어 조금 보는 것만으로 외부에 나타난 징후를 보고 오장의 유혈(맥이 모이는 곳)이 있는 데를 보고, 그 위에 피부를 찢고 살을 가르고, 맥락을 통하고, 힘줄을 이어 맺고, 뇌수를 누르고, 황막(荒幕)을 세우고, 위장을 씻고, 오장을 흔들어 내고, 마음을 다스리고, 몸을 닦았다고 합니다. 선생의 방법이 이와 같으시다면 태자도 살아날 수 있겠으나, 그렇지 않고 태자를 살린다고 하면 어린아이에게 말해도 곧이듣지 않을 것입니다."

한참을 듣고 있다가 편작은 하늘을 우러러보며 말했다.

"당신의 의술은 대롱으로 하늘을 들여다보고 틈새기로 모양을 들여다보는 것과 같은 것이니 전모를 알 수 없습니다. 저 진월인의 의술쯤 되면 맥을 보고 안색을 바라보고 육성을 듣고 형용을 살필 것도 없이, 병이 있는 데를 알아맞힐 수 있습니다. 병의 바깥 편을 듣고 속을 알며, 속을 듣고 바깥 편을 압니다. 병의 증세는 밖으로 나타나는 것이니, 일부러 천 리 밖의 먼 길까지 가서 진찰하지 않고도 다만 증세를 듣는 것만으로 병을 진단할 수 있는 경우가 많으며, 덮어서 숨기려고 하여도 숨길 수 없는 것입니다. 내 말이 진실이라고 믿어지지 않거든, 당신이 시험삼아 궁중에 들어가서 태자를 진찰해 보십시오. 그 귀가 울고 코가 팽팽함을 들을 수 있을 것이며, 그 허벅지를 주물러 음부에 이르면 아직 따뜻할 것입니다."

중서자는 편작의 말을 듣고 한참 동안 눈이 멍해져 깜박이지도 못하고, 혀가 오그라들어 움직일 수 없을 만큼 놀랐다. 궁중으로 들어가 편작의 말을 괵나라 왕에게 보고 하니, 괵나라 왕은 듣고 크게 놀라 중문에 나와 편작을 인견하였다.

"나는 오래전에 선생의 높은 명성을 들었는데, 아직 뵙는 기회를 얻지 못했습니다. 그런데 선생께서 이 소국을 방문하시어 다행히도 태자의 일을 걱정해 주심은 참으로 고마우신 일입니다. 선생이 없었다면 내 아들은 도랑이나 골짜기에 버려져 영원히 살아나지 못할 것이오."

말을 채 끝내지도 못하고 괵나라 왕은 가슴이 메어 흐느껴 우는데, 얼굴은 슬픔으로 인해서 찌그러지고 방울방울 흐르는 눈물을 눈썹으로 받으며 스스로 그칠 수 없어 용모까지 변했다. 편작은 말했다.

"태자의 병세와 같은 것이 이른바 시궐(尸蹶, 갑자기 까무러치는 병)이라고 하는 것입니다. 양기가 음기 속으로 흘러들어 그것이 위를 움직이고, 양맥·음맥에 엉겨 붙었다가 다시 갈라져서 삼초(三焦, 음식물 통로)의 하초(下焦), 즉 방광에 내려갑니다. 그런 까닭에 양맥은 아래로 내려가고, 음맥은 위를 향하여 치달으므로 팔회(八會, 체내의 기가 모이는 여덟 군데)의 기가 막혀 통하지 않게 되는 것입니다. 말하자면 음기는 위로 올라가게 되고, 체내를 돌아 아래로 내려온 양기는 신체의 하부에서 고동은 치나 위로 오를 줄을 모르고, 위로 올라간 음기는 내려올 줄을 모르므로 음의 역할을 이루지 못하게 됩니다. 이렇듯 위에는 끊어진 양기의 맥락이 있고, 아래는 터져버린 음기의 맥락이 있으므로 음양의 조화가 무너져 얼굴빛은 파리해지고 맥이 어지러워지는데, 그 때문에 몸은 움직이지 않게 되고 죽은 것처럼 되는 것입니다. 태자는 아직 죽지 않았습니다. 대체로 양기가 음기 속으로 들어가 오장을 지탱하는 자는 살지만 음기가 양기 속으로 들어가는 자는 죽습니다. 이런 일은 대개 체내에서 오장의 기운이 치솟을 때 갑자기 일어나는 것입니다. 능숙한 의원은 이를 믿으나 서툰 자는 이를 의심하지요."

편작은 제자 자양(子陽)에게 숫돌로 침을 갈게 하고 몸 외면에 있는 유혈(腧穴), 즉 삼양(三陽)·오회(五會)에 침을 찔렀다.

조금 있으니 태자가 소생했다. 그리하여 편작은 제자 자표(子豹)에게 명하여 5분(分)의 고약을 만들게 하고, 8감(減)의 조합제를 섞어서 익히게 하고, 그것을 차례차례로 양쪽 겨드랑이 아래에 붙여서 찜질을 하도록 하니 태자가 일어나 앉았다. 다시 음양의 기운을 조절하여 다만 탕약을 20일 동안 먹게 하니, 태자의 몸은 원래대로 돌아왔다.

그 때문에 천하 사람들이 다 편작은 죽은 사람도 살려내는 것으로 알았다. 편작은 말했다.

"나는 죽은 사람을 살린 것이 아니다. 당연히 살 수 있는 사람을 내가 일으켰을 뿐이다."

편작이 제나라를 방문했다. 제나라 환후(桓侯)는 그를 빈객으로 대우했다. 그는 궁중으로 들어가 환후를 뵙고 말했다.

"임금께서는 피부에 병이 있어 치료하지 않으면 더욱 깊어질 것입니다."

환후가 말했다.

"과인에게는 병이 없소."

편작이 물러가자 환후는 곁에 있던 신하들에게 말했다.

"이익을 탐하는 것도 정도가 있어야 한다. 저 의사는 병도 없는 자를 병자라고 하여 벌이를 하려고 든다."

닷새 뒤에 편작은 또 환후를 뵙고 말했다.

"임금에게는 혈맥 안에 병이 있습니다. 치료하시지 않으면 두려운 일이 있을 것입니다."

환후는 또 말했다.

"과인에게는 병이 없소."

편작이 물러가자 환후는 기분이 언짢았다. 닷새 뒤, 편작은 또 환후를 만나 말했다.

"임금에게는 위장 사이에 병이 있습니다. 치료하지 않으면 더 깊이 들어갈 것입니다."

환후는 이 말에 응하지 않고 편작이 물러가자 더욱 못마땅한 표정을 지었다.

다시 또 닷새 뒤에 편작은 환후를 뵈었는데, 이번에는 그 이유를 물으니 편작이 말했다.

“병이 피부에 그쳐 있을 동안에는 탕약과 고약만으로 고칠 수 있으며, 그것이 혈맥에 있게 되면, 쇠침과 돌침으로 치료하지 않으면 안 되며, 그것이 위장에 있게 되면 그래도 탕약으로 들을 수 있으나, 골수에 있게 되면 운명을 맡은 신도 어쩌지 못합니다. 지금은 병이 골수에 들어가 있습니다. 그래서 저로서는 치료하시라는 말을 할 수가 없습니다.”

닷새 뒤에 환후는 몸에 병이 나기 시작했다. 사람을 보내어 편작을 불렀으나, 그는 벌써 달아난 뒤였다. 환후는 마침내 병으로 죽었다.

사람은 병을 조기에 알아서 양의에게 일찍 치료를 받으면 병을 고치고 몸을 살릴 수가 있다. 사람이 싫어하는 것은 질병이 많은 것이며, 의사가 꺼리는 것은 치료법이 빈약한 데 있다. 그래서 고칠 수 없는 여섯 가지 병이 있는 것이다.

그 여섯 가지는, 교만해서 도리를 무시하는 것이 불치의 첫 번째이다. 몸을 가벼이 하고, 재물을 중히 여기는 것이 불치의 두 번째이다. 의식(衣食)이 타당하지 못한 것이 불치의 세 번째이다. 음양이 오장에서 합병하고 기운이 불안정한 것이 불치의 네 번째이다. 형용까지 쇠약하여 약을 받아들이지 않는 것이 불치의 다섯 번째이다. 무당·박수의 말을 믿어서 의사를 믿지 않는 것이 불치의 여섯 번째가 된다. 이 가운데 한 가지라도 있으면 치료하기 매우 어렵다.

편작의 명성은 천하에 높았다. 그는 한단을 방문하여 그곳에 부인을 존중하는 풍속이 있는 것을 듣고, 곧 대하의(帶下醫, 부인과)가 되었다.

낙양을 방문하고 거기 주민인 주나라 사람들이 노인을 경애하는 것을 듣고는 곧 귓병·눈병·손발 찬 병 등의 노인병 의사가 되고, 함양에 들어가서는 진나라 사람들이 어린아이를 잘 애호하는 것을 보고 곧 소아과 의사가 되는 등 각지의 인정 풍속에 맞추어 자유자재로 대처했다.

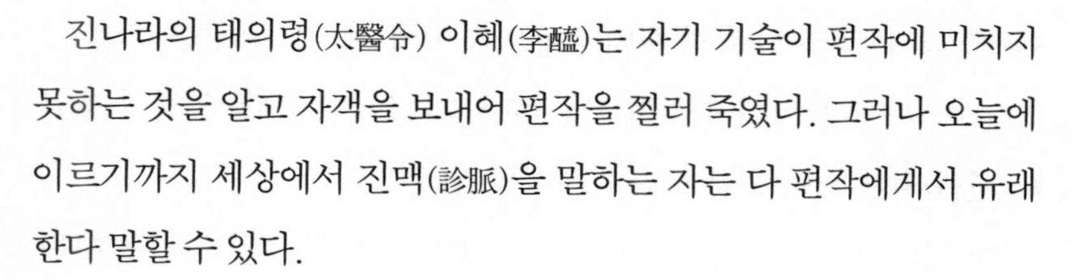

진나라의 태의령(太醫令) 이혜(李醯)는 자기 기술이 편작에 미치지 못하는 것을 알고 자객을 보내어 편작을 찔러 죽였다. 그러나 오늘에 이르기까지 세상에서 진맥(診脈)을 말하는 자는 다 편작에게서 유래한다 말할 수 있다.

태창공(太倉公)은 제나라 태창(太倉, 나라의 곡창)의 장관이며, 임치 사람이다. 성은 순우(淳于), 이름은 의(意)라고 했다. 젊었을 때부터 의술을 좋아했고, 고후 8년에 다시 같은 마을인 원리(元里)의 공승(公乘) 양경(陽慶)에게 나아가 의술을 배웠다.

양경은 그때 나아가 70세로서 일찍이 순우의가 배운 의술을 전부 버리게 하고, 새로이 자기의 비밀스런 의술을 남김없이 가르쳐 황제와 편작이 남긴 맥서(脈書)를 전했다.

순우의는 이것에 의해 얼굴에 나타난 오장의 빛을 관찰하여 병을 진단하고 병자가 죽고 살 것을 알았으며, 의심스러운 병을 판단하고 그 치료법을 결정하는 것을 배웠다. 또 약물론에 정통하게 되었다.

순우의는 이것들을 전수받은 3년 동안 남을 위해 병을 치료하고 생사를 판단해 주기도 했는데, 효험을 많이 보았다. 그러나 그는 여기저기 제후국들을 돌아다니며 자기 집을 집으로 여기지 않았고, 어떤 때는 사람에 따라 질병을 치료해 주지 않았으므로 원망을 받는 일이 많았다.

문제 13년에 어떤 사람이 천자에게 상서하여 순우의를 고소했다. 그 결과 순우의는 육형(肉形, 손발을 베고, 코를 베고, 먹실을 넣는 등의 형벌)에 해당하는 죄가 있다 하여 역마에 의해 서쪽 장안으로 압송되었다.

순우의에게는 딸이 다섯이 있었는데 그들은 아버지를 붙들고 울었다. 순우의는 노하여 큰 소리로 꾸짖었다.

"자식을 낳았으나 사내아이를 낳지 않았으니, 일단 일이 있을 때는 아무 짝에도 쓸 곳이 없다."

그러자 막내딸 제영(緹縈)이 아버지의 말에 상처를 받아 아버지를 따르며 글을 올려 말했다.

소녀의 아버지는 관리로서 제나라에서는 청렴·공평하다고 일컫고 있었는데, 이제 법을 위반하여 형벌에 처해지게 되었습니다. 가만히 생각해 보건대, 죽고 나면 두 번 다시 살아날 수 없으며, 육형에 처하게 되면 두 번 다시 손발을 몸에 붙일 수가 없으며, 과실을 고쳐서 갱생하려고 해도 어쩔 수가 없으니, 이것이 자식으로서 견딜 수 없는 고통입니다. 원컨대 소녀의 일신을 바쳐 관에 여종이 되어서 이로써 아버지의 형벌을 보상하고, 아버지가 허물을 고쳐 스스로 갱생토록 하였으면 하나이다.

이 서한이 임금에게 올라가자, 임금은 그의 마음을 측은하게 여겨 그해 안에 육형법을 폐했다.

이하는 창공의 수기(후인이 아울러 수록한 것인 듯하다)

순우의가 용서를 받아 집으로 돌아가자 임금은 순우의를 불러서 사람을 위해 병을 치료하고, 죽었거나 살았거나 효험이 있는 자가 몇이나 있었는가, 또는 병인의 이름이 무엇인지를 물었다.

"이전 태창의 장(長)이었던 신 순우의는 그 의술에 능한 것이 어떤 점인가, 또 고칠 수 있었던 것은 어떤 병이었는가, 그것에 관한 책은 있는가, 그러한 의술을 어디서 배웠는가, 배우기는 몇 년이나 걸렸는가, 일찍이 효험이 있었던 것은 어느 현 어느 마을의 누구였는가, 그 병은 무슨 병이었는가, 그 의약과 치료의 상황은 어떠하였는가, 이러한 것들을 상세히 대답하라."

순우의는 다음과 같이 대답했다.

"신 순우의는 젊었을 때부터 의약에 대한 것을 좋아하여 의약의 기술을 여러 가지로 시험해 보았는데, 그 대부분은 아무 효험도 없었습니다. 고후 8년에 스승인 임치의 원리 사람, 공승 양경을 만나는 기회를 얻었는데, 당시에 70여 세인 양경에게 사사할 수가 있었습니다.

스승은 저에 대해, '네 의서를 전부 버려라. 그것은 정확한 것이 아니다. 나는 고대 선인의 의술도 알고 있으며 황제와 편작의 맥서를 전해 받았다. 표면에 나타난 오장의 빛깔로 병을 진단하고, 사람의 생사를 알고, 병의 의심스러운 것을 판단하고 병이 나을까, 낫지 않을 것인가를 결정할 수 있고, 또 약물을 설명한 매우 자세한 책을 가지고 있다. 내 집은 부유하여 의술을 팔 필요가 없고, 나는 마음으로 그대를 사랑하고 있다. 내 비법의 의서를 전부 그대에게 전하고 싶다'고 말했습니다. 저는 즉석에서 '참으로 고마우신 말씀 이루 말할 수 없습니다'라고 말하고 두 번 절한 후에 다시 뵙고, 맥서의 상경(上經)·하경(下經), 오색진(五色診), 기핵술(寄咳術, 비상요법), 규도음 양외변(揆度陰陽外變, 체외의 음양을 맞추어 보는 술), 약론, 석신(石神, 침술), 접음양(接陰陽) 등의 비방서를 받았습니다. 1년쯤 이것을 읽고 해석하고 실험하고 다음 해에 이것을 시험해 보았던 바, 효험은 있었으나 아직 정확하다고는 할 수 없었습니다. 이것에 전심한 지 3년쯤 지난 후에, 시험삼아 사람을 치료하려고 병을 진단하고 생사를 예측했던 바 그 효험은 매우 뚜렷했습니다. 스승이 죽은 지 벌써 10년이 지났습니다. 저는 그에게서 꼬박 3년을 배웠고, 지금 제 나이 서른아홉입니다.

제나라의 시어사(侍御史) 성(成)이 저에게 두통을 호소해 왔을 때, 저는 맥을 보고 '당신의 병은 말로 다 할 수 없을 만큼 나쁜 것입니다' 하고 곧 물러나와 다만 성의 아우 창(昌)에게만 '이 병은 옹(癰, 악성 종기)이라고 하는 것입니다. 내부로 장과 위의 중간에 나 있어서, 앞으로 5일 후면 붓고, 다시 또 8일 후면 고름을 토하고 죽을 것입니다' 하고 말했습니다. 성의 병은 술 마시기와 잠자리를 과도히 한 데서 얻어진 것으로 과연 예측한 시기에 죽었습니다. 성의 질병을 알 수 있었던 것은, 제가 그의 맥을 짚었을 때 간의 기운을 알아차렸기 때문입니다. 간의 기운은 무겁고 탁하고 고요한 것이니 이것은 내관의 병입니다. 진맥법에 따르면, '맥이 길어 활과 같아서 사철을 통해 변하지 않는 것은 그 병이 주로 간장에 있는 것이다. 맥이 길어 활과 같더라도 온화하면 그 병은 경맥에 있고, 막히는 때는 맥에 고장이 있는 것이다. 경맥에 고장이 있어 맥이 온화한 것은 그 병이 힘줄과 골수 속에 있고, 막혀서 맥이 커지는 것은 그 병이 음주·방사가 과도한 데 원인이 있는 것이다' 하였습니다. 5일 뒤에 간이 붓고, 다시 또 8일 뒤에 고름을 토하고 죽을 줄 알았던 것은 그 맥을 짚어 보았을 때, 소양(少陽, 경맥 이름)의 맥에 처음으로 막힌 것이 있었기 때문입니다. 막힌다고 하는 것은 경맥에 병이 난 뒤, 소양 난맥까지 발전되어 병이 곧장 온몸을 지나 낙맥으로 가는 것입니다. 이때는 소양관은 겨우 초관 1분(관은 5분으로 나뉨)에 미친 것뿐으로, 그동안만은 열은 있어도 고름은 아직 나오지 않았던 것입니다. 막힘이 관의 5분에 미치면, 소양의 말단에 이르며, 다시 8일이 지나면 고름을 토하고 죽게 되는 것이며, 따라서 소양관에 미치기 3분에서 고름이 생기고 소양의 말단에 이르러 간이 부어 고름을 토하고 죽게 되는 것입니다. 열이 오르면 손의 양명(陽明, 경맥의 혈, 엄지와 집게손가락 사이에 있음)의 힘줄이 타고 짓물러 맥락에 흐르고, 맥락에 흘러서 통하면 맥의 물결이 일어나고, 맥의 물결이 일어나면 짓무른 것이 풀리고, 따라서 맥락은 교대

로 뜨거워지며 열기가 머리로 치솟아 진동하여 그 때문에 머리가 아프게 되는 것입니다.

제나라 왕의 둘째아들의 어린아이에게 병이 들자 저를 불렀기에 맥을 진찰하고서 기격병(氣鬲病, 기가 가슴에 모이는 병)이라고 보고했습니다. 이 병에 걸린 자는 가슴이 답답하여 때때로 담을 토합니다. 이 병은 마음속에 걱정거리가 있으면서 억지로 음식을 먹는 데서 생깁니다. 저는 곧 그를 위해 하기탕(下氣湯)을 만들어 먹였더니 하루에 기가 내리고 이틀에 음식을 먹을 수 있게 되었으며 사흘에 병이 나았습니다. 이 아이의 병인을 알게 된 것은 그 맥을 보건대, 심기가 탁하고 들끓으며 경맥이 있었기 때문이니, 이것은 양기가 엉켜서 생겨난 병입니다. 진맥법에 따르면, '맥이 뛰는 것이 고르지 못하고 급하며 일정하지 않은 것은 병이 주로 심장에 있는 것이다. 전신이 열에 들떠 맥이 빨리 뛰는 것을 중양(重陽)이라 하며, 중양은 심장을 자극한다. 그런 까닭에 번민과 근심하여 음식이 통하지 않으면 낙맥에 고장이 생기게 되며, 낙맥에 고장이 생기면 피가 치솟아 나오고, 피가 치솟아 나오면 죽게 된다. 이것은 마음의 우환 끝에 생기는 병이다'라고 했습니다. 한마디로 이 병은 걱정이 심하여 난 병입니다.

제나라의 낭중령 순(循)이 병을 앓았을 때, 어느 의사는 이를 기가 역상하여 심장에 병이 든 것이라 생각하고 침을 놓았습니다. 그러나 제가 진찰해보고 '이 병은 용산(湧疝)으로, 병자는 대·소변이 통하지 않은 지가 사흘이 된다'고 진단했습니다. 순 또한 '대·소변이 통하지 않은 지가 사흘이 된다'고 말했으므로, 저는 화제탕(火齊湯)을 먹였습니다. 한 번 마신 것만으로 소변이 통하고 두 번 마시니 대변이 통하고, 세 번으로 완쾌하였습니다. 이 병은 여색을 과도히 탐한 데서 난 것으로 순의 병인을 알게 된 것은, 그 맥을 짚어 보았을 때 오른손 맥의 촌구(寸口)에 맥박이 크고 고르지를 못했기 때문입니다. 고르지 못하면 전신의 중간 부분 이하는 물이 끓듯이 뜨거워집니다. 오른손의 촌구는 아래의 심장을, 왼손의 촌구는 위폐장을 맡았는데, 좌우 어느 맥이나 오장에 병이 있기 때문에 오줌이 붉은 것입니다.

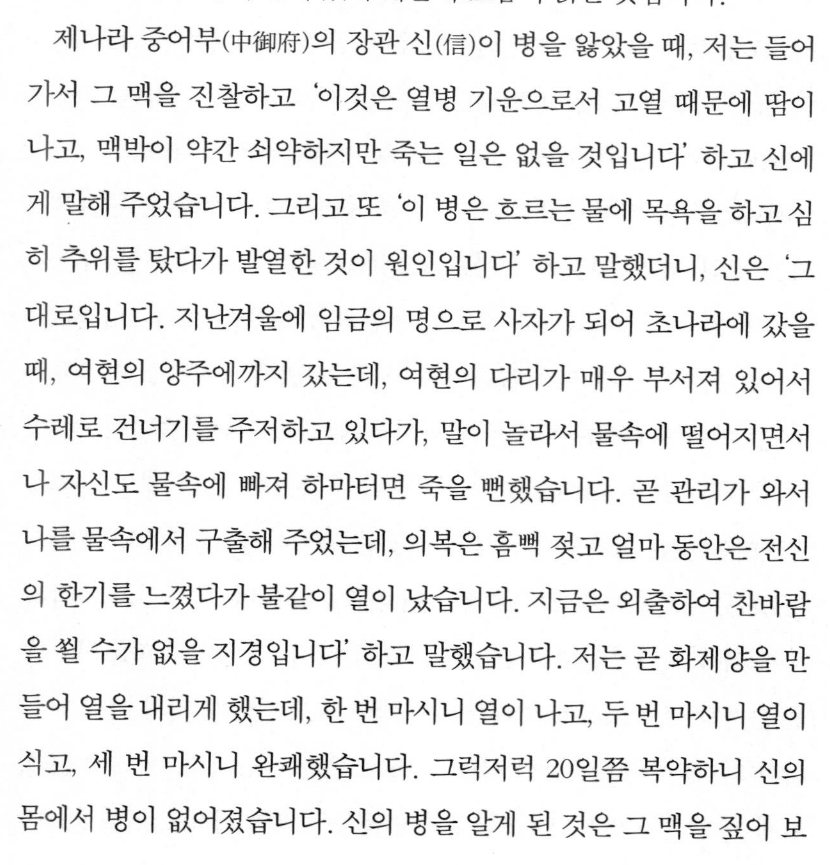

제나라 중어부(中御府)의 장관 신(信)이 병을 앓았을 때, 저는 들어가서 그 맥을 진찰하고 '이것은 열병 기운으로서 고열 때문에 땀이 나고, 맥박이 약간 쇠약하지만 죽는 일은 없을 것입니다' 하고 신에게 말해 주었습니다. 그리고 또 '이 병은 흐르는 물에 목욕을 하고 심히 추위를 탔다가 발열한 것이 원인입니다' 하고 말했더니, 신은 '그대로입니다. 지난겨울에 임금의 명으로 사자가 되어 초나라에 갔을 때, 여현의 양주에까지 갔는데, 여현의 다리가 매우 부서져 있어서 수레로 건너기를 주저하고 있다가, 말이 놀라서 물속에 떨어지면서 나 자신도 물속에 빠져 하마터면 죽을 뻔했습니다. 곧 관리가 와서 나를 물속에서 구출해 주었는데, 의복은 흠뻑 젖고 얼마 동안은 전신의 한기를 느꼈다가 불같이 열이 났습니다. 지금은 외출하여 찬바람을 쐴 수가 없을 지경입니다' 하고 말했습니다. 저는 곧 화제양을 만들어 열을 내리게 했는데, 한 번 마시니 열이 나고, 두 번 마시니 열이 식고, 세 번 마시니 완쾌했습니다. 그럭저럭 20일쯤 복약하니 신의 몸에서 병이 없어졌습니다. 신의 병을 알게 된 것은 그 맥을 짚어 보았더니, 양기가 음기에 붙어 있었기 때문입니다. 진맥법에 따르면, '열병은 음양의 기운이 섞여 분별되지 않을 때에는 죽는다'고 했습니다. 신의 맥을 짚어 보았더니, 음양의 기운이 섞이지 않고 양이 음에 붙어 있었습니다. 음에 붙어 있는 것은, 맥이 순하고 고요하며 치료 가능한 것이며, 열이 완전히 가시지 않았어도 살 수 있는 것입니다. 신(腎)의 기운이 때로는 탁해질 수도 있으며, 드물게는 태음(太陰, 손발에 있는 맥의 이름)의 맥구에 있어서 맥박이 다소 뜸한 것은 몸에 수기(水氣)가 있기 때문입니다. 신장은 본래 물을 주재하는 곳이므로 그의 병이 나을 줄 알았던 것입니다. 만약 치료가 늦었더라면 한열병(寒熱病, 한기와 열기가 교대로 오는 병)으로 바뀌었을 것입니다.

제나라 왕의 태후가 병이 나자, 저를 불러들여 진맥하게 했습니다. 저는 말하기를, '이것은 풍단(風癉, 열병의 일종)이 얼마 동안 방광에 깃들어 있는 것입니다. 대·소변이 곤란하며, 오줌이 붉을 것입니다' 하고는 화제탕을 마시게 했습니다. 이후 한 번에 곧 대·소변이 통하고, 두 번에 완쾌해져서 오줌 빛깔이 본래 색과 같아졌습니다. 이 병은 땀을 흘리고 아직 마르기 전에 밖에 나가 말린 것이 원인입니다. 말린다는 것은 의복을 벗어 땀을 식히는 일입니다. 태후의 병을 알게 된 것은, 제가 그 맥을 보고 맥의 태음구를 눌렀던 바 습기가 축축하게 느껴졌기 때문이니 이는 바람 기운입니다. 진맥법에 따르면, '맥을 손가락 끝으로 세게 눌러보아서 맥이 크고 단단한 것과 가볍게 눌러서 맥박의 기세가 강한 경우는 병이 주로 신장에 있다'고 했는데, 이제 그 맥을 눌러보니, 그 경우와는 달라서 맥이 거세고 거칠었습니다. 맥이 거센 것은 방광의 기운이며, 거친 것은 몸에 열이 있어 이 때문에 오줌이 붉은 것입니다.

제나라 장무리(章武里)에 사는 조산부(曹山跗)가 병이 났을 때, 저는 그 맥을 진찰한 다음, '이것은 폐의 소단(消癉)이며, 그 위에 한열병이 발병해 있습니다' 하고 곧 그 가족들에게 '죽을 것입니다. 불치병입니다. 병자가 하고 싶다는 대로 들어주십시오. 도저히 낫게 할 수는 없습니다' 하고 알렸습니다. 의법에 의하면 '앞으로 사흘 안에 발광하리라. 함부로 일어나서 달리려고 하지만, 다시 5일이 경과한 뒤에는 죽으리라' 했는데, 과연 예측한 시일에 죽고 말았습니다. 조산부의 병은 격노한 다음에 곧 방사를 행한 것이 원인이며, 조산부의 병을 알게 된 것은 제가 그 맥을 짚어 보았더니, 폐의 기운이 뜨거워져 있었기 때문입니다. 진맥법에 따르면, '맥박이 정상이 아니며 약해서 막히면 형체가 여위고 쇠약한다'고 한 것은 오장이 위는 폐에서, 아래는 간에 이르기까지 차례로 병에 걸림을 가리키는 것이며, 따라서 맥을 짚었을 때 고르지 못하여 멈추었다 뛰었다 하곤 하는 것입니다. 맥박이 고르지 못하다는 것은 피가 간에 머무르지 못하는 것이고, 멈추었다 뛰었다 하는 것은 때때로 참격(參擊)이 한꺼번에 와서 급해졌다가 거세졌다가 하는 것입니다. 이것은 간과 폐 두 낙맥이 끊어졌기 때문이며, 그로해서 치료하지 못하고 죽을 수밖에 없는 것입니다. 또 한열병이 병발한 것을 시탈(尸奪, 시체처럼 몸뚱이만 있고 정신은 나가버린 것)이라고 하며 시탈이 되면 형체가 쇠약해지고, 쇠약해진 자에게는 뜸을 뜨거나 침을 놓거나 약제를 복용케 할 수 없습니다. 제가 진찰

하기 전에, 제나라의 태의가 먼저 조산부의 병을 진찰하고 그 발의 소양맥구(少陽脈口)에 뜸을 뜨고 그 위에 반하환(半夏丸)을 먹였는데, 병자는 곧 설사를 하고 뱃속은 공허했으며 게다가 또 발의 소음맥에 뜸을 떴습니다. 이것이 간의 기운을 심히 손상시켜 병자의 힘을 축내었으므로 한열병이 병발한 것입니다. 3일 뒤에 발광하리란 것은 본디 간장의 일낙(一絡)은 젖 아래 양명에 연결돼 있으므로 줄이 끊어지면 양명의 맥이 열리고, 양명의 맥이 손상되면 곧 열기 때문에 의복을 벗고 달리려고 하는 것입니다. 다시 5일 뒤에 죽는다는 예측은 간장과 심장은 맥의 위치에서는 서로 떨어지기 5분이므로 5일이 다하면 곧 죽게 되는 것입니다.

제나라 중위 반만여(潘滿如)가 아랫배의 복통을 앓았을 때, 저는 그 맥을 본 다음 곧 유적하(遺積瘕, 지나치게 돌보지 않아 배에 응어리가 생긴 것)라 말했습니다. 나는 곧 제나라 태복 요(饒)와 내사 요(繇)에게 '중사는 이제 그만 방사를 끊지 않으면 30일이면 죽을 것입니다' 하고 말했습니다. 그는 20여 일 뒤에 피오줌을 흘리며 죽었는데, 이 병은 과음, 과색으로 인해 얻어진 것입니다. 반만여의 병을 알게 된 것은 그 맥을 눌러 보았을 때 맥이 깊고 약하게 뛰다가도 갑자기 왕성해지기도 했기 때문입니다. 이것은 비장(脾臟)의 기운으로 오른쪽 촌구맥이 긴장되고 가냘펴 하기(瘕氣)가 생긴 것입니다. 비장에 병이 생기면 오장이 차례로 상승하여 30일 안에 죽습니다. 다만 삼음맥이 함께 뛰지 않을 경우에는 더 빠른 시일 안에 죽게 됩니다. 한번 엉켜 있다가 뛰었다가 멈추었다 하는 것은 죽을 날에 가까운 것입니다. 그런 까닭에 반만여의 경우 삼음이 함께 뛰었으므로, 앞서 말한 것처럼 피오줌을 흘리며 죽은 것입니다.

양허후(陽虛侯)의 재상 조장(趙章)이 병을 앓았을 때도 불려갔습니다. 다른 의사들은 다 이를 한중(寒中, 냉병)이라고 생각하고 있었는데, 저는 그 맥을 진찰하고 '동풍(迵風)이다'라고 말했습니다. 그는 10일 뒤에 죽었습니다. 이 병은 지나친 음주가 원인으로서 조장의 병인을 알게 된 것은 제가 그의 맥을 짚어 보니 맥이 뛰는 것이 일정치 못했습니다. 이것은 내풍기(內風氣)의 기운이 있음을 의미합니다. 음식물이 목을 통과하여 그대로 설사를 하고 체내에 머물러 있지 않을 경우, 의법에서 '5일이면 죽는다'고 정해진 것은 어느 것이나 앞서 말한 분계법(分界法, 맥부를 5분으로 나누어 일수를 계산해 죽을 때를 아는 법)에 의한 것입니다. 비록 조장이 10일 후에 죽었지만 죽을 날짜가 늦어진 것은 그 사람이 미음을 즐겨 먹어 내장이 충실해 있었고, 내장이 충실해 있었으므로 기일이 늦어진 것입니다. 스승의 말씀에 '병을 앓아도 수월히 잘 먹는 사람은 죽을 때를 늦추며, 잘 먹지 않는 자는 죽을 때를 이르게 한다'고 했습니다.

제북왕이 병들었을 때 저를 불러 맥을 보게 했습니다. '이것은 풍궐흉만(風蹶胸滿, 열과 땀으로 가슴이 붓는 병)이다' 하고, 곧 약주를 만들어 석 되 가량을 마시게 하니 병이 나았습니다. 이 병은 땀을 내고 땅 위에 누워 있었던 것이 원인입니다. 제북왕의 병인을 알게 된 것은 그 맥을 눌러 보았을 때, 바람 기운이 있었고 심맥이 흐려 있었기 때문입니다. 의법대로 하면 바람 기운이 양기가 들어 양기가 다해서 음

기가 들고, 음기가 들어 가득차면 한기가 올라서 열기가 내리고, 그로써 한기 때문에 가슴속이 붓는 것입니다. 땀을 내고 땅에 누운 것을 알게 된 것은 그 맥을 눌러 보고 음기를 느꼈기 때문입니다. 맥이 음기인 경우에는 병이 반드시 내부에 들어 손발에 찬 땀이 나게 마련입니다.

제나라 사공(司空)의 처인 출오(出於)가 병들었을 때, 의사들은 모두 풍기가 내부에 들어가 병은 반드시 폐에 있다고 판단하여 그 여인의 발 소양맥에 침을 놓았습니다. 제가 그 맥을 진찰한 다음 '이것은 산기(疝氣)가 방광에 들어 있기 때문입니다. 그 때문에 대변이 잘 통하지 않고 오줌이 붉고, 한기를 만나면 오줌을 흘리고 병자의 배가 팽창해서 붓는 것입니다'라고 말했습니다. 출오의 병은 오줌을 참고 방사를 행한 것이 원인으로서, 출오의 병인을 알게 된 것은 그 맥을 짚어 보니, 맥박이 크고도 힘찼지만 뛰는 것이 순조롭지 못했기 때문입니다. 맥이 크고 힘이 있는 것은 궐음(蹶陰)의 요동인 것입니다. 맥박이 뛰는 것이 순조롭지 못한 것은 산기가 방광에 있기 때문이며, 배가 팽창하여 붓는 것은 궐음의 낙맥이 아랫배에 걸렸기 때문이며, 궐음에 이상이 있으면 맥이 이어져 있는 부위가 움직이고, 이렇게 움직이게 되면 배가 부풀어 오르게 됩니다. 나는 곧 발의 좌우 궐음맥에 뜸을 떠주었습니다. 그러자 곧 오줌을 흘리지 않게 되었으며, 오줌의 빛깔이 맑고 아랫배의 아픔도 그쳤습니다. 그리하여 다시 화제탕을 만들어 먹였던 바 사흘 만에 산기가 흩어지고 완쾌했습니다.

예전 제북왕의 유모가 '발에 열이 있고 괴롭다'고 했으므로, 저는

'열궐(熱蹶, 열기가 역상하는 병)이다' 하고, 그 양쪽 발의 족심(足心)에 세 군데씩 침을 놓고 그 자리에 손가락을 강하게 눌러, 출혈하지 않도록 하였던 바 병이 곧 나았습니다. 이 병은 음주 대취가 원인입니다.

제북왕이 저를 불러 맥을 보게 하고 시녀들을 비롯하여 여종에 이르기까지 진찰케 했습니다. 그중 한 여종에게는 병 같은 것은 없을 것같이 보였으나, 저는 궁중 여종들의 거처 우두머리에게 '저 여종은 비장이 상해 있으니 과로해서는 안 됩니다. 의법에 따르면 봄에 피를 토하고 죽을 것입니다' 하고 일러주었습니다. 저는 또다시 왕에게 '재인(才人)이란 저 여종에게는 어떠한 재주가 있습니까?' 하고 아뢰었더니 왕은 '저 아이는 방술을 좋아하며 재능이 풍부하여 전해오는 방술을 연구하여 새로운 것을 만들기를 좋아한다. 얼마 전에 저 계집을 민간에서 470만 전을 주고 사왔는데, 그 동무가 네 사람이 있다'고 대답해 주었습니다. 왕은 또 '저 계집에게 병은 없을 테지' 하고 물었으므로 '저 여인은 병이 무거우며 의법에 따르면 전혀 가망이 없습니다' 하고 대답했습니다. 그러자 왕은 그 여인을 불러내어 바라보더니 얼굴빛에 별다른 변화가 없어 병이 없는 줄 생각하고 제후에게 팔지 않았습니다. 봄이 되어 여종은 칼을 받들고 변소에 가는 왕을 따랐습니다만 왕이 변소를 떠나도 여종은 따라 오지 않아 부르러 보냈더니 그 여인은 변소에 엎어져 피를 토하고 죽었습니다. 이 병은 땀을 지나치게 흘린 것이 원인이며, 땀을 흘리는 자는 의법에서는 병이 몸 깊숙한 곳에서 점점 심해지는 것으로 머리카락에 윤기가 흐르며 맥도 약해지지 않았는데, 이것은 역시 내관에 병이 있다는 것입니다.

제나라 중대부가 충치를 앓았을 때, 저는 그의 왼손 양명맥에 침을 뜨고 곧 고삼탕(苦蔘湯)을 만들어, 하루에 석 되씩 양치질을 하게 했더니 대략 5, 6일에 완쾌했습니다. 이 병은 바람맞이에 입을 벌린 채 누워 자고 식후에 양치질을 안 한 것이 원인입니다.

치천왕(菑川王)의 미인이 아이를 배어 달이 찼는데, 아이가 출생하지 않으므로 제가 불려갔습니다. 제가 가서 낭갈약(莨碭藥) 한 숟갈을 먹이기도 하고 술에 타서 복용케 했더니, 잠시 뒤에 아이를 낳았습니다. 다시 맥을 짚어 본즉 맥이 조급했는데, 이것은 또 다른 병이 있었기 때문입니다. 그리하여 곧 소석(消石, 통혈제)을 먹였더니 피가 나왔습니다. 그 피는 콩 같은 것으로서 5～6개나 되었습니다.

제나라 재상 사인의 종이, 주인을 따라 궁중으로 들어갔습니다. 그때 저는 궁궐의 작은 문 밖에서 음식을 먹고 있는 그 하인의 얼굴을 보게 되었는데, 그의 안색은 멀리서 봐도 병든 기색이 있었습니다. 그래서 저는 곧 환관 평(平)에게 일렀습니다. 평은 맥을 보는 일을 좋아하여 나를 좇아 배우고 있었습니다. 그에게 사인의 종을 가리키며 그 병을 지적하여 '저 사나이는 비장의 기운이 손상되었다. 봄이 되면 가슴이 막혀서 통하지 않고 음식을 먹지 못하게 된다. 의학으로 보면 여름이 되면 혈변을 싸고 죽게 되리라'고 말했습니다. 평은 곧 재상에게로 가서 사인의 종이 중병을 앓고 있으며 더욱이 죽을 날이 가까웠음을 아뢰었습니다. 재상은 '그대는 어찌하여 그것을 아는가?'고 물었습니다. 평은 말했습니다. '재상께서 궁에 들어오실 때 재상 사인의 종도 함께 궁중에 들어와 작은 문 밖에서 식사를 했는데,

그때 순우의와 제가 서 있다가 그것을 보았습니다. 그때 순우의가 저에게 종을 가리켜 보이면서, 병도 이쯤 중하게 되면 죽지 않을 수 없다고 했습니다.' 재상은 곧 사인을 불러내어 '그대의 종은 병들어 있지 않는가'고 물었습니다. 사인은 '종에게는 병이 없습니다. 몸도 아픈 것처럼 보이지는 않습니다' 하고 대답했습니다. 그러나 봄이 되자 과연 병을 앓기 시작했고, 4월에는 피를 아래로 쏟고 죽었습니다. 종의 병인을 안 것은 비장의 기운이 전부 오장에 옮겨져 있으므로 각 부를 상하게 하여 서로 뒤얽히고, 그 때문에 비장을 다친 빛이 나타나서 이를 멀리서 바라보면 생기를 잃은 황색을 띠고 가까이서 보면 창백하여 시든 풀빛과 비슷합니다. 그래서 의사들은 이것을 회충 때문이라고 말할 뿐 비장을 다친 줄은 모르고 있었던 것입니다. 봄에 발병한 것은 위의 기운이 황색이며, 황은 오행에서 토의 기운이니, 토는 나무를 이기므로 봄은 곧 목이라, 그런 까닭에 봄에 발병한 것입니다. 여름이 되어 죽은 것은 진맥법에 '병이 중한데, 맥박이 순조롭고 맑은 것은 내관이라고 한다. 내관의 병은 본인이 아무런 고통도 느끼지 않고 마음도 명쾌하며 고통이 없다. 만약 남아 있는 병이 병발하면 중춘(仲春)에는 죽을 것이며, 한때 맥박이 순조로우면 봄 석 달을 견딜 수 있을 것이다'고 했습니다. 그가 초여름 4월이 되어 죽은 것은 그를 진찰할 때 맥박이 순조로웠으며, 따라서 병자이면서도 아직 살이 쪄 있었기 때문입니다. 종의 병은 땀을 흘리며 뜨거운 햇볕을 쬐다가 갑자기 찬 외기를 맞았으므로 냉열의 급격한 화에서 발명한 것입니다.

치천왕이 병들자 저를 불러 맥을 짚어보도록 했습니다. 저는 '이것은 궐(蹶)로 그 증상이 심합니다. 머리가 아프고 몸에 열이 있고 병자를 번민케 합니다'고 아뢰고, 곧 머리에 냉수를 부어 어루만지고 발의 양명맥 좌우 각각 세 군데에 침을 놓은 결과, 얼마 뒤에 병이 나았습니다. 이 병은 머리를 감고 아직 마르기도 전에 잠을 잔 것이 원인이며, 맥의 진찰은 앞에서 말한 바와 같이 그 때문에 역상하여 머리가 뜨겁고 어깨에까지 미친 것입니다.

제나라 왕의 총희 황희(黃嬉)의 형 황장경(黃長卿)의 집에서 술자리를 마련하여 손님들을 초대했을 때, 저도 초청받았습니다. 손들이 자리에 앉고 아직 술상이 나오지 않았을 때, 저는 황후의 아우 송건(宋建)을 바라보고 '그대에게는 병이 있습니다. 4, 5일 전 그대는 허리와 등 가운데가 아파 엎드릴 수도 우러러볼 수도 없었던 일이 있었지요? 곧 치료하지 않으면 병은 곧 신장으로 들어갑니다. 오장에 들기 전에 미리 서둘러 치료하십시오. 병은 지금 곧 신장의 유혈에 깃들어 있어, 이른바 신비(腎痺, 신장의 혈기가 막혀 통하지 않는 병)라고 하는 것입니다' 하고 말했습니다. 그러자 송건은 '전부터 나는 허리와 등이 아팠습니다. 4, 5일 전에도 비가 왔을 때, 황씨의 사위들이 내 집 광이 있는 근방의 네모진 돌을 들어 올리며 장난을 하고 있었지요. 나도 흉내를 내어 시험해 보았는데, 들어 올릴 수가 없어 곧 내려놓았습니다. 그러고는 저녁때부터 허리와 등 가운데가 아프기 시작하여 소변이 통하지 않고 지금까지 낫지를 않았습니다' 하고 대답했습니다. 송건의 병은 자주 무거운 것을 들어 올린 것이 원인이며, 송건의 병의 근원을 알게 된 것은, 제가 그 안색을 보건대 태양의 빛이 말라, 윤택이 없고 신부(腎部)가 태양의 경계에까지 올라갔으며, 허리에서 아래는 말라 쇠하기를 4분가량 되었으므로, 그가 4, 5일 전에 발병한 것을 알았습니다. 저는 곧 유탕(柔湯)을 만들어 복용시켰던 바, 18일쯤 해서 완쾌했습니다.

제북왕을 모시고 있는 한녀(韓女)라는 시녀가 병이 들어 허리와 등이 아프고 발열하기도 하며 오한을 느끼기도 했습니다. 의사들은 다 한열병이라고 진단을 내렸는데, 저는 맥을 보고 '체내가 차져서 월경이 통하지 않는 것입니다' 하고 좌약을 삽입했던 바, 얼마 뒤에 통하여 병이 나았습니다. 이 병은 남자를 그리워하면서도 그렇게 하지 못한 데서 생긴 것입니다. 한녀의 병인을 알게 된 것은 그 맥을 짚어 보았을 때 신맥(腎脈)이 있었기 때문이요, 맥박이 가늘면서 느리고 연속하지를 않았기 때문입니다. 가늘면서 느리고 연속하지 않는 맥박은 원활하게 뛰지 못하고 단단한 데서 오는 것입니다. 그런 까닭으로 월경이 통하지 않는다고 한 것입니다. 또 간맥(肝脈, 왼손 맥의 관 부위)이 활시위처럼 팽팽하고 상부 심맥의 촌구에서 뛰고 있었던 까닭에 남자를 가까이하고 싶었으나 그렇게 하지 못했기 때문이라고 한 것입니다.

임치의 범리(氾里)에 사는 박오(薄吾)라는 여자는 병이 위중했으므로, 의사들도 다 한열병이 중하여 죽을 것이라고 말했습니다. 저는 그 맥을 짚어 보고 '요하(蟯瘕, 뱃속의 단충에 의한 통증)라는 것입니다'라고 말했습니다. 요하라는 병은 복부는 크고 그 상부는 황색으로 거칠며,

그것을 만져 보면 까칠까칠합니다. 저는 병자에게 원화(芫華) 한 숟갈을 먹였더니, 곧 몇 되가량의 요충이 내리고 병은 나아서, 30일 만에 본래와 같이 회복했습니다. 요충을 앓는 것은 차가운 기운과 습한 기운이 있는 곳에서 생깁니다. 차가운 기운과 습한 기운이 몸에 엉겨 발산되지 못하면 벌레가 되는 것입니다. 제가 박오의 병을 알게 된 것은 척부(尺膚)의 위치를 만졌을 때, 그 척의 피부는 기름 기운이 다하고, 거칠기가 사람의 손을 찌르는 것 같고, 모발은 바삭바삭하여 엉성하게 서 있었기 때문입니다. 그것은 요충의 기운이 치솟은 까닭이며, 그 얼굴에 광택이 있는 것은 체내의 오장에 사기(邪氣)가 없고 또 중병이 없기 때문입니다.

제나라의 사마 순우씨(淳于氏)가 병들었으므로 저는 그 맥을 보고, '동풍을 앓고 있는 것이 틀림없습니다. 동풍의 증상은 음식물이 목구멍을 통한 지 얼마 안 있어 대변으로 배설되는 것이니 이 병은 포식을 한 다음에 달리기를 한 때문입니다'라고 말했습니다. 순우씨는 '사실 나는 왕가(王家)에서 말의 간을 배불리 먹었습니다. 그런데 또 다시 술이 나오자 도망을 쳐서 곧 집으로 달려왔습니다. 그러고는 몇십 번이나 설사를 했습니다'라고 대답했습니다. 저는 그에게 '화제미즙(火齊米汁, 화제탕에 쌀즙을 섞음)을 만들어 드시면 7, 8일 안에 나을 것입니다'라고 대답했습니다. 그때 진신(秦信)이라는 의사가 곁에 있었는데, 제가 떠난 뒤에 그는 좌우에 있는 각 도위에게 '순우의는 사마 순우씨의 병을 어떻게 진단하였습니까' 하고 묻자, 도위가 '동풍인데 고칠 수 있답니다'라고 대답했습니다. 진신은 웃으면서 말했습

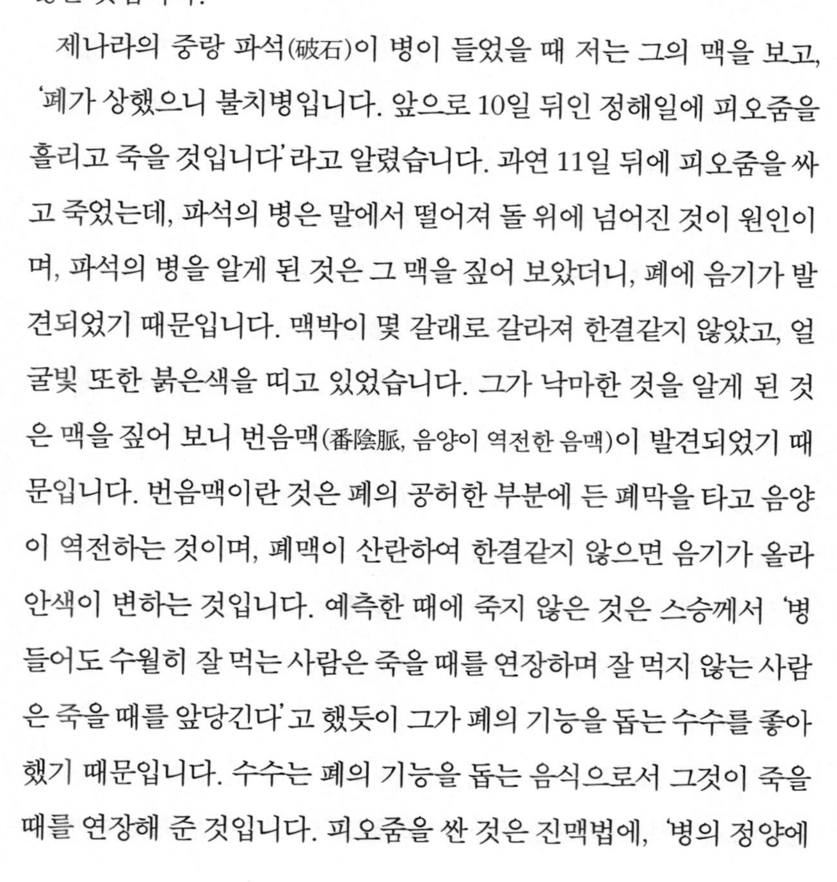

니다. '순우의는 모릅니다. 의법에 의하면, 순우씨의 병은 9일 뒤에는 죽지 않을 수 없습니다' 하고, 9일이 지났으나 죽지 않았으므로 그 집에서는 다시 저를 불렀습니다. 가서 용태를 물었더니 모두가 제가 진단한 그대로였습니다. 곧 화제미즙을 조제하여 복용케 하였던 바 7, 8일에 병은 완쾌했습니다. 그 병인을 알게 된 것은, 맥을 짚었을 때 모두가 의법에 부합했기 때문이며, 그 병이 순조로웠기 때문에 죽지 않은 것입니다.

제나라의 중랑 파석(破石)이 병이 들었을 때 저는 그의 맥을 보고, '폐가 상했으니 불치병입니다. 앞으로 10일 뒤인 정해일에 피오줌을 흘리고 죽을 것입니다'라고 알렸습니다. 과연 11일 뒤에 피오줌을 싸고 죽었는데, 파석의 병은 말에서 떨어져 돌 위에 넘어진 것이 원인이며, 파석의 병을 알게 된 것은 그 맥을 짚어 보았더니, 폐에 음기가 발견되었기 때문입니다. 맥박이 몇 갈래로 갈라져 한결같지 않았고, 얼굴빛 또한 붉은색을 띠고 있었습니다. 그가 낙마한 것을 알게 된 것은 맥을 짚어 보니 번음맥(番陰脈, 음양이 역전한 음맥)이 발견되었기 때문입니다. 번음맥이란 것은 폐의 공허한 부분에 든 폐막을 타고 음양이 역전하는 것이며, 폐맥이 산란하여 한결같지 않으면 음기가 올라 안색이 변하는 것입니다. 예측한 때에 죽지 않은 것은 스승께서 '병들어도 수월히 잘 먹는 사람은 죽을 때를 연장하며 잘 먹지 않는 사람은 죽을 때를 앞당긴다'고 했듯이 그가 폐의 기능을 돕는 수수를 좋아했기 때문입니다. 수수는 폐의 기능을 돕는 음식으로서 그것이 죽을 때를 연장해 준 것입니다. 피오줌을 싼 것은 진맥법에, '병의 정양에

고요하고 음기인 장소를 좋아하는 자는 순탄한 길로 피를 흘리고 편안히 죽으며, 시끄럽고 양기인 장소를 좋아하는 자는 피를 토하고 고통을 느끼며 죽는다'고 한 것으로서 병자가 고요하고 시끄럽지 않은 장소를 좋아했고, 또 오랫동안 편안히 앉아 책상에 의지하여 엎드려 잤기 때문에 아래로 피를 쏟은 것입니다.

제나라 왕의 시의(侍醫) 수(遂)가 병이 나서 스스로 5종의 약석(藥石)을 번갈아 복용했습니다. 제가 그를 방문하자, '못난 제가 병이 있습니다. 저를 진찰해 주신다면 심히 다행이겠습니다'라고 말했습니다. 저는 곧 진찰해 보고 그에게 말했습니다. '공의 병은 체내에 열이 있습니다. 의법에는 체내에 열이 있어 소변이 통하지 않는 자는 5종의 약석을 복용해서는 안 되는데, 그 까닭은 석(石)의 약성이 강렬하기 때문이라고 했습니다. 그런데 공은 그것을 복용했으므로 번번이 소변이 안 되는 것입니다. 곧 석의 복용을 그치십시오. 곧 종기가 생길 안색입니다' 하고 말했습니다. 그러자 수가 말했습니다. '편작이 말하기를 유화한 음석(陰石)은 그것으로 양성의 병을 낫게 하며, 강렬한 양석(陽石)은 그것으로 음성의 병을 고칠 수가 있다고 했습니다. 대체로 약석에는 음양수화(陰陽水火)의 약제가 있는데, 체내에 열이 있으면 유화한 음석의 약제를 만들어서 치료하고 체내가 냉하면 강렬한 양석의 약제를 만들어서 치료하는 것입니다.'

그래서 제가 말했습니다.

'공의 말씀하시는 바는 사실과 거리가 멉니다. 설령 편작이 그렇게 말했다 하더라도 반드시 진찰을 자세히 하지 않으면 안 됩니다. 먼저 도량을 세워 규구(規矩)를 정하고 저울로 달아서 맥의 상태를 살피고, 안색과 맥박을 아울러 생각하여 병을 판별하고 맥의 음양과 기의 소장(消長)과 색맥(色脈) 순역(順逆)의 법도를 생각하여, 병자의 기거동정 및 호흡의 상호 영향을 참작한 뒤에야 비로소 치료의 가부를 말할 수가 있는 것입니다. 의법에, 양성의 병이 안에 들어 내열을 내고, 여기에 응하여 음성의 병이 밖으로 나타나서 한기를 느끼는 경우에는 강렬한 약석 및 철에 의한 치료를 베풀어서는 안 된다고 했습니다. 대체로 강렬한 약석이 체내에 들어가면 사기는 치우치며 울기(鬱氣)는 더욱 깊어집니다. 또 진찰법에, 다분히 한기가 내면에서 응하여 밖으로 나타나고, 조금의 열이 외면에서 들어가 안에서 섞이는 경우에는 강렬한 약을 써서는 안 된다고 했습니다. 강렬한 약이 안에 들어가면 양의 기운을 움직여, 그 때문에 음성의 병이 쇠하면 쇠할수록 양성의 병은 더욱더 현저하고, 사기는 밖으로 흘러나가 경맥의 수혈에 깊은 통증을 주게 되어 화가 폭발하듯 나와 종기가 되는 것입니다.'

제가 이 말을 수에게 이른 지 백여 일이 지나 과연 젖 위에 종기가 생기고 이것이 유방의 상부에 있는 결분(缺盆)이란 뼈 속으로까지 들어가서 죽게 되었습니다. 이상에서 말한 것은 개략적인 것에 지나지 않으며, 실제로는 또 반드시 세세한 치료 원칙이 있어야 합니다. 서툰 의사에게는 미숙한 점이 있는데, 그것은 사람과 질병에 따라 치료 법칙이 다르다는 것을 배우지 않아 의학 서적의 문장과 실제 질병에서의 음양 관계를 제대로 보지 못한다는 점이 바로 그것입니다.

제나라 왕이 앞서 양허후(陽虛侯)로 있을 때 병이 깊어 대부분의 의

사들은 모두 궐이라고 생각했는데, 저는 맥을 보고 폐장의 비중이라고 진단했습니다. 그 병의 뿌리는 오른쪽 겨드랑이 아래에 있어 잔을 엎어 놓은 것처럼 커서 환자로 하여금 숨이 차오르게 하고 기가 거꾸로 올라와 음식을 먹을 수가 없습니다. 그리하여 곧 화제죽과 화제탕을 주었는데 엿새 만에 기가 내려갔습니다. 이에 다시 환약을 복용케 하여 그럭저럭 또 엿새쯤에서 완쾌했습니다. 이 병은 지나친 방사로 인해 생긴 것입니다. 다른 의사들은 진찰할 때 경맥 이론으로 이 병을 해석해야 한다는 것은 모르고, 대부분 병의 소재만 알고 있었던 것입니다.

제가 일찍이 안양 무도리에 사는 성개방(成開方)이란 자를 진찰한 일이 있었습니다. 성개방 자신은 병이 없다고 했지만, 저는 그에게 '당신은 답풍(沓風)을 앓고 있는데 3년 뒤에는 사지를 자유로이 쓸 수 없게 될 것입니다. 그런 다음 말을 못하게 되리니, 이렇게 되면 죽음을 피할 수 없게 될 것이오' 하고 말했습니다. 이제 그의 사지는 말을 듣지 않게 되었으며, 소리도 나오지 않았는데, 아직 죽지는 않았다고 들었습니다. 이 병은 자주 술을 마시고 대취하여 대풍의 기운을 맞는 것이 원인입니다. 성개방의 병인을 알게 된 것은 그를 진찰했을 때, 스승의 진맥법과 기해술의 말씀에, '오장의 기가 상반하는 자는 죽는다'고 한 것과 같이 그 맥을 짚어 보니, 신맥이 폐맥과 상반해 있는 것을 발견하게 되었기 때문입니다. 의법에서는 3년이면 죽는다고 했습니다.

안릉 판리(阪里)의 공승(公乘) 항처(項處)라고 하는 자가 병이 있을 때 저는 맥을 보고 '모산(牡疝)입니다'라고 했습니다. 모산은 흉부의 아래에 위치해 있으며 위는 폐에 연해 있습니다. 이 병은 과도한 방사가 원인이니, 저는 그에게 '힘든 일은 삼가십시오. 힘든 일을 하시면 반드시 피를 토하고 죽을 것입니다'라고 했습니다. 그 뒤에 항처는 축국(蹴鞠)을 했기 때문에 허리가 차가워지고, 땀을 많이 흘리다가 피를 토했습니다. 저는 또 그를 진찰하고 '내일 저녁 무렵 죽을 것입니다'라고 말했는데, 과연 그대로 죽고 말았습니다. 항처의 병인을 알게 된 것은 그 맥을 짚어 보니, 번양맥(番陽脈)인 것을 알아냈기 때문입니다. 한편으로는 번양맥이 느껴지고 다른 한편으로는 산통이 위로 폐까지 연결되는 것이 모산입니다.'

신 순우의는 이 밖에도 진찰을 하여 생사의 시기를 예측하고, 치료하여 고친 병도 많습니다. 시간이 지나 대부분 잊어버렸고 또는 기억하지 못하기 때문에 이것만을 말씀드립니다."

그러자 임금이 순우의에게 물었다.

"진찰한 병의 병명이 서로 비슷한데 진단이 다르고, 또 그들 중 죽은 자도 있고 죽지 않은 자도 있는 것은 어째서 그러한가?"

순우의는 대답했다.

"병명은 서로 비슷하여 구별하기 곤란합니다. 그리하여 옛날의 성의(聖醫)는 자기 맥박을 만들어 그로써 도량을 세우고 규구(規矩)를 정하여 저울을 걸어서 음양을 조절하고 사람의 맥을 분별하여 각각 이름을 붙이니, 위로는 자연계의 변화에 순응하고 아래로는 인체의 생리에 부합했습니다. 이렇게 하여 갖가지 질병을 분별하고, 다양한 진단을 내릴 수 있었던 것입니다. 의술을 체득한 자는 구별하여 여러 가지 진단을 내릴 수가 있지만, 그렇지 않은 자는 이를 혼동합니다. 그렇지만 진맥법을 하나하나 열거하여 시험해 볼 수는 없습니다. 환자를 진찰할 때, 도량(度量)을 가지고 맥의 부위를 구별하고, 이것으로 같은 병이라도 자세히 구분하여 질병이 주로 어느 부위에 있는지를 지적할 수 있는 것입니다. 지금까지 제가 진찰한 것은 진찰 기록부에 모두 적어두었습니다. 제가 병명을 분별할 수 있었던 것은 스승에게서 의술을 다 습득한 연후에 스승이 돌아가셨기 때문입니다. 저는 진찰한 병과 생사의 시기를 예측한 것을 모두 진찰 기록부에 적어 진단의 적중 여부를 진맥법과 대조하여 관찰해 왔습니다. 그렇기 때문에 오늘에 이르러도 이것을 아뢸 수 있는 것입니다."

임금이 순우의에게 물었다.

"병을 진찰하여 생사의 시기를 예측하지만 맞지 않을 경우도 있는데, 그것은 어째서 그런가?"

"그것은 모두 환자가 음식과 기뻐하고 성내는 것에 절도를 잃었거나, 먹어서는 안 되는 약을 먹었거나, 해서는 안 되는 침을 맞거나 뜸을 떴기 때문에 예측한 생사의 시기를 기다리지 못하고 다른 때 죽기도 하는 것입니다."

"그대는 진실로 질병의 생사를 알고 약제의 가감에 대해서 논할 수 있는 사람이다. 그런데 제후나 왕, 대신 가운데 그대에게 병을 문의한 자가 있었는가? 또 제나라 문왕이 병환이었을 때 그대에게 진찰과 치료를 청하지 않은 것은 무슨 까닭인가?"

"월왕·교서왕·제남왕·오왕 등은 모두들 사람을 보내어 저를 불렀으나, 저는 굳이 가려 하지 않았습니다. 문왕이 병이 있을 때 제 집은 가난했으므로, 남을 위해 치료하고 사례를 받으려고 생각했으나, 관리가 저를 관직에 매어 속박하는 것이 두려웠습니다. 그리하여 호적을 딴 곳으로 옮겨 가업을 돌보지 않고, 나라 안을 두루 돌아다니면서 의술 잘하는 자를 찾아 오랫동안 수련하고 배웠습니다. 몇 사람의 스승을 찾아 그를 섬기고 그 비전(秘傳)을 다 알고 그 의서의 깊은 뜻을 찾고, 또 그것을 해석하고 연구했습니다. 당시에 저 자신은 양허후의 나라에 있어서 후를 섬기고, 후가 입조할 때는 후를 따라 장안으로 가곤 했는데, 그 때문에 안릉에 사는 항거 등의 병을 진찰할 수가 있었습니다."

"제나라 문왕이 병을 얻어 다시 일어날 수 없게 된 이유를 아는가?"

"제나라 문왕의 병상은 진찰해 본 일이 없으나 들은 바에 의하면 그는 천식을 앓아 두통이 심하고 눈이 잘 보이지 않았다고 합니다. 제가 마음속으로 이 증상을 헤아려 보니 그것은 병이 아니었습니다. 그것은 살이 쪄 뚱뚱해지니 몸을 자유로이 움직이지 못하고 뼈와 살의 균형을 얻지 못했기 때문에 기침을 하게 된 것으로 치료하지 않아도 되는 것이라 여겨집니다. 진맥법에도 나이 스물에는 혈맥이 왕성하므로 달리는 것이 좋고, 서른에는 빠른 걸음으로 걷는 것이 좋고, 마흔에는 편안히 앉아 있는 것이 좋고, 쉰 살에는 편안히 누워 있는 것이 좋고, 예순 살이 넘으면 원기를 깊이 감추어 두는 것이 좋다고 했습니다. 문왕은 스무 살도 채 되지 않았으니 맥의 기세로 보면 한창 달려야 할 때입니다. 그런데 느릿느릿 걸으니, 자연의 법칙에 순

응하지 못하는 것입니다. 그 뒤 들은 바에 의하면, 의사가 뜸을 뜨고 나서 더 심해졌다고 하는데, 이것은 진단이 틀렸기 때문입니다. 제가 볼 때, 뜸을 떴기 때문에 신기(神氣)가 마구 혼란스러워지고 사기(邪氣)가 그 빈 곳을 타고 들어간 것이니, 연소하고 혈기 있는 자에게는 이것을 예전처럼 회복시킬 수 없다고 생각했습니다. 그 때문에 죽은 것이겠지요. 이른바 혈기 있는 자는 아무쪼록 음식물을 조절하고, 쾌청한 날을 골라 밖으로 나가 수레를 타거나 걸으면서 마음을 넓게 하여 근육과 뼈, 혈맥을 시원하게 하여 기를 발산시켜야 합니다. 그래서 스무 살을 역무(易貿, 심기일전·혈기 교환의 시기)라 하여 의법에서는 침을 놓거나 뜸을 떠서는 안 된다고 합니다. 침을 놓거나 뜸을 뜨면 혈기의 흐름이 빨라져 제지할 수가 없게 됩니다."

"그대의 스승인 양경은 누구를 스승으로 해서 그 의술을 받은 것인가? 또 그는 제나라 제후들 사이에 이름이 알려졌소?"

"양경이 누구를 스승으로 해서 의술을 받았는지는 저도 알지 못합니다. 양경의 집은 부유했으므로 남을 위하여 병을 고쳐 주려고는 하지 않았습니다. 이러했기 때문에 이름이 널리 알려지지는 않았을 것입니다. 양경은 또 저에게 '네가 내 의술을 배운 것을 내 자손에게는 알리지 않도록 조심하라'고 말씀하셨습니다."

"그대의 스승 양경은 어떤 점이 마음에 들어 그대를 아끼고 그대에게 자신의 의술을 남김없이 가르쳐 주었던가?"

"저는 스승 양경이 의술에 뛰어나다는 것을 들은 바가 없었습니다. 제가 스승을 안 것은 다음과 같은 사정에서입니다. 저는 젊었을 때

온갖 의방을 좋아하고, 그것을 모두 시험해 보았는데, 다 효험이 많고 결과가 우수했습니다. 저는 치천 당리(唐里)에 사는 공손광(公孫光)이 옛날부터 전해오는 의법을 전해 받고 있다는 말을 듣고 곧 만나러 가서 그를 스승으로 섬겼는데, 음양을 근본으로 하는 의방과 구전되어 오는 비법을 전수받았습니다. 제가 그것을 낱낱이 베끼고, 그 밖의 정묘한 의방을 모조리 배우려고 하자, 공손광은 '내 의술은 이것이 전부이다. 너에게 가르쳐 주는 것이 아깝지 않지만 내 몸은 이미 쇠약하여 두 번 다시 의술에 전심할 수 없다. 내가 가르쳐 준 것은 내가 젊었을 때 배운 비법인데, 너에게 모두 가르쳐주었으니, 이것을 다른 사람에게는 가르쳐 주지 마라'고 하셨습니다. 그리하여 저는, '선생을 가까이 모시면서 비법을 모두 배우게 되어 진심으로 기쁩니다. 죽어도 다른 사람에게 함부로 전하는 일은 없을 것입니다'고 대답했습니다. 그로부터 얼마 뒤 공손광이 한가로이 지내고 있을 때 저는 깊이 의술을 이야기하여 백세 뒤에까지 명의로서 명성을 남기겠다고 말씀드렸습니다. 스승인 공손광은 기뻐하면서, '너는 반드시 나라 안에 제일가는 명의가 되리라. 나에게 의방을 좋아하는 벗이 있는데 그는 나의 동복 형제로 임치에 사는데, 의술이 매우 뛰어나다. 나는 그에 미치지 못한다. 그의 의술은 매우 기묘하지만 세상에는 알려지지 않았다. 내가 중년이었을 때 의법을 알고자 했으나, 양중청(楊中倩, 양경)은 승낙하지 않고 내가 자기 의술을 받기에 부족한 인물이라고 말했다. 이제 내가 너하고 함께 그를 만나게 되면 그는 반드시 네가 의방을 좋아하는 줄을 알아줄 것이다. 그는 연로하지만 부유

하다.' 고 말씀하셨습니다.

당시 저는 일이 분주하여 그 사람을 방문할 기회를 얻지 못했는데, 우연히 양경의 아들인 은(殷)이 말을 헌상하러 왔다고 하면서 스승인 공손광의 주선으로 말을 임금께 바쳤습니다. 저는 그것을 기회로 양은과 친해지게 되었습니다. 공손광은 저를 양은에게 부탁하며, '순우의는 의술을 좋아하니, 너는 반드시 그를 삼가 대우하라' 고 말했습니다. 또 공손광은 즉시 편지를 써서 양경에게 저를 부탁했으므로 양경을 알게 되었습니다. 제가 양경을 삼가 섬겼으므로, 양경도 저를 사랑해 주신 것입니다."

임금이 물었다.

"관리든 백성이든 지금까지 그대를 스승으로 섬기며 의술을 배우고, 또 그대의 의술을 죄다 배운 자가 있는가? 있다고 하면 어느 현 어느 마을 사람인가?"

"임치 사람 송읍(宋邑)이 있습니다. 송읍이 와서 배웠을 때, 저는 1년 남짓 오장의 맥을 보는 법을 가르쳤습니다. 제북왕은 태의 고기(高期)와 왕우(王禹)를 제게 보내 배우게 했습니다. 저는 손발의 경맥과 기낙결(寄絡結)을 가르치고, 연구해야 할 유혈의 위치와 기가 상하 출입할 만한 정사순역(正邪順逆)과, 침을 놓고 뜸을 떠야 할 자리를 1년 남짓 가르쳤습니다. 치천왕은 때때로 태창의 마장인 풍신(馮信)을 보내 내게 의술을 묻곤 했는데, 저는 그에게 진찰법, 역순론, 정오미(定五味, 쓰다, 달다, 맵다, 시다, 짜다와 같은 다섯 가지 맛에 의한 약제 조합법) 및 화제탕법을 가르쳤습니다.

고영후(高永侯)의 집사 두신(杜信)은 진맥하는 것을 좋아하여 저에게 와서 배웠습니다. 저는 상하 경맥의 분포 부위와 오장의 맥 짚는 법을 2년 남짓 가르쳐 주었습니다.

임치에 사는 소리(召里) 당안(唐安)이란 자가 배우러 왔을 때는 오장의 맥을 짚는 법, 손발의 맥, 기핵술, 사계절을 따라 음양의 맥이 변동하는 것에 대해 가르쳤는데, 그는 다 배우기도 전에 제나라 왕의 시의에 임명되었습니다."

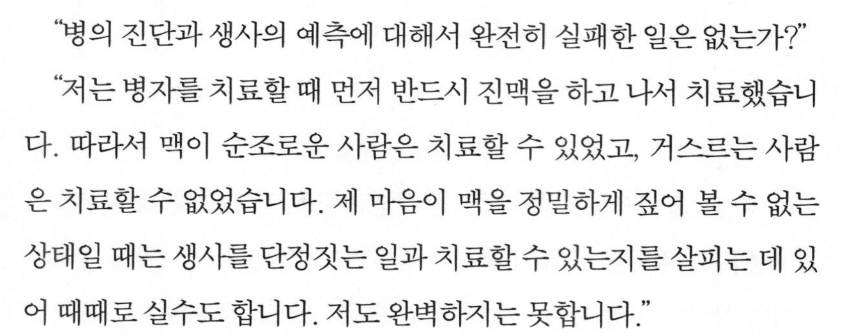

"병의 진단과 생사의 예측에 대해서 완전히 실패한 일은 없는가?"

"저는 병자를 치료할 때 먼저 반드시 진맥을 하고 나서 치료했습니다. 따라서 맥이 순조로운 사람은 치료할 수 있었고, 거스르는 사람은 치료할 수 없었습니다. 제 마음이 맥을 정밀하게 짚어 볼 수 없는 상태일 때는 생사를 단정짓는 일과 치료할 수 있는지를 살피는 데 있어 때때로 실수도 합니다. 저도 완벽하지는 못합니다."

태사공은 말한다.

여자는 아름답든 못생겼든 간에 궁중에 안에 있으면 시샘을 받고, 선비는 어질든 어리석든 간에 조정에 들어가면 의심을 받는다. 편작은 그 신기(神技) 때문에 화를 입었고, 창공은 종적을 감추고 스스로 숨었는데도 형을 받았다. 제영은 문제에게 상서하여, 그로 해서 아버지의 말년을 보장받을 수 있었다. 그러고 보면 노자는 '아름답고 좋은 것은 불길(不吉)의 그릇이 된다'고 말했는데 이는 편작과 같은 이를 가리켜 말한 것이라 할 수 있다. 창공 등은 여기에 가까운 자라고 하겠다.

오왕 비 열전(吳王濞列傳)

고조의 형 중(仲)은 왕의 작록을 빼앗겼지만 고조에게 그의 선함을 인정받아, 그 아들 비(濞)가 오나라 왕이 될 수 있었다. 한나라 왕실이 처음 창업에 나섰을 때 그는 강(江)·회(淮) 사이를 진무했다. 그래서 〈오왕 비 열전 제46〉을 지었다.

오나라 왕 비는 고제의 형 유중(劉仲)의 아들이다. 고제는 천하를 평정하자, 그 7년에 유중을 대나라 왕으로 책봉했다. 그러나 흉노가 대나라를 쳐들어오자 유중은 이를 지켜낼 수가 없어서 나라를 버리고 도망쳐, 샛길로 해서 낙양으로 들어온 다음, 몸을 천자에게 의지했다. 천자는 형제지간이라 차마 형을 내칠 수가 없었으므로, 그의 왕위를 폐하고 합양후로 강등하는 데 그쳤다.

고제 11년 가을, 회남왕 영포(英布)가 반란을 일으켰다. 그는 먼저 동쪽으로 형(荊, 호남·호북·광동·사천의 일부)의 땅을 병합하고 그곳 군사들을 편입시킨 다음, 방향을 서쪽으로 돌려 회수를 건너 초나라를 쳤다. 이에 고제는 직접 군사를 거느리고 나가 무찔렀다.

그때 유중의 아들 패후(沛侯) 비는 나이 스무 살로 기개와 힘이 있었으므로 그는 기장(騎將)의 신분으로 고제를 수행하여 기(蘄)의 서쪽 회추(會甀)에서 영포의 군사를 깨뜨렸다. 영포가 패해 달아남으로써 반란은 끝이 났으나, 영포의 손에 죽은 형왕 유가(劉賈)에게 자손이 없어 뒤를 잇지 못했다. 그래서 고제는 누구를 봉할까 생각해보았으나 오군과 회계군 백성들이 날래고 사나웠기 때문에 이들을 제압할 만한 힘을 가진 왕이 아니면 통솔하기 어렵다고 생각했다. 그런데 고제의 여러 아들은 아직 나이가 어렸기 때문에 싸움에서 공을 세운 비를 패(沛)에 세우고 오나라 왕으로 삼아 3개 군 53개 성을 통치하게 했다. 고제는 비를 불러 왕인(王印)을 준 뒤, 한참 동안 그의 얼굴을 뜯어보고 나서 말했다.

"너의 얼굴에는 모반의 상이 있다."

그러고는 속으로 혼자 후회를 했다. 그러나 이미 임명을 한 뒤였으므로 가볍게 그의 등을 두들기며 타일렀다.

"한나라에서 앞으로 50년 사이에 동남쪽에서 반란을 일으키는 자가 있다면 그것은 아무래도 네가 될 것 같다. 그러나 천하는 같은 유씨로 한 집안을 이루고 있으니 조심하여 반역을 꾀하는 일이 없게 하라."

비는 머리를 조아리고 말했다.

"어찌 감히 그럴 리가 있겠습니까?"

한나라 혜제와 고후 때에 이르러 천하는 비로소 안정을 찾게 되었다. 군국의 제후들도 각각 자기 영내의 백성들을 편안히 다스리는 일에 힘을 기울였다.

오나라 예장군(豫章郡)에서 구리가 생산되었으므로, 유비는 천하의 망명자들을 불러 모아 몰래 돈을 만들고, 바닷물을 끓여 소금을 만들었다. 그로 인해 백성들로부터 세금을 받지 않아도 나라의 재정은 풍부했다.

효문제 때였다. 오나라 태자가 조회를 와서 천자를 뵌 다음, 황태자를 모시고 술을 마시고 장기를 두었다. 오나라 태자를 따라온 사부(師傅)들은 모두 초나라 사람들로 몸이 가볍고 사나웠으며, 태자 자신도 원래가 교만한 편이었으므로, 장기를 두는 데도 오만불손했다. 그런 까닭에 참다못한 황태자는 장기판을 오나라 태자에게 내던져 죽이고 말았다. 그러고는 그의 유해를 오나라로 보내 장사지내도록 했다. 유해가 오나라에 이르자 오나라 왕은 노하여 말했다.

"천하는 모두 같은 유씨의 집안이다. 장안에서 죽었으면 장안에 묻으면 그만이지, 일부러 이리로 보내 장사지낼 필요는 없지 않은가."

그리고 시체를 되돌려 보내 장안에 묻게 했다. 이때부터 오나라 왕은 점점 제후로서의 예를 잃고 병을 핑계삼아 조정으로 나가지 않았다.

조정에서는 오나라 왕이 아들의 일로 인해 병을 핑계로 조회에 들지 않는 것으로 알고, 조사를 해본 결과 역시 병은 아니었다. 그래서 오나라 사신이 들어오는 대로 모조리 잡아 옥에 가두어 심한 문초를 했다. 오나라 왕은 겁이 나서 더욱더 음모를 꾀하기 시작했다. 그 뒤

가을의 정기 입조 때도 여전히 대리를 보내자, 황제는 다시 오나라 사신을 문책했다. 오나라 사신은 이렇게 대답했다.

"왕은 사실 병이 든 게 아니옵니다. 한나라가 우리 사신을 여러 차례 옥에 가두고 문초를 했기 때문에 병이라 핑계하게 된 것입니다. 또 '깊은 못 속의 고기를 살피는 것은 좋지 못하다' 고 했습니다. 지금 오나라 왕은 처음은 병이라 거짓말을 했으나 그것이 발각되어 심한 꾸중을 받게 되자, 더욱 깊숙이 문을 닫고 들어앉아, 오로지 폐하의 처벌이 두려워 걱정한 나머지 여러 모로 꾀를 생각하게 된 것입니다. 바라옵건대 폐하께선 지금까지의 모든 일을 흘려보내시고 서로가 새 출발을 하게끔 해 주셨으면 하옵니다."

그래서 천자는 오나라 사신들을 용서해 돌려보내고, 오나라 왕에게 안석(安席)과 지팡이를 하사하며, 나이가 많으니 조회에 들어오지 않아도 좋다는 허락을 내렸다. 오나라는 죄를 용서받게 되었으므로 자연 음모도 중지하게 되었다.

그러나 그 영토 안에는 구리와 소금이 있어서 백성들에게는 세금을 거두지 않았고, 돈을 받고 남을 대신해서 병역에 종사하는 사람에게는 상을 내려주었다. 또한 계절마다 사람을 보내 나라 안의 재능 있는 사람들에게 안부를 묻는가 하면, 마을 사람들의 착한 행동에 대해서는 상을 주었다. 다른 고을이나 나라에서 관리가 찾아와, 자기 고을이나 나라에서 도망쳐 나온 사람들을 잡으려 해도, 도망 온 사람을 받아들여 숨겨 두고 관리들에게 넘겨주지 않았다. 40여 년 동안을 이와 같이 다스리자, 그 사람들을 마음대로 부릴 수가 있었다.

조착이 태자의 가령(家令)이 되면서 총애를 받았는데 그는 자주, 오나라 왕은 죄를 범했으므로 그 영토를 깎아야 한다고 권하고, 또 자주 글을 올려 효문제에게도 의견을 말했다. 그러나 효문제는 관대하고 어진 인물이어서 차마 오나라를 처벌하지 못했다. 이리하여 오나라 왕은 갈수록 점점 횡포해졌다.

효경제가 즉위하게 되자, 조착은 어사대부가 되어 다시 황제에게 진언했다.

"옛날 고제가 천하를 평정했을 당시에는, 형제는 적고 모든 아들들은 나이가 어렸기 때문에 성씨가 같은 자를 제후왕으로 봉하여, 서자인 도혜왕을 제나라 70여 개 성의 왕으로 삼았고, 서제인 원앙을 초나라 40개 성의 왕으로 삼았으며, 조카 비를 오나라 50여 개 성의 왕으로 삼았습니다. 이렇게 세 명의 서자를 왕으로 봉하여 천하의 절반을 나눠 주게 되었던 것입니다. 그런데 지금 오나라 왕은 앞서 있었던 태자 일로 인해 병을 핑계로 조회에 들어오지 않습니다. 옛날 법으로는 마땅히 사형에 처해야 합니다. 그러나 선황제께서는 이를 차마 처벌하지 못하고 도리어 안석과 지팡이를 하사하셨던 것입니다. 그 은덕은 지극히 무거운 것이어서 오나라 왕은 마땅히 허물을 고치고 새로운 사람이 되어야만 했습니다. 그런데 더욱 교만하고 방자해져서, 산에서는 나는 구리로 돈을 만들고, 바닷물을 끓여 소금을 만들며 천하의 망명자들을 불러 모아 반란을 꾀하려 하고 있습니다. 지금 그의 영토를 깎아도 모반할 것이며 그대로 두어도 모반을 일으킬 것입니다. 깎으면 그가 모반하는 것이 일찍 일어나겠지만 화는 작을 것이며, 깎지 않으면 모반하는 것이 더디겠지만 화는 크게 될 것입니다."

효경제 3년 겨울, 초나라 왕이 조회에 들어왔었다. 조착은 그것을 기회삼아 다시 황제에게 아뢰었다.

"초나라 왕 무(戊)는 지난해에 박태후의 상을 입고서도 몰래 복사(服舍)에서 간음을 했으니 바라옵건대 주벌하소서."

그러나 효경제는 조서를 내려 죄는 죽어 마땅하지만 용서하고, 그 대신 동해군을 깎는 벌을 내렸다. 또 전원 2년에는 조나라 왕이 죄를 범했으므로 상산군을 깎았다. 교서왕 앙(卬)은 작위 매매에 부정을 저질렀다 하여 현을 깎았다.

한나라 조정의 대신들은 오나라 영토의 삭감을 논의했다.

오나라 왕 비는 영토가 깎이다 보면 끝내는 자기 몸이 위험해질까 두려워하다 마침내 천하를 빼앗아 보자고 생각하게 되었다. 하지만 함께 일을 꾀할 만한 제후들이 없었다. 다만 교서왕이 용기가 있고 기개를 소중히 알며 군사를 좋아했기 때문에 제나라 지역의 모든 나라들이 두려워하고 꺼린다는 말을 듣게 되었다. 그래서 중대부 응고(應高)를 보내 교서왕을 설득하도록 했다. 응고는 편지 대신 구두로 오나라 왕의 뜻을 전하며 이렇게 말했다.

"오나라 왕은 불초해서 오랜 근심을 품고 있었지만 감히 다른 사람에겐 말하지 못했으나 대왕께만 전하라는 분부였습니다."

"어떤 내용의 말씀이신지?"

"지금 황제께선 간신들의 농간에 빠져 사신들이 꾸며서 하는 말을 참인 줄로 알고, 남을 모략중상하는 무리들의 말을 받아들여 마음대로 법령을 변경하고, 제후들의 땅을 침탈하며, 재물을 징발하고 요구하는 것이 점점 많아지며, 선량한 사람에 대한 주벌이 날로 정도를 더해 가고 있습니다. 속담에도 '겨를 핥다 보면 쌀에 미치게 된다'고 했습니다. 오나라와 교서는 천하에 알려져 있는 대국이기는 하나, 한번이라도 가혹한 검사를 받게 되면 아마 평안과 자유를 누릴 수는 없게 될 것입니다. 오나라 왕에게는 속병이 있어, 20여 년이나 참조하지 못하고 있는데, 언제고 혐의를 받게 되면 변명할 길이 없지 않을까 걱정하고 있습니다. 지금도 어깨와 가슴을 펴지 못한 채 근신하고 있습니다만 아무래도 용서를 받지 못할 것 같습니다. 들리는 바에 의하면, 대왕께서는 작위와 관련된 일로 인하여 문책을 받아 제후의 봉지를 깎일 것이라는 말이 들리고 있습니다. 이 죄는 땅까지 깎일 만한 죄는 아닙니다. 이 다음번에는 단순히 땅만 깎이는 것으로 무사하지는 않을 것이라 생각되옵니다."

"그렇소. 그런 일이 있기는 한데, 그쪽에서는 어떻게 하겠다는 건지?"

"미움을 함께 하는 사람은 서로가 돕고, 취미를 같이하는 사람은 서로 붙들며, 뜻을 같이하는 사람은 서로 도와 일을 성취시키고, 욕망을 함께 하는 사람은 손을 마주 잡으며, 이익을 같이하는 사람은 서로가 서로를 위해 죽습니다. 지금 오나라 왕은 스스로 대왕과 근심을 같이하고 있다고 생각하고 있습니다. 바라옵건대 시기를 놓치지 말고 순리를 따라 한 몸을 던져 천하의 근심과 해독을 제거해 주십시오. 생각해보면 이 또한 좋은 일이 아니옵니까?"

교서왕은 눈을 크게 뜨고 놀라며 말했다.

"내가 어떻게 그 같은 일을 하겠는가. 지금 황제께서 나를 심하게 꾸짖더라도 달게 죽을 따름이오. 황제를 받들지 않을 수는 없소."

"어사대부 조착은 천자의 마음을 어지럽게 만들고 제후들의 땅을 침탈하며 충신과 어진 선비들의 나아갈 길을 가로막고 있어, 조정에는 원망과 미움이 꽉 차 있고, 제후들에게는 배반할 뜻이 일고 있습니다. 이렇듯 인사가 극단에 달해서 하늘에는 혜성이 나타나고(전란의 징후), 땅에는 황충(蝗蟲, 기근의 징후)의 해가 자주 일어나고 있습니다. 지금이야말로 만세에 한 번밖에 없는 기회입니다. 모든 백성들이 걱정하고 괴로워하는 이러한 때야말로 성인이 일어나야 합니다. 그러기에 오나라 왕은, 안으로는 조착의 토벌을 명분으로 하고, 밖으로는 대왕의 수레를 따르며 천하에 웅비하려는 것입니다. 우리 군사가 향하는 곳마다 모두 항복하여, 천하에 감히 복종하지 않을 사람이 없을 것입니다. 대왕께서 다행히도 진심으로 승낙한다는 말 한마디만 해주신다면, 오나라 왕은 초나라 왕을 이끌고 함곡관을 공략하고, 형양과 오창의 군량을 확보하여 한나라 군사의 진출을 막은 다음, 거처하실 곳을 마련하여 대왕을 기다릴 것입니다. 대왕께서 다행히 와주시기만 한다면 천하는 우리 것이 될 것이니, 두 임금께서 그것을 나눠 가지는 것도 또한 좋지 않겠습니까?"

"알았소. 그러기로 하지."

이리하여 응고는 돌아와 그런 내용을 보고했다. 오나라 왕은 그래도 교서왕이 한편이 되어 주지 않을까 두려웠기 때문에, 자신이 직접

교서로 달려가, 교서왕과 만나 맹약을 맺었다. 교서의 신하들 가운데 왕의 음모를 듣고 누군가 이렇게 간언했다.

"한 사람의 황제를 섬기고 있으면 그 이상 더 편한 것은 없습니다. 지금 대왕께서 한나라를 배반하고 오나라와 함께 서쪽으로 쳐들어가게 되면, 설사 일이 성공한다 해도 대왕과 오나라 왕, 두 임금이 갈라져 싸우게 되어, 거기서부터 환란이 새로 일게 될 것입니다. 그리고 제후들의 영토는 한나라에서 직접 관할하고 있는 영토의 10분의 2도 채 되지 않습니다. 반란을 일으켜 태후(교서왕의 태후)께 걱정을 끼치게 되는 것은 좋은 계책이 못 되옵니다."

그러나 왕은 받아들이지 않고 마침내 사신을 보내, 제나라·치천·교동·제남·제북과 맹약을 맺었다. 그들은 모두 승낙한 다음 또 이렇게 말했다.

"성양(城陽)의 경왕(景王)은 의를 소중히 아는 사람이므로, 여씨 일족을 공격할 때에도 끼지 않았다. 그런 만큼 경왕의 아들인 지금의 성양왕을 끌어들일 수 없을 것이니 차라리 제외하고, 뒤에 일이 성사되면 그의 땅을 나눠 가지면 될 것이다."

당시 제후들은 벌로써 영지를 삭감당했기 때문에 겁을 먹은 한편 내심으로는 조착을 원망하고 있었다. 거기에 오나라의 회계군과 예장군을 삭감한다는 조서가 오나라에 도착했으므로, 오나라 왕은 더 이상 주저하지 않고 정월 병오일에 군사를 일으켜, 한나라에서 파견한 2천 석 이하의 관리들을 주살했다. 교서·교동·치천·제남·초나라·조나라 등의 나라도 또한 군사를 일으켜 마침내 서쪽으로 향했다. 그러나 제나라 왕은 동맹에 가입한 것을 후회하여 도중에 약을 먹고 자살했다. 또 제북왕은 마침 성이 무너져 채 수리 공사가 끝나지 않아 지체하다가 그만 낭중령에게 연금당하고 말았으므로 역시 군사를 내보낼 수가 없었다.

한편 교서왕은 교동·치천·제남의 군대를 거느리고 임치를 포위했다. 조나라 왕도 마침내는 반란을 일으켜 몰래 흉노로 사자를 보내 연합 전선을 폈다. 이렇듯 7개국이 반란을 일으키자, 오나라 왕은 병사들을 다 동원한 뒤 나라 안에 다음과 같은 명령을 내렸다.

"과인은 나이 62세로 몸소 장수가 되어 전장에 나간다. 내 어린 자식은 14세인데 그 아이 또한 사졸들의 앞장을 서게 된다. 그러니 위로는 과인과 동갑인 자로부터 아래로는 내 어린 자식과 동갑인 자에 이르기까지 전부 싸움터로 나오라."

이리하여 오나라에서는 20여 만 명이 동원되었다. 또 남쪽의 민월과 동월에도 사신을 보냈는데, 동월에서도 병사를 동원하여 오나라 왕을 뒤따랐다.

효경제 3년 정월 갑자일, 오나라 왕은 수도인 광릉에서 기병해 서쪽으로 회수를 건너 초나라 군사와 합쳤다. 그리고 사신을 보내 제후들에게 다음과 같은 글을 보냈다.

오나라 왕 유비는 삼가 교서왕·교동왕·치천왕·제남왕·조왕·초왕·회남왕·형산왕 및 고(故) 장사왕의 왕자께 묻고자 하니 과인에게 가르침을 주십시오. 생각하건대 한나라에는 적신(賊臣)이 있어 천하

에 아무 공로도 없으면서 제후들의 땅을 박탈하고, 형리들을 시켜 탄핵과 구속과 심문과 처분을 멋대로 행하여, 제후들에게 모욕을 주는 것만을 일삼고 있습니다. 그들은 제실(帝室) 유씨를 서로 이간질시키며 제후를 가볍게 여길 뿐 아니라 선제 공신들의 대를 끊고, 간사한 자들을 임용해 천하를 어지럽히고 사직을 뒤흔들고 있습니다. 그런데도 폐하는 병환에 지쳐 의지를 상실한 채 사태를 꿰뚫어 볼 능력이 없습니다. 이와 같은 실정에 비추어, 병사를 일으켜 적신을 주멸하고자 하오니 삼가 교시를 내리기 바랍니다. 제가 다스리는 나라는 비록 좁다고는 하나, 땅은 사방 3천 리요, 인구는 비록 적으나 정병 50만은 갖출 수 있습니다. 과인은 평소부터 남월의 여러 나라들과 친교를 맺어온 지가 30여 년이나 되어, 그곳의 군왕들은 모두 그들의 군사를 나누어 과인을 따르는 것을 마다하지 않을 것입니다. 따라서 다시 30여 만을 더 얻을 수 있을 것입니다. 과인은 비록 불초하지만 몸을 바쳐 여러 왕을 따르겠습니다. 남월의 장사와 땅을 접하고 있는 곳은 장사 왕자(長沙王子)께서 장사 이북을 평정한 다음, 촉과 한중 쪽으로 서진하시고, 동월왕과 초나라 왕 및 회남 3왕(회남왕, 형산왕, 여강왕)께서는 과인과 함께 서진하셨으면 합니다. 제나라의 여러 왕(치천왕, 교동왕, 제남왕)과 조나라 왕은 하간·하내를 평정한 다음, 경우에 따라 임진관(臨晉關)으로 쳐들어가든가, 혹은 과인과 낙양에서 합쳐 주십시오. 연나라 왕과 조나라 왕께서는 흉노의 왕들과 맹약이 있는 만큼, 연나라 왕께서는 북쪽으로 대나라와 운중을 평정하고 흉노의 군사를 통솔하여 소관(蕭關)으로 쳐들어가 장안으로 진출하여 천하를 바로잡고, 고제묘(高帝廟)를 편안케 해 주십시오. 바라옵건대 여러 왕께선 각각 힘을 다해 주십시오. 초나라 원왕의 아드님 및 회남의 3왕께서는, 머리를 감고 몸을 씻을 생각마저 잊고 지내기 10여 년, 원한은 뼈에까지 사무쳐 언젠가 한 번은 그 원한을 씻고 싶다고 오랫동안 원하고 계셨던 것으로 압니다. 과인은 지금껏 여러 왕들의 마음을 충분히 알지 못했고, 감히 알아보려 하지도 않았습니다. 그러나 지금 여러 왕께서 참으로 능히 망하려 하는 나라를 존재케 하고, 끊어진 후대를 이어 주며, 약한 자를 구하고 포악한 자를 무찔러, 우리 유씨를 편안케 한다면, 이것이야말로 한나라 사직이 바라는 것이 될 것입니다.

다스리고 있는 나라가 가난함에도 불구하고 과인이 입고 먹는 비용을 절약하고 돈을 저축하여, 군비를 갖추고 식량을 모아 온 지 30년이나 됩니다. 이 모든 것은 이 일을 위한 것입니다. 모든 왕께서는 이것을 힘껏 사용해 주십시오. 앞으로의 싸움에 있어서, 적의 대장을 베거나 또는 사로잡은 사람에게는 금 5천 근을 주고 1만 호의 땅에 봉하겠습니다. 그것이 일반 장수일 경우는 3천 근을 주고 5천 호의 땅에 봉하며, 부장일 경우는 2천 근을 주고 2천 호의 땅에 봉하며, 2천 석의 신분을 가진 자일 경우는 1천 근을 주고 1천 호의 땅에 봉하며, 1천 호의 신분을 가진 자일 경우는 5백 근을 주고 5백 호의 땅에 봉하여, 모두를 열후로 삼겠습니다. 적군으로서 군사를 거느린 채, 또는 성읍을 가진 채 투항하는 자는, 그것이 1만 명의 군사와 1만 호의 고을일 경우에 대장을 얻은 사람과 같이 대우하겠습니다. 5천 명의 군사나 5천 호의 고을일 경우는 일반 장수를 얻은 사람과 같이 대우하고, 3천 명의 군사나 3천

호의 고을일 경우는 부장을 얻은 사람과 같이 대우하며, 1천 명의 군사나 1천 호의 고을일 경우는 2천 석 신분을 가진 사람을 얻은 것과 같이 대우하겠습니다. 또 적의 하급 관리를 얻은 자에게는 상대의 등급에 의해 벼슬과 돈을 주겠습니다. 그 밖의 봉작과 상사(賞賜)는 모두 현재 행해지고 있는 한나라 제도의 두 배로 하겠습니다. 전부터 작위와 봉읍을 가지고 있는 사람에게는 별도로 대해 주겠습니다. 여러 왕께서는 이 점을 똑똑히 사대부에게 일러주십시오. 결코 속이지는 않습니다. 과인의 돈은 천하의 가는 곳마다 있어서, 반드시 오나라에서 가져올 필요도 없고, 여러 왕께서 밤낮으로 쓰셔도 다 쓸 수는 없을 것입니다. 상을 줄 사람이 있으면 과인에게 말씀해 주십시오. 과인이 곧 달려가 주도록 하겠습니다. 이와 같은 사실을 삼가 알려드립니다.

7국이 반란을 일으켰다는 보고가 황제에게로 들어오자, 황제는 태위인 조후(條侯) 주아부(周亞夫)를 보내, 36명의 장군을 거느리고 오나라와 초나라를 치게 했다. 또 곡주후(曲周侯) 역기(酈寄)에게는 조나라를, 장군 난포(欒布)에게는 제나라를 치게 하고, 대장군 두영(竇嬰)에게는 형양에 주둔하여 제나라와 조나라의 군사를 감시하도록 했다.

오나라와 초나라가 반란을 일으켰다는 보고서가 도착하고, 아직 군사가 출발하지 않았을 때 두영은 떠나기에 앞서, 그전 오나라 재상이던 원앙을 황제에게 추천했다. 당시 원앙은 은퇴해서 집에 있었는데 명령을 받고 궁궐로 들어가 황제를 뵈었다. 황제는 마침 조착과 함께 병력을 검토하기도 하고 군량을 책정하기도 했는데, 원앙을 보자 이렇게 물었다.

"경은 일찍이 오나라 재상으로 있었는데 오나라 신하 전녹백(田祿伯)이 어떤 인물인지 아는가? 또 지금 오나라와 초나라가 반기를 들었는데, 경은 앞으로 정세가 어떻게 전개될 것 같은가?"

"걱정하실 것까진 없습니다. 곧 깨뜨릴 수 있을 것입니다."

"오나라 왕은 산에서 구리로 돈을 만들고, 바닷물을 끓여 소금을 만들었으며, 천하의 호걸들을 끌어들여 백발이 성성한 나이에 반란을 일으킨 것이다. 이처럼 반란을 일으킨 데는 마땅히 승산이 있어서가 아니겠는가? 그런데 어떻게 그리 대단치 않다고 말할 수 있는가?"

"말씀하신 대로 구리와 소금의 이익은 큰 것입니다. 그러나 호걸을 규합했다고는 말할 수 없습니다. 참된 호걸이라면 왕을 보좌하고 의에 따를 뿐이지 반란 따위에 가담하지는 않을 것이옵니다. 따라서 지금 오나라 왕 곁에 모인 패들은 모두가 무뢰배들로서 망명자나 도망자일 뿐입니다. 그렇기 때문에 서로 모반을 일으킬 수 있었던 것입니다."

조착이 말했다.

"원앙의 대답이 옳습니다."

황제는 또 원앙에게 물었다.

"어떤 계책을 세우는 것이 좋겠는가?"

"바라옵건대 좌우의 사람들을 물려주십시오."

황제는 사람들을 모두 물리쳤으나 조착만은 그대로 남아 있게 했다. 그러나 원앙은 다음과 같이 말했다.

"신이 이제 말씀드리려 하는 것은, 신하된 사람으로서는 들을 수 없는 일이옵니다."

그래서 황제는 조착까지도 물러가게 했다. 조착은 빠른 걸음으로 동상(東廂, 궁전 동편에 있는 대기실)으로 물러갔으나 속으로는 원앙을 원망했다. 황제가 마침내 다시 묻자, 원앙은 말했다.

"오나라와 초나라가 주고받은 문서에는 '고제는 자제를 왕으로 봉해 각각 땅을 나눠 주었다. 그런데 지금, 적신 조착은 제 마음대로 제후들의 죄를 책하며 그 땅을 삭탈하고 있다. 그러므로 이를 반란의 명분으로 삼아, 서쪽으로 나아가 함께 조착을 무찌르고 옛 땅을 도로 찾은 다음 일을 끝내자'고 되어 있습니다. 목전의 꾀로서는 조착 한 사람의 목을 벤 다음, 사신을 오나라와 초나라 등의 7국에 보내 그들의 죄를 용서하고, 그들의 옛 땅을 본래로 되돌려주게 되면, 양쪽 군사가 다 같이 칼날에 피를 물들이는 일 없이, 전쟁은 끝나게 될 것이옵니다."

황제는 잠자코 있다가 얼마 뒤에야 입을 열었다.

"어떻게 해야 좋단 말인가? 한 사람을 아끼지 말고 천하에 사과를 해야 한단 말인가?"

"신의 어리석은 생각으로서는 이 밖에 달리 좋은 꾀가 없을 것 같습니다. 바라옵건대 폐하께선 깊이 생각하옵소서."

이리하여 황제는 원앙을 태상에 임명하고 오나라 왕의 조카 덕후(德侯)를 종정(宗正, 황족의 일을 맡아 보는 벼슬)에 임명했다. 원앙은 행장을 갖추어 길 떠날 준비를 했다. 그로부터 10여 일이 지나, 황제는 중위를 시켜 조착을 불러내어 수레에 태운 다음, 동시(東市)로 이끌어냈다. 조착은 예복을 입은 그대로 동시에서 참형을 당했다. 그리고 원앙은 자신의 계책대로 실행하기 위해 사신 종정을 오나라로 파견했다.

두 사람이 오나라에 도착해 보니, 오나라와 초나라의 군사는 벌써 양나라 도성을 공격하고 있었다. 사신 종정이 친척이라 해서 먼저 들어가 만나 설득한 뒤 절을 하고 황제의 조서를 받도록 했다. 오나라 왕은 원앙도 같이 왔다는 말을 듣자, 자기를 설득시키려 하는 것인 줄 짐작하고, 웃으며 말했다.

"나는 이미 동쪽의 황제가 되었다. 이제 다시 누구에게 머리를 숙일 수 있겠는가?"

그리고 원앙과 만나기를 거절했다. 그리고 원앙을 군중에 붙잡아 두고, 그를 협박하여 오나라 장수로 삼으려 했다. 원앙이 받아들이지 않자, 그를 연금시킨 다음 죽이려 했다. 그러나 원앙은 밤을 타 무사히 탈출하여, 걸어서 양나라 군중으로 도망쳤다가 마침내는 장안으로 돌아와 황제에게 보고를 드렸다.

조후는 장군이 되어 6두마차를 타고, 대군을 형양으로 집결시켰다. 도중 낙양에서 극맹을 만나자 반가워하며 말했다.

"7국이 반란을 일으켰는데 역마차를 번갈아 타고 여기까지 오기는 했지만, 무사히 오리라고는 생각지도 못했었소. 또 반란을 일으킨 제후들이 벌써 당신을 한편으로 끌어들였으리라고 걱정했었는데, 당신이 지금 반란에 가담하지 않았으니 나는 형양에 주둔하겠소. 이제 형양 동쪽으로는 걱정할 만한 자가 없겠구려."

그리고 회양(淮陽)으로 가서, 전에 자기 아버지 강후 주발의 빈객이었던 등도위(鄧都尉)에게 상의했다.

"어떤 계책을 세웠으면 좋겠습니까?"

"오나라 군사는 대단한 정예부대라서 맞붙어 싸우는 것은 어려운 일입니다. 반면 초나라 군사는 경박하기 때문에 오래 버티지는 못할 것입니다. 지금 장군을 위한 계책으로는, 군사를 동북쪽으로 끌고 나가 창읍에 진지를 구축하고, 양나라는 오나라에 맡겨 두는 수밖에 없습니다. 오나라는 반드시 모든 정예부대를 투입시켜 양나라를 칠 겁니다. 장군은 도랑을 깊이 파고 성벽을 높이 쌓아 굳게 지키며, 날랜 병사들을 보내 회사구(淮泗口)의 교통을 끊으면, 오나라와 양나라는 서로가 지치게 되고 식량도 떨어지게 될 것입니다. 그렇게 되면 완전한 정예부대로써 지칠 대로 지친 군대를 제압하게 되므로 오나라를 깨뜨릴 수 있을 것입니다."

이에 조후가 말했다.

"알았습니다."

그리고 그의 꾀를 좇아, 마침내 창읍 남쪽에 진지를 구축하여 굳게 지키며, 날랜 병사를 보내 오나라의 보급로를 끊게 했다.

오나라 왕이 군사를 일으켰을 당초에는, 전녹백이 대장군이었다. 전녹백은 오나라 왕에게 말했다.

"군사가 한 곳에 모여 서쪽으로 나아갈 뿐, 달리 기이한 계책이 없다면 일을 성공시키기가 어렵습니다. 신은 5만 명을 거느리고 별동대로서 강수와 회수의 물을 따라 거슬러 올라가, 회남과 장사를 손아귀에 넣고, 무관으로 들어가 대나라 왕과 합류할까 하옵니다. 이 또

한 한 가지 기이한 꾀가 아니겠습니까?"

그러나 오나라 왕의 태자가 간언했다.

"왕께서는 반란을 명분으로 삼고 있는 만큼 군사를 남의 손에 맡기는 것은 곤란합니다. 남에게 군사를 빌려 주었을 때 그 사람이 왕께 반역을 꾀할 수도 있습니다. 만약 그렇게 되면 어떻게 하시겠습니까? 또 군사를 나눠 그것이 각각 행동을 하게 되면 뜻하지 않은 피해도 많이 생기게 될 것이옵니다. 그렇게 되면 부질없이 손해를 자초할 뿐입니다."

그래서 오나라 왕은 전녹백의 청을 들어주지 않았다.

또 오나라 소장 환장군(桓將軍)이 다음과 같이 왕에게 계책을 올렸다.

"오나라는 보병이 많으며, 보병은 험한 땅에서 싸우는 것이 유리합니다. 한나라는 거기(車騎)가 많으며, 거기는 평지에서의 싸움에 유리합니다. 바라옵건대 대왕께서는 통과하는 곳의 성읍이 항복하지 않을 경우에는, 그것을 그대로 버려 둔 채, 곧 서쪽으로 진출해서 낙양의 무기고를 점거하고 오창의 곡식을 우리 군량으로 삼아, 산과 강의 험한 것을 배경으로 제후들을 호령하십시오. 그렇게 되면 함곡관에 들어가시지 않더라도 천하는 평정한 것이나 다름없습니다. 만일 대왕께서 천천히 진군하여 한곳에 오래 머물러 성과 고을들을 항복하려 하시면, 한나라 군사의 거기들이 양나라, 초나라 도성 밖에 이르게 되어 일이 실패로 돌아갈 것입니다."

오나라 왕은 이 점에 대해 나이든 장수들에게 물었다. 그들은 이렇

게 말했다.

"그건 단지 젊은 사람의 앞뒤를 가리지 않는 계책에 불과합니다. 그들이 어떻게 크게 생각할 줄을 알겠습니까?"

그래서 왕은 환장군의 꾀도 받아들이지 않았다.

오나라 왕은 그의 군사 전부를 혼자서 다 거느리고 있었으므로 미처 회수를 건너지 못하고 있었다. 당시 빈객들은 모두 장군·교위·군후·군사마로 발탁이 되었는데, 주구(周丘)만은 아무 곳에도 임명을 받지 못했다. 주구는 하비 사람으로, 고향에서 죄를 짓고 오나라로 망명해 와서 술을 팔며 살아가고 있었는데 소행이 좋지 못했으므로 오나라 왕 비는 그를 가볍게 여기고 쓰지 않았던 것이다. 그런데 그가 찾아와 왕을 뵙고 말했다.

"신은 무능한 탓으로, 이번 싸움에서 한 자리도 차지하지 못했습니다. 그렇다고 장군으로 써 달라는 말씀은 아닙니다. 왕께서 가지고 계신 한나라 부절을 하나만 얻었으면 합니다. 그러면 반드시 왕께 보답할 수 있을 것입니다."

그래서 왕은 그것을 주었다. 주구는 그것을 받아들자, 밤을 타서 하비로 들어갔다. 하비에서는 그때 오나라가 반란을 일으켰다는 말을 듣고 모두가 성을 지키고 있었다. 주구는 여관에 도착하자 현령을 불러들였다. 현령이 방문을 들어서자, 그의 죄상을 말하고 따라온 사람들에게 베어 죽이도록 한 다음, 그의 형제들이 친하게 지내던 세력 있는 관리들을 불러들여 타일렀다.

"오나라 반란군이 머지않아 밀어닥칠 것이다. 그들이 이곳에 오면,

하비를 무찌르는 데 밥 한 끼 먹는 시간도 걸리지 않을 것이다. 지금 미리 항복을 하게 되면 성안의 집들은 무사할 것이며, 능력 있는 사람은 후에 책봉될 것이다."

관리들은 밖으로 나가 그런 내용을 이곳저곳에 알렸다. 하비 사람들은 모두 항복했다. 이리하여 주구는 하룻밤 사이에 3만 명을 손아귀에 넣고, 사람을 보내 오나라 왕에게 보고한 다음, 마침내 그 군사를 거느리고 북쪽으로 가서 여러 성읍을 공략했다. 성양에 이르렀을 때는 군사가 10만이 넘었으며 성양 중위의 군사를 깨뜨렸다.

그러나 그 무렵, 오나라 왕이 패해 달아났다는 것을 알게 된 주구는 그를 도와 봐야 성공할 가능성이 없다고 생각하고, 군사를 거두어 하비로 돌아가려 했다. 그런데 귀환하기도 전에 등에 종기가 나서 죽었다.

2월에 오나라 왕의 군사는 벌써 패해 달아났다. 그래서 천자는 한나라 장군들에게 다음과 같은 조서를 내렸다.

> 들리는 말로는 '좋은 일을 하는 사람에게는 하늘이 복으로써 갚으며, 그른 일을 하는 사람에겐 하늘이 재앙으로써 갚는다'고 했다. 고조 황제께서는 친히 공덕이 있는 신하들을 표창하시어 제후로 세우셨다. 그중 유왕과 도혜왕은 뒤가 끊어졌으나, 효문 황제께서 이를 불쌍히 여겨, 유왕의 아들 수와 도혜왕의 아들 앙 등을 왕으로 세워, 그 선왕의 종묘를 받들게 하고, 한나라의 울타리로 삼았었다. 그 덕은 천지와 같았고, 밝음은 해와 달과도 같았다. 그런데 오나라 왕 비는, 덕

을 배반하고 의를 등져 천하의 망명한 죄인들을 끌어모으고, 사사로이 돈을 만들어 천하의 공전(公錢)을 어지럽히며, 병을 핑계삼아서 조회에 들지 않은 것이 20여 년에 이르렀다. 책임 있는 관리들은 자주 비를 죄주기를 청했으나 효문 황제께서는 그에게 관대한 처분을 내리시고 그가 행동을 고쳐 착한 일을 하기만 바라고 계셨었다. 그런데 지금에 이르러 비는 초왕 융(戎)·조왕 수(遂)·교서왕 앙(卬)·제남왕 벽광辟?光)·치천왕 현(賢)·교동왕 웅거(雄渠)와 맹약을 맺은 다음 반란을 꾀하여 반역을 일으키고 무도한 짓을 행하고 있다. 즉 군사를 일으켜 종묘를 위협하고, 대신들과 한나라 사신을 살상하며, 많은 백성들을 협박하여 죄 없는 사람들을 일찍 죽게 만들고, 백성들의 집을 불태우고 무덤을 파헤치는 등 포학이 심하다. 또 앙 등도 포악무도하여 군국에 있는 고제의 사당을 불태우고 차려놓은 어물(御物)들을 약탈하고 있다. 짐은 심히 이를 애통하게 여겨 흰 옷을 입고 정전(正殿)을 피해 오로지 송구한 뜻을 표하고 있다. 장군 등은 그들 사대부를 독려하여 반역의 무리들을 무찌르라. 반역의 무리들을 무찌르는 데 있어서는 적진 속으로 깊이 쳐들어가 많이 죽이는 것을 공으로 한다. 목을 베고 사로잡되, 3백 명 이상의 무리들은 모두 죽여 놓아 주는 일이 없게 하라. 감히 이 조칙을 나쁘게 말하거나, 또는 조칙에 복종하지 않는 자는 모두 허리를 베는 형에 처하리라.

이보다 앞서, 오나라 왕은 회수를 건너자 초나라 왕과 함께 서쪽으로 극벽(棘壁)을 깨뜨리고, 승세를 몰아 진군했다. 그 기세가 자못 날카로워서 양나라 효왕은 두려워하며, 여섯 장군을 보내 오나라를 치게 했으나, 오나라가 그중 두 장군을 깨뜨렸으므로 양나라 군사는 모조리 도망쳐 돌아왔다.

양나라는 조후에게 자주 사신을 보내 전황을 보고하고 구원을 청했으나, 조후는 이를 들어주지 않았다. 그래서 양나라는 다시 사신을 황제에게 보내 조후를 비방했다. 황제는 사람을 보내 양나라를 구원하도록 조후에게 일렀으나, 조후는 자기가 옳다고 믿는 것을 고집하여 구원하지 않았다. 양나라는 궁여지책으로 한안국과, 초나라 왕에게 간언하다가 죽은 초나라 재상 장상(張尙)의 아우 장우(張羽)를 장군으로 삼아 가까스로 오나라 군사를 한 번 꺾었다.

이리하여, 오나라 군사는 서쪽으로 나아가려 했으나 양나라가 성을 굳게 지키고 있었으므로 더 이상 나가지 못한 채 조후의 군사가 있는 곳으로 방향을 돌려 하읍에서 싸우려 했다. 그러나 조후는 진지의 벽을 굳게 지키고 들어앉아 끝내 싸우지 않았다. 오나라는 양식이 떨어져 군사들이 굶어죽게 될 지경이었으므로 조급한 생각에서 자주 싸움을 청하던 끝에, 마침내는 야음을 타서 조후의 진지 동남쪽을 기습했다. 하지만 조후는 그것에 아랑곳하지 않고 서북쪽을 지키도록 했고, 오나라 군대는 예상대로 서북쪽에서 쳐들어왔으므로 이를 대파할 수 있었다.

오나라 사졸들은 많은 사람이 굶어서 죽고, 나머지 사람들은 오나라 왕을 배반하여 뿔뿔이 흩어져 달아났다. 정세가 이렇게 되자, 오나라 왕은 그의 휘하에 있는 장사 수천 명과 함께 야음을 틈타 양자강을 건너 단도(丹徒)로 가서 동월에 몸을 의탁했다. 동월에는 약 1만여 명의 병력이 있었으므로 사람을 시켜 달아났던 병사들을 불러 모으게 했다.

그런데 그 사이에 한나라에서는 사신을 보내 이익을 미끼로 동월을 꾀었다. 동월은 오나라 왕을 속여 그가 밖에 나가 군사들을 위로하고 있을 때 사람을 시켜 창으로 찔러 죽인 다음, 그의 머리를 그릇에 담아 수레를 타고 가서 한나라 조정에 보고했다.

이때 오나라 왕의 아들 자화(子華)와 자구(子駒)는 민월로 도망쳤다.

오나라 왕이 군사를 버리고 도망친 후 오나라 군대는 마침내 허물어져서 차례로 태위의 군사와 양나라 군사에 투항했다. 초나라 왕 융은 싸움에 패하자 자결했다.

한편 교서·교동·치천, 세 왕은 제나라 임치를 포위하고 있었는데, 석 달이 지나도 항복시킬 수가 없었다. 그러던 중 한나라 군사가 쳐들어와 패하게 되었으므로, 세 왕은 각각 군사를 거두어 본국으로 돌아갔다.

그리고 교서왕은 웃옷을 벗고 맨발이 되어 짚 위에 앉아 물을 마시면서 태후에게 사죄를 했다. 그때 태자 덕이 말했다.

"한나라 군사는 먼길을 왔습니다. 제가 보기에는 이미 지쳐 있어서 습격할 수가 있습니다. 바라옵건대 대왕께서는 남은 군사를 거두어 이를 치도록 하십시오. 쳐서 이기지 못하면, 그때 바다로 달아나더라도 늦지는 않을 것입니다."

그러나 교서왕은 이렇게 말했다.

"우리 군사는 모두 지칠 대로 지쳐서 도저히 징발할 수가 없다."

그러면서 왕은 태자의 말을 듣지 않았다. 때마침 한나라 장군 궁고후(弓高侯) 퇴당(頹當)이 교서왕에게 글을 보내왔다.

나는 조칙을 받들어 불의를 치러 온 사람입니다. 항복하는 사람은 그 죄를 용서하여 본래대로 두고, 항복하지 않는 사람은 멸할 것이오. 왕은 어느 쪽을 택할 것이오? 회답을 기다려 일을 처리하겠습니다.

왕은 웃옷을 벗고 한나라 군사가 있는 진지로 가서 머리를 땅에 조아리며 퇴당을 만나 보고 말했다.

"신 앙은 법을 받들기를 삼가지 못하고, 만백성들을 놀라게 하여 마침내는 장군을 괴롭혀 멀리 이곳까지 오시게 만들고 말았습니다. 바라옵건대 살로 젓을 담는 저해의 형에 처해 주십시오."

궁고후는 금고(金鼓)를 손에 잡은 채 왕에게 말했다.

"왕은 군사적인 일로 인하여 노고가 많으니, 왕이 병사를 일으키게 된 경위를 듣고 싶소."

왕은 머리를 조아리며 무릎걸음으로 나아가 대답했다.

"요즘 조착은 천자께서 나랏일을 맡기신 신하였는데, 고황제의 법령을 고쳐 제후들의 땅을 침탈했습니다. 앙 등은 그것을 옳지 못한 것으로 판단하고, 그가 장차 천하를 어지럽게 할 것을 두려워한 나머지, 7국이 군사를 일으켜 조착을 무찔러 죽이려 했던 것입니다. 그런데 지금 조착이 이미 처형되었다는 것을 들었는지라, 신 등은 삼가 싸움을 그치고 돌아온 것입니다."

장군은 말했다.

"왕이 참으로 조착을 옳지 못하고 생각했다면, 어째서 그런 이유를 황제께 아뢰지 않았소? 그리고 호부(虎符, 출병을 허가하는 병부)를 내린 일도 없는데 어떻게 마음대로 군사를 일으켜 죄 없는 나라를 쳤단 말이오. 이런 점으로 미루어 보아, 왕의 참뜻은 조착을 무찌르는 데 있었던 것은 아니오."

그러고 나서, 궁고후는 조서를 꺼내 왕에게 읽어주고 이렇게 말했다.

"스스로 결단을 내리시오."

그러자 교서왕이 말했다.

"저와 같은 사람은 죽어도 죄가 남아 있습니다."

그리고는 스스로 목숨을 끊었다. 태후도 태자도 모두 죽었다. 교동왕·치천왕·제남왕도 모두 죽고, 나라는 망해 한나라 직할령으로 편입되었다.

역장군은 조나라를 포위하여 열 달 만에 함락시키니, 조나라 왕도 스스로 목숨을 끊었다.

제북왕은 협박에 의해 반란 맹약에 가담한 것뿐이었으므로 처형을 받지 않고, 옮겨져 치천왕이 되었다.

처음 오나라 왕은 주모자로서 반란을 일으켜 초나라 군사를 합쳐 거느리고, 제나라 지방 여러 나라와 조나라까지 연합했었다. 정월에 군사를 일으켜 3월에는 모두가 패했고, 조나라만이 늦게 항복을 했다. 한나라는 초나라 원왕의 막내아들 평륙후(平陸侯) 예(禮)를 새로 초나라 왕에 앉혀 원왕의 뒤를 잇게 하고, 여남왕(汝南王) 비(非)를 오나라 옛 땅의 왕으로 옮겨, 강도왕(江都王)으로 삼았다.

태사공은 말한다.

오나라 왕 비가 오나라 왕이 될 수 있었던 것은, 그의 아버지가 왕에서 후로 강등되었기 때문이다. 비는 세금과 부역을 가볍게 하고 그 백성들을 부려 산과 바다의 이익을 원하는 대로 거둬들였다. 반역의 싹은 그의 아들에서부터 생겨났다. 그의 아들이 황태자와 장기를 두다가 길을 다투는 데서 재앙이 발생하여 마침내는 그 뿌리까지를 잃고 말았다. 월나라를 가까이하고 종실을 전복시키려다가 결국은 멸망한 것이다.

조착은 나라를 위해 원대한 생각을 했으나, 도리어 화가 그의 몸에 미치게 되었다.

원앙은 권모술수로써 처음에는 천자의 사랑을 받았으나 훗날 치욕을 당했다. 그래서 옛날에 '제후의 땅은 사방 백 리가 적당하다', '산과 바다의 이익이 있는 땅은 제후에게 주지 않는다', '오랑캐와 사귀어 자기 집안을 멀리하지 말라'고 했는데, 이는 오나라와 같은 경우를 두고 한 말이리라. 또 '권모의 주창자가 되지 말라. 그러면 도리어 죄를 입는다'고 했는데, 이는 원앙과 조착과 같은 경우를 두고 한 말일까?

위기·무안후 열전(魏其武安侯列傳)

오나라와 초나라가 반란을 일으켰을 때, 한나라 왕실 종속 가운데 오직 두영(竇嬰)만이 선비들을 좋아하고 선비들도 그에게 심복했으므로, 군사를 이끌고 산동 형양에서 항전했었다. 그래서 〈위기·무안후 열전 제47〉을 지었다.

위기후(魏其侯) 두영은 효문제 황후(두태후)의 조카로서 아버지 때까지 대대로 관진(觀津)에 살고 있었다. 두영은 특히 빈객을 좋아했다.

효문제 때 오나라 재상이 되었으나 병으로 사임을 했고, 효경제가 즉위하자 첨사(詹事, 황후·태자의 집안일을 관리)에 임명되었다. 양나라 효왕은 효경제의 아우로서 두태후의 총애를 받고 있었다. 언젠가 양효 왕이 조회에 들어왔을 때, 황제는 형제로서의 술자리를 벌였다. 당시 황제는 아직 태자를 세우지 않았는데 술이 얼근하게 취해 오자,

별 생각 없이 이렇게 말했다.

"내가 죽은 뒤에는 천하를 양나라 왕에게 전하리라."

두태후는 기뻐했다. 그러자 두영은 잔에 술을 따라 황제에게 권하면서 이렇게 말했다.

"천하는 고조 황제의 천하로서 부자가 대를 이어가는 것이 한나라의 약속입니다. 폐하께서는 어떻게 마음대로 천하를 양나라 왕에게 전하실 수 있겠습니까?"

두태후는 이 일로서 두영을 미워하게 되었는데, 두영 역시 첨사 벼슬이 탐탁치도 않은데다가 병마저 있었으므로 사임했다. 그런데도 두태후는 두영의 문적(門籍, 궁문을 출입하는 명찰)을 없애어 참조할 길마저 막아버렸다.

효경제 3년, 오나라와 초나라가 반란을 일으키자 황제는 황족과 외척인 두씨 일문을 두루 살펴보았으나, 두영만큼 현명한 사람이 없었으므로 두영을 불러들였다. 두영은 궁중으로 들어와 황제를 뵙기는 했으나 병으로 소임을 다할 수 없다고 굳이 사양했다. 이 무렵에는 두태후도 두영을 전과는 달리 보고 자신의 잘못을 부끄러워하고 있었다. 그래서 황제는 이렇게 말했다.

"천하는 바야흐로 위급한 처지에 놓여 있소. 왕손(王孫, 두영의 자)이 겸양을 하고 있을 시기가 아니오."

그리고 두영을 대장군에 임명하는 한편, 금 천 근을 하사했다. 두영은 그제야 원앙·난포를 비롯해 집에 은퇴해 있는 명장과 현사들을 낱낱이 들어 천거했다. 또 하사받은 금을 궁전 복도에 벌려 두고, 군사가 그곳을 지나갈 때마다 필요한 만큼 가져가서 모든 비용에 쓰게끔 할 뿐 자기 집으로는 금을 가져자기 않았다.

출전 뒤에 두영은 형양을 지키면서 제나라와 조나라 군사를 감시했다. 얼마 지나지 않아 7국의 반란군이 전부 패하자 황제는 그를 위기후에 봉했다. 이로부터 위기후에게는 많은 유사(遊士)와 빈객들이 다투어 찾아와 몸을 의탁했다. 이리하여 효경제 당시의 조정에서는 열후들도 조후 주아부와 위기후 두영을 항상 우러러보았으며 감히 그들과 동등한 예로써 맞서려 들지 않았다.

효경제 4년, 율태자를 세우고 위기후를 태부로 임명했는데, 효경제 7년에 다시 율태자를 폐했다. 위기후는 그것이 잘못이란 것을 자주 간언했으나 목적을 이룰 수 없었으므로 병을 핑계로 남전(藍田)에 있는 남산 기슭에 몇 달 동안 들어앉아 있었다. 많은 빈객과 변사들이 애써 설득을 했으나 아무도 그를 조정으로 나오게 하지는 못했다. 그러자 양나라 사람 고수(高遂)가 나서서 위기후를 달랬다.

"장군에게 부귀를 줄 수 있는 분은 황제이고, 장군을 친근하게 해줄 수 있는 분은 두태후입니다. 지금 장군은 태자의 태부로 있으면서, 태자가 폐위되었는데도 이를 능히 말리지 못하고, 말리려 해도 뜻을 이루지 못했으며, 또 죽지도 못했습니다. 그런데 스스로 병을 핑계로 물러나와 미녀를 데리고 한적한 곳을 찾아 조회에 들지도 않으며, 빈객들을 상대로 세상을 평하고 계십니다. 이러한 일은 장군 스스로가 폐하의 잘못을 세상에 알려 주는 것이 됩니다. 만일 폐하와 태후께서 장군에게 노여움을 품게 되신다면, 장군은 말할 것도 없고 처자들까지도 죄를 입게 되어 한 사람도 살아남지 못할 것입니다."

위기후는 과연 그렇다는 생각이 들었으므로 다시 전과 다름없이 조회에 들게 되었다.

뒤에 도후(桃侯) 유사(劉舍)가 승상에서 해임되자 두태후는 그 후임으로 위기후를 천거했다. 그러나 효경제는 말했다.

"태후께서는 제가 승상의 자리가 아까워서 위기후를 승상에 앉히지 않는 줄로 아십니까? 위기후는 경박하여 일을 쉽게 다루는 경우가 많으므로 승상으로서 무거운 책임을 다하기에는 어려운 점이 있습니다."

그리고는 끝내 위기후를 쓰지 않고, 건릉후(建陵侯) 위관(衛綰)을 승상에 앉혔다.

무안후(武安侯) 전분(田蚡)은 효경제의 황후(왕태후)의 친동생으로 장릉에서 태어났다. 위기후가 이미 대장군으로 세도가 당당했을 무렵, 전분은 한낱 낭관이었는데 자주 위기후의 집에 들락거리며 술자리에서 모셨는데 꿇어앉고 일어서는 것이 마치 아들이나 손자와 같았다. 효경제 만년에 이르러, 전분은 차츰 승진하여 태중대부가 되었다.

전분은 언변이 매우 뛰어났고 《반우(槃盂)》[15]와 백가서(百家書)를 배웠다. 그런 까닭에 왕태후도 그의 능력을 높이 평가했다.

효경제가 죽은 뒤 태자가 즉위하자 섭정을 맡았던 왕태후는 전분의 빈객들이 진언한 계책에 따라 천하의 민심을 누르고 달래었다.

---

15 황제의 사관(史官)인 공갑(孔甲)이 지었다는 26편의 명문(銘文).

전분과 그의 아우 전승(田勝)은 모두 태후의 친정 동생이란 이유로 효경제 후원 3년에 전분은 무안후, 전승은 주양후(周陽侯)에 봉해졌다.

무안후는 승상이 되면 자기 나름의 정치를 펴고자 했다. 그래서 빈객들에게는 겸손했고, 은사들을 천거해 높은 자리에 앉힘으로써 위기후를 비롯한 고관 대신들을 누르려 했다.

건원 원년, 승상 위관이 병으로 사임을 했다. 황제는 승상과 태위의 후임을 의논에 붙이려 했다. 이때 적복(籍福)이 무안후에게 이 사실을 알렸다.

"위기후는 오랫동안 높은 자리에 있었으므로 전부터 천하의 선비들은 그에게 몸을 의탁하고 있습니다. 그런데 장군은 이제야 두각을 나타냈을 뿐이니 아직은 위기후를 따르지 못합니다. 만일 폐하께서 장군을 승상으로 임명하려 하시거든, 반드시 위기후에게 사양하십시오. 위기후가 승상이 되면 장군은 반드시 태위에 임명될 것입니다. 태위와 승상은 신분에 있어서 별 차이가 없습니다. 뿐만 아니라 이 일로 하여 공을 어진 사람에게 사양했다는 이름이 나게 될 것입니다."

그래서 무안후는 그런 내용을 가만히 두태후에게 아뢰어, 자연스럽게 황제에게 전달되게끔 했다. 이리하여 황제는 위기후를 승상에 임명하고, 무안후는 태위에 임명했다.

적복은 이번에는 위기후를 찾아가 축하의 인사를 올리면서 이렇게 간언했다.

"상공께선 천성이 착한 사람을 좋아하고 악한 사람을 미워하십니다. 바로 지금은 착한 사람들이 상공을 칭찬하고 있기 때문에 승상에 오른 것입니다. 그러나 상공은 또 악한 사람을 미워하고 계시며, 악한 사람은 그 수가 많습니다. 또 그들은 늘 상공을 비방하려 하고 있습니다. 상공께서 능히 착한 사람과 악한 사람을 다같이 포용하신다면, 상공께서는 오랫동안 무사하실 수 있을 것입니다. 그렇게 하지 않으시면 비방을 받게 되어 머지않아 사임하게 되실 겁니다."

그러나 위기후는 그 말을 받아들이지 않았다.

위기후와 무안후는 다같이 유학을 좋아하여, 조관(趙綰)을 어사대부에 천거하고 왕장(王臧)을 낭중령으로 삼게 했다. 또 노나라 신공(申公)이란 학자를 맞아 명당(明堂)[16]을 세우고, 열후를 각자의 영지로 돌아가게 하고, 관세를 폐지하고, 예법에 따라 옷차림새를 정하여, 이로써 태평성대를 이룩하려 했다. 또 외척인 두씨 일족과 황족들 가운데 절조와 선행이 없는 사람들은 모조리 족보에서 제외하도록 했다.

이때 외척 중에는 열후들이 많았고, 열후 중에는 공주를 아내로 맞은 사람이 많았으므로 모두들 수도를 떠나 자기 영지로 돌아가는 것을 싫어했다. 따라서 자연 위기후와 무안후에 대한 비방이 매일 같이 두태후의 귀로 들어갔다. 그런데다가 두태후는 황제와 노자의 학설을 좋아했고, 위기후·무안후·조관·왕장 등은 애써 유학을 장려하며 도가의 학설을 배척했기 때문에 두태후는 점점 위기후 등을 좋지 않

16 천자가 제후들의 조회(朝會)를 받는 궁전.

게 생각하게 되었다.

건원 2년, 어사대부 조관이 동궁(東宮, 태후가 있는 궁)을 거치지 않고 나랏일을 처리할 것을 청했다. 두태후는 이 일로 크게 노하여 조관과 왕장 등을 내쫓는 동시에 승상과 태위마저 해임시켰다. 그리고 백자후(柏至侯) 허창(許昌)을 승상에 임명하고 무강후(武彊侯) 장청적(莊青翟)을 어사대부에 임명했다.

위기후와 무안후는 은퇴하게 되었으나 후의 신분은 여전했다.

해임된 뒤에 무안후는 왕태후와의 관계 때문에 황제의 신임을 받았고, 자주 나랏일에 대해 의견을 말해 채택되는 경우가 많았다. 이 때문에 벼슬아치와 권세와 이익을 따르는 선비들은 모두 위기후를 떠나 무안후에게로 돌아갔다. 이리하여 무안후는 날이 갈수록 세도를 휘두르게 되었다.

건원 6년에 두태후가 죽었다. 동시에 승상 허창과 어사대부 장청적은 두태후의 장례를 소홀히 다루었다는 이유로 해임되었고, 무안후 전분이 승상에, 태사농(太司農) 한안국(韓安國)이 어사대부에 임명되었다. 천하의 선비들과 군국의 벼슬아치들은 더욱더 무안후에게로 모여들었다.

무안후는 얼굴이 못생긴데다가 성격이 매우 거만했다. 그리고 또 여러 제후들은 대부분 나이가 많고, 황제는 막 즉위했으나 나이가 어리니 전분은 자신이 외척으로서 조정의 재상이 된 이상 그들의 기세를 꺾어 예법으로 복종시키지 않으면 천하가 바로잡히지 않을 것이라고 생각했다.

그 당시는, 승상 전분이 입조하여 나랏일을 보고할 때면 무제와 함께 온종일 이야기를 하였고, 황제는 그가 하는 말은 모두 들어주었다. 사람을 천거하는 일에 있어서도 때로는 평민인 자를 일약 2천 석의 고관으로 발탁시키는 등 권세가 황제와 뒤바뀐 듯한 감이 있었다. 이에 황제가 이렇게 말할 정도였다.

"경은 관리들의 임명과 해임을 다 끝냈는가, 아직 멀었는가? 나도 관리 임명이나 해임도 좀 해보았으면 하는데……."

한번은 승상이 고공실(考工室, 기계 제조 관청) 땅을 얻어 자기 집터를 넓히고 싶다는 청을 한 적이 있었다. 이때 황제는 성을 내며 나무랐다.

"경은 어째서 무기고를 탈취하겠다고 하지 않는가?"

그 뒤로는 조심하여 지나친 행동을 삼갔다.

또 언젠가 손님을 초대해서 술자리를 베푼 일이 있었는데 그때 자기 형 개후(蓋侯)는 남쪽을 향해 앉게 하고 자신은 동쪽을 향해 앉았다. 왜냐하면 그는 한나라 승상은 지위가 높은 만큼, 아무리 형이지만 그런 사사로운 정으로 존비의 순서를 굽혀서는 안 된다고 생각했기 때문이다.

그 뒤로도 무안후는 점점 교만해져서, 집은 어떤 저택보다도 가장 훌륭하게 꾸몄으며 정원도 기름진 것으로 마련했다. 각 고을에서 기물을 팔러 오는 사람들이 그의 저택 앞에 줄지어 있는 형편이었다. 전당에는 종과 북을 벌여 두고 곡전(曲旃, 군주가 은사를 초빙할 때 쓰던 의장용 깃발)을 세워 두었으며, 뒤채에는 부녀자가 몇백 명에 달했다.

제후들이 무안후에게 바치는 금과 옥, 개와 말, 골동품 등은 이루 헤아릴 수가 없을 정도였다.

한편 위기후는 두태후가 죽고 난 뒤부터는 점점 황제와 멀어져서 권세를 잃고 말았다. 빈객들도 차츰 그의 주위에서 떨어져 나가, 그 전처럼 존경하는 일이 없었다. 다만 관장군(灌將軍)만이 전과 다름없이 그를 존경했다. 위기후 역시 관장군을 후대했으나 매일같이 침묵한 채 실의의 나날을 보내고 있었다.

관장군 관부(灌夫)는 영음 사람으로, 그의 아버지 장맹(張孟)은 일찍이 영음후 관영의 가신이 되어 신임을 받았다. 그리고 관영의 추천으로 2천 석의 지위에 오르게 되었으므로, 관씨로 성을 고쳐도 좋다는 승낙 아래 관맹으로 행세하기 시작했다.

오나라와 초나라가 반란을 일으켰을 때였다. 영음후 관하(灌何)가 장군이 되어 태위 주아부의 부하가 되자, 곧 관맹을 교위로 청했다. 이리하여 관부는 천인대장(千人隊長)으로서 아버지와 동행하게 되었다.

그런데 처음에 태위는 관맹이 너무 늙었다 하여 그의 종군을 허락하지 않으려 했으나 영음후의 청이 간절해 겨우 승낙했다. 관맹은 그것이 불만이었다. 그래서 싸울 때마다 일부러 적의 견고한 진지를 골라서 공격하다가 마침내는 오나라 군사와의 싸움에서 전사하고 말았다.

군법에 의하면, 부자가 함께 종군할 경우 어느 쪽이든 전사했을 때

남은 한쪽이 유해와 함께 집에 돌아가도 좋다고 되어 있었다. 그러나 관부는 분연한 기색으로 아버지의 유해와 함께 귀향하기를 거절했다.

"바라옵건대 오나라 왕이나 적장의 머리를 베어 아비의 원수를 갚게 해 주십시오."

그런 다음 관부는 갑옷과 투구를 입고 창을 든 다음, 군중의 장사들 가운데 평소부터 친교가 있고 행동을 같이하고자 하는 사람을 수십 명 모았다.

그러나 막상 성벽의 문을 나서려고 하자 감히 나아가는 사람이 없고, 다만 장사 2명과 관부를 따라 종군했던 집안 하인 10여 명만이 관부를 따라 오나라 진지로 달려 나갔고, 마침내는 오나라 장군이 있는 본진에까지 뚫고 들어가 적 수십 명을 살상했다. 그러나 그 이상은 더 나아갈 수 없었기 때문에 말을 달려 한나라 진지로 되돌아왔다.

이 싸움에서 관부는 하인 전부를 잃은 채 장사 한 사람과 가까스로 살아 돌아올 수 있었다. 관부 자신도 10여 군데나 큰 상처를 입어 생명이 위험했으나 마침 아주 좋은 약이 있어서 목숨만은 건질 수 있었다. 그러나 관부는 상처가 조금 나아지자 또 다시 장군에게 청을 했다.

"저는 이제 오나라 군사의 진지 내부를 보다 소상히 알게 되었습니다. 바라건대 다시 한 번 가게 해 주십시오."

장군은 그의 장렬한 의기에 감탄하면서 그 때문에도 더욱 전사시켜서는 안 되겠다는 생각으로, 태위와 상의했다. 태위 역시 굳게 말렸다.

오나라가 패한 뒤 관부의 용맹과 이름은 천하에 알려졌다. 또한 영음후가 이를 황제에게 보고한 결과 관부는 중랑장에 임명되었다. 그러나 몇 달이 지나, 관부는 법에 저촉되어 벼슬에서 물러나게 되었다. 그는 그 뒤로 장안의 집에 들어앉아 있었지만, 장안의 여러 귀족들 중에서 그를 칭찬하지 않는 사람은 없었다.

효경제 때, 그는 대나라의 재상이 되었는데 효경제가 죽고 효무제가 즉위하자, 회양은 천하의 요충지대이고, 강한 군사가 있는 곳이라는 점에서 관부를 옮겨 회양 태수로 임명했다.

건원 원년, 관부는 궁중으로 들어와 태복이 되었다. 그런데 건원 2년 어느 날, 장락궁의 위위인 두보(竇甫)와 술을 마시다가 서로 의견이 대립되어, 취한 기분에 두보를 때린 일이 일어났다. 두보는 두태후의 친정 동생이었다. 이 때문에 황제는 태후가 관부의 목을 벨 것을 염려하여 그를 연나라 재상으로 옮겼다. 그로부터 몇 해 뒤에 그는 법에 저촉되어 다시 벼슬에서 물러난 다음, 장안 집에 들어앉게 되었다.

관부는 성격이 강직하고 호기로워서 누구에게도 아첨하기를 싫어했다. 특히 높은 지위에 있는 사람, 가문이 좋고 세도가 있는 사람, 자기보다 높은 자리에 있는 사람에게는 예절을 제대로 지키려 하지 않고 도리어 내려다보았다.

그리고 자기보다 낮은 자리에 있는 사람에 대해서는, 그가 가난하고 천한 사람일수록 더욱 존경을 하며 동등한 위치에서 교제를 했다. 또 많은 사람들 앞에서 지위가 낮은 사람들에게 관심을 기울이며 그들을 추켜올리곤 했기 때문에 그들 역시 관부를 존중했다.

그는 또한 학문에는 흥미가 없고 협기를 좋아했으며, 남과의 약속을 소중히 했다. 그가 교제하고 있는 상대는 대개 호걸이거나 아니면 건달패의 두목들이었다. 집에는 몇 천 금에서 만 금에 달하는 재산을 모아두고, 식객은 매일 8, 90명에서 백 명에 달했다. 또한 그는 영천에 저수지와 농장을 많이 가지고 있었는데, 그의 집안과 빈객들이 이익을 독점하면서 고을 사람들에게 거칠게 굴었기 때문에, 그 고을 아이들 사이에 이런 노래가 불려지기도 했다.

영천 물이 맑으면 관씨도 무사하지.
영천 물이 흐려지면 관씨가 다 죽네.

관부는 비록 재산은 많았지만 권세를 잃고 집에 들어앉아 있었기 때문에 점차 벼슬아치며 빈객들의 출입이 멀어지고 소원하게 되었다.

위기후 역시도 세력을 잃은 뒤로는, 관부에게만 의지하여 평소 자신을 따르다가 뒤에 발을 끊고 만 사람들을 모조리 배척하고 있었다. 그래서 관부 또한 위기후에 기대 열후나 종실과 교제하면서 자기의 이름을 높이고자 했다. 두 사람이 서로 도우며 사귀는 모습은 부자지간처럼 다정했다. 서로 의기투합하여 매우 기뻐하며 세월이 흘러도 변할 줄을 모르고, 늦게 알게 된 것을 애석해할 정도였다.

한번은 관부가 상중에 있으면서 승상 무안후를 찾은 적이 있었는데, 이때 무안후는 별 생각 없이 이렇게 말했다.

"나는 중유(仲孺, 관부의 자)와 함께 위기후를 한 번 찾아가고 싶었는데, 중유가 상중이라니……."

그러자 관부가 말했다.

"장군께서 영광스럽게도 위기후의 집을 찾아주려 하시는데, 제가 어찌 감히 상중이라는 이유로 거절하겠습니까. 제가 위기후에게 알려서 접대할 준비를 갖추도록 하겠습니다. 장군께선 내일 아침 일찍 와 주십시오."

그리하여 무안후도 승낙했다. 관부는 그 길로 위기후에게 들은 그대로를 위기후에게 자세히 알렸다. 위기후는 그의 부인과 함께 쇠고기와 술을 충분히 사들이고, 밤부터 새벽까지 집안을 청소하여 접대 준비를 완전히 마쳤다. 날이 밝자 사람을 시켜 나가 승상을 맞이하도록 했다. 그런데 한낮이 되어도 무안후가 오지 않았으므로 위기후는 관부에게 이렇게 말했다.

"승상이 깜박 잊어버린 것이 아닐까?"

관부는 못마땅한 듯이 대답했다.

"나는 상중인데도 그의 요청에 응했습니다. 내가 청을 했으니 직접 마중을 가지요."

그러고는 마차에 올라 몸소 무안후를 맞이하러 갔다. 무안후는 전날, 그저 장난으로 관부에게 승낙을 했을 뿐 정말로 갈 생각은 없었다. 그래서 관부가 찾아갔을 때까지 자리에 누워 있었다. 관부는 집으로 들어가 무안후를 만난 다음, 이렇게 말했다.

"영광스럽게도 장군께서는 어제 위기후를 방문하시겠다고 하셨으므로, 위기후 부부는 술과 음식을 준비해 놓고 아침부터 지금까지 식사도 하지 않고 기다리고 있습니다."

이에 무안후는 매우 놀라며 말했다.

"나는 어제 너무 취해 있었기 때문에 그만 중유와 약속한 것을 잊고 말았소."

그리고 마차에 오르기는 했으나, 조금도 서두르지 않고 늑장만 부렸기 때문에 관부는 더욱 화가 치밀었다. 이윽고 위기후의 집에서 벌인 술자리에서 술이 거나해지자 관부는 일어나 춤을 추더니 무안후에게도 춤을 추라고 했다. 그러나 승상이 자리에서 일어나지 않았으므로 관부는 앉은 자리에서 뭐라고 투정을 했다. 그래서 위기후는 관부를 일으켜 자리를 뜨게 한 다음 무안후에게 사과를 했다. 무안후는 마침내 밤까지 술을 마시며 마냥 즐긴 다음 돌아갔다.

한번은 승상이 적복을 통해 위기후에게 성남 밭을 달라고 요구했다. 그때 위기후는 이렇게 말했다.

"이 늙은 몸은 세상의 버림을 받았고, 장군께서는 높은 지위에 있다고는 하지만 정말로 세력에 기대어 내 밭을 빼앗겠다는 건가?"

그러고는 크게 책망을 하며 승낙하지 않았다. 관부도 이 말을 듣고 화가 치밀어 적복을 나무랐다. 하지만 적복은 무안후와 위기후 두 사람의 사이가 벌어져서는 안 된다는 생각에서, 사실을 숨기고 적당히 얼버무린 다음 승상에게는 좋은 말로 거절하여 말했다.

"위기후는 나이도 많고 늙고 해서 머잖아 죽게 될 것입니다. 그리 오래 참고 견딜 필요도 없을 터인즉 잠깐만 기다리십시오."

얼마 지나지 않아 무안후는 위기후와 관부가 사실은 화를 내며 밭을 내주지 않았다는 사실을 듣게 되자, 그 역시 화를 내며 말했다.

"위기후의 아들이 언젠가 사람을 죽였을 때, 내가 살려 준 적이 있었다. 또 나는 위기후를 모시고 있을 때 그가 시키는 것을 거역한 적이 없었다. 그런데 어떻게 그까짓 밭 몇 고랑을 아까워한단 말인가. 그리고 관부에게는 아무 상관도 없는 일이 아닌가. 나는 더 이상 그까짓 밭을 요구하지는 않겠다."

무안후는 이 일로 관부와 위기후를 크게 원망하게 되었다.

원광(元光) 4년 봄, 승상은 이렇게 황제에게 아뢰었다.

"관부의 집은 영천에 있는데, 몹시 세도를 부리며 백성들을 괴롭힌다 합니다. 이를 조사하도록 해 주십시오."

황제는 말했다.

"이것은 승상의 직권 안에 있는 일이니 새삼 허락을 받을 일이 아니잖은가?"

하지만 관부 역시 승상의 비밀, 즉 부정으로 이득을 취하고 있는 일이며 회남왕으로부터 뇌물을 받고 비밀공작을 꾸미고 있는 일 등에 관해 알고 있었다. 그래서 양쪽 집 빈객들이 중간에 조정하여 서로 화해를 시켰다.

그해 여름, 승상은 연나라 왕의 딸을 부인으로 맞아들였다. 태후의 조칙이 내려져 열후와 황족들이 모두 축하해 주었다. 위기후는 관부의 집에 들러 그와 동행하려 했다. 그런데 관부가 사절하며 말했다.

"나는 자주 술자리에서 실수를 저질러 승상에게 죄를 지었습니다. 그리고 승상은 지금 또 나와 사이가 좋지 않습니다."

그러자 위기후가 말했다.

"그 일은 벌써 끝난 것이 아닌가?"

그리고는 억지로 동행했다. 잔치가 한창 무르익었을 무렵, 무안후가 일어나 축배를 들자, 그 자리에 있던 사람들은 모두 자리에서 일어나 몸을 엎드려 경의를 표했다. 그 뒤 위기후가 축배를 들자, 친분이 있는 사람들만 자리에서 일어나 경의를 표했을 뿐 그 대부분은 자리에 무릎만 붙이고 있었으므로 관부는 기분이 언짢았다.

그때 관부가 일어나 무안후에게 술잔을 올리러 갔다. 무안후는 자리에 무릎을 붙이고 말했다.

"가득 부으면 마실 수가 없는데……."

관부는 화가 났지만 억지로 웃음을 띠면서 잔을 권했다.

"장군은 높은 분이시니 전부 마십시오."

그러나 무안후는 끝내 마시려 하지 않았다.

그런 뒤에 관부는 차례로 술잔을 돌려 임여후(臨汝侯, 관영의 손자)가 있는 곳까지 갔다. 임여후는 마침 정불식(程不識)과 귓속말을 주고받고 있었는데, 그 역시 자리에서 일어서서 잔을 받으려 하지 않았다. 관부는 분을 참을 길이 없어 임여후에게 욕을 퍼부었다.

"평소에는 정불식 따위는 한푼의 값어치도 없다고 헐뜯고 다니더니, 오늘은 어른이 잔을 권하는데도 계집아이 모양으로 귓속말을 속삭이고 있는가?"

그러자 무안후가 관부에게 말했다.

"정불식과 이광(李廣)은 동궁(東宮)과 서궁(西宮)의 위위로서 같은 지위에 있다. 지금 사람들 앞에서 정장군을 모욕하고 있는데, 중유는 어찌 이장군의 입장을 생각지 않는가?"

"오늘은 목이 달아나고 가슴에 구멍이 뚫려도 상관하지 않겠다. 내가 정불식이나 이광을 알 까닭이 없다."

상황이 이와 같았으므로, 모여 있던 사람들은 하나둘씩 일어나 변소에 가는 척하고 모두들 슬금슬금 나가버렸다. 위기후도 관부를 손짓하여 불러 방에서 나갔다. 무안후는 드디어 성을 내며 말했다.

"내가 관부를 교만하게 내버려두었기 때문에 이 꼴이 된 것이다."

그리고 기장을 시켜 관부를 붙들어 두도록 했다. 관부는 나가려고 했지만 그럴 수가 없었다. 적복이 일어나 관부를 대신해 사죄하는 한편, 관부의 목덜미를 누르며 사과를 시키려 했다. 그러자 관부는 더욱 성을 내며, 아무리 달래도 끝내 사과를 하지 않았다. 그러자 무안후는 기장을 손짓해 불러 관부를 결박시켜 역사에 가두게 한 다음, 장사를 불러 말했다.

"오늘 종실들을 초청한 것은 조칙이 내려졌기 때문이다."

그리고 관부가 연회석에서 손님들을 모욕한 것은, 조칙을 무시한 행동으로 불경죄에 해당한다 하여 그를 거실(居室)에다 가두게 했다. 그러고 나서, 마침내는 관부의 과거 일들을 낱낱이 들추어내고, 관리들을 보내 각각 부하를 나눠 관씨의 친족들까지 모조리 잡아들여 기시(棄市, 시장바닥에 시체를 내버려두는 형벌)의 형에 처하려 했다.

위기후는 자기가 관부를 데리고 간 탓에 이런 결과가 된 것을 크게 뉘우치며, 자금을 풀어 빈객들에게 관부의 사면을 청해 보았으나 관부를 풀려나게 할 수가 없었다.

한편, 무안후 아래 있던 관리들은 모두 그의 눈과 귀가 되어 샅샅이 찾아보았으나, 관씨 일족들은 모두 달아나 숨어 버렸고 관부는 갇혀 있었으므로 무안후의 비밀을 고발할 수가 없었다.

위기후가 어떻게라도 관부를 구출하려고 애쓰는 것을 지켜보다 못해 그의 부인이 말했다.

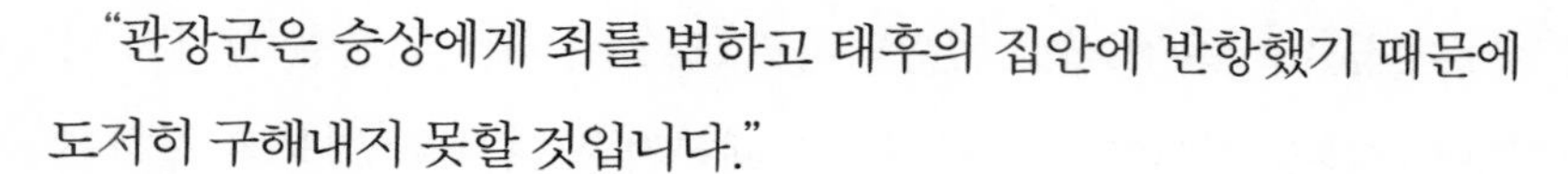

"관장군은 승상에게 죄를 범하고 태후의 집안에 반항했기 때문에 도저히 구해내지 못할 것입니다."

"후의 지위는 내 자신의 힘으로 얻은 것이므로, 나는 그것을 잃어도 한이 될 것은 없소. 그러나 관부를 홀로 죽게 하고 나만 혼자 살 수는 없소."

위기후는 이렇게 대답한 후 집안사람을 시켜 가만히 밖으로 나가 몰래 글을 올리게 했다. 그 결과, 위기후는 곧 어전으로 불려가 관부가 몹시 취한 끝에 생긴 일일 뿐 죄를 줄 만한 일이 아닌 것을 자세히 설명했다. 황제도 그러리라는 생각에서 위기후에게 음식을 내리고 이렇게 말했다.

"태후가 계신 곳으로 가서 해명하는 것이 좋겠소."

그래서 위기후는 동궁으로 가서, 애써 관부의 착한 마음씨를 칭찬하며, 지나치게 취한 나머지 일어난 잘못을 가지고 승상이 다른 일과 결부시켜 억지로 관부에게 죄를 씌우려 한다고 주장했다. 하지만 무안후 역시 관부의 평소 소행이 오만방자하고 무도한 죄를 범하고 있다고 역설했으므로, 위기후는 아무리 해도 달리 도리가 없다고 판단하고 마침내 승상의 허물을 꺼내서 말했다.

그러자 무안후는 이렇게 역습을 가했다.

"천하는 다행히 안락 무사합니다. 신은 외척으로서의 영광을 누리고 있으며, 좋아하는 것은 음악과 개와 말, 전택(田宅)이며, 사랑하는 것은 배우(俳優)와 공장(工匠)의 무리뿐입니다. 위기후와 관부는 밤낮으로 천하의 호걸들과 장사들을 모아놓고 의논을 주고받으며, 마음속으로 비방을 일삼고 있습니다. 그리고 우러러 천문을 살피지 않으면 아래로 지리를 따지며, 두 분 폐하가 계신 곳을 넘보고 천하에 변이 일어나기를 바라며, 그때에는 큰 공을 세울 것을 바라고 있지만, 신은 그런 무리들과는 다릅니다. 신에게는 위기후 등이 하는 일이 이해가 가지 않습니다."

이리하여 황제가 두 사람 중 어느 쪽이 옳은가를 조신들에게 묻자 어사대부 한안국이 대답했다.

"위기후가 말하기를 '관부의 아비는 변란에 한 몸을 바쳤고, 관부 자신도 창을 들고 극히 강성한 오나라 진지에 뛰어들어 몸에 수십 군데 상처를 입어, 그의 이름은 3군(三軍)에 으뜸가는 것이었으니 참으로 천하의 장사다. 대악(大惡)을 범한 것은 아니며, 술잔을 주고받다가 일어난 다툼인 만큼, 다른 잘못까지 끌어내어 처형을 할 것까지는 없다'고 하는 바, 위기후의 이런 말은 정당한 것이라 할 수 있습니다. 승상은 또 말하기를 '관부는 건달들과 가까이 지내며 가난한 백성들을 괴롭히고 있고, 집에는 거만한 부를 모으고, 영천에서 멋대로 행동하며, 종실을 업신여기고 육친을 모독하고 있으니, 이것이야말로 이른바 가지가 줄기보다 크고 종아리가 넓적다리보다 굵어, 부러지지 않으면 반드시 찢어지고 만다고 하는 것이다'라고 했는데, 승상의 이 말도 정당한 것이라 할 수 있습니다. 그 이상은 다만 영명하신 임금께서 판단하실 일인 줄 아옵니다."

이때 주작도위(主爵都尉) 급암(汲黯)은 위기후가 옳다고 했으며, 내사 정당시(鄭當時)는, 처음에는 위기후가 옳다고 했다가 나중에는 똑부러지게 주장하려 들지 않았다. 그 밖에는 아무도 대답하지 않았다. 그래서 황제는 내사에게 성을 내며 말했다.

"경은 평소에는 곧잘 위기후와 무안후의 장단점을 말하더니, 오늘 조정에 있어서의 의론만은, 목을 움츠리고 멍에에 매인 망아지처럼 움츠리고 있는가? 과인은 너희와 같은 무리들까지 모조리 목을 베리라."

황제는 논의를 마치고 일어나 안으로 들어가 태후를 모시고 식사를 했다. 태후는 이미 사람을 보내 형편을 엿보게 한 결과, 그 사정을 잘 알고 있었으므로 화가 나서 수저도 들려 하지 않았다. 그리고 황제에게 이렇게 말했다.

"지금 내가 살아 있는데도 사람들은 모두 내 아우를 짓밟으려 하고 있으니, 내가 죽게 되면 모두 생선이나 고기 신세가 될 것이오. 또 황제인들 어찌 돌을 깎아 만든 사람처럼 영원히 살 수 있겠소! 저들은 황제가 엄연히 계신데도 저 모양으로 흔들리고 있으니 만일 황제께서 세상을 뜨기라도 하신다면, 이들을 어찌 믿을 수 있겠습니까?"

황제는 사과하며 말했다.

"위기후나 무안후는 똑같은 종실의 외척인지라 조정에서 논의한

것입니다. 그렇지 않다면 이것은 한 사람의 형리에 의해 결정될 일입니다."

이때 낭중령 석건(石建)이 황제를 위해 조리있게 위기후와 무안후 두 사람의 문제에 관해 설명했다.

한편 무안후는 조정에서 물러나와 지거문(止車門)을 나선 후 어사대부 한안국을 불러 수레에 동승시킨 다음 성난 목소리로 말했다.

"장유(長孺, 한안국의 자)와 더불어, 대머리 늙은이(위기후)를 해치울 생각이었는데 그대는 어째서 애매한 태도를 취한단 말인가?"

어사대부 한안국은 한참 생각한 끝에 승상에게 말했다.

"승상께서는 어찌 자중하시지 않습니까? 대체로 위기후가 승상을 헐뜯었을 때 승상께선 마땅히 관을 벗고 승상의 인(印)을 폐하께 올린 다음, '신은 외척인 까닭으로 요행히 승상의 자리에 있었을 뿐, 원래가 자격이 없는 몸이옵니다. 위기후가 한 말은 모두가 정당한 말입니다' 하고 말했어야만 했습니다. 그렇게 하면 폐하께서는 반드시 승상의 겸양하는 태도를 가상히 여기시고 승상을 해임하시는 일은 없을 것이며, 위기후는 반드시 마음속으로 부끄러워 문을 닫아걸고 혀를 깨물어 자결했을 것입니다. 그런데 방금 사람들이 승상을 헐뜯자 승상도 사람을 헐뜯었습니다. 이래 가지고야 마치 장사꾼 집 심부름꾼이나 계집아이들이 말다툼하는 것과 같아서 전혀 대인(大人)의 체통이 없지 않습니까?"

무안후는 자기의 무례했음을 사과하며 말했다.

"다투고 있을 때는 사태가 급박해 있었던 탓으로 미처 그런 꾀가 생각나지 않았소."

이리하여 황제는 어사(御史)로 하여금, 위기후가 관부에 대해 아뢴 일들이 몹시 옳지 못하고 거짓이었다는 것을 문서에 의해 밝혀낸 다음, 이를 탄핵하여 도사공(都司空, 황족과 외척의 범법 행위를 처리하는 사법 기관)에 넘기도록 했다.

효경제 때, 위기후는 '불편한 일이 있을 때는 언제나 말을 하라'고 한 유조(遺詔)를 받은 일이 있었다. 위기후가 구속되자, 관부의 죄는 멸족에 이르고 일이 날로 다급해졌다. 그러나 여러 조신들 중 누구 한 사람 황제에게 변명해 주는 사람이 없었으므로, 위기후는 조카를 시켜 황제에게 글을 올려 유조의 일을 말하게 하여 다시 불려들어가 뵐 기회를 청원했다.

글이 올라오자 황제는 상서(尙書, 궁중의 문서 관청)에 조사를 해보았으나, 효경제가 돌아갈 당시 그 같은 유조를 위기후에게 주었다는 확실한 증거가 없었다. 조서는 위기후의 집에만 간직되어 있어, 가령(家令)이 이를 봉인해 두고 있었다. 그래서 위기후는 '선황제의 조서를 위조했으므로 그 죄는 기시에 해당된다'는 탄핵을 받았다.

원광 5년 10월, 관부와 그 가족들은 모두 처형되었다. 위기후는 그로부터 한참 뒤에야 그 소식을 들었는데, 소식을 듣는 즉시 격분을 못 이겨 중풍에 걸리고 말았다. 그리고 음식을 끊고 죽으려 했다.

그러나 황제에게는 그를 죽일 의향이 없다는 말을 듣고 다시 음식을 먹게 되었고, 병에 대한 치료도 시작했다.

조정에서는 위기후를 죽이지 않기로 결정했다. 그러자 그를 비방하는 근거도 없는 소문이 떠돌았다. 그것이 황제의 귀에도 들어가 위기후는 선달 그믐날 처형을 당했고, 위성(渭城)에 시체가 버려졌다.

이듬해 봄, 무안후는 병이 들었는데 연방, '잘못했다'고 외치면서 용서를 비는 시늉을 했다. 그래서 귀신을 볼 수 있는 무당에게 보였더니, 위기후와 관부가 함께 무안후를 지키고 서서 죽이려 한다는 것이었다. 결국 얼마 후 무안후는 죽고 그의 아들 염(恬)이 뒤를 이었다.

원삭(元朔) 3년, 무안후 염은 예복을 입지 않고 궁중에 들어간 혐의로 불경죄에 걸려 영지를 빼앗겼다.

회남왕이 반란을 일으키려다가 발각되어 처형을 당했다.

회남왕이 그 전에 조회에 들어왔을 때, 무안후는 태위로 있었는데 회남왕을 패상(霸上)까지 마중 나가서 이런 말을 한 적이 있었다.

"황제께는 아직 태자가 없습니다. 대왕은 가장 현명하신 고조의 손자이십니다. 만일 황제께서 돌아가시게 된다면, 대왕께서 즉위하시지 않고 누가 즉위할 사람이 있겠습니까?"

회남왕은 이 말을 듣고 크게 기뻐하며 후하게 돈과 재물을 보내 주었다. 황제는 위기후의 문제가 생긴 뒤로 무안후를 옳다고는 생각지 않았지만, 다만 태후와의 관계를 생각해서 처분을 내리지 않았을 뿐이었다.

황제는 무안후가 회남왕에게서 황금을 받은 일을 듣고 이렇게 말했다.

"무안후가 살아 있다면 멸족의 화를 당했을 것이다."

태사공은 말한다.

위기후와 무안후는 모두 외척인 관계로 권세를 누리게 되었고 관부는 한 차례의 결단력 있는 계책으로 이름을 드러내었다. 위기후가 쓰이게 된 것은 오나라와 초나라의 반란이 계기가 되었고, 무안후가 존귀한 몸으로 뛰어오르게 된 것은 효무제와 왕태후와 친척 관계에 있었기 때문이다.

그러나 위기후는 시대의 변천을 알지 못했고, 관부는 학문이 없고 겸손하지 못했다. 이 두 사람은 서로가 도와가며 화를 빚어내고 있었다.

무안후는 지위만 믿고 세도를 부리며 술잔이 오가는 사이에 원한을 맺어, 저들 두 어진 사람들을 모함했다. 참으로 슬픈 일이다. 이 사람에게 품은 노여움을 저 사람에게까지 미치게 했기 때문에 자신도 생명을 오래 지닐 수가 없었다. 사람들이 모두 그를 떠받들거나 존경하지 않았으니, 마침내는 악평을 듣게 되었다. 참으로 슬픈 일이다. 화에는 반드시 화근이 있는 법이다.

한장유 열전(韓長孺列傳)

지혜는 정국의 변화에 대응하기에 충분했고, 관용은 인심을 사기에 부족함이 없었다. 그래서 〈한장유 열전 제48〉을 지었다.

어사대부 한안국은 양의 성안(成安) 사람으로 뒤에 수양(陽)으로 이사해 살았다. 일찍이 추(騶)의 전생(田生)에게서 한비자와 잡가(雜家)의 학설을 배웠고, 양나라 효왕을 섬겨 중대부가 되었다.

오나라와 초나라가 반란을 일으켰을 때, 효왕은 한안국과 장우(張羽)를 장군으로 임명해 오나라 군사를 양나라 동쪽 경계선에서 막게 했다. 이때 장우는 고군분투했지만 한안국은 신중을 기하며 지켰기 때문에 오나라 군사는 양나라를 지나갈 수가 없었다. 오나라와 초나라가 패한 뒤 한안국과 장우는 이 일로 인해 이름이 알려지게 되었다.

양나라 효왕은 효경제의 친동생이었다. 어머니 두태후의 사랑을 받았으므로 효왕은 황제에게 청해서 양나라 재상과 2천 석 이상의 고관들을 왕 자신이 직접 임명할 수 있는 권한을 받았다.[17]

그런데도 양나라 효왕은 더 나아가 왕의 신분을 잊은 채 외람되게도 천자의 격식대로 행사하거나 놀이를 베풀었다. 이것을 안 효경제는 효왕을 못마땅하게 여겼다. 두태후 역시 황제와 마찬가지로 못마땅해하며 그로부터는 양나라 사신을 만나주지도 않았을 뿐만 아니라 효왕의 행위를 글로써 나무랐다. 이에 효왕은 한안국을 사신으로 보내어 대장 공주(大長公主, 효경제의 누님)를 찾아뵙고 읍소하게 했다.

"양나라 효왕은 아들로서 효도를 다하고 신하로서 충성을 다했는데, 어째서 태후께서는 그것을 알아주지 않으십니까? 대체로 오나라와 초나라가 반란을 일으켰을 때, 함곡관 동쪽은 모두가 맹약을 맺고 서쪽으로 향했습니다. 오직 양나라만이 한나라 편에 서서 반란군과 힘겨운 대전을 벌였습니다. 또한 양나라 왕은 태후와 황제께서 관중에 고립되어 계신 일이며, 제후들이 반란을 일으킨 일들로 하여 심려한 나머지 말끝마다 눈물을 흘리는 형편이었습니다. 그리고 무릎을 꿇은 채 신 등 6명을 보내어 군사를 거느리고 오나라와 초나라를 치게 했고, 마침내 그들을 물리쳤던 것입니다. 오나라와 초나라는 이로 인해 서쪽으로 더 나아가지 못한 채 결국 패망하고 만 것입니다. 이것이야말로 양나라 효왕의 힘입니다. 지금 태후께서는 사소한 예절을 가지고 양나라 효왕을 꾸짖고 계십니다. 그러나 효왕은 부형이 모

17 한나라 초기의 제도에 의하면 왕은 2천 석 이하의 관리들만 직접 임용할 수 있을 뿐, 2천 석 이상에서 재상에 이르는 고관은 천자가 직접 임명해서 왕국으로 보냈다.

두 제왕인 까닭에 평소부터 제왕의 제도에 익숙해 있어서 행차 때에 시위 소리를 외치게 했을 뿐입니다. 또 수레와 기(旗)는 모두 황제께서 하사하신 것으로 그것을 세워 구석진 고을 사람들에게 자랑삼아 구경시키고, 나라 안을 돌아다니며 제후들에게 보여 주어, 널리 천하에 태후와 황제의 사랑을 받고 있음을 알려주려 한 것에 불과합니다. 그런데 지금 양나라 사신이 도착하면 그때마다 꾸짖는 글을 내리시니 양나라 효왕은 두려워 밤낮으로 눈물을 흘리면서, 태후와 황제를 사모한 나머지 어떻게 하면 좋을지를 모르고 계십니다. 양나라 효왕이 아들로 효도를 다하고 신하로서 충성을 다하고 있는데도 어째서 태후께서는 양나라 효왕을 가엾게 생각지 않으시는지요."

대장 공주는 이것을 자세히 두태후에게 아뢰었다. 두태후는 기뻐하며 말했다.

"양나라 효왕을 위해 이것을 황제에게 말씀드려라."

대장 공주가 황제에게 전하자, 황제 역시 마음이 금시 풀리어 관을 벗고 태후에게 나아가 사과했다.

"형제간에 화목하지 못한 탓으로 태후께 걱정을 끼쳐 드렸습니다."

그리고는 양나라 사신들을 일일이 불러 보고 후히 금품을 하사했다. 그 뒤, 양나라 효왕은 더욱 사랑을 받게 되었다.

또 태후와 대장 공주는 각각 한안국에게 선물을 주었는데 천금에 이르는 것이었다. 한안국은 이 일로 유명해졌고, 한나라 조정과도 인연을 맺게 되었다.

그 뒤 한안국이 법에 저촉되어 형벌을 받게 되었을 때였다. 몽현(蒙

縣)의 옥리(獄吏) 전갑(田甲)이 한안국을 욕보이므로, 한안국이 이렇게 말했다.

"불이 꺼진 것 같은 재일지라도 다시 타오르는 일이 없는 것은 아니다."

그러자 전갑은 이렇게 되받았다.

"타오르면 오줌을 눌 테다."

그로부터 얼마 지나지 않아 양나라에 내사 자리가 비게 되었는데 한나라는 사신을 보내 한안국을 양나라 내사에 임명하도록 지시했다. 이리하여 죄수의 몸이던 한안국은 일약 고관에 오르게 되었다. 이에 전갑이 달아나 버리자 한안국은 말했다.

"전갑아, 돌아와 직책을 지키지 않으면 너의 집안을 멸족시키리라."

이 포고에 전갑이 다시 나타나 웃옷을 벗고 사죄하자 한안국은 웃으면서 말했다.

"오줌을 누어보지 그러느냐. 너 같은 것들을 굳이 다스릴 것까지야 있겠느냐."

그뿐 아니라 그 뒤로도 전갑에게 잘 대해 주었다.

처음 양나라에 내사 자리가 비어 있을 때 양나라 효왕은 새로 신임하고 있었던 제나라 사람 공손궤(公孫詭)를 그 자리에 임명하려 했었다. 그런데 그것을 들은 두태후가 조서를 보내어 한안국을 내사에 앉혔다.

그러자 공손궤와 양승(羊勝)은 양나라 효왕을 설득하여, 황제의 태자로 삼아주고 영지를 더 늘려줄 것을 요구하라고 했다. 그리고 혹시

나 한나라 대신들이 그것을 받아들이지 않을까 염려해 몰래 사람을 보내 한나라 조정의 권력 있는 모신들을 암살하고 또 전날 오나라의 재상이었던 원앙을 죽이려 했다. 하지만 공손궤와 양승 등의 계획은 사전에 효경제에게까지 알려졌다. 이에 황제는 사신을 보내 무슨 일이 있더라도 두 사람을 잡아들이게 했다.

한나라 사신이 10명이나 계속해 양나라에 당도했지만 양나라에서는 재상 이하 관리가 총동원되어 수색을 해보아도 한 달이 넘도록 그들을 찾아낼 수가 없었다. 마침내 내사 한안국은 공손궤와 양승이 양나라 효왕의 거처에 숨어 있다는 것을 알고 궁궐로 찾아가 왕에게 울면서 간언했다.

"임금이 욕을 당하면 신하는 죽는 것입니다. 대왕께서는 훌륭한 신하가 없어서 일이 이토록 시끄럽게 된 것입니다. 지금 신이 공손궤와 양승을 잡을 수는 없사오니 벼슬을 그만두고 죽음을 청할까 하옵니다."

"그렇게까지 할 필요가 있단 말이오?"

한안국은 눈물을 주룩주룩 흘리며 말했다.

"대왕께서 스스로 생각해보실 때, 대왕과 황제와의 친밀함이 태상황(太上皇, 고조의 아버지)과 고황제(高皇帝, 고조), 또는 황제와 임강왕(臨江王, 율태자)과의 친밀함과 비교해서 어느 쪽이 더하다고 생각하십니까?"

"우리 사이가 미치지 못하지."

"무릇 태상왕과 임강왕은 각각 고황제와 황제와 부자지간입니다.

그런데도 고황제는 '3천 검을 차고 천하를 얻은 것은 짐이다'고 하셨고 그로 인해 태상황은 한평생 정치에 관여하지 못하신 채 역양에 사셨습니다. 임강왕은 적출(嫡出)의 장자로서 태자였습니다. 그러나 그의 어머님(율희)의 단 한마디 잘못[18]으로 태자 자리에서 쫓겨나 임강왕이 되었습니다. 그리고 뒤에, 종묘의 바깥담이 잇는 땅을 자기 궁궐로 사용한 죄목 때문에 마침내 중위부(中尉府, 수도의 치안청)에서 자결하게 되었던 것입니다. 그 까닭은 천하를 다스리는 데 있어도 추호도 사사로운 정리 때문에 나라의 질서를 어지럽힐 수가 없기 때문입니다. 옛말에도 '친아버지도 호랑이가 안 된다고는 말할 수 없고, 친형이라도 늑대가 안 된다고는 말할 수 없다'고 했습니다. 지금 대왕은 제후의 귀한 신분이면서도 간악한 신하의 터무니없는 말을 기뻐하시어 한나라 조정의 금령을 어기고, 명문의 법을 굽히려 하고 계십니다. 그런데도 황제께선 대왕께 대한 태후의 사랑을 생각하시어 대왕의 처벌을 주저하고 계십니다. 태후 역시 밤낮으로 우시면서 대왕이 스스로 마음을 고치시기만 간절히 바라고 계시는데도 대왕께선 끝까지 깨닫지 못하고 계십니다. 만일 태후께서 돌아가시게 될 경우, 대왕은 장차 누구를 의지하려 하십니까?"

한안국의 이 말이 채 끝나기도 전에 효왕은 눈물을 주룩주룩 흘리며 한안국에게 사과했다.

"내 지금 당장 공손궤와 양승을 내어놓겠소."

18 이는 율희와 그의 아들 율태자의 고사다. 즉 효경제가 다른 부인들의 아들을 율희에게 부탁했을 때 율희의 대답이 공손하지 못했다. 그로써 율태자는 태자에서 폐해져 임강왕이 되고 말았다.

그 결과, 공손궤와 양승은 자결했고, 한나라 사신은 돌아가 그 보고를 올렸다. 이렇듯 한안국의 힘으로 양나라 문제가 모두 해결을 보자, 효경제와 두태후는 더욱 한안국을 소중히 대했다.

양나라 효왕이 죽고 공왕(共王)이 즉위했다. 그 사이 한안국은 법에 저촉되어 벼슬을 잃고 집에 은퇴해 있었다.

건원 연간에 무안후 전분이 한나라 태위가 되었다. 게다가 그는 외척이었으므로 마음대로 정권을 혼자 휘두르고 있었다. 한안국이 그에게 백금의 물품을 선물하자, 전분은 태후에게 한안국을 추천했고, 천자 역시 평소 그가 어질다는 것을 듣고 있었으므로 곧 불러내어 북지도위(北地都尉)에 임명하고 뒤에 다시 대사농으로 전임시켰다.

민월과 동월이 함께 공격해 올 때 한안국과 대행(大行) 왕회(王恢)가 군사를 거느리고 출발했으나, 월에 도착하기도 전에 민월이 그들 왕을 죽이고 항복했기 때문에 한나라의 군사도 철수했다.

건원 6년, 무안후는 승상이 되고 한안국은 어사대부가 되었다. 때마침 흉노의 사신이 와서 한나라와의 화친을 청했으므로 천자는 그 문제를 신하들에게 넘겨 의논하게 했다. 이때 원래 연나라 사람으로 여러 번 변경의 관리를 지낸 바 있던 대행 왕회는 흉노의 사정에 정통해 있었으므로 이렇게 주장했다.

"한나라와 흉노가 화친을 해도, 대체로 몇 해 밖에는 계속되지 못하고, 곧 또 약속을 어기게 될 것입니다. 화친을 허락하는 것은 군사를 일으켜 이를 치는 것만 못합니다."

그러나 한안국은 왕회의 의견을 반대했다.

"천 리 먼 곳에까지 쳐들어가 싸운다는 것은 우리에게 불리합니다. 지금 흉노는 병사가 강하고 말이 튼튼한 것만을 믿고 짐승과 같은 한없는 야심을 품어, 새가 떼를 지어 오가듯 여기저기로 이동하고 있어 이들을 잡아 다스리기 힘든 상태에 있습니다. 그곳을 손에 넣더라도 우리 영토가 넓어지는 것이 아니며, 그 백성을 세력 아래 두더라도 우리 국력을 강하게 만들지는 못합니다. 그러므로 먼 옛날부터 흔히 흉노를 사람으로 취급하지 않았습니다. 한나라가 몇 천 리나 멀리 쳐들어가 이익을 다투게 되면 사람과 말이 다같이 지치게 될 것이며, 흉노는 한나라가 지친 틈을 타서 제압할 것입니다. 게다가 강력한 쇠뇌의 화살이라도 그 힘이 다하는 곳에서는 극히 얇은 노나라의 비단도 뚫을 수가 없으며, 회오리바람도 그 끝에 가서는 가벼운 기러기의 털도 날리지 못합니다. 처음에는 강했던 것이 끝에 가서는 힘이 약해지는 것입니다. 흉노를 치는 것은 불리한 것으로서 화친하는 것만 못합니다."

의논에 참가한 신하 대부분이 한안국의 의견에 찬성하고 나섰으므로 황제는 마침내 화친을 허락했다.

그 이듬해, 즉 원광 원년에 안문군 마읍의 호족인 섭옹(聶翁) 일(壹)이 대행 왕회를 통해 이렇게 의견을 올렸다.

"흉노는 한나라와 막 화친을 하고 난 뒤인지라 변경 사람들과 친하게 지내며 이쪽에 대해 신용을 보이고 있습니다. 이 기회에 이익을 미끼로 그들을 유인하는 것이 좋을 것으로 압니다."

그래서 가만히 섭옹 일을 첩자로 이용하기로 했다. 드디어 그를 몰

래 첩자로 삼아 흉노로 도망쳐 들어가게 하여 선우에게 이렇게 말하게 했다.

"제가 마읍의 현령과 현승과 관리들을 죽이고, 성과 고을을 가진 채 투항하겠습니다. 그렇게 되면 마읍의 재물을 모조리 손에 넣을 수 있을 것입니다."

선우는 전부터 섭옹 일을 사랑하고 또 믿고 있었기 때문에 과연 그렇겠다는 생각에서 이를 승낙했다. 그리하여 섭옹 일은 돌아와 거짓으로 사형수의 목을 베어 그 머리를 마읍 성벽에 매달아 선우의 사자에게 증거로 보여 주며 말했다.

"마읍의 장관은 이미 죽었습니다. 급히 습격해 오십시오."

이리하여 선우는 국경의 요충지대를 돌파하여 10만이 넘는 기병대를 이끌고 무주(武州)로 들어왔다.

이때, 한나라 복병인 전차대와 기마대, 재관(材官) 등 30여 만은 마읍 부근의 골짜기 속에 숨어 있었는데, 위위 이광이 효기장군, 태복 공손하가 경거장군(輕車將軍), 대행 왕회가 장둔장국(將屯將軍), 태중대부 이식(李息)이 재관장군(材官將軍), 어사대부 한안국이 호군장군이 되고, 모든 장군들은 호군에 예속되었다.

선우가 마읍에 들어오는 대로 한나라 군사는 일제히 돌격하기로 약속이 되어 있었고, 왕회·이식·이광은 따로 대군에서 흉노의 보급부대를 습격하기로 했다.

그런데 선우는 한나라 장성인 무주로 넘어 들어와 마읍에서 백여 리 되는 곳까지 약탈하면서 진군했으나, 온 들에 가축만 보일 뿐 사람은 한 사람도 보이지 않자 이를 이상하게 생각하고 봉화대(烽火臺)를 공격하여 무주의 위사(尉史)[19]를 붙잡았다. 그리고 위사를 죽이겠다고 위협해 결국 일의 자초지종을 물으니, 위사는 이렇게 대답했다.

"한나라 군사 몇십만이 마읍 근처에 숨어 있습니다."

이 말을 들은 선우는 좌우를 돌아보며 말했다.

"하마터면 한나라의 속임수에 넘어갈 뻔했다."

그리고 군대를 철수하여 요새 지대를 빠져나오며 말했다.

"내가 위사를 잡게 된 것은 천명이다."

그로부터 위사를 천왕(天王)으로 일컬었다.

한편, 한나라 군사는 요새에 못 미쳐서 선우가 이미 군대를 이끌고 돌아갔다는 정보가 왔으므로 곧 추격을 했으나 이미 시기를 놓친 것으로 판단하고 철수했다.

왕회 등의 군사는 3만이었는데 선우의 군사가 한나라 주력부대와 교전하지 않았다는 말을 듣고 만일 적의 보급부대를 습격하게 되면 아무래도 선우의 정예부대와 싸우게 될 것이며, 그렇게 되면 자연 한나라 군사가 패하게 될 것이라는 생각에서 임기응변의 조처로써 군대를 돌리고 말았던 것이다. 따라서 아무도 전공을 세우지 못했다. 천자가 선우의 보급부대를 습격하지 않고, 멋대로 군사를 돌린 것에 대해 노여워하자 왕회는 이렇게 변명했다.

"처음 약속으로는 흉노가 마읍으로 쳐들어와 성을 지키고 있는 우

19 변방 백 리마다 한 사람씩 배치해 두었던 무관(武官).

리 군사와 충돌하게 되었을 때, 저희가 선우의 보급부대를 공격하면 이득을 보게 되리라는 것이었습니다. 그런데 선우는 우리 군사가 복병을 둔 것을 알고 마읍까지 오지 않고 되돌아간 것입니다. 신은 3만 명으로서는 수에 있어서도 적을 당할 수가 없어서 나가 치게 되면 오직 패전의 오명만을 얻게 될 것으로 생각했던 것입니다. 물론 저는 돌아와서 목이 베일 것임을 알고 있었습니다. 그러나 폐하의 군사 3만 명은 상한 데 없이 남길 수 있었습니다."

황제가 왕회를 정위(廷尉)에게 넘기자 정위는 왕회를 두요(逗橈)의 죄, 즉 적을 겁내어 머뭇거린 죄에 적용시켜 머리를 베어야 한다고 판결했다. 이에 왕회는 몰래 천 금의 뇌물을 승상 전분에게 보내고, 그것을 받은 전분은 감히 황제에게 말하지 못하고 태후에게 다음과 같이 말했다.

"왕회는 마읍 사건의 주모자입니다. 그것이 성공을 거두지 못했다고 해서 그를 죽이게 된다면, 이것은 흉노를 위해 원수를 갚아 주는 것과 다름이 없습니다."

황제가 태후에게 문안드릴 때 태후는 승상이 한 말을 항제에게 일렀으나, 황제는 이렇게 대답했다.

"이번 마읍 사건의 주모자는 왕회였습니다. 그로 인해 천하의 군사 수십만 명을 동원하여 그의 말에 따라 군사 행동을 일으켰던 것입니다. 비록 선우를 사로잡을 수는 없었다 하더라도 왕회의 부하가 선우의 보급부대만 습격했으면 그것만으로는 크게 사대부들의 마음을 위로할 수가 있었을 것입니다. 지금 왕회를 처형하지 않는다면 천하에 대해 사죄의 뜻을 표할 방법이 없습니다."

이 말을 들은 왕회는 자결하고 말았다.

한안국은 원대한 계략을 지닌 뛰어난 인물로 시세의 흐름을 잘 꿰뚫어 보고 상황에 따라 적절히 대처했으며, 충성심 또한 두터웠다.

재물을 좋아하고 탐하기는 했으나 사람을 추천할 때는 모두 자기보다 현명하고 청렴한 선비들을 내세웠다. 양나라에서 천거한 호수(壺遂)·장고(臧固)·질타(郅他) 등만 해도 모두 천하의 명사들이었다. 이 때문에 선비들은 한안국을 칭찬하고 사모했다. 황제까지도 한안국은 국사를 감당할 만한 기량이 있다고 인정했다.

한안국이 어사대부가 된 지 4년 남짓해서 승상 전분이 죽었다. 이에 한안국은 승상 대리를 보게 되었는데, 어느 때 행차의 앞을 인도하다가 수레에서 떨어져 절름발이가 되었다. 황제는 승상 임명 문제를 논의하던 중 한안국을 등용시킬 생각으로 사람을 보내 그의 병세를 살펴보게 했다. 그런데 그가 발을 심하게 절었으므로 평극후(平棘侯) 설택(薛澤)을 승상으로 삼았다.

한안국은 병으로 벼슬을 그만둔 지 몇 달 뒤에 절름거리는 것이 나았으므로 황제는 그를 중위에 임명하고 1년 남짓해서 위위로 전임시켰다.

거기장군 위청(衛靑)이 흉노를 공격했다. 상곡에서 장성 밖으로 나가 흉노의 군사를 농성(籠城)에서 무찔렀다. 이때 장군 이광은 흉노에게 붙들렸다가 도망쳐 돌아왔고, 공손오(公孫敖)는 부하 사졸들을 많이 잃었다. 두 사람의 죄는 사형에 해당되었으나 속죄금을 치르고 평민이 되었다.

그 이듬해, 흉노는 변경으로 크게 침입해 와서 요서 태수를 죽이고 또 안문에도 쳐들어왔다. 이때 흉노에게 살해당하고 포로로 잡혀간 사람들의 수가 몇천에 달했다.

거기장군 위청은 그들을 치기 위해 안문에서 장성 밖으로 나갔고, 위위 한안국은 재관장군이 되어 어양(漁陽)에 주둔해 있었다.

이 무렵, 한안국이 사로잡은 포로 중 하나가 흉노는 이미 멀리 가버렸다고 말했으므로 그는 곧 이러한 글을 조종에 올렸다.

농사철이므로 잠시 주둔을 중단하고 군사를 돌아가 쉬게 하도록 해 주십시오.

그런데 주둔을 중단한 지 한 달 남짓 지나자, 흉노는 다시 대규모로 상곡과 어양으로 침입해 왔다. 이때 한안국의 성채에는 불과 7백여 명이 남아 있었으므로 나가 맞아 싸웠으나 이기지 못한 채 성채로 되돌아왔다. 흉노는 천여 명을 생포하고 가축을 약탈하여 돌아갔다.

황제는 이 보고를 듣자 노하여 사신을 보내 한안국을 꾸짖고 다시 동쪽으로 이동시켜 우북평(右北平)에 주둔해 있도록 했다. 이것은 포로로 잡힌 흉노가, 흉노들이 곧 동쪽으로 쳐들어올 것이라고 말했기 때문이다.

한안국은 처음에 어사대부와 호군장군에 올랐었지만 뒤로는 차츰 배척을 당해 벼슬자리에서 강등될 뿐이었다. 그리고 새로 황제의 총애를 받은 장년의 장군 위청 등은 전공을 세워 점차 높은 자리로 올라갔다.

버림받은 한안국은 실의의 나날을 보냈을 뿐만 아니라 주둔군 장군으로서 흉노에게 속아 많은 사졸들을 잃었다. 이런 형편이었으므로 그 자신도 스스로가 몹시 부끄러운 생각이 들어 벼슬을 그만두고 돌아가기를 원했다. 그런데도 다시 동쪽으로 이동하여 주둔하게 되었으므로 마음은 초조하고 불안하기만 했다.

결국 몇 달 뒤, 병이 들어 피를 토하고 죽었다. 원삭 2년의 일이었다.

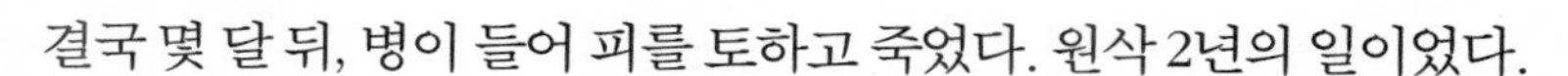

태사공은 말한다.

나는 호수와 함께 율서와 역법을 제정한 일이 있었는데 그때 한장유는 의리가 있고, 호수는 생각이 깊으며 덕행이 중후함을 보았다.

세상에서는 흔히 '양나라에는 덕이 있는 사람이 많다'고 하는 데 이것은 헛말이 아니다.

호수의 벼슬은 첨사에까지 올랐었는데, 황제는 그를 신임하여 한나라 승상에 임명하려 했으나, 마침 죽고 말았다. 만일 죽지 않았으면 호수는 승상이 되었을 것이고, 그의 청렴한 마음과 정직한 행동에 의해 조심성 많고 부지런한 군자로 알려지게 되었을 것이다.

이장군 열전(李將軍列傳)

적을 만나서 용감했고 사졸에게 인애로 대했으며 호령은 번잡하지 않아 장병들이 기꺼이 마음으로 따랐다. 그래서 〈이장군 열전 제49〉를 지었다.

이장군 광(廣)은 농서군 성기(成紀) 사람으로 선조인 이신(李信)은 진나라 때에 장군이 되고, 연나라 태자 단을 추격해 잡은 사람이다. 본래 괴리(槐里)에 살았는데 뒤에 성기로 이사했다. 이광의 집은 대대로 궁술을 전해온 가문이었다.

효문제 14년 흉노가 소관으로 대거 침입했을 때 이광은 양가의 자제로서 종군하여 오랑캐를 쳤다. 기사(騎射)에 능하므로 적을 죽여 목을 베고 포로를 많이 잡아 한나라의 중랑이 되었다. 이광의 사촌동생 이채(李蔡) 역시 중랑이 되었다. 두 사람이 다 무기상시(武騎常侍)

에 보직되어 봉록 8백 석을 받았다. 일찍이 임금의 행차를 따르고 위험을 무릅써 무용을 드러내고 또 맹수를 주먹으로 쳐서 죽인 일도 있었다. 문제는 그 두 사람에 대해 다음과 같이 말했다.

"애석하게도 그대는 좋은 세상에 태어나지를 못했다. 만약에 고제 시대에 있었더라면, 만호의 제후쯤은 문제도 아니었을 텐데."

효경제 즉위 초에 이광은 농서도위가 되었다가 기랑장(騎郎將)으로 자리를 옮겼다.

오나라와 초나라의 난 때에 이광은 효기도위가 되어 태위 주아부를 따라 오나라와 초나라의 군대를 쳐 적장의 기를 빼앗고, 창읍의 성 밑에서 공명을 드러냈으나 개선하고 돌아와서도 포상을 받지 못했다. 상곡군의 태수로 옮겨서 날마다 흉노와 맞서싸웠다. 이를 걱정한 전속국(典屬國) 공손곤야(公孫昆邪)가 울면서 황제에게 아뢰었다.

"이광의 재능은 세상에 둘도 없습니다. 그런 까닭에 천하무적이라서 스스로의 능력을 자부하여 자주 오랑캐들과 싸우고 있습니다. 그 때문에 폐하께서는 이광을 잃게 될는지도 모르겠습니다."

황제는 이광을 옮겨서 상군 태수로 삼았다. 흉노가 상군으로 대거 침입했다.

천자는 중귀인(中貴人) 모씨에게 이광을 따라가 군사를 단속하고 훈련을 실시하여 흉노를 치도록 명령했다.

중귀인은 기병 몇십 명을 거느리고 자유로이 돌아다니던 중에 흉노의 군사 세 사람을 발견하고 그들과 싸웠는데, 세 사람은 돌고 돌면서 활을 쏘아 중귀인에게 상처를 입히고, 따르던 한나라 군사를 몰살

시키려 했다. 중귀인이 놀라서 이광의 진지로 달려 들어오자, 이광은 이렇게 말했다.

"그들은 틀림없이 조(雕)를 쏘는 명사수임에 틀림없다."

그러고는 기병 1백 명을 이끌고 달려가서 세 사람을 추격했다.

세 사람은 말을 잃어버리고 보행으로 달아났는데 추격하기를 몇십 리, 이광은 기병을 좌우로 날개처럼 벌리도록 하고 자신이 그 세 사람을 쏘아 두 사람을 죽이고 한 명을 사로잡았다. 잡고 보니 과연 흉노 중 조를 쏘는 명사수들이었다.

이들을 묶은 뒤 말 위에 올라 흉노 땅을 바라보니 군사 몇 천 명이 보였다. 흉노는 이광이 자기들을 유인하러 온 기병인 줄 알고, 모두 놀라서 산 위로 올라가 진을 쳤다. 이광이 이끄는 기병 백 명도 모두 매우 두려워하여 후퇴할 생각을 하므로 이광은 곧 명령을 내렸다.

"우리는 본진의 대군에서 몇십 리나 떨어져 있다. 지금 이러한 형편에서 기병 백 명으로 도망을 치면 흉노들에게 쫓겨 순식간에 전멸할 것이다. 지금 우리들이 이곳에 머물러 있으면 흉노들은 반드시 대군을 끼고 있는 유인병으로 알고 공격하지 않을 것이다. 앞으로 나아가라!"

또 흉노의 진지 앞 2리쯤 되는 지점에서 멈춰 서서 이렇게 명령했다.

"모두 말에서 내려 안장을 풀어라."

이에 기병들이 물었다.

"적은 수가 많으며 바로 지척에 있습니다. 만약 급습을 당하게 되면 어찌하시렵니까?"

"저 오랑캐들은 우리들이 달아날 것이라 생각하고 있다. 그러니 안장을 풀어서 달아나지 않는다는 것을 보여 우리가 유인병이라는 생각을 굳히게 하기 위해서이다."

과연 오랑캐들은 끝까지 공격해 오지 않았다.

백마를 탄 적의 장수가 앞으로 나와 그들 군대를 보호하고 있었다. 이광은 말을 타고 10여 기와 함께 달려가서 백마를 타고 있던 적장을 사살한 뒤 제자리로 돌아와 말안장을 내려놓고 기병들에게 모두 말을 풀어놓고 누워 있도록 했다.

이때 마침 날이 저물었는데 흉노의 군사들은 이를 괴이하게 생각하여 습격하려고 하지 않았다. 밤중이 되자 흉노의 군사들은 또 근방에 한나라의 복병이 있어 야음을 타고 습격해 오지 않을까 의심하여 군사를 모두 이끌고 돌아가 버렸다. 첫 새벽에 이광은 한나라 본진으로 돌아왔다. 본진에서는 이광의 행방을 몰랐기 때문에 뒤를 쫓아오지 못했던 것이다.

그 후에 이광은 농서·북지·안문·대·운중군 등과 같은 변방에서 태수를 지냈고, 언제나 용맹한 싸움으로 이름을 날렸다. 훨씬 뒤에 효경제가 죽고 무제가 즉위했다.

좌우에 있는 자들이 이광을 명장으로 천거했으므로, 이광은 상군 태수로서 미앙궁(未央宮)의 위위를 겸했다. 이때는 정불식(程不識)도 장락궁의 위위가 되었다.

정불식은 이전에 이광과 함께 변방 태수로서 주둔군을 인솔하던 장수였다. 흉노를 치러 나갈 때, 이광은 대오를 편성하거나 지형을 취하는 일도 없이 수풀이 무성한 곳에 주둔했다. 머물러 있으면서 사람들은 자유로웠고 조두(刁斗, 구리로 만든 취사도구로 밤에는 두드려 경비하는 데 쓴다)를 쳐서 경계하는 일도 없었다. 장군의 진영 안에서는 되도록 문서와 장부 같은 것을 생략했는데, 척후병을 먼 데까지 보내어 일찍이 적의 습격으로 인한 피해를 받은 일이 없었다. 이와 반대로 정불식은 부곡(部曲)·수오(隧伍)·숙영(宿營)을 규범에 맞게 하고 조두를 쳐 경계했으며, 사졸들은 밤을 새워 가며 군의 장부를 정리했으므로 군사들이 휴식을 취할 수가 없었다. 그런데 그 역시 적의 습격을 받은 일은 없었다. 정불식은 말했다.

"이광의 군사는 무장이 극히 간편하여 적이 갑자기 내습할 때는 막아낼 방법이 없으리라. 그런데도 사졸들은 빈들빈들하고 편하니 모두 기꺼이 그를 위해 죽을 생각을 한다. 우리 군사는 일이 번잡하기는 하지만 적에게 침범당한 일이 없다."

당시 한나라의 변방 고을에서 이광과 정불식은 둘 다 이름 있는 장수였다.

그런데 흉노는 두 사람 중 특히 이광의 지략을 두려워했다. 한나라 사졸들 또한 이광의 밑에 있기를 좋아하고 정불식의 밑에 있기를 싫어했다.

정불식은 경제 때 자주 직간하여 태중대부가 되었다. 그는 인품이 청렴하고 조정의 법령을 엄격히 집행했다.

그 뒤에 한나라는 마읍성을 미끼로 하여 선우를 유인하고, 대군을 마읍과 가까운 골짜기에다 숨겨 놓은 일이 있었다. 이때 이광은 효기장군이 되어 호군장군(한안국을 말함)에 배속되었다.

당시에 선우는 그 계략을 깨닫고 군사를 이끌고 달아나 한나라의 모든 군사는 군공을 세울 수가 없게 되었다.

그 뒤 4년이 지나 이광은 위위의 신분으로 장군이 되어 안문을 나가 흉노를 쳤지만 흉노의 대군을 만나 패전하고 자신은 생포되었다.

선우는 전부터 이광이 현명하다는 것을 듣고 있었으므로 이렇게 명령했다.

"이광을 잡거든 반드시 산 채로 데리고 오라."

흉노의 무리는 이광을 잡았으나, 이광이 상처를 입고 병들어 있었으므로, 두 필의 말 사이에 광주리를 달아 그 안에 이광을 눕히고 10여 리를 행군했다.

이광은 거짓으로 죽은 척하고 누워 있었는데 마침 곁에 흉노의 어린아이가 좋은 말을 타고 있었다. 이광은 순식간에 일어나서, 그 어린아이의 말에 올라 타 그 소년을 밀어 떨어뜨리고 활을 빼앗았다. 그리고 말을 달려 남쪽으로 수십 리를 가서야 다시 남은 한나라 군사를 얻어 요새로 들어갔다.

흉노의 기병 수백 명이 뒤쫓았으나, 이광은 뺏은 활로 이들을 사살하고 탈출에 성공했다. 이렇게 하여 한나라로 되돌아왔는데, 한나라에서는 이광을 형리에게 넘겨 문초하게 했다.

한나라에서는 이광이 많은 부하들을 잃고 적에게 생포가 된 죄로 참수해야 한다고 했다. 그러나 이광은 속죄금을 물고 평민이 되었다.

그는 예전의 영음후 관영의 손자와 함께 시골에 살면서 남전의 남쪽 산중에서 사냥을 하고 지냈다.

어느 날 밤, 종자 한 명을 데리고 나가서 사람들과 야외에서 술을 마시고 귀가 길에 올라 패릉정(覇陵亭)까지 오니, 정위(亭尉, 도둑을 단속하는 관리)가 술에 취해 이광을 꾸짖으며 보내 주지 않으므로 이광의 종자가 말했다.

"이 분은 옛날의 이장군이시다."

그러자 정위는 말했다.

"현직에 있는 장군이라도 야간 통행은 허락할 수 없다. 하물며 퇴직 장군이……."

그러면서 이광을 정자 안에 구류했다.

이 일이 있은 지 얼마 지나지 않아, 흉노가 침입하여 요서군 태수를 죽이고 한장군(한안국)을 쳐부수니, 한장군은 우북평군(右北平郡)으로 옮겨간 지 얼마 되지 않아 죽었다.

그래서 황제는 이광을 불러서 우북평군 태수로 삼았다. 이광은 곧 황제에게 청하여 패릉의 정위를 그와 함께 가도록 해달라고 요청하여, 그가 진영 안으로 들어오자 목을 베었다. 이광이 우북평에 머물자 흉노는 그 말만 듣고도 한나라의 비장(飛將)이라고 부르며, 몇 년 동안 그를 피하여 우북평에는 침입하지 않았다.

어느 날, 이광이 사냥을 나갔다. 풀밭에 있는 돌을 호랑이로 잘못보고 활을 쏘았던 바, 그 화살촉이 돌 속으로 들어가 버렸다. 자세히 보니 돌이므로 다시 쏘았으나 화살촉이 박혀 더 이상 들어가지를 않았다.

이광은 자신이 부임한 마을에 호랑이가 있다는 소리를 들으면 손수 나가서 쏘기를 일삼았다. 우북평에 부임했을 때, 한 번은 이광의 화살을 맞은 호랑이가 달려들어 그에게 상처를 입혔지만, 결국 호랑이를 쏘아 잡았다.

이광은 청렴하고 정직했다. 혹 상을 받으면 그것을 그대로 부하들에게 갈라 주었고, 음식은 사병들과 똑같은 것을 먹었다.

이광은 죽을 때까지 40여 년에 걸쳐 녹이 2천 석이었는데도 집에는 여분의 재물이 없었다. 그리고 재물에 대해서는 일체 말하는 일이 없었다.

이광은 날 때부터 키가 크고 원숭이처럼 팔이 길었다. 그가 활 쏘는 일에 능한 것도 이러한 천성에 의한 것으로 그의 자손이나 남들이 아무리 연습을 해도 이광에게는 미치지 못했다.

이광은 말을 더듬었고 말수가 적었으며, 다른 사람과 함께 있을 때는 땅바닥에 줄을 그어 진형을 그리고, 또 땅의 넓고 좁은 것을 재어 표적을 만든 뒤 활을 쏘아 누가 멀고 가까운가를 비교하여 내기 술을 마시곤 했다. 이처럼 그는 활쏘기를 즐거움으로 삼다가 일생을 마쳤다.

군사를 인솔할 때, 식수와 물자가 결핍한 사막 한가운데에 이르면 물을 보아도 군졸들이 물을 다 마신 뒤가 아니면 먹지 않았고, 군졸들이 밥을 다 먹은 뒤에야 먹었다. 이렇듯 관대하면서 엄격하지 않았으므로 군졸들은 기꺼이 그의 명령에 복종했다.

또 활을 쏠 때는 적이 습격해 와도 거리가 수십 보 안에 들어오지 않거나 명중시킬 자신이 없으면 쏘지 않았는데, 일단 쏘기만 하면 활시위 소리와 동시에 적이 쓰러졌다. 그 때문에 그는 싸움터에서 자주

적에게 포위되거나 곤욕을 치렀고, 맹수를 쏠 때도 상처를 입는 일이 많았다고 한다.

얼마 뒤에 석건(石建)이 죽었다. 황제는 이광을 불러서 석건을 대신하여 낭중령으로 삼았다.

원삭 6년에 이광은 다시 후장군(後將軍)이 되어서 대장군(大將軍)을 따라 정약군에 나가 흉노를 쳤다.

여러 장수 중에는 적의 머리를 베고 포로를 잡는 숫자가 법의 기준치가 되어 제후에 봉해진 자가 많았는데, 이광의 군대는 공을 세우지 못했다.

2년이 지난 후, 이광은 낭중령으로서 기병 4천 명을 거느리고 우북평 밖으로 나갔다. 박망후(博望侯)도 기병 1만 명을 인솔하고 이광과 함께 정벌의 길에 올랐는데 다른 길을 취했다. 수백 리쯤 행군했을 때 이광은 흉노의 좌현왕(左賢王)이 거느린 기병 4만 명에게 포위당했다.

이광의 군사는 모두 겁을 내었다. 이광은 그의 아들 이감(李敢)에게 명해 적군 속을 돌파하게 했다. 이감은 겨우 기병 수십 명만을 데리고 흉노의 군대 한가운데를 돌파하여 적을 좌우로 갈라놓고 돌아와 이광에게 이렇게 아뢰었다.

"오랑캐 따위는 대단치 않은 것들입니다."

그제야 군사들은 안심했다.

이광은 둥그렇게 진을 치고 바깥쪽을 향하여 태세를 취하게 했는데, 흉노의 군대가 급히 내달아오며 화살을 소나기처럼 퍼부어댔다.

한나라 군대는 전사자가 절반을 넘었고 화살도 거의 떨어지려 하고 있었다.

그래서 이광은 군사들에게 활에 살을 메워 한껏 잡아당기되 쏘지는 말도록 명령하고, 자신이 직접 대황(大黃)이라는 큰 활로 적의 부장을 쏜 뒤 몇 사람을 죽이니, 흉노 군사들의 포위망이 점점 풀리기 시작했다.

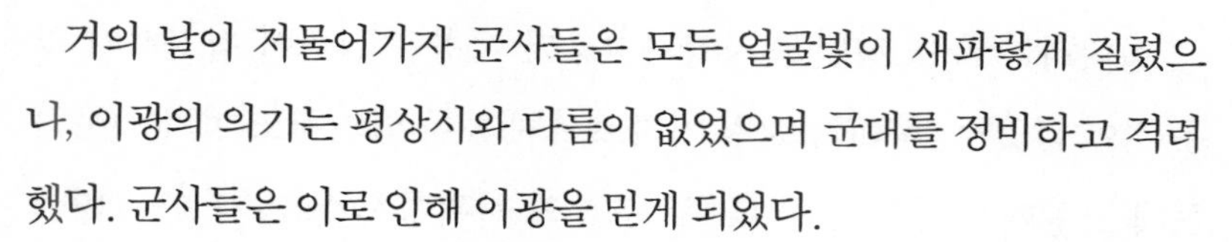

거의 날이 저물어가자 군사들은 모두 얼굴빛이 새파랗게 질렸으나, 이광의 의기는 평상시와 다름이 없었으며 군대를 정비하고 격려했다. 군사들은 이로 인해 이광을 믿게 되었다.

이튿날 다시 격전이 벌어졌을 때 박망후의 군사가 도착했으므로 흉노의 군사는 포위를 풀고 물러갔다. 하지만 한나라 군대는 지쳐서 추격할 만한 여력이 없었다. 이 싸움에서 이광의 군사는 거의 전멸의 상황에 이르렀다. 싸움을 끝내고 돌아오자 한나라 법률은 박망후가 꾸물대어 제때에 도착하지 못한 것은 사형에 해당한다고 판결을 내렸다. 그는 속죄금을 물고 평민이 되었다. 이광은 공과 죄가 반반이라고 하여 상은 받지 못했다.

처음에, 이광의 사촌동생 이채는 이광과 함께 효문제를 섬겼다. 경제 때 이채는 공을 쌓아 2천 석이 되었고, 효문제 때는 대나라의 승상이 되었다.

원삭 5년에 경거장군(輕車將軍)이 되어 대장군을 따라서 우현왕(右賢王)을 쳤다. 공로가 있고 법령의 규정에 맞았으므로 낙안후(樂安侯)에 봉해졌다.

원수 2년에 공손홍(公孫弘)을 대신하여 승상이 되었다. 이채의 인품은 하품에서 중간 정도 되었으며, 명성은 이광에 비해 훨씬 떨어졌다.

그런데도 이광이 작위나 봉읍도 얻지 못한 채 구경 중 하나의 벼슬을 지낼 때, 이채는 열후가 되고 작위는 삼공(三公)에까지 이르렀다. 또한 이광의 군리와 사졸들 중에도 이미 봉후가 된 자가 있었다.

어느 날, 이광은 예언자인 왕삭(王朔)이란 자와 이야기를 나누었다.

"한나라가 흉노 정벌을 시작하고부터 이광은 일찍이 참가하지 않은 적이 없었소. 부대의 교위 이하로서 재능이 범인에도 미치지 못하는데 오랑캐를 쳤다는 군공으로 봉후의 지위를 얻은 자가 수십 명이 있소. 나 또한 남에게 뒤떨어지지 않았는데도, 봉읍을 얻을 만한 조그마한 군공이 없는 것은 어찌된 일이오? 나의 상(相)이 후작에 적당치 못해서 그런가, 아니면 원래 그런 운명인가요?"

왕삭이 말했다. "장군께서는 뒤를 돌아보아 일찍이 마음에 후회되는 일은 없으십니까?"

"일찍이 농서군 태수였을 때 강족(羌族)이 모반을 한 일이 있었소. 나는 그들을 달래어 항복을 권했소. 항복한 자가 8백여 명이 되었는데, 그만 그들을 속이고 하루 만에 다 죽여 버렸소. 오늘에도 그 일만은 크게 후회하고 있소. 지금까지 크게 후회되는 일은 다만 그 일이 하나뿐이오."

"화를 받기로는 항복한 자를 죽이는 것보다 더 심한 일이 없습니다. 이것이야말로 장군께서 열후를 얻지 못하는 까닭이라고 하겠습니다."

그 2년 뒤에 대장군과 표기장군(驃騎將軍)이 대대적으로 흉노 공격에 나섰다. 이광은 여러 차례 황제께 자신도 출전하고 싶다고 청했으나 황제는 그가 노령이라 하여 허락하지 않다가 한참 뒤에 허락하여 전장군(前將軍)으로 삼았다. 원수 4년의 일로서 이광은 대장군 위청을 따라 흉노를 쳤다.

요새를 나오자 위청은 적병을 잡아 선우가 있는 곳을 알아내어 스스로 정병을 이끌고 그곳으로 가면서 이광에게는 우장군의 군대와 합류하여 동쪽으로 나가도록 했다.

동쪽 길은 약간 우회해야 하는데다가 큰 군대가 물과 풀이 적은 곳으로 가야 하므로 이러한 상황에서는 앞으로 나가기도 주둔하기도 어려웠다. 그 밖에도 불편한 점이 많았으므로 이광은 궁리 끝에 대장군 위청에게 청원했다.

"신의 부서는 전장군인데, 지금 대장군께서는 신을 옮겨 동쪽 길을 취하라고 명령하셨습니다. 신은 머리 얹은 이후로 계속 흉노와 싸우고 있는데, 한 번 선우와 맞닥뜨려 싸우고 싶습니다. 아무쪼록 전위로 명하시어 제일 먼저 목숨을 걸고 선우를 잡도록 해 주십시오."

그러나 대장군 위청은 한편으로 은밀히 황제에게서 당부를 받은 일이 있었다.

"이광은 노령이요, 불운한 자이다. 선우와 대적하게 해서는 안 된다. 대적하게 해도 목적은 달성하지 못할 것이다."

이러한 경계를 받고 있었던 데다가 이때 공손오는 후의 신분을 잃은 채 중장군(中將軍)으로서 대장군을 좇고 있었다. 대장군은 공손오의 옛 은혜를 생각하고 그와 함께 선우에게 맞섬으로써 그가 공을 세울 수 있도록 도와주고 싶었다.

그런 관계로 전장군 이광에게 동쪽 길을 취하게 한 것인데, 이광은 그간의 사정을 알지 못했으므로 동쪽으로 나가는 것을 한사코 사양한 것이었다.

대장군은 청을 받아들이지 않고 장사에게 편지를 주어서 이광의 진영으로 보냈다.

"곧 부서에 나아가 편지에 지시한 대로 하라."

이광은 대장군에게 인사도 하지 않고 출발했다.

심중에 분노가 가득 차서 부서에 취임했고, 군사를 인솔하여 우장군 조이기(趙食其)와 합하여 함께 동쪽 길로 진군했다.

그런데 군대에 길을 안내하는 자가 없었으므로 길을 잘못 들어 대장군보다 늦게 도착했다. 대장군은 선우와 접전했으나 선우가 달아났기 때문에 잡지 못하고 귀로에 올랐는데, 남쪽으로 가서 사막을 지나서야 전장군과 우장군을 만났다.

이광이 대장군을 회견하고 군영으로 돌아오니, 대장군은 장사에게 말린 밥과 탁주를 들려 이광에게 보내 이광과 조이기가 길을 잘못 든 상황을 물었다. 위청은 상서하여 황제께 자세한 보고를 하려던 것인데 이광은 좀처럼 대답하지 않았다. 대장군은 장사에게 이렇게 명령했다.

"막사로 가서 문서에 의해 사실을 심문하라."

그러고는 이광을 재촉하고 책망했다. 이에 이광이 말했다.

"교위들에게는 죄가 없으며, 내가 길을 잘못 든 것이다. 내가 직접 문서를 제출하겠다."

이광은 자기 막부로 돌아와 부하들에게 이렇게 말했다.

"나는 젊은 시절부터 흉노와는 70여 차례나 싸웠다. 이제 다행히도 대장군을 따라 출격하여 선우의 군사와 맞서 싸우려고 했는데, 대장군이 내 부서를 옮겨 길을 멀리 돌아가게 했고, 더욱이 길을 잘못 들기까지 했다. 이것은 천명이 아니겠는가? 내 나이가 60이 넘었으니, 새삼 지금에 와서 도필리에게 취조를 받을 수는 없다."

그러고는 마침내 칼을 빼어 스스로 목을 찔러 자결했다. 이 소식을 듣고 사대부를 비롯하여 이광의 군사들은 모두 소리 높여 울었다. 그 지방 사람들도 이 말을 듣고는 그를 아는 사람이거나 모르는 사람이거나, 늙은이거나 젊은이거나 할 것 없이 모두 눈물을 흘렸다.

우장군은 형리의 손에 넘겨져서 사형 판결을 받았는데 속죄금을 물고 평민이 되었다.

이광은 당호(當戶)·초(椒)·감(敢)이라 불리는 아들이 셋 있었는데, 모두 낭(郎)이 되었다.

어느 날 황제가 한언(韓嫣)과 희롱을 하고 있었는데, 한언의 행동이 불손하여 이당호에게 매를 맞고 도망친 일이 있었다. 그 때문에 황제는 이당호의 용기를 칭찬했지만, 그는 요절하고 말았다. 이당호에게 유복자가 있어 이름을 이릉(李陵)이라고 했다.

이초는 대군 태수로 임명되었는데 역시 이광보다 먼저 죽었다.

이광이 군진에서 죽었을 때 이감은 표기장군을 따라 출전했다.

이광이 죽은 다음해에, 사촌동생 이채는 승상의 몸으로 경제의 능

원 담장 밖에 있는 땅을 침범했다 하여 불경죄로 관리의 손에 넘겨져 문초를 당하게 되었다.

그런데 이채가 문초에 응하지 않으려고 자살하자, 봉국이 몰수되었다.

이감은 교위가 되어 표기장군을 따라 오랑캐 좌현왕을 공격했을 때, 온힘을 다해 싸워 좌현왕의 북과 깃발을 빼앗고 적의 머리를 많이 베었다.

그 공으로 관내후의 작위를 받고 식읍 2백 호를 받았으며, 이광을 대신하여 낭중령이 되었다. 그로부터 얼마 뒤, 이감은 대장군 위청이 자신의 아버지에게 한 일에 원한을 품고 대장군을 쳐서 상처를 입혔다.

대장군은 이 사실을 숨기고 누설하지 않았다. 그러나 뒤에 이감이 황제의 행차를 따라 옹으로 가서 감천궁에서 사냥을 할 때, 위청과 숙질(叔姪) 간인 표기장군 거병(去病)이 그를 활로 쏘아 죽였다.

당시에 거병은 황제에게 총애를 받고 있었으므로 천자는 이 사실을 숨기고 사슴의 뿔에 받혀서 죽었다고 말했다.

그로부터 1년쯤 지나 거병은 죽었다.

이감에게는 딸이 있었는데 태자의 시녀가 되어 총애를 받았다. 그 때문에 이감의 아들 이우(李禹)도 총애를 받게 되었지만 재리(財利)를 좋아하여 이씨의 가풍도 점차로 쇠퇴했다.

• 이하에서 '태사공은 말한다' 전까지는 후인이 첨가해 넣은 것으로 생각된다.

이릉은 장년에 이르러 건장감(建章監)으로 뽑혀서 기사들을 감독했다. 활 쏘는 재주가 능했고 군졸들을 사랑했다.

천자는 이씨가 대대로 장군이었던 것을 생각하고 그에게 기병 8백 명을 이끌도록 했다. 이릉은 일찍이 흉노 땅 2천여 리를 깊숙이 침입하여, 거연현(居延顯)을 지나 지형을 살폈지만 오랑캐를 보지도 못하고 돌아왔다.

기도위로 임명되어 단양(丹陽)의 초나라 사람 5천 명의 장수가 되어 주천(酒泉)과 장액(張掖)에서 활 쏘는 무술을 가르치며 흉노의 침입에 대비했다.

천한(天漢) 2년 가을, 이사장군 이광리(李廣利)는 기병 3만 명을 이끌고 흉노의 우현왕을 기련(祁連)·천산(天山) 방면에서 치고, 이릉에게 궁사와 보병 5천 명을 이끌고 거연 북쪽 천여 리 지점까지 나아가도록 했다. 이것은 흉노의 군사를 이분하여 적병이 이사장군에게만 집중하지 않도록 하기 위함이었다. 이릉이 기일이 되어 돌아오려는데, 선우가 군사 8만 명을 이끌고 이릉의 군대를 포위하고 공격해 왔다.

이릉의 군사 5천 명은 무기와 화살이 다 떨어져 전사자가 전군의 반을 넘었다. 그러나 흉노를 살상한 것도 만여 명이나 되며, 군사를 유인하면서 8일 동안 싸움을 계속했다.

거연까지의 백여 리쯤 떨어진 곳에 이르렀을 때, 흉노는 좁은 길을 막아 끊었다. 이릉의 군대에는 양식이 떨어졌다. 구원병도 오지를 않는데, 오랑캐는 한편으로는 맹공을 가하면서 또 한편으로는 항복을 권하기도 했다. 이릉은 이렇게 말했다.

"폐하께 뭐라고 보고할 면목이 없다."

그러고는 마침내 흉노에게 항복했다.

부하는 거의 다 전사했고, 그 나머지 가운데 이리저리 흩어져 도망쳐 간신히 한나라로 돌아온 것은 4백여 명에 불과했다.

선우는 이릉을 포로로 잡았으나, 전부터 이씨 일가의 명성을 듣고 있었고, 싸워 본 결과 그가 용감하다는 사실을 알았으므로 자기 딸을 아내로 주어 이릉을 존대했다. 한나라에서는 이 소문을 듣고 이릉의 노모와 처자를 죽였다.

그 이후로 이씨의 명성은 떨어지고, 농서의 인사로서 이씨의 문화에 있던 자는 모두 그 문하였던 것을 부끄러워했다.

태사공은 말한다.

옛말에 '그 몸이 바르면 영을 내리지 않고도 행해지고, 그 몸이 바르지 못하면 명령을 내려도 따르지 않는다(《논어》)'고 했는데 진실로 이광과 같은 사람을 두고 말하는 것이리라.

나는 이광을 직접 보았는데 시골사람처럼 투박하고 소탈하며 말도 잘하지 못했다. 이광이 죽던 날, 천하 사람들은 그를 알거나 모르거나 간에 모두가 애도했다. 그의 충실한 마음씨가 정녕 사대부의 신뢰를 얻었기 때문이리라.

속담에 '복숭아나 오얏은 말을 않건만 절로 그 아래 길이 난다'고 했다. 이 말은 사소한 것이지만 큰 이치를 설명할 수 있으리라.

흉노 열전(匈奴列傳)

하·은·주 삼대 이래로 흉노는 항상 중국의 근심과 우환이 되었다. 한나라는 흉노의 강하고 약한 시기를 알고 대비하여 이를 치고자 했다. 그래서 〈흉노 열전 제50〉을 지었다.

흉노의 선조는 하후씨(夏后氏)의 후예로 순유(淳維)라 불렀다. 당(唐), 우(虞) 이전에는 산융(山戎)·험윤(獫狁)·훈육(葷粥) 등의 여러 종족이 북쪽의 미개척지에서 유목 생활을 하고 있었다.

그들의 가축은 주로 말·소·양이었는데 특이한 것으로는 낙타·나귀·노새·버새·청색말·야생마 등이 있었다. 물과 들을 따라 옮겨 살았기 때문에 성곽이나 일정한 주거지도 없고 농사마저 짓지 않았으나, 각자의 세력 범위만은 경계가 분명했다. 글이라는 것이 없었으므로 말로써 약속을 했다.

어린애들도 양을 타고 돌아다니며 활을 당겨 새나 쥐 등을 쏘고, 조금 자라나면 여우나 토끼 사냥을 해서 먹을 것을 충당했다. 장정이 되면 자유자재로 활을 다룰 수 있어, 전원이 무장 기병이 되었다. 따라서 그들은 평상시에 목축에 종사하는 한편 새나 짐승을 사냥해서 생계를 유지했으나, 싸울 때에는 전원이 군사 행동에 나설 수 있었다. 이것은 거의 타고난 천성에서 오는 것이었다.

먼 거리에 쓰이는 무기에는 활과 화살이 있었고, 가까운 거리에서 쓰이는 무기에는 칼과 창이 있었다. 싸움이 유리할 경우는 나아가고 불리할 경우는 물러났는데, 도주하는 것을 수치로 알지 않았다. 무엇이든 이익이 될 만하면 그것을 얻으려 하며 예의 같은 것은 생각지 않았다.

임금을 비롯해 모든 사람들이 가축의 고기를 먹고, 그 가축의 털로는 옷을 해 입거나 침구로 썼다. 건장한 사람을 소중히 위하고 노약자는 천대했으므로, 고기를 나눠 줄 때만 해도 좋은 살코기는 우선적으로 장정들에게 돌아갔고 그 나머지가 노약자의 차지였다.

아비가 죽으면 아들이 아버지의 후처를 아내로 삼고, 형제가 죽으면 남아 있는 형제가 아내를 데려다 자기 아내로 삼았다. 서로 이름을 부르는 것을 꺼리지 않았으며 자(字)같은 것은 아예 없었다.

하나라의 국운이 쇠하자 공유(公劉, 주나라 시조)는 대대로 이어받아 온 직관(稙官, 농사 일을 관장하는 벼슬)의 지위를 잃고 서융(西戎)의 풍습을 따르며, 빈(豳)으로 옮겨 가 도읍을 정하고 살았다. 그 뒤 3백여 년이 지나 융적(戎狄)이 대왕(大王) 고공단보(古公亶父)를 공격했다. 고공단보는 기산 기슭으로 달아났다. 그러자 사람들은 고공단보를 따라 옮겨와서 그곳에 도읍을 세우고 주나라를 일으켰다.

그 뒤 백여 년이 지나 주나라 서백(西伯) 창(昌)이 견이씨(畎夷氏)를 쳤다. 그로부터 10여 년 뒤에 무왕이 은나라 주왕을 무찌르고, 낙양을 도읍으로 정한 다음 풍·호에 살며 융이(戎夷)를 경수와 낙수 이북으로 내쫓았다. 융이는 철따라 조공을 바쳤고, 그들이 사는 지역을 황복(荒服, 변경을 의미)이라 불렀다.

그 뒤 2백여 년이 지나자 주나라의 세력이 약해졌다. 목왕(穆王)이 견융을 정벌하여 네 마리의 흰 늑대와 네 마리의 흰 사슴을 잡아 가지고 돌아왔을 뿐이었다. 그 뒤부터 황복 땅에서는 조공을 바치는 일이 없게 되었다. 그래서 주나라는 보형(甫刑, 보후가 만든 속죄법)이란 것을 만들었다.

목왕 이후 2백여 년이 지나서 주나라 유왕(幽王)은 포사(褒姒)라는 애첩으로 인해 신후(申侯, 왕후 신씨의 아버지)와 틈이 생기게 되었다. 신후는 화가 나서 견융과 함께 쳐들어와 주나라 유왕을 여산(驪山) 기슭에서 죽였다. 이리하여 견융은 마침내 주나라 초획(焦穫)을 빼앗아 경수와 위수 사이에 머물러 살면서 중국을 침범하고 약탈을 하기 시작했다.

한편 진나라 양공이 주나라를 구원했으므로 주나라 평왕은 풍·호를 떠나 동쪽 낙읍으로 도읍을 옮겼다. 이때 진나라 양공은 견융을 치고 피산(岐山)에까지 이름으로써 비로소 제후의 지위에 오르게 되었다.

그로부터 65년 뒤에 산융(山戎)이 연나라를 넘어 와서 제나라를 공격했으므로 제나라 희공(禧公)이 산융과 제나라 도성 밖에서 싸웠다. 그로부터 44년 후에 이번에는 산융이 연나라를 쳤다. 연나라는 곧 위급함을 제나라에 알렸고, 제나라 환공은 산융을 공격해 패주시켰다. 그로부터 20여 년 뒤에 융적이 낙읍으로 쳐들어와 주나라 양왕을 공격했다. 양왕은 정나라 범읍(氾邑)으로 달아났다.

처음 주나라 양왕은 정나라를 치려는 생각에서 융적의 추장 딸을 후(后)로 맞은 다음, 융적의 군사와 함께 정나라를 쳤었다. 그러나 그 뒤로는 적후(狄后)를 멀리하여 사랑하지 않았으므로, 적후는 왕을 원망했다.

이 무렵, 양왕의 계모 혜후(惠后)에게는 자대(子帶)라는 아들이 있었다. 혜후는 자대를 왕으로 앉히려 생각하고 있었다. 그래서 혜후는 적후·자대와 함께 가만히 융적과 내통한 다음 그들을 끌어들였다. 융적은 이로 인해 도성으로 쳐들어올 수가 있었고 결국 양왕을 쳐부숴 내쫓고 자대를 세워 천자로 만들었다.

이리하여 융적은 육혼(陸渾)에서 살기도 하고 혹은 동쪽으로 위(衛)나라에 이르러 중국을 침략하여 도적질하고 포악한 짓을 일삼았으므로 중국에서는 그들을 미워했다. 그래서 시인은 그들에 대해 다음과 같이 노래했다.

융적을 이에 응징하다.(《시경》의 〈노송〉 비궁편)

이에 험윤을 쳐서 대원(大原)에 이르다.(《시경》의 〈소아〉 육월편)

많은 수레를 내어 저 북방에 성을 쌓다.(《시경》의 〈소아〉 출거편)

양왕은 도성 밖에서 살기를 4년이나 했다. 그래서 사신을 진(晋)나라로 보내 위급함을 고했다. 진(晉)나라 문공(文公)은 처음 임금으로 들어앉아 패업을 이룰 생각이었으므로 군사를 일으켜 융적(戎翟)을 쳐서 내쫓고 자대를 무찌른 뒤 양왕을 맞아들여 낙읍에 있게 했다.

당시는 진(秦)과 진(晉)이 강국이었다. 진문공은 융적을 서하의 은수(圁水)와 낙수 사이로 내쫓고 그들을 적적(赤翟)과 백적(白翟)으로 나누어 불렀다. 또한 진(秦)나라 목공(穆公)은 유여(由余)를 신하로 맞아들임으로써 서융의 8국을 복종시킬 수 있었다. 이리하여 농에서부터 서쪽으로는 면저(緜諸)·곤융(緄戎)·적원(翟獂) 등의 융이 있었고, 피산(岐山)·양산(梁山)·형수(涇水)·칠수(漆水) 북쪽에는 의거(義渠)·대려(大荔)·언지(烏氏)·구연(朐衍) 등의 융이 있었다. 그리고 진(晉)나라 북쪽에는 임호(林胡)·누번(樓煩) 등의 융이 있었고, 연나라 북쪽에는 동호(東胡)·산융(山戎)이 있었다. 이들은 각각 떨어져 골짜기에 살고 있었고, 각각 군장(君長)이 있었다. 가끔 백여 개의 융이 합치는 일은 있어도 하나로 단결되지는 못했다. 그로부터 백여 년 뒤에 진(秦)나라 도공(悼公)이 위강(魏絳)을 사신으로 보내 융적과 화친을 맺음으로써 융적은 진나라에 조회하게 되었다.

또 그로부터 백 년 뒤에 조양자(趙襄子)가 구주산(句注山)을 넘어 대나라를 무찔러 병합하고 호맥(胡貉, 북방의 이적)과 경계선을 맞대었다. 그 뒤 조양자는 한나라, 위나라와 함께 지백(智伯)을 없애고 진나라 영토를 나눠 가졌다. 즉 조나라는 구주산 북쪽을 차지하고, 위나라는 하서·상군을 차지하여 융과 경계를 맞대었다.

그 뒤 의거(義渠)의 융이 성을 쌓고 지키고 있었으나, 진나라는 그들의 땅을 잠식해 들어가, 혜왕 때에는 드디어 의거의 25개 성읍을 차지했다. 또 혜왕은 위나라를 쳐서 위나라의 서하와 상군을 전부 진나라에 편입시켰다.

진(秦)나라 소왕(昭王) 때 의거의 융왕이 소왕의 어머니 선태후(宣太后)와 밀통하여 두 아들을 낳았다. 선태후는 의거의 융왕을 속여 감천궁에서 죽인 뒤, 드디어는 군사를 일으켜 의거를 공격해 그 부족의 대다수를 살상했다. 이리하여 진나라는 농서·북지·상군을 차지하고 장성(長城)을 쌓아 오랑캐를 막았다.

또 조나라 무령왕(武靈王)은 풍습을 고쳐, 호복(胡服)을 입고 말을 타고 활 쏘는 것을 가르쳐 북쪽으로 임호·누번을 무찔러 장성을 쌓고, 음산산맥(陰山山脈) 기슭을 따라 고궐(高闕)에 이르는 사이를 요새지로 만들고, 운중·안문·대 등 삼군(三郡)을 두었다. 그 뒤, 연나라 명장 진개(秦開)가 흉노에게 인질로 가 있으면서 그들의 신뢰를 받은 다음 연나라로 돌아오자 곧 동호를 습격하여 패주시켰다. 이때 동호는 천여 리나 후퇴를 했다. 형가(荊軻)와 함께 진(秦)나라 왕 정(政, 진시황)을 죽이러 갔던 진무양은 진개의 손자다.

연나라 역시 조양(造陽)에서 양평에 이르는 장성을 쌓고 상곡·어양·우북평·요서·요동의 여러 군을 두어 오랑캐를 막았다. 중국에서는 문물제도를 갖춘 전국(戰國)이 7개 국이 있었는데 그중 3개 국(연·

조·진)은 흉노와 경계를 맞대고 있었다. 그 뒤 조나라 장군 이목이 있는 동안은 흉노가 감히 조나라 변경을 침입하지 못했다.

그 후 진나라가 6국을 없애 버리자, 시황제는 몽염에게 10만 군사를 주어 북쪽으로 흉노를 치게 했다. 몽염은 하수 남쪽 땅을 모두 손아귀에 넣고 하수를 이용하여 요새를 만드는 한편, 하수를 따라 44개 소에 현성(縣城)을 쌓고 죄수들로 이루어진 군사를 옮겨다가 이를 지키게 했으며, 구원(九原)에서 운양(雲陽)에 이르는 도로를 개통시켰다. 또한 험준한 산을 국경으로 삼고 골짜기를 이용하여 참호로 만들며, 보충해야 할 곳은 손을 더해 임조에서 요동에 이르기까지 1만여 리에 달하는 장성을 쌓았다. 또 황하를 건너가 양산과 북가까지 차지했다.

당시는 동호가 강하고, 월지(月氏)도 세력이 왕성했다. 흉노의 선우는 두만(頭曼)이라 불렀다. 두만은 진나라를 당해내지 못해 북쪽으로 옮겨 갔다. 그로부터 10여 년이 지나 몽염이 죽고 제후들은 진나라를 배반하여 중국이 소란스러워지자, 진나라가 변경을 지키기 위해 보냈던 수비병들은 모두 이탈하고 말았다. 흉노는 마음놓고 다시 차츰 황하를 건너 남으로 내려와, 마침내는 옛날 요새선(要塞線)에서 중국과 경계를 맞대게 되었다.

두만 선우에게는 태자가 있었는데 이름은 묵돈이라고 했다. 그런데 뒤에 총애하는 연지에게서 다시 작은아들을 얻게 되자, 선우는 묵돈을 폐위시키고 작은 아들을 태자로 세울 목적으로 묵돈을 월지에 볼모로 보냈다. 묵돈이 월지에 볼모로 있을 때, 두만 선우는 갑자기 월지를 공격했다. 월지는 선우의 예상대로 묵돈을 죽이려 했으나, 묵돈은 준마를 훔쳐 타고 본국으로 도망쳐 왔다.

두만은 일이 어긋나기는 했으나 그의 용기를 장하게 여겨 기병 1만 명을 거느리는 장군으로 맞았다. 이후 묵돈은 오적(嗚鏑, 소리나는 화살)을 만들어서 부하들에게 나누어 주고 활쏘기를 익히도록 한 뒤 이렇게 명령을 내렸다.

"내가 명적을 쏘거든 다같이 그곳에 대고 쏘아라. 쏘지 않는 자는 죽인다."

그런 다음 수렵에 나섰을 때 묵돈은 자신이 명적을 쏘아댄 곳에 쏘지 않은 자를 그 자리에서 베어 죽였다.

조금 뒤 묵돈이 명적을 자기의 애마에게 날렸다. 그러자 좌우에서 차마 쏘지 못하는 자가 있었다. 묵돈은 역시 당장에 그들을 잡아 죽였다. 얼마 후에 그는 또 명적을 자기 애첩에게 날렸다. 좌우의 군사들 중에서 감히 쏘지 못하는 자가 있자, 묵돈은 그들 역시 죽였다.

얼마 뒤에 묵돈은 수렵에 참가해서 명적을 선우가 타고 있는 말에 날렸는데, 곁에 있던 부하들은 모두 일제히 거기에 쏘아댔다. 그제야 묵돈은 비로소 부하 전원이 자기의 명령에 따른다는 확신을 가지게 되었다. 그리고 다음 수렵에 나갔을 때 묵돈은 명적을 아버지 두만에게 날렸다. 과연 그의 부하들은 일제히 화살을 날려 두만 선우를 죽였다. 묵돈은 잇달아 그의 계모, 아우 및 자기를 따르지 않은 대신들을 모조리 죽이고 스스로 선우가 되었다.

묵돈이 선우에 올랐을 당시 동호의 세력이 강성했다. 동호에서는 묵돈이 아비를 죽이고 스스로 왕이 되었다는 것을 듣고 그에게 사자를 보내 두만이 생전에 가지고 있던 천리마를 얻고 싶다고 청했다. 이에 묵돈이 신하들의 의견을 묻자, 신하들은 모두 이렇게 말했다.

"천리마는 흉노의 보배입니다. 주지 마십시오."

그러자 묵돈은 이렇게 말했다.

"서로 나라를 이웃하고 있으면서 어떻게 말 한 마리를 아낄 수 있겠는가."

그리하여 결국 천리마를 내주었다. 얼마쯤 뒤에는 묵돈이 자기들을 무서워하고 있는 줄로 안 동호가 다시 사자를 보내 선우의 연지 중에 한 사람을 얻어 가지고 싶다고 청했다. 묵돈이 또 좌우에게 물었다. 좌우는 모두 화를 내며 말했다.

"동호는 무례합니다. 그러기에 연지를 요구하고 있는 것입니다. 쳐서 버릇을 고쳐 주어야 합니다."

그러나 이때도 묵돈은 이렇게 말했다.

"나라를 이웃하고 있으면서 어떻게 여자 하나를 아낄 수 있겠는가."

그리고 드디어 사랑하는 연지 한 사람을 골라 동호에게 보내 주었다.

이로써 동호는 더욱 교만해져서 마침내는 국경을 침범하려 했다. 당시 동호와 흉노 사이에는 천여 리에 걸쳐 아무도 살지 않는 황무지가 놓여 있었다. 동호는 이 황무지에 눈독을 들이고 사자를 보내 묵돈에게 이렇게 전했다.

"흉노와 우리가 경계하고 있는 황무지는 흉노로서는 어차피 무용

지물이니까 우리가 차지했으면 좋겠소."

묵돈이 이 문제를 신하들에게 묻자, 몇 사람이 이렇게 말했다.

"이건 이래저래 버린 땅입니다. 주어도 좋고 안 주어도 좋을 것 같습니다."

그러자 묵돈은 크게 화를 내며 말했다.

"땅은 나라의 근본이다. 어떻게 그것을 내줄 수 있단 말이냐."

그러고는 주어도 좋다고 한 자들을 모조리 참수한 다음, 곧 말에 올라 전국에 명령을 내렸다.

"이번 출전에 낙후한 자는 죽이겠다."

그리고 마침내 동쪽으로 동호를 습격했다. 동호는 처음에 묵돈을 업신여겨 흉노에 대한 방비를 거의 하지 않았다. 그 때문에 묵돈은 순식간에 동호를 대파해 그 왕을 죽이고 백성을 사로잡고 가축을 빼앗을 수 있었다.

그리고 돌아오자, 이번에는 서쪽으로 월지를 쳐서 패주시켰고, 남쪽으로 하남의 누번왕(樓煩王)·백양왕(白羊王) 등의 영지를 병합하는 한편, 일찍이 진나라의 몽염에게 빼앗겼던 흉노 땅을 모조리 되찾았다. 이렇게 본래의 하남 요새선으로 한나라와 경계를 삼고 그곳에 관문을 설치해 조나(朝那)·부시(膚施), 나아가서는 연·대에까지 침입하게 되었다.

당시 한나라 군대는 항우와 서로 버티고 있었으므로 중원 천하는 전쟁에 지쳐 있었다. 묵돈이 손쉽게 흉노를 강화할 수 있었던 것도 그 때문이었다. 흉노에는 활에 능숙한 군사만 해도 30만에 이르렀던 것이다.

순유에서 두만에 이르기까지 천여 년 동안, 강성하던 때도 있었고 약한 때도 여러 번이었으며 이합집산 또한 무수했으므로 흉노 선우의 세계(世系)를 순서대로 기록할 수는 없다. 그러나 묵돈 시대에 들어와 흉노는 가장 강성해져서 북방 오랑캐들을 모조리 항복시키고 남쪽에 있어서는 중국과 적대관계를 이루게 되었다. 대대로 전해오는 그들의 관직 명칭은 다음과 같다.

선우 밑에는 좌우의 현왕(賢王), 좌우의 곡려왕(谷蠡王), 좌우의 대장(大將), 좌우의 대도위(大都尉), 좌우의 대당후(大當戶), 좌우의 골도후(骨都侯) 등이 설치되어 있었다. 흉노에서는 어질다는 것을 도기(屠耆)라고 했기 때문에, 언제나 태자를 좌도기왕(左屠耆王)이라 일컬었다. 좌우의 현왕 이하 당후에 이르기까지 크게는 기병 1만 명에서 적게는 몇천 명을 거느리는, 크고 작은 통솔자가 총 24장(長)이 있었는데, 이들은 통상 만 기를 거느렸다. 여러 대신들은 그 벼슬을 세습했으며 호연씨(呼衍氏)·난씨(蘭氏), 뒤에는 수복씨(須卜氏)까지 3개 성이 귀족이었다.

모든 좌방(左方)의 왕과 장들은 동쪽 방면에 살며 상곡군에서부터 동쪽을 맡아 예각(穢貉)과 조선(朝鮮)에 접해 있었다. 우방(右方)의 왕과 장들은 서쪽 방면에 살고 있어 상군에서부터 서쪽을 맡아 월지와 저(氐)·강(羌)과 접해 있었다. 또 선우의 정(庭, 도읍지)은 대군·운중군과 마주보고 있었다. 이들은 각각 일정한 영역이 있어서 물과 풀을

따라 옮겨 살았는데, 좌우현왕·좌우곡려의 영역이 가장 크고, 좌우 골도후는 선우의 정치를 보좌했다. 장들은 또 각각 자기 나름대로 천장(千長)·백장(百長)·십장(什長)·비소왕(裨小王)·상(相)·봉도위(封都尉)·당후(當戶)·저거(且渠) 등의 벼슬을 두었다.

정월에는 선우가 있는 정(庭)에서 모든 장들이 소회(小會)를 열고 제사를 지냈다. 5월에는 농성에서 대회(大會)를 열고 조상과 천지신명과 귀신에게 제사를 지냈다. 가을에 말이 살찔 때에는 대림(蹛林)[20]에서 대회를 열어 백성과 가축의 수효를 조사했다.

그들의 법률은 대개 이러했다.

평상시에 칼을 한 자 이상 빼낸 사람은 사형에 처하고, 도둑질한 사람은 그의 재산을 몰수하고, 경범죄를 범한 사람은 알형(軋刑)[21]에 처하고, 중죄를 범한 사람은 사형에 처한다. 옥에 가둬두는 것은 길어야 열흘 이내이며, 옥에 갇힌 사람은 전국을 통해 몇 명에 불과했다.

선우는 아침에 영(營)을 나와 막 떠오르는 해에게 절을 하고 저녁에는 또 달을 보고 절을 했다. 앉는 자리의 차례는 왼쪽을 윗자리로 하고 북쪽을 향해 앉았다. 무일(戊日)과 기일(己日)을 길일(吉日)이라 하여 소중하게 여겼다. 죽은 사람을 보낼 때는 시체를 널과 바깥 널에 넣고 그 속에 금은(金銀)과 가죽옷들을 넣었는데, 무덤에 봉분을 하거나 나무를 심거나 하는 일은 없고 상복을 입지도 않았다. 임금이 죽게 되면 사랑받던 신하나 첩들 중에 따라 죽는 사람이 많을 때에는

20 지명이라고도 하고, 또는 숲에 둘러싸여 있는 제사 지내는 곳이라고도 한다.
21 태형(笞刑)이라고도 하고, 칼로 얼굴에 상처를 내거나 수레로 뼈마디를 깔고 지나가는 형벌을 가리킨다.

몇 십 명에서 백 명에까지 달했다.

전쟁을 일으킬 때에는 항상 달 모양을 보고 결정했다. 달이 커져서 둥글게 되면 공격을 하고 이지러지면 후퇴했다. 공격이나 싸움을 할 때에 적의 목을 베거나 적을 포로로 잡은 사람에게는 술을 하사하고 노획품은 노획한 본인에게 주는데, 사람을 생포했을 경우에는 잡은 사람의 하인이나 하녀로 삼았다. 그렇기 때문에 싸움을 할 때는 누구나가 이득을 얻으려고 교묘히 적을 유인하여 한꺼번에 덮치곤 했다. 그래서 적을 보기만 하면 이득을 바라고 새떼처럼 모여들지만, 일단 싸움이 불리해져서 패색이 짙어지면 뿔뿔이 흩어져 달아나 버렸다. 또한 싸움에서 자기편 전사자를 거두어 준 자에게는 전사자의 재산을 몽땅 주었다.

그 뒤 묵돈은 북쪽으로 혼유(渾庾)·굴야(屈射)·정령(丁零)·격곤(鬲昆)·신리(新犁) 등의 항복을 받아냈으므로, 흉노의 모든 귀족과 대신들은 묵돈 선우에 감복해 그를 현군(賢君)으로 우러러보았다.

한나라가 중화를 평정해 천하 통일을 이룩한 것도 이 무렵의 일이었다. 당시 고조는 한신을 대(代)로 옮겨 마읍에 도읍을 정하게 했다. 그러나 얼마 뒤에 흉노의 공격을 받아 한신은 흉노에게 항복하고 말았다.

흉노는 한신을 손아귀에 넣자, 그 기세를 타서 군사를 이끌고 남하해 구주산을 넘어 태원에 쇄도했고, 마침내는 진양성 밑까지 육박했다. 이에 고제는 친히 정벌하고자 출병했지만, 때마침 겨울이라 추위가 심하고 눈이 많이 내렸기 때문에 병사 중에 손가락을 잃을 정도의 동상자가 속출했다.

묵돈은 때를 기다렸다는 듯이 패주를 가장하여 한나라 군대를 계속 유인했고, 한나라 군대는 그의 예상대로 묵돈을 추격했다. 묵돈은 정예부대를 숨겨 두었으므로, 한나라는 흉노의 군사를 약졸로 업신여긴 나머지 전군을 투입하여 보병을 32만 명으로 늘리고 달아나는 흉노의 군대를 좇아 북쪽으로 나아갔다.

고제 자신이 군대의 선두에 서서 평성에까지 이르렀을 때였다. 보병이 도착하기도 전에 묵돈의 정예부대 40만이 고제를 백등산(白登山) 위로 몰아넣었다. 한나라 군대는 7일 동안이나 후진과 떨어져 식량 보급과 구원을 받을 수가 없었다.

당시 흉노의 포위진은 서쪽에 백마(白馬), 동쪽에 청방마(青駹馬, 흰 바탕에 푸른 색), 북쪽에 오려마(烏驪馬, 흑색), 남쪽에 성마(騂馬, 적황색)의 기마대를 배치했다.

고제는 몰래 사자를 연지에게 보내 후한 선물[22]을 주었다. 그러자 연지는 묵돈에게 이렇게 말했다.

"두 나라 임금이 서로 곤경에 처해져서는 안 됩니다. 지금 한나라 땅을 얻어 보아야 선우께서 그곳에 살 수 있는 것도 아니잖습니까. 그리고 한나라 왕은 신병(神兵)의 도움을 받는다 합니다. 선우께서는 부디 이런 점을 살펴주십시오."

때마침 합류하기로 되어 있던 한신의 장군 왕황(王黃)과 조리(趙利)

22 고조는 이때 진평(陳平)의 헌책에 따라 선우의 연지에게 '선우가 한나라 땅에 오게 되면 한나라 미녀를 사랑하게 된다'고 설득했다 한다.

등이 기약한 날이 지나도 오지 않았으므로 묵돈은 혹시 그들과 한나라 사이에 내통이 있었던 것은 아닐까 의심하고 있었다. 그래서 연지의 말을 받아들여 포위망의 일부를 풀어주었다. 고제는 군사들에게 활을 흉노 쪽으로 겨누게 하며, 그 풀어준 포위망을 빠져나와 후진의 대부대와 합류할 수 있었다.

이윽고 묵돈은 군사를 이끌고 떠나갔다. 한나라 역시 군사를 이끌고 철수했으며, 유경(劉敬)을 사신으로 보내 묵돈과 화친의 약속을 맺었다.

그 뒤, 한신은 흉노의 장군이 되자 자주 약속을 배반하여 조리와 왕황과 함께, 대군과 운중군에 쳐들어와 약탈을 일삼았다. 또한 그로부터 얼마 뒤에는 진희가 반역을 꾀하는 한편 한신과 내통하여 대를 공격했다. 한나라에서는 번쾌를 시켜 이를 치게 했다. 번쾌는 대·안문·운중의 여러 군현을 수복했으나 방어선 밖으로는 나가지 않았다.

이 무렵 한나라 장수 중에는 흉노에 투항하는 자가 많았으므로 묵돈은 언제나 마음놓고 대나라에 침입하여 약탈하곤 했다.

고제는 이를 걱정한 나머지 유경을 시켜 종실의 딸을 공주라고 속여 선우의 연지로 보냈다. 또 해마다 흉노에게 일정량의 무명·비단, 누룩·곡식 등을 보내 주기로 하고 형제로서의 약속을 맺어 화친했다.

그래서 묵돈도 잠시 침략을 중지했다. 그러나 뒤에 연나라 왕 노관(盧綰)이 한나라를 배반하고 그의 일당 수천 명을 거느리고 흉노에게 항복한 다음, 상곡군 동쪽 지역에 출동하여 주민을 괴롭혔다.

고조가 죽고 효혜제·여태후 시대에 들어와서는 한나라가 천하를

평정한 지 얼마 되지 않았으므로 흉노는 여전히 교만했다.

어느 날 묵돈은 고후(高后)에게 망언의 편지[23]를 보냈다. 고후는 격노한 나머지 묵돈을 치려고 했으나 여러 장군들이 다음과 같이 만류했다.

"고제는 현명과 무용을 가지고서도 오히려 평성에서 곤욕을 치렀습니다."

그래서 고후는 공격을 그만두기로 하고 다시 흉노와 화친했다.

효문제가 즉위하자 화친의 조약을 다시 확인했다. 그런데 효문제 3년 1월에 흉노의 우현왕이 하남 땅으로 침입해 자리를 잡고 상군의 요새를 공격하여, 그곳을 지키고 있던 한나라 측의 만이(蠻夷)들을 살해하고 약탈을 일삼았다. 따라서 효문제는 승상 관영에게 명해 거기 8만 5천을 징발시켜 고노(高奴)에 주둔 중인 우현왕을 치게 했다. 우현왕은 패주해 요새선 밖으로 물러갔다. 그런데 효문제가 태원으로 행차한 틈을 타서 제북왕이 반란을 일으켰으므로, 효문제는 급히 장안으로 되돌아와야 했다. 따라서 승상의 흉노 공격도 중지되고 말았다.

그 이듬해, 선우는 한나라에 다음과 같은 글을 보냈다.

하늘이 세우신 흉노의 대선우는 삼가 황제에게 문안하오니 그간 무양하십니까? 앞서 황제께서 화친에 관한 말씀을 해왔을 때 서한의

23 《한서》에 의하면 '폐하는 홀몸이요, 나 또한 홀몸이라, 둘 다 즐겁지 못하오. 그러니 스스로 즐거움을 찾을진대, 내 가진 것으로써 그대의 빈 곳을 채우게 하오'라고 했다 한다. 다시 말해 여후와의 혼인을 청한 것이다.

취지가 마음에 들어 화친을 맺었었소. 그런데 한나라 변경의 관리들이 우리 우현왕을 모멸해 침범했고, 우현왕 또한 선우에게 알리지 않고 휘하의 후의(後義)·노후(盧侯)·난지(難氏)—모두 흉노의 장군—등의 계책을 받아들여 한나라 관리들과 상쟁함으로써 두 나라 임금의 약속을 깨뜨리고 형제로서의 사랑하는 정을 벌려 놓고 말았던 거요. 황제로부터의 책망의 편지가 두 번이나 도착한지라 이쪽에서도 사신을 보내 황제께 글로써 회답을 했었는데, 그 사신은 돌아오지 않았고 다시 그 사이에 일어난 일을 알려 주는 한나라 사신도 오지 않았었소. 이리하여 한나라도 우리와 화친을 꾀하지 않고, 우리도 한나라와 친할 수가 없게 되었던 거요. 지금 작은 관리들이 약속을 깨뜨린 죄를 물어 이번에 우현왕에게 그 벌로써 서쪽으로 월지를 토벌하게 했었소. 다행히도 하늘의 가호로 단련된 정예부대와 강건한 말로써 월지를 쳐부수어, 이를 모조리 죽이거나 항복시키고 누란(樓蘭)·오손(烏孫)·호걸(呼揭)—모두 서방의 오랑캐 나라—및 그 인접 26개 국을 평정하여 이들 땅을 모두 흉노에 병합했소. 이리하여 활로 무기를 삼는 모든 민족은 합하여 한 집안이 되었고, 북쪽 지방은 이미 안정을 보게 된 거요. 될 수 있으면 전쟁을 그치고 사졸들을 쉬게 하며 말을 길러 앞서의 일들을 잊고 본래의 약속을 찾아, 이로써 변경의 백성들을 편안케 하고 당초의 친선관계로 되돌아가 나이 어린것들이 건강하게 성장하고, 늙은이들이 안정된 생활을 보낼 수 있게 하여 대대로 태평을 노래하게끔 만들었으면 하고 바라는 바요. 그러나 황제의 의향이 어떠하신지를 알 수 없는지라 낭중 계우천(係雩淺)을 사신으로 이 글

을 받들어 올리게 하고 아울러 낙타 한 마리와 기마 두 필, 수레를 끄는 말 두 사(駟, 여덟 필의 말)를 드리는 바요. 황제께서 만일 한나라 변방 요새 지대에 우리가 접근하는 것을 바라지 않으신다면 수비대와 주민들에게 영을 내려 변방에서 멀리 떨어져 살게 해 주셨으면 하오. 그리고 이 사신이 도착하는 즉시 무사히 돌려보내 주시어 6월 안으로 신망(薪望)에 돌아와 닿게끔 배려하시길 바라오.

글이 도착하자, 한나라에서는 화친과 전쟁 중 어느 것을 택하느냐를 놓고 의논을 거듭했는데 대신들은 모두 이렇게 의견을 모았다.

"선우는 새로 월지를 깨뜨리고 승리한 기세를 타고 있습니다. 공격을 해서는 안 되옵니다. 그리고 흉노의 땅은 차지해 보아야 늪과 소금기가 많은 황무지뿐으로 사람이 살 수는 없습니다. 화친하는 편이 훨씬 유리하옵니다."

이리하여 한나라는 화친을 허락했다. 그리고 효문제 전원(前元) 6년에 한나라는 흉노에게 다음과 같은 글을 보냈다.

황제는 삼가 흉노의 대선우에게 안부를 묻소. 그런데 낭중인 계우천을 사신으로 하여 짐에게 보내온 글에 말하기를 '우현왕은 선우에게 청하지도 않고, 후의·노후·난지 등의 계책을 받아들여 두 나라 임금의 약속을 깨뜨리고 형제로서의 사랑하는 정을 벌어지게 해버렸다. 그로 인해 한나라는 우리와 화친을 하지 않고 우리도 한나라와 친할 수 없게 되었던 것이다. 지금 작은 관리들이 약속을 깨뜨린 죄를 물어 이번에 우현왕에게 그 벌로써 서쪽으로 월지를 치게 하여 모조리 이를 평정시켰다. 될 수 있으면 전쟁을 중지하고 사졸들을 쉬게 하며 말을 길러 앞서의 일들을 잊고 본래의 약속을 되찾아, 이로써 변경의 백성들을 편안케 하고 나이 어린 것들은 건강하게 성장할 수 있게 하며, 늙은 이에게도 안정된 삶을 보내게 하여 대대로 태평을 노래하게 하고 싶다'고 했는데, 짐은 심히 이를 가상히 여기는 바요. 이것이야말로 옛 성왕의 뜻이오. 한나라는 흉노와 형제가 되는 약속을 맺었으므로 선우에게 매우 후한 선물을 보내 주고 있었으나 약속을 배반하고, 형제로서의 사랑하는 정을 벌어지게 한 것은 언제나 흉노 쪽이었소. 그러나 우현왕의 일은 이미 이번 대사령이 내리기 이전의 일이었으니 선우께선 그를 너무 책하지 말아 주오. 그리고 만일 선우가 이쪽 편지의 뜻에 찬성하여 귀국의 모든 관원들에게 약속을 배반하는 일이 없이 신용을 지키게끔 분명히 포고를 해 주신다면 짐도 또한 삼가 귀하가 보낸 글의 내용과 같이 하겠소. 사신의 말에 의하면 선우께선 몸소 장군이 되어 여러 나라를 쳐서 공을 세우고 싸움으로 인한 고생이 많았다 하니 이를 위로하는 뜻에서 짐이 입는 비단 겹옷, 비단 속옷, 비단 웃옷 각각 한 벌, 비여(比余, 빗) 1개, 황금 장식띠 1개, 황금 띠고리 1개, 수놓은 비단 10필, 비단 30필, 붉은 비단, 푸른 비단 각각 40필을 중대부 의(意)와 알자령 견(肩)을 시켜 선우에게 보내 주는 바요.

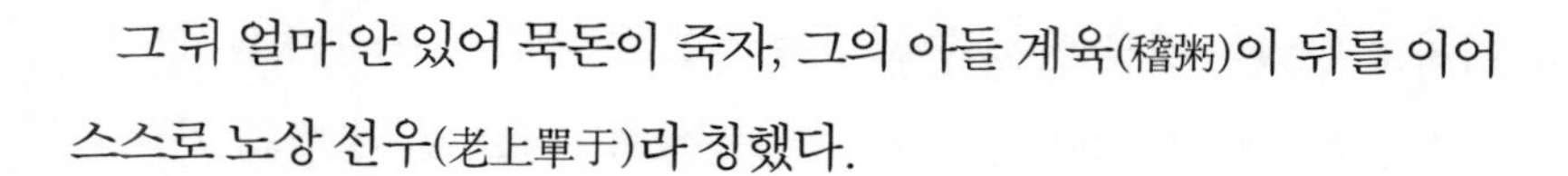
그 뒤 얼마 안 있어 묵돈이 죽자, 그의 아들 계육(稽粥)이 뒤를 이어 스스로 노상 선우(老上單于)라 칭했다.

노상 계육 선우가 즉위하자, 효문제는 곧 종실의 딸을 공주라 속여 흉노에게 보내 선우의 연지로 만들었다. 그리고 환관 중 연나라 사람인 중항열(中行說)을 공주의 부(傅, 보호관)로 삼았다. 중항열은 흉노에 가는 것을 꺼려 사퇴했으나 허락되지 않았으므로 이렇게 투덜거리며 떠났다.

"내가 가면 반드시 한나라의 화가 될 것이다."

중항열은 흉노 땅에 도착하자마자 선우에게 투항하여 곧 그의 총애를 받게 되었다. 처음 흉노는 한나라의 비단·무명이나 음식 등을 애용하고 있었는데, 중항열은 그 점을 들어 선우에게 진언했다.

"흉노의 인구는 한나라 한 군에도 미치지 못합니다. 그런데도 흉노가 강한 것은 입고 먹는 것이 한나라와 다르고 그것을 한나라에 의존하는 일이 없기 때문입니다. 지금 선우께서 풍습을 바꾸어 한나라 물자를 좋아하시게 되면, 한나라가 자기 나라에서 소비하는 물자의 10분의 2를 흉노에게 소비시키기도 전에 흉노는 모두 한나라에 귀속되고 말 것입니다. 한나라의 비단과 무명을 손에 넣게 되시거든 그것을 입으시고 풀과 가시밭 사이를 헤치고 돌아다니십시오. 그러면 옷과 바지가 모두 찢어져 못 쓰게 될 것입니다. 그리하여 비단과 무명이 털로 짠 옷이나 가죽옷만큼 튼튼하고 좋은 점을 따르지 못한다는 것을 온 나라에 보여 주십시오. 또 한나라의 음식을 얻게 되시거든 이를 모두 버리십시오. 그리고 그것들이 젖과 건락(乾酪)의 편리하고 맛있는 것을 따를 수 없다는 것을 온 나라에 보여 주십시오."

또 그는 선우의 좌우에 있는 사람들에게 기록하는 방법을 가르쳐 인구와 가축을 조사하도록 시켰다. 또 종래 한나라가 선우에게 편지를 보내올 때에 서판(書板)은 한 자 한 치의 것을 쓰고, 그 내용의 첫머리는 이러했다.

'황제는 삼가 흉노의 대선우에게 문안하오니 무양하십니까? 그리고 보내 주는 물건은…… 용건은…….'

중항열(中行說)은 선우가 한나라에 글을 보낼 때는 한 자 두 치의 서판을 쓰게 하고, 도장과 봉투를 세로나 가로가 다 크게 하며 글투도 거만하게 이렇게 쓰게 했다.

'천지가 낳으시고, 일월이 세우신 흉노의 대선우는 삼가 한나라 황제에게 문안하노니 무양하신지? 그리고 보내는 물건은…… 용건은…….'

또한 한나라 사신으로서, '흉노의 풍습에서는 노인을 천대하고 있다'고 하는 사람이 있자, 중항열은 그 한나라 사신에게 모질게 따져 물었다.

"당신들 한나라 풍속에도 누군가가 주둔군의 수비를 위해 군대로 떠나게 될 때에는, 그 늙은 양친이 자기들의 두껍고 따뜻한 옷을 벗어 주고, 살찌고 맛있는 음식을 나누어 군대에 나가는 사람에게 보내 주지 않는가?"

"그렇다."

"흉노는 다 잘 알다시피 싸움을 일로 알고 있다. 늙고 약한 사람은 싸울 수가 없다. 그러기에 자기들이 먹을 살찌고 맛있는 음식을 건장한 사람들에게 먹이는 것이다. 즉 이같이 분수에 따라 스스로 보호하

는 만큼, 아비와 자식이 오랫동안에 걸쳐 몸을 보존할 수가 있는 것이다. 그것을 가지고 어떻게 흉노가 노인을 가볍게 안다고 할 수 있겠는가?"

"그러나 흉노는 부자가 같은 막사 속에 살며 아비가 죽으면 남아 있는 형이나 동생이 그의 아내를 맞아 자기 아내로 삼는다. 옷과 관과 묶는 띠 등 아름다운 예복도 없고 조정에 있어서의 의식과 예절도 없다."

"흉노의 풍습에서는 사람은 가축의 고기를 먹고 그 젖을 마시며 그 털가죽을 옷으로 한다. 가축은 풀을 먹고 물을 마시며 철에 따라 이동을 한다. 그러므로 싸울 때에는 사람들이 말 타고 활 쏘는 법을 익히고 평상시에는 일없는 것을 즐긴다. 법과 규칙은 가볍고 편리하여 실행하기가 쉽다. 임금과 신하의 관계는 간단하고 쉬워, 나라의 정치가 마치 한 집안의 일과도 같다. 부자형제가 죽으면 남은 사람이 그의 아내를 맞아 자기 아내로 하는 것은 뒤가 끊어지는 것을 두려워하기 때문이다. 그러므로 흉노는 어지럽기는 하지만 종족만은 그대로 유지할 수 있다. 그런데 중국의 경우, 외면상으로 아비나 형의 아내와 장가드는 일은 없지만, 친족 관계의 거리가 멀어지게 되면 서로 죽이기까지 한다. 혁명이 일어나 제왕의 성이 바뀌는 것도 다 그런 예다. 그리고 예의를 말하더라도 충성이나 믿음의 마음도 없이 예의를 강요하기 때문에 위아래가 서로 원한으로 맺어져 있고, 집만 보더라도 너무 좋은 집을 지으려고 하기 때문에 생활하는 데 필요한 힘을 다 써버리고 만다. 대개 밭갈이하고 누에를 길러 먹고 입는 것을 구하고 성을 쌓아 방비를 하기 때문에, 백성들은 전시에는 싸움을 익히지 않고 평시에는 생업에 지치고 만다. 슬프다! 흙집에 살고 있는 한나라 사람이여, 자기들이 하고 있는 일을 잘 반성해 보고 필요치 않은 잔소리는 하지 않는 것이 좋을 것이다. 관을 써 보았자 무슨 수가 있는 것도 아니잖은가."

그 뒤로 한나라 사신이 뭐라고 변론을 하려고 하면, 그때마다 중항열은 이렇게 말했다.

"한나라 사신이여, 여러 말 필요 없다. 한나라가 보내는 비단·무명·쌀·누룩의 수량이 정확히 맞고 품질이 좋으면 그만이다. 그 밖에 다른 말은 필요 없다. 보내 주는 물건이 수량대로이고 질이 좋은 것이면 좋지만, 수량도 맞지 않고 질도 나쁠 경우에는 곡식이 익는 가을을 기다렸다가 기마로 농작물을 짓밟아 버릴 것이다."

그러고는 밤낮으로 선우에게 한나라로 쳐들어가는 데 편리한 지점을 지켜보게 했다.

효문제 14년, 흉노 선우의 기병 14만 명이 조나·소관에 쳐들어와 북지도위 앙을 죽이고 다수의 주민과 가축들을 잡아갔다. 그리고 드디어 팽양(彭陽)까지 진출해서 기습부대를 풀어 회중궁(回中宮)을 불태우고 척후의 기병대는 옹에 있는 감천궁에 이르렀다.

그래서 효문제는 중위 주사(周舍)와 낭중령 장무(張武)를 장군으로 하여, 전군(戰軍) 천 승과 기병 10만을 보내 장안 근방에 진을 치고 흉노의 침입에 대비하는 한편, 창후(昌侯) 노경(盧卿)을 상군 장군으로, 영후(甯侯) 위속(魏)를 북지장군으로, 융려후(隆慮侯) 주조(周竈)

를 농서장군으로, 동양후(東陽侯) 장상여(張相如)를 대장군으로, 성후(成侯) 동혁(董赤)을 전장군으로 각각 임명하고, 나아가 흉노를 치게 했다.

그러자 선우는 요새선 안으로 들어와 한 달 남짓 있다가 가버렸다. 한나라 군사는 뒤쫓아 요새선을 나가기는 했으나 아무런 전과도 없이 곧 되돌아왔다.

흉노는 날이 갈수록 교만해져서 해마다 변경으로 침입하여 무수한 주민과 가축들을 살상하고 약탈했는데, 특히 운중군과 요동군이 가장 심했고, 대군까지 포함하면 희생자가 1만 명에 달했다. 한나라는 이것을 걱정하여 사신을 보내 흉노에게 글을 전하고 선후도 당후에게 회답 편지를 보내 사과를 하는 등 다시 화친에 대해 논의했다. 그래서 효문제 후원(後元) 2년에 사신을 보내 흉노에게 다음과 같이 글을 보냈다.

황제는 삼가 흉노의 대선우에게 문안하노니 그간 무사하신지? 당호 저거(且居, 흉노의 관직명) 조거난(雕渠難)과 낭중 한요(韓遼)를 시켜 짐에게 말 두 필을 보내 주셨는데, 그것은 이미 도착하여 삼가 받았소. 그런데 우리 선황제(고조)의 조칙에는 '장성 이북의 활쏘기에 뛰어난 흉노에서는 명령을 선우로부터 받고 장성 안의 의관속대(衣冠束帶)의 집(한나라)은 짐이 이를 통솔하여 만백성에게 밭갈이와 베짜기, 사냥에 의해 입고 먹게 하여 아들과 아버지가 떨어지는 일이 없고, 임금과 신하가 서로 편안히 하여 함께 포학한 일을 하는 일이 없으리라' 했는데, 지금 들리는 바에 의하면 사악한 백성들이 탐욕스럽게도 이익을 좇아 나아가 취하기를 꾀하고, 의리를 배반하고 약속을 어겨 만백성의 생명을 생각지 않고 두 나라 임금의 친목을 갈라놓았다 합니다. 그러나 그것은 이미 지나간 일이오. 보내신 글에 말하기를 '두 나라는 이제 화친하여 두 임금이 함께 즐기며, 싸움을 그쳐 군사를 쉬게 하고 말을 길러 대대로의 번영과 낙을 위해 조용히 새 출발을 하고 싶다'고 했는데 짐은 심히 이를 가상히 여기는 바요. 성인은 날마다 새롭게 그 잘못을 고치고, 보다 나은 정치를 시작하여 늙은이를 편안히 지낼 수 있게 하고 어린이를 무사히 자라게 하며, 백성 하나하나가 생명을 보전하여 하늘이 준 수명을 다하게 한다 했소. 짐과 선우가 함께 이 성인의 도에 의해 하늘을 따르고 백성을 사랑하여 대대로 서로 전해 이를 끝없이 베풀게 되면 천하에 다행으로 생각지 않는 사람이 없을 거요. 한나라와 흉노는 서로 이웃한 대등한 나라요. 흉노는 북쪽에 위치하여 땅이 차고 무서운 냉기가 일찍 내리오. 그래서 짐은 우리 관리에게 명하여 선우에게 해마다 일정한 수량의 차조, 누룩, 금, 비단, 무명, 그 밖의 물건들을 보내는 거요. 지금 천하는 아주 평화로우며 만백성은 즐거워하고 있소. 짐과 선우는 그들 만백성의 부모요. 짐이 지난 일을 돌이켜 생각해보건대, 그것은 하찮은 작은 일들이었고 모신들의 계획이 잘못된 때문이었는지라, 어느 것이나 형제로서의 친목을 벌어지게 할 정도의 것은 아니었소. 짐이 듣건대 하늘은 한쪽으로 치우쳐 덮지 않으며, 땅은 한쪽으로 치우쳐 싣지 않는다 했소. 짐은 선우와 더불어 지나간 작은 일들을 씻어 버리고, 함께 큰 길을

걸으며 과거의 잘못을 씻고 장구한 앞날을 꾀하여, 두 나라 백성들을 한 집안 자식처럼 대하고 만백성들로부터 아래로는 고기와 자라, 위로는 나는 새에 미치기까지 발로 걸어 다니는 것, 입으로 숨을 쉬는 것, 꿈틀꿈틀 움직이는 것까지도 편하고 이로운 것을 찾아 위험을 피하지 않는 것이 없게끔 만들고 싶소. 그러므로 오는 것을 막지 않는 것은 하늘의 도리요. 다같이 지나간 일일랑 잊어버립시다. 짐은 흉노로 도망간 한나라 백성들을 용서하겠소. 선우께서도 장니(章尼, 한나라에 항복한 흉노 사람)들을 허물하지 말아 주시오. 짐이 듣건대 옛 제왕들은 약속은 분명히 하고 식언하는 일이 없었다 하오. 선우께서 화친에 마음을 쓰게 되면 천하는 크게 편안해 질 거요. 화친을 한 뒤로는 한나라가 흉노에 앞서 약속을 어기는 잘못을 범하지 않을 거요. 선우께서는 이 점을 밝게 살펴 주시오.

선우도 화친을 약속했다. 그래서 효문제는 다음과 같은 명령을 어사에게 내렸다.

"흉노의 대선우가 짐에게 글을 보내어 화친을 제안해 왔는데 그 화친의 약속은 이미 맺어졌다. 지금까지 흉노에서 한나라로 도망해 온 사람들은 인구를 더해 주는 일도 영토를 넓혀 주는 일도 없을 터이므로 흉노로 되돌려 보내라. 앞으로는 흉노가 요새선을 넘어 침입해 오는 일은 없을 것이다. 한나라도 요새선을 벗어나는 일이 있어서는 안된다. 이 약속된 규정을 어기는 자는 사형에 처한다. 이같이 하면 오래 화친할 수 있을 것이고, 뒷날까지 문제가 생기지 않을 것이므로 두

나라가 다 편리할 것이다. 짐은 이미 이를 재가했다. 곧 천하에 포고하여 이를 알리도록 하라."

그로부터 4년 뒤, 노상 계육 선우가 죽고 그의 아들 군신(軍臣)이 뒤를 이어 선우가 되었다. 군신 선우(軍臣單于)가 서자, 효문제는 흉노와의 화친을 다시 확인했다. 중항열은 그대로 새 선우를 섬겼다.

군신 선우가 선 지 4년, 흉노는 또다시 화친을 끊고 대거 상군과 운중군에 각각 기병 3만 명을 이끌고 들어와 다수의 백성들을 죽이고 붙잡아갔다. 그래서 한나라는 세 장군의 군사를 북지에 주둔시켰다. 즉 대나라에서는 구주산에 주둔하고, 조나라에서는 비호 어귀에 주둔하고, 변경 일대도 각각 굳게 지켜 흉노의 침입에 대비했다. 또 이것과는 별도로 세 장군(주아부, 서려, 유례)을 배치시켜, 장안 서쪽의 세류(細柳)와 위수 북쪽의 극문·패상에 진을 치고 흉노에 대비했다.

그러나 흉노의 기병이 다시 대나라의 구주산으로 침입해 왔다. 적의 침입을 알리는 봉화가 감천에서 장안까지 전해졌으나, 한나라 군대가 변방까지 이르는 데는 여러 달이 걸렸으므로 흉노는 멀리 물러간 뒤였다. 그래서 한나라 군사 역시 철수하고 말았다.

그 뒤 1년 남짓해서 효문제가 죽고 효경제가 섰다. 이 무렵, 조나라 왕 수(遂)가 가만히 흉노로 사람을 보내 오나라와 초나라가 모반한 틈을 타 변방을 침입할 계획이었으나, 한나라가 조나라를 포위해서 이를 깨뜨렸으므로 흉노도 계획을 중지하게 되었다.

그 뒤, 효경제는 다시 흉노와의 화친을 확인하고, 본래의 약속대로 관문에서 교역을 하며 흉노에게 물자를 보내 주었으며, 한나라 공주도 보내 주었다. 이로 인해 효경제 시대가 끝날 때까지 흉노는 때때로 소규모로 침입해와 변경에서 도둑질을 한 일은 있었으나 크게 침략한 일은 없었다.

효무제가 즉위하자, 화친의 약속을 명확히 하여 흉노를 후히 대우하고 관문을 통해 무역을 하고 많은 물자를 보내 주었다. 흉노는 선우 이하 모두 한나라와 친하게 지내며 장성 밑으로 자주 내왕했다.

그 뒤 한나라는 마읍성 밑에 사는 섭일이라는 노인에게 금령을 어기고 가만히 방위선을 넘어 물자를 끌어내다가 흉노와 교역을 하도록 하고 마읍성을 파는 척하여 선우를 유인하도록 했다. 선우는 그의 말을 믿고 마읍의 재물을 탐내어 기병 10만 명을 이끌고 무주로 들어왔다.

이때 한나라는 30여 만의 군사를 마읍 근처에 잠복시키고 어사대부 한안국이 호군장군이 되어 네 장군을 독려하며 선우를 기다리고 있었다. 선우는 이미 한나라 요새선을 넘어 들어와 마읍으로부터 백여 리쯤 떨어진 곳에 이르렀으나, 들에는 가축들만 흩어져 있을 뿐 가축을 먹이는 사람이 보이지 않는 것을 이상하게 여겨 정장을 공격했다. 이때 안문군의 위사가 변방 요새를 순회하다가 선우의 부대를 보고 그 정장을 지키고 있었는데, 그는 한나라 군대의 모략을 알고 있었다. 선우가 그를 붙잡아 죽이려 하자, 그는 선우에게 한나라 군사가 있는 곳을 일러주었다. 선우는 크게 놀라며 말했다.

"나는 처음부터 의심하고 있었다."

그러고는 군사를 이끌고 되돌아 요새선을 넘어서더니 이렇게 말했다.

"내가 위사를 잡게 된 것은 천명이다. 하늘이 그대에게 말을 시킨 것이다."

그리고는 위사를 천왕으로 삼았다. 한나라 군사는 선우가 마읍에 들어오면 군사를 내보내 치자고 약속해 두었었다. 그러나 선우가 오지 않았으므로 아무런 전과도 없었다.

또한 한나라 장군 왕회의 별동대는 대나라로부터 나가 흉노의 보급부대를 공격하기로 되어 있었는데, 선우가 철수할 때 군사가 많다는 것을 듣고 감히 나가 치지 못했다.

한나라에서는 왕회가 원래 이번 작전의 주동자인데도 진격을 하지 않았다 하여 그를 사형에 처했다.

그 뒤로 흉노는 화친을 끊고 닥치는 대로 한나라 변방 요새를 공격하여 약탈을 일삼았다. 그러면서도 흉노는 탐욕스러워 관시의 교역을 즐겨하며 한나라의 재물을 좋아했다. 한나라도 관시의 교역을 계속하여 흉노를 달래려고 했다.

마읍의 사건이 있은 지 5년이 지난 해 가을, 한나라에서는 장군 네 명에게 각각 기병 1만 명을 이끌고 가서 관시 근처에서 흉노를 공격하도록 했다. 장군 위청은 상곡군에서 출격하여 농성에 이르러 흉노의 수급과 포로 7백 명을 얻었다. 공손하는 운중군에서 출격했으나 전과는 없었으며, 공손오는 대군에서 출격했는데 흉노에게 패해 7천여 명을 잃었다. 이광은 안문군에서 출격하여 흉노에게 패하고 사로

잡혔지만, 뒤에 도망쳐 돌아왔다. 한나라에선 공손오와 이광을 옥에 가두었는데 공손오와 이광은 속죄금[24]을 물고 평민이 되었다.

그해 겨울, 흉노는 자주 변경으로 쳐들어와 약탈을 했는데 그중 특히 어양의 피해가 가장 컸다. 그래서 한나라는 장군 한안국을 어양에 주둔시켜 흉노에 대비했다.

그 이듬해 가을, 흉노의 기병 2만 명이 한나라에 침입해서 요서 태수를 죽이고 2천여 명을 사로잡아 갔다. 또한 어양 태수의 군사 천여 명을 깨뜨리고 한나라 장군 한안국을 포위했다. 한안국의 군사는 그때 기병이 천여 명밖에 되지 않았고, 그것마저 전멸 상태에 놓여 있었는데, 마침 연나라로부터 구원병이 도착하여 흉노가 철수함으로써 위기를 모면할 수 있었다.

흉노는 또 안문군에 침입하여 천여 명을 죽이고 잡아가고 했다. 그래서 한나라는 장군 위청에게 기병 3만 명을 거느리고 안문에서 출격하도록 하고, 이식은 대군에서 출격하여 흉노를 토벌하도록 했다. 그 결과 수급과 포로를 합쳐 수천의 전과를 얻었다.

그 이듬해, 위청은 또 운중에서 출격하여 서쪽으로 나아가 농서에 이르러 하남 땅에 진을 친 흉노의 누번왕과 백양왕을 공격하고, 흉노의 수급 포로 수천과 소·양 백여 마리를 얻었다. 이리하여 한나라는 드디어 하남 땅을 탈취해서 그곳에 삭방군(朔方郡)을 설치하고, 진나라 때 몽염이 만들었던 요새를 수복하고 하수를 따라 방비를 굳혔다.

---

24 무제 때에는 사형을 받을 자가 만 전을 내면 사형을 면하는 대신 평민이 되었다.

그러나 한나라는 흉노 땅에 깊숙이 들어가 있는 상곡 북쪽의 조양 땅을 버리지 않을 수 없었다. 한나라 원삭 2년이었다.

그 이듬해 겨울, 흉노의 군신 선우가 죽었다. 그러자 군신 선우의 아우인 좌곡려왕 이치사가 스스로 선우가 되어 군신 선우의 태자인 오단(於單)을 쳐서 깨뜨렸다. 오단은 도망쳐 한나라에 항복했다. 한나라는 오단을 섭안후(步安侯)로 봉했는데, 그는 몇 달 뒤에 죽고 말았다.

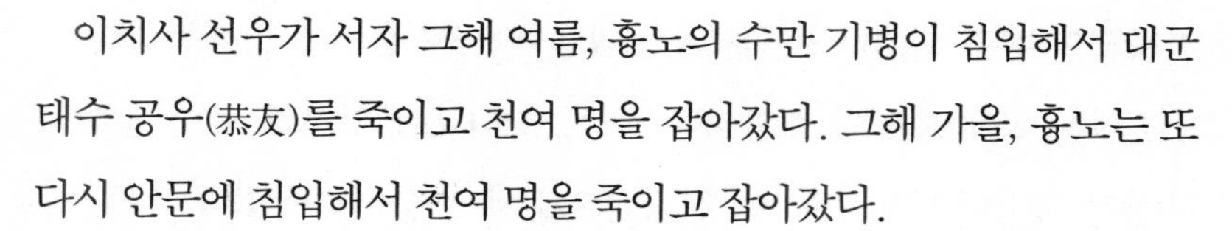

이치사 선우가 서자 그해 여름, 흉노의 수만 기병이 침입해서 대군 태수 공우(恭友)를 죽이고 천여 명을 잡아갔다. 그해 가을, 흉노는 또 다시 안문에 침입해서 천여 명을 죽이고 잡아갔다.

그 이듬해 흉노는 다시 또 대군·정양군·상군에 각각 기병 3만 명을 보내 수천 명을 죽이고 잡아갔다.

흉노의 우현왕은 한나라가 그해 하남 땅을 빼앗은 다음 삭방군을 설치한 것을 분하게 여기고, 자주 쳐들어와 변경을 약탈하고 또 하남 땅으로 쳐들어와 삭방을 휩쓸고 다니며 다수의 관리와 백성들을 죽이고 잡아갔다.

그 이듬해 봄(한무제 원삭 5년), 한나라는 위청을 대장군에 임명하고 장군 6명과 10여 만의 군사를 거느리고, 삭방·고궐에서 출격하여 흉노를 토벌하게 했다.

이때 우현왕은 크게 놀라 단신으로 도망쳤고, 정예 기병들도 그 뒤를 따라 허둥지둥 달아났다. 한나라 군대는 이 싸움에서 우현왕에 소속된 남녀 1만 5천 명과 비소왕(裨小王) 10여 명을 사로잡았다.

그해 가을, 흉노의 기병 1만 명이 침입해서 대군 도위 주영(朱英)을 죽이고 천여 명을 잡아갔다.

그 이듬해 봄, 한나라는 또 대장군 위청에게 장군 6명과 군사 10만 명을 거느리고 토벌하게 했다.

위청은 다시 정양에서 수백 리를 나아가 흉노를 치게 하여 앞뒤를 통해 수급과 포로 약 1만 9천 명을 얻었다. 그러나 한나라도 장군 2명과 기병 3천여 명을 잃었다. 우장군 건(建)은 단신으로 도망쳐 나왔고 전장군인 흡후(翕侯) 조신(趙信)은 싸움에 패해 흉노에게 항복했다.

조신은 원래 흉노의 소왕(小王)으로, 한나라에 항복해 와서 흡후로 봉해진 사람이었다. 조신은 전장군으로서 우장군의 군대와 힘을 합쳐 주력 부대와 떨어져 진군하다가, 단독으로 선우의 군대를 만나 전멸했다.

선우는 흡후를 잡자, 자차왕(自次王, 선우에 다음가는 왕이란 뜻)으로 삼아 그에게 자기 누이를 아내로 주고 함께 한나라에 대한 전략을 짰다.

조신은 선우에게 '보다 북쪽으로 물러나 사막을 건너고 한나라 군사를 유인해서 지치게 만든 다음, 극도로 지친 시기에 공격을 해야 한다. 요새 가까이로는 가서는 안 된다' 하고 가르쳤다. 선우는 그의 계략에 따랐다.

그 이듬해, 흉노의 기병 1만 명이 상곡군에 침입해서 수백 명을 죽였다.

다시 그 이듬해 봄, 한나라는 표기장군 곽거병(霍去病)에게 기병 1만 명을 거느리고 농서로부터 출격하게 했다. 곽거병은 언지산(焉支山)에서 천여 리나 진출해서 흉노를 공격하여 흉노의 수급과 포로 1만 8천여 명을 얻고, 휴도왕(休屠王)을 깨뜨린 다음, 왕이 하늘에 제사지낼 때 쓰는 쇠로 만든 상(像)을 손에 넣었다.

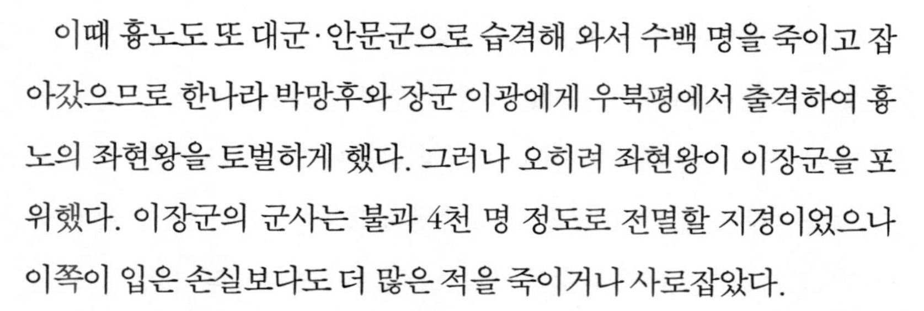

그해 여름, 표기장군은 또 합기후(合騎侯)와 함께 수만 기를 거느리고 농서·북지에서 2천 리나 진출해서 흉노를 공격하고, 거정을 지나 기련산을 공격해서 흉노의 수급 포로 3만여와, 비소왕 이하 70여 명을 얻었다.

이때 흉노도 또 대군·안문군으로 습격해 와서 수백 명을 죽이고 잡아갔으므로 한나라 박망후와 장군 이광에게 우북평에서 출격하여 흉노의 좌현왕을 토벌하게 했다. 그러나 오히려 좌현왕이 이장군을 포위했다. 이장군의 군사는 불과 4천 명 정도로 전멸할 지경이었으나 이쪽이 입은 손실보다도 더 많은 적을 죽이거나 사로잡았다.

마침 박망후의 군사가 도착했기 때문에 이장군은 겨우 위기를 벗어날 수가 있었다. 그러나 한나라 군사의 손실은 수천 명에 달했다. 합기후는 표기장군과 약속한 날짜보다 늦게 도착하여 박망후와 함께 모두 사형을 당하게 되었으나 속죄금을 물고 평민이 되었다.

그해 가을, 선우는 혼야왕·휴저왕이 서쪽에 있을 때, 한나라 군대에게 죽거나 포로가 된 자가 수만 명이나 된 것에 노하여 이들을 불러들여 죽이려 했다. 이에 혼야왕은 휴저왕이 겁을 내어 한나라에 항복할 것을 꾀했으므로, 한나라는 표기장군을 시켜 이들을 맞으러 가게 했다.

혼야왕은 휴저왕을 죽여 그의 군사와 백성들을 합쳐 거느리고 한나라에 항복했다. 그 군사의 수는 대체로 4만여 명이었으나 10만 명이라고 했다. 이리하여 한나라는 혼야왕을 얻게 되었으므로 농서·북지·하서에서는 흉노의 침입이 훨씬 줄어들었다. 그래서 함곡관 동쪽 땅에 살고 있는 가난한 백성들을, 흉노로부터 빼앗은 하남과 신진중(新秦中)에 옮겨 살게 하여 그 지역을 채우고, 복지 서쪽의 수비병을 반으로 줄였다.

그 이듬해, 흉노는 우곡평·정양에 각각 기병 수만 명을 이끌고 침입해 와서 천여 명을 죽이고 잡아갔다.

그 이듬해, 한나라는 전략을 상의한 결과, '흡후 조신이 선우를 위해 계책을 세웠기 때문에 선우는 사막 북쪽에 있으면서 한나가 군사가 그곳까지는 올 수 없을 것으로 생각하고 있다'고 한 뒤, 말을 배불리 먹여 기병 10만 명을 출동시켰다. 여기에는 식량과 보급을 위한 말을 제외하고도 개인의 소지품을 싣고 따라가는 말이 14만 마리나 되었다. 대장군 위청과 표기장군 곽거병에게 군사를 반으로 나눠 인솔하게 하고, 대장군은 정양에서 출격하게 하고 표기장군은 대군에서 출격하게 하여, 함께 사막을 건너 흉노를 토벌하도록 했다. 흉노의 선우는 이 소식을 듣자 그의 보급부대를 먼 곳으로 대피시킨 다음, 정예부대를 이끌고 사막 북쪽에서 기다리고 있다가 한나라 대장군과 접전을 벌였다.

그런 어느 날 해질 무렵, 마침 큰 바람이 불었으므로 한나라 군사는 바람을 타고 좌우의 군사를 풀어 선우를 포위했다. 선우는 전투에 있어서는 한나라 군사를 당하지 못할 것이라 판단하고, 용감한 기병 수백 명만을 데리고 한나라 포위를 뚫고 서북방으로 도망쳤다. 한나라 군사는 밤을 새워 추격했으나 잡을 수는 없었다. 그러나 뿔뿔이 흩어져 달아나는 흉노를 뒤쫓아가며 머리를 베고 포로로 잡은 수가 1만 9천 명이나 되었다. 한나라 군대는 북쪽 전안산(외몽고의 산 이름)에 있는 조신성(趙信城)까지 쳐들어갔다가 되돌아 나왔다.

선우가 도망칠 때, 그들 군사는 가끔 한나라 군사와 서로 엇갈려가며 그를 따르고 있었기 때문에 선우는 오랫동안 자기 부대와 합류할 수가 없었다. 그 때문에 우곡려왕은 선우가 죽은 줄로 알고 스스로 선우가 되었으나, 선우가 다시 군사를 잡게 되자 그는 다시 우곡려왕으로 돌아갔다.

한편, 한나라 표기장군은 대를 나와 2천여 리 되는 지점에서 좌현왕과 접전을 벌인 끝에 흉노의 수급과 포로 약 7만여를 얻었으나 좌현왕의 장군들은 모두 놓치고 말았다. 표기장군은 낭거서산(狼居胥山)에서 봉제(封祭, 하늘에 제사를 지내는 것)를 올리고, 고연산(姑衍山)에서 선제(禪祭, 지신에게 드리는 제사)를 드린 다음, 한해(翰海, 고비 사막 또는 바이칼 호)까지 갔다가 되돌아 나왔다. 그 뒤로 흉노는 멀리 달아나 사막 남쪽에는 선우의 왕정(王廷)이 없었다.

한나라는 황하를 건너 삭방군 서쪽 영거(令居)에 이르기까지 곳곳에 관개용 물길을 내어 전관(田官, 농지 감독관)을 배치하고, 관리와 사졸 5, 6명을 주둔시켜 차츰 땅을 잠식해 흉노의 옛 세력 범위였던 북쪽에 접하게 되었다.

이에 앞서 한나라 두 장군이 대규모로 출격하여 선우를 포위하고 죽이거나 포로로 잡은 것이 8, 9만 명이나 되었지만, 한나라 사졸 역시 수만 명이 죽었고 말도 10여 만 마리나 죽었다. 흉노는 지쳐서 멀리 달아났지만 한나라 군대 역시 말이 줄어들어 더 이상 출격할 수 없었다.

그 뒤 흉노는 조신의 계책에 따라 사신을 한나라로 보내 부드러운 말로 화친을 요청했다. 천자는 이것을 조정의 의논에 부쳤다. 어떤 자는 화친을 주장하고, 어떤 자는 끝내 흉노를 항복하게 만들어야 한다고 주장했는데 승상의 장사(長史)인 임창(任敞)은 이렇게 말했다.

"흉노는 싸움에서 진 지 얼마 되지 않아 곤란한 처지에 있으니, 마땅히 속국으로 삼아 변경에서 입조의 예를 올리도록 하는 것이 좋을 줄로 아옵니다."

이리하여 한나라는 임창을 사신으로 삼아 선우에게 보냈다. 선우는 임창의 주장을 듣자 크게 노하여 그를 감금시킨 다음, 돌려보내 주지 않았다. 이보다 앞서 한나라에서도 귀순해 온 흉노의 사자가 있었으므로 선우도 한나라 사자를 잡아두어 이에 대항했다.

이에 한나라는 바야흐로 사졸과 군마를 징집하려 했는데 때마침 표기장군 곽거병이 병으로 죽었기 때문에 이로부터 여러 해 동안 북쪽으로 올라가 흉노를 치지 못했다.

몇 년 뒤 이치사 선우가 즉위한 지 13년 만에 죽었다. 그의 아들인 오유(烏維)가 뒤를 이어 선우가 되었다. 이해는 한나라 원정 3년이었다. 오유가 선우에 오르자 한나라 황제는 처음으로 수도에서 나와 군현을 순행했다. 그 뒤 한나라는 남쪽으로 양월(兩越, 남월과 동월)을 무찔렀으나 흉노는 치지 않았다. 흉노도 또 변경을 침입하지 않았다.

오유 선우가 선 지 3년, 한나라는 이미 남월을 없앴으므로 태복을 지냈던 공손하에게 기병 1만 5천 명을 이끌고 가서 흉노를 치도록 했는데, 구원(九原)에서 2천여 리나 진출하여 부저정(浮苴井, 외몽고의 우물 이름)까지 갔다가 돌아왔으나, 흉노 사람은 한 명도 볼 수 없었다.

한나라에서는 다시 예전의 종표후(從驃侯) 조파노(趙破奴)를 파견했다. 조파노는 1만 남짓한 기병을 이끌고 영거에서 수천 리나 진출하여 흉하수(匈河水, 강 이름)까지 갔다가 돌아왔으나, 그 역시 흉노를 한 사람도 볼 수 없었다.

이 무렵, 천자는 변경을 순행하여 삭방에 이르러 기병 18만 명을 검열하여 위세와 절도를 과시하고, 곽길(郭吉)을 사신으로 하여 선우에게 한나라의 위세를 깨우쳐 주도록 했다. 곽길이 흉노에 이르자, 흉노의 주객(主客)이 사자가 온 뜻을 물었다. 곽길은 예의를 갖추어 겸손하게 좋은 말로 말했다.

"선우를 뵙고 직접 말씀드리겠습니다."

이리하여 선우를 만나게 된 곽길은 이렇게 말했다.

"남월왕의 머리는 이미 한나라 수도 북문에 달려 있습니다. 지금 선우께서 가능하다면 직접 나아가 한나라와 싸워 주십시오. 한나라 천자는 친히 군사를 거느리고 변경에서 기다리고 계십니다. 그것이 불가능하다면 남쪽으로 향해 한나라의 신하가 되어야 합니다. 어찌하여 공연히 멀리 달아나 사막 북쪽의 춥고 괴롭고 물도 풀도 없는 땅에 숨어 지내십니까? 이런 일은 해서는 안 될 줄로 압니다."

그의 말이 끝나자 선우는 크게 노하여 그를 만나게 한 주객의 목을 그 자리에서 베고 곽길을 붙들어 북해(北海, 바이칼 호) 근처에 감금시켰다. 그러나 선우는 끝내 한나라 변경으로 쳐들어가지 않고 쉬면서 병사와 말을 충분히 쉬게 하고 사냥을 하여 활쏘기를 익히게 했다. 그리고 자주 사신을 한나라로 보내 좋은 말과 달콤한 소리로 화친을 청할 뿐이었다.

한나라는 왕오(王烏) 등을 시켜 흉노의 동정을 살펴보게 했다. 그런데 흉노의 법에 의하면, 한나라 사신이라도 부절을 버리고 얼굴에 먹물을 넣은 사람이 아니면 선우의 천막 안에 들어갈 수 없었다. 그러나 왕오는 북지 사람으로 흉노의 풍습에 익숙했으므로 그가 가진 부절을 버리고 얼굴에 먹물을 넣은 다음 선우의 천막 안으로 들어갈 수가 있었다. 선우는 왕오를 기특히 여긴 듯 그의 의견에 동조하는 태도로 달콤한 소리를 하며 태자를 한나라로 보내어 화친을 청하고 싶다고 말했다. 그래서 한나라는 다시 양신(楊信)을 흉노에 사신으로 보냈다.

당시 한나라는 동쪽으로는 여맥·조선을 정복하여 이를 군으로 만들고, 서쪽으로는 주천군을 두어 흉노와 강(羌)과의 통로를 끊었다. 뿐만 아니라 서쪽의 월지·대하 등과 국교를 맺으며 공주를 오손왕의 아내로 주는 등 회유책을 써서, 흉노를 지원하던 서방 여러 나라들과 흉노와의 사이를 끊어 놓았다. 또 북쪽으로는 더욱더 농지를 확장시켜 현뢰(서하군의 서북변)에까지 이르렀으며, 그곳에 요새를 구축했다.

그럼에도 불구하고 흉노는 한마디 항의도 하지 않았었다. 더구나 같은 해 흡후 조신이 죽었으므로 한나라 여러 대신들은 흉노를 쉽게 굴복시킬 수 있을 것이라 여겼다.

양신은 본래 강직하여 굽힐 줄 모르는 사람이었으나, 본래 지위가 높은 신하가 아니었으므로 선우는 친절히 대하려 하지 않았다. 선우가 천막 안으로 불러들이려 해도 양신은 끝내 부절을 버리려 하지 않았다. 그래서 선우는 천막 밖에 자리를 펴고 거기서 양신을 만나 보았는데 이 자리에서 양신은 다짜고짜 이렇게 말했다.

"만일 화친을 원하신다면 선우의 태자를 한나라에 인질로 보내 주십시오."

그러자 선우는 이렇게 대답했다.

"그것은 본래의 약속과 다르오. 본래의 약속으로는 한나라가 언제나 공주를 보내 주고, 비단·무명·먹을 것 등 여러 가지 물건을 보내 주어 화친을 하면 흉노도 한나라 변경을 어지럽히지 않겠다는 것이었소. 그런데 본래의 규정과는 달리 이번에 우리 태자를 볼모로 삼으려 하니, 도저히 응할 수 없는 일이오."

흉노의 습관으로는 한나라 사신이 중귀인(中貴人, 황제의 사랑을 받은 환관)이 아닐 경우, 그것이 유학자이면 설득시키기 위해 온 것인 줄로 알고 그의 변설을 꺾으려 했고, 그것이 젊은 사람이면 자객으로 온 것인 줄 알고 그의 기운을 꺾으려 했다. 또한 한나라 사신이 흉노로 들어오면 흉노는 그때마다 답례로서 사신을 보내고, 한나라가 흉노의 사신을 돌려보내지 않으면 흉노 또한 한나라 사신을 돌려보내지 않는 등 반드시 대등한 수단을 취하곤 했다.

양신이 그냥 돌아온 다음, 한나라는 다시 왕오를 흉노에 보냈다.

그러자 선우는 달콤한 소리로 왕오를 달래며 한나라 재물을 얻을 욕심에 거짓으로 이렇게 말했다.

"내가 직접 천자를 뵈옵고 마주앉아 형제의 약속을 맺고 싶소."

왕오가 돌아와 그런 내용을 한나라에 보고하자, 한나라에서는 선우를 위해 장안에다 저택을 세웠다. 그런데 흉노는 이렇게 말했다.

"한나라에서 고관을 사신으로 보내 주지 않는 한 참다운 이야기를 할 수 없다."

그리고 흉노에서 고관 중 한 사람을 사신으로 보내왔는데, 그는 한나라에 도착하자마자 병이 났다. 한나라에서는 약을 주어 그를 치료하고자 했으나 불행히 죽고 말았다.

그래서 한나라는 노충국(路充國)에게 2천 석의 고관이 차는 인수를 주어 사신으로 삼고, 유해를 호송해 정중한 장례식을 치르게 했는데, 그 비용만 해도 수천 금에 달했다. 그러나 노충국이 한나라의 고관이라고 말한 순간, 한나라가 흉노의 고관 사신을 죽였다고 생각한 선우는 그 보복으로 노충국을 붙들어 돌려보내 주지 않았다.

지금까지 해온 여러 가지 이야기들은 다만 선우가 왕오 등을 속인 것뿐으로 한나라에 갈 생각도, 태자를 인질로 보낼 생각도 전혀 없었던 것이다. 이리하여 흉노는 다시 기습부대를 보내 한나라 변경을 자주 침범했다. 그래서 한나라는 곽창(郭昌)을 발호장군(拔胡將軍)에 임명하고, 또 착야후(浞野侯)를 삭방 동쪽에 주둔시켜 흉노에 대비했다.

노충국이 흉노에 붙들린 지 3년이 지났을 때, 오유 선우가 10년의 재위 끝에 죽고, 그의 아들 오사려(烏師廬)가 뒤를 이어 선우가 되었다. 오사려는 나이가 어렸기 때문에 아(兒) 선우라 불렸다. 이 해는 원봉(元封) 6년이었다. 이로부터 선우는 병력을 서북쪽으로 이동해 가서 좌방의 군사는 운중군에 맞서고 우방의 군사는 주천군과 돈황군(燉煌郡)에 맞섰다.

한편 한나라는 아 선우가 즉위하자, 두 사람의 사신을 보내 한 사람에게는 선우를 위문하게 하고, 다른 한 사람에게는 우현왕을 위문하도록 해 그들 내부를 이간시키려 했다.

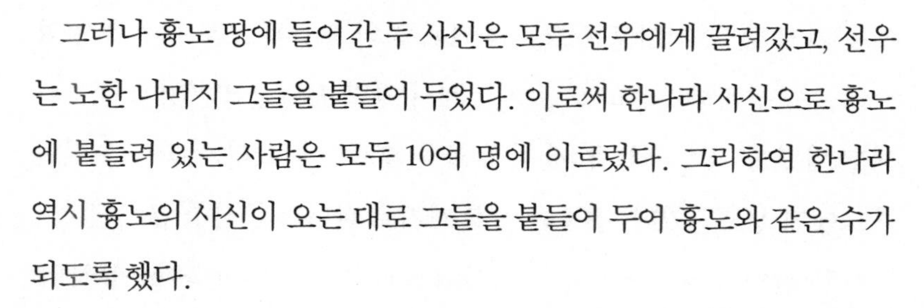

그러나 흉노 땅에 들어간 두 사신은 모두 선우에게 끌려갔고, 선우는 노한 나머지 그들을 붙들어 두었다. 이로써 한나라 사신으로 흉노에 붙들려 있는 사람은 모두 10여 명에 이르렀다. 그리하여 한나라 역시 흉노의 사신이 오는 대로 그들을 붙들어 두어 흉노와 같은 수가 되도록 했다.

같은 해, 한나라는 이사장군 이광리를 시켜 서쪽으로 대원(大宛)을 치게 하고, 인우장군(因杅將軍) 공손오를 시켜 수항성(受降城)을 쌓게 했다.

그런데 그해 겨울, 흉노 땅에는 큰 눈이 내려 많은 가축이 굶주리고 얼어 죽은 데다, 아 선우의 나이가 젊고 잔인한 것을 좋아하여 백성들이 불안에 떨고 있었다. 이런 까닭에 좌대도위(左大都尉)가 선우를 죽일 생각으로 몰래 사람을 한나라에 보내 이렇게 말했다.

"나는 선우를 죽이고 한나라에 항복하고 싶소. 그러나 한나라는 너무 멀구려. 만일 한나라 군사가 나를 맞이하려 와주기만 한다면 곧 반란을 일으키겠소."

처음에 한나라에서는 이 말을 듣고 수항성을 쌓았으나, 여전히 거리가 멀다고 생각했다. 그래서 그 이듬해 봄, 한나라는 착야후 조파노를 시켜, 기병 2만여 명을 이끌고 삭방 서북쪽 2천여 리까지 나가 준계산(浚稽山, 외몽고)까지 갔다가 돌아오기로 약속했다.

착야후는 약속한 지점까지 갔다가 되돌아왔다. 이때 좌대도위는 약속대로 반란을 일으키려 했으나 사전에 선우에게 발각되어 실패하고 말았다. 선우는 좌대도위를 처치한 다음, 좌방의 군사를 보내 착야후를 치게 했다. 착야후는 그들과 싸워 적의 수급과 포로 수천을 얻었으나 수항성에서 4백 리 되는 지점에서 그만 흉노군 8만 명에게 포위되고 말았다. 착야후는 밤에 직접 물을 찾으러 나갔다가 잠복해 있던 흉노에게 생포되었다. 흉노는 이를 계기로 한나라 군사를 급습했다.

한편 한나라 궁중에서는 곽종(郭縱)이 호군(護軍)이 되고, 유왕(維王)이 거수(渠帥)가 되어 서로 상의를 했으나, 교위들까지도 '장군을 잃고 도망쳐 돌아온 사람은 사형에 처한다'는 군법을 두려워한 나머지 한 사람도 돌아가자고 권하는 사람이 없었으므로, 마침내 전군이 흉노에게 항복했다. 흉노의 아 선우는 크게 기뻐하여 드디어 기습부대를 보내 수항성을 공격했다. 그러나 항복을 받을 수 없어 변경으로 쳐들어왔다가 물러갔다.

이듬해, 아 선우는 직접 다시 수항성을 공격하려 했으나 수항성에 도착하기 전에 병으로 죽었다. 아 선우는 즉위한 지 불과 3년 만에 죽었다. 그의 아들은 아직 어렸기 때문에 흉노는 아 선우의 막내 숙부인 오유 선우의 아우 우현왕 구리호(呴犂湖)를 선우로 세웠다. 이 해가 태초(太初) 3년이었다.

구리호 선우가 서자, 한나라는 광록(光祿, 낭중령에 해당하는 관직) 서자위(徐自爲)로 하여금, 오원새(五原塞)에서 수백 리, 멀게는 천여 리까지 진출해서 성새와 망루를 쌓고 여구산(廬朐山, 흉노 땅)까지 이르게 했다. 그리고 유격장군(遊擊將軍) 한열(韓說)과 장평후(長平侯) 위항(衛伉)을 그 근처에 주둔시키고, 강노도위(彊弩都尉) 노박덕(路博德)으로 하여금 거연택(居延澤, 몽고의 호수) 근처에 요새를 쌓게 했다.

그해 가을, 흉노는 크게 정양군·운중군에 침입하여 수천 명을 죽이고 잡아가는 한편, 2천 석의 고관 몇 사람을 깨뜨린 뒤 돌아가는 길에 광록이 쌓은 성새와 망루마저 파괴했다. 또 우현왕이 주천군·장액군으로 쳐들어가 수천 명을 죽이거나 사로잡았지만, 때마침 한나라 장수 임문(任文)이 공격하여 구원함으로써 흉노는 손에 넣었던 것을 다 버린 채 돌아갔다.

그해 이사장군은 대원을 깨뜨리고, 그 왕을 베어 돌아왔다. 흉노는 그의 귀로를 막으려 했으나 미치지 못했다. 그해 겨울, 흉노는 수항성을 습격하려 했으나 때마침 구리호 선우가 병으로 죽었다. 구리호 선우는 선우가 된 지 1년 만에 죽은 것이다. 그래서 흉노는 그의 아우인 좌대도위 저저후를 세워 선우로 삼았다.

한나라가 대원을 무찌른 뒤로는 위엄이 외국에까지 떨쳤다. 그러나 천자의 생각은 어디까지나 흉노를 괴롭히는 데 있었으므로 다음과 같은 조칙을 내렸다.

고황제는 짐에게 평성에서의 원한을 남기셨다. 또 고후 때 선우의 편지 내용은 너무나 도리에 벗어나 있었다. 옛날 제나라 양공은 구세(九世)의 원수를 갚았다고 《춘추》에서 칭찬하고 있다.

이 해는 태초 4년이었다.

다음은 후인의 가필로 여겨진다.

저저후 선우가 서자, 한나라 사신 가운데 흉노에 귀순하지 않은 사람을 모두 돌려보냈기 때문에 노충국 등도 돌아올 수 있었다.

저저후가 막 선우가 되었을 때, 한나라의 습격이 두려워 스스로 이렇게 말했다.

"나는 어린아이이다. 도저히 한나라 천자와 대등하게 되기를 바랄 수는 없다. 한나라 천자는 우리 아버지와 같은 어른이다."

그래서 한나라는 중랑장 소무(蘇武)를 시켜 많은 폐물을 선우에게 보내어 달래려 했다. 그런데 선우는 오히려 차츰 교만해져서 대하는 것이 매우 무례했다. 한나라의 기대는 어그러지고 말았다. 그 이듬해 착야후 주파노는 한나라로 도망쳐 돌아올 수가 있었다.

그 이듬해, 한나라는 이사장군 이광리에게 명해 기병 3만 명을 이끌고 주천군으로 나가 천산에서 우현왕을 치도록 했다. 이사장군은 흉노의 수급과 포로 1만여를 얻어 돌아오던 도중, 흉노에게 포위를 당해 거의 벗어날 수 없게 되었고, 한나라 군대는 10명 중 6, 7명의 전사자를 내었다.

한나라는 또 인우장군 공손오를 서하군으로 나가 강노도위와 탁도

산에서 합류하도록 했으나 전과는 없었다. 또 기도위 이릉에게 명하여, 보병 5천을 거느리고 거연 북쪽 천여 리까지 나가 치게 했다.

이릉은 선우와 마주쳐 1만여 명의 적을 살상했으나 이쪽도 군사와 식량이 거의 다 떨어졌으므로 전투태세를 풀고 돌아오려 했다. 그러나 흉노에 포위되어 마침내 이릉은 흉노에 항복했고, 그의 군사는 거의 전멸하고 한나라로 살아 돌아온 자는 겨우 백 명이었다. 선우는 이릉을 귀하게 대우하여 자신의 딸을 이릉에게 시집보냈다.

그로부터 2년 뒤에 한나라는 또 이사장군에게 명하여 기병 6만 명과 보병 10만을 거느리고 삭방에 나가 싸우게 했다. 강노도위 노박덕은 1만여 명을 거느리고 이사장군과 합류했다. 유격장군 한열은 보병과 기병 3만을 거느리고 오원(五原)에서 출격하고, 인우장군 공손오는 기병 1만과 보병 3만을 거느리고 안문에서 출격했다.

흉노는 그 소식을 듣자 처자와 재산을 여오수(余吾水) 북쪽에 멀리 숨겨두고, 선우가 직접 10만 기병을 거느리고 여오수 남쪽에서 대기하고 있다가 이사장군과 접전을 벌였다.

이사장군은 선우와 10여 일을 싸운 끝에 군사를 풀어 퇴각했는데, 도중에 가족들이 '무고(巫蠱)의 난'에 연루되어 멸문의 화를 당했다는 소식을 듣자 군대를 거느린 채 흉노에게 투항했다.

이에 한나라로 살아 돌아온 사람은 천 명에 한 두 사람뿐이었다.

유격장군 한열은 전과를 올리지 못했고, 인우장군 공손오도 좌현왕과 싸웠으나 싸움이 불리해서 군사를 이끌고 되돌아왔다. 이 해에 한나라 군사로서 흉노로 출격한 사람은 많았으나 공을 논할 만한 사

람은 없었다.

한편 한나라에서는 조칙을 내려, 태의령 수단(隨但)을 체포했다. 그는 이사장군의 가족이 몰살당한 소식을 새어나가게 함으로써 이광리로 하여금 흉노에게 투항하도록 했기 때문이다.

태사공은 말한다.

공자는 《춘추》를 지으면서, 옛날 은공(隱公)과 환공(桓公) 사이에 있었던 일은 기록을 분명히 했으나, 자기와 같은 시대인 정공(定公)과 애공(哀公)의 일은 기록을 애매하게 하고 분명치가 못했다.

그것은 그 당시로서는 너무도 절실한 일이었기 때문에, 비판을 피하고 말하기를 꺼렸기 때문이다.

지금 흉노에 관한 말들은 한때의 방편에 맞추어 천자에게 자기의 주장이 채택되게끔 노력하고, 다만 한때의 이해에만 사로잡혀 피차의 올바른 정세를 파악하지 못한 경향이 있다.

장수들은 중국의 광대한 것만을 믿고 기세를 올렸고, 천자는 그들의 영향을 받아 방침을 결정했다. 그 때문에 큰 공을 세울 수가 없었던 것이다.

요임금은 성현이었지만 혼자 힘으로는 일을 일으켜서 성공할 수가 없었으며, 우(禹)라는 어진 신하를 얻음으로써 온 중국을 편안케 할 수 있었다.

만일 성천자(聖天子)의 위업을 일으키려 한다면, 오직 장군과 대신을 잘 골라 임명하는 데 달려 있다고 하겠다.

❚성 낙 수❚
한국교원대학교 교수, 연세대학교 졸업, 동 대학원에서 석사·박사 학위 받음

❚오 은 주❚
서울여고 교사, 현재 한국교원대학교 대학원 재학, 국민대학교 졸업

❚김 선 화❚
홍천여고 교사, 현재 한국교원대학교 대학원 재학, 강원대학교 졸업

중학생이 보는
사기 열전 2

초판1쇄 인쇄 2012년 7월 30일
초판1쇄 발행 2012년 8월 10일

엮 은 이 성낙수 · 오은주 · 김선화
지 은 이 사마천
역 해 김영수 · 최인욱
펴 낸 이 신원영
펴 낸 곳 (주)신원문화사

주 소 서울시 영등포구 당산동 121-245 신원빌딩 3층
전 화 3664—2131~4
팩 스 3664—2130

출판등록 1976년 9월 16일 제5-68호

* 잘못된 책은 바꾸어 드립니다.

ISBN 978-89-359-1610-8 44800
ISBN 978-89-359-1582-8 (세트)